결혼할까요?

최수현 장편소설

결혼할까요?

Would you marry me?

가하)

결혼할까요?

지은이 최수현
펴낸이 이형기
펴낸곳 도서출판 가하

초판인쇄 2020년 6월 11일
초판발행 2020년 6월 18일
출판등록 2008년 10월 15일 제 318-2008-00100호

주소 서울 영등포구 양평로 67, 1209 (당산동5가, 한강포스빌)
전화 02-2631-2846　　**팩스** 02-2631-1846

www.ixbook.co.kr

ISBN 979-11-300-4507-8 03810

값 13,800원

copyright ⓒ 최수현, 2020

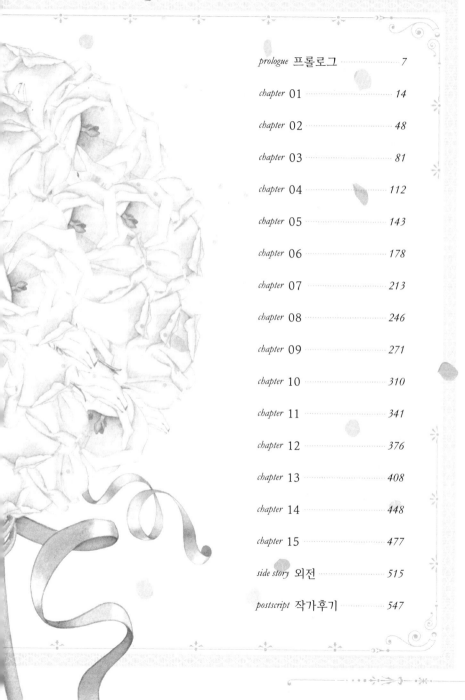

C O N T E N T S

프롤로그

딩동. 착륙을 준비하는 비행기의 곳곳에 붉은 등이 켜졌다. 멀리 활주로
가 보이며 귀 따가운 굉음이 이어지는데도 일등석에 앉은 남자는 미동도
없이 눈을 감고 있었다. 마치 깊은 잠에 빠진 듯 고요한 모습이지만, 자고
있을 리는 없다.

"곧 도착합니다, 전무님."

"……."

역시나 옆자리의 비서가 말을 붙인 순간, 남자의 눈꺼풀이 천천히 올라갔
다. 무감하기 짝이 없는 눈이었지만 눈동자가 완전히 드러나자 사뭇 느낌
이 달라졌다. 검고 짙은 머리칼만큼이나 또렷한 눈동자. 흠 하나 없이 반듯
한 이목구비에서도 유독 그 눈이 돋보였다. 서늘하게 시원한 눈매이나 어
떤 생각을 하는지는 도무지 읽을 수가 없다. 반면 마주하는 상대방의 마음
은 그대로 담아낼 것 같은, 어찌 보면 이기적인 눈이다.

"……왜?"

"아, 아닙니다."

인우의 짧은 질문에 홀린 듯 그를 바라보던 조 비서가 꿀꺽 마른침을 삼
켰다. 보는 것만으로도 주눅이 드는 눈이지만 회장님은 바로 그 점이 마음
에 꼭 들었다고 했다. 사업을 하기에는 더없이 좋은 눈이라 했나. 조 비서는

수십 년 만에 만난 손자에게 흡족해하던 강 회장을 떠올렸다.

여느 조손간처럼 화기애애하기는커녕 냉담하기 그지없던 자리였지만 그래서 더욱 인상적이었다. 왜 아닐까. 자그마치 태원 그룹의 회장과 그 후계자였다. 건설을 기반으로 세력을 넓혀 오늘에 이르러선 통신과 전자와 유통까지, 대한민국에서 태원의 로고를 하루라도 안 보고 살기란 불가능하다 일컬어지는 굴지의 대기업으로, 그 태원을 일구어낸 강석재 회장이 직접 찾아가 불러들인 이가 여기 있는 인우다.

상대가 누가 됐든 자리에 앉은 채 기다리시던 분이 몇 해나 손자를 찾아 노쇠한 몸을 움직였다. 그 자체로 후계자 지목이니 뭐니 말들이 많지만 인우 본인은 그리 생각하지 않는 모양이다.

"회장님은?"

"아…… 병원에 계실 겁니다. 기다리실 텐데 들러보시겠습니까?"

인우는 강 회장을 꼬박꼬박 회장님으로만 칭했다. 처음 만난 순간부터 변함이 없다. 아마 앞으로도 별로 달라지진 않을 것이다.

"……아니, 됐어."

그의 무심한 눈이 앞을 향하자 조 비서는 웃음을 삼켰다. 언론이나 호사가들이 인우를 두고 뭐라 떠들어봤자 지근에서 지켜보는 그의 의견은 달랐다. 태원의 떠오르는 황태자, 혹은 사생아의 벼락출세. 어느 것에도 동의할 수 없다. 비록 아무것도 느껴지지 않는 눈이라지만 인우가 정말로 태원 그룹에 욕심이 있었다면 마냥 저리 차가울 수만은 없을 터다.

"……."

아니, 평생에 뭐든 욕심을 내본 적이 있을까. 런던에서부터 몇 개월을 붙어 지켜봐왔는데, 남자는 먼저 뭔가를 요구한 적이 한 번도 없었다. 자리든 사물이든, 마음 한 자락 내어줄 수 있을지, 과연 빙하처럼 단단한 저 마음이 나눠지기나 할지 가늠도 안 된다. 설령 그 대상이 사람일지라도 말이다.

"도착했군요, 전무님."

비행기가 완전히 멈추자 조 비서가 자리에서 일어났다. 딴생각은 잠시, 비행기 문이 열리는 순간부터는 한가할 틈이 없다. 마지막 여유나 다름없다 보니 조 비서는 은근한 웃음으로 인우를 바라보았다.

"그러고 보니 한국에는 6년 만이시던가요?"

"……."

창밖을 보고 있던 인우가 문득 고개를 돌렸다. 이어 검은 슈트에 감싸인 장신을 일으키는 순간, 그 눈동자에 스쳐가던 뜻 모를 감정이 모두 사라졌다.

"……공식적으로는."

"강 전무님, 완전히 태원 그룹에 자리 잡으시는 건가요? 한말씀만 부탁드립니다!"

"강 회장님이 직접 자리를 마련하셨다던데, 그 후에 대해서도 따로 말씀이 있으셨나요?"

생각했던 것보다 훨씬 많은 인파가 따라붙어 이쪽저쪽에서 카메라 셔터를 눌러댔다. 번쩍! 조 비서가 눈앞에서 터지는 플래시에 눈을 찌푸리며 급히 저지했지만 역부족이었다. 결국 본사에서 나온 직원들과 경호원들이 두 사람을 둘러싸고서야 겨우 도로까지 나가는 길이 생겼다.

"강 전무님! 금의환향하신 소감이 어떠신지……."

"죄송합니다. 귀국길인지라 양해 부탁드립니다."

탁. 마이크를 들이민 기자의 질문이 채 끝나기도 전에 차문이 닫혔다. 검은 선팅 탓에 더는 인우의 모습을 담아내기 힘들 테지만 차 밖의 소란은 여전했다.

조수석에 몸을 구겨넣은 조 비서가 한숨을 내쉬었다.

"휴우, 밤이라 이렇게까지는 예상을 못 했는데…… 죄송합니다, 전무님."

"아니."

상관없다는 말조차도 딱 그답게 짧다. 일부러 그리 군다기보다는 타고난 성미다. 지금도 창가에 한 팔을 올린 채 이마를 짚은 모습이 무심하기만 해, 마치 한적한 카페에라도 앉아 있는 듯한 자태다.

"회장님께서는 회사에 잠깐이라도 얼굴 비치는 게 어떠냐 하셨는데 본사 쪽에도 기자들이 몰려 있는 모양입니다. 오늘은 시간도 늦었으니 일단은 숙소로 가시는 게 좋겠습니다."

"……숙소?"

"본가는 싫다 하셨으니 가까운 호텔로 가는 게 어떠실지요."

조 비서가 룸미러로 인우를 흘끗거렸다. 무려 6년 만의 귀국이니 앞으로 그가 지내게 될 곳도 새로 준비를 해야 했다. 봐둔 곳은 있다지만 인우는 별다른 의견을 내지 않았다.

"오랜만에 오셨는데, 혹시 따로 들르실 데가 있으십니까?"

"……아니."

어쩐지 이번에는 대답이 조금 느렸다. 조 비서는 다시금 물어볼까 하다 인우의 눈을 보고서 입을 다물었다. 늘 침착한 듯 가라앉은 눈빛이라지만 이 순간은 특히나 그러했다. 모르긴 몰라도 무언가를 생각하고 있는 것이 틀림없다.

"괜찮을 것 같아."

괜찮아, 도 아닌 괜찮을 것 같다. 뭐든 딱 떨어지는 답만 내놓던 인우 치고는 어딘가 탐탁지가 않다. 인우 스스로가 생각해도 마땅찮은지 고개로 허공을 긋기까지 했다.

"됐어."

"그럼 호텔로 가시겠습니까? 삼성동 집도 준비는 되었겠지만 그쪽에도 기자들이 있을지 모르니 차라리 호텔로 가시지요. 그룹의 호텔이니 전용 룸은 언제든 사용할 수 있도록 준비돼 있습니다."

"……일산 집은?"

"네? 일산이요?"

"내 집 말이야."

"아…… 거긴…….."

조 비서는 당황해 머뭇거렸다. 물론 인우가 말하는 곳이 어디인지 모르지는 않았다. 6년 전까지 인우가 쭉 머물던 곳이고, 주소도 받아두었다. 하지만 그건 부모도 없이 혼자 살던 고학생 시절 얘기고, 이젠 사정이 달라지지 않았나.

"계속 비워둔 터라 지내기엔 불편하실 텐데…… 괜찮으시겠습니까?"

"안 괜찮을 이유가 없잖아."

피식, 인우의 쓸쓸한 웃음에 조 비서는 그런 게 아니라며 허둥지둥 고개를 저었다.

"그렇지만 당장 필요한 것들도 그렇고…….."

"가. 내가 필요한 건 거기에 있으니까."

군소린 필요 없다는 듯 인우가 고개를 돌렸다. 저리 보면 남들에게 명령하는 것이 몸에 밴 듯도 하다. 역시 피는 못 속이는구나. 감탄 아닌 감탄을 하며 조 비서가 차를 돌리라 기사에게 눈짓했다.

물끄러미 창밖을 보는 인우는 그 후로도 아무 말이 없었다. 가끔씩 기억을 더듬듯 눈을 찡그리긴 했지만 그뿐이다. 꽤 긴 시간을 침묵하던 그가 드디어 낯익은 골목 앞에서 한 손을 낮게 들었다.

"여기서 세워줘."

"아, 옮길 짐이 있다면 말씀 주십시오. 제가 가지고 나오겠습니다."

성큼 내려서는 인우를 따르며 조 비서의 말이 빨라졌다. 그도 결코 작은 키는 아니지만 인우가 190센티미터에 가까운 장신이었으니 아무래도 걸음을 따라잡기엔 무리가 있었다. 거기다 오르막이 꽤나 가팔라 몇 번씩 멈춰서서 고개를 들어야만 했다.

"언론에선 여기까진 모를 겁니다. 천천히 가시죠, 전무님."

허억, 차오르는 숨을 참아가며 조 비서가 억지로 웃어 보였다. 그나마 아까처럼 기자에게 쫓기지는 않으니 다행이라면 다행이랄까. 사실 이제는 기자가 온다 해도 따돌릴 체력이 없긴 했다.

조 비서완 달리 인우는 숨소리 한번 크게 내지 않았다. 수없이 이 길을 오르내리던 기억이 남아 있는지 이상할 정도로 고요했다. 그런 그가 검은 대문을 앞에 두고도 어딘가를 뚫어져라 보고 있자 조 비서가 그 시선을 좇았다.

"벤치네요. 하하."

어느 골목에나 있을 법한, 특히 이런 가파른 오르막길에 위치한 주택가에는 더욱 어울리는 낡은 벤치다. 그래봤자 아무도 없는 빈자리였지만 어떤 면으로는 인우의 분위기와 잘 어울렸다. 쓸쓸하고 고독한, 그래서 더욱 눈길이 가는 것이 꼭 닮기도 했다.

"저어, 전무님?"

"아니. 괜찮아."

"……."

들릴 듯 말 듯한 나직한 대답이 인우답지 않게 영 어색했지만 따질 수도 없었다. 이미 돌아선 그는 마지막 계단을 올라 대문 앞에 서 있는 터라 조 비서는 서둘러 비밀번호를 눌렀다.

"오래 비워뒀던 터라 혹시 몰라 편한 쪽으로 바꿔뒀습니다. 앞으로도 제가 계속 옆에서 수행하니 뭐든 거리낌 없이 편하게 말씀 주시면…… 하아, 또 언제 여기까지."

주절대던 조 비서가 황급히 벽 앞에서 돌아서는 인영을 발견하고는 눈썹을 찌푸렸다. 하얀 코트에 깊이 눌러쓴 모자. 금세 뒤로 숨어버렸지만 이런 곳까지 찾아올 사람이라고는 안 봐도 뻔했다.

"기자인가 봅니다. 그새 여긴 또 어떻게 알아가지고. 하여튼 걱정하지 마십시오. 한두 명 정도는 제가 가서 물리면…… 전무님?"

"잠시만."

어느새 휙, 제 옆을 스쳐간 인우의 걸음이 유례없이 빨랐다. 골목길을 올라올 때에도 빠르다 싶었지만 지금에는 비할 바가 아니다. 그새 모퉁이까지 다가서서 발을 우뚝 멈추는 인우를 보니 원하던 것을 찾은 모양이다.

"……아아, 저기, 전 그냥……."

"뭐 해, 안 들어가고."

"……."

얼핏 작다 싶던 여자의 그림자가 인우와 나란히 서자 더욱 작아 보였다. 어찌해야 할지 모르고 머뭇대던 여자가 결국 그에게 떠밀리듯 대문 안까지 들어섰다.

워낙 순식간에 일어난 일이라 인사는커녕, 상황 파악도 못 한 조 비서는 어버버 굳어졌다.

"전무님. 대체 누구시길래……."

"아아."

인우가 대수롭지 않단 듯 그를 곁눈질했다. 코앞에서 문이 닫히기 직전, 검은 대문 사이로 그의 붉은 입술이 또렷하게 움직였다.

"……내 부인."

대낮의 케이블 뉴스는 며칠간 같은 소식으로 시끄러웠다. 누군가가 공항을 나서는 장면부터, 또 인사 한번 없이 무심하게 사라지는 장면까지. 내보내는 영상도 비슷비슷했다.

"하여튼 말이 뉴스지, 재벌 얘기 아니면 할 게 없나 봐."

"……."

"그나저나 저 남자는 어떻게 봐도 봐도 새롭니. 그치, 해인아?"

"……."

과방 구석에 놓인 소파에 앉아 TV에 빠져들듯 중얼거리던 유진이 부스스 몸을 돌렸다. 분명 인기척이 났는데 한참이나 대답이 없었다. 아무리 조용한 애라지만 이렇게까지 말이 없을 수가 있나. 그녀는 입술을 내밀며 투덜거렸다.

"야, 송해인. 너 뭐 해?"

"……응?"

"불러도 말도 없고. 너 아닌 줄 알았잖아."

돌아보며 턱을 괸 유진이 장난스레 웃었다. 정말이지 한결같단 말이야. 신입생 때 처음 만났으니 길다면 긴 시간이지만 친구인 해인은 변함이 없었다. 조용하면서도 상냥하고, 또…….

"……."

알게 모르게 눈을 사로잡는다. 별다른 말이나 행동을 하는 것도 아닌데 이상하게도 해인을 보고 있노라면 시간이 잘도 흘렀다.

하얗다 못해 투명한 피부와 연갈색 눈동자, 그 아래 붉은 입술이 수채화처럼 서정적이다. 얼마 전에 머리를 단발로 싹둑 자르고서는 목덜미가 드러나 전체적으로 더욱 희게 빛났다.

"아…… 미안, 유진아."

"어어, 뭐 별거 아니야."

그녀를 빤히 보고 있던 유진이 리모컨을 든 채 손을 흔들었다. 눌러쓴 모자를 벗고 머리칼을 가볍게 흔드는 것이 사랑스럽다 해야 할까. 같은 여자 눈에도 이 정도이니 남자들이 보면 오죽할까 싶기도 했다.

"그런데 뭐라고 했어? 내가 제대로 못 들어서."

"아니, 그냥 티브이 좀 보느라."

유진이 퍼뜩 TV 화면으로 고개를 돌렸다. 요 며칠 같은 남자만 비추던 카메라가 출근길까지 따라붙은 모양이다.

"저기 저 남자 말이야, 진짜 잘생기지 않았어?"

"으응?"

"서른세 살에 태원 그룹 후계자라잖아. 강인우라던가?"

"……."

"에이, 나만 이러는 거 아니거든? 티브이만 틀면 나오잖아. 인터넷도 그렇고."

허황된 꿈을 꾸는 것처럼 보일까 싶었는지 유진이 주절주절 변명을 늘어놓았다. 사실 없는 말도 아니다. 늘 새로운 스타가 등장하기만을 기다리는 대중 사이에서 요즘 저 남자만큼 뜨거운 인물이 또 없다.

"해인이 너는 한 번도 못 봤어?"

"……응?"

"너 자꾸 왜 그래. 멍하니 있다가 말도 잘 못 알아듣고. 혹시 감기 걸렸어?"

"아니아니. 그런 거 아냐."

유진이 걱정스레 쳐다보자 해인이 뒤늦게 웃으며 고개를 저었다. 웃는다곤 해도 붉어진 얼굴이 착각하기 딱 좋긴 했다.

"얼굴 빨개진 거 보니까 감기 걸린 거 맞네. 며칠 전에 나갔다 와서부터 그랬잖아. 그러니까 밤엔 나가지 말래두."

"……그러게. 그럴 걸 그랬나 봐."

해인이 짧은 머리칼을 귀 뒤로 넘기며 유진에게 다가왔다. 긴 머리를 쓸어넘기던 습관이 남아서인지, 허전하게 끝나버리는 손짓이 낯설기만 했다. 해인이 머뭇머뭇 TV를 바라보자 유진이 그녀를 쿡 찔렀다.

"어쨌든 저 남자도 대단하다. 말이 사생아지, 재벌가에서 뭐 손에 물 한 방울 묻혀봤겠어?"

"……."

"스펙도 그렇고 어지간해선 불가능하지. 저런 거 원래 다 짜고 치는 고스톱이잖아."

뻔하지, 뭐. 유진이 괜히 핀잔하며 세운 무릎을 감싸 안았다. 그러면서도 딱히 채널을 돌리지 않는 걸 보면 관심이 넘치긴 했다.

"딱 봐도 얼굴에 귀공자라 쓰여 있네. 해인이 네가 봐도 저 남자 고생 하나 안 해봤게 생겼지?"

"……나는."

뭐라고 말을 할 듯하던 해인이 유진을 따라 무릎을 세웠다. 정말이지 TV 속 남자를 보고 있자니 마음이 더욱 휑해졌다. 얼마 전 잘라버린 머리칼을 만질 때보다 더 낯설고 신기한 기분이 들었다.

"안녕하…… 아니, 안녕."

처음 만났을 때 어땠더라. 모르긴 몰라도 유진이 말하는 모습과는 달랐다. 그때는 저리 주름 하나 없는 말쑥한 정장 차림이 아니었으니까. 책장 앞에 선 그는 조금은 낡은 듯한 베이지색 재킷을 입고 자신을 돌아보았었다. 그럼에도 고아한 분위기가, 타고난 귀공자 같기는 했다.

"……이상한 사람 아니거든. 교수님 뵈러 온 거야. 그러니까…… 너희 아버지."

남의 집 서재에 멋대로 들어와 있으면서도 당당하기 그지없었다. 약간 찡그리는 듯한 얼굴이 그 나름대로 당황했다는 뜻이라는 건 나중에야 알았다. 그도 그가 직접 말해준 것이 아니라 아마도 그런 게 아닐까 싶은 제 짐작일 뿐이지만.

"나는 그냥…… 괜찮은 사람 같은데."

망설이다 나온 대답 치고는 싱겁기 그지없다. 하지만 인우를 두고 달리 어찌 표현해야 할지 모르겠다. 친절하다거나 따스하다거나 그도 아니면 말을 예쁘게 한다거나, 빈말로라도 인우는 그 어느 것에도 해당한다 할 수 없었다.

……그렇지만 괜찮은 사람 정도라면 괜찮지 않을까. 사실 그 이상으로 잘 표현해낼 자신도 없다. 실제로 인우는 정말이지…… 괜찮았다. 앞에서 따스한 위로는 못 하더라도, 뒤에서 차디찬 말을 내뱉지도 않았다.

"……말씀하신 뜻은 잘 알겠습니다, 교수님."

적어도 병색이 짙은 아버지의 터무니없는 부탁에 자리를 박차고 일어나지 않는다거나, 경멸 어린 시선을 보내지 않았던 것만으로도 그녀에겐 몹시 괜찮은 사람이었다. 난감한 듯 잠깐씩 눈썹을 찡그리긴 했지만 인우는 한 번도 아버지의 말을 끊지 않았다. 미리 이야기를 들었던 자신도 어쩔 줄 몰라 얼굴이 빨개지는데 그는 끝까지 침착했다.

　그래서 열아홉의 해인은 스물일곱의 인우가, 꽤 괜찮은 사람이라 생각했다. 저렇게 잘생기지 않았더라도 그리 생각했을 것이다.

　"……괜찮다고? 뭐, 그렇긴 하네. 재벌 손자에 후계자에 저 스펙에 저 외모에, 네 말대로 저 정도면 참 평범하게 괜찮은 남자야. 그치?"

　"유진이 너도 참."

　장난스레 한쪽 눈을 크게 뜨며 놀리는 유진을 해인은 어설픈 웃음으로 모른 척했다. 그때의 인우가 지금과는 달랐다 말하고 싶지 않았다. 제게 괜찮은 남자인데, 다른 사람이 그리 보지 않기를 바랄 이유가 없다.

　"어휴, 부질없긴 하네. 저래봤자 사는 세상이 다른걸."

　"……그러게 말이야."

　그리고 무엇보다도 지나간 이야기였다. 아직은 마무리 지어야 할 것들이 남아 있다지만 저 남자가 사는 세상은 이곳이 아니라 TV 속 화려한 빌딩 숲이다. TV를 보면 볼수록 더욱 실감이 났다.

　"저런 남자는 누가 데려갈까? 하긴, 결혼할 사람도 다 정해져 있겠지?"

　"……응?"

　"그렇잖아. 결혼이란 게 좀 서로 부족한 걸 채워주고 그래야 하는 건데, 저 남자는 부족한 게 다 뭐야. 넘치는 거 안 흘리게 담아나 줄 수 있으면 다행이겠지."

　유진은 새삼 허무하다는 듯 어깨를 으쓱했다. 해인을 봤다면 친구가 전에 없이 당황했단 걸 알아차렸겠지만, 안타깝게도 아무리 사랑스러워도 늘 보는 친구 얼굴보다는 TV 속 못 먹는 감에서 헤어나지 못했다.

"만날 일도 없겠지만 만나봤자 뭐 하겠어. 아니다, 그래도 만나보면 좋긴 하겠다."

"만나면 뭐 하려구?"

"글쎄. 일단 얼굴 구경 실컷 하고…… 커피 한잔 마시는 거지. 저렇게 다 가진 남자한테 해줄 게 뭐 있겠니. 그래도 커피 사준다는 여자 있으면 오히려 신기해할 수도 있긴 하겠다."

"……."

유진은 상상만으로도 즐거운지 자리에서 일어나 두 손을 꼭 맞잡았다. 원래 이런 상상을 할 때 가장 행복해하는 애였다.

"또 뭘 하면 좋을까. 타이밍을 놓치지 않고 멘트 하나 날려줘야 하는데."

"……."

"아아, 그렇지! 제가 딴 건 못 해드려도 평생 커피는 사드릴게요, 이런 거 좋잖아. 넌 어때?"

꿈을 꾸듯 중얼대던 유진이 해인에게 살짝 어깨를 부딪쳐왔다.

생긋 웃는 것으로 얼버무리기 힘들어진 해인이 다시금 머리를 귀 뒤로 넘겼다. 이번엔 손끝의 허전함조차 잊을 만큼 다른 생각에 빠져 있었다.

"응, 나 같으면……."

"오빠한테 제가 달리 해드릴 수 있는 것도 없고……."

제가 무슨 소릴 하는지도 모르고 그의 앞에서 입술만 오물거렸다. 유진의 말처럼 무엇이든 해주고 싶은데, 아무리 생각해도 제가 그에게 해줄 수 있는 것은 하나뿐이다.

"결혼도 했으니 이제는……."

● ✦ ●

"……."

툭. 인우가 펜을 내려놓다 시선을 내렸다. 하얀 종이에 잠깐 닿은 것뿐인 데도 검게 번지는 흔적이 어쩌면 제 마음 같기도 했다.

"……이혼해드리려구요."

쑥스러운지 눈도 잘 마주치지 못했지만, 음성은 작아도 또렷했다. 그래서인지 며칠이 지나서도 쉽게 잊히지 않았다.

이혼, 이혼이라.

생소하기 짝이 없다. 하긴. 결혼도 그런 식으로 했으니 이혼이라고 별다를 게 있겠냐마는, 해인의 입에서 나온 말인 이상 흘려들을 수는 없는 노릇이다.

"……."

기분이 나쁘다기보다는 뭔가 어색했다. 사실 제가 기분이 나쁠 만한 이유는 없다. 처음부터 형식적인 결혼이었고 서로가 원하던 바를 얻었으니, 이쯤에서 정리하는 것이 옳다.

그럼에도 불구하고, 그가 아는 해인은 이혼이란 말을 입에 담을 만한 아이가 아니었던지라 이질감이 들었다. 아이들이 사탕을 조르고 강아지들이 무의미하게 꼬리를 흔드는 것처럼, 그의 머릿속에 있는 해인은 할 만한 말과 행동이 정해져 있는 존재였다.

"······저요? 저 부르셨어요?"

　따뜻한 코코아 잔을 잡으면 잠시 눈을 감고 웃거나, 그를 못 본 척 굴다 그가 부르면 놀라 눈을 깜빡이거나.
　그런 아이였다. 아무리 몇 년이 흘렀다지만 사람은 그리 쉽게 변하지 않는 법인데. 적어도 아무렇지 않은 듯 '이혼해드리려구요.'라는 말을 할 애라고는 생각해본 적이 없다. 그래서였을지도 모른다.

"왜?"

　굳이 이유를 물어본 것은.

"아······ 아무래도 그래야 할 것 같아서요. 더는 예전처럼 다니기 힘드실지도 모르니까, 제가 먼저 말씀드려야 할 거 같아서······ 그래서······."

　마치 그를 배려해준다는 듯한 투였다. 실제로 제가 아는 해인이라면 그이유가 전부였겠지만, 묘하게 거슬렸다. 그리고 조금은 우습기도 했다.

"오빠 온다고 뉴스에서 봤거든요. 그래서 혹시 여기 오면 볼 수 있을까 했는데······ 정말로 만날 줄은 몰랐어요."
"······."
"지, 진짜 여기 오실 줄이야."

　이왕 말하는 거 당당하게 굴 것이지, 연신 머리칼을 넘기는 손이 떨리고 있었다. 아무 생각 없이 던져본 낚싯대에 고기가 걸린 듯, 어쩔 줄 모르고 눈만 깜빡이는 해인이 마냥 우스웠다. 정말로 그냥 한번 들러본 거였으려나. 사람의 모든 행동엔 이유나 속셈이 있다 믿어온 인우였지만, 그 순간엔 그리 믿고 싶기도 했다.

하지만 그가 제일 의아해하는 부분은 따로 있다.

"그러니까 제 말은, 결혼도 했으니 이제는…… 이혼해드리려구요."

이게 어법에 맞는 소리인가. 쉴 새 없이 몰아치는 살인적인 일정 중에도 간간이 의문을 떠올렸다. 주로 지겨운 상대와 마주 앉아 있거나, 살얼음판 같은 회의실에 앉아 있을 때 그러했다.

공부를 꽤 잘했다고 들었는데. 어법에도 안 맞는 말을 한 해인이 이상한 건지, 그런 애를 합격시켜준 대학교가 이상한 건지, 아니면 굳이 그걸 생각하고 있는 자신이 이상한 건지 모를 일이다.

"고얀 놈, 기어이 내가 여기까지 와야 하느냐!"

문이 벌컥 열리자, 인우가 조용히 일어났다. 전무까지 된 그의 방에 멋대로 들이닥칠 이라면 둘 중 하나다. 그가 이 자리에 앉은 것이 불만스러운 사람이거나, 아니면 그를 이 자리에 앉힌 사람이거나.

"오셨습니까, 회장님."

"곧 죽어도 회장님이라지. 하여튼 고집이 제 애비랑 똑 닮아선."

쯧쯧, 혀를 찬 강석재 회장이 전무이사실부터 한 바퀴 휙 둘러보았다. 원래부터가 마음에 들어 하는 것이 별로 없는 사람이라지만, 인우의 방을 뜯어보는 시선은 평소보다 한층 더 깐깐했다. 크기가 작네 크네, 장식품이 적네 마네, 별걸 다 지적하더니 마지막에야 인우를 흘겼다.

"그래, 그러고 보니 너도 말이다."

"그냥 처음부터 저한테 뭐라셔도 상관없습니다, 회장님."

"하여튼 이……."

강 회장은 눈 하나 깜빡 않는 인우를 보며 반백의 눈썹을 세웠다. 할 말이 있으면 공연히 시간 낭비하지 말라는 뜻이겠지만, 그런 걸로 치자면 이쪽도 할 말이 많다.

"너야말로 무슨 생각을 하느라 대놓고 틈을 보였느냐."

"……."

"흥, 다 잘하는 줄 알았더니 시치미는 못 떼는구나."

강 회장은 만족스레 웃으며 소파에 등을 기댔다. 당황한 손자를 놀리기엔 녀석이 얼마나 바쁜지 익히 아는 바다.

"정신없겠지만 앞으로 한동안은 계속 이럴 게다. 지켜보는 눈도 많고. 뭐, 앞으로는 더 많아지겠지만."

"그렇군요."

"그러니…… 정리할 일은 미리미리 정리해두는 게 좋지 않겠느냐."

"……."

강 회장의 의미심장한 시선에 인우가 턱을 들었다. 오만한 느낌을 주는 예리한 턱선이 강 회장의 젊은 시절과 닮은 구석이 많다.

"하고픈 말은 곧장 하셔도 된다 말씀드렸습니다만."

"얼굴도 모르는 내 손자며느리 말이다."

"그게 벌써 회장님 귀에까지 들어간 줄은 몰랐습니다."

"내게 들어가라 일부러 흘린 것은 아니고?"

조 비서는 강 회장이 직접 발탁해 인우에게 붙여준 수족이다. 그것을 뻔히 알면서도 인우가 스스럼없이 그런 소릴 했다면 이 정도는 예상하고도 남았단 뜻이다.

"처음부터 나 알고 계셨던 건 아니고요?"

"아니라곤 안 하마."

인우에 대해서라면 그의 존재를 알게 된 순간부터 샅샅이 파헤친 강 회장이다. 본론이 나온 만큼 그도 보다 직설적으로 나섰다.

"그 아가씨 아버지가 네가 다니던 대학 교수였다지?"

"……."

"미성년자인 딸을 네게 맡길 정도라면 꽤 신뢰가 두터웠던 모양이구나. 뭐, 네가 누군지 알아봤을지도 모르겠고."

"그러실 분이 아닙니다. 돌아가신 분께 말씀 삼가시지요."

그나마 강 회장 앞에서는 잠잠하던 인우의 눈초리에 거침없이 날이 섰다. 그 모습을 빤히 보던 강 회장이 슬며시 입가를 늘였다.

"네가 편들어주는 사람도 다 있고, 별일이구나."

"교수님께는 빚이 많으니까요."

"그 덕에 네 호적까지 내어주지 않았느냐?"

"……그 정도가 별 의미 있겠습니까."

'그 정도가'라고 했지만 실상 '그따위가'와 다를 바가 없다.

아버지가 누군지도 모르는 사생아로 났으니 어쩌다 서류를 제출해야 할 때면 누구든 그의 얼굴을 다시 쳐다보곤 했었다. 티를 내지 않아야 한다 마음먹었다 해서, 그리 쉽게 되는 것은 아니다. 얇은 종잇장 하나로는 가려지지 않는 억지웃음은 워낙 익숙해 상처랄 것도 없었다.

그럼에도 그의 어깨를 툭 두드리며 씩 웃어주던 송 교수님의 반응은 나쁘지 않았다. 물론 그때에는 서로가 상대에게 어떠한 관계가 될지 상상도 하지 못했지만.

"그분껜 그보다 더한 것도 내어드렸을 겁니다."

"……모두 과거의 일 아니냐. 그리고 네 덕에 딸이 남은 재산을 지켰으니 그 양반도 손해는 아니었을 테고."

"……."

"네가 태원에 자리를 잡기로 한 이상 일을 복잡하게 만들어 좋을 것 없지 않겠느냐."

강 회장에게 결론은 하나였다. 그는 손가락을 맞물려 깍지를 낀 채 이렇다 할 대답이 없는 인우를 응시했다.

"자칫 언론이나 사람들 귀에 들어가면 너뿐 아니라 그 아가씨도 혼란스러워질 게다. 겪어봐서 알겠지만 그건 너도 싫겠지."

"……해인이는 그리 살 필요가 없으니까요."

그 이름을 입에 담는 인우의 분위기가 사뭇 달라졌다. 여태까지는 그저 남의 일처럼 무심했다면 이제는 싸늘했다. 선을 긋는 듯한 인우의 눈동자가 더욱 또렷해졌다.

"회장님께서 하시고자 하는 말씀이 정확히 무엇입니까?"

"그야 당연히 이혼을 해야지."

"……."

"금전적으로는 별 부족함이 없는 것 같던데, 뭘 해줘야 적당히 물러날지 생각 중이다. 인우 너는 따로 해주고 싶은 것이 있느냐?"

"글쎄요."

강 회장의 거침없는 요구만큼이나 인우의 대답은 간결했다.

"그 전에 저도 회장님께 하나 여쭤보고 싶군요."

"말해보거라."

"제 이혼에 그리 관심을 쏟으시는 것이 정말로 해인이를 위해서인지, 아니면 태원 그룹에 해가 될까 우려하셔서인지 궁금하군요."

"글쎄."

"……."

"어느 것이든 너를 움직일 수 있다면야 무슨 상관이겠느냐."

피식. 느긋하게 기대어 있는 강 회장의 미소는 바닥이 보이지 않을 만큼 깊고 어두웠다. 그 오랜 세월 대한민국 최고의 기업가 자리를 지켜왔다면 보통의 도덕심은 버렸다는 소리다.

이로써 인우가 할 수 있는 결정도 더욱 굳건해졌다. 자신을 휘두를 수 있는 약점이라면 끊어내는 것이 순리다.

"그러시군요. 그 뜻은 잘 알겠습니다."

"이왕이면 좋게 마무리하고 싶다는 거니 언짢게 생각지 말거라."

"그러기엔 한발 늦으셨군요. 이 결혼을 마무리 짓고 싶어 하는 사람은 따로 있어서요."

"……그게 무슨 말이더냐? 혹시 인우 네가 미리……."

"아니요, 저도 차였습니다."

"……."

"도착하자마자요."

제 할 말을 모두 마친 인우가 서슴없이 자리에서 일어났다. 이어 코트까지 팔에 걸친 그가 입을 떡 벌린 채 앉아 있는 강 회장의 앞에 섰다.

"모든 선택을 꼭 회장님이 먼저 하실 이유는 없지 않겠습니까."

"……그, 그럼 그 아가씨가."

"그러니 앞으로 나설 기회가 없더라도, 너무 언짢게 생각지 마십시오."

여기까지만입니다. 눈빛이든 말이든 이만하면 분명한 경고를 한 셈이다. 아마 강 회장도 앞으론 그녀의 이야기를 함부로 입에 담지는 못할 것이다.

"……."

그런데도 검은 카펫 위를 걸어가던 인우가 어느 순간 못마땅한 듯 멈춰 섰다. 조각상같이 반듯하기만 하던 옆모습도 꽤나 심각해졌다.

강 회장이 어떤 사람인지 모르는 것도 아니고, 그가 어떤 소릴 하든 놀라거나 당황할 것은 없다.

"아무래도 결혼을 했으니…… 이혼해드리는 게 맞는 거 같아서요."

그래, 사람을 당황하게 하려면 이 정도는 돼야지. 이미 해인의 수줍은 듯 어법에도 안 맞는 말을 듣던 순간에 겪을 만큼 겪었다. 한참 후에야 나왔던 자신의 대답이 어땠는지 떠올려보면 더욱 그러했다.

"……그럼 그러든가."

"해인 언니, 여기 있었네요! 한참 찾았는데."
"아아, 연주야."
"수업도 다 마쳤는데 혼자 뭐 했어요? 아아, 원서 쓰고 있었구나!"
후배 연주가 강의실에 홀로 남아 있는 해인을 보고 반색했다. 뭘 그리 심각하게 들여다보느냐며 고개를 들이미는 연주 때문에 해인은 사색이 되어 부랴부랴 서류를 가방에 집어넣었다.
"아냐, 그냥. 별거 아냐."
"에이, 원서 하루 이틀 쓰는 것도 아니고 뭐 어때요. 설마 경쟁자 방지 그런 거 아니죠?"
"아냐, 정말 아냐."
"음……. 하긴, 해인 언니가 그럴 리 없지. 유진 언니면 몰라도."
킥킥대던 연주가 얼른 나가자며 해인의 팔을 끌었다. 유진이었다면 하늘 같은 선배에게 뭐 하는 거냐 한소리 했겠지만 해인은 보통의 선배들과는 달랐다. '솜사탕 선배님'. 후배 모두가 해인을 그리 불렀다. 처음에는 단순히 성 때문에 붙인 유치한 별명이었지만 가면 갈수록 그런 별명을 지어낸 사람에게 탄복했다.

'정말이지 딱 들어맞잖아.'

얼굴이든 마음이든 하얗고 말랑말랑했다. 특히 오늘처럼 하얀 코트를 입으면 후, 불어보고 싶을 만큼 솜사탕 같았다.

"근데 언니 오늘 정말 좋은 데 가요? 왜 이렇게 화사하게 차려입었어요?"

"내, 내가?"

"당황하는 거 보니 진짠가 봐. 그럼 안 되는데."

"……왜? 무슨 일 있어?"

"오늘 현우 오빠가 밥 산다고 모이랬거든요."

저기, 보이죠? 연주가 계단 아래 옹기종기 모여 있는 남자들을 가리켰다. 다들 또래에 비슷한 차림이라지만 그중에서도 유난히 단정한 한 사람을 보며 벌어지는 입을 가렸다.

"진짜 현우 오빠야말로 바람직한 대학 선배의 표본이지 않아요? 솔직히 이제 쓸데없는 것 좀 그만 가르치고 현우 오빠만 앞에 세워놓으면 좋겠어요. 그럼 적어도 등록금 내고 패션 센스는 배울 테니까."

"하하."

"가요. 현우 오빠가 쏜다잖아요!"

"아…… 미안한데 정말로 못 가. 약속이 있어서."

"네에? 정말이었어요?"

뭘 그리 놀라운 소식이라고, 연주의 실망이 이만저만이 아니다. 물론 그녀보다 더욱 실망할 사람이야 저 아래에 있다.

"현우 오빠가 왜 때문에 우리한테 밥을 사겠어요. 다 언니랑 같이 있어보려고 그러는 건데."

"연주야."

"……에이, 같이 좀 가시지. 콩고물 좀 떨어지나 싶어 다들 들떠 있잖아요."

"밥은 내가 다음에 살게. 정말루."

"밥이 문제가 아니라…… 현우 오빠 진짜 멋지잖아요. 키 크지, 잘생겼지, 또 몇 년째 언니 하나한테만 올인인데."

연주가 자신의 일인 양 시무룩해했다. 학교 최고의 인기남이니 남 주기엔 아깝지만, 준다 했을 때 가장 안 아까운 사람이 여기 있는 해인이다. 그녀가 워낙 이성 관계에는 민숭민숭하니 대놓고 고백을 못 했다 뿐이지, 현우가 한결같이 해인만 바라본다는 것은 아는 사람은 모두 알고 있다.

"언니도 연애 좀 하고 그래요. 그 얼굴 뒀다 뭐에 쓰려구."

"아니. 그게…… 내가 그러면 안 될 거 같아서."

"안 되는 게 어딨어요. 막말로 언니가 유부녀도 아니고."

"……."

해인이 마른침을 꿀꺽 삼키며 입술을 꼭 맞물었다. 말없이 눈을 내리깔고 있는 모습이 도도하다기보다는 정적이었다.

"저기…… 나 정말 가볼게. 다들 밥 맛있게 먹으라고 전해줘."

"네에. 그나저나 정말 면접이라도 있는 거예요? 옷도 그렇고 아까 서류도 그렇고."

"……어어. 뭐, 비슷한 거야."

"그럼 어쩔 수 없죠. 우리 솜사탕 선배님, 잘될 거예요! 파이팅!"

"고, 고마워."

주먹을 꼭 쥐고 응원하는 연주를 향해 해인이 억지로 고개를 끄덕였다. 그런 거 안 해줘도 되는데.

더 마주하고 있기 부담스러운 나머지 허둥지둥 내려서는 모습이 해인답지 않았다. 처음부터 그녀만 보고 있던 현우의 눈길에 연주의 애가 탔지만 그게 보일 정신도 아니었다.

"후우우."

이것도 두 번은 못 하겠구나. 한 번도 쉬지 않고 달리다시피 해서 정문에 도착한 후에야 해인은 목 끝까지 치받았던 숨을 내뱉었다. 그 어떤 면접장에 간다고 해도 이보다 떨릴 수는 없을 터다.

따지고 보면 면접과 크게 다를 것은 없다. 서류도 내야 하고, 면접관도 만나야 하고, 묻는 말에 또박또박 대답도 해야 한다. 크게 새로울 것은 없다지만 얼마나 가슴이 뛰는지 어젯밤을 꼬박 지새웠다.

······누구라도 함께 있으면 좀 나으려나. 전에 없이 요동치는 마음을 어쩌지 못하고 해인이 괜히 빈손을 불어보았다. 후우. 손가락 새로 서리는 하얀 김이 따스할 새도 없이 흩어졌다.

"······그런다고 땅이 꺼지진 않을 텐데."

그녀의 밤색 머리칼 위로 길쭉한 그림자가 드리우고 나서야 해인은 확실히 깨달았다. 차라리 혼자인 편이 덜 떨릴 것 같다고.

● ✦ ●

"해인아, 아빠랑 이야기 좀 할까?"

똑똑.

결혼은 사람의 일생에 커다란 일 중 하나라지만 해인에게는 달랐다. 정말이지 너무나 평범한 일상처럼, 제 방을 찾은 아빠의 노크와 함께 시작되었다.

"우리 딸 공부하고 있었구나."

"응, 나 꼭 아빠네 학교 들어가려고. 그럼 등록금도 면제되고 아빠도 매일 볼 수 있으니까. 아빠도 좋지?"

어느 순간부터 부끄러운 애교가 잘도 나왔다. 마음에 없는 웃음도, 들뜬 목소리도 어색하지만 살갑게 굴고 싶었다. 그래야지 아빠가 한 번이라도 더 웃어줄 테니까.

"……그럼. 나도 우리 해인이 대학 다니는 거 꼭 지켜보고 싶지."

"아빠."

"그렇지만…… 그러기 힘들다는 거 너도 알지?"

하지만 그날의 아빠는 여느 때처럼 웃어주지 않았다. 벼르고 별러온 말을 하겠다는 기색은 이미 방문 앞에서 수없이 서성거릴 때부터 알아채고 있었다. 펜을 잡고 있는 손에 주체할 수 없는 힘이 들어갔다.

"……왜 그런 소릴 해?"

차마 모른다 할 수는 없어 대꾸할 수 있는 말이 그뿐이었다. 아빠가 어떠한 상태라는 것은 서로가 잘 알지만, 모른 척 지내기로 했던 거 아닌가. 그런데도 아빠가 굳이 저를 찾아 이야기를 꺼냈다면…….

이유를 떠올리기도 전에 눈시울이 시큰해졌다.

"내가 할 수 있는 건 다 할 거야. 우리 해인이 옆에 하루라도 더 오래 있을 수 있다면 뭐든."

"……."

"그렇지만 혹시 안 되는 경우가 생길까 봐, 미리 말을 해둬야 할 것 같아서."

정말이지 몇 번이고 연습을 하고 왔다는 것이 티가 났다. 어찌나 티가 나는지 그 노력을 생각하니 그만하라는 말도 할 수가 없었다.

"……만약, 만약에라도 아빠가 먼저 떠나게 되면, 아마 해인이 너 혼자 남겠지."

"아빠!"

"정확히 혼자는 아니겠구나. 네 엄마가 있으니까."

안 그래도 어둡던 아빠의 안색이 더욱 어두워졌다.

"그러면 네게 남겨진 것들은 전부 네 엄마가 관리하게 될 게다. 물론 네 엄마가 널 위해서만 살 수 있다면 나도 무슨 걱정이 있겠냐마는……."

"그만해도 돼, 아빠."

"네가 아직은 미성년자라 어쩔 수가 없구나. 그사이라도 네 엄마가 다른 마음을 먹는다면 넌 정말로 가진 것 하나 없이 세상에 홀로 남겨질 테고…… 아빠는 그게 죽는 것보다 더 두렵다."

해인은 끼어들 수가 없었다. 제게 하나라도 더 남겨주고 싶어 하는 아빠의 마음이 절절해서 눈물이 났고, 그럼에도 울 수가 없어 입술을 깨물어야 했다. 지금이 아니라도, 울 수 있는 시간은 앞으로 넘치도록 찾아올 것이라는 걸 직감적으로 깨달았다.

"내 말이 많이 이상하겠지만 아무리 생각해도 이 방법뿐이라."

"……아빠?"

"결혼을 하는 게 어떻겠니."

내내 굳어 있던 아빠의 얼굴에 처음으로 서글픈 미소가 서렸다. 곧 만 열여덟이 되는 딸에게 결혼을 하라니, 스스로가 생각해도 터무니없는 모양이다. 그러나 결코 농담이 아니라는 것은 꼭 잡은 손안의 열기로 느낄 수 있었다.

"법적 보호자를 만들어두면, 네 보호자로서 엄마보다 우선이 될 수 있으니까."

"……."

"아빠 제자란다. 착하거나 살가운 애는 아닌데…… 그래도 나쁜 애는 아니야."

걱정하지 마. 손을 잡은 아빠가 웃었다. 재산을 탐할 사람도, 또 다른 마음을 먹을 사람도 아니라 했다. 가진 것도, 부모도 없지만 믿을 수는 있는 사람이라 했다. 어떻게든 그를 설명해보려는 아빠에게 해인은 억지로 웃어 보였다.

"……그게 착한 거잖아, 아빠."

적어도 엄마보다는. 차마 못 하는 말을 삼키며 고개를 끄덕여야 했다.

결혼이라니, 당장에 모의고사가 코앞인데 꿈을 꾸는 것처럼 멍했다. 그게 말이 되냐 소리를 칠 수 있다는 것도, 절대 안 된다 거부를 할 수 있다는 것도, 아주아주 나중에야 생각이 났다. 왜냐하면 고3의 해인에게 가장 말이 안 되는 소리는 결혼이 아니라…… 아빠에겐 제가 성년이 될 때까지인 1년의 시간조차 남아 있지 않다는 것이니까.

"해인아, 아빠 말은…….."

"……알았어."

그러니 그 말밖에 할 수가 없었다.

"그럴게. 나도 뭐든 다 할게. 그럴 거야."

아빠가 하듯 최대한 웃으면서, 아빠에게 허락된 일분일초가 걱정으로 가득 차지 않게, 고개를 끄덕여주었다. 그제야 아빠는 앓는 듯한 한숨을 내뱉으며 다른 손으로 해인의 머리를 쓸었다.

"넌 걱정할 거 없어. 인우라면…… 다 알아서 해줄 테니까."

● ◆ ●

"……여기, 사인하면 돼."

"아아, 네."

생각에 잠겨 있던 해인이 인우의 말에 허둥지둥 펜을 들었다. 하얀 건 종이요 까만 건 글씨인데, 전부 흐릿하니 하나로 뒤엉켰다. 결국 글자를 읽은 것이 아니라 인우의 길쭉한 손가락을 좇아 겨우 서명을 마쳤다.

"혹시 어디 아픈 건 아니지?"

"……아니에요."

오빠는 내가 무슨 생각을 하고 있었는지 알고 있을까. 그의 손이 종이 한가운데에서 멈추자 해인의 뺨이 붉어졌다. 이혼신고서를 쓰면서 혼인신고서 쓰던 순간을 떠올리다니, 그가 알아채기라도 할까 봐 고개를 푹 숙였다.

'그래도 아빠 말이 틀린 건 아니야.'

6년 전 그때처럼, 정말이지 인우는 모르는 것이 없었다. 어디에 뭐라고 적어야 하는지, 온통 꽉 차 있는 서류에서도 정확히 빈 곳만 짚어 자신을 이끌어주었다. 반면 자신은 어수룩하기 짝이 없는 것이 그때와 별반 다르지 않았다. 또한 당황하면 자기가 무슨 말을 하고 있는지 모르는 것도.

"정말 오빠는 대단하신 거 같아요."

"……뭐가?"

"뭐든 다 잘하시는 거 같아요. 매일 이런 거 해보신 것처럼 그렇게……."

"아니, 나도 처음인데."

이혼은. 인우가 짧게 일축하며 그녀를 내려다보자 해인이 그 잠깐의 정적을 못 견디고 저도 모르게 고개를 들어올렸다. 생각보다 가까이에서 저를 들여다보는 인우의 눈에 입안이 바짝 타들어갔다.

"아…… 제 말은 그런 게 아니고……."

"됐어."

"오빠는 정말 못하시는 게 없다고, 꼭 이혼을 잘하신다는 게 아니라……."

"알았다니까."

아주 잠깐이지만, 그의 커다란 손이 해인의 머리에 닿았다. 교복을 입고 구청에서 어찌할 줄 몰라 하던 열아홉의 그때와 꼭 같았다.

"괜찮아."

별말 아닌 듯 던진 한마디지만 어찌나 안도가 되는지 정말로 다 괜찮을 것만 같았다. 하얀 서류에 무슨 말이 쓰여 있든 간에 인우의 "괜찮아." 세 글자로 덮였다. 그래서 해인은 무려 혼인신고서를 앞에 두고도 그를 향해 어색하게나마 미소를 지을 수 있었다.

"……아아, 미안."

"아뇨. 괜찮아요."

하지만 지금은 저도 모르게 움찔해 고개가 더 수그러들었다.

인우 또한 이전과 무언가가 다르다는 것을 알았는지 뒤늦게 눈썹을 꿈틀 거렸다. 밤색 머리카락에서 떨어져나간 그의 손이 주먹을 쥐는 듯하다 검은 주머니 안으로 들어갔다.

"……너, 혹시 말이야."

"네? 저 뭘요?"

사각사각. 둘 사이에는 알아서 빈칸을 채우는 해인의 펜 소리만이 전부였다. 한 자라도 틀릴까 신중을 기하던 그녀가 문득 고개를 들었다. 그녀를 내려다보는 인우의 표정이 그 어느 때보다 진지했다.

"혹시 빨리 이혼을 해야 하는 이유가 있는 거야?"

"그게 무슨……."

"……만나는 사람이 있다든가."

"……."

이혼법정, 누군가는 싸우고 또 누군가는 울어대는데도 해인만 목덜미가 달아올랐다. 속을 알 수 없는 인우의 질문에 그녀가 절레절레 고개를 흔들었다.

"마, 말도 안 돼요!"

"……."

"저는 오빠 부인이잖아요. 어, 어떻게 그런 짓을 해요?"

"……그래, 뭐."

틀린 말은 아니지. 어딘가 굳어 있던 인우의 인상이 조금은 부드러워졌다. 놀라 빗나가버린 그녀의 펜 자국 역시 인우의 손끝이 원래의 자리로 인도했다. 여기 틀렸잖아. 아이러니하게도 그것이 이혼서류라는 것만 빼면, 이보다 더 친절한 남편이 없다.

해인은 정신이 쏙 빠져 가까스로 마지막 빈칸을 채웠지만, 펜을 내려놓지 못하고 만지작거렸다.

"……."

부스럭, 인우가 종이를 집어 들고서야 그녀가 고개를 들어 머리칼을 넘겼다. 인우의 눈이 아주 잠깐 저를 향한 것 같기도 했지만 어느새 하얀 종이가 두 사람 사이를 가로막았다.

서류를 읽을 때 그의 눈이 얼마나 고요하고 신중한지는 익히 알고 있다. 그런 건 아무리 시간이 흘러도 쉽사리 변하지 않을 테니까.

"잘 썼네."

"아, 다행이다."

"……이런 데는 안 오게 했으면 했는데."

"네?"

살포시 웃던 해인이 인우를 응시했다. 이혼을 하려면 법원에 오는 게 당연한데. 심지어 제가 먼저 그러겠다 하지 않았나.

그녀의 의아함 가득한 얼굴에 인우 또한 무심한 듯 아닌 눈을 돌리지 않았다.

"해인이 네가 와서 좋을 데는 아니니까."

"그럼 오빠는요?"

"나야…… 뭐."

인우가 드물게 말끝을 흐렸다. 법원 정도가 무슨 문제라고. 여태 살아온 환경이나, 또 당장 저를 둘러싼 모든 것이 전쟁터나 다름없으니 이런 곳 정도야 우습지도 않다. 그러니 해인에게도 둘러말할 것 없이 있는 그대로 일러주면 그만이다.

"……아아, 걱정 마세요."

"뭐가?"

"저도 다 컸으니까요. 예전처럼 오빠 혼자서만 다 하실 필요 없어요."

"……."

그러나 그사이, 이미 해인은 가느다란 두 손으로 손사래를 치고 있었다. 안심하라며 웃는 모습이 그제야 6년 전과 비슷해 보이기도 했다.

"저 잘할 수 있어요. 성인인걸요."

"……네가……."

"아, 들어가야 하나 봐요."

그럼에도 차이점이 있다면 그때처럼 안 울고 씩씩하려 노력하는 그녀가 그다지 대견하지는 않았다.

오빠, 여기로 가면 된대요! 앞서 손짓하는 해인을 보며 인우가 주머니에 손을 넣었다.

"……."

담배가 없다는 것과, 이곳이 법원이라는 것을 새삼 깨달았다.

● ✦ ●

"지금이라도 불편하면 말해. 변호사 통해서 하면 직접 법원에 나올 필요도 없을 테니까."

"이제 와서 뭘요."

"그나마 합의이혼이……."

대기실 의자에 나란히 앉은 인우가 말을 하다 한쪽 눈을 찡그렸다. 아무리 거칠 것 없는 인생이라지만 이런 애를 두고 이혼이 어쩌니 하는 것이 영 탐탁지가 않다. 이렇다 저렇다 말수가 많은 애도 아닌데, 그래서 더 신경이 쓰이는지도 모른다.

"괜찮아요. 저 정말 괜찮아요."

6년 전 그날도 해인은 그만 보면 같은 말을 주문처럼 중얼거렸다. 물론 그리고 해서 아주 내키는 결혼은 아니었으니 어린 그녀를 달래줄 의무도, 그럴 만한 재주도 없었다.

교수님을 닮은 모양이군. 정말이지 그렇게만 생각했다. 당시 구청의 낡은 소파에 앉은 해인은 침착했다. 제 또래들처럼 불평해대거나, 공연히 주변을 두리번대지도 않았다. 조금은 긴장한 듯 정면을 향한 시선 역시 차분했다. 그럼에도 엄지손톱이 새하얗게 될 때까지 꾹 겹쳐 누른 해인의 모습이 잔상처럼 길게 남아 가끔 떠오르곤 했다. 그러니까…… 지금처럼.

"……송해인, 너."

"진짜 괜찮다니까요. 아, 저기 들어오나 봐요."

누군가 들어서는 기척에 해인은 얼른 겹쳐 누른 엄지손톱을 떼어냈다. 억지로 웃지는 못하겠지만 더 이상 인우에게 폐를 끼치고 싶지는 않았다. 저 때문에 귀한 시간을 오래도 빌려주었던 사람이니, 마지막은 꼭 스스로 정리하고 싶었다.

'안 떨려. 할 수 있어.'

결혼도 해봤는데 이혼이라고 못 할 게 뭐람. 그녀는 굳은 결심으로 제 앞에 앉는 조정위원을 마주했다. 모든 것을 다 알고 있다는 듯한 눈빛의 어른에게 태연히 웃어 보이는 것이 쉽지는 않았지만, 잠깐일 뿐이다. 만약 떨거나 실수를 해 인우를 걱정시킨다면 그때부턴 두고두고 가슴에 남아 괴로울지 모른다.

"……."

그나저나 왜 그가 저를 걱정할 거라 생각했는지 뒤늦게 의아했다. 분명 괜찮은 사람이긴 하지만 그렇게 세심하지는 않을 텐데. 혹시나 싶어 인우를 올려다보는데, 역시나 짙은 눈동자는 무뚝뚝하기만 했다.

'그럼 그렇지.'

살짝 웃어봤지만 그가 같이 웃어줄 거라는 기대는 애초에 말았어야 했다. 그래도 그렇게까지 무섭게 내려다볼 필요는 없지 않나요. 해인은 어설픈 미소를 짓다 앞에서 서류를 넘기는 소리에 얼른 고개를 돌렸다.

"이혼서류를 접수하셨던데…… 강인우, 송해인 씨 맞습니까?"

"아, 네."

"원래 합의이혼 경우엔 따로 부르진 않는 편인데, 두 분은 제가 좀 봤으면 해서 안으로 모셨습니다."

나이 지긋한 조정위원이 코에 걸친 안경을 치켰다. 은색 안경테 너머로 그들을 쓱 훑어보는 눈빛이 예리하면서도 담담했다. 혹시 인우를 알아보면 어쩌나 싶어 제가 다 떨렸지만 다행히 그런 것 같지는 않았다.

"6년간 결혼생활을 하신 모양인데, 아깝네요."

"……네? 아아, 네에."

사람 좋은 동네 할아버지 같기도 했지만 엄연한 법원 소속이다. 해인이 방심하지 않으려 스커트 위 양손을 움켜잡았다.

"사정이 그렇게 돼서……."

"재고의 여지는 따로 없습니까?"

"재고요?"

"결혼보다 어려운 일이 이혼이니까요. 또 현실적인 부분들도 생각해야 할 테고."

다소 사무적인 목소리였지만 그는 해인을 살피고 있었다. 아무래도 조정위원이라는 입장에서는 지나치게 멀쩡해 걱정할 거리라곤 찾아볼 수 없는 인우보다는, 막 내린 눈송이 같은 해인이 아슬아슬해 보이는 모양이다.

"보아하니 미성년에 결혼을 하신 모양인데…… 음."

"아, 그건……."

"법적으로 불가능한 건 아닙니다만, 어려운 과정으로 결혼까지 하셨다면 그만한 이유가 있지 않았겠습니까."

"……."

해인의 갈색 눈동자가 보일 듯 말 듯 흔들렸다. 인우가 아버지의 지원으로 유학을 갔다는 것이 알려진다면 안 그래도 떠들썩한 그의 입장에서 좋을 것이 없다.

"그게……."

"됐어, 해인아. 이젠 내가……."

"제, 제가 그러고 싶다고 했거든요!"

언제부턴가 그녀의 꽉 누른 손톱만 지켜보던 인우가 뒤늦게 나서봤지만 이번에도 해인이 빨랐다. 해인의 다소 커진 목소리에 인우의 눈썹이 가팔라진 반면 조정위원의 눈에는 흥미가 들어찼다.

"제가 꼭 오빠랑 결혼하고 싶다고 해서, 그래서……."

"어째서 말입니까?"

"아……."

하루에도 수없이 많은 남녀가 갈라서는 모습만을 지켜보는 이에겐, 과연 여고생이 결혼을 결심할 만큼 중대한 이유가 무엇이었는지 호기심이 든 모양이다. 펜을 든 채 가만히 지켜보는 시선에 해인의 입술이 서서히 열렸다.

"멋져 보여서요. 똑똑하시고, 아니, 똑똑하고. 정말 모르는 것도 없었거든요."

"……"

이런 것도 누군가와 결혼할 만한 이유가 될 수 있을까. 그녀가 그럴 법하다 생각하는 이유들이 전부 나왔다. 경험이 있다면 좀 더 그럴듯하게 대답할 수 있었겠지만 안타깝게도 그녀에게 결혼은 단 한 번, 그것도 상대가 인우였다.

"아버지가 좋은 사람이라고도 하셨지만 제가 봐도 그런 것 같았어요. 저한테도 잘해주고, 또 집에 자주 와주고. 저희 집에 오는 사람이 거의 없는데, 그래도 오빠는 지루하다거나 재미없다 소리 안 하고 와서 항상 살펴줬으니까요."

"……그랬군요."

"저를 잘 알고, 가장 힘들 때 옆에 있어주니 매일 봐도 좋을 것 같은 생각에……."

"……."

"무, 물론 지금은 아니구요!"

그런데 왜, 라고 쓰여 있는 위원의 얼굴에 해인이 급히 한 손을 내저었다. 그걸로도 모자라다 싶어 살짝 어깨를 틀어 인우의 등을 쳐보았다. 코끝에 감도는 그의 향만은 치워낼 수가 없다지만, 오늘은 어른스럽게 마무리를 지어야 했다.

"……그렇게 됐어요. 누구든 살다 보면 변하니까요."

"뭐, 어린 나이에 큰 결심을 하셨는데 아깝단 생각이 드는 건 어쩔 수가 없군요. 정말 두 분 다 재고의 여지는 없습니까?"

"……."

"강인우 씨?"

"저는…….."

"네에. 그럼요!"

인우의 대답이 예상외로 늦어지자 해인이 냉큼 나섰다. 맞죠, 오빠? 상냥한 눈으로 그를 바라보다가 여기가 어딘지 의식하고는 바로 눈에 힘을 주었다. 제 모습이 어찌 비칠지 생각할 여유가 없다는 것이 그나마 다행이라면 다행이다.

"그러시다면야. 그나저나 자녀는 없으신 걸로 되어 있는데 맞습니까?"

"네에? 아…… 어, 없어요!"

"이게 자녀가 있으면 절차가 달라지는지라. 그럼 혹시라도 현재 그럴 가능성은…….."

"없습니다."

이번에는 인우가 제때 나섰다. 입을 다물고 해인만 지켜보기로 결심한 것처럼 굴더니, 막상 그녀가 공황에 빠져버리자 기다렸단 듯 존재감을 드러냈다.

"그런 쪽으로는 전혀 염려하실 바가 없습니다."

딱딱하면서도 무감한 음성과는 달리 비스듬히 내리깐 눈으로 해인의 옆모습을 살폈다. 의젓하게 대답할 때보다 멍하니 눈만 깜빡이는 지금의 그녀 모습이 만족스러운 듯 보였다.

그가 서류를 툭툭 챙겨 드는 위원을 향해 가만히 턱을 들었다. 유난히 짙은 검은 눈동자가 반짝였다.

"다 끝났습니까?"

"네. 따로 걸릴 것도 없고, 이대로 판사님 판결이 떨어지면 한 달의 숙려기간 후에 구청에 서류를 접수하시면 이혼이 성립됩니다."

"그렇군요. 해인아."

나가자. 더 지체할 것 없이 일어선 인우가 해인의 어깨를 치려다 말고 손가락을 말았다. 뭐든 다 해치워버릴 듯 서슴없던 남자 치고는 어색하기만 했다.

"……."

곤란하면서도 무언가 마음에 들지 않는 얼굴. 그에 마주 일어서던 위원이 한마디 더 하려는 듯했지만 인우의 차디찬 눈이 그를 막아섰다. 제 일은 알아서 한다는 분명한 의사에 연륜 있는 위원도 더는 입을 뗄 수가 없었다.

"가자."

"……네, 그래야죠."

뒤늦게 의자를 밀고 일어난 해인이 부르르 작게 고개를 흔들었다. 내가 왜 이러고 있지? 속이 뻔히 드러날까 시선을 낮췄다. 그저 인우의 뒤를 따라가면 된다는 것이 오늘 처음으로 다행스럽기만 했다.

"……."

올라올 때에도 이 길이 길고 가팔랐나. 내려가도 내려가도 끝이 없는 회색 계단 한가운데에서 잠시 발을 멈췄다. 일을 잘 마쳤으니 홀가분해야 할 텐데 그렇지가 않았다. 그 이유라면 뻔하다.

'난 왜 그런 데서 바보처럼 굴었을까.'

우리 사이에 아이라니. 뺨이 화끈했다. 인우가 별일 아니라는 듯 대답하지 않았다면 마지막까지 아무 말도 못 했을 것이다. 그리 생각하면 이렇게 태연히 그를 졸졸 따라가도 되나 싶어 면목이 없었다.

"……뭐 해?"

앞만 보는 듯하더니, 인우가 몇 계단 아래에서 그녀를 돌아보았다. 주머니에 손을 넣은 채 비스듬히 돌아서는 옆모습이 수려하다 못해 흠 하나 없다. 저와는 달리 어른스럽기 짝이 없는 그의 모습에 해인이 그제야 계단을 내려섰다.

"……오빠."

마지막 인사라도 잘해야지. 정말로 끝이라는 생각에 가슴이 철렁했지만 무시했다. 더 후회하지 않으려면 억지로라도 웃어야 한다. 제 마지막 기억이 한결같이 완벽한 인우의 모습이라면, 그에게도 저란 존재가 엇비슷하게 남았으면 했다.

'아니, 바랄 걸 바라야지.'

아무리 소망이라지만 인우를 따라잡으려니 까마득했다. 10년, 20년 지난다고 뭐가 달라질까. 나이는 나만 먹는 것도 아닐 텐데. 가벼운 체념과 함께 한숨을 삼키자 그나마 진짜 웃음이 감돌았다.

"넌 뭐가 그렇게 재밌는데?"

"……아무것도 아니에요."

머리가 짧아져 그런지 고개를 젓는 느낌도 가벼워졌다. 계단을 다 내려온 해인을 두고 인우의 음성이 조금 달라졌다.

"너 오늘 잘하더라? 이런저런 말."

"정말요?"

"……."

해인의 감출 수 없는 뿌듯한 웃음에 인우의 눈이 가늘어졌다. 올려다보지 않으니 알 길 없는 그녀는 뜻밖의 칭찬에 고무되어 뺨을 손등에 대어보았다.

"저는 그냥 한다고 해본 건데, 오빠가 보시기엔……."

"그렇게까지는 아니고."

"아……."

뺨에 닿았던 양손이 스르륵 내려왔다. 어깨까지 축 처져 입술을 깨물었지만 실망할 것도 없다. 원래 이런 오빠니까. 티를 내면 나만 더 어린애 같을 테니까.

"오빠도 정말 잘하셨어요."

"……."

"저기, 그럼……."

최대한 어른스러운 이별을 생각하던 그녀가 인우의 등 너머 커피숍을 발견했다. 그러다 창가에 앉아 도란도란 대화를 나누는 연인들의 모습에 해인은 바로 시선을 떼어냈다. 이대로 헤어진다는 것이 아쉽기는 하지만, 여기는 인우와 어울리는 곳이 아니다. 아무리 인우가 그대로라 하더라도 그를 둘러싼 많은 것이 달라졌다. 6년 전 인우가 제 입장을 제일 먼저 생각해주었으니 이젠 자신이 그래야 했다.

"그럼 뭐?"

"아니에요. 들어가보셔야죠."

마침 인우의 뒤로 검은 세단이 다가섰다. 그를 부르거나 하진 않았지만 인우를 데리러 온 차라는 것은 모를 수가 없었다. 매끈하고 검은, 정말로 강인우라는 남자와 잘 어울려 당장이라도 그가 사는 세상으로 데려다줄 것처럼 보였다.

"차 왔는데 얼른 가보세요, 오빠."

"타."

"……네?"

"뭐 해, 안 타고."

반면 인우는 본인이 사는 세상으로 빨리 돌아갈 마음이 없나 보다. 오히려 당연한 듯 차 쪽으로 고갯짓하는 모습에 해인이 당황했다.

"아뇨. 오빠 가세요. 저는 들렀다 갈 데가 있어서요."

"어디?"

"……친구요."

곤란한 듯 웃은 그녀가 한 발짝 물러났다.

"친구 만나기로 했거든요. 오늘."

"……그렇구나."

"네. 아쉽지만 어쩔 수가 없네요. 이럴 줄 알았으면 약속 나중에 잡는 건데. 오빠, 얼른 가보세요. 전 정류장에서 버스 타면 금방이에요."

인우가 잡기라도 할까, 그럴 리 없다는 걸 알면서도 괜히 걸음이 빨라졌다. 마음 같아선 그가 먼저 차에 오르면 잘 가라 손이라도 흔들어주고 싶었지만 그러기엔 늦었다. 모퉁이를 돌고 돌아 저 멀리 버스 정류장이 보이고서야 해인이 서서히 보속을 늦추었다.

"……."

거짓말도 해보니 느는 모양이로구나. 썩 뿌듯한 깨달음도 아닌데 감회가 길었다. 아무리 어른이 되었다지만 오늘 같은 날 아무렇지 않게 친구를 만날 정도는 아니다. 누구라도 얼굴을 마주 보며 웃거나 이야기를 나눌 자신이라고는 없다.

"……."

하지만 보고 싶은 이는 있었다. 마주할 수도 없고, 이야기를 나눌 수도 없는데 이 순간 가장 보고 싶은 이는 따로 있었다. 오로지 그 마음에 기대어 다시금 정류장에 한 걸음씩 가까워졌다. 때마침 검은 차가 자신을 막아서지 않았더라면, 아마 도로까지 발을 내디뎠을지도 모른다.

"탈 거야, 말 거야?"

"오빠?"

해인이 눈을 찡그렸다 크게 떴다. 그래봤자 창문 틈으로 서늘한 두 눈이 자신을 바라보고 있다는 사실은 여전했다.

"저 친구 만나러 간다고 말씀드렸는데. 그러니까……."

"그걸 믿으라고?"

창문이 조금 더 내려갔다. 눈 아래 드러난 그의 입술이 묘한 웃음을 띠고 있었다.

"네 입으로 그랬잖아. 내가 너 잘 안다며."

"……그건."

"내가 아는 송해인이, 친구를 만나러 가신다고?"

굳이, 지금. 오늘 같은 날에. 창문 너머 그의 눈이 어둠 속에서 더욱 예리하게 빛났다.

놀란 토끼처럼 물러서려는 해인을 두고 이번엔 창문이 아닌 차문이 열렸다.

"가보자. 어디 얼마나 대단한 친구인지."

chapter

02

아버지가 돌아가시던 날은 겨울답지 않게 비가 내렸다. 인우가 영국으로 떠나고 3개월, 그녀가 결혼을 한 지는 9개월, 또 의사가 말했던 기간보다도 9개월이 더 지나서였다. 그래서인지 아버지나 해인은 떠나는 날까지 크게 슬퍼하거나 절망하지는 않았다. 공으로 생긴 나날이라 그럴까, 9개월 동안 그저 행복하려 노력했다. 하루하루 선물인 것처럼 서로를 보면 웃음 지었다. 그리고 그 모든 안도와 행복의 바탕에 누가 있는지 항상 기억했다.

"인우도 봤으면 좋았을 텐데."

"아빠."

돌아가시기 며칠 전, 물론 그때는 돌아가실 거라 생각하지 못했지만, 아버지는 인우의 이야기를 자주 했다. 해인의 이름이 찍힌 대학 합격증을 들고 웃으면서도 인우의 이름을 먼저 말했다. 서운하다 투정을 부리기엔 그 시간마저 아까운 나날이었다.

"그럼 전화해볼까?"

"……네가?"

아버지는 그녀가 인우에게 먼저 전화하지 못할 거라 확신하셨는지 웃었다. 거기에 발끈해 보란 듯 전화를 걸었으면 좋았겠지만, 아버지는 정말 사람을 잘 봤다. 그저 부끄러운 해인은 하루에도 몇 번씩 전화기를 들었다 놓왔다 하는 것이 전부였다. 왜 그랬을까. 처음 보는 사람도 아닌데. 심지어 내 남편이라는데.

휴대전화의 검은 화면만 보면 예의 그 인우의 무감한 눈동자가 떠올랐다. 비록 서류상의 결혼이나마 일주일의 절반은 이 집에 와 있었는데도 끝내 그 시선에는 익숙해지지 못했다.

"……왜?"
"아뇨. 아니에요."

책을 건네줄 때나, 아버지의 휠체어를 밀어줄 때나, 혹은 제가 건네는 컵을 받아 들 때나 항상 가슴이 덜컹거렸다. 인우는 정말로 아무렇지 않아 보이는데 늘 자신만 초조하고 입이 말랐다.

"그럼 왜 아빠는 인우 오빠 가라고 떠밀었어? 오빠가 여기 더 있겠다고 했잖아. 아빠도 사실 오빠 있는 게 좋았으면서."

"넌 꼭 아닌 것처럼 이야기하는구나."

그럼에도 불구하고, 인우가 오지 않는 날보다는 오는 날이 좋았다. 좋다 뿐일까, 아버지가 평소보다 자주 웃는 것도, 적막한 식탁에 한 사람이라도 더 앉는 것도, 제 불안을 나눌 수 있는 사람이 있다는 것도 좋았다. 까짓 좀 부끄럽고 떨릴지언정, 인우가 계속 함께 있어주었으면 하고 욕심을 내어보기도 했다.

"내일은 꼭 전화해볼게. 오빠 전화 오는 날 아니지만 그래도 해볼게. 지금 영국은 새벽일 테니까."

"핑계도 좋구나."

아버지가 눈을 가늘이는 걸 알면서도 해인은 어깨를 주무르며 새침을 떨어보았다. 하지만 그런 성격에 안 맞는 앙큼함도 오래가진 못했다.

"저기, 그런데…… 인우 오빠한테 뭐라고 하지?"

"뭐?"

"인우 오빠한테 전화를 했는데 진짜 오빠가 받아버리면 난 뭐라고 해?"

"……."

이번만큼은 제가 생각해도 바보 같은 질문이라 아버지의 눈길을 모른 척할 수가 없었다. 이런 애를 두고 어찌 가나. 아버지가 기어이 몸을 돌려 저를 쳐다보는 것이 부끄러우면서도, 생각해보면 그렇게라도 물어보길 잘했다 싶었다.

"해인아, 인우한테는……."

왜냐하면, 바로 그날이 아버지가 인우의 이름을 입에 담은 마지막 날이었으니까.

● ◆ ●

"……교수님, 오래간만에 뵙습니다."

해인은 아버지의 사진 앞에서 고개를 숙이는 인우를 가만히 지켜보았다. 의기양양하며 저를 차에 태워놓고는, 그는 어디로 가는지 한마디도 해주지 않았다. 흔한 음악이나 어색한 말소리도 없었다. 대신 서울을 벗어난 차가 어디로 향하는지 알게 된 순간부터, 그저 창밖을 바라보며 달아오른 눈시울을 식혔을 뿐이다.

"해인아."

"아, 네."

한참이나 아버지의 사진을 바라보던 인우가 저를 찾자 해인이 얼른 그의 옆으로 갔다. 혼인신고를 하고 왔을 때에도 아버지께 제일 먼저 말씀드렸는데, 이혼도 마찬가지였다.

"아빠, 나 왔어."

"……."

"인우 오빠도 왔어."

옆에 있는 그를 입에 담는 해인의 목소리가 조금 작아졌다. 전 장인어른에게 이혼을 보고하는 자리까지 따라와주다니, 확실히 괜찮은 남자다.

"아빠, 저 잘 지내고 있어요. 다음에 또 올게."

"……그게 다야?"

"네? 그럼…… 아아, 맞다…… 아빠, 사실 오빠랑 저랑 오늘 법원……."

"됐어."

짧다 눈치 줄 때는 언제고 인우는 벌써 돌아서서 성큼성큼 사라져버렸다. 매정하기는. 멋쩍게 웃은 해인은 아버지의 사진을 바라보며 입술을 맞물었다.

"……보셨죠? 아빠 제자 아직도 그대로야."

환하게 웃는 아버지는 언제 봐도 뿌듯하고 따스했다. 다른 이의 칸에는 이런저런 편지나 사진으로 가득한데 가족이 적은 집이라 그런지 조금 횅하긴 했다. 보통은 둘, 가장 많을 때가 셋. 숫자도 일관되게 유지됐다.

'그래도 마지막은 셋이라 다행이었어.'

한쪽에 조그맣게 세워둔 은빛 스탠드에 인우의 사진도 함께 담겨 있었다. 보여주기식 결혼이라지만 아버지는 그럴수록 더 사진이 있어야 한다 우겼다. 그렇게 혼인신고를 하고 돌아온 두 사람을 향해 대뜸 카메라부터 드셨다.

드레스도 아닌 적당히 하얀 원피스, 확실히 결혼사진이라기엔 어색하기 그지없다. 심지어 인우와 한 뼘이나 떨어져 서서 온통 서먹함만 넘쳐났다.

"둘 다 인물이 참 좋아. 그럼, 누구 딸이고 누구 제잔데."

그런데도 아버지는 그 사진을 내내 지갑에 넣고 다니셨고, 아버지가 돌아가신 후에는 여기 놓아두었다. 매번 뵈러 올 때마다 인우를 함께 보는 기분이라 싱숭생숭하던 기분이 오늘은 더욱 그랬다.

"……미안해, 아빠."

망설이던 해인은 유리장을 열어 스탠드를 반으로 접어두었다. 어쩔 수 없는 거 알죠? 인우의 얼굴이 보이지 않아 서운하시겠지만 이제 그는 이 집 사위가 아니다. 아무리 오가는 이 드문 납골당이라지만 혹시라도 사진에서 그를 알아보는 사람이 있다면 곤란한 일이 벌어질지도 모른다.

"뭐 해?"

"네, 갈게요."

딱히 빨리 오라는 소리도 아니었는데 인우의 음성을 듣자마자 해인은 얼른 손을 빼냈다. 마지막으로 아버지의 사진을 다시 한 번 확인하며 맞문 입술을 손등으로 눌렀다.

'아빠, 우리 다시 둘로 돌아왔어.'

조금 아쉽긴 해도 별다른 일도 아니다. 엄마와 같이 지냈던 건 단 3년, 인우와 함께했던 시간은 그보다 훨씬 짧았다. 그러니 원래대로 돌아가는 것뿐, 크게 달라진 것도 없다.

"……그럼."

그러기를, 부디 그럴 수 있기를. 소원처럼 빌던 해인이 감았던 눈을 떴다.

가던 길만큼이나 돌아오는 길도 조용했다. 어색할 법도 했지만 조용한 사람과 함께 있으면 그런 것은 편했다. 아무 말도 하지 않아도, 억지로 맞장구를 치지 않아도 그 시간 또한 여느 일상처럼 가볍게 흘러갔다.

"여기는 그대로구나. 두 번째 골목 맞지?"

"……안 데려다주셔도 되는데."

"이제 와서 뭘."

핸들을 잡은 인우가 피곤한지 가볍게 고개를 젖혔다. 어둑한 차 안을 비추는 은은한 달빛에 그의 음영이 두드러졌다. 깎아놓아도 저렇게는 힘들지 않을까. 해인은 그를 훔쳐보다 휴대전화만 만지작거렸다.

"……너네 어머니 말이야."

"아…….."

인우가 나름대로 심사숙고해 입을 여는 것이 느껴졌다. 얼른 휴대전화를 넣은 해인이 어둠 속에서 고개를 끄덕였다. 그가 무슨 말을 할지 알 것도 같았다.

"혹시 아직도…….."

"아뇨. 괜찮아요."

"…….."

"정말이에요. 엄마는 엄마 가족이 있으니까요. 그리고 저한테 보호자가 있는 거 다 알고 계시니까 그렇게까지 뭐라고는 못 하실 거예요."

"그럼 지금은?"

"……네?"

"지금은 보호자가 없어졌잖아."

인우의 차가 완전히 멈추었다. 대놓고 그녀를 돌아보는 그의 어둑한 시선에 해인이 마른침을 삼켰다. 아, 맞다. 우리 이혼했지. 오늘 일어난 일인데도 까마득하다니, 헛웃음이 났다. 더욱더 정신 똑바로 차리고 살아야 하는데 마음처럼 생각이 따라주질 않았다.

"괜찮아요."

"그 괜찮단 말 좀……."

"진짜예요. 저 성인이에요."

……오빠도 잘 아시겠지만. 마지막 말은 입안에서 사라졌지만 사실은 사실이다. 막 성인이 된 것도 아니고 무려 4학년 졸업반이다. 어딜 가든 나이로는 못 하는 것이 없게 되었단 말이다.

"정말이에요. 저 아르바이트 같은 것도 많이 해봤고 이젠 취업도 할 거고……."

"돈 필요해?"

"……네에?"

어떻게든 설명하려 애쓰던 해인이 웃음을 터트렸다. 차문을 열고 대문 앞에 서면서도 웃음이 그치질 않아 꽤나 곤란했다. 그래도 웃는 모습으로 헤어질 수 있어 정말 다행이다.

"웃으라고 한 이야기 아니야. 돈 필요하면……."

"아뇨. 저 돈 많아요."

"……."

"물론 오빠보단 아니겠지만."

대문 앞 디딤돌에 선 해인이 그를 보며 하얀 이를 드러냈다. 굳이 보려 해서가 아니라 인우가 입은 최고급 양복과 코트가 타고난 것처럼 잘 어울렸다. 그것이 그가 현재 어떤 위치에 있는지 보여주는 듯해 뿌듯하기도 했다.

"오빠가 잘돼서, 정말 좋아요."

그래서인지 처음부터 그에게 하고 싶던 말이 조금씩 흘러나와주었다.

"아빠도 알면 정말 좋아하셨을 거예요. 오빠가 공부 잘 마치고 가족도 찾고, 또 훌륭한 사람이 됐으니까요."

"……."

이젠 인우가 인상을 써도 기죽지 않는다. 마지막은 슬픈 거라 생각했는데, 용기를 주기도 한다는 것은 미처 몰랐다.

"내가 잘됐다고?"

"그럼요."

"……."

"그치만 오빠는 그때도 잘돼 보여서…… 저한테는 별로 달라진 것 같지는 않지만요."

숨을 들이마셔 가슴을 가득 부풀린 해인이 눈가를 예쁘게 접었다. 가로등이 아무리 환해도 그녀의 눈웃음만큼은 아니었다.

"음…… 그동안 수고 많으셨어요."

"무슨 수고?"

"전부 다요. 제가 가장 필요할 때 옆에 있어주셔서, 한 번도 싫다 소리 안 해주셔서, 그리고 오자마자 저 만나주신 것두요."

뭐부터 꼽아야 할지 모를 정도로 인우에겐 고마운 것이 많다. 사실 지금의 그였더라면 어림도 없었겠지. 자그마치 태원 그룹의 후계자에게 유학비용을 대어줄 테니 결혼을 해달라는 말을 어찌 꺼낸단 말인가. 두고두고 비웃음거리가 될 것이다.

"내 상황이 이래서 부족하겠지만, 도움이 되면 좋겠다."

딱 그 시절의 그라서, 또 그 시절의 자신이라 가능한 약속이었다. 누구도 믿지 않을 이야기였지만 그래서 더 다행이기도 했다.

"……."

해인은 불 꺼진 집을 돌아보며 그를 의식했다. 이만하면 작별인사를 잘한 것 같긴 한데 그래도 뭔가 부족한 느낌이다.

"같이 들어가서 커피라도 한 잔 드려야 하는데."

누구라도 바래다줬으면 이 정도는 말을 해볼 테니까. 그래놓고는 유진이 했던 말을 퍼뜩 떠올렸다. 인우가 한쪽 눈을 찌푸리듯 바라보자 해인의 얼굴이 뒤늦게 발갛게 달아올랐다.

"아뇨, 저기, 그렇다고 제가 오빠를 뭐 어떻게 해보려고 그러는 게 아니고…….."

"뭘 해?"

"그게, 그런 게 아니구요. 저는 여기까지 데려다주셔서 감사한 마음에, 또 처음 오는 집도 아니고 하니까…….."

난 왜 마지막에 꼭 이러는 걸까. 법원에서와 마찬가지로 멍해진 나머지 해인은 눈을 깜빡였다. 그러느라 골목 어귀에서 무언가 반짝거리는 것도 제대로 살피지 못했다.

"괜찮아. 오늘은 너무 늦었으니까."

"……오빠."

"다음에."

짧은 대답과 함께 인우가 물러났다. 우리에게 다음이 있느냐 묻는 것도 잊을 만큼 너무나 자연스러웠다.

놀란 해인이 버릇처럼 머리칼을 귀 뒤로 넘기는데 손끝에서 짧게 떨어지는 단발의 느낌이 생소했다. 경험상 곧 목 뒤로 찬 바람이 느껴질…….

"그러니까 머리는 봄에 자르든가 했어야지."

인우의 머플러가 뒷목에 닿자 추위는커녕 온몸이 덴 듯 화끈거렸다. 그를 닮아 큼지막한 머플러가 순식간에 한 바퀴 감겼고, 그녀는 영문을 몰라 두 눈만 깜빡거렸다.

"춥다. 들어가."

"지, 집에 다 왔는데요. 몇 발짝만 들어가면 되는데."

"그래. 그럼 들어가면 되겠네."

더 실랑이할 것도 없다는 듯 인우가 마지막 계단을 내려섰다. 목에 두르고 있던 머플러가 있건 없건 그는 여전히 빈틈없이 고고했다.

"오, 오빠!"

숨이 막히는 건 저뿐일까. 입을 가린 머플러를 걷어냈지만 그 안에 담긴 열기는 그대로였다. 다시 입이 들러붙기 전에 무슨 말이라도 해야 한다.

"고마워요. 여태껏 저한테 해준 것도 그렇고, 또 이것두요."

해인이 손가락에 걸린 머플러를 내려다보며 희미하게 웃었다. 인우에게 뭘 먼저 고마워해야 할지 모르겠다 생각했는데 지금 보니 그는 꼭 이 머플러 같았다. 무심한 듯, 별거 아닌 듯, 제게로 죽자고 달려드는 찬 바람을 막아주었다.

"저도 다 컸으니 뭐라도 갚아드려야 하는 건데."

"네가?"

가로등 아래, 주머니에 손을 넣은 인우가 피식 웃음을 머금었다. 발끈하듯 뒤꿈치를 든 해인의 대답이 꽤나 새침했다.

"그럼요. 사람 일은 모르는 거잖아요."

"……."

"제가 비록 지금은 이렇지만 언젠간 오빠에게 도움이 되면 좋겠어요."

그 언젠가의 인우가 그러했듯 해인도 이보다 진심일 수 없었다.

역시 안 믿으시네. 얄밉게도 대놓고 눈가를 찡그린 그를 향해 그녀가 입가에 동그랗게 손을 말았다.

"오빠는 뭐…… 저랑 결혼할 거 아셨어요?"

• ✦ •

졸업을 앞둔 4학년생들은 수업보다는 취업 준비로 더욱 바빴다. 하루 종일 원서를 쓰고 또 쓰고, 그러다 피곤하면 손목을 두어 번 털어내고 다시 펜을 드는 것이 일상이었다. 어쩌다 누군가를 만나도 인사는 정해져 있었다.

"아아, 나 이번에도 망한 거 같아."

"……어?"

"몰라. 다 망했어. 완전 망했어!"

드르륵, 해인의 옆 의자를 끌어내고 풀썩 주저앉은 유진이 대뜸 고개를 파묻었다. 난데없는 절망과 투정도 오직 취업준비생이기에 이해받을 수 있는 특권이라면 특권이다.

열심히 뭔가를 끼적거리던 해인은 얼른 펜을 놓고 유진의 어깨를 두드렸다.

"유진아, 왜 그래. 말 잘 못했어?"

"잘 못한 정도가 아냐. 내가 사람 말을 하기는 했는지 모르겠다니까."

"……유진아."

"어떻게 준비한 데서 하나도 안 나오냐? 와, 인간적으로 너무한 거 아니야?"

번쩍 고개를 든 유진이 온몸으로 억울함을 표출했다. 아직까지 정장이 완벽히 어울린다고는 못 하겠지만 간절함 면에서는 여느 직장인 못지않다.

"아 참, 해인이 너 전에 면접 본 건 결과 나왔어?"

"나? 내가 무슨……."

"무슨 우리 사이에 시치미야. 연주한테서 다 들었어. 너 그제 면접 보러 갔다고."

"……."

"나 서운할 뻔했잖아. 내가 명색이 네 베프인데 후배한테서 너 면접 본다는 소리를 전해 들어야겠니?"

한 손으로 턱을 괸 유진이 일부러 더 입술을 삐죽거렸다. 소심한 것. 제가 뭐랬다고 벌써부터 이마에 식은땀이 맺히는 게 어지간히 놀란 모양이다.

"됐어. 내가 널 몰라? 나 또 떨어지고 우울해져 있던 땐데 뭐. 미안해서 말 못 한 거 다 알아."

"어어. 유진아, 미안해. 정말 미안해."

"괜찮다니까. 근데 너 정말 어디 면접 갔었어?"

"……어, 그게…….."

마른침을 삼킨 해인은 손등으로 콧등을 쓱 문질렀다. 나 면접 안 갔어. 이혼하러 갔어. 아무리 친한 친구라지만 그런 얘기를 할 수 있을 리 없다. 심지어 결혼을 한 줄도 모를 텐데, 그날만큼이나 눈앞이 캄캄해졌다.

"그날은 그냥…….."

"어? 해인이 너 면접 갔어?"

"정말? 우리 솜사탕 언제 또 면접 봤대?"

"아…….."

유진의 목소리가 커지면서 이쪽을 돌아보는 이들이 늘어났다. 다들 친한 친구들이었지만 하나둘씩 의자를 당겨 앉자 해인의 눈이 더욱 동그래졌다. 이미 사방이 포위되어 도망가기는 늦었고, 둘러대자니 그럴 재주가 없다.

"뭐 어디였길래 그래? 응? KG? 경성?"

"……태, 태원."

"태원? 와! 대박!"

기어들어갈 듯한 해인의 한마디를 시작으로 주변이 시끌시끌해졌다. 워낙 하얀 피부라 하얗게 질려봤자 표도 안 난다. 제 일처럼 흥분한 동기들이 해인을 둘러싸고 책상을 두들겨댔다.

"태원 면접 갔구나! 하긴 그때쯤 태원 계열들 전부 발표 났다더니! 근데 진짜 태원은 처음부터 경영진 면접 봐?"

"으응."

경영진은 경영진이다. 그것도 장차 회장님이 될 전무님이시라니 부인할
수가 없었다.

"우아, 그럼 거기서 뭐 물어봐? 말 좀 해줘, 얼른."

"어…… 뭘 물어보냐면."

"두 분 사이에 자녀는 없습니까?"

"……아."

왜 조정위원의 엄중한 말이 머리에 둥실 떠오르는지 모를 노릇이다.

해인의 갈색 눈동자가 급격히 흔들리자 보다 못한 유진이 친구들을 물려
내듯 손사래를 쳤다.

"뭘 또 물어. 해인이가 애도 아니고 알아서 했겠지. 나도 내가 무슨 말 했
는지 하나도 생각 안 나는데 뭘."

"하긴, 우리 솜사탕이 유진이 너처럼 망했다고 울고불고할 애는 아니
지."

"뭐? 너 지금 나 까냐?"

"맞잖아! 해인이야 싫다 좋다 말을 하는 것도 아니고, 사시사철 말랑말
랑해서는, 어휴."

유진과 툭탁거리던 친구 하나가 장난치듯 해인의 뺨을 꼬집었다. 어린아
이 뺨처럼 폭신한 감촉이 정말 솜사탕과 다를 바가 없다.

"이래야 우리 해인이지. 얘가 은근히 돌부처야. 몇 년 동안 변함이 없잖
아."

"그러게. 그러고 보니 나도 해인이 우는 거 한 번도 못 봤네."

"야야, 너넨 우리 해인이 울고불고해야 만족하겠니?"

"그런 게 아니라 유진이 넌 대놓고 난리를 쳐대는데 해인이는 워낙……

어, 해인아, 너 전화.”

“……응?”

저를 둘러싸고 소란스러운 친구들 사이에서 해인이 문득 자신의 휴대전화를 내려다보았다. 02로 시작되는 모르는 번호. 취업준비생들의 눈빛이 일순간에 달라졌다.

“태, 태원 아냐? 빨리 받아봐!”

“태원?”

아니, 거기서 왜 나를……. 안 그래도 방황하던 해인의 눈이 커질 만큼 커졌다. 받아보라 재촉하는 친구들의 눈을 피해 휴대전화를 붙잡았지만 이미 손 빠른 친구 하나가 자신의 휴대전화를 꾹꾹 눌러보았다.

“번호 검색해도 안 나오는데? 근데 앞자리 보니까 태원 맞는 거 같아!”

“정말? 송해인, 너 얼른 안 받고 뭐 해? 태원이라잖아!”

“어…….”

떠밀리듯 해인은 자리에서 일어났다. 그럴 리가 없다 말하려 했지만, 생각해보면 태원과 영 관계가 없는 것도 아니다.

……혹시. 짚이는 것이 있다기보단 기대하는 사람이 있다는 것이 더 맞을지도 모른다. 서둘러 문밖으로 나가 창문으로 강의실 안을 들여다보자 유진을 비롯한 친구들이 일제히 주먹을 불끈 쥐어 들어 보였다.

“여, 여보세요?”

한기가 드는 것처럼 목소리가 갈라졌다. 왜 이런 순간에 그가 매어준 머플러가 아쉬운지, 휴대전화를 쥔 손에 힘이 바짝 들어갔다.

“……네. 제가 송해인인데요.”

“야, 해인이 표정 어때?”

“안 보여. 고개 돌리고 있잖아.”

강의실 안에서 기다리던 유진이 발뒤꿈치를 들어보았다. 돌아서서 창가를 향한 해인의 모습에 모두들 애가 탔다.

"아, 원래 전화 받을 때 제일 떨려."

"그래도 합격했으니까 전화한 거 아닐까? 난 떨어지면 문자로 오던데?"

"해인이 재야 원래 표를 안 내니까 알 수가…… 온다!"

"……."

덜컹, 문이 열리며 드디어 해인이 안으로 들어섰다. 뺨이 조금 붉어진 것만 빼면 달라진 점은 없다. 역대 한국대 경영학과를 통틀어 가장 알기 쉬운 애라 생각했는데, 이런 때 보면 어렵다 못해 조바심이 났다.

"해인아, 너 뭐라길래…… 송해인!"

"……아아."

나 어떡해. 이끌리듯 제자리로 돌아온 해인은 그대로 책상에 얼굴을 파묻었다.

박수를 치거나 호들갑을 떨려 준비했던 이들이 일순간에 얼어붙었다. 쉬잇, 그나마 유진이 베프답게 둘러싼 친구들을 향해 입술에 손가락을 붙였다. 4학년 취업준비생들에게 이 행동이 무엇을 의미하는지는 매우 명확했다. 제아무리 생글생글 폭신폭신한 솜사탕일지언정, 적어도 오늘만은 송해인을 건드려선 안 된다고.

거리를 꽉 메운 오피스 빌딩 중에서도 태원의 마크가 가장 높은 데서 반짝였다. 웅장하면서도 높이 치솟은 규모며 디자인이 가히 독보적이다. 그 중에서도 경영진이 자리한 최상층이야말로 모든 직장인에게는 하늘의 구름 못지않았다. 드나들 수 있는 이도, 그 안에서 다루는 내용도 한정되어 있다. 대한민국 경제에 지대한 영향을 미치는 인물들이 지내는 곳은 어떠한지, 통유리로 비치는 붉은 노을만큼이나 관심의 열기가 식지 않았다.

"야아. 신수가 아주 훤해졌네, 강 전무."

"잘 지내셨습니까, 부사장님."

검은 대리석 복도 한가운데에서 인우가 의례적으로 고개를 숙였다. 그렇게 스쳐가도 될 텐데, 마주 오던 부사장은 이미 그 너른 복도 한가운데에 보란 듯 자리 잡았다. 그쪽에서 인우를 곱게 보내줄 마음이 없다는 뜻이다.

"회장님께 다녀오는 길인가?"

"아닙니다. 특별히 뵐 일은 없으니까요."

"그래? 하긴, 자네야 무슨 욕심이 있겠나. 늘 회장님 쪽에서 자네를 애타게 찾아대시니, 뭐."

부사장이 삐딱하게 턱을 든 채 하는 말은 다분히 의도적이었다. 뒤따르는 중역들의 수만 해도 겨우 비서 하나만 대동한 인우와는 확연한 차이가 졌다. 그 기세등등함이 어디서 나오는지 알 만했다.

"대체 왜 그렇게 회장님께서 자네에게 절절매시는지 언제 한번 여쭤봐야겠군. 혹시 나도 모르는 뭔가가 있는 건가?"

"그럴 리가요."

"이래서 핏줄은 다르다는 거지. 사위인 나는 죽어라 일해 여기까지 왔는데, 자네는 한 번에 전무 자리를 꿰차지 않았나."

"……."

부사장이 본격적으로 사감을 드러내며 비죽 입귀를 비틀었다. 그의 뒤에 도열해 있던 중역들 역시 인우를 바라보는 눈이 심상치 않다. 새파랗게 젊다 못해 굽힐 줄 모르는 그의 당당함이 거슬린 모양이다.

"듣자 하니 이번 중국 계약 건도 자네가 맡았다지? 어째 잘 진행되어가나?"

"노력 중입니다."

"노력 중이라, 그런 말은 누가 못 하나. 그것도 원래는 내가 맡아야 했던 건데 알고나 있는지 모르겠군."

단순히 알아두라 하는 친절한 말이 아니다. 이제라도 처신 잘하라는 경고 아닌 경고였다.

"핏줄만 믿고 너무 자만하지는 말게. 고작 핏줄 하나만 보기엔 회장님이 그리 녹록한 분이 아니시니까."

"굳이 회장님까지 갈 필요가 있겠습니까?"

"……뭐?"

"핏줄이라 더욱 씹고 물어뜯는 사람들이야 사방에 널렸으니까요."

보다시피 이렇게. 인우가 사적으로는 고모부가 되는 부사장 앞에서 느른하게 입꼬리를 올렸다. 단체로 움찔하는 중역들인지 쥐떼들인지한테는 관심조차 없다. 거무죽죽한 부사장 가까이로 고개를 내리자 인우의 대리석처럼 환한 피부가 더욱 돋보였다.

"그래도 정 궁금하신 듯하니 회장님을 뵙게 된다면 한번 여쭤는 보지요. 제가 중국 계약을 맡은 것이 과연 부사장님께서 두 달 전 차명으로 주식을 매입하시다 발각된 일 때문인지, 5월에 있었던 입찰에서 명성 그룹에 턱없이 밀린 일 때문인지."

"……."

"말씀대로 귀애하시는 핏줄인데, 다른 건 몰라도 그 정도는 알려주시지 않겠습니까."

회장님께서 핏줄로서 베푸시는 특권이라곤 그 정도가 전부. 인우의 예의 바른 냉소는 빈틈없었다.

안 그래도 벌건 부사장의 얼굴에 더욱 열이 올라 김이 끓게 생겼지만 고개를 까딱하는 인우는 한결같이 서늘했다. 의례적인 미소, 침착한 눈빛. 어디 하나 흠을 잡을 수 없이 공손했다. 그래서 보는 이들은 더욱 한기가 들었다.

꿀꺽, 인우와 스쳐 지나는 중역들 가운데 누군가가 대놓고 침을 삼키는 소리만이 적막한 복도에 선명했다.

"저어, 전무님."

숨을 죽이고 있던 조 비서가 사무실에 들어오자마자 넥타이를 잡아당겼다. 목이 졸리는 느낌이 얼마 만인지. 입사하기 전 면접을 볼 때도 이렇게까진 긴장하지 않았다.

"부사장님 말씀 너무 괘념치 마십시오. 중국 정부 일은 표면적인 것이고, 사실 부사장님 아드님이 원래는 전무님 자리에 올 거라는 소문이 그룹 전체에 파다했었으니까요."

하지만 자신의 본분은 인우를 보좌하는 것, 얼른 정신을 차려야 한다. 평사원이든 경영진이든 제 몫을 못 하는 자는 이 거대한 태원 어디에서도 설 자리가 없다.

"아마 당분간은 적대적으로 구는 이들이 많을 겁니다. 조금 전 부사장님을 따르던 이들을 보셨다시피 이미 포섭해둔 사람들이 한둘이 아니지 않습니까."

"음."

"전무님 자리를 호시탐탐 노리며 애쓰는 중일 겁니다. 그래야 이번에 본사로 들어오는 당신 아들이 후계자 자리를 노릴 수 있을 테니까요."

조 비서는 제 책상에 기대앉은 인우를 힐끔거렸다. 턱을 매만지며 눈을 내리깐 인우의 뒤로 노을이 저물어갔다. 한국에 돌아오고 나서도 조금도 주춤하는 바가 없었는데, 처음으로 적대적인 이를 마주했으니 이리 고뇌하는 것도 당연했다.

"그래도 한 달 후에 있을 중국 계약을 잘 마무리하시면 대세도 전무님께 기울겠지요. 여기까지 올라온 사람들이니, 다들 눈치가 빠릅니다. 추운 겨울에 나앉을 게 아니라면 당연히……."

"……그러니까."

"네?"

"그러니까. 왜 하필 겨울에 머리를 잘라선."

인우의 읊조림이 한숨처럼 흩어졌다. 조 비서는 멍하니 있다가 뒤늦게 무슨 말이든 하려 했지만 인우는 그야말로 고뇌하고 있었다.

"……물론 나쁘진 않지만, 그래도."

"저어, 전무님."

"왜?"

손끝으로 턱을 쓸다 고개를 든 인우의 시선이 고고했다. 다소 오만해 보이기까지 하는 짙푸른 시선에 조 비서는 하려던 말을 집어삼켰다. 그럼 그렇지. 저런 분이 무슨 말을 한다고. 인우의 오만한 눈빛이야말로 스스로가 보고 듣는 것보다 더욱 강한 설득력이 있다. 자신이 뭔가 착각한 것이 틀림없다.

"아, 아닙니다. 그저, 언제라도 제게 시키실 일이 있다면 편하게……."

"그래서 말인데."

"……."

기다리기라도 했다는 듯 서슴없었다. 사실 인우의 존재감 자체가 그러했으니 새삼스러울 것도 없다.

"뭘 좀 사다 주면 좋겠는데."

"네? 무엇을……."

"목도리, 아니…… 스카프."

약간은 망설이는 듯, 인우의 대답 치고는 여운이 길었다. 그러나 그가 무슨 말을 하든 따라야 하는 것이 비서의 숙명이다. 인우가 처음 내리는 명에 조 비서는 그 자리에서 받아 적기라도 할 것처럼 열의를 보였다.

"알겠습니다. 그런데 종류가 워낙 많다 보니, 어떤 분께 드릴지 알면 고르는 데 도움이 될 것 같습니다만."

"그야 당연히…… 동생이지."

이번엔 여운이 더욱 길었다. 눈빛 또한 마냥 고고하다기엔 어딘가 마뜩잖음이 비쳤다. 호적에도 없는 동생이 어디서 뚝 떨어졌는지, 있다 쳐도 왜 동생에게 스카프를 사주는 게 당연한지는 설명할 마음이 없는 듯했다.

"아니, 됐어. 그냥 못 들은 걸로……."

"앗, 잠시만요, 전무님. 네, 여보세요?"

고개로 허공을 휙 그어내린 인우를 두고 조 비서가 얼른 달려가 책상 위에서 울리는 전화 수화기를 집어 들었다. 회장실에서 직통으로 오는 전화를 놓쳤다간 저뿐 아니라 인우에게도 좋지 않다.

"네, 네! 회장님!"

심지어 회장실 비서도 아닌 강 회장 본인이다. 조 비서가 그를 직접 대하듯 고개를 연신 주억거렸다.

"아…… 전무님 말이십니까?"

고개를 떨군 조 비서의 눈이 인우에게로 향했다. 제가 누구의 전화를 받는지 모르지 않을 텐데 인우는 창가만 바라보고 있었다. 다시 말해 직접 받을 마음이 없다는 뜻이다.

"그게, 업무 때문에 잠시 자리를 비우셔서, 오시는 대로 말씀드리겠습니다."

감히 회장님을 상대로 거짓말을 하게 될 줄은 저도 몰랐다. 인우가 그리하라 명한 것도 아니지만 강제로 그를 끌고 갈 수 있는 것이 아니니 어쩔 수가 없다.

67

"네에, 꼭 말씀 전할 테니 염려 마시고…… 손님이요?"

"……."

"네. 손님이 와 계신다 전하겠습니다. 성함이 송해…… 전무님!"

성큼. 펜을 들고 이름을 다 받아 적기도 전에 인우는 이미 문 앞에 가 있었다. 스카프나 동생, 그런 어색한 말을 입에 담던 때의 망설임은 찾아볼 수도 없었다.

누군가의 침 삼키는 소리만이 가득했던 복도가 어느덧 인우의 묵직한 구둣발 소리로 채워졌다.

●　◆　●

딸각, 해인은 제 앞에 놓인 하얀 찻잔을 가만히 들여다보았다. 연붉은 찻물 위로 하나둘 퍼져가는 동심원이 꼭 제 마음만 같았다. 굳이 떨리는 마음 때문만은 아니다. 이 넓고 웅장한 방 안에서 여기 있는 조그만 찻잔이야말로 있는 듯 없는 듯 존재감이 미미했다. 끊임없이 맺히는 수면 위 움직임이야말로 이 방 안에서 가장 커다랬지만.

"들지, 왜."

"아…… 네, 감사합니다."

해인은 제 앞에 앉은 강 회장을 보며 고개를 숙였다. TV를 통해 수도 없이 본 얼굴이라 그런지, 낯설지가 않았다. 이분 한마디면 대한민국 산업 체계가 뒤바뀐다 했던가, 언젠가 흘려들었던 뉴스 패널의 이야기가 귓가에 맴돌았다.

"……보니까 어떤가?"

"네?"

강 회장이 자신의 잔을 내려놓으며 해인을 찬찬히 뜯어보았다. 무심한 듯 검은 눈이지만 무엇 하나 놓치지 않는 예리함이 살아 있었다.

제 대답을 기다리고 있다는 제스처에 해인은 긴장해서 마른 입술을 축였다.

"닮으신 것 같아요."

"닮아? 누구랑?"

"이, 인우 오빠랑이요."

제가 답을 해놓고도 어리숙하다는 생각을 지울 수가 없었다. 천하의 태원 그룹 회장을 앞에 두고 할 만한 이야기가 그뿐이라니.

"……."

하지만 정말이지 마주 앉은 이분이 대한민국을 어쩌고 한다는 말은 영 현실감이 없다. 저와 이분 사이에다 검은 테두리 하나만 갖다 놓으면 뉴스를 보는 것과 다를 바도 없을 것이다. 그래서인지, 해인은 어느새 인우와 닮은 곳을 찾고 있었다.

인우의 할아버지. 그 외에 뭐가 더 있을까. 이분이 대한민국 경제에 무슨 화두를 던지든 일개 취업준비생은 그저 따를 뿐이다. 하지만 인우의 할아버지가 그에게 어떠한 영향을 끼친다면, 생각만 해도 마음이 조급해졌다.

"여기 눈썹 끝도 그렇고, 턱선 같은 것도 닮은 것 같아서요."

"그래?"

손을 든 해인이 제 하얀 얼굴을 짚자 강 회장이 눈썹을 치켜세웠다. 화가 나신 걸까. 해인은 얼른 손을 내려 버릇처럼 엄지손톱을 꾹 눌렀다. 그러고 보면 아직까지 제가 왜 여기에 와 있는지도 모른다.

- 회장님께서 강인우 씨의 일로 좀 뵀으면 하십니다만.

전화로 들은 설명도 그 한마디가 전부였다. 더 물으면 대답해주었을지도 모르겠지만 그것도 여기에 오고서야 생각이 났다. 인우의 일이라는 소리에 머릿속이 하얘져 가방을 들었으니까.

"아가씨가 강 전무를 잘 아나 보군."

"아니요. 잘 아는 건 아닌데…….."

그렇다고 모르는 것도 아니다. 입안을 질근거린 해인이 서서히 강 회장의 눈을 마주했다.

"오래 알고 지냈으니까요."

"흐음, 그렇군."

"…….."

"그래도 아직은 잘 모르는 모양이야. 강 전무가 나랑 닮았다느니 그런 소리를 들었으면 치를 떨 텐데."

흥! 강 회장은 그 꼴이 훤히 보인다는 듯 코웃음을 치며 다리를 꼬았다.

"인우 앞에선 그 말 안 하는 게 좋겠군. 이제 와 그놈 화내는 거 봐서 좋을 게 뭐 있겠나."

"오빠가요? 오빠가 왜…….."

해인이 그럴 리 없다며 고개를 저었다. 말간 눈빛이 더할 나위 없는 진심이라 강 회장은 드물게 피식거렸다. 하마터면 여기까지 부른 이유도 잊고 내기를 하잘 뻔했다.

"어쨌든 다른 건 뭐 더 볼 게 없나? 힘들게 여기까지 왔는데 구경할 수 있는 건 다 해야지."

"……회장님."

강 회장은 금세 풀이 죽어 귓가가 발개진 해인을 바라보았다. 화려하지는 않지만 침착한 눈빛과 특유의 단정함이 눈길을 끌었다.

"괜찮습니다. 제가 여기까지 와본 것도 사실 믿기지가 않는지라…….."

"겨우 이 정도로?"

영문을 모르는 해인이 조심스레 시선을 돌려 방을 둘러보았다. 처음 들어설 때 잠깐 눈에 들였던 것처럼 역시나 호화롭고 웅장했다. 가구나 장식품 하나조차 밖에서는 구경도 하기 힘든 것들이다.

"뭘 그런 걸 갖고. 명색이 태원 그룹 회장실까지 와서 그저 그런 것들만 구경하면 되겠는가."

"……네? 그럼 뭘……."

"어딜 가도 보기 힘든 걸 봐야 내 체면이 서지. 그래, 예를 들면……."

툭툭, 강 회장이 분초를 세듯 의자 옆 탁상을 힘 있게 두드렸다. 올 때가 됐는데. 그가 무거운 시선을 문 쪽으로 기울이기가 무섭게 그 두툼한 문이 벌컥 열렸다.

"송해인!"

앞머리가 흐트러진 인우의 가슴이 눈에 띄게 오르내렸다. 드물게 흐트러진 손자의 모습을 넌지시 바라보던 강 회장이 해인을 향해 만족스레 돌아앉았다.

"……그래, 저 정도는 돼야지."

"이게 대체 무슨 일입니까! 왜 해인이를 이런 데 데려오셨느냔 말입니다!"

"……앉거라."

"그냥 말씀하십시오, 아니, 송해인. 일어나."

회장실에 들어선 인우는 거침없었다. 정말이지 그렇게밖에 표현할 길이 없었다. 할아버지인 강 회장을 두고도 인사 한번 없이 대뜸 해인의 앞에 섰다.

"가자, 얼른."

"오빠."

"네가 여기 왜 있어. 아니, 오란다고 왜 와!"

그녀를 내려다보는 인우의 눈에 냉기가 감돌았다. 놀란 해인이 이러지도 저러지도 못하자 그제야 조금은 후회하듯 얼굴을 찡그렸지만 단호한 태도는 여전했다.

"나가자. 일단 나가서 이야기해."

"강 전무, 여기 나도 있다만."

"……."

"네가 날 할애비로 보지 않는다는 건 알지만 그래도 네가 모시는 회장이라는 건 바뀌지 않으니까."

강 회장의 의미심장한 말이 인우의 발목을 붙잡았다. 당황한 해인이 자리에서 일어나자 인우가 바로 그녀를 가로막았다. 원래부터 민첩하다지만 거의 본능적인 움직임이었다.

"……그렇다면 더욱 드릴 말씀이 없군요. 태원 그룹 회장님께서 어찌 아무런 관계도 없는 사람을 여기까지 불러들이셨습니까?"

"내가 관계가 없다고?"

"말씀드렸다시피 이미 끝난 인연입니다. 저나 회사에나 일절 관계가 없는 애를 왜 멋대로!"

"이거나 보고 말하려무나."

툭. 강 회장이 서릿발처럼 자신을 쏘아보는 인우에게 하얀 봉투를 던졌다.

자신을 휘두르는 거라면 무엇이든 질색인 남자다. 그대로 해인을 데리고 나가려던 인우가 저를 불안하게 바라보는 그녀의 시선에 체념과 같은 한숨을 내뱉었다.

"······오빠."

"후우우."

결국 그가 제 앞에 떨어진 봉투를 집어 들었다. 이까짓 거야 무시하면 그만이라지만 해인의 흔들리는 눈은 그럴 수가 없었다. 교수님 장례식장에서도 처연하던 아이가 여기선 손 하나 편히 둘 데 없어 허공을 움켜쥐고만 있다.

"······."

그렇다고 제가 잡아줄 수도 없는 노릇이다. 그녀를 뒤로하고 봉투를 열어보는 인우의 손길이 거침없으면서도 짜증이 섞였다.

"이게 뭐길래······."

"그건 내가 물을 말이 아니겠느냐."

"······."

"알아서 끝냈다더니, 잘도 흘리고 다니는구나."

홀로 앉아 있는 강 회장이 인우의 손에 들린 사진을 보며 눈살을 찡그렸다.

대체 뭐길래 그러는 걸까. 그의 널찍한 등에 가로막혀 서성거리던 해인이 살짝 고개를 빼다 입을 가렸다.

"오, 오빠, 이건!"

며칠 전 그와 헤어지던 날 밤에 찍은, 아니, 찍힌 사진이었다. 집 앞에 선 해인과 마주 보는 인우. 거기까지야 어찌 둘러댄다 하더라도 머플러를 감는 그의 손길만은 도저히 '그저 아는 사이'라 믿어줄 수가 없었다.

"인우 네가 알아서 한다기에 손 놓고 있었더니, 알아서 한다는 게 겨우 이거냐?"

"이게 왜 회장님께 있는 겁니까?"

"별거 아니라는 소리도 안 하는구나."

강 회장이 헛웃음을 흘리며 인우를 노려보았다. 원래도 다정한 조손간은 아니었지만 지금 서로를 바라보는 눈이야말로 메마르다 못해 버석거렸다.

"이게 나한테 안 왔으면 내일 신문에 났을 게다. 그럼 네 속이 시원하겠느냐?"

"……누굽니까?"

"누군지 알면, 어쩌려고."

"……"

"이성적으로 생각하란 말이다. 배후는 수습을 한 후 생각해도 늦지 않으니."

사진을 구길 듯 인우의 손에 힘이 바짝 들어갔지만 차마 구기지는 못했다. 제 머플러에 푹 감싸여 저를 올려다보는 해인의 눈이 그날의 기억보다 더욱 환했다. 사진이야 만들어내면 그만이라지만 이런 눈, 이런 표정은 아무리 감정이 메마른 그가 보아도 할 말이 없었다.

"……"

더욱이 마주한 자신의 얼굴은…… 생소했다. 남의 얼굴을 보는 듯 낯선지라 그의 입이 열리기까지는 제법 시간이 걸렸다.

"먼저 보도하는 걸로 하지요. 사진은 거두었으니 제가 나서서 밝히겠습니다."

"뭐라 하려고? 유학비용 대준대서 미성년자 여고생과 결혼했다고?"

"그게 사실 아닙니까."

"그래, 사실은 사실이지. 하지만 넌 그때의 네가 아니란 말이다. 너한테 무슨 사정이 있었든 간에 그걸 봐줄 만큼 호락호락한 인간들로 보이더냐? 그랬다면 내가 널 잘못 봤구나."

새삼 목소리를 가라앉힌 강 회장의 뒤로 언뜻 검은 그림자가 일렁였다. 그가 왜 대한민국 경제를 뒤흔든다 말하는지, 그 한 장면으로도 충분히 알 것 같은 위압감이었다.

"인우 넌 태원 그룹 전무다. 네 행동 하나, 네 말 한마디가 얼마나 무서운지 모르느냐? 네 이름이 추문에 엮여 오르내린다는 사실 하나만으로 회사 주가가 덩달아 요동친단 말이다!"

"회장님."

"처음부터 이깟 사진 따위야 뭐가 문제라고. 인우 네가 제대로 자리만 잡았다면 언론이든 회사 실세든 알아서 네 밑에 기어다닐 것을! 그랬다면 이런 사진을 박스째로 들이밀어도 눈멀어 네가 하는 말만 받아 적는 게 바로 이쪽 세상이란 말이다!"

"그래서 제가 어찌하길 바라십니까."

인우의 눈이며 음성이 평소대로 돌아왔다. 서늘하면서도 검은 눈동자는 어떠한 감정도 내비치지 않았다.

"회장님께서 다른 생각이 있으시니 저는 물론 해인이까지 부르셨겠지요."

"그나마 말이 통하니 다행이구나."

"……."

"전무직에 올랐다지만 아직 네 위치는 확고하지 않다는 걸 알 게다. 그러니 다음 달에 중국 정부의 허가를 따낼 때까지는 절대적으로 조심해야 한다. 그 이후야 뭐라 말이 나든 네가 실권을 잡은 이후이니 적당히 수습하면 되겠지."

"이미 이혼한 마당에 조심할 게 무엇이겠습니까."

"이게 제대로 된 이혼이더냐? 안 그래도 부사장이 네 흠을 잡아보려 눈이 벌게져 돌아다닐 텐데. 여론몰이를 하자면 끝도 없다. 인우 널 돈 몇 푼에 결혼까지 하는 것도 모자라 귀국하자마자 부인을 버린 파렴치한으로 만들고도 남을 테지."

75

"그까짓 거야……."

"아, 아니요. 오빠 그런 사람 아니잖아요."

사진을 본 순간부터 하얗게 질려 있던 해인이 그의 옷깃을 잡고선 고개를 흔들었다. 인우가 그럴 것 없다 말려보려 했지만 그녀의 다급함이 더 컸다.

"오빠가 왜 그런 소릴 들어야 해요. 결혼도 저 때문에 했고, 이혼하잔 것도 저였는데……."

"그래, 듣자 하니 아가씨가 우리 인우를 찼다지?"

"회장님!"

해인의 말을 끊은 강 회장에게 인우가 다시 매서워졌다. 그래봤자 이런 쪽으로 이골이 난 강 회장은 조금의 감흥도 없었다. 처음 해인을 불러 앉혀놓고 찻잔을 들 때와는 분위기부터가 달라졌다.

"누가 보면 제 새끼 지키는 독수리쯤 되는 줄 알겠구나. 안 잡아먹으니 걱정 말려무나."

"농담이나 할 때는 아닌 듯싶습니다. 해인이 내보내고 저와 이야기하시죠."

"기껏 불러와놓고 내보낼 이유가 뭐란 말이냐?"

"그야 해인이는!"

"성인이겠다, 거기다 곧 있으면 취업도 하겠다, 자기 재산 지킬 정도로 다 컸으니 이혼을 했을 텐데, 자기 의사 정도야 밝힐 수 있는 거 아니더냐?"

"……."

강 회장이 빈틈없는 논리로 제대로 인우를 몰아붙였다. 인우는 반박하려 입을 열었지만 막상 별다른 말은 하지 못했다. 대신 해인에게로 향하는 눈빛이 착잡했다.

"송해인 너……."

"오빠."

부인하고 싶어도 해인은 완벽한 성인이다. 제가 인정을 하든 않든 그 사실은 바뀌지 않는다.

"최대한 짧게 말씀하시지요. 뭘 어쩌란 말이십니까?"

굳을 대로 굳어진 인우의 얼굴이 비장했다.

"어쩌긴 어째. 시작한 사람이 책임을 지란 거지."

"이미 끝난 일이라 하지 않았습니까!"

"끝나긴. 아직 두 사람은 법적으로 부부가 아니더냐."

"……."

"엊그제 이혼신고서 낸 주제에 마음만 급해선."

쯔쯧. 혀를 찬 강 회장이 제 앞의 찻잔을 들었다. 단아한 흰 찻잔을 그러쥐는데 흡족해하는 듯도 보였다.

"아직은 부부이니 그대로 살면 된다."

"하…… 그게 말이 된다 생각하십니까?"

"누가 평생 살라더냐? 네가 중국 입찰을 따낼 때까지면 충분하단 말이다. 6년을 끌어와놓고 그깟 한 달 더 못 살 이유가 뭐란 말이냐!"

"상황이 다르지 않습니까. 그때야 제가 영국에 나가 있었고……."

"이젠 돌아왔으니 같이 살아야지."

딸각. 바닥을 드러낸 강 회장의 찻잔이 테이블에 놓였다.

"그리 말을 맞출 생각이다. 서류 떼서 확인할 것도 아니니 나이는 적당히 고쳐놓고, 은사의 소개로 결혼해 신부의 학업 때문에 떨어져 지냈다고. 대신 신부가 일반인이니 언론 노출은 최대한 막아보마."

"……가능하다 믿으십니까?"

"이곳이 얼마나 보수적인지 모르지 않을 테지. 백번 이혼을 할지언정 한 번 동거는 안 되는 게 이쪽 세상이란 말이다. 그런 데로 제 발로 들어왔으면 네놈도 어느 정도는 맞추려 노력을 해야 할 거 아니냐. 그것도 싫으면 하루

빨리 네 세상으로 만들든가."

강 회장의 빈틈없는 눈이 인우를 내리훑었다. 조금도 굽힐 줄 모르는 뻣뻣함에 한숨이 절로 나왔다.

'쇠심줄 같은 놈.'

욕을 퍼붓고 싶어도 그 고집이 어찌 안 되는 것은 자신이 가장 잘 안다. 그렇기에 저 자리에 앉혀놓으려 그리 공을 들였으니까.

"어쩔 테냐? 겨우 한 달을 못 버텨 일을 다 그르칠 게냐?"

"이런 걸로 그르칠 일이라면 처음부터 제 자리가 아니란 뜻이겠지요."

"하, 그래서 결국 못 한다는……."

"해, 해요! 할게요!"

가느다라면서도 절박한 음성이 그들을 갈라놓았다. 저도 모르게 인우의 옷깃을 잡아버린 해인이 강 회장을 정면으로 마주했다.

"오빠랑…… 결혼할게요. 아니, 더 살아볼게요."

● ✦ ●

"말로 하려무나. 그렇게 죽어라 노려볼 것 없이."

"……."

몇 마디도 않았던 해인이지만, 막상 그녀가 자리를 뜨자 그 존재감이 부각되었다. 조금 전 그녀가 있을 때엔 살벌하다지만 그나마 사람 사는 세상 같았다면, 두 남자만 덩그러니 남으니 그야말로 야생의 한복판과 다름없다.

"대체 무슨 생각이십니까?"

"기껏 네놈을 위해 최선의 방법을 알려주었건만, 그게 할 말이더냐?"

"……정말 그게 저를 위한 방법이라 여기셨습니까?"

해인의 부재에 인우의 눈빛부터 확연한 차이가 졌다. 강 회장과 마주한 그의 눈이 본격적으로 적의와 의구심을 드러냈다.

"왜 제겐 회장님이 저를 쥐고 흔드시겠다는 걸로 보이는지 모르겠습니다만."

"흥, 착각도 자유지."

"……."

"내가 정말로 널 잡아 흔들자면 저 아가씨를 곱게 불러왔겠어?"

"회장님."

"그리 죽어라 노려볼 것 없대도. 그럼 인우 네가 한번 말해보지 그러느냐. 달리 무슨 방법이 있다고."

눈을 내리깐 강 회장이 소파에 등을 기댔다. 인우가 막 본성을 드러내는 맹수라면 그는 수십 년간 야생의 왕으로 군림한 자다. 흥분이야 원하는 것을 다 가지고서 나서 해도 늦지 않다.

"겨우 이렇게 끝내자고 한국에 돌아온 건 아니겠지?"

"제게 귀국하라고 한 건 회장님이셨습니다."

"말은 바로 하자꾸나. 네가 어디 내가 오란다고 올 사람이냐?"

"……."

"여기까지 왔을 땐 너도 너만의 목적이 있었겠지. 네 아비를 위해서든, 미혼모로 죽은 네 어미를 위해서든, 혹은 그 외의 것을 위해서든…… 내가 널 여기로 불러들인 진짜 이유를, 그리고 네가 여기로 온 목적을 생각해보란 말이다."

타이르듯 나직한 음성이지만 강 회장의 입에서 나온 만큼 경고나 다름없다.

"그러니 못 할 것이 무엇이냐? 아마 부사장 쪽에서는 죽으라면 죽는 시늉도 했을 게다."

"그런 사람이니 그 정도로밖에 살지 못하는 거겠지요."

하지만 인우 역시 그의 피를 이어받았다. 더는 찌푸리지도 않는 손자의 얼음장 같은 얼굴에 강 회장이 속을 알 수 없는 웃음을 머금었다.

"어쨌든 네 최종 목표만 생각하란 말이다. 그러고 나선 뭐든 네가 원하는 대로 하면 될 테니."

"그것 때문에 누군가의 인생을 쉽게 뒤바꾸란 말씀이십니까?"

"왜 그걸 그렇게밖에 생각 못 하느냐. 그리 저 아가씨, 아니, 네 부인을 위한다면야 내 말이 더욱 맞겠지."

"……무슨 말씀이십니까?"

"인우 네가 아무리 싸고돌아봤자 한계가 있지. 어차피 이 사진은 시작이다. 이미 소문이 돌기 시작했을 텐데 부사장이 가만 보고 있을 것 같으냐?"

"……."

"언론이건 회사건 제멋대로 주물러대면 다치는 건 저 아가씨란 말이다. 그러니 곱게 이혼을 하든, 보다 확실히 보호를 하든 너부터 제대로 자리를 잡아야 하지 않겠느냐."

아둔하지 않으니 이만하면 알아들었겠지. 강 회장이 눈을 내리깐 인우를 넘겨다보았다. 못 참고 버럭하는 것이 아닌가 했는데 인우는 천천히 눈을 감았다 떴다.

"과연 그렇겠군요."

"……이제라도 말이 통하니 다행이구나."

"그런데 그건 아십니까?"

인우가 자리에서 일어났다. 밖에 있는 누군가를 의식한 듯 소리를 높이지는 않았지만 듣는 이의 가슴에 내리박힐 만큼 차디찬 음성이었다.

"제가 확실히 자리를 잡으면 제일 먼저 무엇을 할지."

chapter
03

"······오빠, 화나셨어요?"

조수석에 앉은 해인이 울상을 지으며 고개를 떨구었다. 조각상처럼 고요
하기만 한 인우를 두고 가시방석에 앉은 듯했다.

"오빠."

"그래, 화났어."

"아······ 그러신 거 같았어요."

괜찮다고 하면 다행이다 하려 했더니. 솔직한 남자는 이게 문제다. 그렇
다고 다른 남자를 만나본 것도 아니지만, 인우 같은 남자는 드물 것이다.

"······."

해인은 진땀이 나 커다란 눈만 깜빡였다. 창문이라도 내려 찬 공기를 양
껏 들이마시고 싶지만 손가락 하나 마음대로 까딱여서는 안 될 것처럼 온
몸이 짓눌리는 느낌이었다.

"거기서 뭐라고 해?"

"······거기라뇨?"

"내가 회장님이랑 얘기할 동안 넌 그쪽 비서랑 있었을 거 아냐. 화기애애
하게 차나 마시지는 않았을 테고, 너한테 무슨 소리를 해도 했겠지."

"아아."

모든 걸 들여다보는 듯한 인우의 말에 해인은 멋쩍은 웃음을 지었다. 아니라 부인하고 싶어도 어쩌면 직접 대화를 나눈 자신보다 인우가 더 잘 알고 있을 것이다. 아니, 이 남자라면 그러고도 남는다. 인우가 돌아온 지 얼마나 됐다고 하루하루 알아가는 것이 많아졌다.

"그냥, 안에서 회장님이 하셨던 말씀에 대해서요."

"말씀 뭐?"

얼버무릴 생각 말라며 인우의 곁눈이 날카로워졌다. 자칫 이대로 차를 휙 돌릴 것만 같은 엄중한 분위기에 해인은 어쩔 수 없이 더듬더듬 입을 열었다.

"음…… 뭐라고 해야 할지, 우리가 아까 좀 그랬던……."

"자세히."

"우, 우리 결혼이요."

"……."

뭐든 알아야겠다는 듯 몰아세울 때는 언제고 인우가 급격히 조용해졌다. 그나마 숨을 돌릴 기회가 생겨 다행이라면 다행이랄까, 해인은 머리카락을 넘기며 발개진 얼굴을 감추었다.

"크게 걱정할 거 없다고 하셨어요. 회사에서 알아서 다 잘 처리하신다고, 그냥 이혼만 한 달 더 미뤄지는 거라고."

"……."

"필요한 거나 제가 숙지해야 하는 건 전부 옆에서 가르쳐주신댔어요. 전 취업반이라 어차피 학교도 자주 안 가고, 또 얼굴이 드러나는 것도 아니라고. 한 번씩 모임에 참석해서 오빠 옆에 있기만 하면 된다고 하셨어요."

"……그게 다가 아닐 텐데?"

집 앞 골목길에 접어든 인우가 한쪽으로 차를 세웠다. 식지 않은 엔진의 열기처럼 그의 눈이 뜨거웠다.

"한집에 살라는 말은 왜 빼놓고 안 해."

"오, 오빠."

"그냥 하던 대로 편히 생각하라고? 넌 그 소릴 믿어?"

"……."

"그렇게 호락호락한 세상이 아니라고. 더군다나 태원의 회장이야. 널 부르기도 전부터 모든 판을 짜 맞춰놨겠지. 지낼 곳, 따라다닐 사람들까지 전부 정해두고 넌 그냥 따르기만 하면 된다 체스판 말처럼 갖다 놓은 거라고."

"오빠가 화나신 건 알지만……."

"그럼 화가 안 나? 네가 내 눈치만 보고 있는데!"

인우가 핸들을 꽉 움켜쥐더니 고개를 뒤로 기댄 채 눈을 감았다. 이제 와 말이 곱게 나올까마는, 그럼에도 해인이 죄인처럼 고개를 숙이고 있는 모습만큼은 참기가 힘들었다.

"송해인 네가 왜 그러고 있어?"

"오빠."

"그럴 이유 없잖아. 왜 그런 사람들에게서 그런 소릴 듣고도 싫단 말을 안 해? 무슨 큰 잘못을 저질렀다고?"

"……오빠는 그럼, 무슨 잘못을 해서 저랑 결혼하셨어요?"

"뭐?"

황당한 나머지 인우가 그녀를 바라봤다. 언뜻 조용한 음성이었지만 어둠 속에서도 달아오른 얼굴은 고스란히 보였다.

"아니잖아요. 오빠도 그냥 그럴 수밖에 없었잖아요."

"송해인."

"저도 그래요. 일이 이리된 건 속상하지만 오빠가 저 때문에 파렴치한 소리 듣는 건 더 싫어요. 오빠는 그러지 않아도 얼마든지 유학 갈 수 있었을 텐데 왜 그런 얘길 들어야 해요?"

해인이 속상한 마음을 모조리 쏟아내고도 울컥했다. 무어라 설명하기 힘든 복잡한 눈빛의 인우를 향해 고개를 저어 보였다.

"아빠 돌아가시기 전에 약속했어요."

"……무슨 약속?"

"꼭 오빠한테 도움이 되는 사람이 되기로. 더는 미안하고 싶지 않다고."

"누가 너한테 미안해하래?"

"지금은 아닌데…… 오빠가 정말 그런 소리를 듣게 되면 그땐 미안할 것 같아요."

어느새 서늘해진 공기, 하얀 입김처럼 그녀의 작은 목소리가 흩어졌다.

"회장님 말씀에 떠밀려서 억지로 하는 거 아니에요. 저도 아빠한테 약속했으니 지키고 싶어요. 제가 오빠 도와줄 수 있을 만큼 잘 컸다고 보여드리고 싶어요."

"……."

"새로 결혼하란 것도 아니고 이왕 결혼한 거잖아요. 한 달만 늦어지는 건데 그 정도는 괜찮아요. 어차피 이혼이 성립되는 데 한 달은 더 걸린다고 했으니까."

"……너 그게 무슨 뜻인지나 알고 하는 말이야?"

"그럼요. 저 어린애 아니에요."

한발 늦은 웃음이 어색했지만 표정만은 사뭇 비장했다. 어찌나 비장한지 어디서부터 어떻게 손을 대야 할지 종잡을 수가 없다.

후우. 한 손으로 눈가를 가리듯 받친 인우가 그대로 서서히 핸들 위로 머리를 숙였다.

"쉽지 않다고. 그 사람들 말 곧이곧대로 믿어서는 안 된단 말이야. 누구도 너 책임 안 져. 하자는 대로 다 해주면 너만 손해 본다고. 무턱대고 믿었다간……."

"안 믿어요. 저 그렇게 쉽지 않아요."

"……."

"세상 사람들이 얼마나 무서운지 저 잘 알아요. 모를 리가 없잖아요."

스륵. 해인이 핸들에 고개를 기댄 인우를 따라 고개를 낮췄다. 두 눈이 마주치는 순간, 그의 눈동자가 더욱 검어졌다. 같은 차 안에서 같은 사람을 보는 건데도 아까와는 달리, 마치 얇디얇은 은빛의 거미줄에 걸린 것처럼 움직일 수가 없었다.

"아빠나 제가 그걸 몰랐다면 오빠랑 결혼할 일도 없었을 거예요. 세상 사람들이 그렇게 착했다면 그럴 필요도 없었을 거구요."

생긋 짓는 그녀의 웃음이 희미하게 빛났다. 인우를 따라 고개를 기울인 해인의 입술이 가만가만, 속삭이듯 서글퍼졌다.

"오빠는 안 그랬고 안 그럴 분이지만, 만약 그럴 마음만 먹었다면 저는 지금 이 집에서 살고 있을지 어떨지 모르잖아요."

"그걸 말이라고 해? 여긴 당연히 네 집이고……."

"그 당연한 것도 지켜주지 않는 사람이 정말로 많으니까요."

"……."

"그래서 전 오빠가 고마워요. 제가 제일 필요할 때 도와주시고 옆에 있어주셔서…… 그게 너무 고마웠어요. 법원에서 했던 말, 거짓말 아니었어요. 정말이에요."

"송해인."

알아. 고개를 젓는 그녀의 앞에서 인우는 입안에 차오른 말을 끝내 내뱉지 못했다. 해인이 누구를 염두에 두고 저런 이야기를 하는지 모르지 않았으니까.

"저도 꼭 그렇게 해드리고 싶어요."

"……네 마음은 알겠는데, 그게 지금일 필요는 없잖아. 하필 네 인생을 걸고……."

"지금이 아니면 오빠한테 영원히 갚아드릴 수가 없을 것 같아서요."

해인이 흘러내린 머리칼을 살포시 넘겼다. 그래봤자 다시 흐르는 머리칼을 작은 손으로 꼭 눌러 잡았다.

"오빠는 예전의 인우 오빠가 아니잖아요. 저도 그 정도는 알아요."

"하아, 그래서 네가 정말 그 노릇을 할 수 있다고?"

"……제가 뭐 어때서요."

파앗. 그녀가 눈을 찡그리는 동시에 골목의 가로등이 한 번에 밝아졌다. 생각보다 가까이서 눈을 마주친 두 사람이 동시에 주춤했다. 어둠 속에 있을 땐 견딜 만하더니, 흐릿하게나마 서로의 얼굴이 또렷해지자 괜히 뺨이 간질거렸다.

"음."

그나마 먼저 웃어 보인 건 해인이었다.

딸깍. 그녀가 차문을 열자 핸들에 고정된 듯 움직일 줄 모르던 인우의 손이 그녀를 뒤쫓듯 옮겨갔다.

"내가 널 못 믿어서가 아니라……."

"저 할 수 있어요."

어떻게 말을 해야 오빠가 믿어줄까.

최대한 든든하게, 나라도 그러고 싶게끔, 한 발을 차 밖으로 디딘 해인이 어렴풋한 미소를 지으며 그를 돌아보았다.

"오빠, 저 열아홉에 결혼한 여자예요."

● ✦ ●

보글보글, 주방 가득 찌개 끓는 소리가 듣기만 해도 입에 군침이 돌 정도다. 한 스푼, 간을 보듯 입으로 가져가 대어본 그녀의 입꼬리가 만족스러운 듯 올라갔다. 됐네. 딱 이 맛이지.

앞치마를 풀어놓고 자연스레 안방을 향했다. 벌컥 방문을 열고 이불을 젖히는 손길이 스스럼없었다.

"야, 송해인! 너 언제까지 누워 있을 거야?"

"……유진아."

"애가 몸져누웠네. 내가 들여다보길 잘했지."

유진이 해인의 옆에 걸터앉았다. 반응이 없어 자는 줄 알았더니 그건 아닌 모양이고, 혼이 빠진 것처럼 멍하니 눈만 깜빡이고 있었다.

"아휴, 아주 애를 잡았어! 그깟 태원이 뭐라고!"

"으응?"

"뭘 그렇게 놀라냐. 면접 좀 떨어진 게 대수라고."

말은 그렇게 하면서도 유진의 얼굴엔 안쓰러움이 물씬했다. 그저 같은 취업준비생의 동병상련이라 하기에 해인은 자꾸만 눈이 가는 친구였다. 부모님이 안 계시다는 사정과는 별개로 뭐라도 하나 더 챙겨주고 싶어졌다. 물론 실제로 대부분은 해인이 먼저 알뜰살뜰 주변 사람들을 보살폈지만, 이번만은 예외였다.

"오래 살고 볼 일이야. 송해인 너한테 밥 차려주러 올 날도 다 있네."

"미안, 나 진짜 괜찮은데."

"괜찮긴! 그런 애가 사색이 돼서 넋이 나가 있니?"

"……."

"세상에 태원 하나만 회사도 아니고. 그래, 뭐, 태원이 태양이고 달이고 세상 좋은 건 다 해먹는 데라는 건 알겠는데 그래도 너무 목맬 필요는…… 아니, 너 왜 땀을 흘려?"

"어어? 내가?"

갈수록 파리해지는 친구의 안색에 유진이 어깨를 잡자 해인은 이마를 쓱 쓸어냈다. 아무래도 너무 오래 누워 있었나 보다.

"얼마나 충격이 컸으면! 뭐든 좋다 좋다 하던 애가 속병이 제대로 났네. 아니, 대체 면접에서 뭐랬길래 그래? 어디 들어나 보자."

"그냥, 아니야. 별거 아니야."

"아니긴 뭐가 아니야? 이런 말은 좀 그렇지만 내가 면접 떨어진 걸로는 과 톱 찍었잖아. 딱 들으면 뭐가 잘못됐는지 각 나온다니까? 말만 해봐, 딱 바로잡아줄 테니까!"

해인의 앞으로 다가든 유진이 자신만만, 진짜 면접관처럼 허리를 쭉 폈다. 벗어나기는 틀렸다 싶어서 해인은 시선을 저 멀리 던졌다.

"그게, 나도 뭔가 잘할 수 있다 자신감을 보여줘야겠다는 생각에……."

"응, 응. 듣고 있어. 자신감, 중요한 요소지!"

"좀 믿음직스럽고 이 여자한테면 딱 맡길 수 있겠다, 그런 말을 해야 할 것 같아서."

주절주절, 사설이 길어지더니 붉은 입술이 떨렸다.

"근데 너도 알다시피 아무리 생각해도 나는 리더십 같은 것도 없고, 동아리 회장 같은 것도 못 해보고, 내세울 수 있는 게 너무 없어서. 그렇다고 거짓말을 할 수도 없으니까……."

"아니, 그래서 뭐랬는데?"

"……아아아."

해인이 무릎에다 고개를 파묻었다. 얼굴을 파묻어도, 이불 속에 들어가도, 제가 했던 말만큼은 떨쳐낼 수가 없었다.

"오빠, 저 열아홉에 결혼한 여자예요."

그때 생각난 말이 왜 그런 것뿐일까. 진즉에 회장도 좀 하고 발표도 좀 하고, 뭐든 하라는 건 다 해볼걸.

인우에게 데려다줘서 고맙다 인사를 하고, 대문을 열고 집에 들어서서 신발을 벗고, 거기까지는 분명 물이 흐르듯 자연스러웠다. 하지만 정확히 그 후부터 해인은 그대로 엎드려 고개를 들지 못했다. 아무도 없는 집 안에서마저 고개를 못 들 만큼, 부끄러움에 코끝이 찡 울렸다.

"너 또 왜 이래? 현기증 나?"

"아니, 아니야."

"야, 괜찮아! 까짓 말이야 좀 어때. 말보단 행동! 직접 보여주면 되는 거잖아."

"……그렇겠지?"

부스스 고개를 든 해인이 그제야 미약하게나마 웃어 보였다. 유진이 다행이다 싶었는지 해인의 어깨를 두드리며 제 가방을 챙겼다.

"그런 의미로 이 언니는 학교에 나가봐야겠다. 시험 하나 남았거든. 김 교수님 4학년도 무조건 시험 보래! 정말 피도 눈물도 없어!"

"어떡해, 공부 많이 했어?"

"내가 공부 많이 했으면 너네 집 찾아와서 국 끓이고 있겠니? 한 게 아까워서 한 자라도 더 들여다보고 있었겠지. 난 어차피 말린 인생이야. 그리고 넌 지금 누구 걱정을 해?"

"……."

"거의 다 종강했으니 딱히 학교 나올 일은 없겠지만 그래도 얼굴 보면 기운이라도 나잖아. 현우 오빠도 너 기다릴 텐데. 어쨌든 시험 다 끝나면 내일이나 모레쯤 다시 들를게."

"어…… 아니, 괜찮아! 안 그래도 돼."

"응?"

해인답지 않은 거절에 가방을 메고 나서던 유진이 되돌아왔다. 해인은 낯을 가리긴 하지만 제집에 오는 건 언제나 반기던 아이다. 귀찮은 내색 없이 먼저 비밀번호를 가르쳐주던 친구가 왜 이러는지, 서운함보다는 걱정이 먼저였다.

"뭐야. 너 정말 무슨 일 있는 거야?"

"아니야. 그게 아니고…… 나 당분간 집을 좀 비울 거 같아서."

"당분간 얼마나? 아니, 어딜 가길래?"

"어…… 한 달 정도."

해인이 주섬주섬 일어나 머리를 쓸어넘겼다. 뽀얀 얼굴에는 홍조가 어려 있어, 누가 보면 고백이라도 하는 줄 알겠다.

"사, 사촌오빠가 영국에서 와서, 당분간 같이 지내게 될 거 같아."

"사촌? 너 사촌 있었어?"

"으응. 그렇게 돼서, 내가 꼭 연락할 테니까……."

"야아, 다행이다!"

긴장한 얼굴로 해인을 바라보던 유진이 덥석 해인을 끌어안았다. 기집애. 활짝 웃는 얼굴에 안도가 서렸다.

"네가 하도 말이 없어서 난 너 친척이고 뭐고 하나도 없는 줄 알았잖아. 그래도 네 편 하나라도 있으니까 얼마나 다행이야!"

"……유진아."

"오빠라서 좀 그렇겠지만 같이 지낼 정도면 그만큼 친하단 거지? 그분은 확실히 네 편인 거지?"

"응…… 아마도."

고개를 끄덕이던 해인이 연거푸 머리를 위아래로 움직였다. 전혀 그녀답지 않은 모습이지만, 지켜보는 유진으로서는 안심이 되는 모양이다.

"좋은 일인데 왜 그렇게 울상이야? 하여튼 나 간다. 아무리 공부는 안 해도 이름은 적어 내야지."

"유진아."

"그나저나 이 대궐 같은 집 놔두고 어디 좋은 데 가길래. 맛있는 거 많이 사달라고 해. 기운도 차리고 나한테도 같이 얼굴 좀 보여주고……."

"고마워, 정말."

"……응? 갑자기 뭐야?"

"유진이 너한테 너무너무 고마워."

해인은 제 마음을 꾹 눌러 담아 유진을 배웅했다. 싱겁긴! 얼굴을 찡그리며 놀리는 유진의 뒷모습을 보면서 힘겹게 중얼거렸다.

"……그리고 미안해."

다른 사람도 아니고 유진에게만큼은 사실대로 말할까 고심했지만 역시 그건 아니었다. 한 달이 지나면 끝날 인연에 다른 사람이 얽혀 좋을 일은 없다.

'말을 한들 뭐라고 해.'

결혼했었는데, 이혼을 하려다가 그냥 한 달만 더 살기로 했어. 근데 이번에는 아예 같이 살아야 한대.

"……."

생각만으로도 머리가 어질어질했다. 저도 못 믿을 이야기를 믿어줄 수 있는 사람은 한 사람뿐이다. 해인은 거실 선반을 향해 걸음을 옮겼다.

"아빠, 그렇게 됐어요."

나 잘한 거 맞지? 그렇다고 해줘.

해인은 서재에 앉아 있던 아빠의 모습을 그리며 가만히 액자 가장자리를 더듬었다.

"그런데 아빠가 생각하기에 말이야."

걱정스레 운을 떼었지만 역시 아빠에게 물어보는 수밖에 없다. 비록 대답은 없다는 것만 빼면, 강인우라는 남자를 가장 잘 아는 사람이니까.

"……오빠가 그렇게 사람을 막 비웃거나 하지는 않겠지?"

● ✦ ●

"일단 말씀하신 대로 최대한 능력 있고 연줄 없는 젊은 친구들 위주로 팀을 꾸려봤습니다. 중국에서 대학을 졸업한 인재들이 몇 있는데…… 전무님?"

"흐음."

책상에 앉은 인우가 고개를 숙이고 헛기침하자 조 비서가 의아해하며 그를 살폈다. 주먹으로 가린 입가와 알 듯 모를 듯한 눈가. 무슨 생각을 하는지 모르겠지만, 웃는 얼굴로 봐도 좋을 법한 모습이다.

"혹시 필요하신 것이 있으시면……."

"아냐. 됐어."

그러나 상대는 인우다. 철두철미하다 못해 그를 겪어본 몇몇 이들은 회장님의 젊은 시절보다 더욱 독한 구석이 있다고도 했다. 조 비서 또한 어느 정도 그에 공감하는지라 얼른 서류를 인우의 앞에 펼쳤다.

"경영전략팀 팀장이 부사장님 라인인데, 부사장님이 중국 계약에서 빠졌다는 소리가 돌자 대놓고 발을 빼려는 모양입니다."

"그러라고 해. 썩은 부위 도려낼 시간은 벌었으니까."

인우가 무덤덤하게 펜을 들었다. 회사는 물론 본인의 사활까지 걸려 있는 일에 훼방을 당하니 화라도 낼 법한건만, 인우는 평소와 다를 바가 없다. 오히려 남의 일처럼 무심한 태도에 조 비서가 조급해졌다.

"그래도 먼저 관심을 드러내는 이들도 꽤 있으니까요. 이것 좀 보시고 마음에 드는 사람이 있으면 말씀 주십시오."

"중국 쪽 일에 적합하다면 누구든 상관없어. 직위나 성별, 나이, 가리지 말고 불러들여."

"지금 보고 계시는 친구도 인사팀에서 듣기로 꽤 괜찮다고 해서. 아직 스물여덟이라 좀 어린 편이긴 하지만……."

"됐어. 누군 열아홉에 결혼도……."

"네? 뭐라고 하셨는지."

"……뽑으라고."

인우가 고개를 들며 파일을 밀어냈다. 반듯하다 못해 다소 매정해 보이는 눈이 이럴 때에는 더없이 편했다.

"내가 이런 데까지 신경을 쓸 시간은 없으니까. 제 역할 할 수 있는 사람이라면 가릴 거 없어."

"아, 네. 그럼요!"

조 비서는 서류를 거둬들였다. 이번 사안의 중대성을 생각하면 이쯤은 제 선에서 끝내는 게 맞다. 인우가 아무리 발군의 능력을 자랑한다지만 몸이 두세 개가 아닌 이상 직접 할 수 있는 일은 정해져 있다.

"안 그래도 이번에 연수받은 신입 중에 꽤 괜찮은 인재가 하나 있는 모양입니다. 한국대 출신이라는데 아버지가 외교관이라 중국에 오래 있었다고."

"……한국대?"

인우가 드물게 관심을 비치자 조 비서는 몇 마디 덧붙였다. 그러나 곧 무언가를 떠올리듯 깊어진 인우의 눈을 보니 제 말을 듣고 있는지 확신이 가지 않았다.

"그러고 보니 전무님도 한국대에 다니셨지요? 졸업 전에 영국에 가셨다지만 동문은 동문이시겠네요."

"······뭐."

"뻔한 소리 같지만 그래도 동문이 편한 점도 많지요. 이참에 한번 만나보시겠습니까?"

"······."

싫으면 싫다고 말할 인우가 이렇다 할 대답이 없다. 반쯤 허락이라 간주한 조 비서는 밖으로 나가려다 말고 다시금 그의 일정을 살폈다.

"오후에는 중국 쪽 법률자문팀과 미팅이 있을 겁니다. 결재는 퇴근 전까지만 마쳐주시면 됩니다."

"그게 다야?"

"네. 스케줄은 그게 전부입니다."

말이 쉽지, 쌓여 있는 서류만 해도 오늘 안에 다 볼 수나 있을지 장담할수 없다. 퇴근에 별 의미를 두지 않는 인우라지만, 비서로서 그의 체력적인면도 고려해야 한다.

"조금이라도 눈을 붙이시려면 근처 호텔을 잡아두는 게 좋을 것 같습니다. 그래도 평창동 집 공사가 마무리되었다니 곧 그쪽으로 옮기시면 되겠습니다."

"집이야 어디든 무슨 상관이라고."

"네. 참, 그러고 보니 해인 양은 오늘 그 집으로 들어갔겠네요."

"······뭐?"

여태까지 남 이야기 하듯 굴던 인우가 고개를 들었다. 무슨 소리에도 눈하나 깜짝 않던 그가 무언가를 잘못 들은 것처럼 눈살을 찌푸렸다. 마치 조금 전에 했던 부사장이 훼방을 놓는다는 말을 이제야 깨달은 것처럼 심각한 얼굴이다.

"······송해인이 어딜 가?"

"집이요. 회장님 비서실에서 연락을 받았는데, 오늘 낮에 그쪽으로 짐을 다 옮기셨다고…….”

딸깍, 인우가 펜을 내려놓고는 머리칼을 쓸어넘겼다. 한숨 돌리는 거라 하기엔 뭐라 설명하기 힘든 미묘한 표정이다.

조 비서는 하려던 일을 떠올리곤 꾸벅 고개를 숙였다.

“그럼 전 이만 나가서 말씀하신 신입들부터 데려오겠습니다…….”

“내가 언제?”

“네? 아까 전무님이 데려와도…….”

……된다고까지는 안 하셨구나.

조 비서가 어정쩡하게 돌아서다 쓸데없는 깨달음을 얻고는 숙연해졌다. 언제 다시 펜을 집어 든 건지, 서류를 넘기는 인우의 손길이 쉴 새 없이 바빴다.

“뭐 하고 있어? 할 일 있으면 나가봐.”

“아, 네. 그럼 마치시길 기다렸다 호텔로 모시겠습니다.”

“호텔은 왜?”

내가. 왜. 멀쩡한 내 집 놔두고. 한 자 한 자 새기듯 응시하는 인우의 강렬한 눈빛에 조 비서가 두 번째 공황에 빠졌다. 늦어지면 항상 그리하셨으니까……, 라고 대답하기엔 제 상사가 호텔이란 말조차 처음 들어본다는 양 생소하단 얼굴을 하고 있다.

“됐으니까 그냥 집으로 가.”

“……집이요?”

“후우, 내 집 몰라?”

검은 머리칼 사이로 인우의 검은 눈동자가 번득였다. 조금은 짜증스러운 듯한 인우 특유의 카리스마가 조 비서의 생길까 말까 싶은 의구심을 모조리 눌러버렸다.

“공사 다 끝났다며. 사람 살라고 지은 집인데 뭐가 문제야?”

"……그렇긴 한데, 그 서류를 다 보시려면 오늘은 많이 늦어지실 것 같아서요."

"지금부터 하나당 십 분씩 잡으면 6시 전에는 끝나겠지. 자문팀은 당장 올라오라고 해. 서명이야 손으로만 하면 되는 거고 말하는 데는 별문제 없으니까."

서류철을 넘기는 손길이 기계처럼 신속했다. 아니, 기계라 해도 이보다 더 정확할 수는 없다.

"왜, 못 할 것 같아?"

"아아뇨!"

누가 하는 일이라고요. 조 비서가 양손을 흔들면서 설레설레 고개를 저으며 뒷걸음질 쳤다. 천하의 강인우가 그저 시간에 쫓겨 서류를 대충 넘기는 일 같은 건 상상조차 할 수 없다. 그럼에도 비서의 예리한 감으로 봤을 때 제가 무언가를 놓치고 있다는 찝찝함만은 떨쳐내지 못했다.

"그럼 바로 집으로 가시는 걸로 해두겠습니다. 호텔에 둔 짐도 전부 옮겨야겠군요."

"그런가."

"……."

하지만 찝찝한 것은 인우도 마찬가지인 듯했다. 펜을 움직이다 말고 뒤늦게 어깨를 뒤로 쭉 펴는 동작이야말로 오늘 그의 몸짓 중 가장 기계적이고 어색했다.

"……역시 호텔은 나랑 안 맞아."

●　◆　●

"짐은 이리 주십시오, 급하게 준비하느라 부족한 것이 많을 겁니다."

"아, 감사해요."

회장실의 안 비서를 따라 평창동 새집으로 들어선 해인의 얼굴에 긴장이 가득했다. 어리숙하게 굴고 싶진 않지만 굳이 두리번거리지 않아도 눈에 들어오는 집 안 풍경에 입이 절로 벌어졌다.

상앗빛의 대리석 기둥과 드높은 천장, 거기에 매달린 크리스털 샹들리에. 정말이지 이런 곳에 살아도 되는 건가 싶을 만큼 호화롭기 그지없다. 발을 디디기가 미안할 만큼 반짝이는 바닥을 보다 얼른 고개를 들었다.

"정말…… 멋지네요."

"회장님께서 요즘 사람들 취향에 맞춰보라 하셨는데 다행이네요. 그런데 전무님 방이야 몰라도 사모님 방은 아직 준비가 덜 돼서 최대한 빨리……."

"사, 사모님이요?"

최대한 침착하게 굴어보려던 해인이 결국엔 입술을 깨물었다. 그런 건 아니라 말하려 했지만 돌아보는 비서의 미소는 프로의 그것이었다.

"그럼요. 전무님과 결혼하셨으니 당연히 사모님이시죠."

"……그, 그러네요."

해인은 태연히 받아들이기 힘들어 급히 시선을 돌렸다. 그녀의 눈길이 어디에 가 있는지 빠르게 파악한 안 비서가 슬그머니 권해보았다.

"저긴 전무님 방인데, 한번 보시겠어요?"

"제, 제가 왜요?"

"그야 사모님이시니까요."

"아……."

언니, 제발. 해인은 눈을 감아버리고 싶은 마음을 억지로 참아내며 마지 못해 따라 웃었다. 아직 제대로 둘러보지도 못했는데 벌써부터 어딘가에 눕고 싶어졌다. 그러나 이제 자신은 인우의 등만 보고 다니던 열아홉의 송해인이 아니다. 진짜 중요한 이야기는 아직 시작도 못 했다는 건, 안 비서의 곤란해하는 얼굴만 봐도 알 수 있다.

"괜찮아요. 편하게 말씀하세요."

"음, 지난번에 들으셨겠지만 전무님 맡으신 일이 끝날 때까지 한 달간은 여기서 지내셔야 해요. 물론 부부로서요."

"부부요?"

차라리 사모님 소리가 낫지. 인우와 한데 묶여 부부 소리를 듣자 가만 선 채로도 숨이 차올랐다. 인우 오빠와 부부로 지내야 한다니. 물론 부부가 맞긴 하지만 어떻게…….

해인이 혼란을 드러내자 비서는 차근차근 일러주었다.

"아무래도 전무님께서 결혼하셨다는 사실이 대내외에 알려지지 않았으니 초반에는 꽤 시끄러울 거예요. 그래도 저희 쪽에서 준비한 게 있으니까요. 법무팀과 홍보팀에서도 최대한 언론을 통제할 테고 신상이 노출되는 일도 없을 테니 걱정 않으셔도 돼요."

"아…… 그럼 제가 할 일은……."

"그야 전무님과 최대한 자연스러운 부부로 보이셔야겠지요."

웃으며 말해준다 해서 쉬운 일은 아니다. 안 비서가 잠시 표정 관리를 잊은 해인의 우려를 덜어주었다.

"너무 걱정하실 것 없어요. 집 안에서야 두 분이서 편히 지내시면 되니까요."

"그럼 밖에선 어떡해야 하나요?"

"가족모임이나 행사에 참여하셔야 할 때가 있긴 하지만, 그 외엔 학교나 원하는 곳에 가시면 돼요. 다만…….."

"……다만?"

난감한 웃음과 함께 이어지는 비서의 말에 해인은 고개를 파묻고 싶은 마음을 참아냈다. 어차피 이 한 달은 인우를 위해서 보내기로 했고, 그에게 큰소리까지 쳤는데 여기서 물러날 순 없다.

"그리고 여기 보시면……."

집 곳곳을 소개해줄 때에도, 이것저것 주의사항을 일러줄 때에도, 해인은 불안을 비치는 대신 눈과 입매에 힘을 주었다. 무슨 얘길 듣든 굳게 고개를 끄덕이자 비서도 조금은 안심한 것 같았다.

"그럼 전 가볼게요. 다음 주에 가족모임이 있을 텐데 준비 겸 해서 다시 연락드릴 거예요."

"네. 조심히 가세요."

이 집에 들어선 지 얼마나 됐다고, 누군가를 배웅하는 걸음도 제법 차분해졌다. 그래, 나도 하면 하잖아. 부쩍 자신감이 생겨났다.

"그럼, 사모님도 들어가세요."

"……."

저 사모님 소리만 어떻게 좀 빼주면.

"휴우."

홀로 남은 해인은 손부채질로 달아오른 얼굴을 식혀냈다. 처음 들어설 때엔 크다 싶던 집이 이제는 막막할 만큼 드넓은 느낌이다. 조금 전 어디가 어디라 설명을 들었는데도 영판 모르는 곳에 온 기분이다. 아니, 어디로 가야 할지 모르겠다는 게 더 정확하겠지.

집이 이렇게나 넓은데 저는 어디에 가야 하는지 발이 떨어지질 않았다. 동화에나 나오는 예쁜 궁전 같은데 이곳엔 제가 따라갈 만한 조약돌이나 과자 부스러기도 없다. 하다못해 늘 제 앞에 서 있던 인우의 뒷모습조차 없다.

"……."

결국 그녀가 향한 곳은 주방이다. 조금 전 비서가 이 커다란 집을 소개해 줄 때에도 여기에 눈길이 제일 오래 머물렀다. 커다란 냉장고와 오븐, 그리고 마주 앉는 식탁.

"와."

하나씩 차근차근 살펴보았다. 그마저도 이 집에 딱 어울릴 만한 웅장한 모양새를 자랑했지만 이곳에서 만들어지는 것들은 따스할 터다. 조심스레 의자를 빼낸 해인은 원목 테이블을 두드려보다 거기에 스르륵 기댔다.

"반가워."

"정을 주면 뭐든 아는 법이지. 그게 사람이든 사물이든."

아빠도 새 물건을 사면 오래오래 만져보았는데. 그땐 식구가 적은 티를 청승맞게도 낸다며 웃고 말았지만 막상 자신도 만져보는 것밖엔 할 수가 없다. 그럼에도 그새 손과 뺨에 닿는 원목의 찬 기운이 사라진 데 저절로 입가가 올라갔다.

"……역시."

이번에도 아빠 말이 맞았네. 처음으로 이곳이 그리 낯설거나 두렵지만은 않아졌다. 이제껏 정을 들여 알아주지 못한 것은 한 사람뿐이다.

피곤에 지쳐 눈을 감아보려던 해인은 불현듯 울리는 휴대전화를 꺼내 들었다.

"……네, 엄마."

— 전화를 왜 이제 받아. 너 지금 어디야?

수화기에서 흘러나오는 목소리는 아무리 정붙이려 해도 항상 차갑기만 했다. 모르던 것도 아닌데 늘 새롭게 마음이 시렸다. 해인은 상체를 완전히 일으키며 체념과 같은 쓴웃음을 삼켰다.

"어쩐 일이세요?"

- 어쩐 일이긴. 집에 왔는데 없으니 그렇지.

"집이요?"

반사적으로 고개를 돌려봤지만 당연한 듯 텅 비어 있다. 왜 이런 일로 안도해야 하는 걸까. 이마를 짚은 해인은 깊은 한숨을 삼켰다.

"집에는 어쩐 일로요?"

- 무슨 말을 그렇게 해? 내가 못 올 데 왔니?

"……원래는 잘 안 오시잖아요."

한껏 목소리를 낮추어보았지만 텅 빈 제 마음에선 커다랗게 울려 퍼졌다. 입안을 질근거려보던 해인은 힘든 말을 꺼냈다.

"그리고, 오셔도…… 못 해드려요. 저번에 말씀하신 거요."

- 뭐? 너도 참, 누굴 닮아서 그렇게 매정해. 하긴 그러니 그 어린 나이에 네 아빠가 하잔 대로 다 했겠지.

그래도 혹시나, 그런 거 아니라 꾸짖음을 기대했을지도 모르겠다. 예상과 한 치도 다름없는 타박을 들으면서도 놀라기보단 쓴웃음이 났다.

"이미 끝난 이야기예요. 그리고 제가 어떤 상황인지도 아시잖아요."

- 그래서 말인데, 너랑 결혼했다는 그 남자 말이다.

"……."

그러나 이번엔 아무렇지 않은 척 끊을 수는 없었다. 수화기를 바꾸어 잡은 해인은 이미 뜨거워진 손으로 치맛자락을 움켜쥐었다.

"그게 무슨 말이세요?"

- 해인이 너 정말 나한테 할 말 없니?

엄마 역시 평소와는 달리 자신을 떠보고 있다는 것이 느껴졌다. 돈 얘기도, 괜한 참견이나 간섭도 하지 않는다. 어쩌면 그것부터가 불안한 징조였을지도 모른다.

"제가 무슨 말씀을 드려요. 이제 와서 왜 그러시는지 모르겠어요."

- 너, 내가 무슨 말을 했다고. 그리고 아무리 그래도 내가 네 엄만데 어떻게…….

"죄송해요. 저 나와 있어서 이만 끊을게요."

뚝. 황급히 전화를 끊었지만 여전히 가슴이 뛰었다. 어쩌면 식은땀이 흐르는지도 모른다. 한 번씩 악몽을 꾸고 깨어나면 꼭 이런 기분이었다.

"……."

목이라도 축이면 좀 나아질까. 혹시라도 주저앉을까 싶어 해인은 벽을 단단히 짚었다. 영화에서 시각장애인들이 이렇게 걷고는 하던데, 지금은 자신도 눈앞이 캄캄했다.

"너 왜 여기 있어."

"아, 오빠!"

언제 온 건지 주방 입구에 선 인우의 짙은 색 양복이 난데없이 그녀를 가로막았다. 눈앞이 캄캄하다 싶더니 이제는 너무 보이는 게 많아 도리어 곤란해졌다.

"오, 오빠, 언제 오셨어요? 오셨으면 말씀을 하시지."

"왜 여기 있는지 내가 먼저 물었어."

"……."

혹시 다 들었을까? 시선을 피한들 인우의 묵직한 음성이 그럴 여지조차 주지 않았다. 두 사람 사이의 좁은 거리에서 쿵쿵대는 심장 소리가 환청처럼 울렸다.

해인이 머뭇대며 입술을 깨물자 그녀를 내려다보는 인우의 미간이 좁아졌다.

"……그냥 목이 말라서요."

꾹 붙어 있던 그녀의 입술이 마지못해 떨어지자마자 인우의 몸이 휙 돌아갔다. 냉장고 문을 여는 것도, 물잔을 꺼낸 것도, 그도 여기가 처음일 텐데 인우는 능숙하기만 했다. 그럼에도 그가 건넨 유리잔은 영 생소해 한참 동안 바라다보기만 했다.

"마셔."

"고, 고마워요."

해인은 잔을 받아 들어 입으로 가져갔다. 투명한 유리잔 표면에 맺힌 물방울이 벌써부터 시원했다. 바로 앞에 인우를 두고 물을 마시는 상황이 당황스러울 뿐, 그것만 빼면 정말이지 살 것 같았다.

"찾았잖아."

"저, 저요?"

"낮에 전부 준비해 옮겼다면서, 넓은 집 놔두고 왜 이러고 있어?"

"그게…… 너무 넓어서요."

그제야 해인이 웃으며 빈 잔을 만지작거렸다. 못 들은 모양이야. 인우가 별다른 말이 없다는 것만 해도 그녀의 표정은 한껏 밝아졌다.

"너무 넓어서 어디부터 가야 할지 모르겠더라구요. 이렇게 말해도 오빠는 잘 모르시겠지만……."

"나도 알아."

"……정말요? 그럼 오빠도 여기 들어올 때……."

"아니. 너네 집 처음 갔을 때."

넓은 거실을 둘러보며 웃던 해인의 입술이 주춤했다. 하지만 인우는 별거 아닌 듯 돌아서서 다시금 물을 따랐다. 검은 냉장고에 기대어 잔을 드는 모습이 늘 그래왔던 일상인 양 평안해 보였다.

"피곤하면 방에 들어가서 쉬어."

"……그래야겠어요. 그런데 여기 제 방도 있대요. 잠깐 봤는데 되게 예쁘더라구요."

머뭇머뭇 발을 옮기며 해인이 다시 웃음을 찾았다. 집이야 인우의 집이겠지만 먼저 온 것은 자신이다. 그만큼 민망한 호언장담까지 했으니 언제까지 서너 살 아이처럼 주뼛거릴 수는 없다.

"오빠도 나중에 모르시는 곳 있으면 저한테 물어보세요. 제가 다 알려드릴게요."

"……그러든가."

"그거 말고도 이것저것 이야기 많이 들었거든요. 아까 비서 언니가 설명 다 해주셔서……."

"그게 전부야?"

인우가 반쯤 얼굴을 가리고 있던 유리잔을 내렸다. 꼭 독한 술을 마시기라도 한 것처럼, 그의 얼굴에 음영이 졌다.

"여기서 있었던 일 그게 다냐고."

"……그럼요. 뭐가 더 있겠어요."

"……."

"정말이에요. 걱정 안 하셔도 돼요."

해인이 눈을 크게 뜨고 돌아보며 웃더니 한 귀퉁이의 제 가방을 가리켰다. 정리해야겠다며 서두르는 걸음에 활기가 돌았다. 낑낑대며 옮기는 모습에 도와줄 법도 한데, 냉장고에 기대선 인우의 옆모습은 차갑기 그지없었다.

"……그럼 거짓말이라도 좀 잘해보든가."

● ◆ ●

"미친 소리 같겠지만, 그래도 인우 널 믿으니까."

갑자기 왜 교수님이 떠올랐는지는 그도 모른다. 그 바쁜 생활 속에서도 한 번씩은 잊지 않고 생각나는 분이라지만, 어젯밤은 조금 달랐다.

"애 엄마가 일찌감치 재혼했는데, 해인이한테 관심이 많은 사람은 아니라⋯⋯."

말은 없지만 속 깊고 인자하시던 평소의 교수님이 아니었다. 제자인 자신을 불러놓고 마른 입술을 겨우 떼시는 모습에 난처한 기색이 역력했다. 무감정하기로는 어딜 내놔도 안 빠지는 인우의 기억에도 오래도록 남을 만큼, 비 오는 창가에 선 교수님의 웃음은 슬펐다.

"재혼한 남편이 사업을 한다는데⋯⋯ 아무래도 불안정한 모양이야. 돈될 만한 데는 전부 들쑤시고 다니고 있으니, 내가 떠나고 나면 어찌 될지 너무 빤하달까."
"교수님께서 제게 바라시는 건 남은 재산을 지키는 것이겠군요."
"아니, 그것보다는⋯⋯ 우리 해인이를 지켜주길 바라는 거겠지."

교수님의 난감한 웃음은 짙은 병색에 더욱 간절해졌다. 몇 년이나 되는 시간을 뵙고 지냈지만 그리 막역한 사이였다고는 할 수 없었다. 다른 제자들처럼 싹싹하기는커녕 묻는 말에나 겨우 대답하고 마는 자신에게 이런 부탁을 했다면, 교수님이 얼마나 극단적인 상황에 몰려 있는지 모를 수가 없었다.

"⋯⋯따님은 어떤 분이길래⋯⋯."
"따님이라니. 우리 해인이는 그냥⋯⋯."

그래도 세상 근심걱정 덜어내고 자신의 딸을 생각하는 그 얼굴만은 행복으로 가득했다. 태어나 한 번도 행복하다 느껴본 적 없는 제 눈에까지 그리 보였으니 정말로 그러셨을 것이다. 그에 반해 한참을 망설이다 나온 대답은 기다린 시간이 무색하게 짧고 간결했다.

　"걔는 그냥…… 애야. 아직 애라서."
　"……."
　"인우 너도 보면 알 거야."

　그렇게밖에 표현이 안 된다며 모든 판단은 그에게 떠넘겨버리셨다. 그래서 인우는 내가 할 말은 아니지만 참으로 무성의하시구나, 무심히 웃고 말았다.
　하지만 교수님이 왜 그리 말씀을 하셨는지는 직접 해인을 보고서야 깨달았다.

　"어? 어…… 어어. 아, 안 되는데."

　제집에 들어선 낯선 남자를 보고도 비명도 제대로 못 지를 만큼 어렸다. 교복을 입고 있어서라기보단 표정이며 눈빛이 그랬다. 세상 힘든 일이라고는 겪어보지도 못한 것처럼 때 묻은 데 없이 반짝였다. 하얗다 못해 투명한 피부와 연갈색 눈동자, 심지어 두려워 겁을 먹은 모습조차 말갛기만 했다.
　그래서였을까. 그녀에게 처음 건네는 제 인사도 그리 어른스럽지는 못했다.

"안녕하…… 아니, 안녕."

"……."

"이상한 사람 아니거든. 교수님 뵈러 온 거야. 그러니까…… 너희 아버지."

자연스레 짧아진 말에 해인이 입술을 움찔거렸다. 인사를 건넸다고 경계를 풀다니, 교수님이 걱정하시는 것도 당연했다.

"아아, 그러셨구나."

아니, 이런 애를 두고는 무슨 소리를 하신다 해도 그저 흘려듣고 말 '미친 소리'는 아니겠거니, 그때에야 깨달았다.

"……후우."

침대에서 일어난 인우는 손바닥으로 눈썹 근처를 꾹 눌렀다. 잠자리가 바뀌어 그랬는지, 이 집에 누가 있는지 알아서 그랬는지, 오랜만에 떠올린 교수님의 생각에 썩 편치는 않았다.

자리를 털고 일어난 그는 시각부터 확인했다. 7시. 조금 이르긴 했지만 언제 일어나든 할 일은 넘쳐났다. 간단하게 샤워를 하고 나온 그는 옷장을 열었다. 어제보다 더 추울 거라 했었던가. 퇴근길에 조 비서가 했던 말이 떠올랐지만 날씨 또한 인우에게는 별다른 의미가 없다.

"……."

그의 신경은 어젯밤 꿈과 이어진, 저 문밖의 누군가에게만 쏠려 있었다. 그 생각을 하자마자 심기가 사나워진 인우가 제일 앞에 걸린 슈트를 꺼냈다. 가지런히 걸어둔 머플러도 보였지만 굳이 그런 것까지 두르지 않아도 충분히 가슴 어딘가가 답답했다.

"오빠, 일어나셨어요?"

그리고 답답함은 문을 열자마자 더해졌다. 방 안에서는 소리도 안 들리더니, 사부작대는 움직임은 눈으로만 보일 정도로 조용했다.

"나가시려구요?"

"응."

"그러시구나. 그런데 무슨 꿈을 꾸셨길래 표정이 안 좋으세요?"

걱정스레 다가서는 것조차도 조심조심, 소리가 나질 않았다. 자기 집에서도 이랬을까. 신경이 쓰이는 것이 하나 더 늘어났다.

그의 생각을 아는지 모르는지, 갸우뚱한 해인의 얼굴은 말갛기만 했다.

"혹시 악몽 같은 거 꾸셨어요?"

"악몽은 아니고."

……네 꿈 꿨어. 그리 말할 바엔 차라리 혀를 깨무는 것이 낫다. 무거울 대로 무거워진 마음이 바닥을 치기 전에 주방으로 향하던 그가 급히 현관으로 방향을 틀었다.

"아무것도 안 드시고 나가세요? 조금이라도 드시지."

"원래 아침 잘 안 먹어."

"아, 그러면 안 되는데. 밖에 춥잖아요. 먹는 거라도 잘 드셔야 감기 안 걸리죠."

"……."

네가 할 걱정은 아닌 것 같은데. 무작정 앞만 보고 가던 인우가 해인을 곁눈질했다. 채 마르지 않은 머리칼에서 희미한 향기가 풍겼다. 교수님이 보셨다면 한마디쯤 하셨을 텐데. 이런 식으로 교수님의 부재를 아쉬워하게 될 줄은 상상도 못 했다.

"괜찮으니까 들어가."

"아뇨. 제 걱정은 안 하셔도 된다니까요?"

"……."

"저 원래 이 시간에 일어나서 운동도 하고 그래요. 그러니까 전혀 신경 안 쓰셔도 돼요."

종알종알, 그녀답지 않게 문밖에까지 말이 이어졌다. 어색할 때 유독 말수가 많아진다는 것을 본인은 알고나 있을까. 저렇게 태연한 척 굴려는 그녀가 보호자로서는 안타깝고, 같은 성인으로선…… 어딘가 울렁거렸다.

……미친. 혼자만 들릴 나직한 욕설을 삼키며 인우는 돌계단을 서슴없이 내리밟았다. 안 맡던 샴푸 향을 맡아 그런 거라기엔 멀미가 꽤 오래갔다. 마지막 계단까지 내려서서야 조금 살겠다 싶었더니 어느새 조르르 따라붙은 해인이 상기된 얼굴로 가쁜 숨을 몰아쉬었다.

"하아, 운동 많이 해서 이 정도는 정말 별거 아닌데, 여기 계단이 좀 높은가 봐요."

"……그렇겠네."

넌 왜 하필 내 걸음걸음마다 따라다니는 건지, 빠르지도 않은 애가. 인우의 착잡함이 극에 달했다.

겨우 계단 좀 내려간 걸로 숨이 차는 게 부끄러운 듯 해인은 버릇처럼 머리칼을 넘겼다. 하얀 손가락 사이, 최대한 안 보려 했던 젖은 머리칼이 다시 눈에 들어오자 인우는 막 잠에서 깨어났을 때처럼 미간을 눌렀다.

"우리 해인이는…… 그냥 애야."

그래, 그냥 애. 쉽잖아? 그때도 그랬으니 딱히 달라질 이유는 없다. 이깟 현기증 정도아 뭐 별기라고. 원래노 아침에는 머리가 그리 맑지는 않았던 것 같다. 깊은 잠에 들어본 적도, 이런 아침에 누군가와 마주쳐본 적도 없으니 그런 것이다. 아니, 그 외엔 다른 이유가 없다.

"······송해인."

교수님이 계셨다면 뭐라 하셨을지, 인우는 오직 그것만 생각했다. 남 사정 봐주느라, 주워 온 아이처럼 서성거렸을 해인이 눈에 선했다. 귀한 집에서 곱게 자란 애 아니랄까 봐 마음고생도 남들보단 곱절로 티가 났다. 반면 저야 어떻게든 굴러가는 인생이다 보니 달리 두려운 것도 없다. 가진 것 없이 시작한 인생이었고 지금도 뭔갈 가졌다는 자각이 없다.

"너 말이야."

그러니 여러 사람 못 할 짓 시켜가며 이런 우습지도 않은 소꿉놀이는 그만두는 게 좋겠다고······.

"이렇게까지 안 해도······."

"잠시만요, 오빠."

"······."

뒤꿈치를 든 해인의 얼굴이 가까워지더니 순식간에 푸른색 머플러가 목에 감겼다. 눈 깜짝할 새, 아니, 두 눈을 뜨고 당해버렸다. 머플러보다는 제대로 닿지도 않은 그녀의 손이 순식간에 인우의 숨통을 졸라맸다.

"······너!"

"쉿, 이렇게 해야 한대요."

상기된 두 뺨이 그녀에게도 익숙지 않은 일임을 여실히 알려주었다. 그녀의 두 눈을 마주한 것은 잠시, 해인의 손은 양쪽 어깨에 늘어트린 인우의 머플러에 가 있다. 직접 닿지는 않더라도 이미 아슬아슬하던 그의 숨통을 제대로 막아버리기엔 충분했다.

"누가 우리 보고 있을지도 모른대요."

"······."

어느 미친놈이, 라고 대꾸해야 할 인우의 입술은 아무런 말도 내놓지 못했다. 제가 보기에 이 골목에서 제일 미친놈은 자신이니까.

"돌아보지는 마세요. 자연스럽게 해야죠."

"……."

"참, 제가 머플러 이것밖에 없어서. 마음에는 드세요?"

"……응."

"아, 다행이다."

솜사탕처럼 사르르 녹아내리는 눈웃음. 해인이 뿌듯한 미소로 치켜들었던 뒤꿈치를 스르르 내렸다. 겨우 한 뼘 멀어졌을까, 인우의 울렁거림은 여전했다. 이쯤 되면 샴푸의 문제가 아닐지도 모른다.

"그런데 오빠, 아까 무슨 말씀 하려고 하지 않으셨어요?"

"……내가 언제."

여전히 무뚝뚝한 음성이었지만 그래도 모든 일에는 장단점이 있다는 교수님의 말씀만은 잊지 않았다. 장점이라면, 별다른 노력 없이도 더없이 자연스러운 신혼부부처럼 보인다는 것이었고 단점이라면…….

"오빠, 그래도 우리 이 정도면 괜찮지 않아요?"

"……."

겨우, 해인과 함께한 지 하루가 지났다는 것이다.

태원의 전무이사. 누군가는 하늘에서 뚝 떨어진 낙하산이라 하겠지만 현실은 그렇지 않다. 뚝 떨어진 건 사실이지만 낙하산 따위는 없다. 중국 현지에 대형 공장을 세우는 일을 앞두고 인우는 제게 밀어닥친 모든 일을 하나하나 직접 수습해야만 했다. 대한민국에서 작은 공장 하나 짓기에도 수십, 수백의 절차가 따르는 것이 보통이다. 하물며 다른 나라의 경우엔 말해 무엇 할까. 갖가지 부처와의 조율과 뒤따르는 규제들, 양국의 이해관계까지 고려해야 한다. 어제까지 잘되어간다 싶다가도 오늘은 말을 바꾸는 일 정도는 예사였다.

그럼에도 낙하산 하나 없이 뛰어든 인우에게 가장 벅찬 일은 따로 있었다. 전적으로 모든 지원을 받고 시작해도 벅차다 싶은 일들을 두고 그는 내부의 적과 먼저 싸워야 했다. 도를 넘은 질시와 견제. 그것이야말로 현재 인우의 발목을 단단히 붙든 가장 큰 걸림돌이라 할 수 있었다.

"……그래서, 내가 설명을 좀 들었으면 하는데."

"저, 전무님."

그러니까, 어제까지는.

"대체 애한테 뭐라고 했는지 하나도 빠트리지 말고 말해."

"……."

회장실의 안 비서를 불러다 놓은 인우의 심기가 불편하기 그지없었다. 단순히 거슬리다 못해 신경줄 가닥가닥을 모두 틀어쥐인 듯한 기분이다. 사람이 무슨 일을 할 수가 있어야. 이제까지 사사건건 절 가로막던 부사장과 그 파벌은 우스울 정도였다. 회장 비서를 앞에 두고 두 손을 깍지 낀 인우의 나직한 추궁은 오한이 들 만치 싸늘했다.

"말하라니까."

"전무님, 저는 그저 회장님께서……."

"그래. 그럼 말을 좀 바꿔보지."

"……."

"대체 존경하는 그쪽 회장님께서 고작 애 하나를 두고 무슨 명을 어떻게 내리셨는지, 아무런 죄 없는 안 비서님께서 샅샅이 알려주시면 감사하겠는데."

언뜻 친절한 권유처럼 들리지만 그럴 리 없다. 산전수전 다 겪은 회장 비서조차 다리가 후들거릴 만큼 인우의 목소리에는 거부할 수 없는 힘이 있었다. 결국 안 비서가 마지못해 입을 열었다.

"회장님께서 특별히 무슨 지시를 내리셨다기보단 홍보팀에서 정한 지침 정도입니다."

"그 홍보팀은 회장님 돈으로 주는 월급을 안 받는 모양이지?"

"그런 뜻이 아니라…… 아무래도 회사 이미지를 생각하면 두 분께 원하는 그림이 있으니까요. 이번에 그런 사진을 찍힌 것만 해도 벌써 전무님께 사람이 붙었다는 거니 앞으로도 조심해서 나쁠 것은 없다는 거지요."

"하, 그래서 아예 그런 인간들에게 보여줘라 대놓고 쇼를 하라는 건가?"

인우는 냉소를 터트리며 안 비서를 노려보았다. 그나마 힘없는 인물에게 괜한 화풀이를 해서는 안 된다는 이성은 남아 있어 다행이다.

"가서 회장님께 전해. 원하시는 대로 하는 건 해인이와 한집에 사는 것까지라고.”

“하지만 전무님, 회장님께서는 제가 여기에 온 것도…….”

“모를 리가 없으시겠지. 아마 내가 안 비서를 여기에 부를 것도, 내가 무슨 말을 할지도, 안 비서가 그 말을 듣고 어떻게 전할까 하는 것까지 다 계산에 넣고 계실 분이니까.”

부디 쓸데없는 시간 낭비는 그만두자며 인우가 깍지 낀 손을 풀어냈다. 검은 가죽 의자에 앉아 천천히 등을 세우는 모습이 맹수처럼 날카로웠다.

“모르나 본데 모든 부부가 그림처럼 살지는 않는다고. 기껏 힘들게 입사해놓고 겨우 애 하나한테 들러붙어 이래라저래라 협박하는 거, 본인이 생각해도 우습지 않나?”

“아닙니다! 협박이라니요.”

안 비서도 조금은 억울한 모양이다. 그게 아니라면 굳이 인우의 살얼음판 같은 눈빛 앞에서 반박할 리가 없다.

“저는 그저 일반적인 방침을 말씀드렸을 뿐입니다. 이왕 한집에 사시는 만큼 최대한 자연스러운 부부로 보여야 하니 해인 양께는 최소한의 유의 사항만 전해드렸지요.”

“그러니까 그 어린애를 잡고 그렇게 몰아치듯 말하니 애가 도망도 못 가고 죽지 못해…….”

“……경청하셨습니다만.”

“…….”

“본인께서도 전무님께 꼭 도움이 되고 싶다고요. 제가 하는 말을 받아 적기라도 하실 것처럼 열의를 가지고 눈을 반짝이셔서 싫다는 느낌은 전혀 받지 못했습니다.”

안 비서가 억울함을 호소하듯 고개까지 저었다. 그 순간을 돌이켜보는 얼굴에는 확신만이 가득했다.

"아, 물론 조금 부끄러우신 것 같긴 했지만 뭐랄까, 비장해 보이신달까요. 전무님께선 못 보셔서 모르시겠지만 사모님께서는 정말로……."

"그만해."

……내가 그걸 왜 몰라. 해인이 어찌 반응했을지 설명만 들어도 거짓일 리 없다는 게 확연했다. 낯을 가리는 애가 발그스레한 얼굴로 처음 보는 이에게 고개를 어찌 끄덕여댔을지, 직접 본 것처럼 훤했다. 본 적도 없는 그 순간을 생각하는 것만으로도 인우는 목이 다시 졸리는 듯했다.

"……전무님, 그럼 저는."

"나가."

인우가 안 비서를 쳐다보지도 않으며 의자를 반쯤 돌려 앉았다. 원래의 계획대로라면 회장님 명이든 뭐든 다시는 해인에게 접근조차 말라 엄포를 놓았어야 했지만, 그저 침묵을 지켰다. 창밖에서 눈을 떼지 못하는 모습이 꼭 멀미를 하는 것 같기도 했다.

"저어, 전무님. 너무 마음 상해하지 마십시오. 저도 안 비서님을 아는데, 아무리 회장님 명이라도 정도를 벗어나실 분은 아니십니다."

"……."

분위기에 억눌려 있는 듯 없는 듯 굴던 조 비서가 그제야 귀퉁이에서 슬쩍 한 발짝 나서서 다가왔다. 주제넘게 참견을 하고 싶지는 않지만 이 숨막히는 공간에서 벗어나려면 비서로서 해결책을 찾는 것이 우선이다.

"저기, 그런데 대체 해인 양께서 전무님께 뭘 어찌하셨길래……."

"그걸 왜 조 비서가 궁금해하지?"

돌아보는 인우의 눈이 날카롭기 그지없었다. 어찌나 선이 분명한지 그다지 궁금해하는 건 아니라는 말을 꺼낼 새도 없었다.

"알아서 뭘 하려고?"

"뭐 어쩌려는 게 아니라, 저는 그저."

"이참에 조 비서도 확실히 알아둬. 누구 명으로 내 밑에 들어왔는지 모르는 바 아니니 무슨 보고를 어떻게 하든 간에 상관 않겠지만, 내가 허용하는 건 나 하나가 전부야. 해인이는 안 된다고."

"아…… 네, 전무님."

"알았으면 업무 시작해. 난 바로 미팅 들어갈 테니."

자리에서 일어선 인우가 지극히 사무적인 모습으로 돌아갔다. 언제 그랬냐는 양 찡그렸던 것도 모두 사라졌다.

곧장 회의실로 향하려는 인우의 곁에서 조 비서가 주춤주춤 손을 내밀었다.

"전무님, 코트 주시면 걸어놓겠습니다."

"……"

비서 본연의 일을 하겠다니 인우도 더 이상은 그를 나무라지 못했다. 그가 민첩하게 두 팔을 소매에서 빼내자 조 비서가 조심스레 코트를 챙겼다.

"아, 주시는 김에 머플러도 같이 주시면."

조 비서의 말을 따라 그 눈이 자연히 아래로 향했다. 푸른 머플러의 끝자락을 무심히 바라보던 인우가 그것을 잡다 고개를 저었다.

"아니…… 이건 됐어."

아침 7시. 어김없이 인우는 코트를 꺼내 들었다. 추위를 막아줄 것들이야 몇 가지 더 있었지만 그다지 눈여겨보지 않았다. 문밖으로 나서는 걸음이 그답게 정갈했다. 곧장 현관으로 향하면서 반듯하게 고개를 든 채 한 번도 주변을 돌아보지 않았다.

흔적을 남기지도, 미련을 두지도 않는다. 모든 것이 군더더기 없이 간결한 행동거지야말로 딱 강인우답다고 할 수 있었다. ……쿵. 다만, 현관문을 필요 이상으로 세게 여닫는 손동작이 조금은 아이러니했다. 거기다 문을 열고 나가는 것도 아니고 단순히 열었다 닫은 것뿐이니, 그를 아는 사람이 봤다면 고개를 갸웃댔으리라.

"아, 오빠. 나가세요? 하마터면 모르고 지나갈 뻔했어요."

"……왜 나왔어."

인우가 재차 문을 열며 무심히 돌아보았다. 그를 놓치기라도 할까 해인의 종종걸음이 바빴다. 오늘은 방 안이 아니라 주방 쪽에서 나온 걸 보면 뭘 하고 있었나 보다.

"매번 이럴 필요 없어. 뭐 하러."

"왜요. 저도 원래 일찍 일어나요."

대문으로 향하는 돌계단 아래에 새벽안개가 고여 있었다. 신혼생활 일주일째, 인우가 먼저 내려가면 해인이 한두 계단 차이로 따라 내려오는 것도 일과인 양 제법 자연스러웠다.

"오빠, 저도 여기 적응이 되나 봐요."

"음?"

"처음엔 계단 내려가는 것도 숨찼는데 이젠 오빠랑 거의 비슷하잖아요. 그렇죠?"

그의 뒤에서 해인의 목소리가 맑게 울렸다. 네가 빨라진 게 아니라 내가 느려진 거겠지. 한쪽 눈을 찡그리면서도 다음 계단을 밟는 인우의 발걸음이 조금 더 느려졌다.

"조심해. 다쳐."

"오빠도 참, 제가 앤가요?"

"네가 그럼……."

마지막에야 뒤돌아본 인우의 시선이 문득 해인의 앞치마에 머물렀다.

쟤가 언제 저런 걸 입었지? 일부러 보려 하지 않았으니 여태 해인이 무엇을 입고 있는지도 몰랐다. 하얀색 앞치마를 두른 해인이 그의 눈길을 따라가다 생긋 웃었다.

"아, 이거요? 안에서 뭐 좀 하느라고."

"……하긴 뭘 해. 그냥 사람 부르지."

"아니에요. 비서 언니랑도 이야기해봤는데, 누가 올 수도 있으니 집에서까지 조심해야 할 것 같아서요. 지금까지도 저 혼자 잘해왔는데 뭐 어때요."

툭툭, 해인이 손의 물기를 가볍게 털어냈다. 얼굴이든 마음이든 하얗고 말랑말랑한 데다 하얀 바탕에 하얀 구름, 저처럼 온통 하얀 앞치마였다. 기껏 둘러놓고는 정작 거기엔 뭐라도 틸까 조심조심하는 손동작이 어설퍼서 웃음이 났다.

"송해인, 그럴 거면 뭐 하러 음식을 해. 나야 어차피 밖에서 먹고 회의 때문에 퇴근도 늦으니까 너 혼자 먹을 정도는 편하게 사람 써. 아침부터 그렇게 애쓸 필요 없잖아."

"그렇긴 한데, 전 오빠랑 같이 먹으려고 준비한 거라……."

"뭐?"

오랜만에 보호자다운 면모를 보였던 인우가 채 일 분도 못 되어 인상을 썼다. 마음에 들지 않아서라기보다는, 전혀 예상치 못한 것으로 세게 얻어맞은 얼굴이었다.

"……나랑 뭘 해?"

"아니에요. 전 그냥 오빠 아침 안 드시고 나가시는 거 같아서 샌드위치 좀 만들어봤는데, 이렇게 일찍 나가시는 줄은 몰랐어요."

부끄러운 듯 웃은 해인이 주섬주섬 들고 온 머플러를 꺼냈다. 대문 앞에서 그에게 머플러를 매어주고 다정히 웃는 것은 그녀가 할 줄 아는 가장 '자연스러운 부부'다운 행동이었다.

"아, 고마워요."

이제는 어색하게 까치발을 들지 않고도 그의 목에 머플러를 두를 수 있었다. 지금처럼 인우가 살짝 고개를 낮춰주면 되는 일이었으니.

"예전에 오빠가 제가 만든 샌드위치 맛있다고 하셨잖아요. 그거 생각나서 좀 많이 만들었는데 괜히 그랬나 봐요. 오늘 학교 가는 김에 친구들 좀 나눠주면……."

"나 6시에 와."

"……네?"

머플러를 반듯하게 정돈해주던 해인이 고개를 갸우뚱했다. 인우와 가까이에서 눈이 마주치는 것에도 하루하루 적응해가는 중이다.

"하지만 오빠, 아까 회의 때문에 늦으신다고……."

"오늘은 안 해. 수요일이잖아."

"아아, 그러시구나. 하긴, 저는 회사를 안 다녀봐서 모르겠지만 하루 정도는 빨리 마치는 날이 있는 것도 좋을 것 같았어요. 수요일이 중간에 있으니 딱 좋기도 하구요."

해인이 머플러에서 손을 떼는 것도 잊고 기쁘게 웃었다. 수요일은 빨리 마치는 날이라 확실히 인지한 듯한 그녀에게 인우는 한결같이 담담하기만 했다.

"그러니 놔둬. 저녁에 와서 먹을 테니까."

"그러실래요? 그럼 덮어두고 갈게요. 꼭 오셔서 챙겨 드세요."

"……너는 또 어딜 가길래?"

인우의 한쪽 눈이 조금 전보다 더 가늘어졌다. 뭐가 되는 일이 없다는 듯한 낭패 어린 기색에 해인이 머쓱해하며 제 뺨을 문질렀다.

"뭐 좀 사러 가려구요. 이거저거 필요한 것들도 있고, 여기 오고 제대로 장을 한 번도 못 봐서요."

"……혼자?"

"네. 조심해야잖아요."

오빠도 잘 아시면서. 해인이 한 손을 들어 입가를 가린 채 속닥거렸다.

다른 건 다 익숙해져도 귓가가 간지러운 것만큼은 아직도 낯선 인우가 눈가를 꾹 눌렀다.

"같이 가, 그럼."

"네? 정말요? 하지만 우리 조심해야 한다고……."

"나 너랑 같이 사는 남자야."

너 또한 잘 알다시피. 빙 둘러가는 건 그의 성격에 맞지도 않았다. 반듯하게 어깨를 편 인우의 가슴에서 머플러가 흔들렸다.

"내 집에서 같이 쓸 것들이라면 내가 못 갈 이유가 뭔데."

"그, 그건 그러네요. 그럼 같이 가요, 오빠."

"전화할게."

역시 대놓고 묻는 것이 원하는 결과를 얻는 데에도 가장 빠르고 적합했다. 처음부터 이랬어야 했을까. 짓궂은 성격도 아니건만 입술만 달싹거리며 멍하게 서 있는 해인의 모습이 썩 나쁘지 않았다.

"참, 송해인."

검은 세단이 문 앞에 도착하자 인우가 몸을 틀어 해인을 돌아보았다. 이왕 시작한 김에 못내 걸리는 것은 전부 뿌리 뽑는 것 또한 강인우의 특징이다.

"네 샴푸 뭐야?"

또한, 최대한 자연스레 제가 원하는 것을 모두 얻어내는 것도.

● ◆ ●

늘 하는 회의라지만 긴장은 조금도 줄어들지 않는다. 빙 둘러앉은 이들을 앞에 둔 팀장은 제가 가져온 자료를 발표하면서도 중간에 앉은 인우를 끊임없이 의식했다.

"중국 측에서 보내온 답변을 보자면 아직까지는 유보적인지라, 조금 더 적극적으로 추진을 해야 할 듯합니다. 제가 생각한 방안으로는 단순 고용에서 그치는 것이 아니라…… 그러니까."

"듣고 있어."

서류에 눈을 고정한 인우가 한 손을 낮게 들었다. 놀란 팀장이 얼른 말을 이었지만 발표가 끝날 때까지도 인우는 별다른 반응이 없었다. 극도의 무감함. 전무님과의 회의가 유독 긴장된다 소문이 난 것도 모두 그의 표정 때문이다. 보통 한두 마디만 들어도 대답이 표정에 드러나는 다른 경영진과 달리 인우는 한결같은 포커페이스를 유지했다. 그나마 중간에 집어치우라 가버리지 않은 것에 희망을 걸어볼 뿐이다.

"……그게 다인가?"

"아, 죄송합니다."

역시. 팀장이 송구한 듯 고개를 숙이자 나머지 팀원들의 얼굴도 같이 어두워졌다. 이로써 야근은 확정이겠거니. 하루 이틀 일도 아닌지라 체념도 빨랐다.

인우가 자신의 서류를 챙겨 자리에서 일어나는 순간, 낙담하던 팀장이 황급히 일어났다.

"곧 다시 준비해서 뵙겠습니다, 전무님."

"……나를 왜?"

흘긋 돌아보는 눈빛이 영 생소했다. 이 또한 어떠한 의미인지 몰라 마주하는 이를 늘 당황스럽게 했다.

"회의 내용을 보강해 오후에는 꼭 마음에 드실 수 있도록 준비해보겠습니다."

"장담할 수 있나?"

"네? 최, 최선을 다하고 있으니 시간을 주시면……."

"오늘 밤까지 시간을 주면 막힌 것들이 알아서 다시 풀리는 모양이군."

냉소적인 말투와는 달리 인우의 얼굴에는 별다른 감정이 담겨 있지 않았다. 팀장을 비롯한 팀원들이 제 한마디, 한마디에 매달리는 것을 아는지 모르는지. 인우는 조 비서에게 서류를 넘기더니 코트에 팔을 꿰었다.

"그런 게 아닐 것 같으면 오늘은 퇴근해."

"……네에?"

"퇴근하라고."

안 들려?

어느새 코트를 갖춰 입은 인우를 두고 팀원들은 우왕좌왕 서로의 눈치만 살폈다. 정말이지 믿을 수 없다는 얼굴로 방황하는 이들을 두고 팀장이 다시 한 번 용기를 냈다.

"이게 참, 어찌 말씀을 드려야 할지 모르겠는데…… 항상 당일에 처리해오셨으니 혹시나 해서."

"나도 어찌 말을 해야 할지 모르겠는데, 내 얼굴 더 보고 싶어?"

"……."

"그렇다면 말리지는 않겠지만."

빈말이 아님을 직감한 팀원들의 얼굴에 두둥실 환호 비슷한 표정이 떠올랐다. 팀장은 좋으면서도 머쓱해 고개를 숙이며 인우를 문 앞까지 배웅했다.

"감사합니다, 전무님. 사실 다들 요새 밤샘을 했거든요. 말을 못 해 그렇지 아마 오늘이 무슨 날인지 궁금해하고 있을 겁니다."

"무슨 날이긴."

마찬가지로 밤을 새운 인우가 이윽고 머플러를 받아 들었다. 겨우 목을 덮었을 뿐인데, 잘못 본 게 아니라면 한결같던 그의 표정이 조금은 부드러워졌다.

"수요일이잖아."

"아…… 네."

뭐라고 대답을 드려야 할지. 떨떠름하게 웃는 팀장을 두고 인우가 매정하게 문을 나섰다. 몇 걸음 떼기도 전에 안에서 느껴지는 소리 없는 아우성에 그는 피식 웃음을 삼켰다. 그러나 그것도 그리 오래가지는 못했다.

"일이 아주 잘 풀려가나 봐, 강 전무."

잠시 잊고 있었다. 이곳이 그리 쉽게 웃을 만한 데가 아니라는 걸.

"부사장님."

언제 그랬냐는 듯 인우의 입가가 원래대로 돌아왔다. 반면 처음부터 희색이 만면한 부사장은 보란 듯 능글맞은 웃음을 흘려댔다. 아마 옆에 있는 제 아들 때문일 것이다.

"그러고 보니 두 사람은 처음이겠구나. 하긴, 그럴 만한 사정이 아니었으니."

"……아버지, 그럼 이분이…….."

"이분이 뭐냐, 사촌지간에."

부사장이 알 만하다는 웃음을 띠며 제 아들의 어깨를 쳤다. 견제하듯 인우를 빤히 보던 남자가 이내 제 아비와 똑같은 웃음과 함께 손을 내밀었다.

"심준혁입니다."

"……처음 뵙겠습니다. 강인우입니다."

사촌이라지만 남보다 못한 관계다. 앞으로 더 나아질 일도 없다는 것은, 인우를 바라보는 그의 눈초리만 봐도 알 만했다.

"홀로 자라 고생깨나 했다더니 듣던 것보다 좋아 보이시네요. 그나저나 동갑이라 들었는데 생일은 내가 빠르니 형이라 해야 하나?"

"글쎄요. 부모도 없는데 형이라고 있겠습니까."

인우의 차디찬 웃음에 준혁의 얼굴이 일그러졌다. 부사장 또한 얼굴에 역정을 드러냈지만 이곳은 전무이사실 앞 복도였다. 대놓고 쳐다보지 못할 뿐이지 보는 눈이라면 징그럽게 많은 곳이다. 그걸 잘 아는 부사장이 먼저 가보려는 인우의 발길을 넌지시 잡아챘다.

"그나저나, 식구가 는 건 나 하나가 아닌 모양이던데."

"……."

"재미있는 이야기가 들려서. 여태 공부하느라 바쁜 줄 알았더니 언제 또 결혼까지 하셨을까."

스르륵. 인우의 눈길이 저를 향하자 부사장이 어깨를 으쓱거렸다. 오늘의 이 여유가 어디서 나왔는지 노골적인 태도다.

"그런 경사가 있으면 미리미리 말을 좀 하지 그랬나. 누가 보면 일부러 숨긴 줄 알겠지 뭔가."

"제게 그만한 관심이 있으신 줄 몰라뵀으니까요."

"강 전무."

"부사장님께서 궁금해하시는 줄 알았다면 미리 말씀드릴 걸 그랬군요. 앞으로는 직접 물어봐주십시오. 그럼 다른 노력을 하실 귀중한 시간을 아껴드릴 수 있을 테니까요."

정중한 권유처럼, 인우가 평소와 다를 바 없는 마지막 인사를 건넸다. 조금이라도 발끈한 기색을 비쳐야 말이라도 이어가볼 텐데 그럴 기미라곤 손톱만큼도 없다. 어떻게 다시 잡아채볼까 머리를 쥐어짰지만 이미 인우는 유유히 걸어 모퉁이를 돌아선 지 오래다.

"건방지기는. 굴러들어와 남의 자리를 뺏은 주제에 어딜 감히 아버지 앞에서…….”

“소리 낮춰라. 여기가 어디라고.”

부사장이 얼굴을 찌푸린 제 아들에게 주의를 주었다. 하지만 분한 마음이라면 아들보다는 그가 더했다.

“저것도 얼마나 갈지 두고 봐야지.”

“일은 잘한다면서요?”

“여기가 어디 능력 하나로 버티는 곳이라더냐?”

순진하기는. 씩 웃는 그를 보니 이미 다른 방도를 염두에 둔 모양이다. 단번에 그를 알아챈 준혁이 궁금한 듯 빤히 쳐다보자 부사장이 슬그머니 목소리를 낮췄다.

“보아하니 그 집도 별 볼일이 없긴 마찬가지인 것 같던데, 뒷배가 되어줄 처가라면 진즉 내세웠겠지.”

“멋모를 때 한 결혼이라 그런가 보죠. 그나저나 할아버지도 알고 계세요? 쉽게 허락하실 분이 아닌데.”

“그분이 어떤 분인데. 알기야 진작 아셨겠지.”

“그런데 이렇게 조용하시다고요?”

“겉으로야 아무렇지 않은 척하시겠지만 그 속이 오죽하려고. 처남이 근본도 모르는 여자와 결혼할 때에도 뒤로 넘어가셨던 분인데 그 아들까지 저러니, 천한 핏줄은 어찌 못 한다는 걸 깨달으실 때도 됐지 않겠냐.”

뻔하다며, 부사장의 웃음이 흡족해졌다. 결혼도 곧 사업이라 하시던 분 아닌가. 노인네의 완고함에 이런 식으로 공감을 하게 될 줄은 몰랐다.

“곧 창립 파티인데 저놈이 어찌 나올지 기대가 되는구나.”

“할아버지가 믿는 도끼에 발등 한번 제대로 찍히셨네요. 기껏 사생아 놈을 전무 자리에 앉혀놨더니.”

“말이라고.”

어지간히 흥이 났는지 이번에는 소리를 낮추는 것마저 잊었다. 인우가 사라진 모퉁이를 바라보며 부사장이 제 아들의 어깨에 손을 얹었다.

"그러니 네가 그날 잘 보여주란 말이다. 이 집안에 진짜 득이 될 사람이 누군지."

● ◆ ●

- 야, 송해인! 너 어떻게 그럴 수가 있어? 내가 갈 때까진 기다렸어야지!

"……."

수화기에서 건너오는 고성에 해인이 잠시 눈을 감았다 떴다. 급히 나오느라 유진을 못 보고 왔더니 그 여파가 꽤 컸다.

"미안, 기다리려고 했는데 약속이 있어서."

- 그래도 그렇지! 안 그래도 너 그렇게 휑하게 가버려서 오늘이라도 꼭 보려고 했는데!

"다음엔 내가 너네 집으로 갈게, 유진아."

- 알았어. 오늘은 뭐 내가 늦은 거니까. 근데 누구랑 약속이길래?

"어?"

웃으며 유진을 달래보던 해인이 슬쩍 주변을 의식하기 시작했다. 연말의 백화점이니 오가는 사람이 많은 것은 당연하지만 아직 제가 기다리는 이는 보이질 않았다.

어찌 말을 해볼까 망설이는 사이 유진이 선수를 쳤다.

- 아아, 네 그 사촌오빠?

"응? 으응."

- 같이 관광도 다니는 거야? 너도 참 애쓴다. 누가 보면 애인인 줄 알겠네.

유진이 딱하다는 듯 혀를 차자 해인은 얼굴이 화끈해졌다. 애인이라니, 말도 안 돼. 물론 결혼은 했지만, 그래도 애인은……. 내뱉지도 못할 말이 입안에서만 맴돌았다. 전화를 끊고 나서도 괜히 주변을 서성이며 어쩔 줄을 몰라 하던 해인은 결국 어느 도자기 코너에서 무릎을 굽혔다.

"아……."

예쁘다. 해인의 입술이 저절로 벌어졌다. 딱히 보려고 본 것도 아니었는데 눈길을 준 이상 시선을 못 떼게 하는 것들이 종종 있다. 이미 그런 사람을 하나 아는지라 하얀 바탕에 푸른 문양의 찻잔을 두고서도 그 기분이 낯설지가 않았다.

"……."

그러고 보니 찻잔이 있었으면 했는데. 애써 참아보려 입안을 질근거리던 해인이 결국 찻잔을 손가락에 감아보았다. 눈에 들일 때에도 쉽게 떼어낼 수 없던 것이 손에 닿자 더욱 친밀해졌다. 그것 역시 사람에게 느껴지던 것과 똑같은 모양이었다.

"마음에 드세요? 클래식한 디자인이라 유행도 안 타고 아주 인기가 많죠."

"……그러네요."

어느새 다가온 점원이 말을 건네자 해인은 가만가만 고개를 끄덕이며 웃었다. 그냥 구경 중일 뿐이라는 뻔한 소릴 하기에는 늦었다. 찻잔을 바라보는 해인의 사랑스러운 표정부터 노련한 점원을 속일 수가 없었다.

"아주 잘 어울리시는걸요."

"제가요? 차, 찻잔이랑요?"

"그럼요. 꼭 옷만 어울리라는 법 있나요. 그릇 하나에도 제 주인이 있는 법이죠."

……정말 그런가. 해인은 싫지 않은 얼굴로 입술을 맞물었다. 제집이라

면 큰마음 먹고 샀을 텐데, 지금은 사더라도 인우의 집에 가져가야 한다는 사실에 못내 망설여졌다.

'집주인도 아닌데 너무 뻔뻔해 보이려나.'

생필품도 아니고 이런 것까지 제 취향대로 갖춰두는 것이 잘하는 일인지 모르겠다. 편하게, 자연스레 있으라고는 했지만 그렇다고 그릇까지 바꾸는 것은 진짜 안주인같이 보일 것이다.

"……."

그렇지만 정말 예쁜걸. 이미 그녀의 머릿속엔 그 집에 이 찻잔이 어찌 놓일지 그 생각만이 모락모락했다. 내가 어쩌자고 널 봐버려선. 잠깐 사이에 정이 든 것처럼 찻잔만 만지작거렸다.

"커플 세트라, 두 개 같이 두니 더 예쁘죠?"

"커, 커플이요?"

"문양이 이렇게 맞춰지잖아요. 그래서 신혼부부한테는 최고로 인기가 있는데."

"말도 안 돼요. 신혼부부라니요."

답지 않게 고개를 크게 흔든 해인은 그제야 찻잔에서 손을 떼어냈다. 과연 한 쌍을 이루자 더욱 화사하고 완벽했지만 이걸 인우가 든다 생각하니 머리가 아찔했다. 역시…… 안 되겠지? 사놓고 저만 쓰면 누가 알까마는 그래도 물건은 써줄 사람이 있어야 가치를 발하는 법이다. 예쁜 찻잔을 구입해놓고 홀로 둔다면 그건 그것대로 못 할 짓이다.

"죄송해요. 구경은 다음에 다시……."

"에이, 왜요. 저기, 같이 오신 분 아니에요?"

"……네?"

"저기요. 한참 동안 아가씨만 쳐다보고 계시던데 한번 여쭤봐야겠네요."

점원의 호들갑에 해인이 무릎을 완전히 폈다. 돌아보는 그녀의 얼굴에 당황과 동시에 어쩔 수 없는 기대감이 녹아 있었다.

"······오빠?"

● ◆ ●

차를 맡기고 1층으로 올라서는 인우의 표정이 썩 밝지 않았다. 부사장 앞에서야 알아서 조절했다지만 성가신 기분이 생각보다 오래갔다.

'······건드릴 사람을 건드려야지.'

저를 두고 벌이는 꿍꿍이나 험담 정도는 없으면 허전할 정도다. 하지만 해인을 향한 수작은 곱게 넘어갈 마음이 없다. 부사장의 표정을 보아하니 막 그녀의 존재 정도만 알게 된 모양이지만, 그것조차도 짜증스러웠다.

"······."

이런 기분으로 그 애를 만나 뭘 하겠다고. 그렇다고 돌아서지도 않을 테지만 막상 해인을 만나면 어찌 대해야 할지, 인우는 고심했다. 뭐 하러 수요일이니 뭐니 해가며 서둘렀는지. 하던 대로 할 것을. 차라리 밤새도록 회의를 하는 게 낫지, 해인의 아주 사소한 부분조차 그에게는 불가항력이었다. 쳐다보기엔 속이 울렁거리고, 손을 대기엔 겁이 나는······ 마치 저 찻잔처럼.

"······."

하얀 찻잔을 그러쥐고 웃는 해인의 모습에 인우의 발이 서서히 멎었다. 저 애가 저런 것까지 들고 있으니, 가까이 가는 것도 조심스럽기 그지없었다. 강인우 접근 금지. 잘 둘러보면 그런 말이 쓰여 있을지도 모른다.

영국으로 가기 전 해인과 반년을 함께했지만 그래도 그때에는 교수님이 계셨다. 하루도 잊지 않고 그녀가 아직 아이라는 사실을 일깨워줄 분이 계셨고, 실제로 해인은 교복을 입은 여고생일 뿐이었다.

"……정말요?"

그러나 환하게 웃고 있는 그녀에게는 아무런 보호막이 없다. 부끄러운 듯 고개를 젓는 모습이나, 손가락을 꼬물거리며 망설이는 모습이나, 그의 세상에는 없던 것들이다.

네가 나한테 뭘까. 솜사탕 위로 내리는 비처럼 조심스럽다. 잘못 다가섰다 그녀가 도망가기라도 할까, 인우는 무의식적으로 거리를 지켰다. 그래야만 한다고, 근거 없는 믿음이 갈수록 그의 마음속에서 커져만 갔다. 다만 왜 그렇게 해야 하는지를 모르니 하루하루 가슴이 막힐 뿐이다.

"후우우."

아마 오늘의 불편한 심기는 이렇게 정점을 치겠거니, 엘리베이터 앞 기둥에 기대선 그가 머리를 쓸어넘겼다. 해인의 앞에 나서기 전에 어둡게 들끓는 감정은 모두…….

"오빠? ……아, 누구신지."

"저기, 죄송합니다. 사실은 아까부터 봤는데 너무 예뻐서."

……털어내려 했건만 저놈은 또 뭐지. 머리에서 채 손을 떼지도 못한 인우의 이마에 푸른 핏줄이 돋아났다. 그는 해인의 곁에서 주뼛주뼛하는 남자의 뒷모습을 살벌하게 노려보았다.

"혹시 실례가 안 된다면 전화번호라도 받을 수 있을까요?"

네가 왜. 여태까지도 충분히 짜증스럽다 생각했건만 지금은 그 모든 것을 가볍게 뛰어넘고도 남았다. 아니, 성가심의 성질부터가 이제까지와는 달랐다.

"아……."

특히 저 순진하고 난감하기 이루 말할 수 없는 해인의 옆모습을 본 순간부터는 더욱 그랬다. 동시에 알 수 없는 불안까지 더해지며 멎어 있던 인우의 발이 움직였다. 이번엔 보폭이며 발소리가 거침없었다.

"죄송해요. 제가 기다리는 사람이······."

"그러지 마시고, 곤란하시다면 친구라도 좋으니······."

"싫다잖아."

"······오, 오빠!"

해인이 제 뒤에 선 인우의 목소리에 가슴을 부여잡았다. 안 그래도 인우인 줄 알고 돌아보았다가 당황하던 중이었다. 또래의 젊은 남자 또한 당황해 입을 벙긋거렸지만 인우는 언제나처럼, 아니, 그 이상으로 싸늘했다.

"친구든 뭐든, 그럴 마음 없다고."

"아, 아니, 저는, 아니, 근데 대체 누구시길래 그런 말씀을."

"······보면 몰라?"

오만한 웃음과 함께 인우가 해인의 뒤로 바짝 다가섰다. 특별한 접촉도 없었지만 함께 서 있는 그의 존재감이 대답 그 자체였다.

"더 설명해드려야 하나."

"······이보시죠."

"아니면, 해인이 네가 말할래?"

인우가 남자의 소심한 대응 따위야 가볍게 무시하며 해인의 어깨로 고개를 내렸다. 역시 어디 하나 닿은 데가 없지만 귓가에 낮게 내리깔린 음성이 새기듯 명확했다.

"······좋아?"

"······."

"아니면······."

"아니에요! 아니에요. 안 좋아요. 말도 안 돼요!"

"······그렇다는데?"

인우가 입꼬리를 올리며 남자를 똑바로 바라보았다.

뭐라 웅얼거려보던 남자가 뒷걸음질을 치듯 후다닥 사라졌지만 두 사람 사이엔 표현하기 힘든 무언가가 남아 있었다. 보일 듯 보이지 않는 게, 그의 출근길 계단에 남아 있던 희뿌연 새벽안개 같기도 했다.

"송해인, 너 여기서 뭐 했어?"

"오빠 기다리면서 그냥 구경 좀 하느라……. 가요. 가면 돼요."

"……뭐 봤냐고."

인우가 억지로 웃는 해인을 지나쳐 그녀가 보던 찻잔으로 시선을 두었다. 멀리서 볼 때에도 하얗더니 가까이서 보자 눈처럼 깨끗했다. 짧은 표현력으로 뭐라 해야 할지 모르겠지만 정말 송해인이 딱 좋아할 만한, 그런 찻잔이었다.

"잘 어울리네."

"네?"

"너랑 어울린다고. 사."

재빠르게 지갑을 꺼내 든 그를 보며 해인이 눈을 깜빡였다. 당장 일어난 일에 적응도 못 하는 그녀였으므로, 인우가 제게 찻잔을 사주려 한다는 것을 인지하기까진 제법 시간이 걸렸다.

"아니에요! 저 그냥 구경만 한 거예요. 오빠 올 때까지요."

"……그래?"

"네, 구경이요. 그냥 예뻐서 본 거지 뭐 제가 어떻게 꼭 사겠다, 그런 생각까지는……."

"그래서, 싫어?"

"……."

"네 마음에 안 드냐고."

손가락 새에 카드를 끼운 인우가 해인의 갈색 눈동자를 가만히 들여다보았다. 쉽잖아. 조금 전에 이어 그녀의 본심만을 끄집어내려는 그의 질문이 간단하면서도 오만했다.

"……저는."

"됐어."

해인의 갈색 눈동자가 흔들린 순간, 인우가 기다렸다는 듯 점원에게 카드를 내밀었다. 피식 짓는 웃음이 지독히도 눈길을 끌었다. 해인과 마찬가지로 거기에 매료되어 있던 점원이 허둥지둥 잔을 챙겼다.

"아아, 역시 안목이 좋으시네요. 그럼 커플 세트로 같이 드리면 될까요?"

"……음."

인우가 주춤하며 점원이 받쳐 든 찻잔을 내려다보았다. 이런 게 두 개나 되다니, 그건 그도 예상 못 했다. 그러나 가까이서 들여다보자 처음의 생각과는 다르다는 걸 발견했다. 여전히 하얗고 작지만, 제가 다가가기 힘들 만큼은 아니다.

"송해인?"

어쩔래. 오늘 세 번째 그녀의 진심을 요구한 인우가 가만히 그녀의 대답을 기다렸다. 나도 차 마실 입 있다. 잔과 그녀를 한 번씩 바라보는 인우의 성마른 재촉에 해인이 그제야 웃으며 고개를 끄덕였다.

"네. 좋아요."

"……."

당사자들이 아니면 알아챌 수도 없는 웃음과 눈빛이었지만 그래서 더욱 그로서는 만족스러웠다. 점원을 향해 돌아서는 인우의 몸짓이 고고했다.

"……그렇다는군요."

• ✦ •

인우의 손에 들린 쇼핑백들이 제법 묵직했다. 두 사람 다 쇼핑을 즐기는 편은 아니지만 그래서 더 한 번에 해치우는 쪽이 편하기도 했다. 어느 연인들에게는 다툼의 계기가 된다는 쇼핑도 두 사람에겐 의외로 간편했다.

"……좋아, 싫어?"

주로 해인이 무언가에 눈길을 두면, 인우가 알아서 그녀의 뒤에 섰다. 먼저 가버려도 뭐라 할 사람이 없건만, 인우는 한 번도 해인의 시선을 놓치지 않았다.

"좋아요."

해인의 대답 역시 전에 없이 간결했다. 작은 것 하나에도 늘 남의 의견부터 살피던 그녀였지만 오늘은 아니었다. 가만히 제 대답을 기다려줄 누군가가 있다는 것이 워낙에 오래간만이라 조금은 들뜨기도 했다.

"오빠, 다 산 것 같은데 어디 좀 들어갈까요?"

"어딜?"

"제가 살게요. 제가 사드릴 수 있어요."

한 걸음 앞서 걷던 해인이 그를 돌아보자 짧은 단발이 찰랑였다. 뒤로 보이는 트리의 불빛이 그녀의 귓불에 비쳐 인우가 잠시 눈을 가늘였다.

"네가 사긴 뭘 산다고."

"왜요. 저 돈 많아요."

"……."

"물론 오빠만큼은……."

"아니겠지, 그래."

인우가 헛웃음을 지으며 그녀와 나란히 서자 해인 또한 웃으며 발을 옮겼다. 집에서는 볼 수 없었던 그녀의 환한 웃음이 성탄절을 앞둔 길가에서 더욱 눈길을 끌었다. 그러느라 그녀가 어디로 향하는지는 들어가 자리를 잡고서야 알았다.

"……많이 드세요. 친구랑 자주 오는 덴데 괜찮거든요. 혹시 오빠 마음에 안 드시면……."

"아냐. 괜찮아."

흔한 패밀리 레스토랑이지만 이곳에서 보는 해인은 색달랐다. 먼저 나서서 메뉴판을 뒤적이는 모습도, 제게 이것저것 권하는 모습도, 예전 교복을 입었을 때와는 많은 것이 달랐다.

"저는 봐도 잘 모르겠어요. 그냥 다 맛있어 보여서."

한 손으로 비스듬히 턱을 괸 인우가 슬며시 웃었다. 예전엔 메뉴판 하나만 보는 데에도 쩔쩔매며 눈만 깜빡거리더니, 이제는 주문도 자연스러웠다. 한 사람이 자라고 시간이 지났다는 걸 이런 식으로 깨닫는 것도 나쁘지 않았다.

"……네, 알겠습니다. 그럼 혹시 음료는?"

"아, 저는 맥주요."

"……."

아니, 나빴다. 그녀를 보며 장난처럼 테이블을 가볍게 툭툭 내리치던 인우의 손가락이 일순간에 굳었다. 동시에 표정 또한 미묘하게 복잡해졌다.

"잠깐만. 네가 뭘 마신다고?"

"맥주요. 여기 수제 맥주라 맛있어요, 오빠."

"……."

그런 말을 그렇게 천진난만하게 웃으며 할 필요가. 인우는 괴고 있던 손을 들어 가볍게 얼굴을 쓸었다. 어찌해도 수려하기 짝이 없는 얼굴이라지만 흐트러진 머리에서 풍기는 착잡함은 어쩔 수가 없었다.

"네가 술을 왜……."

"오빠도 참, 제가 몇 살인데요."

"……."

웃으라고 한 얘기 아닌데. 인우는 스스로도 어쩌지 못하는 혼란에 고개를 틀었다. 이혼서류 적은 지가 언제라고 해인의 나이를 모를 리가 있나. 하지만 세상모르고 생글거리는 얼굴을 보니 알 수 없는 책임감이 밀려왔다. 그렇다고 회사에서 하던 대로 이래라저래라 명하기엔, 해인은 그들과 달랐다. 뭐가 어떻게 다른지는 모르겠지만 그런 건 나중에 따져도 늦지 않다.

"너 코코아 좋아하지 않아? 아직 추우니까……."

"아뇨. 좀 걸었더니 땀도 나고 덥더라구요. 맥주가 시원하고 좋아요."

"……."

옷은 또 왜 펄럭거리고. 인우는 해인에게서 시선을 거두고 눈썹 끝을 눌렀다. 목까지 올라오는 하얀 터틀넥에 보일 살갗이 어디 있겠냐만 기껏 가라앉은 멀미가 재발했다. 물론 그 배의 키를 잡은 선장이라면, 상냥해서 더 무서운 해인이었다.

"아, 오빠, 코코아 드시고 싶으세요? 그럼 지금이라도……."

"아니!"

이를 사리문 인우가 해인을 찌릿찌릿 건너다보았지만 그녀의 앞에는 하얀 거품이 풍성한 맥주가 놓인 뒤다. 저를 닮은 솜사탕이라도 앞에 둔 듯 그녀가 두 손을 꼭 맞잡았다.

"우아."

"……."

"친구들이랑 와도 자주 마시는데. 친구들도 술 잘 마시거든요."

"그건 걔네 얘기고."

내가 이런 고리타분한 소리나 하게 될 줄이야. 마음이 착잡해 인우는 고개를 들었다. 아까부터 못 하고 있던 말이 입안에서 까슬까슬 맴돌았다.

"어딜 가든 사람들 함부로 믿어선 안 돼. 아까 그 남자도 그렇고."

"아아, 아까 그분은."

"그분은 무슨."

인우의 심사가 틀어졌다는 건 따로 물어볼 필요도 없을 정도다. 늘 감정을 감추는 데 익숙한 그라지만 그것도 때와 장소라는 것이 있다. 그에게 해인은, 제 모든 것을 드러낼지언정 보호해야 할 은사의 딸이자 동생이며 또한…… 아내였다.

"세상이 그리 녹록지가 않다고. 애초에 틈을 주지 마. 송해인 딱 너 하나만 생각하란 말이야."

"저도 세상 험한 거 알아요. 믿을 사람 없다는 것도 알고."

"……그걸 알면 좀……."

"그러니 뭐 어때요. 오빠랑 같이 있는데."

맥주잔을 든 해인이 맥주 위 가득한 거품처럼 숨을 들이켰다. 그녀 역시 전부터 말하고 싶었다는 듯 부끄러운 웃음으로 머리칼을 넘겼다.

"인우 오빠잖아요. 그래서 오빠네 집에 들어가 살아야 한다 했을 때에도 걱정 같은 거 안 했어요. 오빠는 제가 유일하게 믿을 수 있는 사람이잖아요."

"……."

"전에 아빠도 오빠 외엔 아무도 믿으면 안 된다 신신당부하셨으니, 정말 걱정 안 하셔도 돼요."

아직 한 모금도 제대로 못 마셨는데, 재잘재잘 말하는 것만 보면 이미 한껏 취기가 오른 듯했다.

해인 역시 인우가 저를 저렇게 알 수 없는 표정으로 쳐다본다 해도, 또 그 눈빛이 더욱 어두워졌다 해도, 오늘만큼은 겁을 먹지 않았다. 그의 속마음이 겉으로 보이는 것과 다르다는 것은 이미 예전부터 알고 있었으니까.

"그럼 우리 짠 하고…… 오, 오빠!"

순식간에 그의 손으로 넘어간 해인의 잔이 인우의 입술에 닿았다. 선명한 목울대의 움직임이 점차 빨라지며 고개가 가파르게 젖혀졌다. 곧 빈 잔을 내려놓으며 그녀를 바라보는 인우의 눈은 일말의 취기도 없이 깊고 고요했다.

"아니. 그냥 안 믿는 게 좋겠다."

● ◆ ●

"코코아 좋아하잖아. 그거 마셔."

저 오빠 정말 날 뭘로 생각하는 걸까. 해인이 젖은 머리를 수건으로 감싼 채 셔츠를 꿰입었다. 어젯밤 인우와 함께 들어와 각자 제 방을 찾아간 것까지 지극히 자연스러웠지만, 혼자 남자 그 생각이 떠나질 않았다.

'물론 코코아 싫어하진 않지만.'

따스하고 달콤한 향을 싫어할 사람이 몇이나 될까. 그래도 굳이 말하자면 그렇게까지 단것을 즐기지는 않았다. 입안에 깊이 감도는 달콤함은 사람을 게으르게 만들었다. 열아홉, 처음 인우를 만났던 날 먼저 코코아를 마시겠다고 한 적은 있지만 그건 그때 눈에 띄는 것이 그뿐이기 때문이었다.

"저는 그냥 아무거나, 거기 있는 거…….."
"코코아?"
"아, 네. 그거요. 그거 좋아해요."

이후로 인우는 저만 보면 알아서 코코아를 주문했다. 처음이야 아버지 외의 남자 어른이 그저 어색해 달든 쓰든 맛도 느끼지 못했다지만 나중엔 아니었는데. 같이 웃기도 하고 말도 곧잘 했는데.

인우는 늘 메뉴판을 펴면 코코아를 먼저 찾았다. 말리지 않았던 건 메뉴판을 들고 훑어내리는 그의 정적인 모습이 좋았기 때문이다. 그의 무심한 눈이 무엇을 찾는지 제가 알고 있다는 사실마저도.

"⋯⋯그냥 말할까?"

문을 나선 해인이 물끄러미 그의 방 쪽을 바라보다 주방으로 향했다. 아침마다 커피를 마시는 건 오래된 습관이다.

"음."

찻잔의 예쁜 문양을 떠올리는 것만으로도 마음이 한결 가벼워졌다. 하긴, 뭐라고 말을 해. 아침부터 뜬금없이 이제 코코아 별로 안 좋아한다는 말을 한다는 것이 제가 생각해도 우스웠다. 맥주잔을 든 저를 보며 인상을 쓰던 인우의 얼굴도, 밤새 같은 생각만 하고 있는 자신도. 요즘은 우스운 일이 늘어났다.

"좋아, 싫어?"

그래도 인우의 간결한 말을 따라 제 속마음을 말해보던 어제의 기분이 꽤나 근사했다. 별것 아닌 듯했지만 막상 있는 그대로의 제 마음을 말해본 적이 언제인지 기억도 까마득했다. 정확히는 물어봐준 사람도 없었지만.

"⋯⋯."

싱크대 앞에 선 해인이 미소를 지었다.

난 왜 아직도 애 같은 걸까. 어쩌면 어제의 그 기분이 좋아 다시 그 말을 할 기회만 노리고 있는지도 모른다. 비록 코코아 별로 안 좋아한다는 하찮은 한마디일지언정, 그 말을 할 상대가 있다는 것이 뿌듯했다.

"아⋯⋯."

해인은 잔을 꺼내려 발뒤꿈치를 슬며시 들었다. 어젯밤 인우가 올려놓을

때에는 딱 적당해 보이더니 제가 꺼내려 하는데 높이가 까마득했다. 막 찬
장에 손끝이 닿으려는데, 머리를 묶어둔 수건이 툭 풀렸다.

"……그냥 부르라니까."

"오빠."

뒤에서 쑥 나온 인우의 팔이 그녀의 손을 넘어섰다. 돌아보고 싶어도 닿
을 듯 말 듯 그의 가슴팍이 등에 느껴졌다. 떨어지려는 수건만 간신히 붙잡
은 손길이 아슬아슬했다.

"이거 맞아?"

"네. 고마워요, 오빠."

해인은 한 발 멀어진 인우를 향해 멋쩍게 웃었다. 역시 인우가 하면 뭐든
쉬웠다. 그가 건네준 찻잔을 들자 벌써 뜨거운 커피라도 담긴 것처럼 손이
뜨거워졌다.

"……"

"넌 그러다 넘어지기라도 하면 어쩌려고. 뭐든 조심하라고 했는……."

그리고 그건 인우도 마찬가지인 듯했다. 무심히 잔을 건넬 때는 언제고,
해인을 내려다보는 눈이 그다지 평안하지 않았다.

"송해인 너……."

"저 왜요?"

오히려 먼저 웃음을 찾은 것은 해인이었다. 오빠한테 하려던 말도 있었
는데. 그것을 떠올리자 생글생글 올려다보는 눈에도 금세 어제 같은 기대
감이 들어찼다.

"오빠, 저 있잖아요."

"……너 거기, 그쪽에."

"여기요? 여기 어디……."

"거기, 음…… 좀 더 위. 아니, 그 옆에."

"……."

아아, 해인의 손가락이 그의 시선을 어설프게 따라가다 이윽고 귀 아래쪽의 거품을 찾았다. 이게 왜 여기에. 수건에 가려서 보이지 않던 거품을 웃으며 쓱 닦아냈다.

"몰랐어요. 그런데 저 커피 마실 건데 오빠도……."

"……."

"오빠?"

기세 좋게 찻잔을 꺼내줄 때는 언제고, 인우의 눈빛이 영 마뜩잖아 보였다. 늘 정확히 앞만 보던 사람의 시선이 어디에 가 있는지 갈피를 잡을 수 없었다. 옆을 보는가 싶어 고개를 기울이면 돌아서고, 아래를 보는가 싶어 고개를 숙이자 돌아서버렸다.

"오빠, 왜 그러세요?"

"너야말로 왜…… 됐어."

휴우, 얼굴이 보이진 않아도 끓는 듯한 한숨만큼은 선명했다. 빈 찻잔을 든 해인은 뭐라 말을 붙여보려 나름대로 적극성을 보였지만 끝내 인우의 고개를 제게 향하게 할 수는 없었다.

"어제 말씀드리려고 했는데, 코코아 말고……."

"그래. 내가 어제 말했잖아."

"오빠가 뭘…… 아아, 조심하라고 했던 거요?"

"……."

"그럼요. 저 조심할 거예요. 그러니까 그건……."

"아니. 너 말고……."

난감한 듯 한 손으로 입을 가리고 있던 인우가 급기야 발길을 돌려버렸다. 나름대로 적극적으로 나서봤지만 차마 그를 쫓아갈 용기까지는 없는 해인은 멋쩍게 입술을 깨물었다.

"으음."

그래도 조금 친해졌다고 생각했는데. 나만 그렇게 생각했나 봐. 적막해진 주방에서 해인이 괜히 귓가를 문질렀다. 바스락바스락 거품 소리가 유독 크게 울렸다. 그래도 빈 찻잔에 제 한숨이 고여들까 그것만큼은 꾹 참아보았다.

부르르. 시무룩하게 찻잔만을 내려다보던 그녀가 선반에 둔 휴대전화 쪽으로 돌아섰다. 모르는 번호는 아니었지만 가슴이 덜컹 내려앉는 건 여전했다.

"……."

무의식적으로 인우를 불러볼까 했던 해인은 결국 전화기를 들었다. 언제까지나 인우에게 기댈 수는 없다. 그의 말처럼 누가 됐든 조심, 또 조심하면 될 거라 숨을 들이마셨다.

"네, 송해인입니다."

chapter

05

"……."

펜을 꾹 쥔 인우가 그 손에다 고개를 기댔다. 여느 화보에나 실릴 법한 고뇌하는 남자의 모습을 한 채 한동안 미동조차 없다. 이런저런 방법을 구상하듯 한 번씩 하는 고갯짓에 검은 머리칼이 찰랑였지만 영 신통치 않다는 표정이다.

"전무님, 그래서 이번에 다시 논의를 해봤는데 아무래도 새로운 대책을 세우는 게 어떨까 싶습니다. 이대로는 자칫 위험하다는 의견도 있고요."

"……그래. 위험하지."

확실히 위험해. 인우가 무의미하게 읊조렸다. 저 못지않게 심각해진 조 비서를 옆에 세워두고는 그의 짙은 눈이 가늘어졌다.

"아무래도 대책이 필요하겠어."

"그럼요."

모처럼 인우의 즉각적인 반응에 고무된 조 비서가 적극적으로 나섰다.

"이미 부사장님 측에서 손을 쓰는 모양입니다. 그 사돈 될 집이 SG 그룹의 손녀라는데 결혼 이야기를 핑계로 그쪽과 만나는 일이 부쩍 늘었다는군요."

"……."

"SG 또한 중국 측에 눈독을 들이고 있으니 이참에 잘됐다 거래를 하지 않겠습니까. 양가가 손잡고 회장님께 어필하려 들 수도 있고요. 그러니 우리도…….."

"……SG가 뭘 어쨌다고?"

인우가 펜을 내려놓고 조 비서를 바라보았다. 퍼뜩 정신이 든 듯 달라진 그 눈빛에 조 비서가 크게 당황했다. 분명히 심각해 보이셨는데, 조금 전 표정을 생각하자면 이런 반응은 이해하기가 힘들었다.

"말씀드렸다시피 부사장님께서 SG에…….."

"그래. 그쪽에서 사돈을 맺는다는 핑계로 SG에 접촉한다는 거. 지난밤에도 청담동에서 따로 만났다지?"

"아…… 알고 계셨군요."

역시. 다시 설명하려 했던 조 비서가 머쓱해하며 웃었다. 잠시나마 인우가 딴생각을 했다 오해했던 스스로가 부끄러워졌다. 전무님답지 않게 지나치게 빨라진 말이 의아하긴 했지만 어쨌든 문제 사안에 대해서는 누구보다도 정확하게 알고 계시는 분이다.

"그럼 부사장님 문제는 어찌할까요."

"똑같이 나와봤자 제 살 깎아먹기밖에 안 돼. 중국 측에선 신용을 중시하는데 그런 식으로 허가를 받아봤자 앞으로 들어갈 돈과 기간을 생각하면 얼마나 버티겠어."

"그렇겠군요. 그럼 지난번 준비하던 것들은…….."

"……계속해봐."

인우가 책상 위 손을 들어 팔꿈치를 세웠다. 조 비서의 음성이 이어지는 것과 동시에 그 또한 한구석에 놓인 커피잔으로 시선을 두었다.

"오빠, 왜 그러세요?"

그러게. 내가 왜 이러는 거지. 잔 속 커피에 비치는 그의 눈빛이 흔들렸다. 그 위에 맺힌 풍성한 거품을 볼 때부터 계속 이 모양이다. 굳이 이 두통의 근원을 찾아보자면 오늘 아침까지 거슬러가야 할 테지만……

거기까지 생각하던 인우가 않는 듯 인상을 썼다.

"……"

낮은 욕설이 입안에서 사그라졌다. 제가 어디까지 나락으로 떨어지는지 확인하는 것이 유쾌할 리 없다. 그러면서도 끝내 그 생각을 완전히 떨쳐내지 못한다는 것이 더욱더 그를 고뇌에 빠뜨렸다.

"여기요? 아니…… 여기? 아닌가?"

해인의 손가락이 어디를 어떻게 짚어 귓가에 닿는지, 그 느릿한 움직임이 눈을 감아도 선명했다. 제 눈치만 살피며 생긋 짓던 웃음이 떠오른 순간, 목덜미며 어깨가 뻐근해졌다.

"……"

결코 해인을 탓할 일이 아니라는 것을 안다. 하지만 어쩌자고 그렇게 머리를 싹둑 잘라선. 그렇게 굳이 맥주잔을 들고 다 컸다 표시를 해선. 또 그렇게 저처럼 하얀 거품을 남겨선.

종이에 꽉 눌린 잉크가 검게 번져나가는 모습이 꼭 제 자신과 같았다. 분명한 건, 스스로에게 욕설을 내뱉어 멈출 수 있는 단계는 지났다는 거다.

"해인이는…… 그냥 애야, 애."

그나마 제 이성을 붙들어줄 마지막 주문을 떠올려봤지만, 그 좋던 기억력이 지금은 왜인지 흐릿했다. 그냥 지나가듯 말씀을 하셨는지, 농담처럼 흘리신 말씀인지도 가물거렸다. 대신 해인에 대한 것들은 점차 선명해졌다. 아주 사소한 것까지도 그의 머릿속에서는 갈수록 생생했다. 웃을 때 어느 쪽 뺨에 보조개가 들어가는지, 머플러를 둘러줄 때 얼마만큼 눈을 내리까는지, 또 저를 마주할 땐 항상 숨을 크게 들이쉬는 것도.

"……위험해."

"네, 그렇죠. 그래도 팀장님도 그렇고, 대책을 세우는 중이니 결과는 변화가 없을 겁니다."

"왜 변함이 없는데?"

그러면 안 되잖아. 온갖 말이 엉키고 엉켜 다시금 속이 울렁이는 인우가 이마를 짚었다. 그나마 일을 모두 처리해두었기에 망정이지. 이리 넋 놓고 있다가 어디까지 표류할지 알 수 없다. 제 키를 쥔 송해인 양께서는 워낙에 무방비한 선장이셨으니까.

"아, 커피도 제대로 못 드셨군요. 다 식었을 텐데 새로 가져다드리겠습니다."

"아니."

"……."

"그냥 둬."

조 비서의 배려도 치워낸 인우가 커피잔을 당겼다. 시야를 어지럽히는 거품이야 불어 없앨 수 있다지만, 제 앞에 없는 건 그럴 수 없다. 언젠가 그랬듯, 이번에도 그녀의 존재는 그저 오심으로 끝나지 않을 거란 직감이 들었다.

"……."

아니, 어쩌면 더할 수도. 예전 어느 날을 떠올려보던 그의 눈빛이 어두워졌다. 인우는 처음으로 제가 틀리기만을 간절히 바랐다. 간절하다는 것이 정확히 무엇인지는 모르겠지만, 아마도 아침에 해인의 얼굴을 피해보려던 그때의 기분이 비슷하지 않을까 싶었다. 그리 생각하면 간절한 정도를 넘어 꼭 그리해야만 했다. 아니, 그리할 것이다.

"저는 이만 나가보겠습니다. 하신 말씀도 팀장님께 전하고 오후 일정도 준비를 해야 해서요."

"······그러든가."

특유의 무심한 대꾸도 오늘은 사뭇 비장했다. 뭐라도 할 일이 생기길 목 놓아 기다리는 사람처럼 이마를 짚은 인우에게서 전에 없던 조급함이 묻어났다. 그런 그의 옆을 지켜야 하는 조 비서 또한 덩달아 조급해졌다.

"참, 아까 회장님께서 직접 전화하셨습니다. 왜 얼굴 한번 안 비치시냐고."

"또 그 소리신가?"

"아마 오늘 있을 연회 때문인 것 같으신데, 몇 번이나 말씀을 주셨습니다."

"한가하시군. 속 편하게 그런 거나 할 때가······ 연회?"

인우의 손가락 새로 검은 눈이 번뜩였다. 거기까지만 들어도 자연히 떠오르는 무언가가 있음이 틀림없다.

"네, 곧 연말이니까요. 올해도 본가에서 열릴 텐데 태원 일가라면 모두 참석할 겁니다."

"······."

"옷은 한국에 들어오시면서 맞췄던 사이즈로 미리 몇 벌 주문해두었습니다. 이번에 회장님께서 전무님을 모두에게 정식으로 소개하신······."

"잠시만. 일가가 다 온다고?"

"······호적에 이름이 있는 사람이라면, 아마도요."

사실 그 정도로는 설명이 부족했다. 걸치고 걸쳐 강씨 집안의 피가 한 방울이라도 섞였다면 어떻게든 참석하고 싶어 하는 것이 본가의 연회다. 당연히 인우도 알고 있었을 텐데, 왜 저리 얼빠진 얼굴로 자리에서 일어나는지 조 비서에게는 참으로 모를 일이었다.

"……차 대기시켜."

• ✦ •

"어때요. 마음에는 드세요?"

"……마음에는 드는데……."

"역시. 다행이네요."

차 안에서 안 비서가 비추어주는 거울을 들여다보던 해인은 침을 꿀꺽 삼켰다. 거울 속의 저 아가씨도 목이 움직이는 걸 보면 확실히 제가 맞는 모양이다.

'이게 다 뭐지.'

아직도 상황이 정리가 되질 않았다. 일전에 만났던 안 비서의 손에 끌려 다니다 보니 하루가 모두 지나버렸다. 인형처럼 옷을 입었다 벗었다, 머리와 화장은 또 어떻게, 한 사람씩 저를 거쳐갈 때마다 혼이 온통 빠져버렸다.

"……."

입은 듯 안 입은 듯, 무릎을 덮은 매끈한 드레스가 현실감이 없다. 이런 옷들을 입어보는 건 드라마에서나 가능한 일인 줄 알았는데. 인우가 어떠한 집의 일원이 된 건지 이렇게까지 피부로 느낀 것은 처음이다.

"사실 미리 준비했어야 하는데, 전무님께서 아주 급한 일이 아니면 사모님께 연락드리지 말라 하셔서요."

"인우 오빠가요?"

"네. 그런데 오늘 일은 아주 급한 것이다 보니."

해인의 옆에서 마지막 체크를 하던 안 비서가 난처하게 웃었다. 그녀 역시 사람인지라 그날의 인우를 생각하면 아직도 심장이 조여들지만, 옆자리의 해인을 보면 마음이 한결 편해졌다.

"음, 이런 말 좀 식상하시겠지만 정말 아름다우세요."

"제, 제가요? 어, 어디가……."

"그야……."

바로 이런 점이요. 비서답게 말을 아낀 안 비서가 빙긋 웃으며 해인의 드레스 끈을 손봐주었다. 환한 살굿빛 드레스도 그녀의 살갗과 하나처럼 어우러졌고, 특별한 장식은 없지만 어깨를 살포시 덮은 시스루가 가느다란 목선을 강조했다. 드러날 듯 말 듯, 겹쳐진 레이스로 감추어진 가슴선 또한 평소에는 몰랐던 그녀의 굴곡을 돋보이게 했다.

"제가 진짜 이러고 있어도 되는지……."

무엇보다도 눈길을 끄는 건 복숭앗빛으로 달아오른 해인의 뺨이다. 꾸며내거나 흉내만 낸 순진함이 아니다. 그 정도는 어지간한 연회는 전부 다녀보았던 회장실의 수석비서로서 장담할 수 있었다. 오늘 이 아가씨를 보는 사람은 누가 됐든 눈을 뗄 수 없을 거라고.

"인우 오빠가 알면 화낼 것 같아요. 아침에 나가버려서 말도 못 했는데. 메시지 남겼는데 연락도 없고."

"워낙 바쁘시니까요. 그리고 전무님이 왜 화를…… 음."

그분은 저도 좀. 속이 들여다보이지 않는 그의 까만 눈을 떠올린 안 비서는 절로 숙연해졌다. 그런 분의 반응을 보통의 잣대로 추측하는 자체가 터무니없다. 뭘 어떻게 나오든 그냥 그럴 만한 분이라고 할 수밖에. 어설픈 웃음으로 말을 얼버무린 안 비서는 급히 해인의 머리칼로 관심을 돌렸다.

"머리 좀 다시 봐드릴게요. 불편하진 않으세요?"

"네. 괜찮아요."

"물론 지금도 아름다우시지만 드레스 차림이니 머리가 길었으면 올려도 좋았을 텐데. 사모님께선 늘 짧은 단발이셨나요?"

"아뇨. 원래는 이만큼 길었는데……."

길었다는 그녀의 머리처럼, 해인의 말끝에도 여운이 길었다. 앞에 놓인 거울만 보고 있던 그녀의 눈이 무슨 생각을 하는지 잠잠히 내리깔렸다.

"잘랐어요. 한 달쯤 전에."

"어머, 얼마 안 되셨네요."

"네."

"정말 아깝네요. 조금만 늦게 잘랐으면 전무님께서도 보실 수 있었을 텐데."

"……"

넉살 좋은 비서의 말에도 해인은 다소곳하게 웃기만 했다.

이렇다 저렇다 말이 없는 건 두 분이 같으시네. 해인의 머리에 보석장식 머리끈을 두르던 안 비서는 잠시 말도 안 되는 생각을 해보았다.

"안 비서님, 왜 그러세요? 역시 저한테 이런 건 좀 안 어울릴까요?"

"아아뇨."

해인이 걱정 가득한 얼굴로 돌아보자, 안 비서는 얼른 리본의 매듭을 지었다. 이 어린 사모님이야 리본에 매달린 핑크색 깃털처럼 포근하고 사랑스럽게 가슴을 간질이는 분인 반면 전무님은…… 떠올리는 것만으로도 어깨가 떨렸다. 그야말로 성인 남자 아니신가. 예리하면서도 날카롭고, 묵직하면서도 어두웠다. 잘생긴 것으로는 굳이 말을 보탤 바가 있겠냐만 어쨌든 이런 아가씨와는 한곳에 두는 것도 상상할 수가 없었다. 그런 두 분을 어찌 닮았다 생각했는지, 스스로가 우스워졌다.

"자아, 다 됐네요. 곧 도착하겠어요."

"아……."

안 비서는 창밖을 내다보는 해인의 손등을 감싸주었다. 꼭 강 회장의 명이 있어서가 아니라 해인을 보고 있자니 언니 같은 마음이 들었다.

"내키지는 않으시겠지만 하루만 참는다 생각해보세요. 오늘이 공식적으로 전무님이 참석하시는 첫 행사라서요."

"인우 오빠가요?"

"지금 하시는 일이 워낙 바쁘시니 좀 늦었지요. 회장님께서야 몇 번이고 자리를 마련하려 하셨는데 워낙에 그런 걸 안 좋아하시는 듯해서."

"……그럴 거예요."

오빠라면. 내내 긴장해 있던 해인이 처음으로 힘없는 웃음을 지었다. 아직까지 저도 어안이 벙벙하다지만 인우가 이런 곳에 어울리는 것이야말로 상상조차 힘들었다. 아버지와 해인 단둘이 지내던 집에서도 그는 적응하는 데 꽤나 오랜 시간이 걸리지 않았나.

"그래도 회장님께서 계시니 너무 걱정하진 마세요. 그리고 이런 말씀 좀 그렇지만……."

"네?"

"견제하려는 사람이 많을 거예요. 안 그래도 전무님에 대한 관심이 높은데 이미 결혼까지 하셨다니 더욱더 사모님이 누구신지 다들 궁금해하겠죠. 적당히 빠질 만한 기회를 볼 테니……."

"아니에요. 제가 왜 여기에 왔는데요."

해인은 지나치게 우려하는 안 비서에게 고개를 흔들며 손잡이를 잡았다. 이미 바깥이 시끄러운 것을 보아선 벌써 손님들이 연회장에 들어찬 모양이다.

"실수 안 할게요. 오빠 올 때까지 잘 있을 테니 너무 걱정 마세요."

"그건 제가 드릴 말씀인데……."

안 비서가 조금은 심란한 듯 창문 너머를 건너다보았다. 보기에는 그 어느 곳보다도 호화롭지만 정작 여기에 있는 이들의 눈과 이가 얼마나 날카로운지 모르지 않았다. 대놓고 물어뜯지 않는다 뿐이지 어지간한 정글을 능가했다. 그런 데에 해인을 들여보내야 하다니, 싫다 한대도 등을 떠밀어 들여보내야 할 입장이지만 썩 내키지가 않았다.

"절대 기죽을 거 없어요. 아셨죠?"

"……네."

"이것만 기억하세요. 사모님께서 보여주시는 모습이 곧 전무님의 모습이라는 걸."

달칵, 문이 열리는 동시에 해인은 숨을 들이켰다. 찰랑이는 다이아몬드 귀걸이에 오늘 제게 쏟아질 시선들의 무게가 같이 실렸다. 역시나 높다란 힐을 신은 발을 바닥에 내리다 말고 퍼뜩 거두는 모습이 물가의 어린아이 같기도 했다.

"혹시 제가 특별히 주의해야 할 분들이 있을까요? 조심을 해야 할 거 같아서."

"그게, 그러니까……."

해인의 불안을 달래주듯 안 비서가 가녀린 어깨 뒤로 활짝 열린 정문 너머를 들여다보았다. 화려한 불빛들 사이로 막 도착한 이들이 모습을 보이기 시작했다. 심사숙고해보던 안 비서는 결국 체념에 가까운 탄식을 삼켰다.

"……전부 다요."

● ✦ ●

"빨리 안 돼?"

"죄송합니다, 전무님. 퇴근시간과 겹치다 보니."

"……."

뒷좌석에 기댄 인우가 인내를 새기듯 눈을 감았다. 재촉한다 해서 되지 않는다는 것은 알고 있지만, 그것밖에 할 수 없는 심정이야말로 답답함의 극에 달했다.

"안 비서가 뭐래?"

"들어가 계시답니다. 차라리 해인 양께 전화를……."

"내가 안 해봤겠어?"

인우가 억눌린 음성을 흘리며 눈을 내리깔았다. 해인에게 전화를 해본 것이 벌써 몇 차례였지만 아무런 응답이 없다. 마음 편히 받지 못하는 상황을 충분히 짐작하면서도 결국은 다시 휴대전화를 들 수밖에 없었다.

[오빠, 저 해인이에요.]

언제 남겼는지도 모르는 그녀의 문자에 마음이 철렁했다. 해인. 뻔히 아는 이름이건만 그녀가 제 눈앞에 있는 양 선했다.

[저 급하게 회장님 댁에 가게 됐어요. 잘하고 있을 테니 걱정 마세요. 저 괜찮아요.]

"……괜찮긴."

나지막한 인우의 음성에 알 수 없는 원망이 묻어났다. 물론 해인이 아닌 자신을 향한 것이다. 대체 뭐 하느라 휴대전화 하나 확인하지 못했는지 뒤늦게 가슴이 들끓었다. 막상 이 문자를 빨리 봤다 해도 뭐라 답해야 할지는 여전히 모르겠지만.

[기다릴게요.]

그는 마지막 짧은 다섯 글자를 읽고 또 읽어보았다. 누군가에겐 흔하게 하는 끝맺음이라지만 해인에게는 아니다. 제가 아는 해인은 다른 모든 감정은 풍부하면서도 유독 기다리는 것에는 무감한 아이였다. 해인에게는 기다릴 만한 가족이 없었으니까. 또한 기다려줄 가족이 없었을 테니까.

"⋯⋯."

그런 애가 이런 말을 했을 땐 얼마나 싱숭생숭했을지 전해졌다. 급히 갈 아입느라 제대로 단추를 채우지도 못한 셔츠 사이로 그의 구릿빛 상체가 드러났다. 한 손으로 차근차근 단추를 채워가며 인우는 휴대전화를 만지작거렸다. 꾹꾹, 액정 위에서 천천히 움직이는 엄지손가락이 느릿하면서도 신중했다.

"회장님께서는?"

"막 도착하셨을 겁니다. 아마 인사를 받는 데만 해도 시간이 꽤 걸리시겠지요."

"⋯⋯."

휴대전화를 내려놓은 인우가 옆에 내려둔 보타이를 집어 들었다. 원래가 다른 이의 손길에는 익숙하지 않은 남자였다. 능숙하게 목에 두르는 모습이 타고난 듯 우아해 누군가의 손을 보탤 필요도 없다.

"참, 부사장님도 도착하셨답니다."

"⋯⋯벌써?"

조 비서가 핸들 옆 휴대전화를 넘겨다보며 하는 말에, 타이를 매만지던 인우가 인상을 썼다. 완전히 정돈되기 전의 흐트러진 모습마저도 묘하게 잘 어울렸다.

"그럴 겁니다. 거기야 온 식구가 한참 전부터 의상을 준비하느라 한동안 몇몇 숍에서 골치깨나 썩였다더군요. 워낙에 까다로운 분들 아닙니까. 거기다 오늘은 약혼녀까지 대동할 테니 오죽하겠습니까."

"제발!"

"……."

"빨리 좀 가라고."

겨우 이 정도가 더 험한 말을 내뱉지 않고 버틸 만한 그의 한계였다. 이마를 짚은 손가락 새로 한숨과 함께 머리칼이 흩날렸지만 인우는 개의치 않았다.

인우가 굳어갈수록 운전석에 앉은 조 비서의 등에서도 식은땀이 났다.

"해인 양이야 주변 눈치에 쉽게 전화를 받기 힘들겠지만 회장님은 아니시겠지요. 차라리 회장님께 해인 양을 좀 부탁드려보면……."

"바랄 걸 바라."

인우의 냉소가 시리도록 차갑기만 했다. 누구에게 뭘 맡긴다고? 부사장이 항시 배고픔에 허덕이는 하이에나라면 회장님은 부족한 것조차 없다. 넘치고 넘쳐 오히려 상대방을 불안하게 만드는 것이 특기인 분이다. 그런 분이 해인을 곁에 두고 어떤 수작을 부릴지, 인우조차도 짐작할 수 없었다. 아니, 하고 싶지 않다.

"조금만 더 서둘러……."

"아, 다 왔습니다!"

분위기부터가 삼엄한 골목에 들어선 조 비서가 모퉁이를 돌아 멀리 보이는 불빛에 한숨을 돌렸다. 볼 때마다 기가 질리는 곳이지만 인우를 태운 차 안만큼은 아니었다.

거대한 정문 앞에 차가 서자마자 인우는 뒷문을 열어젖혔다.

"저, 전무님. 급하신 건 알지만 일단은 회장님께 인사를 드리셔야 합니다."

허겁지겁 뛰어내린 조 비서가 힘겹게 인우의 걸음을 뒤쫓았다. 인우가 무엇을 제일 염두에 두고 있는지는 알지만 오늘은 보는 눈이 많은 정도가 아니다. 태원 그룹의 정식 후계자로 모든 일가친척 앞에 모습을 드러내는 자리인 만큼 최소한의 예의는 지켜야 했다.

"괜한 우려인 건 알지만 아마 해인 양께서도 당황하고 계실 겁니다. 안그래도 적응하기 힘드셨을 테니 전무님께서라도 건재한 모습을 보여주시는 게 어떨까 해서요."

"……."

"회장님께 인사를 드리고 계시는 동안 제가 해인 양을 찾아보겠습니다. 안 비서님이 함께 계실 테니…… 어어."

조각상 같은 인우의 옆모습과 화려한 연회장을 한 번씩 번갈아 바라보며 계단을 오르던 조 비서의 얼굴이 일순간 굳어졌다.

다행인지 불행인지, 인우가 강 회장을 놓칠 걱정은 없었다. 인우의 할아버지답게 나이답지 않은 풍채를 자랑하는 강 회장이 그를 먼저 발견해낸 것이다. 그리고 체스판의 킹이 움직이듯, 비스듬히 돌아선 강 회장의 뒤로 누군가의 모습이 드러났다. 그 누군가 역시 두 남자 중 한 사람이 간곡히 찾던 이였다. 비록 평소의 모습은 아닐지라도, 생긋 웃는 옆모습이 싱그럽기 그지없었다.

"저, 전무님. 저기 해인 양도."

"……알아."

그녀를 올려다보던 인우가 성큼 조 비서의 옆을 지나쳤다. 하긴 제가 본 것을 인우가 보지 못할 리 없다. 하지만 그녀를 바라보는 시선만큼은 누구에게도 비할 수 없었다.

"……."

어두우면서도 짙게 일렁이는 눈동자에 정문 옆 붉은 등이 비쳤다. 꼭 그
게 본래의 모습이듯 검고 붉은 빛이 하나로 겹쳐졌다. 얼마 남지 않은 계단
을 디디는 걸음마다 그를 향한 시선들이 늘어났다. 다만 이쪽을 좀 바라봐
줬으면 하는 인우의 두 눈은, 오직 한 여자에게만 고정되어 있었다. 섣불리
주의를 돌려본다 해서 흔들릴 눈빛이 아니다. 그녀밖에 보이질 않는 것처
럼 거침없는 그를 막아 세울 사람이라면, 이 너른 연회장의 주인뿐이다.

"강 전무, 늦었구먼."

"······회장님."

저를 부르는 소리에 비스듬히 돌아보는 인우의 눈이 얼음장처럼 차가웠
다. 의례적인 인사를 하는 그의 움직임도 그러했다. 결국 본능처럼 누군가
를 향해 들끓는 손자의 눈을 보며, 강 회장이 그의 귓가에 뻔한 웃음을 흘
렸다.

"······거봐라, 내가 일찍 오랬지 않았느냐."

● ✦ ●

"여기, 우리 강 전무. 박 사장은 처음 보겠군."

"그렇군요. 듣던 것보다 훨씬 미남이시군요."

연회에 참석했다 해서 모두가 강 회장에게 인사를 건넬 수 있는 것은 아
니다. 이곳에 모인 사람 중 아무나 집어내도 신문 한두 면을 채우고도 남을
거물들이었지만, 태원의 회장 앞에서는 어림도 없다.

"이거 영광입니다."

"허허, 무슨 그런 말을."

오직 그와 눈이 마주친 몇몇 친척과 계열사 사장 정도가 되어야만 그의
앞에 설 수 있었다. 특히나 이번에는 혼자도 아니었다. 강 회장이 살아생전

가장 아꼈다는 막내아들의 숨겨진 핏줄까지 대동했다. 태원을 이끌 후계자와 환영받지 못하는 사생아. 하루아침에 난데없이 하늘에서 뚝 떨어진 강인우라는 남자를 어찌 받아들일까 계산기를 두드려대던 이들이 사방에서 눈을 번뜩였다. 노골적이지만 어디에 줄을 서는지에 따라 본인들이 누리는 모든 것들의 향방이 갈릴 테니까.

"강인우입니다. 만나 뵙게 되어 반갑습니다."

"뭘요, 제가 더 반갑지요. 그나저나 돌아가신 아버님을 정말 많이 닮으셨군요."

이렇게 말을 하는 이들이라면 이미 인우에게 줄을 선 것이나 다름없다. 제법 실속 있는 계열사의 사장이 이리 나왔으니 또 한 번 장내가 술렁였다.

"그런데 전무님 옆에 계신 분은 누구신지……."

박 사장이 넌지시 고개를 돌리자, 그들을 지켜보던 시선들 또한 같이 돌아갔다. 그들의 철저한 잣대로 재어볼 사람이 아직 한 명 더 있었다.

"제 안사람입니다……. 해인아."

"송해인입니다. 뵙게 되어 반갑습니다."

인우가 소개하듯 돌아서자 해인이 기다렸다는 듯 고개를 숙였다. 조금은 어린 듯한 얼굴에 가녀린 몸이었지만 입가의 미소만큼은 상냥하기 그지없었다. 특히 남편을 올려다보며 수줍게 웃는 모습은 누가 뭐라 해도 애틋한 신혼부부 그 이상도 이하도 아니다.

"오빠, 괜찮으세요?"

속닥속닥, 인우가 상기된 그녀의 뺨을 바라보았다. 한국에서 해인과 재회한 후 늘 복잡한 심정이었지만 오늘에 비할 바는 아니었다. 그나마 겉으로는 감정이 드러나지 않는 무감한 눈을 가졌다는 것이 다행이라면 다행이었다.

"늦지 않으셔서 다행이에요."

"……너는…….."

무언가 말을 꺼내보려던 인우가 제 팔에 닿는 아스라한 감촉에 목울대를 울렸다. 굳이 내려다보지 않아도 해인의 손가락이 살포시 내려앉았다는 것을 알 수 있었다. 나비의 날갯짓처럼 가벼운 무게감이었지만 늘 그렇듯 그 여파는 컸다.

"너 정말……."

"쉬잇, 이래야 하는 거래요."

그가 방향을 못 잡고 표류하는 동안, 해인의 손가락은 인우의 슈트 위에 더욱 단단히 자리를 잡았다. 해인이라고 그게 그리 자연스러울 리야 있겠냐만 딴에는 최선을 다하는 중이다. 그 사실을 잘 아는 인우는 그녀의 손가락을 바라보다 말고 강 회장을 향해 고개를 숙였다.

"회장님, 저희는 잠시."

"아아, 그래. 신혼이니 어렵하겠느냐. 오붓하게 둘이 있을 시간도 있어야겠지."

"……실례하겠습니다."

너스레를 떨며 웃는 강 회장 때문에 인우가 눈썹을 꿈틀거렸다. 제가 오늘 사람들 눈에 어찌 비쳐야 하는지 정해주는 듯한 강 회장의 말투가 달가울 리 없다. 그럼에도 자로 잰 듯 반듯하게 인사를 하는 것은 강 회장의 말처럼 제게 주어진 자유가 그리 길지 않다는 것을 알기 때문이다. 또한 오붓하든 아니든, 해인과의 시간 역시 필요했고.

"오빠, 표정이 왜 그러세요?"

"내가 뭘."

수많은 사람들을 스쳐 테이블에 자리를 잡기까지, 인우는 한 번도 해인을 쳐다보지 않았다. 그가 그녀에게 무관심해서라기보단 그녀에게로 향하는 눈길들을 쳐내는 방법이 그것밖에 없기 때문이다.

"어디 불편하세요? 아니면⋯⋯."

"너는?"

"⋯⋯저요? 제가 뭘⋯⋯."

겨우 사람들의 시선에서 멀어지고 나서야 인우는 해인에게로 방향을 틀었다. 그럼에도 그녀를 오래 바라보지는 못했다. 연갈색 눈과 마주치는 순간 시선을 돌려버렸다.

"넌⋯⋯ 괜찮냐고."

"아아. 그럼요. 저 괜찮아요."

그와 눈을 마주하려 애쓰던 해인이 이내 포기하고 살포시 웃었다. 들릴 듯 말 듯한 웃음소리가 의외였는지 인우가 고개를 돌려 그녀를 바라봤다

"긴장이 안 돼? 너 이런 자리 처음이라며."

"그건 오빠도 마찬가지잖아요."

"⋯⋯."

"제가 오빠 몫까지 잘해야겠다 싶어서요. 오빤 이런 자리 싫어하실 거 같아서. 그치만 저 진짜 잘하고 있었어요."

그녀의 반짝이는 눈동자에서 뿌듯함이 엿보였다. 인우의 팔을 꼭 잡은 손이나, 모르는 이들에게 하는 인사나, 사실 어느 하나 쉬운 것이 없었다. 하지만 인우에게 꼭 도움이 되고 싶다는 마음만큼은 한 번도 변한 적이 없었다.

"오빠도 사실은 긴장하셨죠? 얼굴만 봐도 알아요."

"⋯⋯뭐."

비밀처럼 속삭이는 음성이 그의 가슴을 간질였지만 긴장한 것은 사실이다. 그게 그녀가 생각하는 이유와 다르다는 것까지 굳이 말할 필요가 없을 뿐이다.

"역시 그러셨구나. 걱정 마세요, 오빠."

"……."

"오빠 저만 믿으시면 돼요."

"내가 널 뭘 보고……."

찡그리듯 그녀를 바라보던 인우가 주먹을 꾹 움켜쥐었다. 갸우뚱하는 고개, 은은한 색채의 드레스 속 하얀 살갗, 보이는 것이 지나치게 많다 보니 손등과 이마에 힘이 들어갔다. 평소와는 다른 해인을 처음 보던 순간부터 마음 깊숙이 자리한 어딘가에서 시한폭탄이 재깍재깍 돌아갔다.

"정말이에요."

"……그게 문제가 아니라……."

나도 날 못 믿는데 무슨. 인우가 뻐근해진 뒷목 부근으로 손을 올렸다. 난 대체 뭘 기대했을까. 새삼 회의감이 밀려왔다. 허망했다.

서둘러 이곳까지 오는 동안엔, 해인이 이런 모습을 하고 있을지 상상도 못 했다. 처음 혼인신고서를 내러 갈 때처럼 쭈뼛거리며 붉어진 얼굴을 숙이고 있을 그녀만이 떠올랐다. 그러니 그때처럼 제가 이끌어주고 싶었다. 알려주고, 지켜야 한다 생각했다.

"오빠한테만 말하는 건데, 저도 사실 조금 긴장되긴 했어요."

"……."

그러나 해인은 그때와 달라졌다. 제가 아는 것만 일러주기엔 그녀는 훌쩍 자라 제 팔에 손을 얹고 있었다. 붉어진 얼굴을 숙이도 않았고, 작은 목소리지만 말을 그치지도 않았다.

"그래?"

"네. 인사드리는데 다들 사장님, 부사장님, 그러시더라구요. 휴우, 제가 언제 그런 분들을 봤어야지 생각했는데……."

"……네가 불편하면……."

"생각해보니 봤더라구요…… 면접 때."

누가 들을까 소리를 낮춘 해인의 입술이 조심스러웠다. 가까이 머리를 기울이자 다이아몬드의 영롱한 빛이 또 한 번 그의 시선을 잡아챘다.

"오빠, 저 사실 면접 좀 봤거든요."

"……."

"그때 묻던 거랑 다 비슷해서요. 그래서 그런지 그냥 이것도 면접이라 생각하니까…… 왜 웃으세요?"

"……내가?"

시치미를 떼어봤지만 더 이상은 힘들었다. 스스로 생각해도 구차했으니까.

"정말이에요. 제가 봤던 면접이랑 거의 비슷했거든요. 이름이나 나이나, 또 태원을 어떻게 생각하는지 그런 것도."

"……흐음."

인우의 웃음이 이번엔 들릴 만큼 컸다. 말로 표현하기 힘든 수려한 외모에도 다소 차갑던 인상이 입가에 걸린 미소 하나로 달라졌다. 안 보는 척 그들을 주목하고 있던 눈들이 일제히 커질 만도 했다.

"그렇게나 비슷했다고?"

"네. 그러니까 오빠도 그냥 면접 본다 생각하시고…… 아아, 안 보셨겠구나."

뭐라도 도움이 되어보려던 해인이 다소 실망한 얼굴을 했다. 하지만 포기하기엔 일렀다.

"꼭 면접 아니라두요. 과연 내가 해낼 수 있을까 떨다가도 막상 가까이서 얘기해보면 생각보다 괜찮겠다 싶은 그런 건데……."

"알 거 같아."

"정말요? 오빠도 그런 적이 있으셨어요?"

"……비슷하게는."

긍정도 부정도 하지 않은 인우가 저를 향한 시선을 느끼고서야 고개를 들었다. 전무이사실 복도 못지않게 방심할 수 없는 데가 이곳이다. 때맞춰 다가온 조 비서가 난감한 표정을 짓고 있었다.

"저어, 전무님. 다시 가보셔야 할 듯싶습니다."

그렇지 않아도 연회장의 한가운데에서 그를 바라보는 강 회장의 눈이 의미심장했다. 그새 서늘해진 인우가 곧장 강 회장의 주변을 살펴보았다. 썩 달갑지 않은 이들의 모습까지 서서히 드러나자 인우의 이성도 완벽히 돌아왔다.

"부사장님께서 같이 좀 뵙자고 하셔서요. 회장님도 그러라 하시고. 말로는 중국 문제로 이야기나 해보자고는 하시지만 아무래도……."

"알아."

해인을 데려가기는 제법 살벌할 자리가 될 터였다. 과장된 웃음을 터트리는 부사장과 어쩔 줄 몰라 하는 계열사 사장들, 그리고 관조적인 눈으로 자신을 떠보는 강 회장. 서로를 베어내기엔 구성원들 또한 완벽했다.

"……전무님, 기다리고들 계셔서 얼른……."

"오빠, 가보세요."

인우가 무엇 때문에 망설이는지 눈치챈 해인이 얼른 그의 팔에서 손을 풀어냈다. 스르륵 미끄러지며 멀어지는 손길에 그의 심기가 사나워진 듯 보이는 것이 아이러니했지만, 이곳으로 향하는 눈이 많다. 도움은 못 될망정 그의 발목을 잡을 생각은 없다.

"얼른요. 저 괜찮다니까요."

"……넌 그 소리 좀……."

"아시잖아요, 오빠. 저 열아홉에 결혼도 한 여자라는 거."

"……."

푸흡. 조 비서가 웃음을 터트리려 했지만 인우의 잡아 죽일 듯한 눈빛에 얼른 뒤돌아 물러섰다. 그를 가려버릴 듯 걸음을 옮긴 인우는 해인을 안쪽으로 밀어두었다.

"금방 올게. 기다려."

착잡하기 그지없는 얼굴에 언뜻 불안이 스쳤다.

"안 비서 불러놓을게. 그 전에 혹시라도 누가 오면⋯⋯."

"말했잖아요. 면접 보는 것같이."

해인이 수험표라도 단 것처럼 쇄골 아래를 톡톡 두드렸다. 그를 안심시키려 한 행동이었지만 인우의 얼굴을 보니 딱히 먹힌 것 같지 않았다. 사실 표정을 보려 해도 워낙 황급히 고개를 돌려버렸으니 그녀만 무안해졌다.

"⋯⋯갈게."

"네, 오빠. 저는 괜⋯⋯."

⋯⋯찮다고 말하려 했는데. 인사도 채 끝내기 전에 이미 인우는 등을 보였다. 아침에도 그렇게 가버리시더니. 해인은 허전해 손가락을 만지작거렸다.

'이렇게까지 보고 있어도 되는 걸까.'

아무리 자연스러운 부부로 보여야 한다지만, 뒤늦게 든 걱정과는 별개로 그의 뒷모습에서 눈을 뗄 수가 없었다.

"⋯⋯."

원래도 올려다보는 남자라지만 오늘따라 더욱 커 보였다. 평소보다 선이 더욱 잘 드러나는 검은 슈트도, 뒤로 넘긴 머리도 하나같이 그럴듯했다. 가깝게 설 땐 한없이 가까이 느껴지다가도 막상 거리가 벌어지자 얼마나 다른 사람인지 느껴졌다.

"어머, 두 분 사이가 생각보다 더 좋으신가 봐요."

"⋯⋯아, 죄송하지만 누구신지."

해인은 제게로 다가온 여자에게 고개를 돌렸다. 처음 보는 얼굴, 그러나 상대 쪽에서는 저를 아는 듯한 특유의 여유로움이 느껴졌다. 이런 곳에는 익숙한 듯 붉은 입꼬리를 올린 여자가 해인에게 들고 온 잔을 내밀었다.

"아, 아뇨, 전 술은 괜찮아요."

"뭐 어때요."

해인의 눈앞에서 붉은 칵테일이 흔들렸다. 동시에 있는 줄도 몰랐던 여자의 일행들이 서서히 거리를 좁혀들었다.

"곧 가족이 될 사이에."

● ✦ ●

"할아버지, 오랜만에 뵙습니다."

"그렇구나. 준혁이 넌 이번에 돌아왔다고?"

"네. 조금 더 빨리 들어왔어야 했는데 제가 한발 늦었나 봐요."

아버지인 부사장의 옆에 선 준혁이 강 회장에게 인사하다 인우를 흘긋거렸다. 겉으로야 웃고 있다지만 그 눈길이 의미심장했다.

"할아버지께 이런 기쁜 일이 있으셨을 줄이야. 외삼촌도 같이 계셨다면 좋아하셨을 텐데."

"떠난 사람 이야기해서 뭐 하겠느냐."

"그래도요. 거기다 며느리까지 보셨을 거라 상상이나 하셨겠어요?"

준혁이 넌지시 누군가를 고갯짓하며 웃음을 흘렸다. 부사장까지 나서서 거드는 것이 과연 부자지간이라 할 만했다.

"그러게 말입니다. 도둑 결혼도 아니고 이런 식으로 혼사가 치러졌을 줄이야. 말해봤자 누가 믿어나 주겠습니까."

"……."

"강 전무, 자네도 어지간하면 좀 참지 그랬나. 가만히 있었으면 회장님께서 알아서 다 해주셨을 것을."

농담처럼 건넨 말에 뼈가 있었다. 그의 줄에 선 몇몇 사람들이 따라 웃었지만 강 회장은 시종일관 느긋했다.

"그렇군. 뭐, 인우 이놈이 조금 급하긴 했지."

"그래도 뭐 어떻습니까. 아주 잘 어울리는데요."

"그런가?"

잔을 든 강 회장이 떠보듯 인우를 넘겨다보았다. 인우는 별다른 동요를 비치지 않고서 묵묵히 제 잔을 집어 들었다.

"그리 보이신다면 그게 맞겠지요."

"……흥."

여유가 얼마나 갈지, 부사장은 헛웃음을 삼켰다. 겨우 이 정도로 성에 차자고 모인 자리가 아니다.

"그래서 말인데, 우리 준혁이도 혼담이 오가는 중이지 않습니까. 아버님께서 어찌 생각하실지 모르겠습니다만."

"내 생각이 뭐 그리 중요하겠는가."

"집안의 가장 큰 어른 아니십니까. 당연히 순리대로 진행해야지요. 손주가 몇이나 된다고 남은 혼사로라도 태원에 보탬이 되어야 하지 않겠습니까."

부사장이 능글맞은 웃음을 지었다. 실제로 워낙에 손이 귀한 집안에다, 사장인 장남은 아들이 없었다. 딸들 역시 일찌감치 결혼해 외국으로 떠났으니 이제 이 집안에 결혼으로 세를 불릴 수 있는 존재라면 제 아들인 준혁뿐이다. 그것을 누구보다도 잘 아는 부사장의 목소리에 활기가 들어찼다.

"안 그래도 오늘 같이 왔는데, SG 배 회장님의 손녀지요. 준혁이와는 유학 중에 만났답니다."

"그래?"

강 회장이 흥미롭다는 듯 되물었지만 그 말을 그대로 믿는다는 뜻과는 달랐다. 말하는 이나 듣는 이나 적당히 포장하는 것이 이 세계의 법칙이라면 법칙이다.

"마침 SG 측에서도 이번 중국 입찰에 관심이 많다더군요. 이런 우연이 다 있는지, 깜짝 놀랐지 뭡니까."

"자네는 놀랄 일도 많군."

"그래도 두 집안이 손잡아 나쁠 일이야 있겠습니까. 먼 미래를 봤을 때, 도움이 됐으면 됐지 손해를 볼 일은 없을 겁니다."

"……그거야 그렇겠지만."

강 회장의 무심한 동조에 부사장의 얼굴엔 화색이 가득했다. 준혁은 이때다 싶은지 슬그머니 말을 보탰다.

"안 그래도 인사드리러 갔을 때 배 회장님께서 직접 아쉽다 말씀하시더라고요. 처음부터 제가 중국 일을 맡았다면 이렇게까지 서로 기운을 뺄 필요가 있었겠냐고."

"준혁이 말이 맞습니다. 이 일 하나 진행하자고 퍼붓는 돈이 얼만데, 그거라도 줄일 수 있었겠지요. 강 전무도 회장님의 기대가 큰 만큼 이럴 때 보탬이 됐으면 오죽 좋았을지."

"……"

"쯔쯧, 둘이 좋아 결혼했다니 뭐라겠냐마는 강 전무도 은근히 허당이야. 물론 없이 자란 게 강 전무 잘못은 아니겠지만 잘 좀 계산을 해봤어야지. 하긴, 오죽하면 부인이 있었다 제대로 밝히지도 못하고 있었겠어……."

"못 한 게 아니라 안 한 거라 해야겠지요."

인우가 입가에서 술잔을 내리며 즐거운 듯 웃었다. 준미하게 올라간 입가와는 달리 부사장과 준혁을 향한 눈은 벼린 날처럼 예리했다.

"굳이 처가 덕을 보지 않아도 차질이 없을 텐데 뭐 하러 구질하게 굴겠습니까. 그 시간에 회의나 한 번 더 하지."

"뭐라고? 자네……."

"저야 없이 자란지라 나눠 가지는 걸 싫어해서요. 충분히 태원에서 다 가질 수 있는 걸 고작 몇 걸음 편히 가자고 나눌 이유가 있겠습니까."

피식. 인우의 웃음이 꽤나 깊어 여파가 더욱 컸다. 급격히 살얼음판이 된 자리를 깨트린 것은 이번에도 강 회장이었다.

"하하, 그래, 뭐 나눠 먹을 이유가 있겠느냐, 얼마나 된다고. 배도 안 찰 텐데."

"아, 아버님, 아무리 그래도 천문학적인 돈이 들어가는 일입니다. 그걸 그리 가볍게……."

"겨우 그 정도로 천문학적이라 하시다니, 저로서도 당황스럽군요. 이래선 나중에 벌어들일 돈은 어찌 다 계산하시려고요."

"강 전무!"

"부사장님께서도 그리 계산에 밝지는 못하신가 봅니다."

"……."

강 회장에게 붙어 있던 부사장이 인우를 무섭게 노려보았다. 억지로 지켜오던 태연함도 물거품이 되어버렸다.

"자네! 말이면 다인 줄 아는 모양인데 이 일이 그리 쉬워 보이나!"

"쉽다면 회장님께서 왜 제게 맡기셨겠습니까."

네 아들 놔두고. 예의 그 무심한 눈으로 부사장을 거쳐 준혁을 스쳐간 인우가 다시금 잔을 들었다. 독한 술은 아니지만 지켜보는 이들에겐 인우의 존재 자체가 그리 보였다. 뭐가 재밌는지 웃고만 있던 강 회장이 주변을 일깨우듯 높이 잔을 들었다.

"자, 자, 뭐 하고 있나, 좋은 날에."

"아, 네. 회장님."

이곳에서는 법과 다름없는 강 회장의 말에 알아서들 제 잔을 들었으니, 남은 것은 최대한 아무 일도 없었던 양 웃는 것뿐이다. 제 아버지의 옆에서 씩씩거리던 준혁만이 본분을 잊고 멀리서 인우를 쏘아보았다.

"아주 단단히 독이 올랐구나. 그러게 인우 너도 적당히 좀 하지."

"회장님."

그들을 한 번씩 바라보던 강 회장이 인우에게 슬쩍 말을 건넸다. 따끔한 주의를 준다기엔 강 회장의 입가는 여전히 재미있다는 듯 올라가 있었다.

"그 말이 그리 화가 나더냐?"

"……제가 말입니까?"

"인정하지 않겠지만 넌 날 닮았거든."

강 회장이 인우의 무감한 눈을 지그시 응시했다. 속을 다 읽어내는 듯한 눈길이 꽤 오래 머물렀지만 인우는 피하지 않았다. 또 한 번 강 회장이 웃음을 터뜨렸다.

"그래, 둘이서 뭘 하든 내가 무슨 상관이겠냐만 이건 확실히 해둬야겠구나."

휘어 있던 강 회장의 눈이 사뭇 비정해졌다. 그동안 이런 눈에 얼마나 많은 이들이 꺾여나갔을지 충분히 짐작할 만했다.

"이번 일이 안 됐을 땐, 그 책임은 어찌 져야 할지 생각하고 있겠지?"

"솔직히 말씀드리자면 안 해봤습니다."

"그래? 안 될 거란 생각 자체를 안 해본 게 아니고?"

"……."

"역시 날 닮았다니까."

어떤 얘기에도 남의 일처럼 무심하던 인우가 드디어 눈살을 찌푸렸다. 구태여 반박조차 하고 싶지 않은지 침묵을 지키면서도 본능적으로 이 기분을 달래줄 수 있는 존재를 찾고 있었다.

"……."

하지만 누군가를 찾자마자 그의 미간은 더욱 일그러졌다. 여자들에 가

려 잘 보이진 않지만 간혹 드러나는 살굿빛 드레스 자락 하나에도 상황을
알아볼 수 있었다.

인우의 갑작스러운 변화에 강 회장 또한 고개를 돌리다 말고 그 이유를
찾아냈다.

"쯔쯧, 너만 신고식을 하는 건 아닌가 보구나."

"저는 이만……."

"왜, 설마 네가 가서 말리려고?"

곧장 그곳으로 가려는 인우를 강 회장이 막아섰다. 인우의 검은 눈동자
가 잘 벼린 날처럼 차가웠다.

"뭐 하시는 겁니까."

"너야말로 뭐 하는 게냐. 보는 눈이 얼마라고. 자중해야지."

"회장님."

"무슨 일이 있을 때마다 네가 나설 참이냐? 해인이도 이 집 며느리로 들
어왔다면 저 정도는 본인이 감당하는 게 당연하지."

강 회장이 인우의 귓가로 고개를 기울였다. 사람을 가리는 강 회장이 인
우를 가까이 두고 살갑게 얘기를 주고받으니, 보는 이들은 그 자체로 인우
의 가치를 높이 매기기에 충분했다. 하지만 그들 사이에 오가는 나직한 대
화는 그렇지가 않았다.

"인우 넌 태원의 전무란 말이다. 그 입장은 생각 안 하느냐?"

"그럼 저와 결혼했다는 이유로 여기까지 따라와 저런 꼴로 남겨진 해인
이 입장은 생각 안 하십니까?"

"어차피 여기서 더 길어봤자 3주 아니더냐?"

"……."

앞을 향해 있던 인우의 구두가 갈피를 못 잡고 흔들렸다. 이제까지가 그
저 불쾌함이었다면 지금은 그러한 감정조차 느끼지 못할 만큼 머릿속이 하

얗게 비어버렸다.

"왜 그러느냐? 모르고 있던 것도 아닐 텐데."

"……그럴 리가요."

"보아하니 준혁이 놈 약혼녀 같은데 제집 체면을 생각해서라도 그리 뭐라고는 못 할 게다. 기껏해야 분해서 기선 제압이나 하려는 거겠지. 그러니 인우 너도 누굴 구할 생각 말고 돌아가 네 입지부터 제대로 잡으란 말이다."

"구하는 게 아니라 데리러 가는 겁니다. 남들 보라 입지 잡기 전에 남편으로서 약속을 지키는 게 먼저니까요."

받아. 인우가 제 앞의 강 회장을 그대로 비켜나 들고 있던 잔을 조 비서에게 넘겼다. 구두의 방향부터가 어디를 향할지 분명했다.

고얀 놈. 노기 실린 강 회장의 눈썹을 가려주듯 떠나려던 인우의 고개가 비스듬히 기울었다.

"……이래서 제가 회장님을 안 닮은 모양입니다."

해인은 제 손에 떠넘겨진 칵테일잔을 내려다보며 눈을 깜빡였다. 봐도 봐도 영롱한 색이었지만 이상하게 그리 맛이 있을 것 같진 않았다. 그건 저를 둘러싼 사람들도 마찬가지였다.

"왜 그래요? 이런 거 처음 마시지는 않을 텐데. 술 싫어하나 봐요."

"아니에요."

"아니긴요. 억지로 분위기 맞추려 노력할 거 없어요. 하던 대로 편히 하세요."

수민의 길게 뻗은 눈매가 휘자 그녀의 일행들이 따라 웃었다. 저들끼리 눈짓을 주고받는 것이 그다지 호의적인 태도라고는 할 수 없었다.

"준혁 씨한테 모르는 사촌이 나타났다고 들었을 때에도 놀랐는데, 벌써 결혼까지 했다니 얼마나 놀랐는지 몰라요. 혹시 그럴 만한 사정이 있었던 건가요?"

"그건……."

"아, 너무 실례되는 질문이었을까요. 미안해요."

어깨를 으쓱하는 표정조차 미안한 것과는 거리가 멀었다. 이미 해인에 대해 알 만큼 알고 왔겠지만 아닌 척 시치미를 떼는 연기가 일품이었다.

"그나저나 저도 여기 어지간한 사람들은 다 아는 것 같은데 해인 씨는 처음이라. 혹시 제가 놓쳤을까요?"

"아니요. 저는 이런 곳은 처음이라서요."

"역시 그랬군요."

그럴 줄 알았다는 얼굴로 칵테일을 입에 머금는 수민의 표정이 흡족했다. 하지만 공을 들여 먹잇감에 접근했으니 여기서 멈출 리 없다.

"그럼 아버님께선 한국이 아니라 외국에서 사업을 하셨던가요?"

"아니요. 아버지께서는 평범한 교수셨어요. 몇 해 전 돌아가셨고요."

"저런."

또다시 수민이 호들갑을 떨었다. 잔을 만지작거리는 해인의 손놀림을 보며 수민이 한 걸음 더 가까이에 섰다.

"그래도 보면 해인 씨가 운이 따르나 봐요."

"……네?"

"그렇게 한 결혼인데 남편이 태원 그룹의 손자일 줄이야. 일부러 노리려고 해도 그러기 힘들지 않겠어요?"

"……."

"사실 운이 없는 쪽은 우리 준혁 씨죠. 지금껏 그저 전무 자리 하나만 보

172

고 달려온 사람인데, 굴러들어온 돌에 자리를 뺏길 줄 누가 알았겠어요?"

그럴듯한 배경 하나 없다는 것을 확인하고서야 본격적인 적의를 드러냈다. 수민을 가만히 바라보던 해인의 눈빛에 잔잔한 파동이 일었다.

"……제게 하시고 싶은 말씀이……."

"아아, 오해 마요. 특별히 강 전무님께 감정이 있어서라기보단, 뭐랄까, 좀 그렇잖아요. 밖에서야 우리더러 금수저니 뭐니 해대지만 막상 이런 식으로 손해를 보고 만다니까요."

"그러게."

수민의 말이 끝나기 무섭게 저희들끼리만 아는 공감대가 이어졌다. 해인에게는 조금의 틈도 주지 않겠다는 각오가 단단했다.

"사실 저희 입장이 아니면 이해하기 힘들겠죠. 혹시라도 이건 아니다 싶으면 언제라도 얘기해요."

"그럼요. 저희도 한 번씩은 보통 사람들 입장은 어떤지 궁금할 때가 있더라고요. 괜히 서민 체험이니, 그런 말이 있는 게 아니잖아요."

"뭐 어쩌겠어요. 핏줄도 실력이라는 세상인데……. 어머, 또 우리끼리만 얘기했네요. 이러다 해인 씨만 괜한 부모님 원망하는 거 아닐까 몰라."

"……원망이라뇨?"

해인이 이해가 가지 않는다는 눈으로 수민과 그 무리를 바라보았다. 그들이 바라던 것과는 조금 달랐지만, 순진무구한 반응도 그리 나쁘지는 않다. 정말 뭘 몰라 이러는 거라면…… 더욱더 환영이겠고.

"그렇잖아요. 견물생심이라는 말이 괜히 있겠어요? 모르면 모르는 대로 산다지만, 이런 곳에 다니다 보면 마음이 복잡해지겠죠. 솔직히 타고나는 건 어쩔 수 없는 건데, 아버님도 돌아가셨다면서 이제 와 원망해봤자 뭐 하겠어요?"

"맞아요. 솔직하게 말해서 아무것도 못 해주는 해인 씨 아버지 마음도…….”

“아뇨. 전 저희 아버지 원망해본 적 없어요.”

“…….”

“그 어느 곳에서도요.”

해인의 웃음이 그치자 정적이 감돌았다. 한 발 물러나 그들을 지켜보던 수민이 피식 웃으며 다시금 분위기를 주도하려 했다.

“그만들 둬요. 격의 없이 대하는 마음이야 알지만 다들 해인 씨 부끄럽게 뭐 하는 건지…….”

“괜찮아요. 겨우 이런 일로 부끄러워하기엔 제가 아버지께 받은 게 너무 많아서요.”

“……해인 씨.”

“가진 전부를 주셨고 할 수 있는 모든 걸 해주셨어요. 그런 아버지께 죄송해서, 제가 차마 부끄러울 수가 없네요.”

해인은 수민의 시선을 피하지 않고 마주 바라보았다. 화가 났다기보단 저 높이 밤하늘처럼 고요했다.

“그러니 괜한 걱정은 않으셔도 될 것 같아요.”

“……대체 뭘 얼마나 받으셨길래 이러시는지.”

수민의 눈썹이 삐죽 올라갔다. 재미있는 척 굴고 있지만 입가는 굳어 있다.

“해인 씨 체면 생각해 안 물어보려 했는데, 그리 자신 있게 말씀을 하시니 물어봐달라는 뜻 아닌가 해서요. 얼마나 괜찮은 사업체인지 몰라도…….”

“인우 오빠요.”

“…….”

“저희 아버지가 소개시켜주셨거든요, 인우 오빠.”

자세한 설명은 없었지만 해인의 수줍은 미소 하나로 주변엔 냉기가 감돌기 시작했다. 툭, 수민이 잔을 내려놓는 소리가 꽤 크게 울렸다. 비죽한 헛웃음을 짓는데 눈에 띄게 가슴이 오르내렸다.

"아무래도 제가 해인 씨를 과소평가했나 보네요. 사실 어떻게 그런 결혼을 했나 싶었는데 지금 보니 생각보다 더 잘 어울리시는 거 같네요. 원래 결혼은 비슷비슷한 사람들끼리 하는 거라잖아요."

"그런가요?"

"형편이나 부모님이 돌아가신 거나, 어쩌면 서로 속 썩일 것 없이 잘 만난 거죠."

웃음을 되찾았다지만 처음 다가서던 것처럼 도도한 미소는 아니었다. 해인에게 짓궂은 웃음을 흘렸던 주변인들조차 수민의 눈치를 보느라 바빠졌다.

"그렇잖아요. 이 상황에서 강 전무님 만나셨다면 어디 이 자리 꿈이나 꿨겠어요? 태원 회장님이 어떤 분이신데. 하나하나 따지고 또 따지는 냉철한 분이시거든요."

"아아, 그럼 더 다행이에요."

"……뭐라구요?"

"전 정말로 인우 오빠가 수민 씨 말처럼 전무 자리를 뺏은 거라면 어쩌나 걱정했거든요. 그런데 그렇게나 철저하신 분께서 아무나 전무 자리에 앉혀두진 않으셨을 테니까요."

"……."

"덕분에 한숨 덜었네요. 감사해요."

가슴께를 짚은 해인이 정말로 안도한 듯 가벼운 웃음을 짓자 멀리서 쿡하는 웃음들이 뒤따랐다. 같은 위치에 있다 해서 전부 동료는 아니다. 수민을 두고 조금은 고소하다는 듯한 표정들이 이어지자 그녀의 얼굴이 붉으락

푸르락해졌다.

"송해인 씨!"

"새삼 제가 얼마나 대단한 사람과 결혼했는지 깨닫게 되네요. 만나서 반가웠어요."

차분하게 고개를 까닥이는 그녀의 정적인 미소가 소리 없는 전쟁터 속에서 더욱 빛이 났다. 먼저 자리를 뜨는 해인을 보며 씩씩대던 수민이 기어이 그녀를 뒤쫓았다.

"이보세요!"

저벽대는 수민의 걸음에 그들을 향하는 시선들에 흥미가 가득해졌다. 여태까지 SG 그룹의 손녀가 눈엣가시 같은 여자를 어디까지 곤경으로 몰아넣을지 궁금해했다면, 이제는 그 반대다.

"당황스럽네요. 이런 데서 적응 못 하고 혼자 있을까 말이라도 붙여줬더니 고마운 줄 모르나 봐요?"

"……."

"뭐죠, 그 표정은? 제 말이 틀렸단 건가요?"

"아니요. 맞는 말씀만 하신 것 같아요."

이성을 잃기 직전의 수민을 대하면서도 해인은 담담하기만 했다. 화를 참는다기보다는 조금은 안쓰러워하는 것 같기도 했다.

"수민 씨 말처럼, 저는 정말로 운이 좋았어요. 인우 오빠 같은 사람을 만났으니까요."

"……하, 그 얘기를 하자는 게!"

"그리고 약혼자분께선, 안타깝지만 저만큼 운이 좋지는 않으신 것 같아요."

위로라도 건네는 듯한 상냥한 말과 함께 해인이 그녀를 비켜섰다. 살짝 지친 것 같기도 했지만 우아하게 사뿐사뿐 걸어간다.

"······."

조금 전과 달리 먼저 길을 비켜주는 사람들을 지나치며 미소를 잊지 않았다. 오늘 제가 보여주는 모습이 인우를 대신한다는 안 비서의 말이 아직도 귓가에 맴돈다. 그러니 또 누가 무슨 말을 하더라도 절대 흔들릴 수······.

"······네가 정말 그렇게 운이 좋아?"

"오빠."

방금 한 결심이 무색하게 해인은 계단에 선 인우를 멍하게 내려다보았다. 언제부터 저기에 서 있었는지 모르겠지만, 저를 바라보는 그의 눈이 그새 달라졌다.

"······미처 몰랐네."

복잡하다기보다는 명확한, 그러면서도 짙고 우아한 눈빛. 제자리에서 서성이는 해인을 두고 그가 먼저 남은 계단을 올라섰다. 한 걸음 한 걸음, 그녀에게 다가설 때마다 둘만의 긴장이 더해졌다. 마침내 두어 계단 아래에서 해인을 마주한 그가 손을 내밀었다.

"괘, 괜찮아요."

"나는 안 괜찮아."

그녀의 손을 제게로 이끌던 인우의 눈동자에 그녀의 살굿빛 드레스가 일렁였다. 더는 피하지 않고 오로지 그녀만을 담았다. 저도 모르게 숨이 가빠진 해인이 주변을 의식하며 마지못해 웃어보았다.

"정말 별일은 아니었어요. 그치만 오빠보고 뭐라고 하는 건······."

"나도 내가 충분히 나쁜 놈인 거 아는데······."

잠시 멎어 있던 해인의 손이 그의 입술 가까이에서야 다시 멎었다. 뜨겁게 닿는 숨결과 함께 인우의 두 눈이 서서히 그녀의 눈을 올려다보았다.

"······이 정도면 너도 잘못이 있어."

chapter

06

　

"해인아, 이게 얼마 만이야!"

"유진아."

"오늘도 너 빨리 갔으면 나 진짜 삐치려고 했어!"

눈에 힘주고 그래봤자 이미 유진의 얼굴엔 싱글벙글 웃음이 가득했다. 오랜만이라 해도 겨우 열흘 남짓이었지만 몇 년 만에 본 것처럼 해인을 꼭 껴안았다.

"아, 역시 우리 솜사탕. 단내가 나네, 아주."

"잘 있었어? 시험 다 끝났지?"

"응. 그런데 혹시 잘 쳤냐고 물어볼 거면 그만둬주면 고맙겠어. 난 앞으로도 너 좋아하고 싶거든."

유진이 손바닥을 내밀며 이 반가운 기분을 망치고 싶지 않다는 의사를 분명히 했다. 해인은 난감하면서도 즐거워 웃음을 참으며 주문한 커피를 받아 왔다.

"자, 마셔."

"생큐. 그런데 너 의외로 너네 오빠랑 지내는 거 괜찮은가 보네? 얼굴이 환하잖아."

"내, 내가?"

"그래. 너 낯 가려서 은근히 걱정했거든. 언니도 아니고 오빠라며. 영국에서 오래 지내다 왔다면서 어색하지 않을까 해서."

"……괜찮아. 정말로 괜찮아."

입안을 질근거리던 해인이 고개를 연거푸 저었다. 괜히 달아오르는 귓가를 감추려는 듯 유진이 들고 있던 휴대전화 화면으로 눈을 돌렸지만 이젠 온 얼굴이 달아올랐다.

"저, 저기, 그거……."

"아아, 아까 뉴스 보는데, 글쎄, 강인우 이 사람 결혼했다지 뭐야?"

"……."

"나 참, 신부가 일반인이라서 말 안 했대. 그럼 그렇지. 저런 남자한테 임자가 없을 리가 있나."

해인의 옆으로 고개를 들이민 유진이 길게 한숨을 뱉어냈다. 홍보실에서 낸 기사인지 본가의 연회장에 들어서는 인우의 사진이 전부였지만 이어진 댓글 반응도 유진의 것과 별반 다를 바 없었다.

"이거 봐. 부인분 최소 전생 노벨평화상이래. 웃겨. 그럼 나는 뭐 히틀러였냐?"

쪼옥, 커피를 빨아들이던 유진이 코웃음을 쳤다.

"아아, 신도 무심하시지. 한 사람한테 운을 몰빵해버리시니까 나 같은 애들한테 돌아올 게 없잖아. 누가 나 좀 안 나눠주나?"

"……유진아."

"안 되겠다. 내가 아쉬운 대로 우리 솜사탕이라도 좀 안고 있어야지."

유진이 평소와 다를 바 없이 해인을 와락 끌어안고 장난을 쳤다. 울지도 웃지도 못하고 하얗게 질린 해인의 얼굴을 못 본 것이 천만다행이다.

"어휴, 유진 언니 또 시작이시네. 해인 언니 숨 막혀 죽겠어요!"

"어, 연주야! 왔어? 현우 오빠도 오셨네요?"

"응. 오랜만이다……. 해인이도 있었네."

"뭐예요, 오빠. 해인 언니 있다 소리에 같이 와놓고."

"그냥, 다들 오랜만에 모였으니까."

연주가 깔깔거리며 놀리자 현우가 쑥스러운지 얼버무리다 해인과 눈이 마주쳤다. 해인의 상냥한 인사에 현우는 웃는 듯 마는 듯 서성이다 주문하러 갔다.

"하여튼 현우 오빠도 은근히 숙맥이야. 그냥 해인 언니 보고 싶어 왔다면 누가 뭐라 한다고."

"연주 넌 또 그런다. 정작 해인이는 아무 말도 안 하는데."

"답답해서 그러죠. 그나저나 뭐 봤어요? 또 뭐 재미있는 거 떴어요?"

털썩, 맞은편에 자리를 잡은 연주가 가방을 내려놓기가 무섭게 두 사람이 들고 있던 휴대전화에 관심을 보였다. 잔뜩 기대를 품고 고개를 들이밀더니 이내 어깨를 으쓱했다.

"에이, 난 또 뭐라고. 재벌 이야기 봐서 뭐 해요."

"뭐 하긴 뭐 해. 임자 있다니까 침이나 닦고 있었지. 그나저나 이 남자 부인이 일반인이래. 조건 같은 것도 안 봤나 봐. 대박이지?"

"가만 보면 유진 언니가 제일 순진하다니까. 그냥 말만 그런 거지, 그런 남자가 일반인이랑 결혼을 했겠어요?"

"……그런가?"

"당연하죠. 다 끼리끼리 결혼하고 끼리끼리 사는 거죠. 아예 사는 세상이 다른걸요. 우리 같은 사람들이랑은 길 가다 스칠 일도 없을걸요?"

연주가 재미없다는 표정을 하더니 한 손으로 얼굴을 받쳤다. 냉소적인 말투만 보자면 셋 중 제일 관록이 묻어났다.

"어린애들도 아니고 재벌이 무슨 평범한 집 딸한테 마음을 빼앗기니 뭐니 해요. 그럴듯하게 지어내는 거겠지."

"……그래도 꼭 그렇지 않을 수도 있잖아."

"네?"

말도 없이 인형처럼 앉아 있던 해인이 끼어들자 연주가 화들짝 놀랐다. 좀 전엔 하얗기만 하던 얼굴이 이제는 발그스름하게 물들었다.

"음, 사람 마음은 모르는 거니까. 어쩌면 정말로…… 좋아질 수도 있을 거 같아서."

"……."

"꼭 처음부터 좋아하지 않아도 같이 지내다 보면 마음이 바뀔 수도 있고. 정말정말 아닐 것 같은 사람도 마음은…… 아, 그냥 내 생각이 그렇다는 거야."

"아, 뭐야. 해인 언니가 그런 말 하니까 꼭 진짜 같잖아요."

제게로 관심이 집중되자 뒤늦게 손을 내젓는 해인을 보며 연주가 웃음을 터트렸다. 어리둥절해서 듣고 있던 유진까지 웃으며 휴대전화를 들었다.

"그나저나 우리 해인이가 이 정도로 관심을 보이는 걸 보면 진짜 잘나긴 잘났나 보다."

"그러게 말이에요. 근데 얼마나 잘났길래, 저도 다시 좀 봐요. 제가 원래 보는 눈이 좀…… 어어."

"넌 또 왜 그래?"

"으음."

"봐. 아깐 제대로 보지도 않더니. 실눈으로 봐도 잘생겼지? 스쳐봐도 잘생겼지?"

"그게 아니라, 아, 좀 가만있어봐요."

유진이 휴대전화를 내밀며 변죽을 울리는데도, 연수는 고개만 갸우뚱하며 인상을 썼다. 뚫어져라 액정을 들여다보는 눈에 아리송함이 떠올랐다.

"이상하다? 나 이 남자 어디서 본 것 같은데."

"뭐? 네가 강인우를 어디서 봐?"

"여, 연주 네가? 언제?"

"하하…… 해인 언니까지 놀라는 거 보니까 진짜 내가 세상사에 관심 끊고 살았나 봐요. 하긴, 요즘 면접에 미쳐서."

전에 없이 심각해진 해인의 얼굴에 연주가 골똘하느라 기울였던 고개를 들었다. 가볍게 피식 웃고 마는 것이 애써 생각해볼 마음이 없는 듯했다.

"그냥 낯익다 싶어서요. 이 정도 잘생긴 얼굴이면 헷갈릴 일은 없을 텐데."

"말이 되냐? 아까 우리한텐 길에서도 안 마주쳤겠다더니. 무슨 드라마도 아니고. 요새 한동안 티브이 많이 나왔으니 그때 봤겠지."

"뭐…… 그렇겠죠? 내가 무슨. 아, 오빠. 여기요!"

스스로가 생각해도 우스운지 연주가 혀를 차더니, 멀리서 걸어오는 현우를 반겼다. 안 그래도 미남은 반갑지만, 디저트를 잔뜩 사온 미남은 격하게 환영받을 만했다.

"오빠, 뭘 이리 많이 샀어요?"

"사람이 많잖아. 그런데 너네 무슨 얘기 하고 있었어?"

"……네? 아아."

"재밌어 보이길래."

디저트를 내려놓는 현우의 손길이 차분했다. 그의 다정한 눈에 연주가 깔깔거리며 손사래를 쳤다.

"별거 아니에요. 그냥 여자들끼리 꿈 좀 꿔봤어요."

"……그렇구나. 그래도 웃으면 좋은 거니까."

현우는 더 묻지 않고서, 그제야 넌지시 해인을 살폈다. 멀리서 볼 땐 약간 질린 듯 초조해 보였는데 다시금 평안해졌다. 부스럭부스럭 포장을 뜯는 손길마저도 차분한 아이다.

저를 보는 시선을 눈치챈 해인이 고개를 들어 살포시 웃어 보였다.

"오빠, 잘 먹을게요. 매번 얻어먹고, 아! 저녁은 꼭 제가 살게요."

"아냐. 이 정도로 뭘."

"맞아요. 해인 언니, 오늘 현우 오빠가 풀코스로 쏜대요! 기대하시라!"

"어, 뭐야. 분위기가 심상치 않은데……. 오빠 무슨 좋은 일 있어요?"

"그게……."

"글쎄, 현우 오빠 태원 합격했대요!"

성질 급한 연주가 터트려버렸다. 이러지도 저러지도 못하고 현우는 그저 난감해하며 해인을 신경 썼다.

"사실 예전에 벌써 발표 났던 건데, 해인이 너한테 괜히 미안해서……."

"아뇨! 아니에요. 제가 왜요? 오빠 축하드려요."

"……너 전에 태원 면접 떨어지고 속상해하는 거 같아서."

"아……."

맞다. 나 그랬지. 연주를 따라 작게 박수를 쳐주려던 해인이 급격히 고개를 숙였다. 그렇게 처음부터 왜 거짓말을 해선. 스스로를 꾸짖어봐도 돌이키기엔 늦었다.

"그치만 저 정말 괜찮아요. 저 이제 어디 면접 봐도 잘할 수 있을 것 같아요."

"오오, 송해인 웬일? 너 예전부터 면접만 보면 떨린댔잖아."

"그땐 그랬는데 어차피 그 사람들도 우리랑 같은 사람이잖아."

"……."

"다를 것 없다고 생각하고 보면 진짜 안 떨리고 말 잘할 수 있을 것 같아."

굳게 다짐하듯 고개를 끄덕이는 해인의 얼굴이 제법 진지했다. 말의 내용보다는 그 모습이 더 신기하게 느껴진 셋은 웃음을 참으며 그녀를 거들었다. 늘 조용히 맞장구만 치던 해인이 모처럼 의욕을 보였으니 뭐든 그렇다 해주고 싶어졌다.

"그럼! 잘 생각했어요, 해인 언니. 더는 솜사탕 아니네!"

"그러게 말이야. 사촌오빠랑 지내더니 애가 달라지긴 하나 봐. 혹시 너네 오빠 영국 특수부대 이런 거 아니야?"

"······해인아, 너 사촌오빠네 가 있다더니 정말이었나 보네."

그들의 대화를 그저 웃으며 듣고 있던 현우가 조금은 긴장한 듯 등을 세웠다. 연주에게서 어느 정도는 들어 알고 있었다지만 해인에게 다시 확인하고 싶다는 듯 물었다.

"네. 그렇게 됐어요."

"······그렇구나."

"말 나온 김에 다음에 꼭 우리 보여줘야 해. 알았지?"

"저두요. 해인 언니 사촌이면 엄청 잘생겼을 것 같아요. 혹시 닮았어요?"

"아아니. 안 닮았어. 하나두······ 안 닮았어."

해인은 목이 타 제 앞의 물잔을 들어 단번에 들이켰다. 그러고도 진정이 안 되는지 뜨거워진 뺨을 쓸자 사려 깊은 현우가 먼저 하던 화제로 돌아갔다.

"그래서 너네도 면접 많이 남았어? 해인이도 다시 준비할 테고, 연주 너도 다음 달에 경성 면접 있댔고, 유진이 너는 앞으로 몇 개나 더 있다며."

"그러니까요. 아아, 필기야 혼자 치니 그러려니 하는데 면접은 준비할 생각 하니······. 참, 이러지 말고 우리 같이 하자."

"응? 면접 준비요?"

쿵. 유진이 눈을 동그랗게 뜨며 테이블을 내리치자 연주도 관심을 드러냈다. 취업준비생들에게 있어 면접이란 단어는 본능적으로 입꼬리를 올리게 만드는 마법 같은 것이었다.

"그래. 영어나 뭐나 묻는 건 비슷비슷하잖아. 곧 졸업하면 얼굴 보기도 힘들어질 텐데, 이참에 모여서 실전 준비하면 서로서로 좋지."

"저야 좋지만 해인 언니는 시간이……."

"아니야. 나 좋아!"

뭐든 다 좋다 웃고 말던 해인이었지만 이번엔 그 의욕이 의아할 만큼 어마어마했다. 제게로 집중되는 시선을 알면서도 고개를 돌려 피하는 대신, 그 단단한 각오만큼이나 가슴께를 꾹 눌렀다.

"나 할래. 하고 싶어."

"송해인."

"면접 막상 보면 그렇게까지 안 떨리고 잘할 수 있겠더라구. 정말 나랑 다를 것 없다 생각하면 무슨 말이든 할 수 있을 거 같아서."

"……언니."

"무, 물론 떨어진 내가 할 말은 아니지만."

뒤늦게 눈을 내리깔았지만 한동안 이어진 정적은 그보다도 길었다. 막상 이야기를 듣자마자 마음이 급해져 나서보았다지만, 온몸이 따끔따끔하다 못해 눕고 싶어질 정도다.

"……저기……."

"야, 야! 잘했어!"

"언니. 괜찮아요! 해요, 해! 언니 하고 싶으면 해야죠!"

"우리 해인이 얼마나 마음고생이 컸으면 아주 한이 됐네. 뭐, 태원? 그딴 데는 다음에 합격해서 짓밟아버리는 거야!"

"맞아요! 합격하고 다른 데 가버려요. 언니, 할 수 있어요. 파이팅!"

"……으응."

양옆에서 유진과 연주가 와락 끌어안는 바람에, 해인은 얼떨떨하게 웃었다. 제가 원하는 방향은 아니었지만 모처럼 의욕이 물씬 생겨나 스스로도 넘칠 만큼 가슴이 뛰었다.

"참, 현우 오빠! 우리 도와줄 거죠? 오빠는 벌써 합격했잖아요. 급한 거 아니면 좀 봐주시면 안 돼요?"

"어어, 그래, 그럼."

"역시 현우 오빠! 진짜 인성 점수 만점이야. 그럼 오빠가 리더로 회장 하면 되겠다. 그렇죠?"

"……뭐 그렇게까지."

제게 매달리는 이들 때문에 난감하면서도 우스운지 현우가 피식 웃으며 커피잔을 들었다. 하지만 그 누구보다도 큰 의욕을 드러냈던 해인은 돌연 부끄러워졌는지 내리깐 눈꺼풀이 파르르 떨리고 있다. 그녀를 아는 사람이라면 딱 '송해인답다.' 싶은 새침한 모습이다.

"해인아, 너 괜찮은 거 맞지? 혹시 내가 봐주는 게 불편한 거면……."

"아니에요. 오빠야 어련히 잘해주시려구요."

"……."

"그치만, 그래서 말인데."

해인의 머리칼이 예쁘게 귀 뒤로 넘어가 자리 잡았다. 언제나 그녀만 보고 있던 현우는 물론, 저들끼리 신이 나 손을 맞잡아가며 좋아하던 유진과 연주까지 그녀를 가만히 바라보았다. 또 무슨 일일까. 언제 보아도 정적인 갈색 눈동자에서 간절함까지 배어났다.

"혹시 오빠만 괜찮으시면……."

● ◆ ●

집에 들어선 해인은 습관적으로 인우의 방 쪽을 살폈다. 불이 꺼진 것을 보니 아직 그는 돌아오지 않은 모양이다.

"……."

아쉽다고 해야 할까. 다행이라 해야 할까. 그녀는 복잡한 가슴에 가만히 손을 올려보았다. 그저 집에 들어섰을 뿐인데 인우의 향기가 풍기는 듯했다. 이 집에 산 지 얼마나 됐다고 그런 생각을 하는 스스로가 우스웠다.

"집에 가자."

지워지지 않는 그의 향기처럼, 파티장에서 인우와 손을 잡고 걸어 나오던 그 순간의 떨림이 가슴속에 남아 있었다. 그저 사람들 눈을 속이기 위한 행동이라 할지라도, 제가 그의 팔을 잡았던 것과 그가 자신의 손을 잡았던 것은 느낌부터가 달랐다.

"……왜?"

차에 타기 직전, 그가 한 의미 모를 말에 대해 묻고 싶었지만 그러지 못했다. 너무나 당연하단 듯 저를 바라보는 눈동자에 이유를 묻는 것 자체가 무의미했다. 인우 오빠니까, 뭔가 생각이 있을 테니까, 그렇게 생각하며 차에 올라탔다.

"아뇨, 아니에요."

뭐든 다 알아야 하고, 모르는 게 바보라는 세상에서 꼭 이유를 몰라도 좋을 것 같은 그 기분이 몇 번이나 찾아올지 모르는 일이니까.

"……."

시간의 흐름과 부쩍 바빠진 인우로 인해 자연히 가라앉을 마음이라 생각했다. 혼자 지내는 데 익숙하고 앞으로도 그래야 할 테니 이런 것에 적응해버려도 곤란했다. 그러나 막상 부엌을 향하는 걸음마다 그 기분이 고스란히 살아나버렸다. 겨우 꼭꼭 눌러둔 가슴이 이렇게나 뛴다는 건 아마도…….

"넌 뭐 하다가 이제 와?"

"오빠."

역시, 오빠가 와 있었구나. 식탁에 앉은 인우를 채 돌아보기도 전에 해인은 방긋 웃어버렸다. 그러자 분명 세상 더없이 심각하게 굳어 있었을 인우의 표정 또한 크나큰 변화를 맞았다. 정확히는 그 변화를 가리려 인우가 한 손으로 이마를 깊이 받쳤다.

"……뭐 하느라 늦었냐고."

"아아, 그거요?"

참아보려는 듯 입술까지 꼭 맞다문 해인의 웃음이 더욱 밝아졌다. 손에 잡힐 듯한 들뜬 기분에 가벼운 웃음소리까지 섞였다. 인우가 무심히 고개를 들었지만 무언가 참아보려 입매에 힘을 준 건 그도 마찬가지였다.

"참, 오빠는 언제 오셨어요? 오빠 바쁘다 하셔서 오늘도 늦으시려나 했어요."

"그렇게까지 바쁘진 않아."

"그러시구나."

잘됐다. 속삭이는 듯 벙긋대던 해인의 입술이 이내 잇새에 짓눌렸다. 왜 나 혼자만 이렇게 웃는 거야. 물을 따라놓고서도 괜히 만지작거리기만 했다.

"저도 뭐, 그냥, 그렇게 바쁘진 않았어요."

"……그래?"

이성을 되찾은 인우가 가볍게 턱을 괴었다. 한층 정돈된 표정도 누가 강

인우 아니랄까 봐 도도하기 짝이 없다. 그가 빤히 쳐다보자 해인이 약간은 어색하게 어깨를 으쓱했다.

"학교에서 친구들이랑 좀 만났는데, 그냥 그렇죠."

"그렇구나."

"……네, 그래요."

그의 단답에 해인은 맥이 빠졌다. 그날 이후로 제대로 대화를 나누는 건 처음이었던 데다 오늘은 특별히 전할 말도 있었다. 아무리 강인우라는 남자가 무미건조하기로는 어딜 내놔도 안 빠진다지만, 오늘만은 그 점이 조금 아쉬워졌다.

"송해인, 표정이 왜 그래?"

"뭘요."

"……뭐 화난 게 있어?"

"아니요. 제가 오빠를 모르는 것도 아니고."

해인이 얼굴을 가리려는 듯 들고 있던 물잔을 입에 대었다. 자그마한 얼굴의 반이 덮이며 그의 얼굴도 가려졌지만, 그래도 없는 셈 치기에 인우는 존재감부터가 남달랐다.

"내가 어떻길래?"

"오빠는…… 그냥 인우 오빠죠."

"흐음."

대답이 마음에 드는지 안 드는지, 그조차도 구분이 가질 않았다. 언뜻 들으면 불만족스러운 듯한 음성이 그녀를 더욱 주눅 들게 했다.

"……"

정말로 말이 없구나. 영국에선 말만 잡아먹히고 왔구나. 그래도 예전엔 이 정도까진 아니었는데. 그땐 적어도 묻는 말에는 꼬박꼬박 대답해주었다. 책을 보다가도, 또 지금처럼 물을 마시다가도, "오빠, 있잖아요." 소리에 하던 것을 접어주는 사람이었다.

"……왜?"

비록 그런 대답밖에는 못 했다지만 적어도 저를 마주하는 데에는 망설인 적이 없었다. 대체 영국은 뭐 하는 나라일까. 문득 그때 그를 가지 마라 잡았으면 어땠을까 싶어졌다. 제가 그럴 처지나 입장이 아니었다지만 속상하니 못 할 생각이 없었다.

"피곤하실 텐데 그만 들어가서 쉬세요."

"너는?"

"저도 뭐…… 들어가야죠."

해인은 그를 완전히 등지고 돌아섰다. 물병을 냉장고에 넣어두는 것뿐인데 그것도 어려운 양 두어 번 귓가를 쓸었다. 겨우 냉장고 문을 잡는데 손이 입가처럼 간질거리기만 했다.

"……."

이럴 거면 그날 왜 그렇게까지 했을까. 자연스러운 부부까지만 했어야지, 왜 가슴이 뛰고 또 뛰어 아직까지도 잠들지 못하게 만들었을까. 이젠 별게 다 원망스러워졌다.

툭, 억지로 냉장고 문을 열었지만 그것조차도 제 마음대로 되지 않았다.

"송해인."

이번에도 인우 때문이다. 어느덧 불쑥 다가온 인우의 손이 해인의 손 조금 위에서 문을 눌러버렸다.

"……정말 들어간다고?"

"그럼요. 제가 여기서 뭐 할 게 있나요."

그녀답지 않은 뾰족한 음성이 솔직히 어울리지는 않았다. 제대로 말도 못 하면서 삐죽거리는 입술이 가여울 만큼 우습기만 했다.

"네가 할 게 없긴 왜 없어."

"……."

휙 돌아선 해인이 인우를 올려다보았다. 어둑해진 눈매가 알 듯 모를 듯 가늘어졌다.

"너 나한테 자랑할 거 있잖아. 그거 하고 가야지."

"……오빠."

"내가 널 보면 몰라?"

커다랗지만 물기 어린 눈가, 오르내리는 가슴, 한마디마다 이어지는 어색한 웃음, 그 모든 것을 차근차근 눈에 담던 인우가 피식 웃었다.

"뭔데?"

"아아……."

깜짝 놀라 그를 바라보던 해인이 얼굴을 쓸어내렸다. 올라갈 듯한 입꼬리에 어린 미소가 살짝 멋쩍다.

"굳이 말 안 하려고 했는데 오빠가 그렇게까지 물어보시니 어쩔 수가 없네요."

"……."

그러나 애초에 웃음을 참을 수 있을 만큼 심지가 굳지도 못했다. 해인은 쑥스러운지 인우의 품에 갇혀 고개를 이쪽저쪽 틀어보다 이내 가리지도 못할 만큼 환히 웃었다.

"오빠, 글쎄, 저 오늘 회장 됐어요!"

● ◆ ●

"회장님, 곧 전무님께서 도착하신답니다."

"흥, 빨리도 오는구나."

강 회장이 고개를 숙이는 안 비서에게 코웃음을 쳤다. 전무 얼굴 한번 보려고 노심초사하는 회장이라니, 스스로가 생각해도 영 체면이 서질 않았다.

"나 원 참. 이 나이 돼서 손자한테 뵙자고 절절매고 있다니."

"고정하세요, 회장님."

"아직도 나를 원망하는 거겠지."

강 회장이 그답지 않은 착잡한 얼굴로 다리를 꼬았다. 나이가 무색한 카리스마를 뽐내는 눈에 회한이 어리자 안 비서가 조심스레 거들어보았다.

"설마요. 전무님께서 어디 그럴 분이신가요."

"자네가 몰라서 그래. 처음 그놈이 있다는 걸 알고 연락했을 때에도 눈 하나 깜짝 안 했다고. 그만큼 돌아오라 사람을 보내도 꿈쩍도 안 해서 결국 내가 갔지 뭔가."

"……그거야 벌써 영국에 자리를 잡고 계셨으니까요."

"아니, 그런 게 아니야. 죽은 제 애비랑 아주 꼭 닮았단 말이지."

눈가에 드리운 그림자가 짙어졌다. 시간이 얼마나 흘렀든 간에 죽은 자식의 이야기를 꺼내는 것은 영 편치가 않다.

"천애고아에 가진 것 하나 없는 여자랑 결혼하겠다고 집까지 나갔으니, 결국 돌아온 것도 그 여자가 먼저 떠나고 나서였지."

"하지만 다시 찾으려면 찾을 수도 있었을 텐데요."

"……."

"아, 죄송합니다. 제가 잠시……."

강 회장이 대답 대신 가만히 눈을 찌푸리자 안 비서가 얼른 제 본분을 되찾았다. 아무리 편히 대해주고 얘기해준다 해도, 오너 일가에 관한 일은 절대 함구하는 것이 진리다. 자신은 그저 얘기나 잘 듣고 있다 강 회장의 마음이 편해질 만큼만 거들어야 했다. 다행히 그런 쪽의 이야기라면 바로 떠오르는 것이 있었다.

"그래도 전무님께서도 요즘은 조금씩 달라지시는 것 같아요."

"인우가?"

"네. 사모님이랑도 의외로 아주 잘 지내시잖아요."

"그거야 뭐……."

"파티 날도 두 분이 정말 자연스러우셔서 얼마나 놀랐다고요. 제가 따로 조언을 드릴 필요도 없겠던걸요."

화려한 연회장에서 함께 서 있던 두 사람의 모습이 아직도 눈에 선했다. 부끄러운 듯 인우를 보면서 미소 짓던 해인과, 그런 그녀에게서 눈을 떼지 않던 인우. 사정을 모르는 이들 눈엔 그야말로 타고난 천생연분처럼 비치기 충분했다.

"일만 잘하시는 줄 알았더니, 정말 전무님께서는 못하는 게 없으신 것 같아요. 처음엔 그리 정색하시더니 그날은 아주 딴사람처럼……. 물론 그 덕에 사람들 반응이나 여론도 잠잠해졌지만요."

"자네 눈엔 그게……."

"네?"

"아니. 됐네."

강 회장이 의미를 알 수 없는 웃음을 터트리자 안 비서는 머쓱해하며 입을 다물었다. 그래도 회장님께서 적당히 기운을 차리신 것 같으니 그참에 한마디 더 보태보았다.

"어쨌든 심려치 마세요. 전무님께 제일 가까운 가족이라면 회장님뿐이시니, 기다리시다 보면 언젠가 회장님 마음을 알아주실 거예요."

"내가 어지간히도 심란해 보였나 보군. 자네가 아부를 다 하고."

"아부라니요."

안 비서가 당치도 않다며 고개를 내저었지만 강 회장의 자조는 그치질 않았다.

"하루 이틀도 아니고, 그놈은 나만 보면 눈에 아주 살얼음이 끼더구만."

"회장님, 그래도 지켜보시면 전무님도 꼭…… 아, 오셨나 봐요."

회장실 밖에서 나는 문소리에 안 비서가 얼른 한구석으로 없는 듯 물러섰다. 삐걱, 방금 했던 말이 무색하게도 문 사이로 드러나는 인우의 얼굴은 냉철하기 짝이 없었다.

'그거 보라니까.'

강 회장이 놀랍지도 않다며 안 비서를 향해 실눈을 떴다. 그녀가 무안한지 얼굴을 붉혔지만 자신 역시 인우의 눈을 본 만큼 없는 말을 할 수가 없어졌다.

"어찌 부르셨습니까."

눈빛이며 음성이며 차갑고 고요해, 눈 덮인 설원을 떠올리게끔 했다. 한 치의 흠이나 빈틈도 없는 고결함이 그 누구에게도 곁을 주지 않았다.

"부르셨으면 말씀을……."

눈을 들던 인우가 강 회장을 바라보다 말고 눈가를 움찔했다. 한층 부드러워진 눈매가 조금 전 이곳에 들어설 때와는 사뭇 달라졌다.

"……."

놀란 안 비서가 살짝 발꿈치를 들어 뭐가 있나 살폈지만 인우가 그럴 만한 이유라고는 찾아볼 수 없다. 그의 눈앞에 있는 것이라 해야 고작 검은 명패가 전부, 그것도 몇 글자가 되지 않았다. 회장, 강석재. 그 글자를 바라보는 인우는 대놓고 웃는 것은 아니지만, 고고한 얼굴에 떠오를 듯 말 듯 잔잔한 미소가 더욱더 눈길을 끌었다. 오죽하면 강 회장까지도 조금은 낯설어하며 손자를 살폈다.

"강 전무."

"듣고 있습니다."

기계적으로 움직이는 입술과 달리 시선은 명패에만 머물렀다. 거기에 볼 게 무엇이 있겠냐만 그럼에도 강 회장은 썩 나쁘지 않은 모양이다. 언제 이놈과 인상을 안 쓰고 대면한 적이나 있었던가. 늘 저만 보면 찬바람만 쌩쌩 날리던 손자였으니 이런 식으로나마 달라진 얼굴이 싫을 리 없다.

'그거 보세요.'

안 비서가 제 일처럼 뿌듯해했다. 10여 년을 회장실의 수석비서로 일해 오며 어지간한 그룹의 경조사는 모두 함께한 그녀였지만 지금처럼 마음이 놓인 적은 처음이다. 당장 강 회장의 흡족한 표정 자체가 그 기분이 얼마나 괜찮은지 알려준다.

"너를 여기까지 부른 건 다른 게 아니라, 뭐, 특별한 일은 아니고."

"……그러십니까?"

인우의 대답이 무심한 듯했지만 날이 서진 않았다. 찡그리지도, 냉소를 머금지도 않았다. 누가 강 회장의 핏줄 아니랄까 봐 용건 없는 부름을 극도로 싫어하는 그였으니 이 정도 반응만 해도 놀랍기엔 충분했다. 오죽하면 강 회장이 본론을 꺼내면서도 몇 번이나 중간중간 머뭇거릴 정도였다.

"이번 일로 SG에서 본격적으로 중국에 접촉을…… 내 말은, 네가 알아서 잘하겠지만, 흐음, 그래도…….."

"무슨 뜻인지 알고 있습니다."

"……어쨌든 나도 일이 끝나기 전까진 괜한 참견은 하지 않겠지만. 너야 아직 모르겠지만 아무래도 그룹의 회장직이라는 게 그리 가볍지가……."

"……음."

인우의 입가가 다시 한 번 흔들렸다. 이번엔 보다 분명한 움직임이었으니 강 회장조차 하려던 말을 잊고 제 손자를 빤히 바라보았다. 얼마간 더 기다려보던 인우가 뒤늦게 그 시선이 부담스러운지 검은 눈을 들었다.

"용건이 끝나셨다면 물러가보겠습니다."

"아니, 뭐 그리 급하게 갈 것까지야."

"더 하실 말씀이 있으십니까?"

"……."

그럴 줄 알았다는 듯 가볍게 묵례한 인우가 발을 돌렸다. 이대로 돌아서면 저 성격에 언제 또 얼굴 볼지 모르는 일이다. 그것을 뻔히 아는 강 회장이 어딘가 아쉽다는 듯 입가를 쓸자 안 비서가 나서서 고개를 끄덕여댔다. 함께한 세월이 세월이니만큼 강 회장관 눈짓 한 번에도 척하면 척이었다.

'불러보세요.'

그녀는 격려라도 하듯 미련 가득한 강 회장을 부추겼다. 벌써 어정쩡하게 한쪽 손이 나가 있던 강 회장이 목청을 가다듬었다.

"저기, 강 전무!"

문을 나서기 직전, 인우가 저를 부르는 소리에 걸음을 돌렸다. 저를 닮아 속을 알 수 없는 눈을 바라보며 강 회장이 공연히 헛기침을 해댔다.

"흐흠, 혹시 괜찮으면 오늘 같이 저녁이라도 하면서……."

"안 괜찮습니다."

"……."

"그럼 이만."

더없이 말끔한 인사를 남기고 자리를 뜨는 인우의 얼굴이 처음 들어설 때와 같아졌다. 한동안 바라보던 것에서 눈을 뗀 직후부터 바뀌어 있었다지만, 남아 있는 두 사람 사이엔 어색한 정적만 흘렀다.

"……회, 회장님."

쿵. 문이 닫히기 무섭게 안 비서의 고개가 아래로 파고들어갔다. 이대로 바닥을 뚫고 나갈 수 있다면 다행스러울 만큼 입이 말랐다.

"저는 그저, 제가 보기엔 분명히 평소랑 뭔가가 다르셔서……."

"됐네."

강 회장이 한 손을 들어 그녀의 말을 끊어냈다. 하지만 그 단호한 손놀림과는 달리 눈가를 덮는 동작은 어딘가 머쓱해 보였다.

"……더 말하지 마."

"전무님, 이제 나오십니까?"

회장실 밖에서 노심초사 기다리던 조 비서가 인우를 보자마자 냉큼 달려왔다. 워낙 서슴없이 빠르게 걸어가버리는 사람이다 보니, 정신을 똑바로 차리고 있지 않으면 한두 걸음씩 거리가 벌어지기 십상이다. 그래도 제 다리가 두 배로 빨라진 것이 아닐 테니, 오늘만큼은 인우의 걸음이 느긋하니 여유가 있는 편이다.

"회장님께서는 별말씀 없으셨습니까?"

"회장님이야…… 음."

무슨 일 있으셨나. 조 비서는 회장님 소리를 듣자마자 입을 다문 인우를 바라보며 긴장했다. 사실 제가 여기까지 찾아와 가슴을 졸인 것 역시 보통 같지 않은 조손 관계 때문이다. 강 회장의 명으로 인우 밑에서 일하고는 있지만 두 사람이 함께 있는 장면을 보기만 해도 기운에 눌려 명이 줄어드는 기분이었다.

"혹시 회장님께 무슨 일이……."

"일은 무슨."

"……."

"당연히 잘 있, 계시겠지, 뭐."

타이를 가볍게 흔든 인우가 엘리베이터 앞에 섰다. 여태 강 회장과 함께 있어놓고 무심하게 구는 모습을 보면 역시 보통의 관계라곤 할 수 없다.

"전무님, 표현의 문제일 뿐이지 회장님께선 항상 전무님을 생각하고 계실 겁니다."

"……그러려나."

인우의 반응이 그다지 싫지 않다는 투였기에 예의상 말을 꺼내보았던 조 비서가 도리어 놀라 침을 삼켰다. 사실 괜한 소리 말라고 죽일 듯 노려보거 나 면박이나 안 당하면 다행이라 생각했다.

"그, 그럼요. 이참에 두 분께서 가까이 지내시면 얼마나 좋겠습니까."

"……쉽지 않아."

"그럴 마음이 있다는 게 중요한 거지요!"

"있는데."

"……."

많아, 넘친다고. 비스듬히 돌아보는 그의 눈이 또렷하다 못해 아찔했다. 원체 거짓말은 못하는 남자였다. 아니, 더는 할 마음이 없다. 세상 단 한 사 람에 한정해서는.

"오빠, 저 회장 됐어요. 회장님이래요."

엘리베이터에 발을 들이는 인우의 입꼬리가 올라갔다. 늘 굳어 있던 게 언제인 양 붉은 입술에 흐르듯 맺힌 미소가 유려했다.

"아, 저 정말 이런 거 처음 해봐요."

그의 품에서 흥분으로 가슴을 들썩이며, 그를 올려다보는 눈이 몇 번이 고 참을 수 없다는 듯 가늘어졌다.

"오빠 이제 회장님 남편 됐어요."

그거 모르셨죠? 웃음 가득한 해인의 눈이 그를 가누어보듯 장난을 걸어왔다. 도저히 참고 있기 힘겨울 만큼 서운함을 온몸으로 발산해댈 때는 언제라고, 늘 웃고만 자란 아이처럼 눈가가 그린 듯 예쁘게 접혔다.

그때 알았다. 자신이 회장님 남편이 됐다는 것까진 모르겠지만, 해인이 정말로 기쁠 땐 이렇게 웃는다는 걸. 늘 웃는다 해서 같은 웃음이 아니었다는 것도. 한 번 본 이상 하루 종일 잔상이 남아 지워낼 수가 없다는 것도.

"······전무님, 정 그러시면 선물을 하나 준비해보시는 게 어떻겠습니까?"

"선물?"

조 비서의 제안에 인우가 드물게 적극적인 관심을 드러냈다. 대충 조 비서가 가당찮은 착각을 하고 있다는 것은 진즉 눈치챘지만 구태여 고쳐주고 싶지도 않았다. 해인은 제게 다른 사람과는 이야기조차 공유하고 싶지 않은 인물이었고, 그 회장이든 이 회장이든 높은 자리에 오른 사람에게 무언가 주고 싶다는 것만큼은 사실이니까.

"어떤 것 말이지?"

"글쎄요. 그거야 드리는 분 마음이지만 가장 무난한 것으로는 꽃도 괜찮을 것 같고······."

"평범해."

인우가 단번에 끊어내자 조 비서는 당황스러운 나머지 웃었다. 언제부터 인우가 강 회장과 그리 특별한 사이였는지는 모르겠지만 인우의 마음이 틀어지기 전에 뭐든 결론을 짓는 것이 좋았다.

"확실히 꽃은 너무 평범하긴 하죠. 그럼 넥타이나 시계 같은 것도 괜찮을 테고······."

"걔가 그런 걸 왜 해?"

"······걔라면······."

"나한테 개지, 조 비서한테는 아닐 텐데."

"……."

인우의 분명한 경고에 드디어 뭔가가 잘못됐다는 것을 알아챈 조 비서의 얼굴 전체가 얼룩덜룩해졌다. 그럼 그렇지. 이대로 체념하기에는 인우는 결코 농담을 할 남자가 아니다. 그의 모든 것은 지나치게 진지했다. 정확히 누구를 말하는지는 모르겠지만 적어도 강 회장 이상의 존재임은 분명했다.

"어, 어쨌든 선물은 받는 사람에게 가장 필요한 걸로 해드리는 게 좋겠지요."

"……그거야 그렇겠지."

"특히 축하 선물 같은 거라면 축하할 일을 잘 표현할 수 있는 물건이 좋지 않겠습니까. 교사가 되면 구두를 선물해주고 의사가 되면 가운을 선물해주고 그런 것처럼요."

"……."

그러면……. 잠깐 생각을 해보던 인우가 날렵한 턱선을 쓸어보았다. 해인이 이 순간의 기분을 가장 확실하게 잘 느낄 수 있는 것이라면 역시……. 눈을 가늘이던 그가 무언가를 떠올린 듯 입을 뗐다.

"지금 어딜 좀 다녀왔으면 하는데."

"응, 걱정 마. 나 잘 준비하고 있으니까."

ー어머, 우리 말랑말랑 솜사탕이 웬일이야? 아니지, 송 회장님이라고 불러야겠네!

"……회장님은 무슨."

휴대전화를 든 해인은 새삼 부끄러운 듯 아랫입술을 깨물었다. 그래도 싫지 않은 이 마음은 유진으로부터 지적당할 것도 없이 저 스스로가 가장 잘 느끼고 있었다.

"열심히 할 수 있어. 정말이야."

— 야, 너 진짜 회장 안 시켜줬으면 어쩔 뻔했냐? 한턱내!

"그럼, 그래야지."

배시시, 입가를 가리는 것도 잊었다. 테이블 위에 놓인 캔 맥주만 만지작거리던 그녀는 문득 입구에 빤히 선 누군가를 발견하고 나서야 화들짝 놀랐다.

"어어, 유진아. 나 오빠가 와서, 내가 내일 전화할게."

— 뭐야. 회장님 되자마자 너무하시는 거 아니에요? 자꾸 이러면 나 진정서 넣는 수가 있다?

"아니, 그런 게 아니라."

제발, 제발 그만. 해인은 허둥지둥 전화를 끊고서 자리에서 일어났다. 올려다보는 데만 해도 시간이 걸리는 커다란 남자다.

"오셨어요, 오빠."

"……뭘 그렇게 급하게 끊어."

가슴 앞에다 팔짱을 낀 채 해인을 내려다보는 인우의 눈에 웃음이 가득했다. 언제부터 저기에 서 있었는지, 저 커다란 남자가 소리도 내지 않았다는 것이 신기했다. 그도 아니면 제가 너무 들떠 있었던가.

"친구랑 통화했어?"

"네. 제일 친한 친구라서요. 입학했을 때부터 저 계속 잘 챙겨주기도 했고……."

"그렇겠지. 회장님이신데."

"……."

아. 해인이 고개를 숙이자 인우는 그제야 걸음을 옮겼다. 스스럼없이 해

인의 맞은편에 내려앉는 동작이 자연스럽다 못해 능숙했다.

해인은 겨우 얼굴을 가린 손을 떼어낸 뒤에도 아주 치워내지는 못하고 앞머리만 만지작거렸다.

"자꾸 왜 그러세요, 오빠."

"회장님 됐다며."

"그건 그냥, 오빠 같은 사람한테는 우스울 수도 있는데……."

"자."

인우가 종이봉투 안에서 꽃다발을 건네자 변명처럼 중얼거리던 해인이 숨을 멈췄다. 연한 핑크빛의 라넌큘러스가 은은하면서도 화사했다. 꽃술을 겹겹이 둘러싼 꽃잎이 손에 닿으면 녹아버릴 듯, 꼭 솜사탕 같았다.

"너무 예뻐요, 오빠."

"……그래?"

"선물해주실 거라 생각도 못 했어요."

뒤늦게 너무 들떴나, 부끄러워진 해인이 입술을 깨물었다. 제게는 더없이 기쁜 일이라지만 인우에겐 우스웠을지도 모른다. 사실 인우가 꽃을 산다는 자체를 상상해보지 못했다.

"죄, 죄송해요. 안 그래도 바쁘실 텐데 저 때문에 이런 것도 준비하시고……."

"처음도 아니잖아."

"……그러니까 말이에요."

인우의 무심한 한마디에, 해인이 그제야 떠올린 듯 시치미를 뗐다. 꽃다발을 건네받는 순간부터 이것이 그에게서 받는 두 번째 꽃다발이라는 것을 떠올리고 있었다. 물론 처음은, 오늘 같은 느긋한 웃음으로 건네주지는 않았다.

"이런 거 주는 거라길래."

아버지가 돌아가시고 몇 달 뒤, 그녀의 생일에 그는 빨간 장미꽃을 안겨
주었다. 수업을 마치고 돌아오는 길, 대문 앞에 선 그를 보면서도 믿을 수
없어 눈을 비볐다. 딱히 말한 적도 없는데 어떻게 온 걸까. 얼마나 멍하게
바라보기만 했으면 그 무심하던 인우가 먼저 손을 내밀 정도였다.

"뭐 해, 안 받고."

머리에 닿은 그의 손바닥이 차가웠다. 느닷없이 눈이 내린 4월의 어느 날
이었다. 그가 얼마나 오랜 시간 기다리고 있었을지, 꽃다발을 받기 전부터
손끝이 떨렸다.

"아, 안 주셔도 되는데."
"그런 건 내가 결정해."

억지로 따스한 말을 내뱉지 않아서 이상하게도 마음이 더 따스해졌다.
그를 보고 웃자 인우 또한 굳어 있던 눈가가 풀렸다.

"다시 가봐야 해. 잠깐 나온 거라."
"……."
"들어가. 춥다."

들어오라는 말도 함부로 못 할 만큼 그는 바쁜 남자였다. 아버지께서 인
우를 위해 유학자금을 비롯한 생활비까지 남기셨지만 그는 그 돈을 쓴 적

이 없다. 제게 준 이 꽃다발을 사기 위해 그가 어디서 무엇을 했을지, 그때부터 마음만 따스한 것이 아니라 눈가도 뜨거워졌다. 붉은 장미는 보면 볼수록 뜨거워 입안까지 녹여버려 차마 인우에게 말을 건넬 수가 없었다. 오빠 덕에, 내가 오늘 생일인 걸 알았다고.

"별로야? 젊은 아가씨들은 좋아할 거라던데."

"별로 아니에요. 예뻐요."

인우가 넌지시 건네는 한마디에도 해인은 꽃다발을 더욱 꼭 안았다. 빼앗으려는 것도 아닌데 스르륵 반쯤 돌아앉은 옆모습이 그날처럼 청아했다.

"선물받은 건데 당연히 예쁘죠."

"그거 선물 아닌데."

"……네?"

"뭐, 됐어. 일단은 그렇다 쳐."

피식 웃긴 해도 상체를 가까이 기울인 걸 보면 그도 은근히 신경이 쓰인 모양이다. 아직도 꽃다발에서 눈을 못 떼는 그녀의 미소가 아련해졌다.

"저한테 좋은 일 있으면 항상 오빠가 축하해주시는 거 같아요. 고마워요."

어른이 된 만큼 그때 못 한 인사도 한꺼번에 했다. 하기 전까진 간질거렸는데 한 번 말을 꺼내니 두 번은 쉬워졌다.

"저도 오빠한테 갚아드려야 하는데."

"……그러든가."

웬일로 싫다는 말이 없는 인우에 놀라 고개를 돌렸다. 가죽 소파에 앉아 한 손을 등받이에 올린 그가 눈썹을 들었다.

"왜? 빈말이었어?"

"아니요. 빈말이 아니라…… 오빠한테 뭐가 필요한지 몰라서."

"……."

"어쨌든 오빠도 아주아주 좋은 일 생기면 제가 꼭 선물 드릴게요. 약속해요."

손가락이라도 걸 것처럼 구는 해인을 보며 인우가 집게손가락으로 입가를 쓸었다. 길쭉한 손가락 아래에서 그의 웃음이 선명했다.

"송해인, 네가 회장님 된 게 아주아주 좋은 일이었어?"

"……네, 조금."

인우의 한쪽 눈썹이 가팔라지자 해인이 금세 말을 바꿨다.

"아니요. 조금보다는 더 많이요."

"흐음."

"사실은 아주 많이요. 저 이런 거 처음 해봤거든요."

얼마 가지도 못할 거짓말이었지만 생긋 짓는 웃음 하나에 괘씸함도 사라졌다. 남은 반도 완전히 돌아앉은 해인이 흥분을 누르지 못하고 겹쳐 잡은 엄지손톱을 만지작거렸다.

"졸업하기 전에 이런 거 해보고 싶긴 했어요. 다른 애들은 다 한 번씩 해보니까."

"……뭐 하는 동아리랬지?"

그제야 그것도 몰랐다는 사실에 인우가 자신도 놀라서 인상을 썼다. 해인이 어떤 얼굴로 얼마나 좋아했는지 떠올리기만 해도 머리가 꽉 차는 하루였다.

"면접 준비하는 동아리요. 저도 언젠간 취업해야 할 테니까요."

"……."

인우의 얼굴이 어두워졌다. 네가 뭘 해? 살짝 벌어진 입이 떽었다. 상식적으로 대학 졸업반이 꽃꽂이나 봉사활동 같은 걸 할 리도 없을 텐데, 그 당연한 사실이 해인에게만은 예외로 적용이 되었다.

"취업?"

되묻는 목소리에 난데없는 충격이 묻어났다. 그간 빈말로라도 다정했다고는 못 하겠지만 적어도 그녀에겐 이성의 경계를 허물어왔다. 무얼 하든, 무엇을 하고 싶든, 교수님을 대신해 지켜봐야 할 보호자의 의무를 잊은 적도 없다. 그렇지만 포르르 날아가버릴 준비를 한다는데 웃으며 격려해줄 정도는 아니다.

"네. 그래도 학점이나 영어는 괜찮아서 서류는 큰 걱정 안 하는데 면접은 항상 떨리더라구요."

"……."

떨리면 하지 말지 그래, 인우의 입술이 움찔거리다 말았다. 모처럼 들뜬 해인의 표정이 그와는 몹시도 상반되었다.

"그래도 그날 가서 보니까 그 사람들도 다 그냥 사람이고, 좀 덜 떨릴 거 같아요. 제가 회장 하기로 했으니까 잘 준비해서 도움이 돼야죠. 저 뽑아준 사람들이 후회 안 하게."

"……대체 몇 명이길래?"

"저까지 네 명이요."

"……."

새처럼 지저귀던 그녀의 음성이 처음으로 줄어들었다. 인우 또한 심란한 듯 아닌 듯 눈을 돌렸다.

"……많네."

"그중에 한 명은 고문이에요."

"……그래도 뭐, 네 밑에 둘은 있는 거니까."

"그렇죠? 하아, 저도 처음 회장 하는 것 치곤 좀 어깨가 무거운 것 같아요."

"……."

인우가 눈썹 끝을 받친 손 아래, 감은 눈 그대로 웃었다. 해인이 어딘가로 갈 준비를 하겠다는데, 전혀 웃을 마음이 없는데, 웃음을 참을 수 없다는 것이 꽤나 고통이었다. 어쩌면 해인과 가까이 앉은 이 자리부터가 문제였을지도 모른다.

"들고 있는 그건 뭐야?"

"면접 예상 문항 뽑아본 거요. 일단 이거 잘 외워서 내일 친구들 만나려구요. 내일은 선배 오빠가 도와주기로 했거든요."

"……선배 뭐?"

구태여 끝까지 말하고 싶지는 않다는 듯 인우의 웃음이 뚝 그쳤다. 초조하다 싶으면 웃음이 나고, 그래서 마음 편히 웃어볼까 싶으면 다시 욱하게 만들었다. 대체 누가 해인을 차분한 아이라고 했을까. 남자 하나를 휘두르는 데는 타고난 듯싶다.

"우리 동아리 고문 오빠요. 고문 아시죠?"

"……왜 몰라."

넌 지금도 충분히 그러고 있는 것 같은데. 인우가 목덜미에 손을 얹고 고개를 쭉 뻗었다. 슬슬 목이며 어깨며, 저도 알 수 없는 안쪽 근육까지 뻐근했다.

"그 오빠가 이번에 태원 합격했대요. 태원 본사요."

"태원에?"

"네. 되게 똑똑한 오빠거든요. 우리 과에서 제일 성적도 좋고 친절하고. 우리 안 봐줘도 되는데 봐준다고 하신 거예요. 그래서 이거 외워 가면 그 오빠가 고문이니까……."

"줘봐."

"……네?"

"잠시 잊었나 본데, 네 남편 전무야."

인우가 당연하단 듯 손을 내밀었다. 그 생각을 전혀 못 했는지 해인이 빤히 보고만 있자 그가 재촉하듯 덧붙였다.

"고문은 퇴직 후에 명목상 직책이라지만 전무는 실권자라고. 설마 그 정도도 모르진 않겠지?"

"오, 오빠. 꼭 안 봐주셔도 돼요. 정말이에요."

"왜?"

"……바쁘시잖아요. 들어가서 쉬셔야죠."

"부끄러워서 그런 게 아니라?"

"……."

해인은 정곡을 찔려 속눈썹을 파르르 떨었다. 아무리 의욕이 넘친다지만 인우의 앞에서 연습을 한다는 건 많은 용기가 필요했다. 아무리 고문보다는 전무가 낫다지만 오빠는 너무……. 남편이잖아. 생각이며 표정이 뒤죽박죽 뒤섞이다 겨우 어설픈 웃음이 전부였다.

"꼭 그렇다기보단……."

"이래서 무슨 회장을 하겠단 거야? 겨우 이런 걸로 떨면서 진짜 면접은 어떻게 보려고. 면접이든 뭐든 실전은 그렇게 만만치가 않다고 말했잖아. 널 믿고 따른다는 친구들한텐 어쩔 건데?"

휴우, 부쩍 피곤해 보이는 인우가 한숨을 쉬며 타이를 풀어냈다.

"회장 자리란 건 그렇게 만만하지 않아. 남들보다 앞서서 한 자라도 더 보고 책임져야 하는 자리라고. 지금처럼 이래도…… 괜찮겠어?"

"……아, 아니요. 그건 안 돼요."

홀린 듯 각성한 해인이 들고 있던 종이를 넘겨주자 인우가 낚아챘다. 진지하게 흰 종이를 들여다보는 모습이 여느 기밀을 대할 때만큼이나 철저했다. 하얀 종이로 가린 그의 속마음만이 그렇지 않았을 뿐이다.

"……."

흘끔, 인우의 눈동자가 해인을 스쳐갔다. 무릎 위로 두 주먹을 꼭 쥐고 긴장한 그녀가 하얀 목을 울렸다. 작게 중얼거리는 입술은 벌써부터 답을 준비하는 것처럼 옴질거렸다.

······대체 뭘 물어야 세상 냉혹한 것을 깨달을까. 한껏 들떠 있는 그녀에게 찬물을 끼얹고 싶지는 않지만 이 집을 벗어난 바깥세상이 그리 따스하지 않다는 것을 알려주고 싶었다. 언젠가는 그리될 수밖에 없다 해도 지금은 아니었다. 아직 두 사람의 관계가 무엇 하나 확실해지지 않은 지금만큼은.

"······그럼 뭘 먼저 하면······."

"자기소개부터."

인우가 선득하니 차가운 눈을 들었다. 물론 그녀가 무슨 대답을 어떻게 하든 자신이 들려줄 수 있는 답은 하나였다. 조금 더 느긋하게 준비해도 늦지 않다고. 송해인 씨는 입사 전에 당장 해결해야 할 문제가 남아 있지 않겠냐고. 일부러 차갑게 굴 필요도 없다. 늘 하던 대로, 회사에 있는 다른 신입사원들이 어떠한지만 떠올리면 그만이다. 딴엔 똑똑하다 하겠지만 부족하고 허술해 한 번도 마음에 차본 적이 없다. 대놓고 지적을 해본 적이 없다 뿐이지, 해줄 말이라면 무궁무진했다.

"소개 안 해?"

"아, 안녕하십니까."

"······."

"저는 송해인입니다."

아직은 수줍은 그녀의 인사가 끝나고도 인우는 별다른 반응이 없다. 앞에 사람이 있건 말건 종이만 들여다보며 눈썹을 꿈틀거리는 것이 그야말로 냉혹한 면접관에 딱 어울렸고, 입술 역시 굳게 다물려 있었다.

"······오빠?"

그렇게나 별로였을까. 하지만 아직 질문도 안 했는걸. 해인은 피 마르는 침묵에 목이 타 결국은 부스스 자리에서 일어났다. 그 와중에도 인우의 눈치를 살피며 공연히 테이블을 가리켰다.

"저어, 물만 좀 가져올게요. 워, 원래 면접 가면 물은 다 주는 거예요. 도망치는 게 아니라 실전처럼 하려고⋯⋯."

"그래, 그럼."

인우가 여전히 고개를 들지 않은 채 냉담하게 한 손을 내젓자 해인이 쪼르르 주방으로 사라졌다. 후우, 그가 내뱉은 고뇌 어린 한숨은 얼굴을 가린 종이에 막혀 멀리 가지도 못했다.

"⋯⋯합격하겠는데."

해인이 싱크대 앞에서 발뒤꿈치를 드는데, 당연하게 인우의 팔이 먼저 뻗어졌다. 그냥 처음부터 아래에 두면 될 텐데, 두 사람 다 거기까지 생각도 못 해본 것처럼 굴었다. 쪼르르 커피를 따르고 마주 앉은 아침부터 나란히 문밖을 나서는 걸음까지, 약속이나 한 듯 자연스러웠다.

"송해인 씨가 이곳에 지원한 이유는 무엇입니까?"

"네. 저는 어린 시절부터⋯⋯."

계단을 내려서면서도 해인의 목소리가 조곤조곤 그를 향했다. 며칠째 이어진 인우와의 면접 연습에 부끄러움도 많이 엷어졌다.

"글쎄요. 그런 이유라면 꼭 여기에서 일을 안 해도 될 텐데요."

"그렇지 않습니다. 말씀하신 대로 비슷한 규모를 가진 기업은 더 있겠지만 태원만이 가진 기업 문화는⋯⋯."

한 걸음 더 내려선 해인이 최대한 차분히 말을 하려 노력하자 인우는 그 모습을 물끄러미 바라보았다. 하얗다 못해 투명한 피부와 연갈색 눈동자, 그 아래 붉은 입술이 수채화처럼 서정적이었다. 얼마 전에 머리를 단발로 싹둑 자르고서는 목덜미가 드러나 전체적으로 더욱 희게 빛났다.

언제나 그렇듯 아무런 감정도 느낄 수 없는 서늘한 시선이었지만 그녀에겐 그래서 더욱 좋았다. 그야말로 실전 면접을 미리 경험하기에 더할 나위 없는 남자였다.

"……흥미롭군요."

물론 걸음마다 멈춰 서서 그녀를 기다려준다는 것만 제외하면.

"하지만 생각과 이상은 엄연히 다릅니다. 결코 처음 하는 일이 쉽지 않을 텐데요."

"그 어떤 일이든 처음은 모두 힘들 거라 생각합니다. 이제껏 제가 해온 일 중 그 무엇이든 단 한 번도 쉬웠던 적이 없었으니까요."

"……."

"그래서 더욱 포기하지 않았습니다. 만약 지금 포기하면, 다시 처음이니까요."

면접이라기보단 스스로의 이야기를 하는 듯하던 그녀가 뒤늦게 침을 삼켰다. 그래도 막상 말을 해놓았는데 제 대답이 스스로도 꽤 마음에 든 모양이다. 저를 복잡한 눈으로 바라보는 인우를 향한 마지막 각오가 제법 씩씩했다.

"정말 잘할 수 있습니다!"

"……."

"꼭 함께하고 싶습니다!"

"나……."

인우가 황급히 고개를 돌리더니 빠르게 걸어갔다. 그래봐야 몇 발짝 안 가 대문이지만 겨울바람이 몰고 온 추위는 꽤나 매서웠다. 그러나 자연의 이치가 위대하듯, 겨울이 아무리 냉혹해도 봄은 오기 마련이다. 봄바람같이 살랑거리는 미소의 해인이 곧장 그를 따랐다.

"오빠, 어때요? 좀 잘하는 거 같죠?"

"……네가?"

"네. 며칠 연습해서 그런지 확실히 덜 떨리는 거 같아요. 자신감도 좀 생기고."

차를 기다리며 그를 마주한 해인이 두 손을 입가에서 모았다. 언제 어디에서 보고 있을지 모르는 이들을 떠올리며 거의 반사적으로 인우의 목에 머플러를 감았다. 살짝 무릎을 굽혀 마주한 그의 검은 눈동자 앞에서 해인이 제 가벼운 흥분을 동여맸다.

"그래서 말인데, 조금 쉬엄쉬엄해도 될 거 같아요. 오빠 바쁘신 거 뻔히 아는데 언제까지 저만 도와주실 수도 없는 노릇이니……."

"미 연방준비제도에서 올해 두 차례 실시한 금리 인하 결과, 대한민국 채권 시장의 거래 변화량을 예측해보십시오."

"……."

툭. 인우가 살짝 굳은 해인의 손에서 제 머플러를 빼어냈다. 바로 고개를 치켜드는 대신, 그녀에게 남기는 작별인사에는 흡족함이 가득했다.

"그럼, 저녁에 다시 봅시다, 송해인 씨."

빈 강의실에서 머리를 맞댄 이들의 모습은 하나같이 진지했다. 두 손으로 종이를 부여잡고 위를 보며 중얼거리던 연주가 "으으." 하며 고개를 떨어댔다.

"왜 생각이 안 나지? 분명히 다 외웠는데…… 아아, 맞아. 이거였지."

"연주 너 아직도 거기서 헤매? 경제 문제는 매년 나오는 건데."

"저도 아는데 오히려 이것만 외우니 더 생각이 안 나서요."

유진이 딱하다는 얼굴로 어깨를 두드려주자 연주는 뾰로통해졌다. 하지만 유진 역시 딱히 남을 격려할 처지는 아니다. 몇 번이고 같은 대목에서 걸려 눈을 떴다 감았다 하더니 결국 맨얼굴을 마구 문질렀다.

"아아, 진짜! 미국에서 금리 인하를 하든 말든 간에 왜 평생 그 땅 한 번도 못 밟아본 나한테 영향을 묻는 건데?"

"내 말이요. 솔직히 걔네 금리 인하로 제일 큰 영향은 언니랑 나랑 면접이 말렸다는 거죠. 제가 보기엔 그거 말고 없어요."

"지기, 내 생각에는 말이야."

"응? 해인 언니, 뭐라구요?"

"아무래도 FRS에서 금리 인하를 하게 되면 거기에 밀접한 연관을 맺는 국고채 금리에도 영향을 줄 수밖에 없잖아. 거기에 리스크 프리미엄이랑

구조 금리를 생각해보면…….”

두 사람의 앞에 놓인 종이 위로 해인의 펜이 사각거리자 그녀들의 입이 한계치까지 벌어졌다. 상냥하고도 귀에 쏙쏙 들어오는 설명도 설명이었지만, 무엇보다도 해인이 적극적으로 나서는 것에 가장 놀란 듯했다.

“야아, 뭐야. 너 언제 이거 팠어?”

“언니 정말 회장님 아니랄까 봐.”

“……그런 거 아니야. 그냥 좀 연습한 것뿐이야.”

펜을 움직이다 말고 해인이 머리칼을 살포시 넘겼다. 동요하지 않으려 내리깐 눈매가 새침데기 같으면서도 뿌듯함을 내비쳤다.

“정말 별거 아닌데.”

“별거 아닌 게 아닌데?”

유진이 속일 생각은 말라며 해인의 코앞에서 턱을 괴었다. 그래도 싱글싱글 웃음이 넘치는 걸 보면 조금씩 달라지는 해인의 모습이 싫지 않은 듯했다. 아니, 싫을 수가 없다.

“우리 솜사탕 말랑말랑한 줄 알았더니 은근히 권력욕이 있으셨어.”

“왜 그래, 자꾸.”

“회장님이 되더니 갈수록 각이 잡힌단 말야. 너 우리 몰래 무슨 과외라도 받아?”

“……과외는 무슨.”

해인의 고개가 조금 더 숙여졌지만 그녀 역시 유진과 하루 이틀 친구 사이가 아니다. 이대로는 절대 떨쳐낼 수 없다는 것을 익히 아는지라 그때부터 목소리가 모깃소리처럼 줄어들었다.

“사촌오빠가 같이 지내면서 도와주셔서.”

“아아, 영국 오빠? 역시 해외 사정 잘 안다 했네.”

“해인 언니 좋겠다. 이렇게 딱 맞춰 도움 주는 오빠라니, 은인이네요.”

"……으응."

해인은 굳이 부인하지 않고선 인우를 떠올리며 어렴풋이 웃었다. 은인. 그리 거창한 말까지는 생각해보지 않았지만 인우는 제가 가장 필요한 순간에 손을 내밀어주었다. 한 번도 아닌 두 번씩이나.

"그런데 잠깐 다니러 온 거면 영국에 다시 돌아가는 거예요?"

"아…… 응."

갸우뚱하는 연주의 물음에 해인의 대답이 작아졌다. 미처 거기까진 생각지 못했다 하기엔 그의 집에 발을 들인 지 2주밖에 되지 않았다. 다시 말해, 남은 기간도 엇비슷했다.

"전에 한 달 있다가 갔댔으니 얼마 안 남았네요. 언니 아쉬워서 어떡해요?"

"그러게. 영국이면 너 자주 보지도 못할 텐데."

"……."

차라리 영국이면 낫게. 인우가 영원히 머물게 될 곳은 자신과는 먼 세계였다. 비행기를 타고도, 몇 개의 대륙을 넘어서도 도착할 수 없는 그런 곳이다. 그걸 뻔히 알고 시작했는데 왜 가슴이 철렁하는지는 모를 일이다.

"괜찮아."

그래서 더 남의 일처럼 의연하게 웃었다. 오히려 그녀의 얼굴을 들여다보던 유진이 더 서운한 듯 입술을 내밀었다.

"괜찮긴. 넌 뭘 우리한테까지 숨기냐? 그래도 사촌이라고 그렇게 잘 지냈는데 멀리서 왔다 가면 아쉬운 게 당연하지."

"그건 그렇지만, 난 이렇게라도 본 게 좋아서."

"……."

"다시는 못 볼 수도 있다 생각했는데 한 달이 다 어디야."

해인의 입가에 걸린 미소가 은은하게 번졌다. 아직 오지 않은 날을 생각하고 살기에는 지금의 하루하루가 즐거웠다. 아버지가 없다는 것만 빼면 꼭 예전으로 돌아간 듯한 기분이 들곤 했다. 어쩌면 좋지. 아빠가 없는데도 내가 이렇게 즐거울 수가 있다니. 정말 이래도 되는 걸까.

어찌 보면 놀라운 발견이었다. 좋은 친구들을 곁에 두고 한 번씩은 웃으며 살아왔다지만 아버지가 돌아가신 순간부터 가슴을 짓누르는 커다란 돌덩이만은 덜어낼 수가 없었다. 내 마음속에 있는 것인데도 내가 치워낼 수 없다니, 정말이지 바보 같다 여기면서도 어찌해야 좋을지 알 수가 없었다.

"해인아, 아빠는 네가……."

흐뭇한 웃음과 따스한 말 한마디, 그리고 떠나지 않는 걱정. 어디서부터 어떻게 그 마음을 덜어내야 할지도 몰랐다. 힘들고 답답하다 해서 잘못 손을 대었다간 아버지와의 소중한 추억마저 상할지도 모르니까. 그래서 그저 더 깊이 묻어두는 것이 최선이라 여기고 살아오던 어느 날, 다시 인우를 만났다. 괜찮기는 하지만 착하지도, 다정하지도 않은 오빠.

남편이라든가 후계자라든가, 그런 어려운 생각은 할 겨를도 없었다. 그저 인우와 있다 보면 저도 모르게 볼이 다 당기도록 웃는 날이 늘어났다. 제모든 것을 아는 남자라 편했고, 제 마음만은 몰라 떨렸다. 제가 산 커피잔을 들고 신문을 보던 그의 검은 눈이 저를 향하면 하지도 못하는 어설픈 농담이 절로 나왔다.

"……그랬어?"

맹세코 친구들은 웃어주지 않을 농담에도 인우는 씩 입가를 올렸다. 저걸 어쩌면 좋을까, 아마 그런 뜻일지라도 그는 한 번도 절 타박한 적이 없다. 느긋한 그의 미소가 어찌나 근사한지 제 가슴을 누르던 돌의 무게도 까맣게 잊혔다. 그래서 알았다. 덜어내는 것이 아니라, 채워야 하는 것을.

"……정말이야. 오빠 덕에 좋은 것도 많이 배웠고."

"좋은 거? 뭔데?"

"내가 말 안 해도 너네는 벌써 알고 있을 거야."

툭툭. 친구들이 이상하다 여기기 전에 해인이 서둘러 종이를 간추렸다. 어느새 돌아가야 할 시간이다. 그녀의 야무진 손놀림을 보며 유진이 쭉 기지개를 켰다.

"으으, 어쨌든 좋은 분인데 너도 잘해야겠다, 송해인."

"나?"

"너한테 그렇게 잘해주시는데 당연히 잘해야지. 너야 어련히 잘 알아서 하겠냐만 인생사가 다 기브 앤드 테이크 아니겠냐. 은혜를 갚아야지."

"맞아요. 어떻게 한쪽만 잘하겠어요."

유진의 충고 아닌 충고에 가방을 싸던 연주까지 거들었다. 그냥 지나가면서 하는 말이라 쳐도 듣는 해인의 얼굴은 꽤나 진지해졌다.

"그건…… 그러네. 난 생각도 못 했어."

"뭘 또 심각하게 들어. 그냥 선물이나 하나 해주란 거지."

"선물?"

되묻는 해인의 목소리가 다시금 커졌다. 왜 그 생각을 못 했을까. 선물이라는 단어를 듣자마자 기껏 평온해진 마음이 뛰기 시작했다. 방금 전까지 고마워 어쩔 줄을 몰라 했으면서, 그에게서 꽃을 받은 지도 얼마 되지 않았으면서. 천하에 이런 무심한 부인이 다 있을까 안색이 어두워졌다.

"……그, 그래야겠다. 선물해야지."

할 거야. 그럼.

"고맙잖아. 너무너무."

연거푸 이어진 해인의 다짐이 면접을 준비할 때 이상으로 단단해졌다. 인우에게 무엇을 주면 좋을지, 그 무엇을 준대도 부족하겠지만 그래도 급해진 마음과는 달리 이렇다 싶은 명쾌한 것이 떠오르지가 않았다.

　"……."

　모자란 게 없잖아. 어딘가 부족하다 싶은 점이 있으면 참 좋을 텐데, 해인의 눈에 인우는 모든 것을 가졌다. 급한 대로 대문 앞에서 헤어졌던 그의 마지막 모습을 그려보았지만 빈틈 하나 없이 완벽하기만 했다. 고급스러운 코트와 가방, 구두, 그리고…….

　"아…….."

　순간적으로 무언가를 떠올린 그녀는 문득 자신의 손을 들여다보았다. 이른 아침마다 닿던 포근한 감촉이 아직도 빈손을 간질였다.

● ✦ ●

　"이번 중국과의 계약이 체결될 시 인력 문제는 물론 각종 규제와 절차로부터 자유로워져 일본과의 경쟁력에서도 한발 앞서……."

　최고 경영진 정기회의가 열리는 대회의실, 사람들의 눈과 귀가 한데 쏠렸다. 모든 안건 중에서도 마지막 순서인 이번 프로젝트에 대한 보고야말로 핵심이라 할 수 있다. 후계자로 꼽히는 인우가 과연 믿을 만한 한지, 발표자로 나선 팀장의 설명에 모두가 귀를 기울였다.

　"여기 이 자료를 보시면……."

　팀장의 보고가 진행될수록 소리 없는 감탄이 이어졌다. 형식적인 보고에 아직은 감춰진 것이 많다 해도, 당장은 어느 하나 부족한 것이 없었다. 실낱같은 빈틈이라도 보였다면 바로 지적에 들어갔을 이들이 하나같이 입을 꾹 다물고 있다는 사실 자체가 그를 증명해주었다.

자연히 그들의 다음 시선은 가장 앞에 앉은 두 남자에게로 돌아갔다. 처음부터 심기가 불편하던 부사장과 시종일관 남의 일처럼 무표정한 인우. 다들 귀로는 보고 내용을 들으면서도 눈으론 두 사람의 일거수일투족을 좇았다. 어차피 보고 내용이야 조만간 눈앞의 결과로 펼쳐질 테니 당장은 두 사람의 기 싸움 구경이 우선이다. 안 그래도 지난번 연회에서 부사장이 망신을 당했다 소문이 자자했으니 그가 어찌 나올지 다들 목을 빼고서 쳐다보는 중이다.

"이상, 보고를 마치겠습니다."

발표를 마친 팀장이 고개를 숙이자마자 그 관심은 본격적으로 높아졌다. 아무리 인우가 발군의 능력을 갖춘 후계자라 해도 강 회장이 없는 이 자리에선 부사장이 가장 위였다.

본인의 위치를 누구보다도 잘 아는 부사장이 거들먹거리듯 한쪽 눈을 치켜떴다.

"뭐 준비는 열심히 하는 것 같긴 한데, 역시 말보다는 결과가 중요하지. 이런 거야 무슨 말로 꾸며내든 알 게 뭔가."

"그러십니까."

인우가 태연하게 대답하며 자리에서 일어났다. 팀장을 비롯한 직원들이 그의 뒤로 우르르 서자 본인이 원하든 아니든 그 자체로 젊은 세력을 이루었다.

"정말 한결같은 관심이시군요."

"나야 수십 년간 태원을 지켜온 사람으로서 그 정도 걱정은 할 수 있지 않은가? 특히나 사운이 걸려 있는 일에는."

"그리 걱정이 되신다면 오늘 보고한 내용에 대해 보다 정확히 질문해주시는 게 어떠시겠습니까? 다들 며칠 밤을 새워서 준비를 했는데."

"……."

"물론 기억이 나신다면요."

제 뒤에 선 팀원들을 고갯짓한 인우가 부사장을 똑바로 건너다보았다. 예의를 갖추면서도 오만하기 짝이 없는 특유의 위압감이 다시금 회의실을 적막에 빠뜨렸다.

"그럼."

그러나 사소한 데 의미를 두어 승리감을 느낄 인우가 아니다. 저벅저벅 팀원들을 이끌고 나가는 인우의 등에 대고 부사장이 기어이 악에 받친 소리를 쏟아냈다.

"강 전무는 아주 위아래 없이 칼 같아서 좋겠어. 예전에 처남은 안 그랬던 것 같은데 누굴 닮은 건지 모르겠군."

인우가 발을 멈추자 뒤따르던 이들 또한 일제히 굳었다. 부사장이 기다렸다는 듯 번들대는 웃음을 지었다.

"자네 아버지는 안 그랬다는 말일세. 아주 있는 듯 없는 듯 조용한 사람이었는데, 하긴 꼭 친가만 닮으라는 법은 없을 테니까."

"하시고 싶은 말씀이 무엇인지 모르겠습니다."

"궁금하단 거지. 이쪽 집안은 안 닮은 강 전무가 회사를 이끌면 어찌 될지."

"그야 지켜보시면 아시지 않겠습니까."

더없이 모욕적인 언사에도 인우는 잠시 고심할 뿐 대수롭게 여기지 않았다. 어느 집 개가 짖는지, 그 이상도 이하도 아니었다.

"그때까지 부사장님께서 그 자리에 계신다면요."

"……저, 저게!"

분노할 새도 주지 않고 나가는 인우로 인해 부사장이 결국은 욕설을 짓씹었다. 하나둘 그의 눈치를 보며 우수수 자리를 뜨자 비서가 얼른 물잔을 내밀었다.

"진정하십시오, 부사장님."

"진정? 진정하게 됐어? 저런 버르장머리 없는 놈이! 내가 누구라고!"

벌컥 물을 들이켜던 그가 잔을 반도 비우기 전에 다시 울분을 쏟아냈다. 눈앞에 있다면 찢어버리고도 남을 분노가 벌겋게 일렁였다.

"출신이 똑바르지 못하면 부끄러운 줄을 알아야지! 전에 말한 것 어떻게 됐어?"

"트, 특별한 건 없었습니다. 영국에서도 거의 학교에만 계셨던 모양이라, 간간이 일을 하셨던 것 외엔 흠이 될 만한 건 없습니다."

"딱 먹고살자고 일이나 할 놈이 전무는 무슨 전무! 회사 일이 장난도 아니고."

노골적인 비웃음에 소리를 낮추라는 말이 더는 무의미했다.

여기서 더 인우의 존재가 부각이 되는 것을 두고 볼 수는 없다. 눈치 하나로 살아온 인생이다. 오늘만 해도 제 편이던 몇몇 중역들의 마음이 흔들리는 것을 모를 리 없다.

"없으면 뭐라도 만들어내란 말이야! 제놈도 사람인데 파내면 뭐 하나 걸리는 게 없겠어?"

"……그야 그렇지만 전무님에 대한 경호가 워낙 철저해서 더 사람을 붙이기가……."

"꼭 그놈만 파낼 필요가 있나?"

"네?"

그럼……. 놀란 비서가 되묻자 부사장이 혀를 끌끌거렸다. 아직도 뭘 몰라서야. 타박하는 눈초리가 은밀해졌다.

"……부부는 일심동체라는 말이 괜히 있겠냐고."

• ✦ •

"……"

인우의 등만 보며 입이 붙어버린 팀원들이 조 비서의 눈짓에 포르르 연기처럼 흩어졌다. 인우의 심기를 해칠까 인사도 말라며 사람들을 물려낸 그가 인우에게 다가섰다.

"전무님."

그 정도 일에는 눈도 깜짝 안 할 분이라는 것은 알지만 확실히 오늘은 부사장이 지나쳤다. 그의 출신이나 돌아가신 분에 대한 모욕이라 보기에 충분했다.

"이번 일은 회장님께서도 아셔야 하는 거 아닌가 싶습니다."

"그래서. 고자질이라도 하자고?"

"아무리 그래도 기본은 지키셔야지요. 무조건 넘어가는 것도 능사는 아니십니다."

"넘어간다고?"

내가? 인우가 곁눈으로 쳐다보자 조 비서는 흠칫했다. 역시 괜한 걱정을 했다 싶으면서도 마음이 영 편치는 않았다.

"회장님께서도 어떻게든 아시게 될 겁니다."

"그럼 그때 아시라고 해. 그런 거 일일이 고해바칠 정도로 안 친하니까."

"……후우, 전무님께서 회장님과 선을 그으시는데도 저쪽에선 흠을 잡으려 드니 더 문제 같습니다. 후계자가 되는 일로 미리 입방아를 찧는 것도 그렇고요. 어차피 이번 일을 잘 마치시면 대내외로 기정사실화될 텐데……"

"그런 건 또 누가 정하는 거지?"

"네? 하지만 전무님께서 중국 프로젝트에 열중하시는 것도 전부……"

그날을 위해 그러는 것이 아니냐, 채 나오지 못한 말이 조 비서의 입안에서 흩어졌다. 안 그래도 기계 같던 분이 최근엔 그 집중도나 속도가 눈에 띄게 높아지시지 않았나. 사생아인 인우가 후계자로 제대로 인정을 받는 가장 당당하고 빠른 방법이 바로 이번 일의 성공이니 여태껏 그 목적을 의심해본 적이 없다.

인우가 아무리 무심히 넘긴다 해도 최근 부사장의 행태는 도를 넘어갔다. 인우도 사람인 이상 제가 받은 모욕을 갚고 자기 자리를 찾고 싶은 마음은 당연하다 믿었다. 그 외엔 그가 이렇게까지 공을 들이는 이유를 떠올릴 수 없었으니까.

"그럼 혹시 전무님께선 이번 일이 잘 마무리되면 따로 하시고 싶은 일이 있으십니까?"

"그거야……."

말해줄 필요가 없지. 냉담히 자르며 주머니에 손을 넣었지만 입가에 머무르는 미소만큼은 감출 수가 없었다. 인우의 걸음이 조금은 느긋해졌다. 이번 일을 마무리 짓고 자신이 조금 더 자리를 잡게 된다면……. 거기까지만 생각해도 떠오르는 이는 하나뿐이다.

"오빠."

언제나 그러했지만 해인을 보며 깨닫는 상반된 마음이 그를 즐겁게도, 혼란스럽게도 했다. 해인은 까마득히 어린 은사의 딸이었으니까. 자신이 지켜주어야 할 존재이니까. 그 외에는 생각조차 해서는 안 될 호적상의 부인일 뿐이니까.

그러나 본가에서의 연회 이후로 그의 마음은 굳어졌다. 언제나 그를 자괴감에 빠트리던 헛된 고민도 모두 녹아버렸다.

"……저 좀 이상하죠?"

우아하고 눈부신 드레스를 입어서가 아니었다. 작지만 제 마음을 또박 또박 이야기해서가 아니었다. 그 많은 사람들 사이에서 오직 해인만이 제 눈에 가득 찼을 때, 아슬아슬하게 버티던 마음 한 귀퉁이가 무너졌다.

"저는 정말로 운이 좋았어요. 인우 오빠 같은 사람을 만났으니까요."

무너진 마음의 귀퉁이로 해인의 따스한 미소가 흘러들었다. 스스로도 어찌할 수 없다는 것을 그제야 알았다. 해인으로서는 그저 지나가는 한마디라 해도, 그 찰나에 깊이 뿌리를 내려 돌이킬 수가 없었다.

"……이 정도면 너도 잘못이 있어."

대체 왜 그렇게 예뻐서. 나 같은 놈과 살면서 뭘 믿고 그렇게 웃어서. 유치하다 싶은 원망이 그녀를 향했다. 그만큼이나, 뼈를 깎고 밤을 지새웠던 지난날의 노력이 일순간에 무색해졌다.

지켜주어야 할 존재가 아닌, 곁에 두고 싶은 존재. 그 차이를 깨닫는 순간부터 2주간 그를 괴롭혀온 울렁임이 조금은 엷어졌다. 항상 둘만 있어 그녀밖에 보이질 않는 거라는 헛된 희망도 모조리 사라졌다. 누구와 어디에 있든 해인은 해인이었고, 그 의미는 변할 리가 없다. 또한 2주 후면 그녀가 떠날 거라는 사실도.

'……누구 마음대로.'

기껏 풀렸던 그의 입가에 다시금 힘이 들어갔다. 실수는 한 번으로 족했다. 이 마음을 인정하기 어려웠을 뿐이지 다시금 그 밤낮이 뒤바뀌는 멀미를 반복할 생각은 없다. 아무리 부정해봤자 그 끝이 어떠한지는 일찍이 체득하지 않았던가.

"……."

눈 감고 돌아선다 해서 잊힐 상대가 아니었다. 제 스스로가 얼마나 고지식하고 완고한지 아는 이상 그 정도는 장담할 수 있다. 하지만 그때와 달라진 것은 비단 제 마음을 깨달았다는 사실 하나만이 아니었다.

"인우 네가 제대로 자리만 잡았다면 이런 일이 가능했겠느냐!"

이런 식으로 그분의 말을 인정하게 될 줄이야. 자신은 더 이상 제 한 몸밖에 남지 않은 고학생이 아니다. 차라리 그랬다면 편했겠지만 제가 택한 이 길 역시 제 마음처럼 무를 수 있는 것이 아니다. 해인을 오래도록 상처 없이 곁에 두려면 어떻게든 자신의 자리가 확고해져야 한다는 것이 이리도 절절할 수가 없었다.

"……."

안 그래도 저만 보면 눈부터 시뻘게지는 인간들이다. 섣불리 제 마음을 드러냈다가 해인이 수면에 떠오른다면 그들이 어찌 나올지는 익히 짐작이 갔다.

가만히 두고 볼 마음도 없지만 그녀에 대해서는 작은 구실조차 주고 싶지 않았다. 제 마음과는 별개로 해인이 지켜주어야 할 상대라는 사실은 한 번도 변해본 적이 없다. 그러려면 방법은 단 하나, 일단은 이번 일을 성공적으로 마쳐야 한다. 그 하나의 생각 외엔 전부 버렸다.

"전무님, 일정을 좀 줄이셔도 될 것 같습니다. 며칠간 밤낮없이 서두르신 덕에 벌써 일이 어느 정도 진척이 되었으니까요."

"아니. 아직은 모자라."

"그래도 너무 무리하시는 게 아니실지. 물론 제 말이 와닿지는 않으시겠지만…….."

"……그러게."

정말이지 조금도 와닿지를 못했다. 조 비서에게 향하는 그의 눈빛이 새삼 착잡해졌다. 걱정하는 마음이야 알겠지만 정작 조 비서는 해인과 같은 집에 살아본 적이 없다. 다시 말해 손 하나 까딱하지 못하는 채로 피가 마르는 그 심정을 이해할 리 없단 말이다.

"됐어. 차라리 할 일이라도 있는 게 나아."

"그래도 사흘 뒤면 생신이시지 않습니까. 귀국 후 처음 맞이하시는 생신인데 이참에 조촐하게라도 준비를 하는 게 어떨까 해서요."

"하아."

조 비서 딴에야 고심하다 꺼낸 말이겠지만 그로서는 헛웃음이 절로 났다. 생일은 무슨. 농담으로 넘기기에도 영 터무니가 없었다. 더 이상은 말도 꺼내지 못하게 인우는 제 뜻을 분명히 했다.

"조 비서, 내가 그렇게 한가해 보여?"

"그런 뜻이 아닙니다. 주변 사람들이나 언론도 의식해야 하니 이왕이면 사적인 경사도 어느 정도는 관리하는 게 좋으니까요."

"대체 누구에게 좋다는 거지?"

눈초리마저도 싸늘해졌다. 조 비서가 난감해하면서도 쉽사리 물러나지 못하는 것을 보면 그 뒤에 누가 있는지는 물어볼 것도 없다.

"가서 회장님께 전해. 제발 쓸데없는 생각 마시라고."

"전무님."

"유난 떨지 마. 그럴 시간이 있으면 이번 중국 측 요구조건이나 다시 정리해봐. 오늘은 여기까지만 할 테니까."

"아, 알겠습니다."

안 되겠다 싶었는지 조 비서는 반쯤 체념해서 주절거렸다. 그나마 이쯤에서 오늘 일정을 끝낸다는 것 정도가 인우에게 기대할 수 있는 최선이었을지도 모른다.

"제가 괜한 심려를 끼쳐드렸습니다. 꼭 회장님의 뜻이 아니더라도 간만에 편히 뵐 수 있는 분들과 함께 보내시는 게 어떨까 싶었던 거라서요. 물론 지난번처럼 큰 파티는 아니겠지만 해인 양도 참석하시면……."

인우가 멈칫했다. 뭐든 끊어버릴 듯 냉랭하기 그지없던 눈매가 다시 조 비서에게 머물렀을 땐 그 기세가 아까완 사뭇 달라졌다.

"뭐라고?"

"아아, 아닙니다. 회장님 뜻이……."

"아니, 그다음에."

그의 요구가 분명해졌다. 인우가 넌지시 턱을 들자 조 비서는 영문을 모른 채 고개만 꾸벅거렸다.

"그다음에…… 아아, 해인 양도 아무래도 아직은 그런 걸 좋아할 나이이다 보니까요. 지난번 연회에서도 많이 떨리셨을 텐데, 안 비서님께서도 걱정을 많이 하시더라고요."

"안 비서가?"

"기껏 차려입고 만난 사람들이 하나같이 그렇다 보니, 말씀은 안 하셔도 내심 속상하시지 않겠냐고요. 원래는 안 비서님이 전무님 생신 준비하면서 해인 양에게 연락을 하고 싶어 하셨는데 지난번에 전무님이 워낙 단호하셔서……."

"내가?"

전혀 기억이 나지 않는 듯 찌푸린 얼굴에 조 비서가 당황해 고개를 들었다. 자신이 한 말이라면 한숨 한 번도 기억할 철두철미한 분이 어째 영 생소하단 표정을 짓고 계셨다.

"앞으론 절대로 해인 양께 따로 연락하지 말고 꼭 전무님을 거치라 하셨지 않습니까."

있는 사실 그대로를 일러주었지만 어째 인우의 표정은 더욱 혼란스러워졌다. 어쩌면 굳이 그것을 알려준 것 자체가 마음에 안 든다는 표현이 조금 더 맞을지도 몰랐다.

"뭐, 그랬다 치고. 그래서 뭐?"

"……아닙니다. 제가 괜한 참견을 해서."

"그게 한두 번이야?"

인우의 강압인지 포기인지 모를 재촉이 눈빛으로 날아들었다. 둘 중 뭐가 됐든 자신이 잘못하고 있다는 것만은 분명해진 조 비서가 목덜미를 쓸었다.

"안 비서님이 이번에는 해인 양도 마음 편히 즐기시면 좋을 것 같다 하시길래 저도 괜찮은 생각 같아서 여쭈어본 게 전부입니다."

"정말 그게 전부라고?"

"……으음."

그럼 뭐가 더 있다는 건지. 조 비서는 실로 혼란스러워 마른 입술을 맞물었다. 떠들썩한 거라면 치를 떠는 인우의 성격을 모르는 것도 아니고, 한번 은근히 떠보라는 회장실의 요청에 말을 꺼냈다가 이게 무슨 봉변이란 말인가.

"전무님께서 이번 일에 얼마나 열의가 강하신지 알고 있으면서 제가 경솔했던 것 같습니다. 안 비서님께는 제가 당장 불가하다 전하겠습니다."

"……그래, 그럼."

"아무래도 제가 생각이 짧았던 것 같습니다. 앞으로는 주의하겠습니다."

"걱정 마. 여기서 어떻게 더 짧아질 수 있겠어."

천천히, 한 자 한 자 짓씹어 내놓는 듯한 음성이 도막도막 끊겼다. 조 비서가 흠칫해 올려다보았지만 일말의 사심도 비치지 않는 특유의 차디찬 표정에 더욱 민망해질 뿐이다.

"……죄송합니다. 그럼 아까 말씀하셨던 중국 측 자료부터 가져오겠습니다."

"아니. 그것만 가져오면 어쩌자는 거야. 가서 아침 보고서부터 주말에 만날 정부 측 인사들 자료까지 전부 가져와."

"네? 하지만 오늘은 중국 측 자료까지만 확인하겠다고 하셨던지라, 괜찮으시겠습니까?"

"왜? 시간도 남아도는 판에 일이라도 해야지."

"……저, 전무님."

변명해볼 사이도 없이 인우의 걸음은 벌써 모서리의 기둥을 돌아 나섰다. 검은 대리석 뒤로 몸이 완전히 사라지기 직전, 그의 날 선 눈초리가 조 비서를 훑었다.

"사람은 말이야. 살던 대로 살아야지 않겠어?"

나도, 조 비서도.

제대로 성가신 듯 입술 부근을 쓸어올리는 인우의 손짓이 거칠기만 했다. 더는 숨길 것 없는 남자의 경고에 조 비서의 눈이 휘둥그레졌다.

"……서, 설마."

여느 때처럼 종이를 꺼내 든 해인이 마주 앉은 인우를 살짝 넘겨다보았다. 하얀 종이 위로 넘실대는 그의 검은 머리칼이며 짙은 눈썹에 마음이 싱숭생숭했다.

"……"

이 오빠는 어떻게 부족한 게 없을까. 인우에게 선물을 주겠다 마음을 먹은 순간부터 가슴이 뛰어댔다. 이미 마음에 둔 것이 있다지만 그를 직접 보면 더 좋은 것이 떠오를지도 모르겠다 싶었는데, 웬걸. 볼수록 다 갖추어 부족한 점이라곤 찾아볼 수가 없었다.

"······송해인 씨, 뭐 하십니까?"

"아아, 네?"

"살아오며 가장 기쁜 순간은 언제였습니까?"

"······."

"라고 물었는데."

맞은편에서 무심히 신문을 보고 있던 인우가 시선을 들었다. 종이 위로 마주친 선명한 그의 눈에 해인은 뜨끔해 얼른 고개를 낮췄다. 그제야 자신이 무엇을 하고 있던 중인지 깨닫고는 입가가 간질거렸다.

"제가 가장 기뻤던 순간은······."

펄럭, 인우가 신문을 접는 소리에 해인의 뺨이 달아올랐다. 꼭 안 그러셔도 되는데. 중얼거려보았지만 이미 그의 상체가 가까워졌다. 혹시 제 심장 소리가 들릴까 싶어 해인은 공연히 소파 안쪽으로 물러났다.

"기뻤던 순간이?"

"······병원에서 아빠가 반년밖에 살 수 없다고 했는데 거의 1년이나 곁에 있어주셔서, 남은 반년간 하루하루가 세상에서 제일 기뻤던 날들이었어요."

"······."

"여, 역시 이런 건 안 되겠죠?"

갑자기 물으시니 생각이 안 나서. 해인은 부끄러워하며 머리칼을 넘겼다. 스치듯 바라본 그의 표정도 한마디로 설명을 하기는 힘들었다. 찡그린 눈이 그저 복잡하다기엔, 어딘가 아릿했다.

"솔직한 것도 나쁘진 않아."

"그럴까요? 그럼 사실 저 좀 더 있는데."

용기를 얻은 해인이 그제야 들고 있던 종이를 내려놓았다. 말갛게 드러난 얼굴에 환한 미소가 어리자 아직 신문을 들고 있던 인우의 손등에 부쩍 힘이 들어갔다.

"저는 뭐 그렇게 크게 기쁜 일은 잘 안 생겨서, 그래도 생각해보면 좀 있긴 있어요."

"뭔데?"

"친구랑 메뉴 고를 때 제가 먹고 싶었던 거 친구가 먼저 골라주면 좀 기쁘더라구요."

"……음."

인우의 표정이 미묘하게 달라졌다. 언뜻 웃음을 감추듯 한 손으로 입가를 괴는 그를 두고 해인은 제 두 손을 맞잡았다.

"그리고 버스 안 기다리고 바로 오면 그것도 기쁘고, 편의점 앞에 고양이가 저 알아보면 그것도 기뻐요. 태어나서 처음으로 회장 됐을 때랑, 아…… 오빠가 전에 찻잔 사주셨을 때도 너무너무 좋았어요. 다른 날이면 같이 못 갔을 텐데 수요일이라 빨리 마치셨잖아요."

"……그랬어?"

"네. 그렇지만 제가 생각해도 이렇게 대답하면 떨어질 거 같아서 안 되겠어요."

해인이 잊어달라는 듯 작게 웃었다. 드물게 소리 내어 웃는 맑은 웃음에 인우의 목울대가 길게 울렸다.

"오빠 목마르세요? 제가 마실 것 좀…… 어어."

"너 전화 오는 것 같은데?"

"아, 네…… 그렇긴 한데."

해인이 휴대전화에 찍힌 이름을 보고 화들짝 놀랐다. 이제 정말 목이 마른 사람은 인우가 아니라 그녀 같았다. 해인이 그의 눈치를 보며 안절부절 못하자 인우는 태연하게 다시금 신문을 펼쳤다.

"받아봐. 갔다 오는 김에 마실 것 좀 가져다주든가."

"아아, 네!"

이때다 싶은 해인이 얼른 자리에서 일어났다. 어쩜 저 오빠는 딱 맞춰서 심부름까지 시켜주는 걸까. 인우의 완벽함에 대한 기준이 슬금슬금 도를 넘기 시작했다. 누가 볼까 쪼르르 휴대전화를 들고 부엌으로 들어선 해인은 조심스레 버튼을 눌렀다.

"……저예요, 안 비서님."

눈으로는 인우가 앉아 있는 거실을 내다보며 목소리를 소곤소곤 작게 냈다. 지난번 연회 이후로 그가 굳이 안 비서의 연락을 받을 필요가 없다 했지만 그래도 사람 일이 그렇게 무 자르듯 끊기진 않았다.

"네, 네. 괜찮아요. 말씀하세요."

거기다 안 비서는 꽤 좋은 사람 같았다. 사람 보는 눈이 있다고는 못 한다 해도 제게 호의를 가지고 진심으로 대하는 사람을 몰라볼 정도는 아니다.

"네에? 오빠 생일이요?"

……어떡해. 하마터면 목소리가 높아질 뻔했던 그녀가 얼른 벌어진 입을 가렸다. 인우의 생일이라니, 생각지도 못한 소식에 숨이 가빠졌다. 선물을 어찌 주나 고민했는데 때맞춰 생일이라니. 해인은 가볍게 흥분해선 주방을 서성거렸다.

"괜찮아요. 네, 저 갈 수 있어요."

가고말고요! 보는 사람도 없는 곳에서 고개도 비장하게 끄덕였다. 혹시나 싶어 거실로 시선을 돌렸지만 인우는 아무것도 모른 채 신문을 보느라 바빴다. 수화기에 대고 속닥이는 해인의 음성에 뿌듯한 웃음까지 더해졌다.

"알아요. 비밀인 거."

신문에만 고정된 그의 신중한 눈에 해인은 자꾸만 비집고 나오는 웃음을 손등으로 눌렀다.

"그럴게요. 그때 봬요."

전화를 끊고도 들뜬 마음을 어쩌지 못한 그녀가 크게 숨을 두어 번 내쉬었다. 너무 오래 있으면 의심할지도 몰라. 인우의 철저함을 잊지 않은 해인은 냉장고 문을 열고 보이는 대로 캔을 집어 들었다.

"오빠, 오래 기다리셨죠? 죄송해요."

"……아니, 뭐 별로."

생글생글 웃으며 다가오는 해인의 발걸음에 인우가 보던 신문을 덮었다. 특유의 관조적인 눈으로 소파에 한쪽 팔을 걸쳤다.

"누구야. 좋은 일 있었나 본데?"

"아아니요! 제가 그럴 일이 어딨겠어요."

방금 전까지 박수까지 치며 기뻐하던 것은 다 누구라고, 해인의 강한 부정에 인우가 아무 말 없이 눈가를 문질렀다.

"……아아, 그래?"

"네. 친구 전화예요. 친구긴 한데, 좀 반가운 친구라서요."

"뭐, 그럼 됐고."

"네에. 참, 우리 어디까지 했죠?"

시치미를 떼는 것도 어설픈 해인이 더 휘말리기 전에 원래 하던 이야기로 돌아갔다. 은근히 눈치까지 빠른 인우에게 들켜 허사가 되면 기껏 파티를 준비하는 안 비서에게 미안한 일이다. 물론 제가 자연스레 선물을 전해줄 기회 또한 놓칠 수 없었다.

"기뻤던 일."

"맞아요. 제가 기뻤던 건……."

딱 지금인데. 해인이 웃음을 참으려 입안을 질근거렸다. 인우의 다소 어이가 없다는 얼굴에 그녀는 최대한 태연한 척 버텨보다 질문을 돌렸다.

"말해봤자 그냥 저는 다 사소한 거라서, 오빠는요?"

"나?"

"오빠는 어쩐지 되게 특별한 일에만 기쁘실 거 같아서요."

"……그런 편이긴 하지."

인우가 다리를 꼬아 앉으며 본격적으로 그녀를 마주했다. 신문으로 가린다고 가려보았지만 그것도 눈속임일 뿐이다. 아무리 넓게 펼쳐봤자 저도 모르게 시선을 잡아끄는 해인의 미소는 그마저도 넘어섰다. 도무지 가려지지가 않아, 송해인 네가.

더는 저도 어쩌지 못하겠다 싶을 때쯤 전화를 받으러 가주었으니, 이런 사소함이야말로 기쁘달 수밖에.

"난 지금도 뭐."

"아…… 그게 뭐예요."

한껏 들떠 기대하던 해인이 싱거운 웃음을 터트렸다. 별로 잘하지도 못하는 농담을 왜 굳이. 처음으로 인우의 완벽하지 않은 모습을 찾아냈지만 그마저도 즐거웠다. 그녀는 들고 온 음료를 인우에게 넘겨주고 나서야 제 것을 바라보았다.

"아, 저도 목이 좀 말라서요."

"그렇구나."

난 하필 들고 와도 왜 맥주를. 해인은 차가운 캔을 들고서 저도 모르게 인우의 눈치를 살폈다. 지난번에도 그다지 좋아하는 기색은 아니었는데, 다시 갖다 놓기도 뭐해서 멋쩍게 고리를 만지작거렸다.

"꼭 이거 마시려고 한 건 아니고, 그냥 좀 덥기도 하고 그래서."

"누가 뭐래."

"아…… 전에 오빠가 어디서든 조심하라 하셔서. 술 마시는 거 별로 안 좋아하시는 줄 알고."

"내가 왜? 넌 성인인데."

툭, 인우의 손가락이 고리에 걸리며 제 것을 먼저 뜯어냈다. 둔탁함 따위 없는 청량한 소리와 함께 다리를 꼰 그의 눈빛이 지난번과는 확실히 달라졌다.

"……뭐 해? 얼른 안 마시고."

● ◆ ●

'……위험했지.'

제 책상에 앉은 인우가 깍지 낀 손등 위로 손가락을 굴렸다. 정작 조심해야 할 것은 해인이 아닌 자신인 것을, 처음부터 왜 그것을 몰랐는지 한심스러웠다.

"오빠도 맥주 좋아하세요?"

어디 좋아한다 뿐일까. 살짝 취기가 오른 해인은 평소보다 더욱 잘 웃고, 말도 많아졌다. 그래봐야 한두 마디 할 것을 서너 마디 하는 정도였지만, 안 그래도 귓가가 간질거리던 인우에겐 그 한마디조차 위험했다.

"저도 좋아해요."

······교수님, 쟤가 어딜 봐서 애란 말입니까. 돌아가신 은사님을 다시 뵙는다면 꼭 한 번은 따져물어야 했다.

이 멀미의 근원을 찾아내면 번뇌의 절반은 덜어지겠거니 했는데, 정확히 두 배로 늘어났다. 어떻게 사람 일이 좋게만 풀리겠냐만 이 경우는 조금 심각했다. 제 마음을 깨닫는 순간부터는 머리 대신 눈이 어지럽다니. 한집에 살며 매일 그녀의 얼굴을 본다는 것이 이런 식으로 제 뒤통수를 조심해야 하는 일일 줄은 누가 알았을까. 해인이 한 모금씩 맥주를 들이켤 때마다, 저는 도리어 얼음을 끼얹은 듯 술이 깨어버렸다.

'야근이라도 해야 하나.'

그 외엔 떠오르는 방법이 없어 책상 위 캘린더를 훑었지만 썩 탐탁지는 않았다.

언제부터였을까. 해인에 대해서는 무슨 생각을 하든 늘 후회가 뒤따랐다. 예쁘면 예쁜 대로, 더 예쁘면 더 예쁜 대로, 못다 전한 마음이 항상 맴돌아 그의 하루를 붙들었다. 잠시 눈을 감아 없어질 마음이라기엔 어둠 속에서 그녀의 잔상이 더욱 또렷해졌다.

"······왜?"

덜컹. 사무실 안으로 들어선 인기척에 인우가 눈 대신 입을 먼저 열었다. 어찌 보면 깊은 명상에 잠긴 듯한 그에게로 조 비서가 쭈뼛거리며 다가섰다.

"전에 말씀하신 것 말입니다. 오늘 도착을 했다기에 가져와봤는데."

짚이는 것이 있는지 인우가 서서히 감은 눈을 떴다. 어쩔 수 없는 성가심이 묻어나던 그의 눈빛이 순식간에 달라졌다. 얼른 가져오라 고갯짓하자 조 비서가 들고 온 무언가를 들어올렸다.

"말씀하신 대로 똑같이 만들어는 왔는데 어떠실지 몰라서요."

"좋네."

"……"

매사에 지나치게 철두철미해 한 번에 만족하는 법이 없던 인우의 입에서 나온 말 치고는 믿을 수 없을 정도로 심플했다. 이게 정말 그럴 만한 물건인가. 조 비서가 공감을 해보려 눈에 바짝 힘을 주어봤지만 표정은 영 얼떨떨했다.

"음, 전무님. 아무리 봐도……."

"……잘 어울리잖아."

한 손으로 턱을 괸 인우가 기다란 물체를 쓸어보았다. 정말이지 흡족하기 그지없는 미소에 조 비서는 의문을 제기할 의욕조차 잃었다. 이분은 진심이시구나.

차디찬 인우의 눈동자에 전에 없던 따스함이 감돌았다. 물건을 만지는 손길마저도 언뜻 누군가를 대하듯 조심스러웠다. 조 비서가 한층 자세히 보려 고개를 숙였지만 이미 인우의 손은 기다란 상자의 뚜껑을 덮어둔 뒤였다.

"아, 제가 챙겨두겠습니다, 전무님."

"조 비서가 왜."

인우가 난데없는 소유욕을 드러내며 자리에서 일어났다. 원래도 어디든 지체해본 적 없는 남자라지만 코트를 걸치며 단추를 잠그는 손길이 부쩍 바빠졌다.

"결재할 건 다 끝냈고 해야 할 미팅도 오전에 끝났으니 조 비서도 이만 퇴근해."

"퇴근이요? 가, 갑자기 왜."

"……왜긴 왜야."

조 비서가 잘못 들은 양 되묻자 마지막 단추를 채우던 인우가 비스듬히 턱을 들었다. 밤빛에 가까운 어스름한 노을이 그의 옆모습을 물들였다. 걸어줄 이 없는 머플러를 팔에 걸친 인우가 지극히 당연하다는 얼굴로 조 비서를 응시했다.

"수요일이잖아."

일과처럼 빈 강의실에서 머리를 맞댄 세 사람의 얼굴이 진지했다. 질문 또 질문. 순서대로 돌아가던 질문이 빽빽한 종이의 마지막 문항까지 다다르자 유진이 못 참겠다는 듯 기지개를 쭉 켰다.

"으으! 우리 이거 언제까지 해야 해."

"언니도 참, 당연히 합격할 때까지죠."

장난처럼 핀잔을 준 연주 역시 홀가분하다는 얼굴로 허리를 폈다. 매일매일 이어지는 면접이라지만 여기에 질리지 않는 사람은 하나뿐인 듯했다.

"역시 우리 회장님, 열의가 아주 남다르세요."

"내가 뭘."

"갈수록 실력이 늘잖아요. 언닌 다 잘하면서 면접만 자신 없다더니, 목소리도 또박또박한 데다 막히는 데도 없고. 해인 언니가 정말 제일 먼저 탈출하겠어요."

"……누가 탈출을 한다고?"

"어, 현우 오빠!"

살짝 열린 문 사이로 현우가 들어서자 유진이 기지개를 켜던 그대로 두 손을 흔들었다.

"무슨 고문이 이렇게 불성실해요. 여기 우리 회장님 좀 본받으셔야지."

"미안. 연수가 길어져서."

"아니에요. 오빠가 왜요. 바쁘신데 괜히 우리 봐주러 여기까지 오시고."

해인이 괜히 성화를 부리는 연주와 유진을 말리며 그를 맞았다. 연수를
다녀왔다더니 네이비색 양복이 그럴싸했다. 더는 학생이 아닌 사회인의 느
낌이 물씬한 것이 낯설면서도 부러웠다.

"오빠 정말 이렇게 입으니 딴사람 같아요."

"맞아요. 꼭 데이트하는 것처럼! 우리는 무간지옥에 빠져 있는데!"

"무슨. 그런 거 아냐."

현우가 제게로 쏟아진 관심에 어색해하면서도 한 발짝 떨어진 해인에게
싱긋이 웃어주었다. 잘 어울리세요, 해인이 입만 벙긋거려 응원을 해주는
데 괜한 헛기침이 이어졌다.

"흐흠, 이러지 말고 나가자. 말로만 도와준대놓고 미안해서 밥이라도 사
야지."

"미안하긴요. 우리 회장님이 얼마나 열정적이신데."

"해인이가?"

현우가 조금은 의외라는 듯 해인을 바라보았다. 그녀가 부끄러운지 생
긋 웃기만 하자 벌써 가방을 챙겨 든 연주가 냉큼 거들었다.

"맞아요. 해인 언니가 오빠 없는 사이에 새 고문도 모셔왔거든요."

"응? 대체 누가……."

"글쎄요. 저희도 얼굴은 못 봐서."

연주와 유진이 쿡쿡거리며 눈짓을 교환했다. 왜 그래, 해인이 그러지 말
라 옷자락을 끌자 두 사람이 그녀의 양팔에 하나씩 팔짱을 꼈다.

"뭐 어때. 너네 사촌오빠 덕 단단히 보는 건 사실이지. 뽑아준 질문도 꼭
진짜처럼 예리하고. 사실 경제 문제는 영 감이 안 왔는데 고마워서 어쩌
지?"

"아, 그러고 보니 해인 언니, 사촌오빠 선물 사드린다더니 벌써 샀어요?"

"아니. 그냥 오늘 살까 싶어서."

해인이 모른 척 고개를 돌려가며 얼버무렸다. 하지만 그렇게 쉽게 떨어져
나갈 그녀들도 아니었다.

"뭐 사려구요? 생각한 거 있어요?"

"……머플러."

별거 아닌 세 글자에도 해인의 귓가가 달아올랐다. 그나마 양옆에서 호
들갑을 떨어대니 표가 덜 나는 것이 다행이다.

"……다 됐어요."

아침마다 머플러를 둘러주면서도 두 사람 다 서로의 눈을 피하지 않았
다. 처음에는 어딘가 마음에 들지 않는 듯 얼굴을 찡그렸던 인우도 지금은
속눈썹에 지는 그림자가 보일 만큼 다가섰다.

"고마워."

짧은 인사와 함께 고개를 드는 순간이 갈수록 느려졌다. 저만 그리 느끼
는 건지, 아니면 오빠도 그러는 건지. 손안에 남는 머플러의 감촉이 아쉽기
만 했다. 모든 것이 가득 찬 남자에게서 느껴지는 유일한 허전함. 그래서 더
욱 인우에게 줄 것이라면 그것만이 떠올랐는지도 모른다.

"오빠가 다른 건 많은데 머플러는 별로 없는 거 같아서. 매일 같은 것만
하시길래."

"그래? 어쨌든 미리 말 좀 하지. 같이 가면 좋은데 나 오늘은 바로 과외
가야 하거든."

"언니, 저두요. 같이 가고 싶었는데 약속이 있어서."

"아니야. 내가 애도 아니고."

해인이 웃으며 두 사람의 등을 떠밀었지만 종알종알, 참견은 갈수록 길어졌다. 불필요한 보호본능이랄까. 막상 보면 늘 해인이 자신들보다 배로 잘하는데도 혼자 내놓기에는 불안한 무언가가 있었다.

"아, 그럼 그냥 현우 오빠랑 가요! 현우 오빠 옷도 잘 입잖아요. 그런 거 진짜 잘 고를 텐데."

"아, 아니야. 오빠 오늘 막 연수 갔다 왔다는데 피곤하게 무슨."

"그치만 어차피 가는 길이잖아요. 조금만 가면 백화점인데 오빠 어차피 거기서 지하철 탈 거죠?"

"응. 어차피 오늘 어머니 부탁으로 백화점 들러야 하거든. 같이 가자."

제 이름이 나오면서부터 관심을 가지던 현우가 적극적으로 나섰다. 해인이 두 손을 저어가며 괜찮다 말하자 결국 연주가 핀잔을 주었다.

"왜 그래요, 언니. 현우 오빠 무안하시겠다. 그냥 가는 길에 도와준다는 건데."

"아…… 그래도."

"그래도는 무슨. 현우 오빠 나름대로 우리 과 패션 리더잖아. 마침 오늘 양복 입어서 맞춰보기도 좋고. 딱 좋네."

"……하하."

유진까지 속닥거리며 부추기자 해인이 마지못해 웃었다. 더 거절했다간 괜한 사람만 민망해질지도 모른다. 둘만 다녀본 적이 없어 어색하긴 했지만 유진의 말처럼 현우라면 저보다는 훨씬 그럴싸한 선물을 잘 골라줄 것 같기도 했다. 해인은 저를 빤히 보는 현우를 마주 보며 고개를 끄덕였다.

"그럼 저 부탁 좀 할게요, 오빠."

역시 남에게 무언가를 부탁한다는 것이 쉽지는 않다. 그러나 민망함도 감수할 만큼 인우에게 보다 멋진 선물을 주고픈 마음이 컸다.

"그럼 다 해결됐지? 우리도 마음 놓고…… 어. 버스 온다!"

"유진 언니! 뛰어요, 빨리!"

마지막까지 요란을 떨던 연주와 유진이 냅다 정류장으로 달려갔다. 시끌벅적함도 잠시, 곧 적막이 어둠처럼 찾아왔다. 그들이 사라질 때까지 웃음을 참던 현우가 기다린 듯 뒤를 돌아보았다.

"참, 그런데 사촌오빠한테 줄 거라고?"

"아…… 네."

"많이 친한가 보네."

……친한가? 우리가? 가로등 아래 캠퍼스를 걸으며 해인은 가방의 손잡이를 만지작거렸다. 인우를 생각할 때면 밤거리가 춥다 생각도 못 할 만큼 목덜미며 입안이 홧홧해졌다. 같이 커피를 마시고, 그를 배웅하고, 한 번이지만 손도 잡아보았고.

"……."

이 정도를 친하지 않다 하기엔, 저는 그런 일을 경험해본 적이 없다. 결혼도 처음이지만 그 외의 것들도 마찬가지다. 이제껏 한 번도 누군가의 목에 머플러를 둘러준다거나, 마주 앉아 커피를 마신다거나, 그러다 눈이 마주치면 웃어본 적이 없다.

설령 그것이 모두 누군가에게 보여주기 위한 것이라 해도, 인우는 특별했다. 수천 번 똑같은 상황이 찾아왔다 해도 그가 아니라면 지금과 똑같이 하지는 못했을 테니까.

"친한 거 맞아요. 맞는 거 같아요."

"……그렇구나. 그럼 혹시."

"네?"

"아냐. 그냥 어떤 분이기에 네가 그렇게 마음을 열었나 궁금해서."

조금은 서운한 듯 바라보던 현우가 얼른 고개를 저었다. 조용하고 낯을 가리는 해인이 저렇게까지 웃는 것이 신기한 모양이다.

"좋은 분이신가 보네."

"네."

남들 눈에야 어떻든 그녀 자신에겐 더없이 좋은 사람이었다. 그를 어찌 표현해야 할지 몰라 머뭇거리는 사이, 주머니 속 휴대전화가 울렸다.

천천히 받고 와. 배려심이 깊은 현우가 알아서 걸음을 서두르자 자리에 남아 있던 해인은 마른침을 꿀꺽 삼켰다.

"네, 오빠."

– 어디야?

인우의 목소리가 이른 새벽처럼 나지막했다. 어쩌면 그때처럼 가까이에 있는 듯, 귓가에 바람이 이는 소리마저 비슷했다. 말도 안 돼. 배시시 웃은 해인은 수화기를 더욱 귓전에 가까이했다.

"아직 학교예요. 왜요?"

– 아니, 벌써 집에 가 있나 해서.

"아······."

정말이지 별말 아닌데, 그의 입에서 나오는 '집'이라는 말이 귓가를 간질였다. 눈앞에서 전해주는 말보다 이렇게 수화기를 통해 듣는 말이 더욱 비밀처럼 은밀했다.

– 다 마친 거야? 그럼······.

"아뇨. 저 아직 안 마쳤어요."

– ······.

"사실은 저녁에 약속이 좀 있어서요. 그래서 늦을 것 같아요."

얼른 고개를 저은 해인이 멀찍이 떨어져 선 현우를 바라보았다. 저를 기다리느라 멀리 가지도 못한 모습에 부쩍 마음이 조급해졌다.

"오늘은 오빠가 먼저 집에 도착하실지도 모르겠어요. 식탁에 샌드위치 만들어뒀는데 꼭 드세요."

- ······.

"오빠?"

- 중요한 약속이야?

침묵 끝에 바람인지 한숨인지 모를 소리가 스치며 인우의 목소리도 함께 흩어졌다. 뭐지? 수화기를 귓전에서 떼어내 고개를 갸웃하며 바라보던 해인이 다시 전화기를 귀에 가져다 댔다. 그의 음성은 그새 더욱 가라앉아 있었다.

- 꼭 가야 하는 약속이냐고.

"아······ 네. 가야 해요."

- 얼마나 중요하길래?

전에 없이 집요해진 그에게 뭐라 대답할지 몰라 해인은 결국 입술을 맞물었다. 난 왜 비밀 하나 지키기도 힘겨운지. 이러다 웃음이 새어나오기라도 할까 해인은 손가락으로 입술을 꾹 눌렀다.

"많이요. 아주 많이요."

- ······.

"그러니까 먼저 가 계세요. 저는 천천히 갈게요. 저 기다리지 마시고······."

- 그건 내가 결정해.

인우의 짧은 대답이 겨울 밤거리와 닮은 곳이 많았다. 차가우면서도 여운이 짙은, 쉽게 떨쳐내기 힘든 목소리에 해인은 그제야 슬며시 한쪽 눈을 찡그렸다.

"오빠? 혹시 무슨 일 있으세요?"

- ······아니. 내가 왜.

"아아, 그럼 다행이구요. 저 그럼 가볼게요! 친구가 기다려서요."

웃음을 찾은 해인은 뒤돌아보는 현우에게 손을 들었다. 괜찮다며 웃어주는 현우를 두고도 귓가엔 아직 끊지 못한 누군가의 음성만이 맴돌았다.

"너무…… 늦지 마."

들릴 듯 말 듯한 음성을 마지막으로 인우가 수화기를 내렸다. 길 건너 누군가를 향해 환히 웃는 해인의 모습이 고스란히 보였다. 잘못 볼 리 없다는 것은 본인이 더욱 잘 알면서도 미련이 가득해 발을 떼질 못했다.

"……."

서둘러 사라지는 두 사람을 보며 인우는 해인의 웃음과 숨결이 남은 휴대전화를 엄지손가락으로 쓸었다. 점차 사라지는 온기가 흔적조차 남지 않을 때쯤, 그는 그대로 밤거리에서 돌아섰다.

"……."

알람이 울리기도 전에 눈이 먼저 뜨였다. 커튼 너머 어스름한 빛만 보아도 조금 더 눈을 붙여도 될 테지만 그녀는 기어이 몸을 일으켰다. 다시 누워 눈을 감는다 해도 잠들 수 있을 것 같지가 않았으니까.

드르륵, 밖으로 나서는 대신 오늘은 서랍을 열었다. 아직 불도 켜지 않았는데, 은은한 청록색 포장지 위로 은빛 리본이 반짝이자 간밤의 꿈을 확인하는 것처럼 그녀의 얼굴에 안도가 서렸다. 망설이던 해인은 리본의 고리에 손가락을 감아보았다.

……좋아해줄까? 선물을 타박할 남자가 아니라는 것은 잘 알지만 아는 것과 마음은 달랐다. 인우가 이것을 받고 어떤 표정을 지을지, 그 생각만 해도 가슴이 뛰어 잠을 이룰 수가 없었다. 하루만 지나면 알게 될 텐데. 아니, 오늘 밤이니 하루도 남지 않았다. 스스로가 참을성이 없다 생각해본 적은 한 번도 없는데, 어제 백화점을 나서던 순간부터 매분 매초가 길어졌다.

'이러면 안 되지.'

해인은 굳은 마음으로 서랍을 닫았다. 다시 열어보고 싶어서 손가락이 움찔거렸지만 언제까지나 혼자 들떠 아이처럼 굴 수는 없다.

'뭘 바랄까. 오빠 같은 남자한테.'

일부러 마음에도 없이 기대감을 푹 꺾어버렸다. 내가 오빠를 아는데. 오빠가 어떤 사람인데. 그저 찡그리듯 바라만 보다 짧게 한마디 하는 것이 전부일 것이다.

"……생일?"

예전에도 그랬다. 아빠가 미리 인우의 생일케이크를 준비해놓고 기다리던 순간에도 인우는 남의 일처럼 무심하기만 했다. 그와 함께 들어서던 저조차도 몰랐던 일이라 생일인 그보다 제가 더 당황했다.

"오빠, 미안해요. 저도 선물 드려야 하는데…….”
"네가?"

네가 뭘 한다고? 딱 그런 표정으로 나지막한 웃음을 터트렸다. 얼마나 어이가 없어 보였는지, 제 생일도 아닌데 케이크 위 촛불처럼 얼굴이 빨개졌다.

"됐어, 넌."
"그래도 생일인데, 아빠가 말씀을 안 해주셔서…….”
"나중에. 다 크면."

말은 그렇게 하면서도 과연 그런 날이 오기나 할지, 일말의 믿음조차 없는 단호한 얼굴이었다. 어린 아가씨의 마음에 상처를 주기 딱 좋은 표정에도 불구하고 머리에 닿은 손만은 언제나처럼 따스했다. 지금도 그 감촉이 고스란히 기억이 날 만큼.

"……."

생긋 웃은 해인은 방문을 열고 나섰다. 어제는 인우가 늦어 얼굴도 보지 못했으니 준비를 서둘렀다. 아침은 간단하게 커피나 마시고 나간다지만 그래도 생일인 만큼 미역국 정도는 제 손으로 끓여주고 싶었다. 어제 미리 재료를 사두었으니 이제부터 준비를 하면 늦지는 않을 것이다.

"어, 오빠?"

부엌으로 향하던 해인이 거실에서 느껴지는 인기척에 깜짝 놀라 돌아섰다. 이 집에 있을 사람이래야 둘밖에 더 있겠냐만 이 시간에 나와 있을 거라고는 생각하지 못했다.

"왜 벌써 나와 계세요?"

"……넌?"

안색만큼이나 목소리도 어두웠다. 일찍 준비를 한 건지, 아니면 늦게 들어온 건지. 소파에 앉은 그의 차림새가 어제와 같았다. 제가 둘러주었던 머플러가 없다는 것만 빼면…….

"아……."

머플러를 떠올리자마자 해인의 입가가 사르르 올라갔다. 스스로가 단순하기 짝이 없다 생각을 하면서도 서랍 안의 리본을 만질 때처럼 손가락이 멋대로 굽어들었다.

"저 일찍 깨버려서 커피 마시려구요. 그런데 오빠는 언제 나오신 거예요?"

"……."

"오빠?"

어디 아픈 걸까. 해인은 평소와는 확연히 다른 인우의 모습에 서서히 고개를 기울였다. 하지만 걱정 가득한 얼굴이 그의 얼굴을 살피려는 듯 가까워지자 인우는 자리에서 일어나버렸다.

"나가봐야겠다. 일이 바빠서."

"벌써요? 아직 시간이……."

"할 게 많아."

차갑지는 않지만 틈을 주지도 않았다. 표정조차 알 수 없는 인우가 한쪽에 걸쳐진 코트를 집어 들었다. 서둘러 나가는 이 치고는 누군가를 꼭 봐야 했던 것처럼 발걸음이 무거웠다.

멍하게 자리를 지키던 해인은 부랴부랴 그를 뒤따랐다.

"일이 많으세요? 어제 수요일이라 빨리 마치신 줄 알았는데."

"……그러니까. 수요일이었는데."

인우가 구두를 신다 가만히 그녀를 돌아보았다. 아직 새벽빛이 어스름한 탓인지 그의 눈동자 또한 평소보다 더욱 짙었다.

"넌 어제 재밌었나 봐."

"저요? 저는…… 그럼요. 여기저기 다니느라."

이 오빠가 뭘 알고 그러는 걸까. 해인은 억지로 웃으며 머리칼을 넘겼다. 살짝 어린 홍조에 더욱더 심기가 불편한 것처럼 인우의 눈썹이 꿈틀거렸다.

"……누구랑?"

"아아, 누구냐면……."

"됐어."

말하지 마. 그냥. 그녀의 난감한 기색에 인우가 쓴웃음으로 돌아섰다. 걸음마다 여운을 두고 언제든 돌아볼 듯 굴던 어제까지와는 달랐다. 듣고 싶지 않은 건지, 그럴 자신이 없는 건지 딱딱해진 표정이 낯설기만 했다.

해인이 뒤늦게 쫓아가보았지만 한발 늦었다.

"오빠, 같이 가요."

고작 계단 몇 개를 내려가는데 숨이 찼다. 평소에도 성큼 잘 걷는다 싶더니 오늘은 따라잡기도 힘들었다. 손을 내밀어 잡지도 못하고 계단 중턱에서 미아처럼 방황하는 그녀에게 인우가 휙, 고개를 돌렸다.

"너 오늘 어디 나가?"

"……오늘이요?"

"수업 없잖아. 어디 나가냐고."

제법 떨어진 거리에서도 초조함이 선연했다. 아직도 가슴을 부여잡고 숨을 고르던 해인이 겨우 입을 열자 인우는 그 모습도 힘겨운 듯 제 이마를 받쳤다.

"아주 중대한 일이 있는 게 아니라면…… 나가지 마."

"왜요?"

알았다 할 줄 알았던 해인의 고개가 비스듬히 기울었다.

저 아주 중대한 일 있는데. 차마 말은 못 하고 어색한 웃음만 지어 보였다.

"무슨 일 있으세요?"

"……춥잖아."

기껏 나온 말도 그리 탐탁지는 않은 얼굴이었다. 쓸어내린 머리 아래로 찌푸린 눈매가 고스란히 드러났다.

"갈게. 들어가."

"머플러 아직 안 맸는데."

"……."

"바, 밖에서 누가 보고 있을지도 모르고, 전에 안 비서님이 오빠 위해선 그러는 게 좋겠다 하셔서요. 또 오빠도 춥다고 하시니까."

"안 추워."

추위도 사람 가리며 온다는 건지, 채 일 분도 안 되어 말을 바꾸면서도 그는 조금도 주춤하지 않았다. 도리어 지켜보던 해인이 당혹스러워하며 입술을 깨물자 인우는 잡은 손잡이를 밀어내는 대신 그녀를 올려다보았다.

"······송해인."

바로 어제까지 숨결이 닿을 데 있었는데, 어느새 이 정도 거리를 둔다는 것조차 어색해졌다.

"진짜 날 위한다면 오늘은 집에 있어."

검은 눈이 정말로 추위 따위는 느끼지도 못하는 양 뜨거웠다. 언제까지나 서 있을 것 같던 인우의 뒤로 차가 들어섰다. 들어가. 마지못해 돌아서서 나가는 그의 빈자리에 찬 바람이 머물자 해인은 공연히 제 팔을 쓸어보았다.

"······정말 춥구나."

들고 온 옷들을 하나하나 펼쳐놓는 안 비서의 손길엔 들뜸이 가득했다. 비록 자신이 입을 것은 아니지만 예쁜 옷들에게 꼭 맞는 주인을 찾아주는 것만큼 보람 있는 일이 또 있을까. 특하나 여기 앉은 인형처럼 예쁜 아가씨라면 더할 나위가 없었다.

"이것 좀 보세요. 너무 부담스럽지도 않고 잘 어울리실 것 같은데."

"아······ 예뻐요."

"그렇죠? 전에 갔던 그 숍에다 잘 좀 골라두라고 얼마나 신신당부했는데요."

신이 난 안 비서가 하얀색 트위드 원피스를 해인에게 대어보았다. 거기에 맞는 장신구며 구두를 고르다 말고 의아해하며 고개를 갸웃거렸다.

"왜 그러세요? 무슨 일 있으세요, 사모님?"

"아, 아니요."

사모님 소리는 언제 들어도 적응이 안 돼 해인의 눈동자가 방황했다. 사실 이미 인우가 떠난 순간부터 그러고 있었으니 아무리 예쁜 옷을 눈앞에 두고도 눈에 들어오지가 않았다. 궁금해하는 안 비서에게 아무렇지 않은 척해보려다 결국 마음을 바꿔 입을 열었다.

"호, 혹시 말이에요, 인우 오빠는 오늘 일 하나도 모르는 건가요?"

"전무님이라면…… 네, 그럼요."

안 비서가 입술을 질근 깨물며 고개를 끄덕였다. 뭔가 의미심장한 미소였지만 자세히 설명할 마음은 없어 보였다.

"깜짝 생일 파티니까요."

"그, 그렇죠?"

"네. 회장님께서 전무님 성격에 그걸 알면 오시겠냐고…… 아, 제 말은 전무님이 어떠시다는 게 아니라."

"저도 알아요. 인우 오빠는 그럴 사람 아닌 거."

"……."

"오빠가 알고 보면 얼마나 속이 깊은데요."

"아……."

뭘 또 그렇게까지. 안 비서는 필요 이상의 믿음을 가진 아가씨를 떨떠름히 바라보았다. 뭐, 좋은 게 좋은 거 아니겠는가. 부인이 남편을 저리 생각하는데 구태여 환상을 깨트릴 필요는 없었다. 더군다나 짐작이 가는 바도 있다 보니 다시금 슬쩍 웃음이 맺혔다.

"그럼요. 전무님이야 겉으로만 살짝 그러시죠."

"네. 사람들이 잘 몰라서 그렇지 정말 인우 오빠 같은 사람도 없거든요. 은근히 잘 도와주고, 웃기도 하고, 인사도 잘해주고……."

물론 오늘은 안 그랬지만. 해인의 어깨가 축 처졌다. 특별한 일은 없었는데……. 어제 전화를 할 때까지만 해도 저를 부르는 목소리가 밝았다. 그러던 사람이 왜 갑자기 눈도 제대로 마주치질 않는지, 울컥했다.

"……사모님? 몸이 안 좋으세요?"

"아니요. 아니에요. 그냥 잠깐 딴생각 좀 하느라."

"그러셨구나. 그럼 이 옷으로 골랐으니 제가 오후에 모시러 올게요. 그룹 계열사 호텔에서 가까운 사람들만 모일 테니 지난번처럼 긴장하지 않으셔도 돼요."

남은 옷들을 정리하던 안 비서가 자리에서 일어났다. 마음 같아선 하나하나 모두 입혀보고 싶지만 해인의 표정이 지난번과는 사뭇 달랐다. 지난번 파티를 준비할 때에는 그저 떨리고 긴장된 얼굴이었다면 오늘은 어딘가 불안해 보였다.

"저기, 안 비서님. 지금 회사로 돌아가시는 거예요?"

"네. 그래야죠."

"그럼…… 저, 뭐 하나만 전해주실 수 있으세요?"

"뭘요? 아아, 선물이라면 직접 주시는 게 더……."

"그게 아니라, 미역국을 끓였는데 오빠가 못 먹고 가서요."

정말 별게 아니다 보니 말을 하다가도 목덜미가 붉어졌다. 괜한 부탁을 했나 싶으면서도 이른 아침에 서둘러 나간 인우의 뒷모습이 눈에 밟히기만 했다. 그 후의 일정이야 모른다지만 그다지 밥을 챙겨 먹었을 것 같지도 않았다.

"새, 생일인데 그래도 미역국은 먹어야 하지 않나 해서. 혹시 가는 길에 전해주시면……."

"그럼 사모님도 같이 가세요."

"……네?"

"직접 준비하신 거니 가져다드리면 더 좋죠. 안 그래도 전무님 오늘은 계속 회사에만 계실 텐데 이참에 회사도 구경하시구요."

거기에 저는 전무님을 안 뵈어도 되니 일석삼조고요. 더없이 좋은 생각이라며 안 비서가 해인을 이끌었다.

"같이 가세요."

"그래도 말도 없이 일하는 곳에……."

"사모님은 전무님 일하는 거 궁금하지 않으세요?"

"……저는……."

해인이 침을 꿀꺽 삼켰다. 아니라는 말을 하기엔 늦은 데다, 안 비서의 눈치는 지나치게 빨랐다. 여기서 더 다른 마음을 들키기 전에 부랴부랴 부엌으로 향하는 자신이 조금은 구차했다.

"아, 아무래도 통은 다시 받아 오는 게 좋을 거 같긴 해요. 냄새나면 일하는 데 방해될 수도 있으니까요."

• ✦ •

"전무님, 말씀하신 이번 기획팀 신입들 명단입니다."

조 비서가 신입직원들 관련 파일을 펼치자 인우가 감고 있던 눈을 떴다. 하루 내내 아무런 감정도 없던 눈이 예리해졌다. 빠르게 파일을 훑어내리던 그의 눈이 누군가의 사진에서 멈칫하자 조 비서가 반색했다.

"아, 이 친구가 전에 말한 친구입니다. 한국대 출신 유현우라고."

"……한국대 확실해?"

"네. 이번 신입들 중에서도 성적이 제일 좋을 겁니다. 이 정도 스펙이면 분명 부사장 라인에서 미리 그쪽에 줄을 세우려 작업을 좀 했을 텐데, 그런데도 끄떡 않는 친구랍니다."

설명을 듣는 둥 마는 둥, 인우의 미간이 눈에 띄게 찌푸려졌다. 단순히 마음에 들지 않는다고 하기에는 거기에 서린 불쾌감이 꽤나 강했다. 다만 그 불쾌감이 어디를 향한 것인지는 명확하지 않았다.

"안 그래도 연수 끝나고 오늘부터 출근했을 텐데 한번 보시겠습니까?"

"내가 왜?"

올려다보는 그의 눈이 서늘하다 못해 냉랭했다. 출근하자마자 파일부터 찾아오랄 때는 언제고, 난데없는 냉대에 조 비서만 난감해졌다.

"분명 가까이 두시면 도움이 될 친구입니다. 집안이나 여러모로 전무님께 힘이……."

"아니. 집안은 됐고."

"그럼 뭘 더……."

"뭐가 더 있겠어. 본인 능력 외엔."

쓱. 그가 그대로 서류를 밀어놓자 조 비서가 얼른 거두어 챙겼다. 영문 모를 위화감이 의문을 품기도 전에 사라졌다. 그러나 아직도 마음은 덮인 서류에 있는 것처럼 인우의 눈빛이 미묘해졌다.

"……요즘 젊은 아가씨라면 아무래도 이런……."

"네?"

"아냐. 나가봐."

쓴웃음과 함께 인우는 조 비서를 물려냈다. 대체 왜 이러는 건지. 이런 상태라면 다른 서류라고 눈에 들어올 리 없다. 결국 펜을 내려놓고 이마를 받친 그는 입구에서 서성대는 조 비서의 발걸음에 눈을 찌푸렸다.

"또 왜?"

"왜긴 왜냐. 네놈이 안 오니 내가 왔지."

"……회장님."

열린 문틈으로 인우를 못마땅하게 노려보던 강 회장이 허락도 없이 성큼 들어섰다. 중간에서 난감해하던 조 비서가 얼른 자리를 비키자 인우도 어쩔 수 없이 일어났다. 아무리 눈에 보이는 것이 없다지만 감히 회사의 주인을 내쫓기란 어려웠다.

"무슨 일이십니까?"

"그건 내가 물어야 할 일 아니겠느냐?"

툭. 책상 위에 내려놓는 봉투가 어째 낯설지 않았다. 지난 기시감과 함께 표정을 굳힌 인우는 곧장 그것을 집어 들었다. 끄떡도 않을 것 같던 그의 얼굴이 안에 있던 사진을 확인하고서는 얼음장처럼 차가워졌다.

"지금 이게 뭡니까!"

"보면 모르느냐. 네 부인이지."

"……해인이 뒤를 따라다니셨습니까?"

"나만 그럴 거라 생각하느냐?"

강 회장이 오히려 코웃음을 치며 인우를 노려보았다. 안이하긴. 한심하기 짝이 없다는 그 눈빛이 한 핏줄 아니랄까 봐 인우 이상으로 서늘했다.

"네 눈엔 이곳이 장난 같겠지만 여긴 태원이다. 해인이 역시 네 부인이기 이전에 태원의 일원이란 말이다! 부사장이 얼마나 독이 올랐는지 모르는 것도 아닐 테고, 이 정도는 네 선에서 미리미리 정리를 해야지!"

"대체 뭘 정리하라는 말씀이십니까."

"그 옆에 있는 남자 말이다. 별 사이든 아니든 보는 눈이 얼마나 많은데, 신경을 썼어야지. 그래봤자 고작 한 달 아니냐. 듣자 하니 태원 신입이라던데 그러다 무슨 말이 나기라도 하면……."

"나면, 어쩌시려고요?"

사진을 내려놓은 인우가 강 회장을 똑바로 대면했다. 새벽부터 들끓던 마음에 제대로 불이 붙었다. 검게 물든 그의 냉담한 눈망울에서 푸른 불꽃이 타올랐다.

"이미 알아볼 만큼 알아보신 모양인데 회장님께서 왜 이러시는지 모르겠군요. 한 달을 살든 한 해를 살든 함께 사는 사람은 저입니다."

"그래서 너는 이게 아무렇지도 않다는 말이냐?"

"……제가 왜 그것까지 말씀을 드려야 하는지 모르겠습니다."

차마 아니라는 대답은 하지 않았다. 안 통할 것을 알고 있으니까. 책상을 짚고 돌아서는 인우의 헛웃음은 신물이 난다는 듯 질려 있었다.

"저로서는 최대한 공손하게 참견 마시라 말씀드리는 중이라는 것만 좀 알아주셨으면 좋겠군요."

"건방진 놈."

"그 건방진 놈이라도 필요하다 싶으시다면……."

"……."

"더는 이런 일 용납하지 않습니다."

한 걸음을 옮긴 인우가 강 회장의 시선으로부터 책상 위 사진을 가렸다. 밤거리에서 환하게 웃는 그녀의 얼굴이 누군가에겐 눈살을 찌푸릴 계기가 된다는 자체가 그의 피를 식게 만들었다. 비록 그 옆에 누가 있는가 하는 문제는 오로지 남편인 저만의 일이다.

"무슨 생각을 하시든 제 알 바 아니지만 거기서 해인이는 빼십시오."

"내가 괜히 이러는 것 같으냐? 이게 또 부사장 손에 들어갔으면 어찌 됐겠느냐?"

"……어찌 됐겠습니까."

피식. 싸늘한 웃음이 고요했다. 한껏 부풀려보는 그저 그런 허세와는 차원이 달랐다. 오만하다 못해 잔혹한 눈빛에 언뜻 기대감까지 실렸다.

"가서 그 손에 한번 들려보시지요."

"강 전무."

"저도 궁금해서요. 어찌 될지."

감정을 모두 집어삼킨 인우가 손끝으로 해인의 사진을 눌렀다. 어쩌시겠습니까. 그대로 제 조부를 향한 선득한 눈매에 강 회장 또한 노성을 터트렸다.

"보이는 게 전부가 아니라고 누누이 말했지 않느냐! 뭐든 입맛대로 만들어내면 그만인 것을, 하루를 살든 한 달을 살든 적어도 태원의 며느리가 됐으면…….'

"제 부인입니다."

그 한마디로 인우의 설명은 끝이 났다. 덧붙일 것도 없이 간단명료한 결론과 함께 그가 나서서 문을 열어주었다.

"보이는 게 다인 세상에서 이미 잘 살고 있는 아이입니다. 그런 애를 굳이 목줄 끌어 데려다 앉힐 만큼 이 바닥이 그리 깨끗한 것 같지는 않군요."

"……그래서, 넌 그리 네 부인에게 자신감이 넘친단 말이더냐?"

"남의 부인을 두고 이런 것들이나 캐내는 이들보다는요."

나가주십시오. 흠 하나 잡을 데 없는 특유의 예의 바른 몸짓이 간단명료했다. 노기 어린 눈썹을 부르르 떨던 강 회장이 그 기세에 떠밀리듯 걸음을 옮겼다. 그러나 이대로 물러나기에는 그 역시 수십 년간 이 큰 기업을 이끌어온 수장의 자존심이 있었다.

"그리 잘 알면 지금 네 부인이 로비에 와 있는 것도 당연히 알겠구나."

"……."

삐걱. 돌아서는 인우의 구두 소리가 크게 울렸다. 한 사람이 이성을 잃으면 한 사람은 여유를 되찾기 마련이다.

"어째 네 표정을 보니 그것도 몰랐던 모양인데 그래놓고는 무슨."

"해인이가 왜 여기에 와 있단 말입니까? 설마 또 회장님이 부르셨습니까?"

"내가 왜? 감히 누구 부인이라고."

받은 것은 반드시 갚아주고야 마는 성미가 조손간에 꼭 닮았다. 인우를 두고 먼저 나서는 강 회장의 걸음이 느긋해졌다.

"그나저나 널 보러 온 것도 아니라면, 누굴 보러 왔겠느냐."

"와……."

로비에 선 해인이 드높은 천장에 입을 벌렸다. 지난번에야 멋모르고 불려와 바로 회장실로 향했으니 제대로 사내를 보는 건 처음이다. 압도적인 규모도 규모라지만 그보다는 그곳을 꽉 메운 이들에게 더 눈길이 갔다. 각종 서류를 들고 바삐 다니는 걸음들이 정말로 저와는 다른 세상에 온 것처럼 어지럽게 느껴졌다.

"……."

나도 이런 데 다니고 싶은데. 언젠가 자신도 저 사람들 틈에 끼게 될지도 모른다 생각하자 벌써부터 손에 진땀이 났다. 막상 여기에는 왜 왔는지도 잊을 만큼 혼이 나가버렸다.

"안에 들어가서 제대로 구경하시죠, 사모님."

"안 비서님."

"전무님 뵈러 오셨잖아요. 안에 계실 텐데, 구경 좀 시켜달라고 해보세요."

"……그건 좀."

반쯤 농담인 듯 건네는 안 비서의 말에 해인이 마른 입술을 깨물었다. 말도 안 돼. 아무리 제 남편이라지만 인우는 이런 곳을 데리고 다니며 안내해 줄 만큼 세심한 남자는 아니다. 그렇다고 아주 바라지 않는 것은 아니지만.

"오, 오빠는 안 그래도 바쁘시니까요."

"그래도 미역국까지 끓여서 여기까지 오셨잖아요."

"이건 그냥……."

"이런 거 받고 싫어하실 분이 어딨겠어요? 분명 좋아하실 거예요."

"······그럴까요?"

귓가를 발갛게 물들인 채 고개를 내린 해인이 들고 있던 종이가방 안을 들여다보았다. 솜씨가 좋다고는 못 해도 끓이는 내내 따뜻하라 기도를 했다. 오늘이 제게만 추운 날은 아니겠지. 이른 아침부터 유독 추워 보이던 인우의 몸과 마음이 조금이라도 녹기를 바랐을 뿐이다.

"전 이것만 주고 가도 되는데. 꼭 오빠 일하는 거 못 봐도 괜찮아요."

"어머, 사모님도 참."

거짓말을 이리도 못하셔서야. 안 비서가 웃음을 참으며 해인을 한쪽으로 끌었다. 어린 사모님이 직장인들을 신기하게 바라본다면 상대편 쪽에선 더욱 그러했다. 삭막한 회사에 어울리지 않는 화사한 해인에게 쏟아지는 눈길들이 갈수록 늘어났다.

아직 그녀가 누구인지는 모른다 해도 지난번 연회에서 모습을 드러낸 이상 영원한 비밀은 없다. 특히나 보는 눈이 우글우글한 회사였으니 당분간은 조심을 하는 게 좋다. 꼭 누군가의 눈을 피해서라기보단, 오히려 그 반대였다. 그 얼음장 같은 분이 사모님을 보시면······. 거기까지 생각해보던 안 비서의 입에 의미심장한 웃음이 맺혔다.

"이리로 가세요. 제가 전무님께 모셔다드릴게요. 확인해보니 오늘은 오후 일정도 없다고 하셨거든요."

"저, 정말요?"

저도 모르게 웃는 건 해인도 마찬가지였다. 반질반질한 대리석 로비에서 꿔다 놓은 보리자루처럼 머쓱해하던 그녀의 목소리에 반가움이 가득해졌다.

"안 바쁘다니 다행이에요. 아침엔 바쁘다고 해서 제가 괜히 온 게 아닐까 싶어서 걱정했는데."

"걱정은요. 제가 장담하는데 전무님께선 사모님이 오신 것만으로도 좋아하실걸요?"

안 비서의 장담에 해인은 왠지 초조해져서 입술을 깨물었다. 이른 아침 집을 나섰던 인우의 얼굴을 생각하면 가슴이 철렁하다가도 이곳까지 온 이상 기대감은 커져만 갔다. 따끈한 국도 가져왔겠다, 알량하지만 믿는 구석이 생겨서 그럴지도 모른다.

"그런데 사모님은 여기까지 오셔서 뭐 따로 보고 싶으신 건 없으세요?"

"저는…….."

다시 고개를 든 해인은 저 멀리 지나치는 사람들을 바라보았다. 학생은 아니지만 회사원이라기에도 어딘가 부족한 모습들. 풋풋하지도, 노련하지도 않은 어정쩡함이 어쩐지 남 일 같지 않아 더욱 반가웠다.

하지만 정말로 가까이서 보고 싶은 사람이라면 그들은 아니다. 조금 더 가까이에서, 숨결이 닿을 거리에서 보고 싶은 사람은 언제나 따로 있었다. 그 사람을 떠올리기만 해도 그토록 신기하던 신입사원들마저 흐릿하게 뭉그러졌다.

"사모님?"

"아, 저분들도 많이 떨리실 거 같아서요."

안 비서가 저를 부르자마자 해인은 냉큼 신입사원들을 방패막이로 내세웠다. 괜히 부끄러운 모습을 보이기 전에 서두르느라 괜히 말도 빨라졌다.

"처음 회사 다니면 어떤 기분일까 해서."

"신입사원들 말인가요?"

"네. 그래도 다들 어려운 시험 통과해서 합격한 분들이니……."

부러운 듯 말을 잇던 해인이 일순간 달라지는 분위기에 민감하게 반응했다. 뚜벅뚜벅, 수많은 걸음 사이에서도 유독 귀에 박히는 발소리였다. 제 갈 길 가느라 바쁘던 이들을 한 번에 멈춰 세운 그림자의 주인공이 서서히 모습을 드러내기 시작했다.

"아……."

등장만 했을 뿐인데 로비 안 공기의 흐름부터가 달라졌다. 검은 머리칼에 굳은 눈썹이 조금의 틈도 없이 견고했다. 알아서 길을 트고 제게 고개를 숙이는 움직임도 모두 무시한 채, 인우가 그녀를 마주했다.

"오빠."

겨우 입만 벙긋대 불러보는데도 속이 뜨거워졌다. 한마디 말도 없이 제게서 눈을 떼지 않는 그의 시선이 검은 대리석 바닥과 대비되어 더욱 강렬했다. 그럼에도 아침보다 인우가 더욱 차게 느껴지는 건, 제 착각일지도 모른다.

"……송해인."

아니, 그러기를 바랐다.

"너 왜 여기에 있어?"

해인은 쏟아지는 시선을 가린 인우의 널찍한 가슴을 올려다보았다. 펄럭이는 슈트 자락에 묻혀온 냉기가 고스란했다.

"뭘 보고 있었지?"

"네?"

"아니면…… 누굴 찾았어?"

억누르는 듯한 음성이 해인에게만 닿을 듯 무겁게 내리깔렸다. 심상찮은 분위기에 당황한 안 비서가 나서보려 했지만 입을 떼기도 전에 인우가 고갯짓으로 그녀를 물려냈다.

"전무님, 사모님께선……."

"끼어들려거든 내가 그러라 할 때 하면 돼, 안 비서."

워낙에 무감한 얼굴이라 특별히 차게 굴지 않아도 알아서 사람을 질리게끔 했다.

떠밀리듯 걸음을 물린 안 비서가 걱정스레 이쪽을 바라보자 해인은 억지로 웃어 보였다. 하지만 그마저도 참지 못하는 듯 인우는 곧장 해인의 시선을 제게로 돌려왔다.

"송해인."

"……오빠."

"내가 묻잖아."

겉으로 보기에는 지난번 연회와 다를 바 없는 모습이었다. 나란히 마주한 선남선녀에 서로에게만 들리는 조용한 말소리. 특히나 인우의 시선이 저 멀리서도 느껴질 만큼 뜨거웠으니 겉으로야 더할 나위 없이 잘 어울리는 한 쌍이라 할 만했다. 다만 서로의 좁은 공간에 감도는 낯선 분위기는 마주선 두 사람만이 알 수 있었다.

"오늘은 집에 있으랬잖아. 넌 내가 그만큼 말했는데."

"그, 그냥 궁금해서."

"그냥?"

내리깐 인우의 한쪽 눈썹이 꿈틀거리자 해인의 어깨도 같이 흔들렸다. 오빠가 왜 이러는 걸까. 대놓고 화를 내지 않는다 해서 그리 믿어버리기엔 이미 이 남자에 대해 아는 것이 많다. 짙게 내리깔린 그의 눈빛을 보는 순간부터 숨이 쿡 막혔다.

"……네, 그냥이요."

망설이던 해인은 최대한 아무렇지 않은 척 미소를 지었다. 아무리 그의 등에 가려 있다지만 그래서 더욱 쏠리는 시선들은 지난번의 경험으로 익숙해졌다.

"큰 회사는 어떤지 궁금해서요. 그래서 와봤어요."

왜 그리 대답을 했는지, 그녀 스스로도 몰랐다. 손가락을 짓누르는 종이 가방의 무게감도 애써 모른 체했다.

후우. 인우의 깊은 한숨이 해인의 갈색 머리칼을 흩날렸다.

"그럼 오자마자 올라왔어야지."

"오빠."

"여긴 네가 생각하는 것처럼 그렇게 볼만한 게 없다고."

인우의 눈이 멀리 숨죽인 신입사원들을 내리훑었다. 안도인지 자기혐오인지 모를 복잡한 감정이 잠시 사그라졌다. 그가 힘겹게 고개를 들자 해인이 인형처럼 눈을 깜박였다.

"아아, 그렇구나. 저도 몰랐어요."

"……."

"회, 회사 안 다녀봐서, 잘 몰랐어요."

머리칼을 넘기는 그녀의 귓바퀴가 빨갰다. 아차 하듯 찡그린 그의 얼굴에도 해인은 마른침을 힘겹게 넘기며 어설픈 웃음만 지었다.

"알았으면 안 왔을 텐데."

"……이러지 말고 올라가. 가서 이야기해."

"아니에요. 괜찮아요."

그녀가 한 걸음 물러섰다. 그 하나로 인우의 표정이 흔들렸지만 억지로 손을 잡아끌 수도 없는 노릇이다. 보는 눈이 많아서가 아니라, 처음부터 그래서는 안 되는 사람이었으니까.

"그럼 잠깐 기다려. 하던 일만 넘기고……."

"혼자 갈게요."

"……."

"오빠 항상 바쁘시잖아요."

해인의 멋쩍은 웃음이 한 발짝 더 멀어졌다. 그의 가슴팍을 벗어나자 다시 저를 향한 시선들에 노출됐다. 그것들을 피할 수 있는 유일한 곳이 차디찬 인우의 품 안이라는 것이 아이러니해서, 이번엔 정말로 웃음이 났다.

"조금만 생각해보면 바로 알았을 텐데, 전 바보같이 그것도 잘 몰라서."

이렇게 회사가 큰데, 그게 당연한 건데.

구경이라도 하듯 찬찬히 로비를 돌아보던 해인이 마지막으로 인우를 향해 서글픈 눈웃음을 지었다.

"……지금이라도 알아서 다행이에요."

해인은 창밖으로 지나치는 커다란 빌딩들을 보며 창에 머리를 댔다. 크고 높고, 그중에서도 태원의 본사는 가장 커다랬다. 방금 전까지 제가 저 안에 있었다는 것이 믿기지 않을 정도다. 따라오겠다는 안 비서도 억지로 들여보내놓고 차에 올라탔지만 어디로 가는지도 알 수 없었다. 회사 차였으니 안전하다고는 해도 지나치게 크고 낯선 것이 조금 전 그 남자와 닮았다. 어디에 눈을 두어야 할지 모르겠다는 것도.

"사모님, 안 비서님께서 곧 연락을 드리신다 합니다."

"……네."

기사가 조심스레 건네는 말에 해인이 고개를 끄덕였다. 사실 아직까지는 그저 멍한지라 무슨 말을 해도 고개를 끄덕였을 것이다.

"집에 돌아가셔서 준비하고 계시면 모시러 올 겁니다. 저녁에 약속장소까지 먼저 가 계시려면……."

"집이요?"

하염없이 창밖만 바라보던 해인이 무심코 고개를 돌렸다. 집이라니, 그 소리가 유독 길게 남았다.

"네. 혹시 달리 들르실 데가 있으십니까?"

친절한 기사의 말에 해인은 마른침을 삼켰다. 그제야 제가 아직도 종이 가방을 붙잡고 있다는 걸 알았다. 모두 식어버려 아무런 의미도 없다지만 자꾸만 거기에 눈길이 갔다. 제가 억지로 퍼 담은 마음 같아 모른 척 내버려 둘 수도 없었다.

"……사모님? 들르실 데가 있다면……."

"집이요."

신호에 걸려 돌아보는 기사에게 또박또박 행선지를 밝혔다. 말을 하고 나니 자신이 정말로 거기에 가고 싶었다는 것을 알게 되었다.

"집으로 가주세요."

"아…… 안 그래도 평창동으로 모시고 있던 중인데……."

"아뇨. 거기 말구요."

해인은 부스럭대는 종이가방을 품에 안았다. 어느새 모두에게 당연해져 버린 집을 두고 희미한 웃음으로 고개를 저었다.

"진짜 저희 집이요."

"……전무님."

인우의 뒤로 선 조 비서가 노심초사했다. 언제라도 인우와 함께 있으며 마음이 편해봤겠냐만 오늘은 아주 피가 바짝바짝 말랐다. 그나마 다행인 것이라면 선 채로 넋이 나간 사람이 저 말고도 또 있다는 것이다.

"……."

오후에 로비에 내려갔다 온 이후 인우는 눈빛부터가 달라졌다. 늘 다음 서류를 찾아대던 강인한 눈이 지금은 흐릿하니 제 앞에 없는 것을 찾고 있었다. 서명 하나만 하면 끝날 서류를 두고 그의 펜촉이 몇 번을 헛돌았다.

"전무님, 너무 무리하지 마시고……."

"저녁 일정은?"

말을 걸기 무섭게 인우가 잘라냈다. 인정을 하고 싶지 않은 건지, 혹은 하던 생각을 지워내고 싶지 않은 건지. 정신을 차려보려는 그의 의지가 눌러 쓰는 펜촉에 묻어났다.

'겨우 이 정도야.'

심란하지 않다고는 차마 말 못 한다. 그러나 제가 겪어온 일들에 비하면 다시 곱씹기도 우스울 만큼 작고 사소했다. 그러니 제게 남은 일들을 끝내 놓는 것이 우선이다. 수십 년간 다져온 굳건한 이성의 끝에서 인우의 손이 끝끝내 서명을 마쳤다.

"일단 이거부터 받고, 오 팀장 호출해."

"아…… 저어, 그런데."

"왜? 지금 그렇게 정신 놓고 있을 땐가?"

인우의 이마에 돋은 핏줄이 시퍼렜다. 누구에게 하는 말인지는 모르겠지만 이렇게라도 각성을 해야 한다는 의지만이 뚜렷했다.

"이 일에 몇 명의 생계가 걸렸는지 알아? 여기가 어딘지 잊은 거라면……."

"그, 그건 아는데…… 여기, 서명이."

"뭐가 문제지?"

조 비서가 돌려 내민 결재서류 위로 인우의 시선이 사나웠다. 어디 무엇 때문에 그러냐 각오가 단단했지만 이내 스스로가 당혹감에 휩싸였다.

"……."

"해, 해인 양 이름을 적으셔서요. 전무님 성함을 적으셔야 하는데, 여기 성함이 전부……."

"됐어."

나도 눈 있으니까. 결국 펜을 던지듯 내려놓은 인우는 두 손에 제 얼굴을 파묻었다. 손가락 위로 드리운 검은 머리칼마다 억눌러둔 감정이 함께 쏟아졌다.

"후우……."

"저, 전무님. 그럼 말씀하신 오후 일정 준비는…… 전무님!"

벌떡, 한 팔로 책상을 짚고 일어선 인우의 기세에 조 비서가 화들짝 물러났다. 한 사람에게만은 조금도 버티기 힘든 남자의 얄팍한 인내심이 끝났다. 잠시 숨을 고르는 듯 멈춰 서 있던 인우가 그대로 코트를 챙겼다.

"차 키 어딨어?"

목소리부터가 다급했다. 서랍을 여는 손길이 워낙 신속해 그가 어디로 가는지보단 어떻게 이제껏 참았는지가 더욱 의아할 정도였다.

"이, 이대로 나가시려고요? 그럼 오 팀장님 부르라고 하신 건……."

"불러."

"네? 그럼 일은 어찌 진행하라고 말할지는……."

"여기 준비한 서류 다 있고, 오늘까지 하루도 안 쉬고 같은 얘기 백번 천번 반복했어. 겨우 하룻밤 나 없다고 못 할 일 같으면 당장 때려치우라 그래."

찰랑. 드디어 차 키를 찾아낸 인우가 꾹 움켜쥐었다. 진짜 움켜쥐고 싶은 것은 따로 있는 듯한 갈망 어린 손짓에 더 이상 그를 잡는 것은 무의미해 보였다. 하지만 그대로 멍하니 놓쳐버리기엔 잊고 있던 무언가가 퍼뜩 떠올랐다. 조 비서가 죽기보다 싫은 얼굴로 인우를 붙들었다.

"저, 저녁에 가셔야 할 곳이 있습니다."

"……."

"말씀 안 드리려 했는데 오늘 전무님 생신이라 회장님께서도 오실 테고, 이번 일 같이 하는 팀원들이나 친구분들도 오시고, 또……."

"송해인은?"

"……."

"거기 송해인 있냐고."

제 가장 중요한 날에, 가장 중요한 사람이 누구인지 분명히 해두었다. 더는 불가항력이라는 것을 반강제로 깨달은 조 비서가 물러나자 인우는 곧장 복도를 달려 나갔다. 그러나 거침없이 나아가기엔 오늘은 무엇 하나 술술 풀리는 것이 없었다.

"전무님!"

이번엔 문밖에서 서성대던 안 비서가 그를 막아섰다. 얼마나 그를 기다렸는지는 하얗게 질린 안색만 봐도 표가 났다. 다만 인우를 원망스레 올려다본다는 것이 조 비서와는 달랐다.

"아까 말씀드렸어야 했는데, 사모님께서는……."

"해인이 어딨어?"

"……."

"알잖아. 송해인 어딨는지."

인우 역시 조 비서를 대하던 때와는 달라졌다. 그저 그런 분노나 후회라기엔 눈빛부터가 깊게 베인 것처럼 아팠다. 완전무결하던 남자의 눈동자에 생긴 흠집이 보는 이로서도 놀라울 법했지만 거기에 마음이 약해지기엔 더욱 아파했던 이는 따로 있었다. 여리고 작고, 슬퍼하는 것마저 쉽지 않은. 여기 있는 이 크고 강한 남자와는 감히 비교조차 할 수 없었다.

못마땅하게 입안을 잘근거리던 안 비서가 고개를 저었다.

"죄송합니다만 먼저 드릴 말씀이 있습니다. 사실 사모님께서는 며칠 전부터……."

"나중에."

"전무님께서도 사정을 들으시면 이해하실 테니 일단은……."

"좋아. 그 사정 들어서 내가 여기서 더 천하의 병신 머저리 같아질 수 있을 것 같으면 말해."

"……."

결코 이보다 더할 수는 없다는 것을 본인 스스로가 잘 알고 있는 듯, 인우의 오만한 헛웃음이 그녀를 기어이 물려 세웠다.

"설마, 그게 가능할 것 같아?"

파앗. 벤치 위 가로등이 켜지자 해인이 눈을 감았다 떴다. 서로를 뒤쫓는 아이들의 재잘대는 웃음과 뜀박질. 골목 어귀에 저녁이 찾아오는 소리가 익숙하게 울렸다.

······여기에 얼마나 있었을까. 해인은 문득 제 손끝을 잡아보았다. 아릿 하고 저릿저릿한 느낌이 둔하게 퍼져나갔다. 그래도 그다지 춥지는 않은 걸 보면 눈이 올지도 모르겠다.

"······."

정말로 눈이 올까 고개를 들었지만 바라는 일은 없었다. 해 저문 하늘은 서러울 만큼 높기만 했다. 눈이라도 왔으면 거기에라도 빠져볼 수 있었을 텐데. 해인은 아쉬운 미소와 함께 다리를 쭉 펴보았다. 이번에도 손끝처럼 둔통이 느껴지려나 했는데 전혀 다른 감각이 그녀의 신발을 툭 치고 지나 갔다.

"누나, 그거 우리 공이에요!"

"아······."

멀리서 뛰어놀던 꼬마의 외침에 해인은 발치의 공을 주워 들었다. 손에 꽉 차는 둥근 공이 얼마 만인지 몰랐다. 뭐라도 다른 생각을 할 수 있다는 게 기쁜지라 쪼르르 달려온 꼬마에게 웃으며 공을 내밀었다.

"자, 여기."

"……."

예닐곱 살이나 되었을까, 남자아이들의 표정이 오묘했다. 내미는 공을 받는 건 나중 일인지 어린아이 특유의 호기심이 쪼르르 그녀를 향했다. 해인은 조금은 당황해 아이들의 빨간 코끝을 보고 살포시 웃었다.

"감기 걸리겠다. 너네 이제 집에 가야지."

"흐응."

"더 깜깜해지기 전에 얼른 가야지. 엄마가 걱정하실 거야."

"누나는요?"

"……응? 나?"

조금 전보다 더 당황한 해인은 손끝을 만지작거렸다. 아무리 난감해한들, 꼭 대답을 듣고야 말겠다는 의지의 꼬마들을 피할 길은 없다.

"누나 우리 올 때부터 여기 있었죠?"

"맞아요. 누나 술도 마셨죠? 다 봤어요."

"어어…… 그랬어?"

추궁이라도 하듯 당돌한 말투에 해인은 멋쩍어졌다. 오늘은 왜 다들 제게 잘못했다고만 할까. 취기 때문인지 약간은 서러운 마음까지 들었다.

"그냥 좀 있었어. 여긴 내가 있어도 될 거 같아서."

"누나 집 잃어버렸어요? 그래서 그런 거예요?"

"아…… 아니야. 잃어버리긴."

수상쩍단 기색이 차오른 꼬마의 얼굴에 해인은 두 손을 저었다. 무슨 오해를 받는지는 몰라도 꼴이 우스워진 것만은 분명했다. 변명처럼 손을 내밀고선 대로변 옆 골목을 가리켰다.

"저기야. 누나 집은 저기로 쭉 가면 나와."

"정말요? 그럼 얼른 가요. 여기 밤 되면 놀이터에 귀신 나온대요."

"……누가?"

"우리 엄마가요! 엄청 무섭대요! 우리 엄마가 그러는데 애들끼리 다니면 잡아먹는대요!"

그제야 해인은 깜찍한 오지랖의 이유를 깨닫곤 웃음을 참았다. 겁을 집어먹은 아이들이 귀여우면서도 가슴 한구석이 찡해졌다.

"그러니까 얼른 가야지. 엄마가 기다리실 텐데."

"누나는요? 누나는 왜 안 가요?"

"나는……."

해인은 제가 가리킨 골목 안쪽을 바라보았다. 여기서 본다 해서 보일 것도 아닌데, 똘망똘망한 눈의 꼬마들을 차마 속일 수가 없었다.

"……무서워서."

"무서워요? 아아, 엄마가 집에서 기다리다가 혼낼까 봐요?"

"아니. 그건 아니고……."

"……."

"아무도 나를 안 기다릴 거 같아서."

해인은 뚱하게 서로를 바라보는 꼬마들의 머리를 쓸어주었다. 아이들이 이런 마음을 이해하지 못해서 차라리 다행이다. 가능하다면 이런 서글픈 마음은 영원히 모르고 사는 게 좋을 테니까.

"자아, 얼른 가자. 누나가 가는 길에 데려다줄게."

"진짜요? 그럼 우리도 저기로 가면 돼요."

"……그래?"

해인은 제법 든든하게 저를 바라보는 꼬마들과 함께 발을 뗐다. 아이들의 성화에 억지로 일어섰다지만 그래도 누군가와 함께 걷는다는 것에 조금이나마 가슴이 따스해졌다. 고작 맥주 한두 캔 마시며 억지로 덮히려 했던 것과는 비교할 수가 없다.

"그런데 누나는 왜 아무도 안 기다려요? 엄마 아빠 어디 갔어요?"

"응? 아…… 응."

"그럼 좋겠다. 티브이도 마음대로 보고 친구들도 부를 수 있고 막 뛰어도 되고!"

"맞아! 먹고 싶은 것도 다 먹고! 누나 좋겠다!"

"……그러게."

좋아야 하는데, 그래야 할 텐데. 입술을 맞문 해인의 웃음이 서글퍼졌다. 난 원래 혼자였는데 왜 이러는 걸까. 6년에 걸쳐 적응해왔건만, 고작 3주 만에 그대로 돌아와버릴 줄이야. 딱히 세상이 불공평하다 생각해본 적 없는데, 안 그래도 뜨겁게 차오르던 가슴이 아슬아슬하게 찰랑거렸다.

"그, 그래도 누가 기다릴 때도 있었어. 정말이야."

"어, 정말요? 언제요?"

"아주 예전에."

괜히 허세 부리고 싶을 만큼 코끝이 찡해졌다. 앉아서는 모르던 취기가 걸으면 걸을수록 오르는 것 같기도 했다. 이래서 차갑게 꽁꽁 굳어 있는 게 좋았는데, 잠시 스치는 작은 온기에도 감정이 퍼져버렸다.

"누가 기다려요? 엄마 아빠 말구요?"

"응. 엄마 아빠는 아닌데…… 꼭 엄마 아빠처럼 기다렸어."

"그렇구나. 그런데 엄마 아빠처럼 기다리는 게 뭐지?"

"……그건……."

어떻게 설명해야 할까. 어렴풋이 자신의 집이 보이기 시작하자 해인이 입 안을 질근거렸다. 억지로 떠올릴 것도 없이 선명한 하루의 기억이 눈앞에 아른거렸다.

"음, 정말정말 추운데, 하나도 안 추운 것처럼."

"……."

"내, 내가 정말로 보고 싶었던 것처럼."

해인은 더듬더듬 말을 잇다 아이들의 반질반질한 머리칼을 내려다보았다. 때맞춰 내리는 하얀 눈송이가 아이들의 머리칼로 녹아들었다.

"……분명히 눈이 안 왔는데도 꼭 눈이 오는 것처럼 생각이 들게, 그렇게 기다려주는 거야."

"아아, 저렇게요?"

"응, 맞아. 꼭 저렇게……."

이해를 못 할 텐데도 이해하는 것처럼 구는 꼬마들에게 해인은 웃음을 터트렸지만 그리 오래가지 못했다. 고개를 드는 순간 보이는 누군가의 옆모습에 해인의 코끝이 울컥해버렸다.

"……."

제 일인 양 김이 새버린 꼬마들의 입술이 이만큼 튀어나왔다.

"에이, 누나 좋다 말았다. 마음대로 다 할 수 있었을 텐데 기다리는 사람도 있어버리고."

"맞아. 뛰지도 못하고 과자도 못 먹고. 그래도……."

한참을 종알거리던 꼬마가 해인의 설명하기 힘든 얼굴을 빤히 들여다보다 말고 배시시 웃었다.

"무섭지는 않겠다, 그죠?"

아이들이 사라진 골목에는 다시금 익숙한 것들만 남았다. 아빠가 손수 칠했던 진회색 대문과 겨울바람이 스쳐가는 앙상한 나뭇가지. 그리고 그 앞에 선 인우가 있다.

"……송해인."

그때나 지금이나, 그가 얼마나 오랫동안 그 자리에 서 있었는지는 본인만 알고 있다. 골목 끝에서 해인을 보자마자 어쩔 수 없는 안도감이 서렸지만 어딘가 불안한 표정도 여전했다.

그의 초조함을 아는지 모르는지 해인은 살며시 대문 앞으로 다가갔다.

"오빠가 여기 웬일이세요?"

"……집에 가자."

어둑한 목소리가 정말로 인우다. 굳이 그의 얼굴을 바라보지 않던 해인이 꿀꺽 마른침을 삼켰다.

"……집에 왔잖아요."

"우리 집 말이야."

"……."

무의식적으로 가방 안 열쇠를 찾던 그녀의 손끝이 뒤늦게 따끔거렸다. 꼭 동상에 걸린 것처럼, 그의 한마디에 따끔거리는 감각이 가슴까지 번져갔다. 그것을 막으려면 역시나 차디찬 추위가 필요하다.

"아니요. 저한테 우리 집은 여기니까……."

"그럼 나도 여기 살아?"

"……."

기어이 해인이 고개를 들었다. 바로 오늘 낮에 바라봤던 사람이라기엔 저를 보는 눈부터가 달랐다. 금방이라도 더 말을 하고 싶은데 누르고 눌러 참고 있다는 것이 느껴졌다.

"가자. 같이."

"……아, 안 간다는 건 아니에요. 아직 한 달이 다 가지도 않았고, 먼저 약속을 드렸으니까요."

"……."

"저도 노력하고 있어요. 오빠 보기에는 우습겠지만, 정말 최선을 다하고 있다구요. 뭘 잘못하는 게 있어도 알려주면 잘할 수 있는데, 그냥 말로 해주면 되는 건데……."

"술 마셨어?"

인우의 들끓는 듯한 목소리가 한 발짝 가까워졌다. 위태롭게 넘칠 것 같은 그의 감정에 해인이 울컥해버렸다.

"네. 저는 그러면 안 돼요? 저 다 큰 지 오래예요."

"송해인."

"갈 거예요. 간다구요."

"⋯⋯."

눈물이 나는 건 딱 질색인데, 해인의 물기 어린 눈동자도 인우만큼이나 아슬아슬했다.

"그런데요, 오빠가 자꾸 이러면 전 정말 헷갈려요."

"⋯⋯."

"잘해주다가, 그냥 다 들어줄 것처럼 그렇게 해주다가, 또 오늘처럼 그래 버리면 저도 어떻게 해야 할지 잘 모르겠어요. 저는 오빠처럼 그렇게 똑똑하지도 않고, 그래서 빨리빨리 적응을 못 한다구요. 흐윽."

울컥한 마음이 목까지 올라와버렸다. 제가 말을 이리 잘하는지도 처음 알았는데, 미처 그 기쁨을 누리기도 전에 말을 하면 할수록 더욱 울컥하기만 했다.

"겨우 좀 알겠다 싶으면 또 아니라고 하고. 그래서 그런가 보다 하면 또 이렇게 데리러 오고. 그냥 처음부터 차갑게, 못되게 굴지 그러셨어요? 으음, 제가 뭘 꼭 오빠한테 어떻게 해보고 싶다 그런 것도 아닌데⋯⋯."

"난 너 어떻게 해보고 싶어."

"⋯⋯!"

매일 아침 머플러 하나를 사이에 두고 헤어지던 그때처럼, 인우가 해인의 어깨를 잡아 돌려 세웠다. 더 이상은 가까워지기 힘든 거리에서 인우의 숨결이 뜨겁게 흩어졌다.

"송해인, 나는 늘 그랬다고."

"……!"

"처음부터 그랬어."

가여울 만큼 굳어버린 그녀를 두고도 그의 고백은 물러나지 않았다. 인내심을 쥐어짜내듯, 그의 음성이 쏟아졌다.

"나는 안 돼?"

"오, 오빠."

"나로는 안 되냐고. 너 다 큰 지 6년이면 나는 그 전부터야. 벌써 다 크다 못해 썩어 넘치게 생겼는데 내가 그놈보다 못할 건 뭔데."

"……."

해인으로서는 알 수 없는 소릴 하는데도, 차마 그게 무슨 뜻이냐 되물을 수가 없었다. 음절음절, 절절한 인우의 고백이 온몸을 칭칭 감아 손끝 하나 움직일 수가 없었다. 작은 몸에서 움직일 수 있는 거라면 겨우 깜빡이는 갈색 눈뿐이다.

"……마, 말씀 다 끝나셨으면, 지, 집에 들어가서 가방부터……."

"나 오늘 생일이야."

이제는 시선조차 피할 수가 없었다. 살짝 남아 있던 취기마저 인우가 가져가버렸다.

"……오빠."

"특별한 날이라고."

기억해야지. 약속했잖아.

멋대로 남의 머릿속을 헤집는 것도 그가 하면 뭐든 자연스러웠다. 해인이 저도 모르게 입을 벌리자 인우가 기다린 듯 그녀의 숨을 삼켰다.

"……으읍."

차디찬 겨울날에 두 입술이 뜨거웠다. 서로의 온기를 찾는 것처럼, 한 번

닿은 입술은 떨어질 줄을 몰랐다. 조금은 주춤하듯 어쩔 줄 몰라 하는 해인의 목덜미에 그의 손이 닿았다.

"아······."

다치지 않게, 떨어지지도 않게. 나머지 손이 보드라운 해인의 뺨을 감싸며 조금의 틈도 허용하지 않았다. 참고 참았던 마음이 해인의 입술로 넘쳐흘렀다. 그녀의 숨소리 하나마저 놓치지 않은 인우가 혀를 깊이 얽었다.

"하아."

어찌 숨을 쉬어야 할지, 해인의 숨이 가빠졌다. 눈을 감은 채 오직 그의 호흡에만 매달렸다. 안 되겠어. 숨이 막혀 어떻게 되어버릴 것 같았다. 까맣던 하늘이 하얗게 뒤덮이기 직전, 드디어 기울었던 인우의 고개가 떨어졌다.

"송해인."

겨우 말소리가 들릴 만큼의 거리에서, 그의 미련이 뚝뚝 떨어졌다. 제 이름을 부르는 인우의 입술이 오래도록 뺨 위에 머물렀다.

"······우리 집에 가자."

● ✦ ●

부스럭. 돌아눕는 움직임에도 베갯잇 소리가 귓가에 크게 울렸다. 밤새도록 그랬으니 새삼스러울 것도 없지만 정작 떠나질 않는 소리는 따로 있었다.

"더는 안 되겠다, 해인아."

"아아."

돌아눕자마자 해인은 방향을 다시 바꾸었다. 눈이라도 가려보듯 손등을 없었지만 이미 커튼 새로 새벽빛이 고스란했다. 결국 자리에서 일어난 그녀는 내린 손을 입술에 대어보았다.

"……"

뭐가 어떻게 된 거야? 어제도 모르던 영문을 오늘이라고 알 턱이 있나. 꿈을 꾸지 않은 터라 꿈같은 현실이 더욱 생생해졌다. 다만 어제만 해도 동상에 걸린 것처럼 따끔하기만 하던 손끝이 입술에 닿는 순간 뜨거워졌다.

"……어떡해."

무슨 정신으로 집에 돌아와 각자의 방까지 들어섰는지도 가물거렸다. 그래도 방문 앞에서 자신을 들여보내던 인우의 힘겨운 음성만은 잊을 수가 없었다.

"들어가랄 때 들어가."

더는 안 되겠다 싶은 것은 바로 그녀 자신이었다. 입술에 남은 열기가 온 얼굴로 퍼져나갔다. 침대에서 벌떡 일어난 해인은 창문을 열어젖혔다. 그래도 찬 바람이 들어오지 않는 걸 보면 하루 사이에 겨울이 가버렸는지도 모른다.

"그, 그럴 리가 없잖아."

꿈같은 생각은 정말로 벗어던질 때가 왔다. 어차피 방 안에 있어봤자 해결되는 것은 없다. 부랴부랴 감은 머리를 털어낸 해인은 용기를 내어 방문을 열어보았다.

"일어났어?"

"……오빠."

부엌에서 덜그럭거리는 소리에 다가서던 해인은 먼저 나와 있던 그를 보고 반사적으로 한 걸음 물러섰다. 포트에 물을 받다가 무심코 돌아보는 인우의 표정이 의아함에 차 있었다.

"뭐 해?"

"아…… 그냥요."

정말 꿈이었다. 아니라는 건 본인이 제일 잘 알면서도 해인은 얼떨떨해서 입가를 문질렀다. 저는 방 안에서 창문을 열고 감은 머리를 얼리고 온갖 수를 다 써볼 동안, 인우는 차근차근 새로운 하루를 준비하고 있었다.

"커피 마실 거지?"

"네에."

적응 못 하고 서성이던 해인이 인우의 부름에 얼른 찬장 아래에 섰다. 저도 뭐든 하긴 해야 하는데, 생각처럼 쉽지가 않다. 인우가 결코 충동적인 사람이 아니라는 것도, 본인이 한 말을 무책임하게 물릴 남자가 아니라는 것도, 제가 제일 잘 알면서 '이게 아닌데.' 싶은 마음이 떠나질 않았다.

"……조심하라니까."

달그락. 무의식적으로 손끝에 닿은 찻잔의 손잡이가 헛돌자 인우가 능숙하게 잡아주었다. 등에 닿는 그의 가슴에 몸이 티 나게 굳어버렸지만 그는 개의치도 않는 얼굴이었다.

"뭐 하는 거야. 그러다 다치면 어쩌려고."

"그, 그러니까요."

해인은 허둥지둥 그에게서 찻잔을 받아 들었다. 처음 제가 고른 찻잔을 인우가 들었을 땐 저런 걸 어떻게 오빠가 드나 어색하더니, 지금은 감아 잡은 손가락이 원래 자신의 것처럼 자연스러웠다.

"……일찍 일어나셨네요, 오빠."

"뭐, 별로."

제자리를 찾아간 인우가 머리칼을 쓸자 해인은 찻잔 너머로 그를 물끄러미 바라보았다. 언제 보아도 수려한 얼굴에 침착한 표정, 자신이 알고 있던 강인우 그 자체였다. 옆에서 폭탄이 터진다 해도 눈 한번 깜빡이기나 할까. 대리석으로 빚은 듯 꼿꼿한 자세도 변함이 없다.

"……."

머리칼에 맺힌 물기가 평소보다 조금 많다는 것만 제외하면 그는 달라진 데가 없었다. 닦아주고 싶은데 닦아줄 사이도 아니고…… 아닌가?

여전히 혼란스럽기만 한 해인은 손을 꼭 쥐었다. 아무래도 어젯밤 일에 휘둘려 정신을 못 차리는 건 저뿐인가 보다.

"오늘은 학교 가겠네?"

"아, 네에. 오늘 또 친구들이랑 연습하기로 했거든요. 유진이라고, 저랑 제일 친한 친구인데 다음 주에 면접이라고 해서요."

"그럼 그 고문 새…… 선배도 나와?"

"네? 고문…… 아아, 현우 오빠 말씀이세요?"

"……그래……."

그 새끼. 찻잔을 내려놓는 인우가 처음으로 침착을 잃었다. 반면 어색함을 떨치고 이야기의 흐름을 잡은 해인은 뭐가 반가운지 헤실헤실 웃으며 설명을 이었다.

"아뇨. 현우 오빠는 출근해야 해서요. 조금 빨리 마치면 올 수도 있다고는 했는데 가서 상황을 봐야 한대요. 역시 대기업은 좀 그런 게 있나 봐요."

"그렇구나."

턱을 드는 인우의 표정이 다시금 고아해졌다. 찻잔을 들며 해인을 바라보는 눈이 냉철하게 빛났다.

"어쨌든 그런 마음가짐으로 고문을 한다니, 의아하긴 하네."

"네?"

"회사 일도 한두 가지가 아닐 텐데, 그냥 회원도 아니고 고문직까지 맡아놓고서 그렇게 자주 빠지면 무책임하지 않아?"

"아니에요. 현우 오빠 그렇게 무책임하고 그렇지 않아요."

오빠도 참. 해인이 그렇지 않다며 손을 흔들수록 인우의 눈빛도 같이 흔들렸다. 그녀가 웃는데도 따라서 웃음이 나지 않을 수도 있다는 것을 처음 깨달은 듯했다.

"사실 현우 오빠는 꼭 안 해도 되는데 다 우리 도와준다고 시작하신 거라서요."

"……그래서, 넌 괜찮다고?"

"네?"

안 괜찮을 이유가……. 해인이 갸우뚱하며 눈을 크게 떴다.

인우의 얼굴에 괜한 질문을 했다는 후회가 스쳤지만 이내 남은 커피를 단번에 들이켜는 동작은 신속 간결했다.

"됐어. 너만 상관없으면 나도 상관 안 해. 그런 일에 연연하는 남자 아니니까."

"그, 그러시구나."

그런데 뭘 상관 안 하신다는 건지. 그걸 물을 용기가 있다면 어젯밤 일을 먼저 꺼냈을 것이다.

해인이 입술을 적시는 둥 마는 둥 남은 커피를 비우자 기다리던 인우가 자리에서 일어났다. 이제야 본격적인 하루 일과가 시작되려는 모양이다. 코트를 걸치고 계단을 내려서던 인우가 문득 해인을 돌아보았다.

"그렇다고 너무 안이하게 생각하지는 마. 그쪽에서는 너 같지 않을 수도 있으니까."

"뭘요?"

"그러니까…… 면접 말이야."

완전히 밝아진 아침 해에 인우의 검은 눈동자가 가렸다. 자세히 보려 해도 눈이 부셔서 그럴 수도 없다. 그래도 어제와는 달리 자신을 기다려주는 그가 반가워 해인은 폴짝 돌계단을 건너뛰었다.

"네. 면접 준비 진짜 열심히 할 거예요. 그리고 현우 오빠는 바쁜 건 알지만 원래 이런 건 해본 사람이 제일 잘 알 것 같아서요. 주변에 대기업 다니는 사람도 없고."

"……없다고?"

"네에. 그렇다고 안 비서님에게 부탁할 수도 없으니까."

역시 그건 안 될 거 같다며 해인이 고개를 저었다. 아침 바람에 살랑거리는 그녀의 젖은 머리칼에 누군가의 눈길이 길게 머물렀다.

"그렇게나 없어? 그래도 잘 찾아보면 하나는 있을 거 아냐."

"……글쎄요. 벌써 합격한 분들은 거의 졸업해버려서."

에휴. 그녀의 아쉬운 한숨이 소복하게 흩어졌다. 오빠는 어떻게 저렇게 아무렇지 않을까 서운해하던 게 언제라고, 오늘은 본인이 제일 평소와 같았다. 성격상 어제 일에 아주 연연할 수는 없겠지만 자고로 대한민국 취업 준비생이 못 할 것도 없다.

"이번에는 진짜 합격하고 싶어요. 아빠한테도 얼른 찾아가서 자랑해야죠."

"그럴수록 잘 이끌어줄 사람을 만나야지."

"잘 이끌어줄 사람이요?"

"자기 일처럼 하나하나 세심하게 신경 써줄 사람이랄까."

"……음, 현우 오빠한테 그렇게까진……."

"너 지금 일부러!"

버럭, 인우의 음성이 높아지자 해인의 양팔이 같이 흔들렸다. 어제처럼 놀라고 마는 동그란 눈동자에 그의 목이 끓었다. 휴우. 넥타이를 당기는 손길에 힘이 실렸지만 원래가 감정을 죽이는 데는 타고난 남자였다. 마지막 계단을 내려서기도 전에 선비처럼 고아해진 인우의 얼굴이 해인을 향했다.

"아냐. 천천히 잘 한번 생각해봐. 세상에 사람이 그렇게 많은데 그 정도 알려줄 사람이 없겠어?"

"네에, 그럴게요."

"뭐든 가까이에서, 자기 일처럼 온 마음을 담아, 그렇게."

"아…….."

"서두르지 않고…… 자연스럽게 말이야."

어제처럼 그의 뒤쪽으로 차가 들어섰지만 오늘만은 아무런 존재감이 없었다. 함께 있을 땐 숨이 막히더니 막상 그가 가야 한다 생각하자 입이 말라버린 그녀가 인우를 올려다보았다.

"……뭐 해?"

"네? 아아."

인우의 눈짓을 따라 머플러를 발견한 해인이 멋쩍게 웃었다. 인우에게 주고자 준비했던 머플러가 떠올라 아쉽기만 하던 마음이 점차 인우의 얼굴이 가까워지자 백지처럼 텅 비어버렸다.

"아, 안 그래도 하려고 했어요."

"……천천히 해."

"밖에 누가 있을지도 모르고, 또 누가 볼지도 모르니까요."

묻지도 않는 말을 중얼중얼 주워섬기는 그녀의 눈 위로 그의 숨결이 스쳤다. 이마가 닿을 듯 가까워진 거리. 파르르 떨리는 속눈썹을 내리깔고 그의 목에 머플러를 걸었다.

"……."

꼭 제 목에 닿은 것처럼 목덜미가 간질간질했다. 오빠는 어떻게 이리 태연할까. 인우가 제 떨리는 손길을 보시 못하게 드리운 머플러 뒤로 엄지손가락을 쓸어보았다. 천천히 고개를 들면 그가 떠나갈 시간이다.

"송해인, 자연스럽게 하라니까."

"네? 여기서 더 어떻게…… 오, 오빠."

쪽. 그의 고개가 기울며 입술 위에 가벼운 감촉이 내려앉았다. 눈 깜짝할 새 일어난 일에 해인이 그의 머플러를 움켜쥐자 살짝 비치는 인우의 눈웃음이 짙어졌다.

"……그래. 이렇게."

"오, 오빠."

"완벽한 신혼부부로 보이겠다며. 그럼 이 정도는 당연한 거 아냐?"

어쩌면 강요에 가까운 음성이 어젯밤처럼 뜨거웠다. 이대로 모두 태워버릴 것 같은 눈이 인우 특유의 무감하면서 이성적인 눈으로 돌아오는 데에는 채 일 초도 걸리지 않았다.

"더 좋은 거 있으면 그렇게 해도 되고."

"아, 아니요. 더 좋은 거 없어요! 그냥 지금처럼……."

"그래. 그럼 내일은 네가 해봐."

하나하나 세심하게. 깨닫지 못하면 알 수밖에 없을 때까지. 긴말할 것 없이 몸소 보여주기로 작정을 한 듯 고개를 든 인우가 대문을 열었다. 못 본 척 황급히 돌아서는 기사를 향해 고개를 끄덕이는 동작마저 고아했다.

차문에 손을 얹고 얼음 조각상처럼 굳어버린 해인에게 인우는 더없이 다정하게 제안했다.

"그럼 기대해보겠습니다, 송해인 양."

"전무님, 이건 어제 회의에서 나온 안건들입니다. 그리고 밑에 보시면……."

인우는 출근하자마자 저를 찾아온 팀원들의 보고를 받으며 거기에 집중했다. 따라 들어온 조 비서 역시 한쪽에서 숨을 죽였다.

"어제 그러고 나가셨으면 아무리 전무님이라도 무슨 티가 나겠죠. 사람인
데."

'……아니요. 사람 아니신 거 같은데.'
조 비서는 회장실 안 비서의 말을 상기해보았다. 다른 이들 같으면 표정
에 좋다 싫다 표시라도 나니 짐작을 해볼 텐데 인우는 늘 그렇듯 조각상 그
이상도 이하도 아니었다.
"좋아. 괜찮네."
코트조차 벗어두지 못하고 선 채로 일에만 집중하는 인우는 평소와 전혀
다른 바가 없다. 대체 무슨 일이 있긴 있었냐는 듯 서늘한 눈매가 보는 이만
혼란스럽게 하기 딱 좋았다.
"좋아. 그럼 중국 측 답변서는?"
"아, 그건…… 뭐 해, 얼른 안 내놓고."
인우와 마주한 팀장이 제 뒤에 선 팀원을 바라보며 재촉했다. 하지만 하
얗게 질린 얼굴부터가 대답이나 다름없었으니 없는 서류를 재촉해봤자 나
올 리가 없다.
"아무래도 착오가 있었나 봅니다, 전무님. 분명 잘 받아 추려놨는데 급
히 올라오느라 그만……."
그가 얼른 제 팀원을 대신해 인우에게 고개를 숙였다. 그까짓 거야 지금
이라도 뛰어가서 가져오면 될 테지만 상대는 다름 아닌 인우였다. 비록 같
이 일한 지 오래되었다고는 못 해도 본인부터가 완벽에 가까웠으니 부하
직원들에게 바라는 것 역시 말할 것도 없었다.
"뭐 해, 얼른 전무님께 죄송하다 말씀드리지 않고서."

"죄, 죄송합니다."

"……아니. 괜찮아."

인우가 그럴 거 없다 한 손을 들며 다른 서류를 살폈다. 무심한 어조가 흔들림 없이 평이했다.

"그럴 수도 있지. 사람인데."

"이, 이해해주셔서 감사합니다."

화를 내도 난감했을 테지만, 너그러운 반응도 당황스럽긴 마찬가지였다. 오 팀장이 조 비서에게 무슨 일이 있냐 눈짓을 보냈지만 그도 어깨를 으쓱하는 것이 전부였다. 결국 팀장이 인우의 옆에서 주절주절 변명을 이어보았다.

"원래 이 친구가 그렇게 실수를 하는 편은 아닌데, 하하. 이런 큰일을 맡는 것도 처음이라 떨려서 그럴 겁니다."

"괜찮다니까."

"아무래도 신입이다 보니까요."

"……."

신입. 그 단어에 서류에만 쏠려 있던 인우의 시선이 그를 향했다. 놀라 딸꾹질이나 안 하면 다행일까. 바짝 군기가 든 어깨나 꽉 조인 넥타이나, 아직은 부족하고 앳된 티가 가득했다.

특별한 대답을 바라고 쳐다보는 게 아니라는 건 인우의 흡족한 웃음만 봐도 알 수 있다.

"어쩔 수 없잖아. 신입이니까."

"아아, 네."

"그렇지만 언제까지나 느슨하게 두란 건 아니고."

툭. 서류를 되돌려준 인우가 가벼이 책상을 짚었다. 잠깐의 관용을 보이긴 했지만 호락호락하지 않은 성품이 여실히 드러났다.

"언제까지 정신 빠진 채로 둘 수는 없잖아. 신입들이라도 태원에 들어온 이상 제 몫은 제대로 해야지. 안 그런가, 오 팀장?"

"무, 물론입니다."

"이 악물고 제대로 할 때까지 가르쳐보라고. 오로지 회사 일에만 집중하게 해야지."

"……."

"함부로 허튼 생각은 할 시간조차 없게."

마지막에 특히 힘을 준 그의 눈빛이 강해졌다. 오 팀장이 홀린 듯 고개를 끄덕이고선 우르르 팀원들을 이끌고 사라지고서야 인우는 만족스레 턱을 쓸어올렸다. 너그러운 건지, 기대가 되는 건지 그 복잡한 심경을 알 길이 있겠냐만 비서로서 이것 하나는 장담할 수 있었다.

"조 비서는 또 왜 그러고 섰지?"

전무님의 기분이 꽤 괜찮아 보인다고.

"나한테 뭐 볼일 있어?"

"아, 전무님."

조 비서가 인우의 곁으로 다가섰다. 왜 자신이 그렇게까지 긴장했는지는 모르지만 일단 분위기는 나쁘지 않다. 만약 일이 잘못됐다면 오늘은 그 얼굴을 어찌 보나 염려했던 것이 무색해졌다.

"그럼 오전 일정 정리해서 말씀드리겠습니다, 전무님."

"그러든가."

조 비서의 말을 듣는 둥 마는 둥, 인우가 한 손으로 턱을 받쳤다. 무심결에 손가락이 입술에 닿자 끓는 듯한 한숨이 나왔다.

"전무님? 어찌 그러시는지."

"아냐. 계속해. 오찬 후에 뭘 한다고?"

가라앉은 눈빛이 조 비서에게 꽂히자 그가 얼른 스케줄을 읊어갔다. 사실 진짜 중요한 이야기는 이제부터 시작이다. 인우의 기분이 조금이라도 나아 보일 때 꺼내는 것이 제격이다.

"회장님께서도 전무님을 찾으십니다. 어제 전무님 생신 때문에 호텔에서 계속 기다리셨거든요."

"……생일?"

그 이야기는 왜 또 나오나. 인우는 피곤해져 얼굴을 쓸었다. 그러고 보니 어제 사무실을 뛰쳐나가기 전 생일이 어쩌고 했던 이야기가 떠올랐지만 어제로 모두 끝난 일이지 않은가.

"들어온 선물은 오후에 평창동으로 보내겠습니다. 어지간한 건 돌려보낸다고 돌려보냈는데 어느 정도는 성의를 봐드려야 해서."

"알아서 해."

이미 선물은 넘치도록 받았다. 세상 그 무얼 준다 해도 그 이상을 상상하기 힘들 만큼 소중했으니, 무엇을 이야기한들 귀에 들어올 리 없다.

"다 지난 일이야. 말 꺼낼 것 없어."

"그래도 다들 아쉬워하셨습니다. 회장님도 그렇지만 손님들이나 영국에 계신 친구분께도 따로 연락을 드렸습니다."

"그러니 뭐 하러 그런 쓸데없는 짓을."

"해인 양도 나름 준비하셨다 들었는데 일이 그렇게 되어버려서."

"……뭐?"

흡족한 얼굴로 돌아서던 인우가 흠칫, 눈썹을 굳혔다.

"해인이가 뭘 해?"

"생신 준비요. 깜짝 파티라고 해서 좋아하셨는데. 안 비서님과 같이 옷도 골랐다고 하시고."

"……."

"아, 선물도 준비하셨을 겁니다. 뭔지는 모르겠지만 안 비서님께 그런 뉘

앙스로 말씀을 하셨다고."

"그러니까…….”

대체 내가 무슨 짓을 한 거야. 인우의 표정이 서서히 어제의 그 시점으로 돌아가고 있었다. 가라앉은 얼굴에 허탈함이 서리는 듯하다 곧 살벌한 헛웃음이 차올랐다.

"하…….”

"어쨌든 바라시는 바가 있다면 언제든 말씀해주십시오. 제가 언제라도…….”

"아니. 부탁인데.”

주먹을 꾹 쥔 인우의 음성이 들끓고 있었다. 대체 누구에게 하는 말인지 모를 그의 읊조림에 자괴감만이 넘쳐흘렀다.

"제발…… 아무 짓도 하지 마.”

하루가 어떻게 다 지났을까. 집에 돌아온 해인은 아침나절에 그랬던 것처럼 제 방 안을 서성였다. 최대한 바쁘게 보내면 이 혼란이 잊힐까, 한 번 할 질문도 두 번 하고, 안 웃을 일도 열심히 웃었다. 그렇게 학교에서는 인우의 생각을 떨쳐냈지만 막상 집에 돌아오니 또다시 그의 생각뿐이다.

'난 정말 어쩔 수가 없나 봐.'

풀썩, 침대에 주저앉은 해인의 얼굴이 울적해졌다. 이렇게나 휘둘려도 되는 걸까. 아침에 닿은 그의 입술이 하루 종일 따라다니며 속삭이는 기분이다.

"그치만…….”

몇 번을 생각해도 믿기지가 않았다. 인우가 자신을 원한다니, 멋대로 입가가 움찔거렸다. 연애하는 사람들은 다 이리도 가슴이 뛰는 걸까. 숨이 가빠 어떻게 하루하루를 사는지 궁금하기만 했다. 동시에 그들이 부럽기도 했다. 최소한 그 사람들은 저처럼 혼란스럽지는 않을 테니까.

"너 왜 여기 있어."

처음 이 집에 들어오던 날, 인우가 했던 말을 한 번도 잊은 적이 없다. 어딘가 못마땅하게 저를 살피던 표정.

그가 저를 원한다고 해서 이 관계가 어찌 변할지는 알 수 없다. 두 입술이 닿을 땐 그토록 뜨겁다가도 막상 한 발 떨어져 지켜보면 얼음장이 따로 없다. 우리가 제대로 연애를 하는 건지. 막연해 가슴이 아릿해졌다. 대놓고 말을 해주면 좋을 텐데. 하긴, 말로 한대도 그게 믿어지는 질까.

드르륵, 무언가를 떠올린 해인은 일어나 서랍을 열었다. 어제 두고 간 그의 선물이 아직도 얌전히 그 자리에 있었다. 착하네. 생긋 웃은 해인은 다시금 리본을 손가락에 감아보았다. 생일은 지나버렸지만 그를 위해 준비한 선물이니 오늘은 꼭 전해줄 것이다. 그래. 오빠가 하는데 나는 왜 못 해. 인우가 그리 동요 없이 태연하다면 일단은 자신도 거기에 맞출 생각이었다. 꼭 자존심 때문만은 아니다.

단단한 결심으로 선물을 꺼내 들려던 해인은 밖에서 울리는 벨 소리에 걸음을 돌렸다.

"누구세요?"

• ✦ •

계단을 오르는 인우의 걸음이 어느 때보다도 빨랐다. 매일 아침 해인과 함께 내려설 때는 다시없이 느긋하더니 척척 내딛는 발이 옮길수록 속도가 붙었다. 어렴풋이 거실 창가에 누군가의 그림자가 비치는 순간부터는 제대로 걷지도 못했다.

"송해인, 너 언제 왔어?"

"아, 오빠."

거실에 있던 해인이 조금은 난감하다는 얼굴로 그를 돌아보았다. 그 커다란 거실 한구석을 가득 메울 정도로 쌓인 선물더미 속에서 그녀의 얼굴이 유독 작아 보였다.

"이게 다 뭐야."

"오, 오빠 선물이래요. 아까 안 비서님이 다녀가셔서."

해인은 끝도 없이 들이닥치던 선물을 떠올리며 알게 모르게 어깨를 떨었다. 입구에서 범상치 않은 얼굴로 서 있는 인우에게로 다가서다 말고 어설픈 웃음을 지었다.

"저건 태원 건설 사장님이 보내신 거래요. 또 저건……."

안 비서로부터 하나하나 설명을 들었지만 사실 말하면서도 현실감은 없었다. 사장님들이 준 선물이라니 어려할까. 해인은 왠지 조금 겸연쩍어서 머리칼을 넘겼다.

"제가 살짝 봤는데 되게 멋졌어요. 그리고 저건 회장님께서 보내셨는데, 무슨 한정판 시계라고 하던데, 오빠한테 잘 어울릴 거라고……."

"이게 다야?"

"……네?"

아직 설명도 다 못 했는데. 선물을 대충 살펴보던 인우가 영 탐탁잖다는 눈빛을 하자 해인은 움츠러들었다. 들은 거 잊기 전에 전부 말해주려면 나 기죽이면 안 될 텐데. 약간은 원망이 묻어나는 눈망울로 그를 응시했지만 인우의 눈은 이미 다른 곳을 살피고 있었다.

"오빠, 뭐 찾으세요?"

"……아니, 뭐."

주변을 살펴보던 그의 눈빛이 조용해졌다. 일순간에 찾아온 적막에 해인이 어색해하자 그가 주방으로 향했다. 성큼 걷는 걸음에 당장 뭐라도 마시지 않으면 목이 타오를 것 같은 갈증이 치솟았다. 쪼르르 따라오는 해인의 발소리가 더욱더 끝없는 갈증에 불을 붙였다.

"그래도 좀 자세히 보시지. 전부 다 멋진데."

"뭐가 그렇게 멋진데?"

"아…… 다 비싸고 구하기 힘든 것들이래요. 돈이 있어도 사기 힘든 것들이라고. 아무나 못 산대요."

"그래서, 너도 그런 게 좋아?"

"아…… 좋죠. 그럼."

그를 빤히 보던 해인이 배시시 웃음을 터트렸다. 제가 봐도 멋진걸요. 인우에게 설명을 해보려는 목소리가 수줍었다.

"세상에 저런 걸 안 좋아하는 사람이 어딨겠어요."

"그럼 너 가져."

갈증이 더해가는 인우가 둘 데 없는 손을 들어 다소 거칠게 넥타이를 풀어냈다. 해인이 버릇처럼 두 손을 젓는데도 큰 감흥이 안 든다.

"제가요? 마, 말도 안 돼요. 제가 왜요."

"말이 안 되긴 뭐가 안 돼. 필요한 사람이 가지면 그만이지."

"오빠도 자세히 보면 필요한 게 있을지도 모르잖아요."

"……내가?"

저기 아니라 네 방에 있겠지. 인우가 숨죽인 웃음을 감추며 뒷목을 쓸었다. 줘도 못 먹은 제 실수가 막대하다 보니 대놓고 얘기는 못 하겠지만, 바닥난 인내를 다시 쌓아보려는 노력만은 제법 가상했다.

"어쨌든 난 됐어. 너 가지든가 누구라도 나눠줘."

"그럼 오빠는요? 오빠 생일인데 오빠 선물도 있어야죠."

"그래, 송해인."

너 말 잘했다. 인우는 본격적으로 추궁하려 몸을 돌렸다. 참고 기다리는 짓 더는 못 하겠다고, 너도 그런 거 그만두라 요구하는 소리가 냉랭했다.

"저런 거 아무리 들여놔봤자 눈에 들어오지도……."

"이것두요?"

"……."

"오빠, 너무 예쁘지 않아요?"

짜잔. 주방에 있던 선물함에서 해인이 앤티크 찻잔을 꺼내 들었다. 워낙에 찻잔을 좋아하는 데다 눈이 시릴 만큼 예뻐 이번만큼은 진심으로 웃을 수밖에 없었다.

"이거 정말 구하기 힘든 거래요. 색 좀 보세요."

"……나쁘진 않지만."

눈에 보이지도 않네. 마른침을 삼킨 인우는 잔을 받친 해인에게서 눈을 떼지 못했다. 그래, 분명 눈이 아플 만큼 예쁘다는 것만은 인정한다. 하지만 그녀가 들고 웃어야 할 것은 저런 찻잔이 아니다. 이를 사리문 인우는 살을 베어내는 심정으로 해인의 환한 웃음을 모른 척했다.

"어쨌든 난 그런 건 됐고……."

"참, 이렇게 붙이면 커플이래요."

"……."

보이시죠? 해인이 상자 안에서 찻잔 하나를 더 꺼내 마주 댔다. 닿을 듯 말 듯 붙인 찻잔을 황홀하게 바라보던 그녀가 고개를 들자 인우의 굳게 닫힌 입술이 힘겹게 떨어졌다.

"……일단 그것까진 받는 걸로 할게."

● ◆ ●

"어, 오늘 현우 오빠 못 온대."

"정말?"

막 휴대전화를 확인한 유진이 실망스러운 얼굴로 해인을 바라보았다. 한창 면접 연습 중이던 연주 역시 김이 샜는지 입술을 삐죽거렸다.

"뭐예요. 어제도 꼭 온대놓고 못 오더니."

"막상 출근해보니까 장난 아닌가 봐. 원래 대기업은 주는 만큼 부려먹는 다잖아."

"그러니까요. 나 그냥 대기업 안 갈까 봐요. 조직문화가 영 나랑 안 맞는 거 같아요."

"야, 너두?"

주거니 받거니 농담을 하던 두 사람이 킥킥대며 종이를 접어두었다. 작은 쉴 틈을 찾아 반가운 그들과 달리 해인은 여전히 질문에 빠져 입술을 달싹였다.

"우리 회장님 진짜! 회원끼리 뭉치는 중인데 또 혼자 저래."

"맞아. 해인 언니는 그렇게 대기업 가고 싶어요? 현우 오빠 봐요. 갑갑하지 않아요?"

"어…… 나는 그래도 가고 싶어."

종이를 내려놓은 해인이 조곤조곤 소신을 드러내자 두 사람이 웬일이냐 눈짓을 교환했다. 그래봤자 솜사탕이 솜사탕이지. 번갈아가며 장난스레 팔꿈치로 찔렀지만 해인은 굳건했다.

"응. 난 꼭 대기업 가려구."

"어머, 얘 봐. 왜? 돈 많이 벌고 싶어?"

296

"그것보다는······."

"해인 언니, 왜 얼굴 빨개져요? 누가 보면 거기 애인이라도 묻어둔 줄 알겠어요."

연주까지 가세해 깔깔거렸다. 왜들 그래. 갈수록 빨개지는 해인의 얼굴에 유진이 그만하라 눈치를 주고서야 마침내 웃음이 멎었다.

"됐어. 우리 해인이가 몰래 애인 묻어둘 재주만 있어도 내가 이 걱정은 안 하지."

"그건 그런데 그럼 우리 현우 오빠 억지로라도 잡아와야 하는 거 아니에요? 무슨 고문이 이래?"

"진짜. 그나마 해인이 사촌오빠라도 도와주니 다행이지."

"아, 그럼 언니네 오빠가 이참에 고문 하면 안 돼요?"

"으응?"

모른 체 듣던 해인이 기대감 가득한 연주에게 황급히 고개를 저었다. 인우 오빠가 고문이라니, 말도 안 된다.

"아, 안 돼. 우리 오빠 되게 바빠."

"현우 오빠보다?"

"······어?"

"너네 오빠도 현우 오빠처럼 집에도 못 들어가고 그래? 밥 먹을 시간도 없고 전화 한번 할 시간도 없다던데."

"그 정도는 아니지만······."

그러고 보니 인우 오빠도 참 바쁠 텐데, 어떻게 그렇게 딱딱 맞춰 들어올까. 안 비서님의 말을 들으면 세상에 일이란 일은 혼자 다 하는 것 같더니 막상 저를 혼자 둔 적은 드물었다. 식사를 한 때에도, 커피를 마실 때에도. 하다못해 씻고 나와 가장 먼저 마주치는 사람도. 그 집에서 일어나는 모든 일에는 늘 인우가 함께했다. 같이 사는 거니 당연하다 여기기엔 한 번도 외로워본 적이 없었다.

"어쨌든 아쉽다. 너네 오빠 같은 사람이 우리 고문 해주면 딱인데."

"그러게요. 한번 같이 모이면 더 좋겠지만…… 너무 염치가 없긴 하네요. 잘나가는 분 같은데 뭐 얻을 게 있겠다고 이런 데 오겠어요."

"하긴, 우리 같은 취준생들이 얼마나 우습겠어. 괜히 말 꺼냈다 우리 회장님만 난감해질걸. 우리끼리 회장님이라고 하는 것부터가 어이없을 거야."

유진과 연주가 하나같이 아쉽다며 턱을 괴었다. 그런 사람이 아니라며 편들어보려던 해인도 그만두었다. 어차피 두 사람이 함께 산다는 것부터가 비밀인데 더 이야기를 꺼내 좋을 것이 없다. 새삼 그와 자신이 얼마나 다른 세상에 사는지 느낄 수밖에 없다. 까마득한 취업준비생에겐 그야말로 하늘 같은 전무님이다. 어쩌면 멀리 갈 것도 없이 매일 그를 마주 보는 것 자체가 꿈같은 일일지도 모른다.

"참, 해인 언니, 전에 선물 준다는 건 줬어요?"

"선물?"

"머플러 산다고 했잖아요. 그거 주니까 좋아해요?"

"아…… 그거 아직 못 줬어."

해인의 목소리가 기어들어갔다. 친구들이 아무리 실망해봤자 당사자인 그녀의 마음을 따라갈 수는 없었다.

"그래? 그날 바로 줄 것처럼 하더니 무슨 일 있었어?"

"……그냥 오빠한테 주기가 좀 그래서."

"왜? 너네 오빠 그런 거 싫어해?"

"그런 건 아닌데……."

너무 대단한 사람이라 그런 건 눈에 들어오지도 않을 거라고, 오늘 못 하는 말 중에서도 가장 어려운 말이었다. 당장 집에 쌓여 있는 선물들을 생각하면 차마 그에게 선물이라 건넬 엄두가 나질 않는다. 아무리 인우가 남의 정성을 비웃을 사람이 아니라 해도 부끄러운 것만은 어쩔 수가 없다.

"오빠 선물이래요. 아까 안 비서님이 다녀가셔서."

어제야 속없이 웃었다지만 저도 바보가 아닌 이상 뭐가 좋은 건지는 아니까. 인우 대신 하나하나 선물을 확인할 때마다 그만큼 가슴이 무거워졌다.

해인은 제 대답을 기다리는 친구들에게 그나마 사실에 가장 가까운 답변을 내어놓았다.

"어쨌든 오빠랑은 별로 안 어울릴 거 같아서."

"그걸 어떻게 알아? 막상 하면 다를 수도 있잖아."

"맞아요. 해보지도 않고서!"

"……나중에 더 좋은 걸로 해주고 싶어서."

해인은 어렴풋한 웃음으로 말을 돌렸다. 선물이 꼭 값어치가 중요한 건 아니라지만 인우에게만은 모든 것이 망설여졌다. 어제까지야 그저 같이 사는 남편 정도였지만 벌써 두 번이나 입을 맞추지 않았나. 안 그래도 그에게 자신이 어찌 보일까 전전긍긍하는데 겨우 머플러를 생일 선물이라 내어놓을 자신은 없었다. 뭐든 그럴듯하게, 덧붙이고 꾸며내서라도 인우에게 꼭 어울릴 만한 것을 주고 싶어졌다.

"……우리 오빠는 좀 다르거든."

"뭐가 그렇게 다른데?"

"좀 어른스럽기도 하고, 멋지고, 또 눈도 되게되게 높을 것 같고."

"그 정도면…… 어, 누구지?"

별길로 고민을 다 한다 싶으면서도 차츰 이야기에 빠져들던 유진이 난데없는 노크 소리에 고개를 돌렸다. 미리 빈 강의실을 빌려두었으니 여길 알고 찾아올 사람이라면 이곳의 멤버 말고는 없다.

"혹시 현우 오빠가? 오늘 못 온다더니."

"그러게요. 이 시간에 누구길래……."

"실례지만 여기 송해인 회장님 계십니까?"

뭐야. 처음 듣는 남자의 묵직한 목소리에 세 사람이 동시에 일어났다. 그 중에서도 당사자인 해인은 벌써부터 숨이 가쁜지 가슴을 짚고 있었다.

"혹시 송해인 회장님 안 계시면……."

"저, 전데요. 제가 회장인데."

어떡해. 어쩜 좋아. 검은 양복을 입고 들어선 남자에게 해인은 부랴부랴 다가갔다. 달아오른 얼굴을 어찌할지 모르면서도 상대가 저를 놓치기라도 할까 마음이 바빠졌다. 이곳에 찾아올 사람은 헷갈릴지 몰라도 저를 회장님이라 부를 사람은 한 사람뿐이다.

"……그, 그런데 저를 왜……."

"받으십시오."

남자가 꽃다발과 함께 들고 온 물건을 넘겨주자 유진과 연주까지 양쪽에서 고개를 내밀었다. 빈 강의실에 찾아온 남자도 남자였지만 그가 건네준 선물에 더 큰 관심이 쏠렸다. 엉거주춤 서 있던 해인이 떠밀리듯 그것을 받아 들자 두 사람의 표정이 오묘해졌다.

회장, 송해인. 검은 명패 위에 진줏빛 자개가 반짝거렸다. 테두리에 박힌 크리스털과 대리석 받침대, 누가 봐도 회장님의 품격에 걸맞은 선물에 보는 이들의 입이 떡 벌어졌다.

"이, 이런 걸 대체 누가 보낸 거예요?"

"그건……."

유진이 제일 먼저 고개를 들자 놀란 해인이 따라서 남자를 바라보았다. 설마 인우의 이름을 말하는 건 아니겠지. 간절한 표정으로 빤히 바라보았지만 남자는 준비를 해서 온 듯 꼿꼿했다.

"차기 고문 후보자님께서 보내셨습니다."

"……"

"그럼."

정말 회장님에게 인사를 하듯 90도로 허리를 숙인 남자가 물러났다. 더는 물어보고 말고 할 정신도 없었다.

흡. 명패를 든 해인이 숨을 들이켜자 지켜보던 연주의 표정이 묘해졌다.

"저기요, 회장님. 제가 이런 말 진짜 죄송한데요."

야, 하지 마. 참아. 유진이 그러지 말라 말렸지만 연주는 그 팔을 뿌리쳤다. 이거 놓으세요. 아무리 해인이 예쁘고 사랑스러운 선배님이라 할지라도 이 말만은 꼭 해야 한다는 사명감이 기어이 입을 열게 했다.

"……언니네 오빠 눈이 그렇게까지 높지는 않은 거 같아요."

"전무님, 전달받자마자 집으로 가셨다고 합니다. 지금쯤은 집에 계시겠네요."

"……그래?"

뒷자리에 앉아 서류를 보던 인우가 앞쪽을 힐끗 건너다보았다. 나름대로 긴박하게 보고를 받은 조 비서가 상황을 간략하게 전해주었다.

"말씀하신 대로 강의실에 계셨다고요. 동아리 친구분들도 다 함께 계셨던 모양인데……."

"그노, 아니, 그 신입은?"

"아아, 오늘 못 갔답니다. 오 팀장님이 단단히 각오하셨으니까요."

당연히 그래야지. 인우는 창틀에 한 팔을 걸치며 보는 둥 마는 둥 서류를 넘겼다. 사실 이것도 표정을 가리려는 눈속임일 뿐, 입가에는 그 어느 때보다 흡족한 미소가 머물렀다.

"일을 제대로 하긴 하나 보네."

"물론이지요. 저어, 그런데 전무님."

"……."

운전대를 잡은 조 비서의 표정이 떨떠름했다. 자신이야 시키는 일을 하는 거라지만 이해가 가는 것과는 별개의 문제였다.

"아무래도 기왕 선물을 하실 거라면 다른 걸 더 준비해볼 걸 그랬습니다."

"왜?"

"아니, 그야……."

그럼 전무님께서는 정말로 여대생이 회장님 명패를 받고 좋아할 거라 생각하시는지. 나오지 못하는 한마디가 침과 꿀꺽 넘어갔다. 다행히 그간 인우와 함께 일하며 최대한 듣기 좋게 둘러말하는 법 정도는 진즉 터득했다.

"치, 친구분들도 함께 계셨으니까요. 아무래도 그 나이대의 취향이 있다 보니."

"그래서, 싫대?"

"아, 아뇨. 그런 건 아니지만. 하다못해 다른 선물을 곁들이거나 하는 식으로 전해주셔도 괜찮지 않았을까 하는 마음에……."

"해인이가 회장 맞잖아. 회장한테 그것보다 더 실감나는 선물이 어딨다고."

웃음을 거둔 인우는 서류를 내렸다. 불 꺼진 차 안에 고요한 눈빛, 서슴없는 말투와 생각까지. 스륵, 정작 그 자신은 어떤 수식이나 명패도 필요 없는 남자가 긴 다리를 꼬았다. 한 치의 망설임도 없는 당당한 태도가 그의 입에서 나오는 모든 말이 그럴싸하게 들리게끔 만들었다.

"좋아할 거야. 송해인이라면."

"아……."

저 자신감 어쩌면 좋나. 조 비서는 한 손을 들어 입을 가렸다. 운전하느라 앞을 봐야 한다는 게 이렇게 다행일 수 없다.

"하지만 친구분들도 같이 계시니까요."

"걔넨 일반 회원이잖아. 송해인은 회장이고."

"……그, 그렇군요."

"회장이 왜 회원들 눈치를 봐?"

인우는 가당찮다며 서류를 들고 목덜미를 받쳤다. 느른한 남자의 눈빛이 낯익은 골목에 접어들자 더욱 자신만만함을 띠며 가늘어졌다.

"왜. 내 말이 안 믿겨?"

"그렇다기보다는, 해인 양도 아직은 어리니까요. 가방이라든가 옷이라든가 좀 더 좋아할 것들이 있지 않을까 해서."

"송해인이?"

피식, 가소롭다는 웃음이 흩어졌다. 맡은 일에 한 번도 망설여본 적이 없는 남자였지만 이번엔 그 자신감이 본능에 가까웠다. 멋모르는 이가 한번 패를 내밀어보고 싶을 정도로, 길게 뻗은 다리가 오만했다.

"해인이를 나보다 잘 안다 생각해?"

"그럼 혹시 내기라도 하자는 말씀이신지……."

"내가 왜."

눈썹 끝에 닿은 인우의 손가락 사이로 비치는 눈빛이 강렬했다.

"난 내 여자 두고 내기 안 해."

"아, 네에…… 네?"

"차 세우라고."

넌지시 고개를 든 인우가 내릴 준비를 마쳤다. 처음 듣는 그의 직접적인 표현에 조 비서가 더 놀라버렸지만 이 집 앞에 선 이상 인우의 관심은 한 군데에 쏠려 있었다. 계단 끝에서 서성거리는 사람이 있는데도, 그는 그럴 줄 알았다는 듯 느긋했다.

"저, 전무님. 저기 해인 양이……."

"쉿."

차문을 열며 인우가 입술에 스치듯 집게손가락을 붙였다. 대체 무엇이 비밀이란 건지는 따로 언급조차 없다.

계단을 올려다보는 기대감 어린 눈빛이며, 천천히 고개를 들어 누군가를 기다리는 몸짓이며, 무엇 하나 은밀하지 않은 것이 없었다.

나풀거리듯 다가오는 그녀에게 손을 내밀자 해인이 덥석 인우의 코트 깃을 잡았다.

"오빠!"

"……."

하아. 내뱉는 웃음이 겨울 찬 바람에 몽글몽글 맺혔다. 웃는 듯 우는 듯 망설이는 표정까지도 인우는 익숙한 듯 채근하지 않았다.

"마음에 들어?"

"아……."

인우 앞에만 서면 늘 망설이던 그녀답지 않게 그의 옷깃을 부여잡은 손이 떨어지질 않았다. 늘 그의 앞에서는 물러서고 말던 걸음도 오늘만은 자리를 곧게 지켰다. 그러나 그런 그녀의 용기도 그에게는 늘 부족하기만 했다. 설마 거기서 끝낼 거야? 재촉하듯 인우의 두 손이 그녀의 팔꿈치를 받치듯 잡고서야 해인의 눈가에 열이 올랐다. 황급히 고개를 흔드는 것마저 딱 그녀다워 웃음이 났다.

"저, 정말, 오빠, 저한테 왜 자꾸 이러세요."

"……."

두서없는 원망에도 그는 가만히 웃기만 했다.

"안 그래도 저 막 떨리는데. 이, 이런 선물까지 주고 그러면, 하아."

"……송해인."

"이러다 제가 정말 오빠 좋아하면 어쩌려고 그러세요?"

"그럴 거야?"

웃음을 참듯 한쪽 눈을 찡그린 인우가 팔꿈치를 잡은 손을 내렸다. 한 발 더 가까이, 허리를 받친 손길과 함께 고개가 기울었다.

"그래줄 거냐고."

귓가에 닿은 인우의 음성이 그날의 눈처럼 녹아들었다. 해인이 울 것 같은 얼굴로 그를 올려다보자 인우의 남은 손이 뺨을 쓸었다.

"이, 이런 것까지 막 주는 남자를 어떻게 안 좋아해요, 제가."

"……."

"저, 정말 제 친구들 중에 이런 거 받은 사람은 저밖에 없단 말이에요. 오빠 정말 아무것도 모르시면서……."

그녀의 벅찬 마음이 인우의 손안에서 흔들렸다. 닿을 듯 말 듯 그녀의 짧은 머리칼이 손등을 간질일 때부터 슬슬 바닥나던 인우의 인내심이 겨우 한 고비 넘겼다. 가. 숨소리도 못 내고 굳어 있는 조 비서에게 눈을 찡그리자 그녀의 뒤쪽으로 황급히 차가 빠져나갔다.

"아……."

"그래. 내가 어떻게 그 기분을 알겠어. 그러니까……."

찰나에도 해인의 시선이 다른 데로 향하는 것을 용납지 못한다는 듯 인우가 그녀의 뺨을 제게 가까이 돌렸다. 그녀의 들뜬 흥분이 모조리 사라지기 전에, 인우의 입술이 제 것을 당당하게 요구했다.

"송 회장님께서도 제게 줄 것이 있지 않으시던가요?"

드르륵, 다시 열리는 서랍장의 소리가 어제와는 또 달랐다. 리본을 매만 지는 손끝이 가볍게 떨렸다. 익히 아는 감촉도 마치 새것처럼 낯설어 움직 이질 못하다 밖에서 들리는 소리에 겨우 고개를 돌렸다.

"네, 나갈게요!"

딱히 재촉도 아니건만 거실에 선 인우의 존재에 가슴에 쿵 내려앉았다.

'……괜찮겠지?'

해인은 마른 입술을 깨물었다. 고백 아닌 고백도 했겠다, 세상에 둘도 없 을 선물도 받았겠다, 딱히 거슬릴 것도 없지만 그에 대한 마음만큼은 늘 조 심스러웠다. 그렇지만 강의실에서 그 거추장스럽고 커다란 명패를 받았을 때를 생각하자면…….

"아아, 나도 몰라."

"뭘 몰라?"

"오, 오빠!"

들어온 줄도 몰랐던 인우가 제 뒤에 서 있자 해인은 꼼짝없이 굳어버렸 다. 하지만 어깨에 손을 얹고 내려다보는 그의 눈길은 다른 데 쏠려 있었 다.

"이거야?"

"아…… 네에."

그가 손을 대기 전에 해인이 얼른 선물을 들었다. 이게 이리도 쉬운 일이 었다니. 조금은 허탈하면서도 등에 닿은 그의 가슴에 짓눌리듯 숨이 막혔 다.

"왜. 어차피 나 줄 거라면서."

"그, 그렇긴 한데요."

또 뭐가 문젠데. 인우의 성마른 재촉이 어둠 속에서 더 짙어졌다. 그제야 두 사람 모두 불도 켜지 않았다는 걸 깨달았지만 처음부터 불 따위는 문제가 아니었다. 문밖에서 은은히 비쳐드는 미약한 빛에 의지해 해인이 천천히 돌아섰다.

"생일 축하해요. 늦었지만."

둘 사이에 놓인 선물을 받아 든 인우의 얼굴이 묘했다. 리본을 스윽 당겨 포장지를 뜯어내는 손길에서 아무것도 읽히지가 않는다. 빠져나오지도 못하고 어정쩡하게 그를 바라보던 해인이 겨우 입을 열었다.

"비, 비싼 건 아니에요. 그래도 오빠가 늘 같은 것만 하시니까."

"내가 왜 그랬던 것 같은데?"

"……."

"뭐 해, 안 둘러주고."

피식 웃으며 상자 속을 들여다보던 인우가 바로 고개를 내렸다. 해인이 들뜬 숨을 삼키며 상자에서 머플러를 꺼냈다. 언제나 똑같던 두 손의 감촉이 오늘은 사뭇 달라졌다.

사락. 원래가 가까이 다가서던 그의 얼굴이지만 오늘은 필요 이상으로 가까웠다. 그녀가 목에 머플러를 감고서도 인우는 비켜서지 않았다. 무언가를 더 바라는 듯한 그의 눈매에 해인의 목이 일렁였다.

"그, 그래도 오빠 마음에 들면 좋겠어요. 저도 오빠 선물 받았을 때 너무 놀라고 좋아서. 물론 이건 오빠가 줬던 것만큼은 아니지만……."

"왜. 난 이 정도면 충분한데."

"……오빠!"

드리운 머플러 끝을 해인의 목에다 감다 말고 한순간 그의 눈빛이 짙어졌다. 처음에는 장난스레 시작했다지만 일단 시작을 하고 나선 그럴 수가 없었다. 크든 작든, 혹은 아주 사소한 감정이든, 해인에 대해서는 늘 그랬으니까.

"흐읍."

순식간에 파고든 고개가 그녀의 입술을 집어삼켰다. 한데 묶인 해인의 고개가 꼼짝없이 굳었지만 어디로 보낼 생각도 없었다. 더욱더 끝을 조인 인우의 손이 쿵, 서랍 위를 짚자 그녀의 몸이 떠밀리듯 갇혔다.

"으응."

"더 벌려봐."

다급한 속삭임이 해인의 다문 입술을 재촉했다. 그러나 기다려주는 것도 잠시, 조금 고개가 기울며 그녀의 입술을 갈랐다. 두 혀가 얽히고 주고받는 타액이 더욱 농밀해졌다.

보는 이도, 거부할 이도, 그리 두고 볼 이도 없다. 지난번 첫 키스와는 완전히 다른 뜨거움이 해인을 감쌌다. 간질이듯 다가와 이내 잡아먹고 마는. 뜨거운 물에 푹 잠긴 것만 같았다. 그녀가 본능적으로 인우의 목을 감자 그가 기다렸다는 듯 해인을 서랍장에 앉혔다.

"으읍."

그녀를 안은 얇은 셔츠 아래 인우의 푸른 핏줄이 치솟았다. 숨이 막힌 듯 제 목을 감는 해인의 불안한 손길이 더욱 그를 끓게 했다. 더 이상은 없는 것처럼 그녀의 입안을 탐하던 인우가 해인의 아릿한 신음에 눈을 감았다.

"하아……."

겨우 떼어낸 고개가 한참이나 더 그렇게 머물렀다. 가슴에 닿기 직전의 손이 해인의 허리에서 떨어져나갔다. 아직도 영문을 모르고 가쁜 숨을 몰아쉬던 그녀가 천천히 눈을 뜨자 인우가 그녀의 허리를 잡아 바닥으로 내려주었다.

"……오빠."

"너무 늦었어."

듣기에 따라선 괴로운 음성이었지만 해인에겐 그런 걸 따질 겨를이 없었다. 뭐가 어떻게 된 걸까. 바닥에 발이 닿자마자 부랴부랴 흐트러진 옷깃을 추슬렀지만 그래봐야 부끄러운 마음은 가려지질 않았다.

"……내일 봐."

잔뜩 가라앉은 인우의 목소리가 잠겨 있었다. 아침에 그랬듯 뺨에 닿으려나 싶던 입술이 다가오다 말고 물러났다. 순진하게 깜빡이는 해인의 두 눈을 외면하듯 잡은 목덜미를 젖히며 인우가 돌아섰다.

"아, 안녕히 주무세요, 오빠."

"……그래."

문 사이의 빛을 가린 인우가 해인의 무의식적인 인사에 멈칫했다. 머리칼을 쓸어올리며 흘리는 한숨이 그 어느 때보다 길다.

"푹 자."

잘 수 있을 때. 이를 꾹 깨문 인우가 그렇게 사라지고 나서야 해인은 제 가슴에 손을 얹었다. 대체 무슨 일이 일어난 거지?

쏴아아. 아직도 멍하게 눈만 깜빡거리던 그녀의 뒤에서 저 멀리 욕실의 세찬 물소리가 들려왔다.

"전무님, 나오셨습니까."

전무이사실 엘리베이터 앞에서 기다리던 조 비서가 문이 열리자마자 인우에게 고개를 숙였다.

한결같이 무감한 표정에 완벽한 차림새. 과연 비서인 자신이 따로 살필 필요도 없는 사람이다. 시원시원한 걸음으로 복도를 내딛는 인우를 따라 조 비서가 손을 내밀었다.

"코트 주시면 걸어놓겠습니다."

"여기."

검은 코트를 내미는 동작마저 그답게 정갈했다. 약간은 피곤한 듯한 눈매가 눈에 띄었지만 그 정도는 흠이라고 할 수도 없다. 코트를 건네받은 조 비서가 다음 순서를 찾아 다시 손을 내밀었다.

"가방도 주시면……."

"……음."

문 앞에 선 인우는 넘길 것 없는 제 빈손을 멍하게 내려다보다 인상을 썼다. 기다리던 조 비서가 그를 넘겨다보다 의아해했다.

"혹시 가방을 두고 오셨습니까? 차에 두고 오신 거라면 제가……."

"……아니. 됐어."

"아, 그래도 제가 얼른 다녀오면……."

"됐다고."

눈썹을 찡그리는 인우의 목울대가 길게 울렸다.

"거추장스러워서 집에 두고 왔어. 오후 약속도 있고."

"아아, 그러셨군요. 하긴, 전무님께서 그런 실수를 하실 리가. 하하."

별생각 없이 웃던 조 비서는 그런 생각을 했던 것조차 죄송스러워 헛웃음을 지었다. 다른 것도 아니고 그 커다란 가방을 두고 오시다니, 일부러 그러려고 해도 힘든 일이다. 굳이 따지자면 세상이 홀딱 뒤집히는 뭔가가 있지 않고서야…….

"후우우우."

걸음을 멈춘 인우가 머리를 쓸어넘겼다. 고뇌 가득한 한숨에 조 비서가 더 주춤했다.

"어찌 그러십니까. 혹시 몸이 안 좋으시면……."

"아니. 괜찮아."

"……."

"내가 겨우 그까짓 걸로."

그 정도를 못 참을 리가 없잖아. 스스로를 세뇌하듯 입가에 힘이 들어갔다. 하지만 어젯밤을 꼬박 새우고도 안 걸리던 세뇌가 이제 와서 걸릴 리 없다.

"아, 안녕히 주무세요, 오빠."

내가 무슨 수로. 나는 남자 아닌가. 안녕히는 고사하고 잠을 이루기조차 불가능했다. 해인의 달라붙는 듯 촉촉한 입술의 감촉이 밤새도록 그를 괴롭혀댔다. 세찬 물줄기를 얼굴 전체에 맞으며 씻어내려 했지만 그럴수록 저 문 너머에 있을 그녀만 더 간절해졌다.

내가 왜 재랑 같이 산다고 했을까. 당장이라도 달려가 문을 두드리고 싶은 충동을 참아내느라 제 손목을 눌러보는 것이 그가 할 수 있는 전부였다. 왜 꼭 그래야만 하는지. 남자로서 당연한 의문이 수없이 자신을 자극했지만 우습게도 그 답을 풀어낼 질문은 하나였다. 시작하면 멈출 수나 있을까.

"……그럴 리가 없잖아."

짓눌린 제 손목을 들여다보던 인우의 미간 골이 깊어졌다. 누가 본다고. 스스로를 속일 너절한 변명은 모두 걷어치웠다. 당장 키스 한 번으로도 제 하루가 온통 그녀에게 얽매이는 판에 제대로 욕심을 내자면 그 끝을 짐작조차 하기 힘들었다. 눈만 마주쳐도, 쌕쌕거리는 숨소리만 들려도, 없던 흉통이 도져 갈수록 일상생활이 힘들어졌다.

……이래서 처음부터 시작을 않으려 했건만. 모르는 체 버티는 거야 어떻게든 해본다지만 그 달콤함을 맛만 본 채로 참으라 하는 건 심신쇠약의 지름길이었다. 차라리 어디 흠씬 두들겨 맞는 게 낫지. 출근한 지 얼마나 됐다고 급격히 목이 조여들었다.

"저어, 전무님. 그런데……."

"멀쩡해. 멀쩡하다고. 여기서 더 멀쩡할 수가 없으니까 그만 좀……."

"아, 안에 손님이 오셨습니다만."

덜컹, 손잡이를 당기던 인우가 그대로 조 비서를 돌아보았다. 제 사무실에 먼저 들어가 기다릴 수 있을 정도의 상대라면 이 회사 안에선 강 회장밖에 없다. 인우의 일그러진 눈매에 조 비서가 고개부터 저었다.

"회, 회장님은 아니십니다. 회장님은 어제부터 부산에서 열리는 경제인 연합 모임에 참석 중이시라 손님께서는 다른……."

"됐어. 회사 사람은 아니란 거네."

설명은 됐다며 고개를 저은 인우는 문을 열어젖혔다. 이까짓 일로 머리

굴릴 필요가 뭐 있나. 해인과의 관계에 진척이 있은 후 가장 큰 장점은 그 외의 모든 문제는 쉽다 못해 간단하다는 것이었다.

"……너."

"이야, 이게 대체 누구시더라."

과연 활짝 열린 문 사이로 인우를 맞이하는 남자의 눈웃음이 느긋했다.

"얘기는 들었지만 이 정도일 줄이야. 조 비서님도 오래간만이네요. 덕분에 전무님도 바로 뵙고."

"……저어, 마실 건 더 준비해드릴까요?"

"근무시간에 술은 안 될 거고, 그럼 저는 커피나 더 주세요. 그리고 이 친구는…… 같은 걸로요."

남자는 마치 이 방의 주인인 양 기대앉아 주문했다. 이래도 되나, 당황한 조 비서가 곧장 인우를 바라보았지만 그는 별다른 내색이 없다. 소매를 내리며 손님을 응시하는 눈길이 오히려 그런 태도에 익숙한 것 같기도 했다.

"나가봐."

"아, 네."

나직한 명령에 조 비서가 자리를 뜬 후, 인우는 목에 걸린 머플러를 풀었다. 새삼 조심스러운 손길에 소파에 앉은 손님의 고개도 함께 돌아갔다.

"뭐야, 그건? 강인우 네가 언제부터 그런 거 하고 다녔다고?"

"관심 꺼."

살갑지 못한 말에도 돌아앉은 남자는 느긋하게 웃기만 했다. 머플러를 모두 풀어낸 인우는 따가운 시선을 의식한 듯 한쪽 눈을 찡그리며 그를 바라보았다.

"넌 여기 어쩐 일이야? 연락도 없이."

"강인우, 너 그게 6년간 동고동락하던 친구한테 할 말이냐? 정 없는 줄은 알았지만 이건 해도 해도 너무하잖아."

그의 맞은편으로 다가오던 인우가 그제야 피식거렸다. 그의 말처럼 제이슨과는 유학기간 내내 함께 지냈으니 서먹할 사이도 아니다. 오히려 그 철두철미한 성격에 그 오랜 시간 동안 한집에 살았다는 자체가 나름대로 특별하다는 뜻이기도 했다.

"정말 어떻게 온 거야."

"어떻게 오긴. 재벌가 후계자 됐다는 친구 생신에 초대받아 왔지."

"아…….."

그제야 조 비서가 영국에 연락했다는 말을 떠올린 인우는 미간을 꾹 눌렀다. 여러모로 생일의 여파가 크다.

"자리 잡히면 연락한다더니 연락은 없고. 뭘 얼마나 대단하게 사는지 구경이나 하려 했더니."

"연락 못 해 미안해. 생각보다 일이 많았어."

"됐어. 네 성격 모르는 것도 아니고."

완벽주의자인 인우의 성격에 치를 떨며, 제이슨은 제 앞의 커피를 들었다. 사실 이런 것보단 아르바이트를 마치고 맥주 한 캔씩을 비우던 그때가 훨씬 더 적성에 맞긴 했다.

"덕분에 좋은 구경도 했지. 세상에 주인공이 안 오는 생일 파티를 다 가 보다니."

"……."

"그런데 너 대체 그날 뭐 했냐?"

제이슨이 느긋하게 다리를 꼬았다. 아무리 인우가 인상을 써봤자 주춤할 우정이 아니다.

"억지로 그런 표정 지을 것 없다니까. 딱 봐도 좋아 보이는데."

"무슨 말이야?"

"네가 어디 저런 거 하고 다닐 인간이냐?"

의자 위 베이지색 머플러를 턱짓한 그가 킬킬거렸다. 워낙 수려한 외모이니 뭐든 안 어울리겠냐만 인우의 성미를 아는 그에겐 색다르게 다가왔다.

"꼭 네 책상 위에 있던 핑크색 카드랑 맞먹는 것 같은데. 혹시 그것도 네……."

"입 닫아."

거칠게 뱉어낸 인우가 피곤한 듯 목을 쓸었다. 제 모든 것을 아는 친구가 늘 반가운 것만도 아니다. 특히 해인에 대해서라면, 누구라도 알은척 구는 것이 심기에 거슬렀다.

"조만간 연락하려고 했어. 일 마치려면 일주일 정도 더 걸릴 테니 조금만 더 기다리든가."

"글쎄. 나도 마냥 손 놓고 기다리기는 좀 힘들 것 같은데."

"……그게 무슨 말이야."

고개를 드는 인우의 표정이 진지해졌다. 제이슨의 능글맞은 성격이야 익숙하다 해도 그가 이런 일로 농담을 하지는 않는다는 건 알고 있다.

"이제 좀 제대로 들어주는구나. 나 이래 봬도 바쁜 몸이거든?"

"……제이슨."

"너만 재벌 후계자 됐다 생각하면 곤란하지."

그가 웃으며 품 안에서 명함을 꺼내놓았다. 집어 들기도 전에 인우의 눈썹에 힘이 실리자 제이슨이 즐기듯 커피를 홀짝였다.

"말 안 했나? 너 한창 여기 올까 말까 하던 그때 난 중국에서 스카우트 제의받았다고."

"……그럼 이번 일도."

"응. 나도 그쪽 실무진으로 왔으니 일이 어떻게 돌아가나 살펴봐야지."

제이슨이 제 목적을 밝히며 인우의 반응을 살폈다. 어릴 때 입양되어 영국에서 자랐으니 한국에는 별다른 끈도, 미련도 없다. 그런 그에게 있어 한국에의 유일한 연결고리라면 친구인 인우뿐이다.

"도움 필요하면 말해. 내가 결정하는 건 아니라지만 말 정도는 해볼 수 있을 테니까."

"됐어."

"……됐다고?"

칼 같은 인우의 대답에 그가 눈썹을 치켜올렸다. 한순간의 감정으로 빈말 따위 하는 친구가 아니었으니 의외였다.

"네 앞길에 중요한 일이라며. 듣자 하니 네 사촌도 약혼녀까지 끼고서 온갖 데 다 들쑤신다는데. 우리 쪽과 접촉도 하는 모양이고."

"그러니까 난 내가 한다고."

"……."

"내 손으로 끝내야 완전히 내 것이 되는 거니까."

제 한 손을 들여다보던 인우가 주먹을 꾹 말아 쥐었다. 범상치 않은 비장함에 제이슨이 커피잔을 내려놓았다.

"그렇게까지 해서 가지고 싶은 게 생긴 건 아니고?"

"……."

굳이 부인하지 않은 인우가 천천히 자신의 잔을 비웠다. 아침마다 해인과 마시던 커피에 익숙해졌는지 꼿꼿하게 앉은 자세가 그런 것만 같았다.

"말은 고마운데 네 도움 받을 일은 없을 것 같다."

"정말? 참, 선물도 있는데 궁금하지 않아?"

"……그놈의 선물은 무슨."

선물 소리만 들어도 멀미가 날 듯해 인우가 관자놀이를 눌렀다. 감당이 안 된다는 그 얼굴에 제이슨이 비스듬히 턱을 괴었다.

"후회해도 모른다니까?"

"필요 없대도."

"뭐, 그럼 그건 됐고. 대체 언제 얼굴 보여줄 거야?"

제이슨이 미련 없이 어깨를 으쓱하곤 장난스레 실눈을 떴다. 한집에 살던 그 시절로 돌아간 듯했다. 싸늘하게 친구를 대하는 인우의 표정마저도 그때와 비슷했다.

"⋯⋯뭘?"

"뭘? 그걸 말이라고 묻냐? 네 그 잘난 부인 말이지."

우리끼리 이러지 말자며 제이슨이 테이블을 똑똑 두드렸다. 회사 일이야 몰라도, 이 건에 대해선 시치미를 떼는 자체가 가증스럽다는 얼굴이다.

"내가 여기 왜 왔는데. 6년간 질리도록 본 네 얼굴 대신 그 어린애라는⋯⋯."

"애는 누가 애야."

내가 그 생각 지우느라 몇 년이 걸렸는데. 친구를 노려보는 인우의 눈빛이 살벌했다. 다시는 입 밖에 그런 소리 꺼낼 생각조차 하지 말라는 강한 정색에 제이슨의 장난기까지 그대로 말라버렸다.

"어어, 뭐. 그래, 애가 아니라면야. 하하. 다행이네."

"네가 다행일 건 없고."

너무 당당해 할 말조차 없게 만든 인우가 자신의 자리로 돌아갔다. 남은 시간이 그리 길지 않다. 오랜만에 보는 유일한 친구를 앞에 두고도 서류를 들여다봐야 할 만큼 그에게는 중대한 일이기도 했다.

"의외인데? 떠날 때만 해도 다시 돌아올 수도 있을 것처럼 말하더니."

"아니. 그때로 돌아갈 일은 없어."

어떠한 예전으로 돌아간다는 건지, 설명은 없지만 그를 오래 알아온 사람이라면 익히 짐작이 갈 만한 말이다. 어제는 힘들었던 세뇌를 지금에야 각인하듯 인우의 눈동자가 또렷해졌다.

"……다시는."

● ◆ ●

'오늘 가면 또 한참 놀려댈 텐데.'

단과대에 들어서고도 해인은 갈팡질팡 갈피를 못 잡았다. 친구들을 만나러 가는 건데 마음이 무거울 수 있다니. 회장으로서 이러면 안 된다 생각을 하다가도 막상 그날 배를 잡고 깔깔 웃어대던 유진과 연주를 생각하자 온 얼굴이 뜨거워졌다.

'그치만 그게 뭐가 어때서.'

팔은 안으로 굽는다고, 자신은 남편의 편을 들 수밖에 없다. 걔들은 그렇게 멋진 선물이 뭐가 어떻다고 그러는 걸까. 제 이름 석 자가 반짝이는 명패를 받을 때부터 이미 마음은 홀랑 넘어가버렸다.

'그래. 회장은 난데.'

연주와 유진이 아무리 놀려대도 진실은 변하지 않는다. 거기다 그 덕에 인우의 마음을 알지 않았나. 대놓고 자신을 어찌 생각한다 말하지는 않았지만 제 아주 사소한 것까지 알아주는 그 마음만은 깊이 와닿았다.

"……."

빈 강의실 앞에 선 해인은 배시시 웃었다. 제가 새로 산 머플러를 둘렀던 그의 모습이 떠올랐다.

"다녀올게."

표정도, 말투도 어제와 같다. 비록 하루가 지나면 무슨 일이 있었냐는 듯 태연한 그가 얄밉고 야속하다가도 어제처럼 불안하지는 않았다. 조금만 더 기다리면 밤이 올 테고, 그땐 또 달라질 테니까. 강인우라는 남자를 조금은 더 알 것도 같으니까.

"……."

대담한 생각을 하는 스스로에게 새삼 놀라 얼굴이 붉어졌다. 그러나 굳이 더 이상을 바라고 싶지 않을 만큼 지금이 좋았다. 어제까지는 조금 아쉽다 싶던 마음도 제 귀에 닿을 듯 울리던 그의 심장 소리에 저절로 채워졌다.

마음이 편해져서인지 친구들의 놀림 정도는 웃으며 넘길 수 있을 만큼 여유도 생겼다. 가슴에 손을 얹은 해인은 아무렇지 않은 얼굴로 문을 열었다.

"너네 언제 왔어? 오늘도 현우 오빠 못 온다고……."

"어, 언니. 오셨어요?"

강의실에 엉거주춤 서 있던 연주가 해인을 맞았다. 한구석에 앉아 있던 유진은 어떤 말을 해야 할지도 모르는 것처럼 입술을 맞물었다.

"저기, 언니 손님 오셨는데……."

"응, 연주야."

입안을 꾹 깨문 해인은 물러서지 않고 천천히 들어섰다. 저를 찾아온 사람을 물끄러미 바라보다가 뜨겁게 목을 울렸다.

"손님이야. 손님 맞아."

"넌 어쩜 연락도 그렇게 딱 끊고서. 해도 너무하는 거 아니니?"

"……엄마."

제대로 인사 한번 하기 전에 마주 앉은 엄마는 타박을 해댔다. 사실 해인이 할 수 있는 말도 정해져 있었다.

"여기까진 어쩐 일이세요?"

"어쩐 일은? 전화도 안 받고, 집에 가도 사람도 없고. 그러니 학교밖에 더 있겠어?"

저를 야박하다며 흘겨보는 엄마를 보고도 해인은 별다른 동요가 없다. 잔뜩 부풀어 올랐던 가슴이 꺼져내리는 느낌이 낯설고 허망할 뿐이다.

"집에는 왜 가셨어요."

"너 자꾸 무슨 말을 그렇게 해? 우리가 남이니?"

"……."

"하아, 이러니 정을 붙이려고 해도 붙일 수가 없지. 넌 대체 언제까지 그럴 거니."

늘 그러했듯 모든 탓은 해인에게로 돌아왔다. 만날 때마다 이어지는 익숙한 타박 대신 해인의 눈은 다른 이에게 향했다. 교복을 입고 휴대전화만을 만지작거리는 여학생을 한참 쳐다보고 있자 엄마의 시선도 거기로 향했다.

"세린아, 넌 거기서 뭐 해? 너도 와서 앉아."

"몰라! 얘기 끝나면 부르라니까 귀찮게. 아씨, 짱나게."

"재두 참, 아직도 낯을 가려선."

해인을 대할 때와는 말투나 표정부터가 달라졌다. 그럼에도 묵묵한 해인은 체념을 한 것 같기도 했다.

"누군지 알지? 언니가 돼서 인사라도 좀 먼저 하고 해야, 환영은 못 할망정 표정이 그게 뭐야."

"환영 못 할 거 아시면서 여기까지 왜 데려오셨어요."

"말 좀 예쁘게 하라니까. 네 동생이잖아. 자매간에 서로 인사도 하고 왕래는 하고 살아야 할 거 아니니."

"자매간이요?"

새삼 우습다는 듯한 해인의 헛웃음에 엄마의 얼굴이 굳어졌다. 손톱 하나마저 공들여 반짝였지만 제게는 늘 낯설고 또 낯선 사람이다. 겉만 차가운 인우의 표정을 보는 것과는 달라도 너무 달랐다.

"그럼, 자매지. 네 아버지 돌아가시고 너한테 또 누가 있다고."

"엄마."

"설마 저 어린애한테 질투하고 그런 건 아니지? 네 나이가 다 몇인데."

"……."

"말이 나와서 말인데, 우리 세준이가 이번에 대학 들어가고, 세린이는 고3 되잖니."

본론이 나오자 엄마의 표정이 사뭇 친절해졌다. 예전엔 이런 얼굴에 속아 마음을 내어준 적이 심심찮게 있지만 그 끝이 어땠는지는 가슴이 먼저 기억했다. 그래도 한동안은 인우 덕에 잊고 살았는데. 해인은 아래로 내린 두 손을 꼭 겹쳐 잡았다.

"나도 이것저것 뒷바라지를 좀 해줘야 할 텐데 형편이 안 되는 걸 어쩌겠니. 너라도 좀 동생 돕는다 생각해주면 좋고. 말이야 바른말이지 네가 진작 새아버지 사업 좀 도왔으면 무턱대고 찾아올 일이 있었겠니? 그건 죽어도 안 되겠다니 네 동생이라도 좀 챙겨달라는 건데 그것도 힘들어?"

"아무리 이러셔도 제가 할 수 있는 거 없어요."

"없기는? 너, 네 아버지가 남긴 재산이 다 얼마야. 내가 그걸 뻔히 아는데 그런 거짓말을 하니?"

"그건 저한테 남기신 거잖아요."

"하아, 넌 무슨 애가 그렇게. 너 그래봤자 무슨 일 생기면 가족밖에 없는데 그렇게 선 긋고 살 이유가 뭐야? 나중 돼서 후회하지 말고 미리미리……."

"저 가족 있어요."

똑바로 든 그녀의 시선에 엄마가 주춤했다. 뒤에서 휴대전화에만 열중

하던 이부동생까지 삐죽 고개를 들 정도로 해인의 목소리는 또렷했다.

"저 가족 있다구요. 엄마가 억지로 만들어주시지 않으셔도, 저 가족 있어요."

"……송해인, 너."

기가 찬 듯 엄마의 코웃음이 커졌다. 지금도 충분히 매정하다 싶었지만 더욱 싸늘해지는 것을 보면 나름대로 참고 있던 모양이다.

"너 내가 끝까지 모른 척하려고 했는데……."

"왜, 엄마? 무슨 일 있어?"

심상찮은 분위기에 쪼르르 다가서는 이부동생의 목소리는 그저 흥미롭다는 기색뿐이었다. 꼭 캐묻고야 말겠다는 듯 제 엄마의 어깨를 흔들자 분위기가 새삼 묘해졌다.

"……아니. 별거 아냐."

"에이, 뭐야. 난 또 재밌는 거 있다고."

"재밌어도 네 언니한테나 재밌는 거지."

세린 대신 해인을 뚫어져라 바라보며 내뱉는 엄마의 목소리가 의미심장했다. 해인 역시 별다른 동요 없이 엄마를 응시했지만 책상 아래로 맞잡은 손이 떨렸다. 먼저 자리에서 일어난 엄마가 제 딸을 앞세우고서야 슬쩍 눈을 내리깔았다.

"얘기가 나와서 말인데, 우리 그 이야기도 좀 해봐야 하지 않니?"

"……."

"연락 기다리마."

웃으며 건네는 음성이 다시금 상냥해졌다. 또각거리는 구두 소리도 제가 기억하는 그대로다. 고개 한번 끄덕이지 않고 앉아 있던 해인은 문이 닫히고서야 커다란 눈을 깜빡였다.

"해인아!"

"해인 언니!"

밖에서 노심초사 서성거리던 유진과 연주가 그대로 달려와 해인의 어깨를 감쌌다. 해인이 직접 말을 한 적은 없었지만 입학하자마자 그녀의 아버지가 돌아가셨으니 대강의 사정은 짐작할 만했다.

"저분이 너네 어머니시지? 그럼 쟤가…… 아니, 너 괜찮아?"

"……어."

"별로 좋은 얘기 하는 것도 아닌 거 같던데. 우리도 아까 얼마나 놀랐는지 몰라."

"놀랄 거 없어. 우리 매번 연습했잖아."

해인은 제 어깨를 감싸는 유진의 손등을 잡고 희미한 웃음을 지었다. 어쩔 줄 몰라 하는 연주를 챙기는 것도 잊지 않았다.

"무슨 말 들어도 끄떡도 안 한다고. 아무 말도 안 들은 것처럼, 그렇게 버티자고."

"……언니."

"나 괜찮아. 이 정도는 아무렇지도 않아."

그녀의 웃음이 조금 더 자연스러워졌다. 억지로 웃어 보여야만 하는 친구들은 아니지만, 제 자신에게 웃음이 났다.

"내가 정말 많이 단단해지긴 했나 봐."

웃을 일 하나 없이 끝도 없이 사람을 나락으로 짓밟던 예전에 비하면 지금은 좋은 일이 너무나 많았다. 이 정도쯤이야. 되새기는 가슴이 아프지 않다고는 못 해도 이제는 기댈 데가 있다.

"그치만 너네 어머니 분위기가……."

"괜찮아. 정말이야."

해인이 유진의 손을 놓고 생긋 웃으며 고개를 들었다.

"……그런데 너네 무슨 얘기 하고 있었어?"

차에서 막 내릴 때까지는, 그래, 참을 수 있다. 대문을 지나 처음 한두 걸음을 옮길 때까지만 해도 속도는 지킬 수 있었다. 하지만 거기서 서너 걸음 더, 커튼 너머로 서서히 해인의 그림자가 비치기 시작할 때부터가 고비였다.

이러고도 견딜 수 있나 보자. 저 위의 누군가가 시험이라도 하듯 제 이성을 흔들어댔다. 그림자마저 여리기 짝이 없어 작은 움직임 하나에도 크게 일렁였다. 찻잔을 가져다 놓고 또 들여다보고. 눈을 감고도 알 만한 해인의 습관에 가슴보다 다리가 먼저 반응했다. 성큼성큼 계단을 디딘다. 가만히 서 있다가는 어디 하나가 터져나갈 것 같은 심정으로 벌컥 문을 열어젖혔다.

"……아, 오빠 오셨어요?"

"음."

그러나 딱 그때부터 걸음이 느려졌다. 진정이 되어서도, 흥분이 식어서도 아니다. 생긋 웃는 해인의 얼굴을 보는 순간 급한 불은 껐다. 여기서 한 김 식혀주지 않으면 스스로도 장담할 수가 없었다.

"오늘은 일찍 오셨네요."

"내가?"

"아, 삼 분 정도 일찍 오셨다구요."

그리고 그건 해인도 마찬가지였다. 길지도 않은 시간을 쪼개고 쪼개어 인우를 기다린 티가 역력했다. 그가 도착하는 시간에 맞추어 따끈한 차를 들고 오는 걸음걸음마다 설렘이 가득했다.

"오늘 학교 갔다 왔다며?"

"네. 애들이랑 면접 연습했어요. 곧 유진이 면접이거든요."

"그래?"

인우가 넥타이를 풀며 소파에 자리를 잡았다. 가운데에서 오른쪽으로 약간 벗어난 자리, 해인의 활짝 웃는 얼굴이 가장 잘 보이는 곳이었다.

"서류 합격하고 경성에서 면접 본대요. 정말 대단하죠?"

"넌?"

"……네?"

"너도 합격하면 면접 봐야 하잖아. 요새 연습 잘 못 하지 않았어?"

다리를 꼬고 앉은 인우가 느긋이 기댄 채 해인을 바라보았다. 며칠간 그럴 틈도 안 줬던 제가 할 말은 아니라지만, 말이 끝나기가 무섭게 허리를 쭉 펴고 앉는 해인을 보는 재미가 컸다.

"송해인 씨, 요새 딴생각을 많이 하시는 것 같은데."

"제가요? 잘못 보셨겠지요. 말도 안 되십니다."

진지하다 못해 또박또박, 각 잡힌 해인의 표정이 사뭇 억울해졌다. 반면 그녀를 바라보는 인우의 표정은 여느 면접관 이상으로 냉혹해졌다.

"최근에 회장이 되셨다더니 너무 자만하는 것 아닌가 싶은데요."

"아닙니다. 저는 늘 가장 낮은 자세로 무엇이든 할 준비가 되어 있습니다. 믿고 맡겨만 주십시오."

꼬박꼬박 대답을 내어놓는 해인의 태도가 진지해서 더 웃음이 났다. 위험수위 직전에 입가를 가린 인우는 한동안 그 자세를 유지했다.

"흠…… 그러시다면 다행이군요. 혹시 어딘가에 정신이 팔린 건 아닐까 걱정했더니."

"천만에요. 전 아무렇지도 않습니다."

"……."

쟤 좀 봐라. 한쪽 이마를 받친 인우의 한쪽 눈썹 끝이 가팔라졌다. 바로 그때부터 지그시 인우의 내리깐 눈에 조금씩 사감이 담겼다.

"송해인 지원자도 어쩔 수 없이 개인적인 일이 있으면 조금은 영향을 받을 텐데요."

"전혀요."

"……아아, 그러십니까?"

툭툭 팔걸이를 두드리는 손가락에도 힘이 실렸다. 어디 한번 최선을 다해 생각해보라는 듯한 권유가 상냥하듯 위태로웠다.

"그래도 아주 조금은 심경의 변화가 생겼을 법도 한데."

"아닙니다. 일체의 일도 없었을뿐더러 그 어떤 일이 생겼다 한들 회사를 위한 일이야말로 제게는 최우선입니다."

"야, 송해인!"

두통이 온 듯 눈을 질끈 감은 인우가 숨을 몰아쉬었다. 무슨 일인지도 모르고 멀뚱멀뚱 앉아 있는 해인의 태도가 한결 조심스러워졌다.

"오, 오빠. 저 탈락이에요?"

"……그런 건 아닌데."

"아아, 다행이다."

활짝 웃은 그녀가 가슴 위로 두 손을 모았다. 소리 내어 웃는 웃음은 아니지만 부푼 가슴이 솜사탕처럼 달콤했다. 곱게 접힌 눈가와 차분한 미소. 보이는 그대로 안도의 웃음이 넘치는 흐뭇한 광경이었다.

속이 비치지 않는 인우의 검고 고요한 눈동자가 그녀의 곳곳을 짚어갔다.

"아무리 연습이라지만 떨어지면 곤란하잖아요. 저는 회장인데."

"그래, 뭐."

"그래도 저 대답 잘하는 것 같죠? 오빠가 보시기엔……."

"송해인 씨, 오늘 있었던 가장 기억에 남는 일은 무엇입니까?"

인우가 반쯤 기대앉았던 등을 곧게 세웠다. 그녀를 바라보던 눈도 어디에 가린 곳 없이 선명해졌다.

"무슨 일이길래 그렇게 손을 떨어."

감출 생각 말라며 그가 해인의 손을 잡았다. 오후 내내 책상 아래에서 흔들렸던 그녀의 손이 드디어 안정을 찾아갔다.

"……오빠, 어떻게…….."

"그 정도도 몰라선 나야말로 곤란하지. 네 남편인데."

"……."

"말해."

또 한 손이 그녀를 향했지만 이번엔 손을 덮는 대신 팔을 이끌었다. 제 가장 가까이에 앉히고서 향이 가득한 머리를 쓸어내리고 싶었지만, 그러지 않았다. 해인의 마음을 듣는 일이 우선이니까.

"네가 이럴 때마다 나는 어떨 것 같아? 내 생각은 안 해?"

"아니에요. 그런 게 아니라…….."

"내 앞에선 그럴 필요 없다고 했잖아."

한 사람만 바라보고 있다 보면 어쩔 수 없이 알게 되는 것들이 있다. 누군가의 아주 사소한 감정과 버릇들, 그것만 살펴도 하루가 전부 지나가는 날들이 늘어났다. 그 고행의 끝에 보이는 것이 그다지 기쁘지 않은 감정이라, 인우의 마음이 무거워졌다.

"웃든 울든 내 앞에선 너 하고 싶은 것만 하라고."

"……오빠."

"해인아."

"아, 저 이번엔 진짜로 웃는 거예요. 진짜 웃고 싶어서요."

처음엔 어찌할 줄 모르고 고개를 숙이던 그녀가 인우와 눈이 마주치는 순간 웃어버렸다. 자신도 왜 웃는지는 모르는 얼굴이었지만 정말로 웃음이 나오니 어쩔 수가 없었다. 인우 역시 이번만은 거부하기는 힘들어서 다시 이마를 짚었다.

"그래도 이유는 말해. 그냥은 안 넘어갈 테니."

"오빠도 참, 별거 아닌데."

"그건 내가 듣고 결정할 일이고."

이리 와. 조금 마음이 격해졌다 싶은지 인우가 힘겹게 해인을 끌어안았다. 제 품에서 조금도 벗어나지 않게, 그렇게 지켜도 모자랄 존재였다. 그 마음을 모두 풀어내지는 못하겠지만 최소한 저를 믿고 의지하도록 만들 생각이었다.

"말해. 잘 생각해보라고. 뭐든 다 들어줄 테니까, 학교에서 있었던 일은…….."

"아, 저 동아리 엠티 간대요."

"……."

그 가장 여리고 소중한 존재가 품속에서 멋대로 가슴을 찔러댔다. 인우가 숨을 죽이는 사이 해인의 얼굴에 들뜬 웃음이 차올랐다.

"단합여행이요!"

안 그래도 길어졌던 샤워시간이 오늘은 끝이 보이질 않았다. 쏟아지는 물줄기 아래 굳은 듯 서 있던 인우가 어느 순간 고개를 젖혔다. 거울에 뿌옇게 차오른 김을 쓱 닦아내자 그 안에 선 남자의 모습이 스스로가 보기에도 낯설었다.

……쟤는 뭘 남들 하는 건 저렇게 다 해야 직성이 풀릴까. 검게 젖은 머리칼 사이로 그의 눈동자가 형형했다. 차라리 묻지 말 걸 그랬나. 긴장할 땐 꼭 손을 눌러 잡는 해인의 버릇을 기억한 것이 문제였다. 기억했다기보단

본능에 가까웠지만 그걸 따져 뭐 할까.

"후우우."

적당히 수건을 감고 나온 그가 머리를 흔들었다. 찬 바람이 머리카락 사이사이를 스쳐도 전혀 시원하지가 않다.

인우는 문밖에서 달그락대는 부산한 소리에 고개를 돌렸다. 저 밖에 해인이 있다 생각만 해도 다시 머리며 아랫도리에 열이 차올랐다. 제 이런 마음과는 상반된 해인의 사뿐한 발소리를 듣고 있자니 더욱 그러했다. 커피를 따르고 찻잔이 부딪치는 소리마저 제 귀에는 그리 가볍게 들리지가 않았다.

"……."

아니, 내가 왜. 와이셔츠를 집어 들려다 인우는 멈칫했다. 나 혼자 이런다고 알아나 줄까. 해인을 위해 제 작은 행동 하나에도 조심스러워했던 것이 우스워졌다. 이쯤 되면 쟤도 알 건 알아야지. 어차피 최대한 격식을 갖춰 천천히 시작하려 했던 계획은 해인과 입을 맞춘 순간 끝났다.

정작 그녀는 콧노래를 부르며 들떠 있는데 자신은 샤워기를 잠그고 나서도 온몸이 축축했다. 걸음마다 맺히는 물기가 성가시기 짝이 없다. 다소 거친 몸짓으로 가운을 걸친 인우가 문을 열었다.

"오빠 나오셨어요? 어머."

"……왜?"

무심히 샤워가운 허리띠를 묶으며 엉겁결에 눈을 피하는 해인을 모른 척했다. 가릴 데야 다 가렸다지만 풍기는 분위기부터가 어제와는 달랐다. 커피잔을 든 인우는 늘 보던 신문을 미룬 채 해인을 빤히 바라보았다. 커피 향처럼 짙은 눈동자가 조금은 노골적이었다.

"기분 좋아 보이네?"

"저요?"

아, 그런가? 해인이 잔을 내려놓으며 제 빰에 손등을 대어보았다.

수줍기 그지없는 그런 행동마저도 인우에겐 달리 보이기 충분했다.

"뭘 만져봐. 좋은 데 간다면서 당연하겠지."

"그건 그런데, 맞아요. 좋은 거 같아요. 아니, 좋아요."

"……."

뭐 좋다고 세 번이나 말해. 인우는 이마를 쓸어올렸다. 정제된 숨소리가 예전 어느 날처럼 아슬아슬했다. 어제야 자신도 정신이 빠져 그대로 넘어갔다지만 오늘은 그럴 마음이 없었다.

'보호자 아닌가.'

너무 저 좋을 대로 그 기준이 변해 문제였지만. 지금 그녀를 마주하는 심정만큼은 교수님을 능가했다. 교수님이라면 굳이 단합여행을 가겠다 하는 딸에게 어떤 말씀을 하셨을지, 없는 딸을 만들어내서라도 그 기분을 가늠해보고 싶었다.

"뭐가 그렇게 좋은데?"

어디 들어나 보자. 인우는 팔짱을 낀 채로 등을 기댔다.

"친구들이랑 놀러 가는 거 거의 처음이거든요. 계속 학교 다녔고 전 다른 동아리 같은 것도 많이 못 해봐서요."

"음……."

처음부터 공격이 셌다. 말을 해도 왜 꼭 저렇게 가슴 아픈 곳만 건드려대는지. 뭐든 논리적으로 반박하려 했던 인우는 고심에 잠겼다. 하지만 곧이곧대로 끌려가기엔 이대로 해인을 보내면 남은 날들을 어찌 보낼지, 제 앞날도 훤했다.

"동아리가 뭐 별거 있어. 마음만 먹으면 여기서도 못 할 게 뭐가 있다고."

"그렇지만 장소가 달라지면 마음도 바뀌는 법이잖아요. 충전도 하고, 회원들 사이도 돈독해지고요."

"원래가 친한 친구들이라며?"

"네. 그치만 친구들끼리 여행 다니면 서로 몰랐던 것들도 알게 되고 무엇보다도 추억이 남잖아요. 학창 시절 추억은 돈 주고도 살 수 없다니까요."

"……."

저런 애가 왜 여태 취업을 못 했을까. 그의 고뇌가 서서히 노선을 틀었다. 저렇게 또박또박 제 할 말을 전부 하는데, 심지어 더없이 그럴듯하게 예쁘게 말하는데. 도대체 무슨 이유로 해인이 아직도 면접을 준비하는지 이해할 수가 없다. 동시에…… 조금은 다행스러웠다. 어떤 미친놈들이 눈 삐어 준 덕택에, 저는 날마다 눈이 즐거워졌으니까.

"그거야 예전 이야기고. 마음만 있으면 꼭 학생이 아니라도 상관없지 않아?"

그러나 즐거운 건 즐거운 거고 해인은 제 눈앞에 있어야 했다. 인우는 생각을 잘해보라는 듯 비스듬히 턱을 들었다.

"신입생 때라면 몰라도."

"신입생 때에는 아빠 가신 지 얼마 안 되어서 어디 갈 생각 자체를 못 했어요."

"……."

입술 위에 손을 올린 인우의 눈이 내리깔렸다. 필요할 때마다 말문이 막히게 하는 것까지, 정말이지 올바른 면접자의 모든 요건을 갖췄다. 왜 제가 교수님의 마음으로 그녀를 살피겠다 결심했는지, 푹 젖어버린 마음이 금세 무거워졌다.

"그럼 너도 가고 싶었어?"

"아…… 조금요. 아니, 살짝 많이요."

"그랬구나."

이번엔 두 번씩 말해도 그리 울컥하지가 않았다. 대신 해인을 향하는 눈길이 조금은 부드러워졌다. 사실 더 그래주고 싶지만 이것이 최선이다.

옷 갈아입고 올게. 자리에서 일어난 인우는 제 방으로 들어섰다.

"……."

나는 뭐 하는 인간인지. 아침부터 별의별 자괴감이 다 들더니 이런 식으로 결론이 났다. 뒷목을 누르며 두통을 참아본 인우는 단추를 채웠다. 그래. 교수님이 계셨다면 뭐든 해주고 싶으셨겠지. 최대한 생각을 비우고서야 다시금 그녀를 마주할 수 있었다.

"……오늘도 학교에 가?"

"네. 단합여행 일정도 짜고 준비도 하려고요."

"……."

첫 계단을 내려서면서도 인우는 흔들림 없이 잘 참아냈다. 준비성이 저렇게 뛰어났을 줄이야. 제 손이 가지 않아도 될 만큼 그녀가 커버렸다는 사실이 썩 반갑지 않다.

"준비할 게 많아?"

"원래 이런 거 가기 전에 장도 봐야 하고 그렇잖아요. 술도 사고."

"……."

"오빠, 어디 아프세요?"

해인이 계단 중턱에서 이마를 짚은 그를 걱정했다. 하얗게 서린 입김 너머로 인우의 얼굴이 꼭 그만큼 하얗게 질렸다. 바짝 힘이 들어간 이마와 손등의 핏줄만이 시퍼레 그 억눌린 심기를 짐작케 했다.

"……괜찮아."

"전 또 어디 안 좋으신 줄 알고. 다행이에요."

생글생글한 눈이 그를 향해 휘었다. 조금은 인우를 의식하는 듯도 했지만 한 걸음 한 걸음 그를 따라 내려서며 들뜬 마음만 더해졌다.

"낮에 애들 만나서 표부터 끊기로 했어요."

"……어딜 가길래?"

빨리도 묻는다 싶겠지만 사실 그걸 따질 여력이 없었다. 이왕 이리된 거, 반쯤 마음을 비운 인우가 가방을 단단히 틀어쥐었다. 이거라도 쥐고 있지 않으면 언제든 해인의 어깨를 움켜잡고 말지도 모른다.

"우리 부산 가려구요."

"그냥 국내로 가지 그래?"

"아……."

뭐라 말하기 힘든 얼굴로 그를 보던 해인이 이내 웃음을 터트렸다. 무슨 그런 농담을. 대문 앞에 서고 나서도 뭐가 그리 즐거운지 입을 가리고 웃었다. 잔뜩 찡그린 눈썹을 한 인우가 고개를 쓱 들이밀고 나서야 그녀의 맑은 웃음이 뚝 그쳤다.

"……노, 놀랐잖아요, 오빠."

"그래주니 고맙고."

저를 의식하는 듯 붉게 달아오른 그녀의 뺨에 내리깐 인우의 눈매에도 일말의 만족이 비쳤다.

물들일 듯 검은 눈과 녹아드는 갈색 눈동자. 닿을 듯 가까워진 두 시선이 오래도록 맞닿아 있었다. 겁먹은 초식동물처럼 꼼짝도 못 하던 해인이 먼저 물러나려는 기색에 인우가 가볍게 고개를 흔들었다.

"머플러 아직 안 맸잖아."

"아아, 맞다."

내가 또 무슨 생각을. 해인은 대문 밖을 의식하며 그의 머플러를 들어올렸다. 평소보다 가까이 다가온 인우의 얼굴 때문에, 자꾸만 머리칼을 넘기고 싶게끔 손끝이 간질거렸다. 크게 한 바퀴, 정성 들여 머플러를 둘러주고 나서도 그대로 머무른 인우에게 눈을 크게 떴지만 그는 진지했다.

"오, 오늘은 보는 사람이 더 많아서 그러세요? 우리 사진 찍히는 거예요?"

"응."

"그랬구나. 그럼 더 잘해야죠."

"⋯⋯그래. 잘 좀 해봐."

나한테. 하고 싶은 말을 하는 인우의 음성이 내리깔렸다. 여전히 밖을 흘끔거리며 연기라고는 일말의 재능도 없는 해인이 제 목을 스치는 서툰 손길에도 흥분해버릴 만큼, 머리가 아찔했다.

"⋯⋯아직도 그 사람들 안 갔어요? 오늘은 오래 있나 봐요."

"응. 안 가."

속삭이는 음성마저도 해인의 입술에 담기면 달콤했다. 인우의 깊은 한숨을 마주한 해인이 그제야 그를 똑바로 응시했다.

"그런데 오빠 혹시 열 있으세요? 뜨거운 것 같은데."

"아니. 안 그래."

"아, 그럼 제가 착각했나 봐요."

아직도 인우의 이마를 짚어보기는 어색한지 해인은 멋쩍은 웃음만 지었다. 그 정도의 웃음마저도 눈앞의 남자에게 어떤 영향을 끼치는지 일말의 상상도 하지 못한 채 살짝 어깨를 틀었다.

"어제부터 기운도 없어 보이시던데, 혹시 오빠 아프면 어쩌나 해서."

"⋯⋯어쩔 건데?"

되묻는 남자의 음성에 약간의 기대감이 섞였다. 이렇게나 해인의 말에 귀를 기울인 적도 없었다.

"그럼 당연히 못 가죠. 오빠가 아픈데 제가 어떻게 가요."

"⋯⋯."

"유진이랑 연주한테 지금이라도 잘 말해서 못 간다고 하면⋯⋯."

"아니. 가."

어제 이후로 가장 부드러운 목소리였다. 조금씩 웃음을 비치는 그가 더할 나위 없이 근사했다.

"나 괜찮아. 아무렇지도 않으니 잘 다녀와."

"정말요?"

"음."

인우가 해인의 머리칼을 쓸었다. 물기 어린 감촉마저도 이미 녹아든 마음에는 따스하기만 했다.

"다행이에요. 애들한테 말하면 실망했을 텐데. 안 그래도 오빠가 제 보호자로 같이 지낼 텐데 별로 안 좋아하면 어쩌나 걱정했거든요. 요새 은근히 그런 남자들 많다고."

"그래서 넌 뭐라고 했는데?"

"당연히 그럴 리 없다고 했죠. 오빠가 어떤 사람인데."

"……"

그래. 내가 어떤 사람인데. 계속해보라는 인우의 은근한 재촉에 해인은 충실히 응답했다. 들뜬 목소리에 뿌듯함도 가득했다.

"우리 오빠는 절대 그런 사람 아니라구요. 그런 속 좁고 자기만 아는 사람들이랑은 비교도 안 된다고 했어요."

"……그래?"

"네. 분명히 저 하고 싶은 거 다 하라고 할 거라고, 내기해도 좋다고 했어요. 전 자신 있다고."

"……"

소심한 그녀가 이 정도로 나왔다면 제 딴엔 모든 것을 걸었다는 뜻이다. 묵묵히 해인의 말을 감상하듯 듣던 인우는 무언가를 깨달은 듯 고개를 끄덕였다.

"부산이랬지? 조 비서 시켜서 표부터 끊어둘게. 호텔은 생각해둔 데 있어?"

"……네? 오빠가 왜요?"

"왜라니."

값싼 안도와 자책은 저 혼자서도 할 시간이 넘쳐났다. 그러니 당장은 내기에는 일말의 소질도 없는 이 어설픈 아가씨를 지켜주는 것, 그것이 바로 보호자이자 남자로서 제가 할 일이었다.

"나 고문이야. 그 정도도 못 해?"

'……그래. 못 하는 건 못 하는 거지.'

자리에 앉은 인우의 눈매가 꿈틀거렸다. 저를 두고 여행 떠나는 부인을 쿨하게 보내주는 것. 일개 고문으로선 가능하겠지만 남편에겐 불가능한 일이다. 특히나 아직도 몸과 마음이 들끓어 불안정한 남편에겐 고문이나 다름없었다.

"……어쨌든 별 이변이 없는 한 일은 잘 진행될 모양이고. 그럼 다음 중국 실사팀 일정은 어떻게 되지?"

"네. 마지막 미팅을 남겨두고 장소를 물색 중입니다. 일도 마무리 상태고 그쪽에서도 계속 서울에만 머물렀으니 이참에 조금 분위기를 바꿔보는 것도 좋을 듯해서요."

"그러고 보니 그쪽 실사팀에 강 전무 친구도 있다지 않았더냐?"

"……."

보고서를 들고 조 비서와 대화를 나누던 강 회장이 대답이 없는 인우를 미심쩍다는 듯 바라보았다. 그제야 제게 쏟아지는 시선을 의식한 그가 뒤늦게 고개를 끄덕였다.

"네. 그렇습니다만."

"그런데 무슨 표정이 그렇게 심각해? 누가 보면 바람이라도 맞은 줄 알겠구나."

"……."

인우의 손등에 다시 시퍼런 핏줄이 솟았다. 강 회장 앞에서 잘못 감정을 드러냈다간 그 여파가 해인에게까지 간다. 목전의 일에 집중하기 위해 인우는 제 앞의 서류에 눈을 기울였다. 하얀 종이가 그녀의 피부처럼…….

"후우우."

"한숨은 또 왜. 그 친구랑 싸웠더냐?"

"회장님."

"뭘 그렇게 이를 악물고. 어쨌든 네 생일이라 여기까지 왔다면 보통 인연이 아닐 텐데 써먹을 수 있는 건 다 써먹어야지. 부사장 쪽에선 없는 인연도 이어붙이는 판에."

모든 것을 들여다보는 듯한 강 회장의 눈이 번득였다. 시종일관 입을 다물고만 앉은 인우가 마음에 안 드는 모양이지만 전부 일임한 이상 자신이 나설 수도 없다.

"강 전무도 알다시피 내가 나섰다간 일이 잘 풀려도 뒷말이 많을 텐데, 그건 바라는 바가 아닐 테지."

"물론입니다. 제 손으로 끝낼 수 있는 일이니까요."

"그래도 도움을 받는 게 꼭 나쁜 건 아닐 텐데, 세상 혼자 사는 것도 아니고 자기 사람들도 만들고 해야지."

"무슨 말씀이신지는 알겠지만 염려 않으셔도 됩니다."

무안할 정도로 강 회장의 말을 잘라낸 인우가 다시금 서류를 넘겼다. 이미 최고의 인력들이 동원되어 밤낮없이 매달려왔으니 여기서 보탤 것은 없다. 자신만만하다기보다는 당연한 것이라는 듯 인우는 남은 일정을 눈으

337

로 훑었다.

"남은 미팅은 명목일 뿐입니다. 오 팀장에게 적당한 장소를 알아보라 하지요."

"접대도 비즈니스라는 거 모르느냐? 여기까지 기대하고 왔을 텐데 그쪽 의중도 알아봐야지."

쯧쯧. 강 회장이 그럴 줄 알았다는 듯 인우의 고지식함에 혀를 찼다. 그러거나 말거나 서류만 들여다보는 고고한 손자 대신 눈치만 보는 조 비서를 불렀다. 어차피 인우를 잡고 이야기해봤자 들은 체도 안 할 것을 너무나 잘 알고 있다.

"조 비서 자네라도 가서 일정을 잡아둬. 그쪽에도 생각할 여유를 주려면 한 며칠 쉬고 둘러볼 만한 곳으로 준비해줘야지."

"알겠습니다, 회장님. 그럼 장소는 어디로 잡을지……."

"제주도나 부산은 너무 흔해빠졌고 어디가 좋담."

부스럭. 인우가 들고 있던 서류가 유독 큰 소리를 냈다. 그대로 서늘한 눈을 들었지만 강 회장과 조 비서는 이미 진지하게 머리를 맞대고 있었다. 이런 사소한 일에서 자신은 빼달라는 소리를 지나치게 잘 들어주는 중이었다.

"그래도 제주도 쪽이 외국인들에겐 제일 무난하지 않을까요?"

"그거야 그렇지."

"……."

한쪽 손으로 턱을 받치고 고심하는 강 회장을 따라 인우의 목이 길게 울렸다. 서류 속 글자가 희미해진 지 오래였다.

"그래도 너무 특색이 없잖나. 그쪽 사람들한테야 신기할 것도 없고. 차라리 교통도 그렇고 청평이나 강원도 쪽 별장으로 잡는 건 어때?"

"네. 회장님께서 원하신다면 그리하겠습니다."

"아니. 내가 원하는 것보단 그쪽 의견이 우선인데……. 음, 하기야 거기서 어디 보내달라 말할 것도 아닐 테고. 그냥 알아서 해…… 음?"

강 회장이 귀찮다는 듯 손을 내젓다 말고 고개를 들었다. 언제 자리에서 일어났는지 자신을 빤히 내려다보는 인우를 멀뚱히 쳐다보았다. 자신을 향한 인우의 곱지 않은 시선이야 당혹스러울 것도 없다지만 오늘은 그 정도가 정점에 달했다.

"또 왜? 벌써 나가려고?"

"……실례하겠습니다."

고개를 숙이자마자 지체 없이 나서는 걸음에 미련 따위 없었다. 안 비서를 비롯한 비서실 직원들이 일제히 고개를 숙였지만 그마저도 보이지 않았다. 주머니 속 휴대전화를 찾은 인우는 문이 닫히자마자 전화기를 귓가에 가져다 댔다. 경쾌한 통화연결음이 이어질수록, 인우의 미간이 깊게 파였다.

- 이게 누구시더라. 멀리서 온 친구는 본체만체하던 전직 룸메이트님 아니신가?

"너 어디야."

수화기 저편까지 느껴질 만큼 억눌린 음성에도 제이슨은 쿡쿡 웃음을 흘려댔다.

- 뭐야. 목소리 깔아봤자거든? 나도 바빠. 영국에서도 한 번 차였는데 이번이 두 번째라고. 강인우 네가 우리 우정을 짓밟은 지난날의 과오를 반성하고 정식으로 사과하기 전까지는 안 만나줄 테니까 괜히 힘 빼지 말고.

"제이슨 리, 전 룸메이트이자 태원의 전무이사로서 영국과 한국을 오가며 무의식적으로 네게 저지른 지난 과오에 대해서는 충분히 반성하고, 기회를 준다면 정식으로 사과할 용의가 있는데."

- …….

너 누구냐. 수화기 저편에서 뜨악한 목울림이 선연했다. 그에 굴하지 않은 인우는 눈 하나 까딱하지 않고 비장하게 넥타이를 당겼다.

"몇 시까지 볼까?"

"오빠, 여기 커피잔 있는 건 아시죠? 머신 사용할 수는 있으세요? 여기 이 빨간 버튼 먼저 누르면……."

"……알아."

주머니에 손을 넣은 인우가 해인을 뒤따랐다. 뭐 하나라도 빠뜨린 게 있나 노심초사하는 해인과는 달리 그는 지나치게 느긋했다.

"송해인, 너 뭐 아주 가는 것도 아니잖아. 왜 그래?"

"아…… 그냥 걱정이 돼서."

"무슨 걱정?"

별걱정도 다 한다는 듯 인우가 시계를 확인했다. 해인 역시 마음이 조급한지 주방에서 나와 캐리어를 들려 했다. 그러나 이번에도 인우의 손이 먼저였다.

"안 들어주셔도 되는데. 안 비서님이 공항까지 태워주신댔거든요."

"됐으니까 신발이나 신어."

그녀의 가방을 번쩍 든 인우가 피식거리는 웃음으로 재촉했다. 떠밀리듯 나선 해인이 조금은 어색해했지만 다시 그를 올려다볼 땐 환한 얼굴을 하고 있었다.

'그래, 오빠는 일해야지.'

처음 가고 싶다 말한 건 자신이었는데 왜 홀로 나서는 마음이 허전한지 모를 일이다. 내내 무뚝뚝하던 인우가 모처럼 다정하게 배웅해주는데도 어딘가 미련이 남았다. 설마하니 인우가 자신을 잡지는 않을 테지만 그의 태도가 사뭇 달라진 것만은 분명했다.

"……오빠, 어제 열나는 것 같았는데 감기약 필요하시면……."

"소파 두 번째 서랍."

"아…… 벌써 말했구나."

해인은 부끄러운 듯 웃으며 그에게서 가방을 받았다. 역시 착각이었나 보네. 매끈한 턱선과 수려한 눈매가 전체적으로 무덤덤하기만 했다. 여기서 괜히 더 멋쩍어지기 전에 나서야겠다며 그녀는 대문을 잡았다.

"그럼 저……."

"송해인 씨, 오늘 어디 좋은 데 가시는 모양인데."

불쑥, 인우의 손이 뒤에서 뻗어나왔다. 겹친 손등이 화끈해진 해인이 얼른 손을 빼내어 머리칼을 넘겼다.

"……오빠."

"고문으로서 이번 단합여행을 왜 가는지 목적을 꼭 상기하셨으면 합니다만."

"아아, 그럼요."

인우의 의도를 알겠다는 듯 해인이 어깨를 폈다. 나긋한 미소에 상냥한 말투가 당장이라도 면접을 본대도 부족함이 없다.

"네. 저는 이번 단합여행을 통해서 팀원들 간의 친목과 화합을 도모하며 앞으로 나아갈 공동의 목표를 위해……."

"됐고. 넌 뭐가 그렇게 태연해?"

"……."

"송해인 씨, 남편 놔두고 가시면서 지나치게 태연하다고 생각하지 않으

342

십니까?"

지나치게 정중해서 도리어 어둑한 분위기가 흠씬 풍겼다. 조금은 낯선 듯 눈을 깜빡이던 해인이 곧 제법 의젓하게 고개를 저었다.

"그렇지 않습니다. 제가 가장 존경하는 아버지의 말씀을 따랐을 뿐입니다."

"……도대체 아버님께서 뭐라고 하셨길래……."

"아빠가 살면서 어떻게 해야 할지 잘 모르겠을 땐 그냥 오빠 따라 하라고 했거든요."

해인이 참은 웃음을 터트리며 눈가를 접었다. 살짝 기울인 고개에 짧은 단발이 살랑이듯 흩날렸다.

"모를 땐 뭐든 오빠 하는 거 잘 보고 따라 하면 손해 볼 일은 없을 거라고."

"……."

"그래서 전 그냥 오빠가 하는 대로만 한 건데, 으읍."

눈썹을 찡그린 채 지켜보던 인우가 어느새 고개를 내려 해인에게 입을 맞췄다. 이 와중에도 안도한다면 그건 내가 정상은 아니라는 뜻이겠지. 더 깊어져 자제할 수 없기 전에 그가 살짝 고개를 떼어냈다.

"……그럼 이것도 따라 하겠네?"

"오빠."

"왜. 다 한다면서."

느릿하게 타고 오르던 엄지가 느릿하게 그녀의 턱을 지나 입술에 닿았다. 도발처럼 뜨거운 감촉이 연약한 입술을 지그시 쓸었다. 마치 서로의 입술이 닿을 때와 같은 감촉에 그녀가 쌕쌕 숨을 몰아쉬었다.

"저, 저는……."

"됐어. 가야지."

철컹. 문고리를 당겨 올리는 소리가 두 사람의 긴장을 끊어냈다. 지금이 아니면 위험하다는 건 둘 모두 알고 있다. 갈팡질팡하던 해인이 숨 쉴 곳을 찾듯 황급히 문을 나서자 인우가 한 걸음 떨어져 그녀를 따랐다.

"오, 오빠, 저 그럼 갈게요. 친구들이 기다려서요."

"그래."

그가 무심히 한 손을 들자 해인의 표정이 복잡해졌다. 아무리 인우가 하는 대로 다 따라 해본다지만 저 정도는 힘들다. 아직도 가슴이 두근거리는 저와는 달리 머리칼 하나 흐트러지지 않은 모습, 정말이지 흉내 낼 엄두도 나질 않았다.

'아빠, 나 안 되나 봐.'

온몸에 힘이 빠져버린 해인은 겨우 입꼬리를 올렸다. 오빠는 하는데 나는 왜 안 될까. 새삼 울적해진 그녀는 최대한 웃어 보이며 창밖으로 손을 흔들었다.

그렇게 차가 사라지자 슬쩍 든 손으로 응답하던 인우가 주머니 속 남은 손을 빼어냈다.

"······내가 저렇게 멀쩡했다고?"

셋이서 처음 가는 여행인 데다 멀리 부산까지 왔으니 보고 듣고 느낄 것들이 넘쳐났다. 코끝부터 감도는 바다 내음이라든가, 철썩이는 파도 소리라든가, 곳곳에서 느껴지는 특유의 생기라든가, 시선만 돌려도 비명을 지르고 싶은 것이 한둘이 아니다.

"······."

그러나 쪼르르 승용차 안에 앉은 세 학생은 유독 조용했다. 창밖으로 어떤 구름이 지나가든, 몇 마리의 갈매기가 끼룩거리건, 하나같이 입을 꾹 다물고 무릎 위 주먹을 말아 쥐었다. 간간이 서로를 쳐다보긴 했지만 서로 어찌할지 모르는 곤란한 눈빛만 교환하는 것이 전부였다.

"도착했습니다. 짐은 제가 안으로 들여놓겠습니다."

"아니에요. 그런 건 저희가 해도 되는데."

"회장님께선 쉬고 계십시오."

"……."

일전에 그녀들을 찾아왔던 남자가 운전석에서 내리자마자 자연스레 차문을 열어주었다. 해인에게 인사를 하고 짐을 번쩍 든 그가 호텔 안으로 들어서자마자 유진과 연주가 참고 있던 숨을 몰아쉬었다.

"대박. 이게 다 뭐야."

"드라마 찍는 줄. 해인 언니, 뭐예요 이거?"

"어……."

나도 몰라. 모르는 일이야. 해인은 휘황찬란한 샹들리에를 올려다보며 억지로 숨을 골랐다. 인우가 알아서 준비했다고는 들었지만 이리 크게 준비를 했을 줄은 생각도 못 했다. 기차역으로 가는 줄 알았는데 공항으로 옮겨졌고, 비행기에서 내리자마자 기사가 데리러 와 최고급 호텔까지 실려 왔다. 눈앞의 현실을 외면하듯 고개를 저었지만 샹들리에의 광채만 더 크게 번져나갔다.

"해인아, 우리 진짜 괜찮은 거야? 너네 오빠가 다 준비한다고 해서 고맙다고는 했는데……."

"언니네 오빠 정말 뭐 하는 사람이에요? 아까부터 물어보고 싶었는데 앞에 기사님도 있고 해서 말도 못 꺼내고."

해인의 양옆으로 꼭 붙어 선 연주와 유진이 속닥거렸다. 흥분과 불안이 반반씩 섞인 이들의 기색에 해인은 억지로 태연한 척 웃어보았다. 자신까지 흔들리면 정말 감당을 할 수 없을지도 모른다.

"우리 오빠 그냥……."

"언니한테 회장님 이런 거 선물이라고 보내길래 어지간히 돈 많고 센스 없는 동생바보인가 했더니 대체 이건 또 뭐래요?"

"……바보는 아냐. 진짜야."

도무지 감당이 안 돼 해인이 황급히 시선을 돌렸다. 그러나 진땀이 나는 것까진 어쩔 수가 없어 입술을 맞물었다. 확실히 서울보다 남쪽이라 그런지 따뜻하긴 했다.

"나 비즈니스석 처음 타봤어. 너네 오빠 무슨 항공사에서 일하셔? 파일럿?"

"파, 파일럿은 아닌데, 항공사 쪽에도 좀 관련이 있긴 있어서."

"그래? 그럼 호텔 쪽이야? 이런 데 막 잡아주는 거 보니까 그쪽 계열인가?"

"……계열이 있긴 있을 거야. 아마도."

항공사며 호텔 체인이며, 모두 태원의 계열사이긴 했다. 사실 대한민국에서 어지간한 사업이라면 손을 대지 않은 분야가 없으니 아닌 곳을 찾기가 더 힘들지도 모른다.

"송해인, 나 아직도 속이 울렁거려."

"나, 나도."

"야, 네가 그러면 어떡해? 너네 오빠가 해준 건데?"

"……그러니까."

기가 질려 입술을 달싹이던 해인은 겨우 정신을 차렸다. 당장이라도 인우에게 전화해 물어보고 싶지만 바뀌는 것은 없다. 오히려 그가 무슨 대답을 할지 익히 짐작이 갔다.

"너 회장이잖아. 회장이 왜 눈치 봐?"

"아아……."

해인이 머리를 흔들었다. 이왕 벌어진 일, 얼른 수습해보려 생각나는 대로 주워섬겼다.

"어, 어쨌든 아쉽다. 첫 번째 엠티니까 현우 오빠도 같이 왔으면 좋았을 텐데……. 전화는 해봤지?"

"못 온대. 그제까지만 해도 어떻게든 시간 내본다더니 어제부턴 아예 밤 새우나 봐. 집에도 못 가고, 진짜인지 아닌진 모르겠는데 화장실 가는 데까지 따라온대. 전화도 하다가 끊긴 거 있지?"

"정말? 현우 오빠 불쌍해서 어떡해."

"태원 진짜 개미지옥이야. 복지 최고라더니 무슨 신입사원을 그렇게 부려먹냐? 여기 호텔도 봐봐. 이 화려한 인테리어 타일 하나하나가 다 우리 같은 개미들 피땀이라고. 우리 진짜 태원은 붙어도 가지 말자. 알았지?"

"……어어."

핏기가 가신 해인은 입을 다물었다. 태원의 비행기를 타고 태원의 호텔에 와 있으면서도 태원 욕밖에 할 줄 모르는 친구들을 보니 그저 마음이 갑갑했다. 하지만 여기까지 온 목적을 잘 생각해 회원들을 통솔하는 것이야말로 제 역할이다.

짝! 박수를 치는 손짓이 몹시 뜬금없고도 어색했다.

"자아, 그만하고 우리도 얼른 정신 차려야지. 여기까지 왜 왔는데."

"……야, 우리 술 먹고 놀려고 온 거잖아."

"맞아요. 취업 선에 불살라보자고 왔으면서."

"……."

유진과 연주의 성화에 해인은 눈만 깜빡거렸다. 인우를 바보라고 부를 때보다 더 반박할 말이 없어져버렸다. 부산까지 와서 면접 연습을 할 것도 아니고. 해인은 어디든 드러눕고 싶은 마음을 억지로 참아냈다.

'이럴 때 오빠는 어떻게 하더라.'

이 와중에도 인우가 쓸어주었던 입술이 뜨거워지는 걸 보면 참 답도 없다. 그러나 오빠가 하는 걸 자신이 못 할 리는 없다. 그렇게 믿고 버텨왔으니 달라질 필요는 없다.

"너무 신경 안 써도 돼. 내가 너네 대신 오빠한테 고맙다고 꼭 말할게."

"야아, 이건 고맙다고 말하고 끝낼 상황이 아닌 거 같은데?"

"그래요. 돈이라도 좀 걷어요. 어느 정도라도 드려야 마음이 편할 거 같다구요."

"괜찮아. 우리 오빠가 이렇게 하는 게 맞댔어."

"……너네 오빠가 왜?"

"고문이잖아."

눈 하나 깜빡하지 않아 더 인형 같은 해인이 유진을 똑바로 응시했다.

"원래 고문은 다 이 정도는 하는 거야."

"……그걸 해인이 네가 어떻게 알아?"

"난 회장이니까."

가자. 해인은 멀리서 키를 들고 돌아오는 남자를 발견하고 그쪽으로 향했다. 손발이 같이 나간다는 것만 빼면 제법 뻔뻔하다 할 수 있었다.

"뭐 해? 안 들어가고."

"아, 으응."

봐! 나도 하면 되잖아! 주춤하는 친구들을 두고 돌아선 해인의 입가가 멋대로 움찔거렸다. 비록 인우만큼 성큼 나서지는 못했지만 이 정도면 뿌듯할 법도 했다. 그런 해인을 천천히 따르던 두 사람이 소곤거렸다.

"……연주야, 있잖아, 나 오늘 비즈니스석도 타고 기사 딸린 차도 타고

특급 호텔도 오고 진짜 세상 기이한 경험 많이 한다 싶었는데…….”

“해인 언니가 제일 이상하죠?”

어어. 숨죽여 속닥이던 유진이 당혹을 어쩌지 못하고 입술을 깨물었다.

“저거…… 분명 뭐가 있긴 있단 말이야.”

“……그래서. 굳이 부산엘 가시겠다고?”

“네. 실사팀에서도 다들 그러겠다 하시고요.”

강 회장과 마주한 제이슨이 침착하게 고개를 끄덕였다. 아무리 거칠 것 없이 자유분방한 영혼이라지만 태원의 회장님을 직접 마주하는데 태연할 도리는 없다.

“그러고 보니 저도 부산에는 한 번도 못 가봤지 뭡니까, 하하. 부산이 그리 좋다는데.”

“누가?”

“…….”

어디 들어나 보세. 강 회장이 느긋한 웃음을 지었다. 따지고 보면 기업의 파트너라지만 지난번 주인공 없는 생일 파티에서 안면을 텄으니 나름대로 친근함이 생겼다.

“나야 그쪽에서 원하는 대로 그러려니 할 테지만 이번에 새로 지은 청평 별장도 괜찮을 텐데 거기까지 비행기 타고 갈 필요가 있나 해서. 요새 부산 별거 없다고도 하고.”

“무슨요. 대한민국 제2의 수도에 도시와 자연이 어우러진 여섯 개의 해수욕장은 물론, 미식과 정의 도시라지요. 그야말로 휴양과 편의를 모두 갖춘, 없는 게 없는 곳 아닙니까.”

업무와 특별한 연관은 없다는 것만 빼면요. 제이슨은 찍어낸 듯 서글서글한 웃음으로 강 회장의 우려를 잠식시켰다.

그렇군. 찻잔을 든 강 회장의 심드렁한 눈이 드디어 제이슨에게서 비켜났다.

"……그러시다는데, 거기 계신 강 전무 의견은 어떤가?"

"저야 드릴 말씀이 있겠습니까."

"……."

제이슨의 옆에 앉아 있던 인우의 얼굴은 무감했다. 남의 일도 이렇게 남의 일이라 할 수 없을 만큼 고요해 언뜻 성가시다는 기색마저 묻어났다.

"조금 촉박해졌지만 요청하는 대로 준비해드려야죠. 오 팀장과 안 비서가 예약을 마쳤다니 걱정 않으셔도 될 겁니다."

"내가 걱정할 일은 없고. 아무쪼록 손님들 마음에 드는 게 우선이겠지."

"……."

"그래서 말인데, 여기까지 온 김에 나랑 식사나 한 끼 하지. 부산이야 비행기 타면 한 시간인데 그리 서두를 것 뭐 있겠나?"

"그게……."

강 회장의 제안에 제이슨이 본능적으로 인우를 살폈다. 소리 없이 타오르는 친구의 눈동자에 질린 그가 절레절레 고개를 저으며 웃었다.

"아, 아닙니다. 다음으로 미루지요. 아무래도 준비할 것도 있고요."

"그래. 일이 제일 중요하지. 우리 같은 사람들한테 일만큼 중요한 게 뭐가 있다고."

"……."

"안 그런가, 강 전무?"

강 회장이 다시 인우를 찾았다. 이미 문 앞까지 가 있던 그가 강 회장의 의미심장한 시선에 고개를 끄덕였다.

"네. 그렇겠지요."

"강 전무가 손님 대접을 잘하는 것도 아니고, 괜찮겠나? 안색도 안 좋은데."

"별수 없지 않습니까. 일인데."

"……."

"그럼 다녀와서 뵙지요."

시계를 들여다보는 인우의 몸짓은 극도로 사무적이었다. 한마디 더 붙이기조차 힘든 분위기의 그가 서둘러 나서자 회장실 문이 닫히는 소리가 공허했다. 물론 그곳에 남은 사람들의 표정과 목소리는 더욱더 공허해졌다.

"……후우, 그냥 말을 하지."

"……그러게 말입니다."

● ◆ ●

부산에서의 일정 자체는 단순했다. 이미 일과 관련해 보여야 할 패들은 모두 보였고, 남은 것은 결과를 기다리며 인맥을 쌓고 친목을 나누는 것뿐이다. 다시 말해 인우의 적성에 가장 안 맞는 일이다.

"강 전무님 덕분에 이런 델 다 와보네요. 정말 멋진데요?"

"부디 편하게 지내시길 바랍니다."

그러나 그런 것 치곤 인우의 태도는 꽤나 정중했다. 누구와 인사를 나누든 한 번도 머뭇거리거나 피곤한 기색을 비치지 않았다. 정말이지 오직 일을 위해 여기까지 왔다 해도 과언이 아니다.

"이거 잘하면 속겠어, 강인우 씨."

"……그건 또 무슨 말이야?"

"이거 왜 이러십니까. 저한테 사과한 지 얼마나 되셨다고."

인우를 빤히 바라보던 제이슨이 칵테일을 홀짝거렸다. 드넓은 호텔 연회장에서도 인우의 존재감이란 두말할 필요가 없었다. 잘 차려입은 슈트나 몸에 밴 매너가 아닐지라도 본능적으로 눈길을 끌었다.

"……보고도 안 믿긴단 말이야. 이런 애가 어떻게 나랑 새벽까지 파트타임을 뛰었는지."

"그 얘기는 또 왜."

"왜긴 왜야. 인우 네가 그때 어땠는지 뻔히 아는데."

제이슨이 어깨를 으쓱이며 새로운 잔을 건넸다. 하지만 입에 대기도 전에 달아오른 인우의 목덜미에 주목했다.

"그나저나 너 정말 어디 아픈 거 아냐? 감기 걸린 거 같은데."

"아니야."

"쓰러질 때까지 말 한마디 안 하는 놈 말을 어떻게 믿어. 좀 봐."

"됐다니까."

인우가 제게로 향하는 제이슨의 손을 거두어냈다. 아무리 친한 사이라도 선이 확실한 남자였다.

"괜찮다고."

"나 참, 그럴 거면 나는 왜 계속 데리고 다니는 건데? 그냥 각자 다니자니까 굳이…… 그런데 저기, 쟤가 그 부사장 아들 아냐? 네 사촌이라는."

"음."

굳이 제이슨이 가리키지 않아도 저쪽 역시 인우를 눈여겨보고 있었다. 붉은 칵테일잔 너머로 기다렸다는 듯 다가오는 준혁의 웃음이 음험했다.

"여기서 우리 강 전무님을 다시 보다니. 반갑다고 해도 안 믿으실 테고."

"……오셨습니까."

본가의 연회 이후로 처음 보는 준혁은 아직 그때의 분한 마음을 간직한 채인가 보다. 인우가 의례적으로 고개를 끄덕이자 준혁이 제이슨을 힐끗 건너다보았다.

"손님까지 모시고 계신 걸 보면 하던 얘기가 잘되는 모양인데."

"강 전무님과는 영국에서 함께 학교를 다녔으니까요."

"아아, 영국!"

지켜보던 제이슨이 악수를 청하자 준혁이 피식피식 웃음을 흘렸다. 이유를 물어봐주길 바라는 기색이 역력한지라 제이슨은 그 기대에 부응해주었다.

"형님분께선 뭐 재미있는 일이라도 있으신가 봅니다."

"아뇨. 저도 영국에서 지냈던지라 그때 우리 강 전무를 미리 알았으면 좋았을 텐데 아쉬워서 그렇죠."

"……."

"그나저나 영국에서부터 인연이라면 강 전무와 꽤 오래 아셨겠네요."

일부러 높이는 목청에 그들을 돌아보는 이들이 늘어났다. 벌써 몇 잔을 걸친 듯한 준혁의 음성에도 흥이 올랐다.

"그럼 혹시 강 전무가 파트타임으로 서빙을 할 때부터 아셨습니까? 아니, 뭐 꼭 그 말을 꺼내려고 해서는 아니고……."

"물론 알죠. 저는 그 옆에서 접시 닦았으니까요."

"아……."

제이슨의 경쾌한 대답에 준혁의 얼굴이 살짝 일그러졌다. 그러나 깔보는 듯한 본연의 기색은 곧 제이슨에게로까지 향했다.

"그러셨군요. 어쩐지 두 분이 잘 어울리더니."

"다들 그렇다고들 하더군요. 이왕이면 그쪽도 함께 계셨으면 더 재미있었을 텐데."

"아니요. 저야 그쪽 한인 학생회와는 로열 클럽 정도가 다여서."

네까짓 게 그런 데를 알기냐 하겠냐는 비웃음이 깔려 있었다. 최상류층 자제 중에서도 극소수만이 들어간다는 클럽이었으니 그 자체로 어깨가 빳빳해졌다.

"모르셔도 이해는 합니다. 워낙 알음알음으로만 들어가는 곳이라서요."

"와, 존재한다고 말만 들었지 그런 게 있긴 있었나 보네요. 그런 데는 어떤 덴지 구경이라도 해봤으면 좋았을 텐데."

"저야 터줏대감이니 그 정도는 쉬웠지만 어디 잠깐 구경하는 걸로 진가를 알 수야 있나요. 다 아는 척 꾸며내봤자 타고난 출생을 감추기는 힘드니까."

준혁의 노골적인 시선이 인우를 스쳐갔다. 대놓고 기를 죽여보려는 시도에도 제이슨이 눈치 없이 웃기만 하자 이내 흥미가 떨어진 모양이다. 그나마 자신의 이야기를 꽤나 많은 사람이 들었단 데 만족했는지 그쯤에서 물러났다.

"그럼, 두 분께서는 그 우정 잘 지키시길 바라지요. 어디 저 같은 사람들은 끼어들 엄두나 내겠습니까. 하하."

"……네, 뭐."

이죽대는 웃음의 준혁이 인우를 길게 훑고 사라졌다. 하지만 친구에 대한 안타까운 시선이라면 제이슨도 만만치 않았다.

"야아, 강인우. 너 팔자 좋아졌다 했더니 어떻게 저런 것들까지 혈연으로 엮여선."

"……들었지?"

인우의 눈빛이 차디찼다. 혀를 차던 제이슨이 빤히 바라볼 수밖에 없을 만큼 의미심장한 목소리였다.

"뭘? 저 싸가지 없는 놈이라면 굳이 네가 안 되짚어도……."

"로열 클럽에서 한자리 했다지."

그게 무슨 뜻인지 몰라? 인우가 보일 듯 말 듯 눈을 까딱이자 제이슨이 아차, 인상을 썼다. 대충 인우의 의사를 깨달은 듯했지만 그건 그거고, 인우의 태도가 불만스럽다는 표정이다.

"넌 그나저나 아직까지 그렇게 당당해? 그게 부탁 들어준 사람한테 가당키나 한 태도냐?"

"내가 언제 부탁했는데?"

"이야, 이럴 거야? 제발 부산으로 가달라고 사정할 때는 언제고 이제 와서 이래?"

"부탁한 적 없어."

"뭐?"

제이슨은 기가 차 들고 있던 잔을 깨끗하게 비웠다. 술기운이 오르진 않았지만 허망한 웃음은 한참을 이어졌다.

"어이가 없네. 네가 분명히 나 만나자마자 부산에 뭐가 있니 도시와 자연의 공존 어쩌고 하면서!"

"그런 게 있다고만 했지 와달라 한 적 없는데."

"하……."

헛웃음조차 나오지 않는지 제이슨이 대놓고 정색했다. 언성을 높이고 싶어도 생각해보면 인우가 이것저것 떠밀며 강제로 정독을 시켰을 뿐이지 꼭 가자고 한 적은 없다.

"야, 웬일로 네가 사과를 하니 마니 하더니. 그럼 나 속인 거냐?"

"아니. 진심이었어."

"누구 놀려? 부탁할 거 있다면서 사과까지 해놓고 지금 와서 그건 부탁도 아니었다면 내 기분이 어떨지 넌 생각이나 해봤냐?"

"어떻긴."

어느새 웨이터에게서 새 잔을 받은 인우가 제이슨의 손에 들려주었다. 뻔뻔하지만 열 오른 인우의 얼굴이 스치듯 가까워졌다.

"이제부터 제대로 부탁하겠구나 싶겠지."

● ◆ ●

"우아, 해인 언니! 여기서 별 좀 봐요!"

"그래, 회장님! 얼른 나오라구!"

"응. 잠시만."

스위트룸의 발코니에서 유진과 연주가 해인을 불러댔다. 빈 맥주 캔을 정리하고 있던 해인은 성화에 못 이겨 발코니로 다가가다 밤하늘에 넋을 잃었다.

"우아."

예쁘다. 쏟아질 듯 가득한 별을 보니 코끝이 찡해졌다. 차가운 밤공기에 정신이 확 들 만도 한데 오히려 꿈을 꾸는 듯도 같이 몽롱해졌다.

"서울이랑은 확실히 다르죠?"

"그러게."

손에 닿을 듯 선명한 별을 향해 해인이 가지런히 미소 지었다. 기껏 맥주 한두 캔이지만 혈기와 취기, 거기에 더해 보고픈 사람까지 있었다. 서울에서 홀로 지낼 땐 손에 닿을 수도 없게 멀고 흐릿해 더욱 서글펐다면 지금은 언제라도 손을 내밀어서 보고 싶어 문제다.

"우리 해인 언니 덕에, 아니, 존경하는 고문님 덕에 이런 데도 다 와보고. 진짜 고마워요."

"아니야, 뭘."

"이런 데는 진짜 드라마 주인공들 첫날밤에나 나오는 줄 알았는데. 대체 방이 몇 개야."

연주는 영 적응이 안 되는지 발코니 안쪽을 들여다보며 고개를 흔들었다. 호화로운 거실과 이어지는 방들, 아무리 특급 호텔이라 해도 이쯤 되는 룸이 몇 개나 있을까 싶었다.

"아까 맥주 사러 내려가는데 보니까 연회장에서 파티도 하나 봐요. 대기업들 파티 같은 거."

"정말?"

"아아, 우리도 내년엔 그런 회사 다니고 싶다. 그치, 해인아?"

"응."

해인은 유진에게 맞장구치며 발코니 난간에 고개를 기대었다. 눌린 귀가 먹먹해지자 제 가슴에서 나는 소리가 더욱 선명해졌다.

"나도 그런 회사 다니고 싶어. 정말 다녀보고 싶어."

"또 우리 회장님 슬퍼지시네. 해인이 너 예전에는 그렇게까지 대기업 관심 없더니 올해 갑자기 왜 그래?"

"그런 회사 다니면 매일 볼 수 있을 거 같아서."

"응? 뭘 봐?"

"한 달 지나고, 한 해 지나고 그래도……."

멀리서나마 지켜볼 수 있을 테니. 천천히 움직이던 해인의 입술이 멎었다. 눈을 깜빡일 때마다 시큰한 걸 보니 아무리 남쪽이라도 겨울은 겨울인 모양이다.

"그냥 그렇다구. 그런 데 다니면 뭐든 기회가 많을 거 같아서."

"그래도 넌 뭐가 걱정이야. 든든한 오빠도 있겠다!"

유진이 저 호화스러운 방을 좀 보라며 뒤를 가리켰다.

"이런 오빠가 흔하겠니? 난 없다고 본다."

"……응. 나두."

없어. 인우 오빠 같은 사람이 또 어딨겠어. 해인은 또 한 번 눈을 깜빡거렸다. 그냥 계속 감고 싶다는 생각도 들었지만 그러면 정말로 누군가의 얼굴이 가슴에 콕 박혀 떠나질 않을 것 같았다.

"……그치만 난 이런 오빠 아니어도 될 거 같긴 해."

"응? 그게 무슨 소리야?"

"막 좋은 것만 가득하지 않아도…… 아니, 아무것도 없어도 괜찮을 거 같아서."

하얗게 김이 서린 해인의 웃음이 아릿해졌다. 빤히 바라다보던 유진이 쓸데없는 소리를 한다며 그녀의 머리칼을 흐트러뜨렸다.

"그래도 나는 다행이라고 생각해. 솔직히 너네 오빠가 어떤 사람인지 잘 모르겠지만……."

"또 왜 그래. 그런 소리 하지 마. 응?"

"아니. 네가 정말 사랑받는 거 같다구."

"……."

곤란한 얘기가 나올까 어떻게든 유진을 말려보려던 해인이 웃는 듯 우는 듯 입술을 맞물었다. 난간에 턱을 괸 유진이 눈을 가늘며 빙긋 웃었다.

"걱정했거든. 듣도 보도 못한 사촌오빠랑 같이 산다니까."

"유진아."

"세상이 무섭잖아. 아무리 사촌이라도 이상한 사람일 수도 있고, 넌 또 너무 면역이 없고. 그런데 요새 송해인 너 보면 어떤지 알아?"

"……."

"처음부터 가족도 정말 많고 사랑도 많이 받고 그런 애 같아. 뭐라고 해야 하지? 막 예전에 학예회 하면 일가친척 다 따라오고 수학여행 가면 새벽부터 버스에 붙어서 다들 손 흔들고, 그런 애들 있잖아. 솔직히 막 넘치게 해주는 게 교육상 무조건 잘한다고는 못 하겠는데……."

으으. 유진이 아무리 봐도 적응이 안 되는 듯 호화로운 내부에 고개를 내저으며 웃었다.

"……넌 좀 그래도 돼, 송해인."

"하아."

"그렇게 살아볼 때도 됐잖아."

그녀가 장난스레 해인의 머리칼을 당겼다. 코가 찡해 숨까지 참고 있던 해인은 겨우겨우 고개만 끄덕였다. 억지로 무슨 말을 해보려는 친구의 노력에 유진의 웃음이 커졌다.

"……나 있잖아, 유진아."

"됐어. 민망하면 그냥 맥주나 더 가져오든가."

빈 캔을 덜그럭거리며 유진이 방 안쪽으로 고갯짓했다. 벌써 한구석에서 잠들어 있던 연주를 안에 눕히느니 마니 하며 부산을 떨자 해인은 쫓겨나듯 거실로 향했다. 어디로 가야 할지 모르고 주춤거리던 그녀가 거울 속 자신의 모습에 낯선 듯 눈을 깜빡였다.

'내가 정말로…….'

한 손으로 제 뺨과 목을 쓸던 해인은 결국 마른 얼굴을 쓸어내렸다. 자신이 어찌 보이는지 저보다 잘 아는 사람이라면 그렇게 보이게 만든 사람뿐이다.

"……아, 여보세요?"

- 회장님, 오래간만이십니다.

"……."

뭐야, 오늘 전부 왜 이러지. 수화기 속 인우의 진중한 목소리에 해인은 눈을 가렸다. 나 정말 좋은 일만 생기려나 봐. 가장 들어보고 싶던 칭찬도 그렇고, 때맞춰 인우가 전화를 해준 것까지.

- 송해인, 너 목소리가 왜 그래. 괜찮아?

"아, 네에. 괜찮아요."

- …….

"사실은 좀 좋은 거 같아요."

고백처럼 나긋한 그녀의 속삭임에 금방이라도 달려올 듯 굴던 인우도 숨소리만 냈다. 고요한 침묵. 그래도 수화기 너머의 그가 어디로 가지 않았다는 건 알 수밖에 없었다. 인우의 침묵은 늘 귀와 뺨을 뜨겁게 만들었으니까.

- 그래, 좋다니 다행이네. 친구들은?

"아, 발코니에 나가 있어요. 다 같이 별도 보고 맥주도 좀 마시구요."

역시나 이어지는 인우의 음성에 해인은 발코니의 친구들을 내다보았다. 선잠에서 깨어나 투닥거리는 연주와 유진의 뒷모습을 보고 있는 것만으로도 웃음이 났다. 그래도 혹시나 통화 소리가 들릴까 복도를 따라 걷는 해인의 걸음이 빨라졌다.

"애들도 정말 좋아해요. 이런 데 처음 와봤다구."

- ……그랬어?

"네. 얼마나 큰지 깜짝 놀랐어요. 방도 많고 예쁘고."

- 뭐가 얼마나 좋길래?

"아, 그러니까요."

스위트룸의 한가운데에 선 해인이 천천히 한 바퀴를 둘러보았다. 홀로 있기엔 지나치게 크지만 어쩐지 허전하지는 않았다. 오빠가 함께 있는 것처럼 느껴진다 말하면 비웃겠지. 인우에게 이 신기한 곳을 어떻게든 표현을 해보려는 해인의 노력이 섬세했다.

"거실이 막 울릴 만큼 커요. 방도 세 개나 있고, 복도 따라가면 장식품들도 멋지고……."

- 그다음엔?

"거기서 좀 더 가면 화장실에 욕조도 있어요. 우아, 정말 제 방보다 클지도 모르겠어요."

해인이 화장실 문을 열며 다시 봐도 거대한 욕조를 보고 침을 삼켰다. 제 반응이 우스웠는지 나직한 웃음을 터트리는 인우 때문에 억울해하며 고개를 저었다.

"정말이에요. 오빠도 직접 보시면 분명 놀랐을 텐데."

- 뭐, 그렇다 치고.

"정말이에요. 몇 사람 들어가도 티도 안 날 만큼 커서……."

- 나중에 보면 알겠지. 그럼 그 옆엔 또 뭐가 있는데?

"아, 그 옆에는요."

말을 돌린 인우에게 서운할 새도 없이 해인은 다시 발을 옮겼다. 아직도 설명할 것들이 넘쳐나 돌아서기가 무섭게 목소리가 들떴다.

"제 방이요. 입구에서 첫 번째 방인데 보라색 벽지랑 커튼이에요."

- 또 옆엔?

"아, 거긴 그냥 입구인데. 그래도 온통 대리석이라 불을 꺼도 반짝거려요."

어느덧 입구까지 도착한 해인은 하얀 대리석 바닥에 감탄했다. 그 위로 비치는 제 모습이 거울을 보았을 때와는 느낌이 또 다르다. 그의 침묵처럼 적막한 복도 끝에 붉은 등이 은은히 비쳐 그 위의 제 얼굴 역시 발그스름했다.

- 왜? 거기도 뭐 좋은 거 있어?

"아니요. 그런 건 아니구…… 뭘 좀 보느라. 그리고 여긴 문 열면 현관이라서 아무것도 없어요."

- 잘 찾아보면 있을지도 모르잖아.

"네? 여긴 그냥 커다란 문 말고는…… 오, 오빠!"

무심코 열어본 문틈으로 인우의 짙은 음영이 드리웠다. 쉬잇, 입술에 손가락을 붙인 그가 한쪽 눈을 가늘며 웃었다.

"……잘 있었어?"

"그러게 잘 좀 찾아보라니까."

"오빠!"

해인은 두 손으로 입을 가린 채 제 눈을 믿을 수가 없어 한 발짝 다가섰다. 내가 정말 뭘 보고 있는 건지. 푸른 밤하늘을 올려다볼 때보다 더욱 현실감이 없었다.

"어, 어떻게……."

"어떻게는. 너 보러 왔지."

당연한 걸 왜 묻느냐는 듯 서 있는 남자의 그림자가 먼저 들어와 발끝에 닿았다. 꺼질 듯 말 듯 은은한 등 아래 인우의 모습이야말로 여러모로 숨을 멈추게 했다. 손가락 위로 눈만 깜빡이던 해인을 보며 인우가 조심스레 문을 닫고 들어섰다.

"……우리 회장님께선 오늘도 술 좀 드셨나 보네?"

"오빠가 정말 어쩐 일이에요. 말도 없었으면서, 어떻게……."

"말하면 믿기나 했고?"

그녀를 마주한 것이 믿기지 않기는 인우도 마찬가지였다. 미미한 웃음을 짓고는 있지만, 하루를 참아온 안도감이 몰려들어 해인과 이마를 맞대었다.

"……좀 살 것 같다."

하아, 목덜미에 닿는 숨결이 어느 때보다도 뜨거웠다. 그대로 모든 것이 멈춰버린 머리 위로 붉은색 빛마저 사라졌다. 어둠 속에서 서로의 숨결만을 느낀 채 해인이 겨우 고개를 돌려 안쪽을 돌아보았다.

"……."

다행히 간간이 들리는 음악과 깔깔대는 웃음소리 말고는 아무런 기척이 없다. 얼마나 갈지 모르는 둘만의 시간. 인우가 해인의 어깨를 감싸듯 제게로 이끌었다.

"친구들은 별말 안 해? 이것저것 캐묻거나 의심하진 않고?"

"아, 아니에요. 안 그래요. 오빠 되게 부자고 좋은 분이시다 그러고 말았어요."

"……."

걔네 진짜 바보야? 인우의 목울대가 어둠 속에서 꿈틀댔다. 그러면 곤란하다는 듯한 인우의 일그러진 눈빛을 아는지 모르는지 해인의 목소리가 소곤소곤 인우의 뺨 위로 울렸다.

"걱정 마세요. 제 친구들 되게 순진해요."

"……그럼 너는?"

"저는……."

뭘 그런 걸 물으실까. 내리깔린 그녀의 속눈썹이 파르르 떨렸다. 민망하니 쓸데없는 말을 중얼거려봤자 인우와 닿은 뺨만 뜨거워졌다.

"오, 오빠. 그런데 열나는 것 같은데."

"아니. 별로."

헤어질 때와 똑같은 대화가 이어졌지만 이곳은 불 꺼진 호텔이다. 보는 이도, 막을 이도 없다. 침을 꿀꺽 삼킨 해인이 용기를 내어 인우의 이마를 짚어보려던 순간, 저 멀리서 유진의 목소리가 끼어들었다.

"송해인! 거기 있어? 얘가 맥주 좀 가져오랬더니 대체 어디까지 간 거야."

"룸서비스 비싸니까 밑에 내려간 거 아닐까요? 전화해보면……."

"어어! 나 여기 있어!"

횡급히 놀아선 해인의 목소리가 떨렸다. 보는 이는 없지만 언제라도 볼 수 있는 친구들이 있다는 것은 잠시 잊었다.

"나, 나 우리 오빠랑 전화 좀 하느라!"

"아아, 난 또. 그럼 너네 오빠한테 고맙다고 꼭 전해줘!"

"저두요! 아주 매너가 철철 흘러넘치신다고요!"

"신사 중에 신사시라고!"

경쟁하듯 외치는 유진과 연주의 웃음소리가 깔깔거리며 흩어졌다. 겨우 한숨 돌린 해인이 슬며시 시선을 들어 둘 사이의 적막을 깼다.

"……들으셨죠?"

"……."

"제, 제가 오빠 칭찬 정말 많이 했어요. 저거 원래 다 내가 한 말이에요."

입만 벙긋벙긋, 자랑처럼 속닥이는 음성에 부끄러움과 뿌듯함이 뒤섞였다. 그렇지만 소심한 것도 여전해 온전히 집중하지 못하고 연이어 안쪽을 흘끔거렸다.

"저 가봐야겠어요. 오빠는……."

"괜찮아. 옆방이니까."

"……."

"밑에도 다시 내려가봐야 해. 중요한 일이 있어서."

인우가 걱정 말라며 문을 열었다. 마지막까지 그의 표정조차 제대로 보여주질 않는 어둠이 다행인지 아닌지도 모르겠다.

철컹. 저도 모르게 내밀었던 손을 거둔 해인은 거대한 잿빛 문을 묵묵히 바라보았다.

'정말 다 꿈이었을까.'

힘겹게 돌아오는 발길에서 힘이 풀렸다. 한 번이라도 이마를 만져보고 싶었는데. 제 손을 내려다보는 표정에 아쉬움이 가득했다. 그리고 그녀의 빈손을 의아해하는 건 기다리는 이들 역시 마찬가지였다.

"……응? 벌써 전화 끝났어?"

"으응."

"근데 뭐야. 너 맥주 사러 간 거 아니었어?"

"……어어, 맞아. 맞는데."

무얼 캐묻는다 해도 아무렇지 않게 둘러댈 자신이 없었다. 유진이 무슨 농담을 하며 깔깔거리든, 또 연주가 얼마나 크게 하품을 하든, 바보처럼 따라 웃는 것이 전부였다.

"……맥주 사러 갔는데 맥주가……."

딩동. 밤중에 울리는 난데없는 초인종 소리에 유진과 해인이 동시에 고개를 돌렸다. 누구지? 이불을 들고 발코니로 향하던 유진이 나가보려 하자 해인이 덥석 그녀를 잡았다.

"내, 내가 나가볼게."

"야, 송해인?"

제가 왜 서두르는지 해인도 몰랐다. 유진을 억지로 떠민 해인은 곧장 복도를 달려가 현관문을 열었다. 역시나 조금 전처럼, 아니, 조금 전보다 더욱 깊어진 인우의 눈이 자신을 마주했다.

"오빠! 놀랐잖아요."

"……."

"뭐예요. 제가 안 나왔으면 어쩌시려고, 흐읍."

문으로 채 들어서지도 못한 채 인우가 해인의 입술을 삼켰다. 그의 손에 들려 있던 무언가가 떨어지는 소리가 났지만 그 누구의 시선도 받지 못했다. 그 어느 때보다 거칠어진 인우의 숨소리가 그녀의 입안에서 뜨겁게 뒤엉켰다.

"……넌 그게 가능해?"

날 두고 가는 게. 넌 그게 되냐고. 불안한 듯한 인우의 채근이 그녀를 연이어 몰아댔다. 해인이 인우의 목에 팔을 감자 다시금 미등이 꺼졌다. 완벽한 어둠 속에서 그의 갈증이 해인의 입술을 집착하듯 파헤쳤다.

"틀렸어, 송해인. 나 그렇게 신사도 아니고 네 사정 봐줄 만큼 매너 있는 것도 아냐."

"으응."

"자랑을 하려거든 똑바로 해야지."

한 손이 해인의 턱을 단단히 붙들어 저와 시선을 마주치게 했다. 벽을 짚은 손 마디마디에 힘이 들어가 주체할 수도 없다. 타들어갈 것 같은 갈증은 오로지 그녀의 입술로만 축여낼 수 있었다.

"하아."

이제야 살겠다는 듯 한숨을 내쉬지만 눈속임과 다름이 없다. 잠깐이라도 입술을 떼어내면 숨이 막히는 것처럼 남은 여유를 모두 버렸다. 불같은 본능이 예민한 혀가 얽힐 때마다 불을 지폈다.

"……."

언제나 고개를 떼어내는 것은 힘들었지만 이번엔 더욱 그랬다. 어둑한 음성도, 이마를 스치는 그의 머리끝마저도 뜨거웠다. 해인이 서서히 고개를 들자 검은 어둠 속에서도 고뇌에 찬 눈동자가 저를 가득 담았다.

"……미안."

"……."

유진이 자신을 부른 것이 먼저인지, 인우가 나간 것이 먼저인지. 멍하게 홀로 남아버렸다. 신발장을 짚은 해인은 천천히 주저앉아 주섬주섬 그가 떨어트린 맥주 캔을 주웠다. 이렇게나 차가운데 그걸 잡은 손끝보다는 거실로 돌아가는 걸음이 더욱 아렸다. 발코니에서 들어서던 유진이 그녀를 보고 반색했다.

"뭐야. 맥주 배달시켰어? 룸서비스 가져온 거야?"

"……응."

"잘됐네. 얼른 마시자, 그럼. 연주는 잘 모양이니까 우리끼리만 한 캔 더 콜?"

"유진아, 나 어때 보여?"

불쑥 다가온 해인의 숨결이 거칠었다. 봉투를 받아 들려고 손을 뻗던 유진이 그제야 친구의 얼굴을 빤히 들여다보며 입을 벌렸다.

"너, 너 왜 이래. 괜찮아?"

"아니. 안 괜찮아."

고개를 절레절레 젓는 모습도 어딘가 홀린 것처럼 머리칼이 흩날렸다. 나갔다 온 건 현관이 전부면서 영혼이라도 빼앗기고 온 꼴이다.

"딱 봐도 나 이상해 보이지? 별로 제정신 아닌 거 같지?"

"……."

아니라는 말이 없는 걸 보면 더 물어볼 필요도 없다. 하지만 기겁한 유진의 표정에도 해인은 오히려 다행이다 싶어 제 이마를 짚었다. 어차피 속이기엔 틀렸단 말이구나. 부랴부랴 들고 온 봉투를 넘겨주는 손길이 바빠졌다.

"미안해! 먼저 자고 있어. 알았지?"

"야, 송해인! 너 정말 왜 그래!"

"응. 어차피 제정신 아닌 거 하루만 더 있다 정신 차리려구!"

[강인우, 너 어디야? 전화는 받아야 할 거 아냐!]

[일단 말로 하자고. 나한테 다 떠넘긴 책임 안 물을 테니...]

[강인우 전무님, 이거 태원 쪽 중대 과실 사유인 거 아시죠?]

[...죽는다.]

툭. 끝도 없이 이어지던 제이슨의 문자 메시지를 확인한 인우는 휴대전화를 소파에 던져두었다. 전화를 받는들 할 말이 없는 것이 아니라 무슨 말을 할지 모른다는 것이 문제였다.

"……."

욕이나 안 하면 다행이지. 들끓는 열기가 목구멍까지 차올라 이대로 눕기는 틀렸다. 와이셔츠의 단추를 하나하나 풀어낼 여력조차 없어서 인우는 그대로 욕실로 직행했다.

쏴아아, 물줄기가 머리칼 사이사이로 파고들었다. 머리끝에서 턱, 쇄골과 가슴을 지나 바닥에 고이는 물이 두고 온 제 감정처럼 질척했다. 차라리 이대로 얼어붙으면 좋을 텐데. 불가능한 소망을 되새기는 동안에도 발치의 물길은 아슬아슬할 만큼 넘쳐났다.

"……."

아무런 생각이 들지 않는다. 아니, 그러려고 노력했다. 이미 자신이 제정신이 아니라는 건 이곳까지 쫓아오며 증명이 됐고 결국은 바닥을 쳤다. 제 주제에 정말 해인의 환한 얼굴만 보고도 돌아설 수 있을 거라 자신했는지, 고작 몇 시간 전의 스스로에게 쓴웃음이 났다.

"……오빠."

그러나 그 웃음마저 거둔 것 역시 해인의 잔상이었다. 아직도 입술에 남은 달콤함이 씻겨나가기는커녕 갈수록 독처럼 퍼져나갔다.

"후우."

난 뭐에 그렇게 돌아버렸는지. 인우는 젖은 머리칼을 넘겼다. 그걸 알아 뭐 하겠냐만 지금이라도 알면 앞으로는 주의할 수 있을지도 모른다. 환한 눈웃음 때문인지, 속삭이는 음성 때문인지, 원인이라도 안다면 피할 수 있잖은가. 오직 그것만 떠올려보려 남은 이성을 모조리 기울였다. 언제 또 멋대로 달려가 옆방 문을 두드리기 전에 심혈을 쏟았다. 제 인생이 모두 거기에 달린 것처럼 이를 질끈 문 인우는 감은 눈을 찡그렸다.

"⋯⋯."

딩동. 잘못 들은 줄 알았던 초인종 소리가 물을 끄자 선명해졌다. 조금 더 강해진 욕설을 삼키며 인우가 성큼 움직였다. 문밖에 선 인간이 조 비서든 제이슨이든 제 마지막 노력을 깨뜨린 이상 좋은 소리가 나가기는 힘들 것이다.

저벅저벅, 그 몇 발짝을 참지 못하고 재촉하듯 초인종이 다시 울린 순간 인우의 이성이 바닥나버렸다.

"알았으니 제발 그만하라고⋯⋯."

"오빠!"

"⋯⋯."

가슴에 손을 얹은 해인을 보는 순간 확실히 깨달았다. 그녀에 대한 충동에 무슨 이유를 가져다 붙이든, 전부 헛소리라고.

"⋯⋯하아."

"네가 여기 왜⋯⋯ 아, 잠시만."

해인을 바라보던 인우가 그제야 제 상태를 의식하고서 물러났다. 이미 그녀의 존재 자체에 흥분해버렸다지만 적어도 이 밤에 저를 찾아온 해인을 겁먹게 할 생각은 없었다.

"잠시만 기다려. 옷부터 갈아입고 올 테니까⋯⋯."

"아니요. 안 돼요."

"⋯⋯."

덥석. 그녀가 부여잡은 제 손목 위로 인우의 시선이 길게 멎었다. 그 이상은 제 스스로도 확인하고 싶지 않을 만큼 위험수위에 다다랐다.

"송해인, 너."

"저 안 순진해요."

"……."

"오빠, 저 열아홉에 결혼한 여자예요."

작은 손이 단단히도 틀어쥐었다. 쌔근대는 가슴으로 그를 피하지 않고 올려다보았다.

"오빠도 똑똑히 알아두시라구요. 제 친구들은 몰라도 저는 그렇게……."

"알아."

그게 뭐든, 알았다고. 해인을 번쩍 안아 든 인우가 그녀의 입술을 찾았다. 그나마 긁어모았던 이성의 끈이 완전히 끊겨버렸다. 물론 그 스스로도 이어붙일 마음이라곤 눈곱만큼도 없었다.

"아…… 오빠."

그녀가 제 입으로 그렇다는데, 무슨 수로 그 마음을 고칠까. 무언가를 포기했는데, 이리도 마음 놓인 적은 처음이다.

이성을 놓는 순간 묶어둔 몸은 자유로워졌다. 제일 먼저 보이는 침실 어딘가로 성큼 들이닥쳤다. 하지만 해인을 내려놓는 인우의 손길만은 조심스러웠다. 뒤로 넘어가는 해인의 등이 침대에 닿기 무섭게 단단한 무릎이 그녀를 타고 올랐다.

그는 해인에게서 눈을 떼지 못했다. 조금은 겁을 먹은 듯한 갈색 눈동자에 더욱 열이 치솟는다면 내가 너무 쓰레기 같을까. 그러나 겉만 번지르르한 신사보다는 달콤한 초콜릿을 진득하게 묻힌 쓰레기가 백번 낫다. 구겨져 바닥에 나뒹굴어도, 단내가 풍길 테니.

"흐읏."

뜨거워진 입술이 벌써 해인의 목을 머금었다. 달뜬 신음이 안타까우면서도 이미 그녀의 양옆으로 도망갈 데 없게 팔을 드리웠다. 그녀의 몸에 닿을 때마다 머리칼이 쭈뼛 서는 기분이었다. 하얀 목덜미에 이를 박고 싶을 만큼, 아침마다 저를 괴롭히던 은은한 샴푸 향이 저를 자극했다.

"해인아."

몸을 뒤척이던 해인이 천천히 눈을 떠 그를 바라보았다. 이렇게 가까이에서 서로를 눈에 담은 적이 있었을까. 인우의 방을 찾으며 이미 한 꺼풀 껍질을 벗어낸 그녀가 자연스레 그의 이마를 만져보았다.

"오빠, 뜨거워요."

"나도."

뭐든 뜨거우면 그 주체는 중요하지 않다. 제 이마를 짚은 그녀의 손을 잡아 손목 안쪽에 입을 맞추었다. 진득한 시선은 그녀의 눈을 향한 채, 천천히 입술로만 따라 내려갔다.

"……"

마른침이 넘어가는 희미한 움직임이 선연했다. 얼굴을 붉힌 해인이 눈을 피하려 하자 인우가 그녀의 뒷목을 손으로 받쳤다. 입술이 맞닿고도 인우는 믿을 수 없다는 듯 그녀의 머리를 쓸었다. 결 좋은 머리칼이 손가락 사이사이로 파고든다. 어떻게 잡든 미끄러지듯 사라지는 느낌이 짜릿하면서도 아쉬웠다. 한 손 가득 밤색 머리칼을 쥔 그가 다시 만난 그 순간부터 묻어두었던 질문을 던졌다.

"……왜 잘랐어?"

"으응, 네?"

"잘 어울렸는데."

볼 때마다 쓰다듬어주고 싶은 반지르르한 머리칼이 예전에 비해 짧아 더욱 솔직해졌다. 제 감정을 덮어줄 만큼 길지가 않아, 한 번 더 물어보고 싶어졌다.

"춥잖아. 꼭 잘라야 했어?"

"오빠."

"후우, 됐어. 상관없어, 난."

인우가 고개를 그으며 다시 입술을 깊이 파묻었다. 해인이 무슨 연유로 머리를 잘랐든, 중요한 건 지금 제 품에 있다는 것이다. 그녀의 가녀린 몸이 제 아래에서 바르작거릴 때마다 남은 생각들이 뚝뚝 분질러져갔다. 송해인이 제게로 달려왔는데, 뭐가 더 필요할까.

"흐으읏."

인우의 손이 원피스 자락 아래로 파고들자 해인이 어깨를 뒤틀었다. 그의 손이 닿는 곳마다 뜨거운 자국을 남기는 것만 같았다. 견디지 못한 그녀가 항변하듯 입을 벌리자 인우가 기다렸다는 듯 더 깊이 고개를 기울였다.

달칵. 더듬듯 내민 그의 손가락으로 인해 전등이 모두 꺼지자 현관 앞과 같은 어둠이 찾아들었다. 조금 전 일이지만 까마득하다. 하지만 그때의 그 은밀하고 짜릿한 감정만은 기다린 듯 둘을 감쌌다.

용기를 낸 해인이 그를 찾듯 눈을 뜨는데 어느새 몸을 든 인우가 젖은 셔츠 위로 양손을 교차시켰다.

"아……."

뚝. 차디찬 물방울이 가슴에 떨어진 순간, 그녀가 소스라치듯 놀랐다. 몸 위를 따라 흐르는 물방울의 느낌이 기묘했다. 하지만 온몸으로 파고들 것 같던 차가움도 곧 그의 입술 속으로 사라졌다.

"으읏."

"잠시만. 가만히."

실오라기 하나 걸치지 않은 인우가 해인의 옷을 감아 올렸다. 멀쩡한 남자를 제대로 미치게 하던, 현관 앞 그 얇은 천의 느낌을 모조리 제 손으로 걷어냈다. 하얗게 드러난 해인의 가슴에 인우가 잠시 감당을 하기 힘들다는 듯 머리를 쓸어올렸다.

"넌 정말⋯⋯."

"오빠, 저, 저 있잖아요."

"말해."

안 하겠단 말만 아니라면. 경고와 애절함이 적절히 섞인 그의 목소리가 해인의 귓가에 직접 닿았다. 그녀가 꿀꺽 침을 삼키자 인우의 들릴 듯 말 듯 한 웃음이 길게 울렸다.

"⋯⋯손."

빈틈없이 눌러 잡은 손가락의 느낌마저도 야했다. 해인이 나직한 탄성을 집어삼켰지만 오래가지 못했다.

"하앗."

그의 입안은 부드럽고도 뜨거웠다. 해인이 도망치듯 몸을 물릴수록 그는 더욱 집요해졌다. 어느 정도는 지켜보는 듯하다 제 손에서 한 뼘만 멀어져도 곧장 그녀를 당겨 안았다.

⋯⋯가봐, 갈 수 있을 만큼. 남자의 본성이 그대로 드러난 눈이 밤하늘에도 없을 만큼 검게 빛났다. 뭐든 예쁘게 지켜봐줄 듯 굴다가도 자신의 흔적을 새겨넣고 싶은 마음이 충돌했다. 그러나 거기에 혼란스러울 것도 없이 손으론 착실히 해인의 마지막 속옷을 벗겨냈다.

"⋯⋯."

섣부른 탄성조차 나지 않는 아찔함이 벌써부터 그의 몸을 조여왔다. 아릿한 손이며 본능만 남은 아래도 그랬지만 심장이 제일 그러했다. 숨을 쉴 때마다 가슴 깊숙한 곳이 뻐근해 도무지 버틸 수가 없었다.

"오, 오빠."

"미안⋯⋯."

……미안해.

사과를 할 수 있는 것도 지금뿐이었다. 어차피 물러날 마음은 없다지만 해인을 아프게 하는 것이 그의 마음에 들 리가 없다. 그럼에도 어느새 온몸의 흥분이 가득 쏠려 뒷목이 서늘해졌다. 한계였다.

"하아."

인우가 그녀의 귀를 질근거렸다. 혀가 윤곽을 따라 그릴 때마다 해인의 흐느낌이 커졌다. 새어나오는 신음을 가려보려는 듯 황급히 든 그녀의 손을 치워내고선 제 손을 대신 가져다 댔다.

"깨물어."

눈을 감고도 그려낼 그녀의 입술 위로 인우의 손가락이 하나씩 스쳐갔다. 참을 수 없다는 듯 해인이 허리를 뒤틀자 인우가 그녀의 몸을 갈랐다.

"흐으읏."

숨죽인 신음에 그의 미간이 깊게 파였다. 어둠보다 짙은 눈썹이 가파르게 기울었지만 그 눈동자만은 고요했다. 이 순간을 영원히 담아둘 것처럼 깜빡이지도 않고 해인의 모습 하나하나를 새겨넣었다. 하얀 침대 위에 흐트러진 머리칼과 굽힐 듯 움찔거리는 손가락, 저를 향한 눈빛까지.

"……."

쿵. 인우가 치받듯 그녀를 몰아댔다. 사리문 잇새로 견디기 힘든 아찔함이 흘러나왔다. 정작 참지 못할 것은 자신이면서 눈길이며 손은 온통 해인만을 보살피듯 길게 입을 맞췄다.

"흐읍."

그의 허릿짓이 격해질수록 해인의 연갈색 눈동자에 눈물이 고여 반짝였다. 떨어질 듯 아슬아슬하게 매달린 눈물이 바짝 다가든 인우에게로 옮겨갔다. 서로의 속눈썹이 몸처럼 엉켰다. 갈수록 끈끈해지던 감촉이 서로를 그렇게 옭아맸다.

"으응."

닿을 수 있는 가장 깊은 곳까지, 두 사람의 첫날밤은 절정에 달했다. 눈을 감아도 떠도, 바다와 맞닿은 푸른 밤하늘이 두 사람의 침대 위로 펼쳐졌다.

chapter

12

"……아앗."

선잠에서 깨어난 해인은 버릇처럼 눈을 비비기도 전에 이불을 그러쥐었
다. 간밤의 아릿한 고통이 아직도 남아 작은 움직임에도 입이 절로 벌어졌
다. 어떻게든 참아보려던 해인은 최대한 조심스레 고개를 돌려 인우를 확
인했다.

"……왜 일어났어?"

"……."

언제부터 깨어 있었을까. 아니, 잠이 들기는 했었을까. 모로 누워 그녀를
바라보는 인우의 얼굴에는 피곤의 기색조차 없다. 지금도 그는 아무런 일
도 없었던 양 차분했다. 만약 귓가의 머리칼을 넘겨주는 손가락이 그토록
뜨겁지 않았더라면, 서운했을지도 모른다.

"해인아, 아파?"

"아, 조금요."

"그러니까 푹 잤어야지."

자신이 할 말이 아니라는 것은 아는지 인우가 마지막엔 슬그머니 눈을
피했다. 그 모습에 처음으로 웃음을 비친 해인이 부끄러움을 무릅쓰고 그
를 향해 돌아누웠다. 좁은 틈 사이로 얼른 이불을 끌어올렸지만 인우가 재

376

빠르게 걷어냈다.

"……."

가슴이 맞닿자 두근거리는 심장 박동이 하나처럼 이어졌다. 오빠도 이럴 때가 있구나. 저 태연하고 무심한 얼굴 아래 심장이 격하게 뛰고 있을 줄이야. 해인은 입안을 질근거리며 조용히 미소 지었다.

"왜?"

"……그냥요."

물론 얼버무린다 해서 놓아줄 남자가 아니라는 것쯤은 저도 알고 있다. 당장에 심술을 내듯 제 허리를 끌어당기는 손길만 봐도 그랬다.

"아, 아뇨! 예전에……."

"……예전에?"

"자다가 깨서 오빠 본 적 있었잖아요."

"……."

벌써 6년 전이니 오늘과 같은 상황은 아니었다. 그때에는 상상할 수도 없던 일이다. 하지만 지금처럼 이른 새벽녘에 그와 단둘이 마주한 적은 있다.

"……왜 일어났어?"

어둠 속에서 눈이 마주친 순간 처음 물었던 말도 똑같다. 그날을 떠올리며 해인이 인우의 단단한 어깨에다 손가락을 굽혔다.

"오빠 그때는 잠은 꼭 집에 가서 주무셨는데. 아빠가 잡아도 밤늦게라도 꼭 돌아갔잖아요."

"응."

"근데 그날은 자고 가란 말도 안 했는데, 오빠가 자고 갔잖아요."

아빠가 많이 아프셨던 밤, 고통을 못 이겨 끙끙대는 신음이 문밖까지 나오던 바로 그 밤, 인우는 처음 그 집에서 잠이 들었다. 잠을 생각은 꿈에도 하지 못했는데 그는 제집처럼 알아서 이불을 펴고 자리를 잡았다. 주사를 놓고 돌아가는 의사에게 인사를 한 것도, 아빠의 옷을 갈아입힌 것도 전부 인우였다. 그 모든 것이 워낙 자연스러워서 정작 그 집에 사는 자신을 억지로 방에 밀어넣는데도 싫다는 말조차 못 했다.

"……잠이 들긴 들었어요. 오빠가 자라고 했으니까."

"착했네."

"그땐 오빠가 말하면 다 들어야 할 것 같아서요. 아빠가 아빠 없으면 오빠 말을 들으라고 했는데, 그날 정말로 아빠가 없을 수도 있다는 걸 깨달았거든요."

"……."

머리로 아는 것과 가슴으로 받아들이는 것은 엄연한 차이가 있었다. 그렇게 아파하는 아빠를 처음 보았고, 죽음의 공포는 어린 그녀의 어깨를 짓눌렀다. 인우가 자야 한다 알려주지 않았더라면 밤새 할 일을 찾지 못하고 제자리에서 빙글빙글 맴돌았을지도 몰랐다.

"그러다 새벽에 거실로 나갔는데 오빠가 계셔서……."

왜 일찍 나왔냐 꾸짖는 듯한 검은 눈이 어렴풋한 빛 아래에서도 선명했다. 얼른 들어가. 다시 저를 내모는 그 서늘한 눈이 제게는……. 뜨겁게 목을 울린 해인이 그의 가슴에 이마를 기댔다.

"무서웠어?"

"아뇨. 따듯했어요."

저런 눈도 저렇게 따듯하게 느껴질 수 있다니. 난방 트는 것도 잊어 손발이 꽁꽁 저리는데도 가슴은 뜨거워 눈물이 쏟아질 것 같았다. 인우가 자신의 집에 함께 있는 것이 어떠한 의미인지, 그날 제대로 각인했다.

"……."

툭, 해인이 그의 단단한 가슴에다 이마를 대자 인우가 기다린 듯 그녀를 품었다. 더는 그 새벽녘처럼 단호하게 돌려보낼 필요가 없어졌다. 겁먹은 발간 눈가에 손가락 하나 대지 못하고 들어가라는 말밖에 하지 못했던 그때와는 달랐다. 눈을 가리기보단 품에 안아 세상 무서운 일들을 막아주는 지금이 다행이랄 수밖에.

"그럼 이제부터도 착하게 지내."

"오빠 말 잘 들으면 착한 거예요?"

말도 안 돼. 쏙 내민 얼굴에는 웃음기가 감돌았다. 한 손으로 제 눈가를 쓸어낸 인우가 예의 찡그린 눈매로 그녀를 내려다보았다.

"오빠, 잊으셨나 본데 저 회장님이거든요?"

"……그건 모르겠고."

만약 새벽녘의 그녀가 이렇게나 귀엽게 군다는 걸 알았다면, 아마 고뇌의 밤은 6년 전 그때부터 시작되었을 것이다. 쓰레기 같다 싶었더니 원 별. 인우는 스스로에게 쓴웃음을 삼키며 해인의 동그란 어깨를 쓰다듬었다.

"그래서, 우리 회장님께선 뭐가 어떻게 달라지셨단 건데?"

"오, 오빠."

느릿한 움직임이 맨살 위에선 금세 야릇해졌다. 제법 태연하게 그를 대하던 해인이 조금이라도 거리를 벌려보려 했지만 인우가 두고 볼 리 만무했다. 오히려 단단히 존재감을 키운 어딘가로 인해 해인은 저도 모르게 숨을 집어삼켰다.

"흐읍."

"말해보라니까."

"……아, 아니에요. 저 그냥 다시 착해지려구요. 잘게요, 그럼."

"누구 마음대로."

단호한 입술이 귓가를 살짝 깨물었다. 그가 밤새 잠들지 못했다는 건 눈빛만 봐도 알 수 있었다. 해인이 깨어날 이 순간만 기다렸던 인우가 순식간에 그녀를 타고 올랐다.

"……회장님씩이나 되셨으면 본인이 했던 말은 지키셔야 하는 거 아닙니까."

"제, 제가 뭘요?"

"어젯밤에 하신 말도 잊으시다니."

실망이야.

해인은 고개를 젓는 인우를 멍하니 올려다보았다. 일단 그가 하려는 것부터 막으려는 생각이었는데 그가 이렇게 나올 때마다 항상 홀린 것만 같았다.

"어젯밤에 무슨…… 꺄악."

인우가 다리 아래를 받쳐 그녀를 안아 올렸다. 놀란 해인이 매달리듯 팔을 뻗었지만 그는 이미 이어진 욕실 문을 열어젖힌 뒤였다. 언제 물을 받아뒀는지 그 큰 욕조 위로 김이 모락거렸다. 제 방에서 본 것보다 더욱 커 보이는 욕조에 놀라 입을 벌리는데 인우가 풍덩 그녀를 물속에 앉혔다. 따라 들어온 그에게 놀라 숨이 멎어버린 그녀의 뺨 위로, 인우의 입술이 튄 물방울을 머금었다.

"몇 명쯤 들어가도 티도 안 날 거라면서."

●　◆　●

문을 닫고 들어서는 해인의 움직임이 공기처럼 가벼웠다. 아직 이른 아침이라지만 밤새 제게 있었던 일은 몇 날 며칠을 걸려도 설명도 다 못 할 만큼 길고 길었다. 꼭 간밤의 일이 아니더라도 같이 가서 제대로 말하겠다는 인우를 억지로 떼어두고 왔으니 그 걸음이 편할 리 없다.

"어라, 언니! 왔어요?"

"······여, 연주야."

발을 들이자마자 거실에서 기지개를 켜던 연주가 반색했다. 아는 건지 모르는 건지. 놀란 토끼처럼 눈만 동그랗게 뜬 해인에게 다가온 연주가 장난스레 뺨을 문질렀다.

"산책 갔다 왔다면서요? 부지런도 하셔."

"어어."

모르네. 아직 모르는구나. 하얗게 질린 해인은 힘이 풀려 벽을 짚으려다 말고 흠칫 놀랐다. 뒤에서 팔짱을 단단히 끼고 기다리는 유진을 본 순간, 뜨끔한 정도가 아니라 이가 다 떨렸다.

"그래. 시간 맞춰 돌아와서 참 다행이네, 우리 회장님."

"그러게요. 안 그래도 조식 먹어야 해서 해인 언니 찾으러 갈랬더니. 조식이야말로 호텔의 꽃이잖아요!"

"······뭘. 해인이는 안 먹어도 배부를 거 같은데."

의미심장하게 웃는다 해서 다 밝은 웃음은 아니다. 고개를 푹 숙인 해인이 서성이자 유진이 또 한 번 앞을 막았다.

"너 나 좀 봐."

정말이지 이를 악물었다. 멋모르는 연주가 화장실로 사라지자마자 해인을 질질 끌고 가는 힘이 무지막지했다.

"유, 유진아. 내가 안 그래도 말하려고 했는데······."

"송해인, 나 하나만 묻자!"

유진조차 진정이 안 되는지 가슴을 꼭 부여잡고선 힘겹게 침을 삼켰다. 부릅뜬 눈이 비장하다 못해 이글거렸다.

"사촌이야, 아니야?"

“······어어?”

“말해. 진짜 친사촌이냐고.”

오직 그것만 확인하면 된다는 듯 해인의 양어깨를 잡고 밀어붙였다. 그제야 뜻을 알아들은 해인이 질겁하며 고개를 흔들었다.

“아, 아니야! 사촌 아니야. 사촌이랑 내가 왜······.”

“아아, 다행이다.”

유진이 이마를 짚으며 깊게 안도했다.

“내가 아무리 너 하고 싶은 거 다 하라고 했지만 차마 그것까지는 용납을······ 아니, 다행은 뭐가 다행이야?”

“유, 유진아.”

다시금 번쩍 뜨인 눈이 사정없이 번뜩이는데 해인은 꼼짝없이 굳었다. 머릿속이 하얗게 비어 무슨 말이라도 하려던 차, 밖에서 연주가 둘을 찾았다. 나중에 봐! 유진이 경고처럼 눈을 부라린 다음 나서자 해인은 힘이 풀려 그대로 벽에 등을 기댔다.

“······아아.”

숨 좀 돌리려나 했지만 인생은 호락호락하지가 않았다. 등을 대기 무섭게 이 벽 뒤에 누가 있을지 떠올린 해인은 퍼뜩 등을 세우며 두 손에 얼굴을 파묻었다. 하지만 목욕물에 퉁퉁 불어터진 손가락이 닿는 순간 해인은 체념했다.

······오빠는 어쩌면 이럴까. 첫날밤을 보낸 것이 고작 두어 시간 전인데, 머리끝부터 손끝까지 그의 흔적이 깊이도 남아버렸다. 이제는 인우가 없던 제 일상까지 파고들어 도무지 감출 수도, 지워낼 수도 없다. 그가 없는 곳에서도 존재하는 허공 속 인우를 향해 해인은 울상을 지었다.

“······난 이제 끝났어.”

"해인 언니, 저거 봐요! 저거 어제 없던 건데!"

"으응."

짐을 챙겨 죄인처럼 로비를 걷던 해인은 연주의 호들갑에 어색한 추임새를 넣었다. 뭐라 적극적으로 굴고 싶어도 얼굴이 화끈거려 그럴 수가 없다. 잠시만 멈춰 서도 자신의 팔을 꼭 붙들고 연행하는 유진 때문에 그저 걷기만 했다.

"언니, 저기요! 저기 태원 무슨 파티 한다고!"

"……으응?"

"어제 말했던 거요. 저기서 대기업 뭐 하는 것 같댔더니 태원이었나 봐요."

앞서 걷던 연주가 커다란 홀 곳곳에 장식된 꽃들을 바라보며 홀로 신이 났다.

"웬일이야. 저런 게 재벌들 파티 같은 걸까요?"

"알 게 뭐야."

"왜요. 신기하잖아요. 이런 때 아니면 우리가 언제 호텔 스위트룸에서 자고 재벌들 파티 하는 걸 봐요?"

다 끝나서 좀 아쉽긴 하지만. 연주가 왜 저러냐며 유진을 흘겨보았다. 아침부터 해인에게 들러붙어 난데없는 우정을 과시하는 모습이 이해가 갈 리 없다.

"솔직히 언니도 좋으면서. 우리 다 대기업 들어가려고 동아리까지 만들었잖아요."

"너나 지조를 지켜, 김연주. 우리 현우 오빠를 생각해서 태원에는 제발 마음 뺏기지 말자."

"……"

유진이 움찔하는 해인의 팔을 더욱 단단히 붙들었다. 색색의 화려한 꽃들을 보면서도 심드렁하기 짝이 없었다.

"저 꽃 한 송이, 한 송이가 다 현우 오빠 피야. 우리 고문한테 의리는 지켜야지!"

"그건 그렇지만 이제 우리 고문은 해인 언니네 사촌오빠 아니에요?"

"웃기고 있네."

"네? 유진 언니, 뭐라고……."

유진의 조용한 코웃음에 연주가 잘못 들었나 눈살을 찌그렸다. 하지만 고개를 홱 돌린 유진보다는 다른 이에게 더 시선이 가는 모양이다.

"아니, 해인 언니는 왜 또 그렇게 떨고 있어요?"

"내, 내가 언제."

"아침부터 산책 가시더니 감기 걸렸나? 그러게 왜 새벽 산책을……."

"야, 좀 가자! 뭐 좋다고 여기서 살림을 차려?"

유진이 종이인형처럼 하늘거리는 해인을 부축하며 연주를 앞질렀다. 왜 저래. 두 사람을 따라오던 연주가 유진을 은근히 흘겨보았다.

"뭐 좋긴요. 언니도 웃겨. 태원 강인우 전무인지 뭔지 티브이에 나올 때마다 꺅꺅대던 사람이 누구라고."

"지금 강인우가 대수야?"

"그럼 누가 대수인데요?"

"하아…… 됐다, 됐어."

세상만사 다 지친 얼굴로 일단 호텔에서 나가려던 유진에게로 연주가 쪼르르 따라붙었다.

"아니, 왜 이러셔. 여기처럼 좋은 데가 어딨다고."

"그럼 너나 많이 좋아하라니까?"

"방 넓겠다, 조식 주겠다, 인테리어도 예쁘고 저렇게 초미남도…… 흐읍."

"뭐야. 너 왜 말을 하다 마는데? 너 또 삐쳐서 그런 거면……."

"그, 그게 아니라요."

하얗게 질린 연주가 유진의 팔을 마구 흔들었다. 앞 좀 보라구요! 절규와도 같은 연주의 입 모양에 고개를 든 유진도 똑같이 돌처럼 굳어버렸다.

"가, 강인우잖아! 저거 강인우 맞지?"

"태원에서 뭐 한다더니 강인우도 왔나 봐요! 세상에, 진짜 그 강인우잖아!"

"……."

"해인 언니, 언니도 나중에 태원 가고 싶댔잖아요! 저기 강인우!"

잔뜩 흥분해 잘 아는 친구라도 되는 양 인우의 이름을 연호하던 연주가 해인의 옷자락을 잡았다.

크리스털 샹들리에 반대편에서 걸어오던 이들의 무리 제일 앞에서 단연 누군가의 존재가 돋보였다. 머리부터 발끝까지 빈틈없이 완벽한 남자의 걸음이 로비를 갈랐다. 몇몇 사람이 그의 뒤를 따랐지만 애초에 인우가 있는 곳에서 다른 이가 눈에 들어올 리 없다. 옆모습의 목선이 조각처럼 뚜렷했다. 옆에 있던 사람과 이런저런 이야기를 하며 끄덕이던 그가 문득 고개를 들어 누군가를 찾아냈다.

"어, 언니. 우리 쪽 보는 것 같은데."

"설마……."

흐읍. 놀란 연주가 물러섰지만 그를 바라보는 건 그들 셋만이 아니었다. 곳곳에서 허리를 굽혀대는 이들을 의식한 인우가 시선을 거둬 앞에 선 이들에게 고개를 끄덕였다.

"……그건 말한 대로 진행하고, 곧 있을 총회에서……."

뚜벅뚜벅, 발소리와 함께 인우의 나직한 음성이 점차 가까워졌다. 그를 빤히 보고 있던 해인이 아직도 붙어 있는 제 손가락을 겹쳐 잡았다. 내리깐 그의 시선이 그쪽으로 향하는 듯하다 곧 옆에서 건네는 서류를 무의식적으로 받아 들었다.

"……그래, 좋네."

"네. 그럼 이대로 진행할까요?"

무심한 대화가 그녀들의 바로 앞까지 다가왔다. 넋이 나가 바라보던 건 언제라고 막상 가까워지자 급하게 딴청을 부리는 유진과 연주를 두고는, 인우의 내리깐 눈이 해인을 담았다.

"……"

저를 보고도 반응이 없는 해인을 순간적으로 그의 걸음이 비켜났다. 뒤쪽에서 성큼성큼 발소리가 멀어지는가 싶더니 어느 순간 툭, 발이 멎었다.

"……전무님?"

자신을 부르는 소리도 무시했다. 제게로 되돌아오는 그의 걸음에 해인은 고이지도 않은 침을 꼴깍 넘겼다. 어젯밤처럼 두근거리는 가슴이 터질 것처럼 부풀어 올라 차마 눈을 마주치지도 못했다.

"이거, 방금 떨어트리신 것 같아서."

"아……."

제게 내미는 손에 이끌리듯 무언가를 받았다. 분명히 제 옷에서 떨어진, 하지만 이곳에서 흘리지는 않았을 진주 단추가 손안에서 매끌거렸다.

"가, 감사합니다."

"……저야말로."

들릴 듯 말 듯, 인우의 느긋한 웃음이 해인을 스쳐 지나갔다. 잠시 그들에게 멎었던 시선들도 인우의 걸음과 함께 뿔뿔이 흩어졌다. 어느새 제 뒤로 물러나 있던 유진과 연주가 뒤늦게 달려와 해인의 옆에서 가쁜 숨을 몰아쉬었다.

"뭐, 뭐야. 강인우가 해인 언니 단추 주워준 거죠! 대박!"

"……아니, 나는."

"언니 진짜 운 대박이다! 나도 저런 거 흘릴걸! 해인 언니 좀 봐, 완전 넋나갔나 봐요!"

그럴 만도 하지! 해인의 팔을 잡아끈 연주가 제 일처럼 흥분했다.

"이러지 말고 우리 강인우 나가는 거 구경하러 가요. 얼른요!"

"어어."

"야, 나가긴 어딜 나가. 너나 가."

다시 냉정을 찾은 유진이 연주를 멀리 쫓아냈다. 또 저래. 입을 삐죽거리면서도 연주가 정신없이 나서자 유진은 이를 악물었다.

"야, 송해인. 너어……."

"미안해, 유진아. 나는 그냥……."

"제발 지조를 지켜! 어제 외박하고 들어와서 오늘은 또 강인우한테 홀리냐? 왜 이래, 정말! 왜 다 늦게 포텐이 터졌냐구!"

애를 어쩌면 좋아! 유진이 속상해 죽겠다는 듯 해인의 팔을 틀어쥔 채 그녀를 연행했다. 입을 꾹 다물고 가는 해인 역시 핏기 하나 없는 얼굴이 대역죄인이 따로 없었다. 간간이 손에 쥔 단추를 바라보는 그녀의 황망한 눈빛에 인우의 뒤에 있던 제이슨이 웃음을 겨우겨우 참았다.

"와…… 대놓고 보여줄 거면서 무슨."

● ◆ ●

마지막 절차를 앞두고 이틀간의 철야가 이어졌다. 부산에서의 만찬까지 잘 마무리했으니 남은 일은 결과를 기다리는 것이라지만 수장인 인우가 자리를 비웠으니 그만큼의 업무가 멎어 있었다. 쌓여 있는 결재서류에 검토안 들까지 더하면 이틀 밤이 아니라 며칠을 훌쩍 넘기고도 남을 정도였다.

"지금 건 이대로 넘기고, 이건 내가 직접 회장님께 말씀드리면 되겠군."

"네, 전무님."

"……."

인우는 마지막 서류를 넘기고도 그 자리에 멀뚱히 서 있는 오 팀장을 올려다보았다. 그 역시 이틀간 철야했으니 보기에 썩 좋은 모습이라고는 할 수 없었다. 흐트러진 머리칼에 올라간 셔츠 깃이 그간의 피곤을 짐작하게 했다.

"……왜? 더 보여줄 게 남았나?"

"아, 아닙니다. 그게 아니라……."

오 팀장이 당황해 머리를 긁적거렸다. 사실 오 팀장뿐 아니라 그의 뒤에 선 다른 팀원들 몇몇도 서성이는 게 뭔가 볼일이 남은 듯 보였다. 그들의 재촉을 못 이긴 오 팀장이 조심스레 입을 열었다.

"저어, 다른 게 아니라 수요일이라서요."

"수요일이 왜?"

남은 서류를 바쁘게 살펴보던 인우가 살짝 인상을 썼다. 그가 진짜 기분이 좋지 않아서라기보단 일종의 버릇이라는 것을 이제는 알면서도, 마주하는 직원들은 주춤할 수밖에 없었다.

"아니, 그게, 수, 수요일이니까 아무래도…… 하하."

별 웃기지도 않은 일에 오 팀장이 겸연쩍은 웃음을 짓자 뒤에 선 팀원들 역시 따라 웃었다. 하지만 이틀간 자신들과 똑같이 밤을 새운 인우는 막 빗어놓은 것처럼 단정하기만 했다. 심지어 부산에서 곧바로 회사로 복귀했으니 자신들보다 훨씬 더 바쁘게 지냈을 텐데 그런 기색은 전무했다.

'역시 안 되겠구나.'

말을 할 의욕조차 잃은 오 팀장이 알아서 지레 포기를 했다. 어렵겠다는 그의 눈짓에 팀원들 또한 풀이 죽어 물러났다. 다 같이 꾸벅 인사를 건네고 나가는 등이 처량하기 그지없었다.

"그럼, 저희는 이만……."

"수요일이라서 뭐, 그게 끝인가?"

달칵. 펜 뚜껑을 닫은 인우가 지그시 부하 직원들을 건너다보며 턱을 괴었다. 사람의 마음을 꿰뚫어 보는 듯한 그의 눈동자에 오 팀장이 주춤하며 어색한 웃음을 흘려댔다.

"……전무님, 별거 아닙니다."

"별거 아니면 수요일에도 다 같이 야근하면 되겠군."

"네. 네에?"

"그렇게까지 나랑 하루라도 더 일하고 싶다면 어쩔 수 없으니까."

인우가 서류를 덮고 일어난 순간, 멍하니 서로를 쳐다보던 이들의 얼굴에도 이내 환희가 가득 찼다. 기쁨을 못 참아 손까지 부여잡고 좋아하는 팀원에게 오 팀장이 뒤늦게 주의를 주었다.

"아니. 김 대리는 뭘 그렇게까지, 하하. 죄송합니다, 전무님."

"됐어."

"사실 우리 김 대리가 여자친구랑 기념일이라서요. 오늘은 만날 수 있을지도 모른다 얘기를 해놨다는데…… 아, 제가 괜한 소리를."

팀장으로서 주절주절 변명을 주워섬기던 오 팀장이 뒤늦게 인우의 표정을 보고 흠칫했다. 어쩐지 웃음을 참듯 입을 다문 인우의 모습이 낯설기만 했다. 분명 방금 전까지 천하에 다시없을 찬바람을 날리던 분 아닌가. 오 팀장은 얼떨떨해하며 목덜미를 문질렀다.

"어쨌든 감사합니다, 전무님."

"아니. 수요일이니까 그럴 만도 하지."

벌써 자신의 코트를 든 인우가 팀원들을 한 번씩 훑어보았다. 그중에서도 연인을 만나러 나간다는 직원을 보는 눈길이 특히나 의미심장했다.

"그나저나…… 나가서 뭘 하길래?"

"네?"

"뭘 얼마나 좋은 델 가는가 해서."

그의 대답을 기다리듯 머플러를 감는 인우의 손길이 고아했다. 멍한 듯 눈을 껌벅거리던 팀원의 입가에 헤벌쭉 웃음이 맺혔다.

"그냥 여자친구가 좋아할 만한 데죠, 하하."

"그러니까 거기가 어딘데?"

"네? 아니…….'

갑자기, 아니, 집요하게 물으시면……. 팀원이 멋쩍은 듯 웃음을 흘렸지만 인우는 제법 심각했다. 넌지시 던진 질문이지만 대답을 꼭 듣고야 말겠다는 듯한 상사의 의지에 오 팀장이 팀원의 어깨를 두드렸다.

"말해보라니까. 우리 전무님께서 직원들 대소사에 관심을 쏟아주시는데 영광인 줄 알아야지!"

"아, 네에. 하하. 전무님, 정말 감사…….'

"인사는 됐으니까 계속해보라고."

"……."

얼른. 고개를 끄덕인 인우가 책상에 비스듬히 기대앉았다. 부드러운 듯 강압적인 분위기에 쭈뼛거리던 이들이 결국은 웃음을 터트렸다. 뭔진 몰라도 대답을 해야 나갈 수 있다면 기왕이면 웃는 편이 좋다.

"하하, 그냥 데이트죠, 뭐."

"맞습니다. 요새 남녀 만나면 따로 할 일이 뭐 있겠습니까? 평범하게 데이트나 하겠죠."

"……할 일이 왜 없는데?"

"……."

"아니. 됐어. 가봐."

도무지 이해가 안 간다는 얼굴의 인우가 더욱더 이해할 수 없다는 표정을 한 팀원들을 내보냈다. 그러고도 고뇌하는 듯 그 자세로 턱을 매만지는 그의 모습에 조 비서가 한마디 붙였다.

"……전무님, 혹시 해인 양 때문에 그러시는 거라면……."

"어떻게 걔랑 할 일이 없을 수가 있지."

"……아, 그렇죠."

그러시겠죠. 조 비서가 충분히 이해한다는 시늉과 함께 입술을 맞물었다. 인우가 해인에게 마음을 준 사실은 공공연한 비밀이었으니 조 비서 자신은 업무에만 충실해야 했다. 그러려면 아무쪼록 지난번과 같은 참사는 막아야 했다.

"혹시 이번에도 선물 같은 거 생각하신다면……."

"왜? 줄 거 있어?"

"……하하, 그거야 전무님이 결정하실 일이긴 하지만……."

"그래야겠지?"

드디어 인우가 자리에서 일어났다. 완전히 가뿐하다고는 못 해도 여기에 계속 머물러서는 답이 나오질 않는다. 차 키를 쥔 그가 곧장 밖으로 나서자 조 비서만 안달복달 그를 따랐다.

"전처럼 너무 깊게 생각하지 마시고, 뭐랄까. 조금 더 평범하고 단순하게 생각해보시는 게 어떨까요?"

"차라리 내 욕을 해."

애써 둘러말할 것 없다며 앞을 보던 인우가 피식 웃었다. 그 미소가 꽤나 근사한지라 조 비서도 물러서지 않고 나름대로 용기를 냈다.

"그래도 그 방법이 꽤 괜찮거든요. 그냥 그 사람을 봤을 때 딱 이거다 하고 떠오르는 것 말입니다."

"⋯⋯그런 게 있다고?"

인우가 헛웃음을 터트리며 엘리베이터 안으로 들어섰다. 문이 닫히기 직전, 조 비서의 자신만만한 외침이 따라 올랐다.

"네! 아무리 봐도 이거밖엔 없다 싶은 거요."

● ◆ ●

"오빠, 왜 그러세요?"

내 얼굴에 뭐라도 묻었을까. 앞치마를 두른 해인이 멋쩍어서 뺨을 만지작거렸다. 양복을 갈아입지도 않고 저를 빤히 건너다보는 인우의 눈길이 어딘가 의미심장했다. 복잡한 듯 아닌 듯, 언제나 속을 짐작하기 힘들다지만 오늘은 너무나도 남달랐다. 심지어 제가 준 커피도 거의 마시지 않고선 손잡이를 만지작거리는 손짓만 번잡했다.

"커피가 맛이 없어요?"

"아니. 네가 너무 태연해서."

"⋯⋯."

돌직구도 이런 돌직구가 없는지라 해인은 한참 후에야 머리칼을 넘겼다. 웃어봤자 더 어색할 걸 알아서 아주 천천히 고개를 끄덕였다.

"그럼 어쩌겠어요. 당연히 태연하죠."

"아아, 그래?"

"네. 그냥 학교 갔다 오고, 오빠 오랜만에 봐서 좀 반갑고 그런 거죠."

머리칼과 함께 귀 뒤에 닿는 손가락이 뜨거웠다. 그러나 차분한 대답만큼은 미리 준비한 것처럼 상냥했다. 그것도 그냥 준비가 아니라 거울 앞에서 이틀 정도는 연습한 양 완벽하게 태연했다.

"학교에서 애들이랑 같이 면접 연습 다시 하구요, 금요일에 SG에서 채용 설명회 나온대서 그것도 신청했어요. 제 자랑 같아서 조금 그렇긴 한데 제가 클릭 이런 거 빠르게 잘하거든요."

"그래, 좋겠네."

"네. 애들도 다 저 잘한다고, 막 부럽다구."

"그 너랑 다르게 순진한 친구들?"

"……아, 네."

한 번씩 훅 치고 들어오는 그의 말에도 해인은 끝까지 웃음을 잃지 않았다. 여기서 말리면 안 된다는 비장한 의지가 식탁 밑의 눌러 잡은 손에서 배어나왔다.

"어쨌든 축하해. 좋은 일이라니까."

"고마워요."

"고맙긴. 그럼 그것도 기념이라면 기념일인데 우리……."

"네?"

방금 뭔가 굉장히 자연스럽게 넘어가지 않았나. 휘말리듯 빠져들던 해인이 눈을 가늘었다. 자신을 빤히 보던 인우의 눈동자가 금세 찡그리듯 원래대로 돌아왔다. 사람 기를 죽이기 딱 좋은 서늘함도 함께였다.

"아니. 됐다고."

"아아, 저는 또."

해인이 제 몫의 커피잔을 두 손으로 들었다. 직접 고른 푸른 나비가 어디든 날아갈 듯 섬세한 날개를 펼쳤다.

"어쨌든 동아리 일이랑 면접 준비 때문에 좀 바빠질 것 같기는 해요. 오빠는 신경 안 쓰셔도 돼요."

"신경 쓰지 말라고?"

"네. 오빠 바쁘시잖아요. 저도 그런 거 모를 정도도 아니고요."

"그럼 우리가 이틀 전에 잔 것도 기억하겠네?"

"……음."

영 모른 척 지나가기에 타이밍을 놓쳐버렸다. 입가에 댄 커피잔을 어디까지 기울여야 할지 갈팡질팡하던 그녀가 뒤늦게 중심을 잡았다. 물론 이마저도 이틀간의 '오빠만큼 태연하기' 철야 연습에 포함되어 있었다는 것이 다행이라면 다행이다.

"그럼요. 기억하죠. 제가 애도 아니고."

"알지. 너 애 아닌 거."

내가 그걸 왜 몰라. 인우의 노골적인 시선에 해인이 억지로 입꼬리를 끌어올렸다. 여기까지 잘 끌어온 게 아까워서라도 최대한 웃어볼 생각이었다. 아무리 생각해도 제게는 그 방법이 최선이다. 한집에 사는 인우를 만날 때마다 심장이 터져나갈 것처럼 가슴을 부여잡을 수는 없을 테니까.

"……하하, 오빠도 참."

"……."

"저, 저 그런 거에 막 집착하고 그러지 않아요."

해인이 손을 내저을수록 인우의 눈은 삐딱해졌다. 자칫 질풍노도의 시기로 보일 만큼 거칠 것 없는 시선이 그녀를 내려다보았다.

"집착 안 한다고?"

"아이 참, 그럼요. 서로 바쁘고 할 일도 많고 또 성인인데, 어떻게 그런 거 하나하나에 매여서 살겠어요?"

"……."

"그러니까 오빠도 편하게 생각하세요. 너무 복잡하게 생각 마시고 그냥 저처럼 단순하게 마음 가는 대로…… 오빠?"

인우가 턱을 괴고 있던 손을 내리자, 해인이 그를 물끄러미 바라보았다. 복잡한 듯 못마땅했던 그의 눈빛이 그야말로 단순해졌다. 이내 그는 우아하게 손을 뻗어 잔을 그러쥐곤 가볍게 까딱였다.

"그래. 알 것도 같네."

"네? 그게 무슨 말씀이신지⋯⋯."

"⋯⋯단순하고 편하게⋯⋯."

그리고 널 보자마자 이거다 할 수밖에 없게. 잔을 든 인우가 드디어 커피의 첫 모금을 머금었다. 아직도 따끈하게 퍼지는 커피의 향이 그의 나직한 웃음처럼 감겨들었다.

"내가 송해인 너랑 뭘 하고 싶은 건지."

또 자신에게 마구 곤란한 질문을 퍼부으면 어쩌나 했던 것과 달리 어젯밤의 인우는 담백했다. 심지어 그가 따라 들어올까 걱정했던 것이 무심하게 문이 닫힌 것도 그의 방이 먼저였다. 덕분에 몸은 편히 잤지만 마음은 그렇지가 않았다.

"어휴."

젖은 머리를 털어낸 해인은 그의 빈방 앞에서 서성이다 주방으로 향했다. 이틀간 회사에서 밤을 새우고 온 것도 모자라 오늘은 새벽부터 나가버렸다. 배웅하고 싶었는데. 아쉬움이 가득해 물을 따르려던 것도 잊고 한참을 기대어 있었다.

'⋯⋯잘하는 거겠지?'

내가 고민을 왜 안 했을까. 할 수 있는 생각이란 생각은 이틀간 넘치게 했다. 마침 인우마저 집을 비웠으니 온 집 안이 제 생각들로 가득 차 있다 해도 과언이 아니다.

"⋯⋯."

해인은 천천히 한 바퀴 둘러보았다. 그래도 이 큰 집이 어느샌가 그리 낯설거나 휑하지가 않았다. 인우와 늘 앉는 식탁이 제일 그랬고, 거실의 소파나 계단으로 이어진 대리석 바닥도 그랬다.

"……정들었나 보네."

한 달도 채 안 되는 동안에, 아니, 벌써 한 달이 다 되어가는구나. 아빠의 말처럼 마음을 주면 저를 알아주는 것은 금방이다. 사람이든 사물이든 한 번 정들으니 쉽게 눈을 떼어낼 수가 없었다. 봐도 봐도 보고 싶고, 돌아서기가 무섭게 빈자리가 허전했다.

'……이럴 때가 아닌데.'

당장 유진을 만나면 어떻게 말을 해야 할지 걱정이 태산이면서. 해인은 휴대전화를 만지작거리며 거실로 나왔다. 인우 오빠가 같은 밤을 보낸 동지이자 공범자라면 유진은 검사였다. 눈치 빠른 연주가 내내 붙어 다니니 대놓고 추궁을 하지는 않았지만 유진이 토라진 것은 분명했다.

'어디까지 말을 해야 하지?'

제 위치가 그렇게 애매할 수가 없었다. 처음 이 집에 들어서던 순간처럼 단순히 호적상의 부부 관계가 아니었으니까. 보기만 해도 가슴이 뛰는 사람과 함께 사는데, 그 사람이 마침 남편이라 곤란했다.

"아, 네, 나가요!"

딩동. 정처 없이 거실을 헤매던 해인은 초인종 소리에 정원으로 나갔다. 손님이라면 극도로 드문 집이니 안 비서가 아니라면 지난번처럼 인우에게 오는 선물이 전부다.

해인은 긴장하며 계단을 내려섰다.

"여기 강인우 씨 댁 맞습니까?"

"네."

역시 인우 오빠에게 오는 건가 보네. 해인은 문틈 사이로 어스름하게 보이는 인영 쪽으로 걸음을 재촉했다. 이젠 겨우 선물 같은 것엔 기 안 죽어야지. 예전의 그 많은 선물들 중에서도 인우가 매일 하고 다니는 것은 오직 제 것이었으니 자신감을 가졌다.

"잠시만요. 지금 오빠 집에 안 계신데 제가 대신……."

"저기……."

서둘러 은빛 대문을 열자 밖에 서 있던 남자가 들고 있던 무언가를 바라보다 말고 그녀의 얼굴을 흘끗 확인했다.

"그럼 혹시 송해인 씨 되십니까?"

"전무님 들어오셨습니다, 회장님."

"그래. 여기까지 찾아주니 감사하구나, 아주."

부산에서 돌아온 뒤로 처음 인우를 보는 강 회장의 심사가 삐딱했다. 회사에서 며칠간 밤을 새웠다면서도 한 번도 올라오지 않았던 것에 대한 괘씸함이 남은 모양이다. 인우에게서 진척상황에 대한 보고를 받으면서도 내내 그 심기가 가시질 않아 몇 번이고 눈썹을 찡그렸다.

"부산에서도 이야기가 잘됐으니 걱정하실 것 없습니다."

"어디 이야기만 잘됐겠느냐?"

"……."

"듣자 하니 우리 손주며느님께서도 아주 우연히 부산에 가신 모양이던데."

"그럼 들으신 게 맞겠지요."

"저, 저!"

당황하는 기색조차 없는 손자에게 강 회장이 기어이 혀를 찼다. 그러든

397

말든 인우는 가져온 서류를 전부 내밀고서야 처음으로 강 회장을 제대로 마주했다.

"이번 일이 끝나면 곧장 중국으로 가봐야 할 듯싶습니다."

"그거야 잘될 때 이야기지."

"……."

"네가 끝내야 할 일이 그것 하나더냐?"

강 회장이 기다렸다는 듯 다리를 꼬아 앉았다. 닮은 듯 닮지 않은 눈이 서로를 견제하듯 길게 닿았다.

"한 달이 다 되어간다는 걸 모르지 않겠지?"

"그렇습니까?"

"너는 일에나 집중하거라. 곤란하다면 내가 알아서 정리할 테니."

"예전에 저희 어머니에게 하셨던 것처럼요?"

"……."

인우가 처음으로 입에 담는 어머니의 이야기에 강 회장이 인상을 썼다. 인우는 별 기대도 안 했다는 듯 자리에서 일어났다.

"한 달이든 한 해든 그 이상이든, 제가 알아서 합니다."

"알아서 하긴. 지난번엔 이런 데 끌어들일 애가 아니라더니."

"애가 아니니까요."

"……."

"처음부터 그걸 먼저 알았어야 했는데, 제가 늦었군요."

참으로 간단한 결론이라 더욱 입을 벌어지게 했다.

깔끔하게 돌아선 인우가 문을 열자 그 앞에서 불안해하며 버티던 안 비서가 얼른 고개를 숙였다.

"나가십니까, 전무님."

"……그거."

"네?"

"아니. 아무것도."

인우가 공손히 모은 안 비서의 손을 유심히 내려다보다 시선을 돌렸다. 쌀쌀맞은 태도야 예전과 같지만 따지자면 모든 것이 같지는 않았다. 뭐라고 해야 할까. 서늘한 눈매와 특유의 날카로운 분위기가 많이 누그러져 있었다. 분명히 어딘가 달라진 것도 같은데 콕 집어 이야기할 수는 없다.

절 향한 시선을 아는지 모르는지 인우가 목뒤에 손을 얹은 채 안 비서를 돌아보았다.

"오늘 해인이 몇 시에 끝나지?"

"……네? 하하, 그런 걸 제가 어떻게. 저야 아시다시피 회장님을 모시는지라."

"그러니 애초에 시킨 회장님께서 알고, 그 밑에서 일하는 안 비서도 알고, 안 비서랑 친한 조 비서도 알고, 이 회사에서 알 만한 사람은 전부 다 알겠지."

"……."

"그래서 송해인 언제 끝나냐고."

다 아는 처지에 뭘 숨기냐는 듯한 그의 냉소에 안 비서가 입안을 깨물었다. 다행히 회장실 문은 닫혀 있다지만 괜히 두 사람 사이에 낀 듯하여 안절부절못했다.

"제가 사모님을 살피는 일로 심기가 상하셨다면…….."

"아니. 알아서 해."

"……네?"

"나는 남편이라 대놓고는 못 하니까."

그 외의 이유가 있겠냐며 고개를 까딱이는 인우의 몸짓이 간결했다.

당혹스러우면서도 이 정도로 넘어가 다행이다 싶어서 안 비서는 아픈 듯

한 웃음을 하하 흘렸다. 그러나 더욱 당황스러운 건 여전히 그 자리에 머물러 있는 인우의 존재였다.

"······전무님?"

"음."

회장실에 있는 것 자체를 온몸으로 못 견뎌하던 그가 어쩐 일인지 나갈 기척이라곤 없다. 들어설 때든 나갈 때든 초지일관 냉기를 휘날리던 그가 지금은 제법 예의 바른 신사 같기도 했다.

"호, 혹시 제게 더 하실 말씀이라도······."

"지난번 해인이 옷도 안 비서가 골랐던가?"

"옷이요? 아아, 드레스라면, 네. 나름대로 고심해서 골라보았습니다만."

오늘 해인의 일로 여러 번 긴장한 그녀가 인우의 눈치를 보았다. 한 번은 넘어가도 두 번 넘어갈 분은 아니다.

"주제넘었다면 죄송합니다. 회장님 비서로서 제 업무를 해야 하다 보니······."

"그럼 회장님 비서로서가 아니면?"

"······그게 무슨 말씀이신지."

"송해인을 동생으로 좋아하는 사람, 그 정도면 괜찮겠는데."

"네에?"

당연하게 바라보는 인우에게 질린 그녀가 뒤늦게 손을 마구 휘저었다.

"마, 말도 안 됩니다. 제가 어떻게 사모님을······."

"그래서, 걔가 싫어?"

"······."

감히, 어째서, 무슨 이유로. 절대 그럴 리 없다는 강한 믿음도 이 남자가 표현하면 살벌했다.

꼼짝없이 갇힌 안 비서가 질린 듯 입을 크게 벌렸다.

"그럴 리가요! 전무님, 사모님을 향한 제 마음만은 꼭 알아주셨으면 합니다."

"그걸 어떻게 믿으라고."

망설였잖아. 인우가 마땅찮다는 표정으로 그녀를 내려다보며 가만히 가슴 앞에다 팔짱을 꼈다. 순식간의 봉변에 입을 벙긋거리는 안 비서를 두고도 인우는 단호하기만 했다. 다만 뒤쪽의 회장실을 향해 끄덕이는 고갯짓만은 비밀스러우면서도 느긋했다.

"뭐…… 증명할 방법이 아주 없는 건 아닌데."

강의실로 향하는 해인의 걸음이 조심스러웠다. 유진을 만나면 뭐라고 해야 할까. 일단 얼굴을 보고 이야기하자고는 했지만 말처럼 쉽지가 않다. 당장 그날 밤에 인우를 찾아 뛰쳐나갔던 제 행동은 제가 생각하기에도 설명이 힘들었다.

'다시 하라면 못 하겠지.'

생각만 해도 얼굴이 화끈거려 한숨을 크게 쉬고서야 드르륵, 문을 열었다. 그러나 다행인지 불행인지 저보다 더 큰 관심을 받는 이가 존재했다.

"오빠 완전 얼굴 반쪽 된 거 봐! 얼굴이 완전 주먹만 해졌잖아요, 세상에. 얼마나 고생을 했으면."

"그냥 신입사원이다 보니…… 어, 해인아. 왔어?"

"……아, 현우 오빠."

해인은 유진과 연주에게 둘러싸여 있던 현우를 보고 웃었다. 역시 죽으라는 법은 없구나. 유진이 잠깐 죽일 듯 눈을 부라리긴 했지만 그녀는 모른 척 쪼르르 다가갔다. 원래가 좋은 선배라지만 오늘처럼 현우가 반갑기는 처음이었다.

"오빠, 그동안 잘 지내⋯⋯."

⋯⋯진 못하셨구나.

해인은 의례적인 인사를 하려다 말고 말을 얼버무렸다. 현우의 얼굴이 반쪽이 되어버렸다는 연주의 말은 결코 과장이 아니었다. 사회생활이 만만 치가 않네. 얼마 전까지 같이 캠퍼스를 누비던 사람이라기엔 세상 모진 풍파를 정면으로 맞아버렸다. 검은 눈 밑하며 퀭한 눈가가 보기에도 안타까워 무어라 말을 건넬 수가 없었다.

"어, 어떡해요, 오빠."

"뭘. 괜찮아."

"이게 괜찮은 거예요? 진짜 태원이 문제네, 문제야."

이참에 태원에 안 갈 이유가 하나 더 생기고 만 연주가 두 주먹을 쥐며 열변을 토했다.

"웬일이야. 사람을 어떻게 이렇게나 혹사시키지? 누가 보면 오빠 전쟁 나갔다 온 줄 알겠어요."

"아냐. 입사하자마자 중요한 프로젝트 팀에 들어가서 그래."

"프로젝트가 아무리 중요해봤자 사람 목숨보다 중요해요? 진짜 나 앞으로 태원 좋다는 사람 있으면 오빠 비포 애프터 보여줄 거야!"

"⋯⋯하하."

어쩌면 좋아. 웃는 모습마저도 힘이 빠진 현우를 보니 해인도 속이 상했다. 빙긋 웃는 모습이 여전히 친절하긴 했지만 마음이 아픈 건 매한가지였다.

"그런데 오빠는 어쩐 일이세요? 바쁘시면서 어떻게 평일에 학교까지."

"모교 채용설명회 지원은 신입이 하는 거라서. 오늘 미리 자료 전하는 김에 너네 얼굴이나 보려고.”

“에이, 해인 언니 얼굴이 아니라요?”

흐흠, 연주가 그새를 못 참고 장난을 치자 현우는 헛기침했다. 해인 또한 난감한 듯 외면하자 결국 유진이 나서서 정리했다.

“김연주, 넌 좀 조용히 해. 현우 오빠 안 그래도 아파 보이는데 이러다 쓰러지시겠다.”

“……아, 나 그 정도는 아니야. 그리고 고문 한다 말만 해놓고 해준 게 없어서.”

“그건 걱정 마세요, 오빠. 우리 새 고문 생겼거든요.”

“새 고문?”

또다시 냉큼 끼어드는 연주에게 현우가 조금은 서운한 기색을 드러냈다. 그러나 막상 자신이 해준 것이 없다 보니 대놓고 티를 낼 만한 입장도 아니다.

“대체 누구길래…….”

“회장님 사촌오빠요. 그 오빠가 얼마나 열성인데요. 회장에 고문, 이거 완전 로열패밀리 일가인 거 있죠?”

“……해인이 사촌오빠?”

현우의 고개가 서서히 해인을 향했다. 민망해진 해인이 괜히 그를 외면하자 현우의 웃음이 씁쓸해졌다.

“좋으신 분이구나.”

“네. 우리 부산 단합회 가는 것도 다 지원해주시고!”

“연주 넌 너한테 물은 것도 아닌데 왜 자꾸 끼어들어?”

“에이, 왜요. 유진 언니도 그 덕분에 강인우까지 봤으면서.”

혀를 살짝 내민 연주가 자신이 뭘 그리 잘못했냐며 유진에게 따졌다. 아직도 그 생각만 하면 신이 나는지 목소리 톤부터가 노래를 부르듯 높아졌다.

"강인우 강인우 노래를 부르더니, 진짜 잘생기긴 했더라구요. 와, 그 아우라가 정말!"

"강인우? 우리 회사 강인우 전무님 말이야?"

"네에. 진짜 무슨 연예인도 그런 연예인이 없을걸요. 글쎄, 해인 언니 단추 떨어진 것까지 주워주시고."

"……강 전무님이?"

그럴 분이 아닌데. 현우가 몹시도 찝찝한 얼굴을 하자 제 일처럼 흥분한 연주가 자리에서 일어났다. 정작 당사자인 해인은 고개도 못 들고 있는데도 신이 난 연주는 그때를 흉내 내듯 어깨를 쭉 폈다.

"정말이에요. 봐요. 이렇게 멀리서 모델처럼 걸어와서 해인 언니를 쳐다보는데…… 음."

터벅터벅 걸어오던 연주가 갑자기 발을 멈췄다. 꼭 어딘가 아픈 듯한 얼굴에 유진이 인상을 썼다.

"김연주, 너 또 왜 그래?"

"아아, 아니에요. 갑자기 나 또 뭔가 떠오를 듯 말 듯 해서."

"넌 하여튼 잘생기면 다 너랑 뭔가 있었다지. 전에도 그런 소리 하더니 또 그래? 하여튼 현실 세계 관련 없는 사람 얘기하지 말고 당장 다음 주에 있을 면접 준비나 해."

툭. 유진이 정말 그만두자며, 강인우를 흉내 내다 말고 어정쩡하게 굳어 있는 연주의 등을 쳤다. 아픈지 엄살을 피우는 연주에게 혀를 차며 유진이 지갑을 챙겼다.

"헛소리하는 거 보니까 각성제라도 먹여야겠네. 나가서 음료수 좀 사올게요."

"아냐, 유진아. 내가 갈게."

"아니에요. 매번 오빠가 사주시는데 이번엔 저희가 가야죠. 저기요, 송 회장님, 가시죠!"

"어어, 나?"

"그럼 회장이 솔선수범을 보여야지, 설마 일개 회원에게 다 떠맡길 생각이었어요?"

"……."

올 게 왔구나. 이를 악물고 웃는 유진을 보며 해인은 스르륵 몸을 일으켰다. 어차피 피할 수 없는 거라면 차라리 연주와 현우가 없는 곳이 편하긴 했다. 하지만 문을 닫고 나서자마자 눈길 한번 주지 않고 복도만 걷는 유진은 쌀쌀맞기만 했다.

"……유진아, 미안해."

"너 미안하다 생각은 해?"

홱. 자판기 앞에 가서야 고개를 돌린 유진은 한참이나 해인을 흘겨보았다. 화가 났다기보다는 아직도 복잡한 마음이 그득한 얼굴이었다.

"너 대체 어떻게 된 거야? 왜 사촌, 아니…… 그래, 그 고문 오빠랑 무슨 사이야?"

"그게, 어디서부터 말해야 할지 모르겠는데."

"아니, 남자는 사귈 수 있다 쳐. 그런데 살림을 차려?"

그것도 송해인 네가? 유진은 억장이 무너지는 듯 가슴을 쳤다. 목소리를 낮춰야 한다는 건 알지만 조절이 쉽지 않은 모양이었다. 인적이 거의 없는 복도를 대충 두리번거리더니 곧바로 해인의 팔을 잡아끌었다.

"어떻게 그래? 하아, 진짜 내가 몇 년 동안 너한테서 눈을 뗀 적이 없는데 언제 만나서 언제 사귀었단 거야. 금사빠도 단계라는 게 있지, 이건 말이 안 되잖아!"

"유진아."

"그래, 다 좋다 쳐. 성인이니까 동거를 하든 뭘 하든 그것도 그렇다 쳐. 그래도 나한테는 말을 해줬어야지!"

"……말하려고 했어. 아니, 말하고 싶었어."

눈을 꼭 감았다 뜬 해인의 시선이 아래를 향했다. 단순히 부끄럽다거나 곤란해한다기엔 서글퍼 보이기까지 했다.

"다른 사람은 몰라도 유진이 너한테는 꼭 말하고 싶었어."

"송해인."

"만약에…… 계속 이렇게 살 수 있었다면 말했을 거야."

차마 유진의 눈을 보고 얘기할 자신은 없어서 해인은 비스듬히 고개를 돌렸다. 한쪽에 가득 쌓인 기업체들의 간판들만큼이나 현실감이 없었다.

"내가 원하는 만큼, 계속 그렇게 만날 수 있는 사람이라면 너한테 제일 먼저 말했을 거야, 유진아."

"……너 그게 무슨 말이야?"

심상찮아진 분위기에 유진 또한 입술을 깨물었다.

"아니, 누구길래 그래?"

"전부 말 못 해서 미안해. 그렇지만 정말로 나쁜 사람 아니야. 오히려 나한텐…….."

"그래서 누구냐고."

"……미안. 이게 내가 말할 수 있는 전부야."

하아. 어색한 웃음이 섞인 해인의 한숨이 길게 퍼졌다. 무슨 말을 할 듯 말 듯 하던 유진이 들썩이는 가슴을 짓누르며 신경질적으로 자판기 버튼을 눌렀다.

투둑, 음료 캔이 자판기 바닥으로 떨어지는 소리가 제 가슴에서 나는 것만큼이나 공허했다. 잠깐 머뭇거리며 해인을 보던 유진이 먼저 강의실로 가 버리자 해인은 붙잡지도 못하고 자기 손만 눌러 잡았다.

"……."

화가 났겠지. 당연히 그렇겠지. 그걸 알면서도 잡지 못하는 손이 저릿저릿했다. 한 번도 유진과 이래본 적 없으니, 힘겨운 것이 당연했다. 코끝이 찡한 나머지 친구를 따라가지도 못하고 고개를 푹 숙였다.

창밖으로 스치는 야경의 불빛들이 조금 전 보았던 보석처럼 반짝였다. 안 비서는 인우와 자신 사이에 놓인 보랏빛 벨벳 상자를 흘끗 보며 소리 없이 웃었다.

"나는 이런 거 잘 모르니까."
반지를 골라달라는 말도 참 전무님답다 싶었다. 처음 인우에게 반강제로 앞세워질 때만 해도 앞이 깜깜하더니 막상 눈앞에 보석들이 펼쳐지자 자신도 넋을 잃고 말았다.
"사모님께 드리시게요?"
"……그럼?"
너무 당연해 물을 가치조차 없다는 냉소적인 눈빛 치고는 당황스러운 기색도 엿보였다. 심지어 보석들을 제대로 들여다보지도 않았다. 어디부터 어떻게 손을 대야 할지 모르는, 꼭 어린 사모님을 앞에 두었을 때의 모습과 비슷해 보이기도 했다.
"해인이한테 가장 잘 어울릴 만한 걸로. 음, 가장 큰 것도 좋고. 아니, 무난하게 이중에서 제일 비싼 거나 그래도 이왕이면 좋아할 만한 게……."
"아아, 반지를 볼 때마다 내 남편이 최고구나 느낄 만한 것 말이시지요?"

"……."

말을 한 사람이나 말을 들은 사람이나 모두 당황했다. 이제 어쩌나, 저도 모르게 긴장이 풀려버렸던 안 비서는 사색이 되었지만 어쩐 일인지 처음으로 인우의 눈총을 받지 않았다. 오히려 입을 가린 채 비스듬히 돌아서는 그의 옆얼굴이 강력한 긍정을 의미했다.

"……그래보든가, 그럼."

싫은 듯 귀찮은 듯, 어느 정도 그의 말투에도 적응이 된 것 같다. 별로 친해지고픈 마음은 없지만 최대한 이 반지를 받을 이만을 생각하며 안 비서는 손을 뻗었다. 제가 먼저 고르지 않으면 언제 이 숨 막히는 시간이 끝날지 모르는 일이다.

"이건 어떨까요? 커팅도 그렇고 심플하고 깨끗한 이미지가 사모님과 잘 어울릴 것 같아서요."

"……그래?"

"네. 뭐랄까요, 공식석상이나 정장을 입을 때에도 좋을 테고, 어떠세요?"

잠시 그 모습을 떠올린 인우의 표정이야말로 가장 심플했다.

좋다는 거야, 싫다는 거야. 영 그의 마음을 짐작할 수 없었다. 안 비서는 조금 더 화려한 반지를 들어 보였다.

"이것도 예쁠 것 같아요. 지난번 연회처럼 드레스 차림에도 잘 어울리실 테고요."

"……지난번 연회?"

"네. 사모님이 하시기엔 좀 크지만 사람들 앞에서 포인트 주기에는 딱 좋죠."

"……."

이번에도 역시 그는 별다른 반응이 없었다. 다만 연회라는 말을 듣자마자 급격히 느슨해졌던 그의 눈매가 험악하지는 않다는 것 정도는 알 수 있었다. 오기가 생긴 안 비서는 이번에는 연한 핑크빛이 감도는 다이아몬드를 골라보았다.

"이런 건 나이대나 디자인이나 좀 더 젊은 취향일 듯한데 어떠세요? 일상 생활 하면서 늘 끼고 있기에도 괜찮을 것 같고요."

"……괜찮네."

처음으로 긍정적인 반응이 나왔지만 반지 자체가 마음에 든다기보단 늘 끼고 있다는 말에 더 감흥이 큰 것도 같았다. 그래도 이 정도가 어디야. 은 근히 취향이 까다로운 인우에게 여기서 뭘 더 보여주든 더 이상의 반응은 기대하기가 힘들었다. 아니, 힘들다고 생각했다.

"……그럼 거기 있는 그건?"

품 안에서 지갑을 꺼내던 인우의 고개가 어느 한곳에 고정되었다. 무심히 스쳐가던 눈빛이 머무른 곳에서 안 비서도 미처 보지 못했던 반지 하나가 눈에 들어왔다.

은은하면서도 사랑스러운. 반지를 보고 그런 생각이 드는 것도 우스웠지 만 정말로 그 외의 표현은 떠오르질 않았다. 조금 놀란 안 비서의 표정에 인 우가 처음으로 웃었다.

"이건 그냥 송해인이 떠올라서."

그 순간 인우의 모습이야말로 그곳에 있는 어느 보석보다도 은은하게 빛 났다. 작은 반지에 손을 내밀며 설핏 짓는 그의 웃음이 전혀 취향이 아니던 여자까지 두근거리게 하기에 충분했다.

이럴 거면 난 왜 데려오셨을까. 아쉽거나 허탈한 마음조차 품지 못했다. 정말로 그조차도 우연히 발견한 듯 수많은 보석들 중 이끌리듯 다가섰다. 보석이 아닌 사람을 찾아내는 것처럼, 모든 것이 지극히 자연스러웠다.

"왜? 할 말 있어?"

"아······ 전무님."

창밖으로만 향해 있던 인우의 고개가 이쪽으로 향했다. 안 비서는 바라보던 벨벳 상자에서 고개를 떼며 조금은 친근한 웃음을 지어 보였다.

"전 그냥 반지가 너무······."

"왜. 어차피 평상복은 늘 입는 거고, 사회초년생이니 정장도 입을 테고, 한 번씩 드레스 입을 일도 있을 텐데 뭐가 문제지?"

"······."

원래 이리 뻔뻔하신 분이셨을까. 안 비서는 입매를 억지로 굳히며 다시 '쌓여 있는 상자들'을 바라보았다. 그래도 그렇지, 설마 이걸 전부 다 사실 줄이야. 사실 오늘 쇼핑의 가장 놀라웠던 점이라면 역시 '그건 그거고 이건 이거'라는 인우의 쇼핑 철학이다.

"사모님께서 깜짝 놀라시겠어요. 이걸 다 선물로 받으시다니."

"······글쎄."

"네? 왜요? 그래도 선물은 역시 놀래주는 재미가 있어야죠."

"······처음 만날 때부터 놀라기만 했거든."

다시 창밖을 바라보며 인우가 다리를 교차시켰다. 한 팔로 받친 턱 아래 차창으로 오직 서로만이 알 만한 감정들이 비쳐났다.

"아니. 대놓고 놀라지도 못했지."

그렇게 마음 편한 삶이 아니었다. 놀란 것을 놀랐다 표현조차 마음껏 할 수 없는 환경에서도 해인은 잘 웃고 상냥했다. 조심스럽지만 무엇이든 해 보려 노력했고, 겁을 먹으면서도 먼저 손을 내밀었다. 교수님이야 그런 딸의 모습이 마냥 대견하다 하시겠지만 제게는 아니었다.

이른 나이에 결혼을 하고, 다시 혼자가 되고. 그중 무엇도 해인이 먼저 원한 것은 없었다. 아직도 저를 보며 깜짝 놀라 눈을 깜빡이던 모습이 선한데, 그런 그녀가 냉혹한 세상에서 홀로 서야 했던 모든 일들이 칼로 베는 듯 가

슴 아팠다. 억지로 씩씩한 척 웃거나 애써 별것 아닌 양 어깨를 으쓱할 때
마다 한동안 마음이 먹먹한 날들이 늘어갔다.

"그럼 전무님께선 사모님이 선물 받고 어쩌면 좋으실 것 같으세요?"

"난…… 별로라고."

"……네?"

"이런 거 별로라고, 마음에 안 드니 바꿔 오라고, 다른 것도 더 사오라
고…… 그래주면 좋겠어."

긴 손가락 새로 시답잖은 농담 같은 쓴웃음이 흘렀지만 결코 거짓이라고
할 수 없었다. 그리 공들여 반지를 골라놓고선 정작 그가 바라는 건 해인의
활짝 웃는 모습이 아니었다.

부디 해인이 가슴속에 있는 그대로의 말을 제게 해주기를, 아니, 제게만
해주기를. 그런 날이 오기만 한다면 얼마든지 참고 기다릴 생각이었다. 다
만 그날이 두 사람이 온전한 의미로 함께하는 첫날이기를 바랄 뿐이다.

"당분간은 비밀로 해줘."

"오늘 바로 드리는 게 아닌가요?"

"이번엔 제대로 하고 싶어서."

반지 하나 없이 서너 걸음 떨어져 구청 앞을 서성이며, 그렇게 시작했다.
제가 먼저 서류를 적을 때에도, 또 그녀에게 건네줄 때에도 따스한 말 한마
디 해주지 못했다. 그땐 제게도 어색한 일이었다 스스로에게 변명해보았지
만 해인은 고작 열아홉이었다.

"……네, 잘할 거예요. 저 할 수 있어요."

덜덜 떨면서 펜을 잡고도 말은 그렇게 씩씩할 수가 없었다. 제 눈이 어디
로 향하는지를 알았는지 해인은 떨리는 손을 다른 손으로 덮었다. 그제야

해인이 정말로 긴장하면 어떤 버릇이 있는지 처음 알았다.

그다음, 또 다음을 알고 싶다 느꼈을 땐 이미 둘 사이에 많은 일이 벌어졌다. 그때만 해도 둘 사이의 유일한 끈이던 교수님께서는 돌아가셨고 자신은 영국으로 떠났다. 그렇게 많은 시간이 흘러서야 다시 마주한 해인을 보며 그때 더 알아두지 않기를 다행이라 여겼다.

"……."

그 미소 한 번, 그 발그스레한 뺨에 제멋대로 휘둘리게 될 줄 알았다면, 그 마음으로 비행기나 제대로 탈 수 있었을지. 그건 지금도 마찬가지다.

"주말엔 바로 중국으로 가야 하니까. 안 그래도 생각만 넘치게 많은 애한테 반지 하나 주고 혼자 남겨두면 또 무슨 생각 할지 누가 알고."

"아……."

"일이 끝나야 당분간이라도 함께 있을 여유가 생기겠지."

"그렇군요. 네, 꼭 비밀 지키겠습니다."

안 비서는 연이어 고개를 끄덕이며 비밀을 맹세했다. 겨우 몇 마디 대화로 속을 짐작하기는 힘든 남자였다. 하지만 꽉 닫혀 속이 보이지 않는 그에게 유일하게 열려 있는 틈, 거기에 바로 해인이 있다는 것만은 알았다.

"그럼 반지도 괜히 서둘렀네요. 조금 더 천천히 시간을 두고 골라도 됐을 텐데."

"아니."

이거라도 있어야지 내가 버티지. 인우가 닿을 듯 말 듯 보랏빛 벨벳에다 손가락을 내렸다. 해인의 뺨을 만지는 듯 부드럽게 일렁이는 솜털에 굳어 있던 입가가 지그시 올라갔다. 우습지만 이런 거라도 있어줘야 얼마 남지 않은 며칠을 버틸 만했다. 한 번씩 갈증이 나 미칠 것 같은 순간, 그녀 대신 바라볼 무언가가 필요했으니까.

"곧 도착인데 사무실로 올라가시겠습니까? 자료만 챙겨 집에 가서 보시는 게 편하실 텐데."

"아니. 일하기는 여기가 나아."

"네. 얼른 연락해 전용 엘리베이터 대기시키겠습니다."

어느덧 불이 환한 빌딩가에 진입하자마자 안 비서는 직업병처럼 제 업무를 살폈다. 회장님을 오래 모셔서인지 그와 꼭 닮은 인우의 일정을 살피는 것 역시 꽤나 능숙했다. 차가 멈추자마자 그에 앞서 보안팀과의 교신에 들어갔다.

"네, 전무님 도착하셨습니다. 사무실로 바로 올라가실 테니…… 네?"

통화를 하다 말고 안 비서가 인우를 흘긋 올려다보았다. 그가 버릇처럼 눈을 찡그리자 안 비서는 얼른 아무것도 아니라는 듯 황급히 고개를 흔들었다.

"아니. 그런 일이 있으면 미리미리 연락을 하셨어야지 도대체……."

"저기, 저기 오잖아요!"

전화를 채 끊기도 전에 출구 앞에 있던 누군가가 그에게 냉큼 다가왔다. 사십 대 후반쯤 되었을까, 누가 봐도 미인이었지만 선한 인상은 아니었다. 여자가 인우를 기다린 듯 앞을 가로막자 안 비서는 당장 보안실 직원에게 호통을 쳤다.

"이게 뭔가요. 이런 상황 하나 빨리 정리도 못 하고. 이분이 누구시라고……."

"죄송합니다. 막무가내로 찾아오셔서 전무님을 뵙겠다고 하시는지라, 그렇다고 누군지도 모르는데 연락드리기도 송구스러워서…… 얼른 나오십시오. 이러시면 곤란하다니까요."

"이거 놓으라니까요! 저 이분 잘 아니까!"

중년의 여자가 하얀 입김을 내뱉으며 보안직원의 팔을 뿌리쳤다. 어떻다 말도 없이 그 자리에 선 인우를 가만히 올려다보며 웃었다.

414

"아니, 어디 알다 뿐이겠어요?"

"……."

"전무님, 정말로……."

여자의 알 수 없는 웃음에 안 비서 역시 인우를 올려다보았다. 확실히 부인하는 말은 없었지만 여자를 보는 그의 표정이 살얼음처럼 서걱거렸다. 자신만만한 여자를 언제까지나 두고 볼 수만은 없는지라 안 비서는 다시 한번 그를 불렀다.

"전무님, 혹시 제가 도와드릴 일이……."

"손님 위로 모셔. 바로 보안팀 단속시키고 안 비서는 사무실 앞에서 대기해."

"……네?"

그럼 정말로……. 안 비서의 당혹스런 시선에 여자는 그럴 줄 알았다는 듯 고개를 빳빳이 들었다. 변함없이 무표정한 인우가 그제야 의례적으로 고개를 까딱이는 모습에서 묘한 긴장이 넘쳤다.

고개를 든 인우가 먼저 걸음을 옮기자 여자는 당연하다는 듯 그 뒤를 따랐다. 몇 발 앞서던 인우는 문득 멍하니 그 자리에 남은 안 비서를 돌아보았다.

"그리고 아까 부탁한 거……."

"네?"

갑작스러운 손님의 존재에 당황한 안 비서가 눈을 크게 떴다. 자세한 설명은 없었지만 그가 오늘 제게 부탁한 것이라면 하나뿐이다.

"……그거 다시 한 번 부탁할게."

● ✦ ●

"설마설마했는데, 진짜 그쪽이 태원 그룹 손자였다니, 하아. 무슨 이런 일이."

"앉으시죠."

소파로 간 인우가 사무실 안을 둘러보는 여자를 불렀다. 속을 알 수 없는 그의 검은 눈을 묘한 표정으로 바라보던 그녀가 이내 피식 웃으며 다가왔다.

"그래도 걱정하진 마요. 혹시 몰라 밑에선 별말 안 했으니까."

"상관없습니다."

"없긴. 이런 자리가 어디 보통 자리인가요? 구설수는 조심하는 게 좋지."

알 건 다 안다는 웃음으로 그녀가 인우를 훑어보았다. 입성은 달라졌을 지언정 6년 전이건 지금이건 변함없는 저 외모는 헷갈리기도 힘들다. 다만 그때의 그 남자를 태원 그룹 후계자로 연결시키기까지가 오래 걸렸을 뿐이다.

"해인이 걔는 이런 일이 있으면 재깍재깍 말이라도 해줬어야지. 우리가 남도 아니고 끝까지 시치미야."

"……해인이 만나셨습니까?"

중년의 부인을 마주하고 처음으로 인우의 눈빛이 달라졌다. 하지만 그녀는 그마저도 만족스러운지 슬며시 눈가를 접었다.

"당연하죠. 내 딸인데."

"……."

"그러고 보니 강 전무님은 제 사위라고 해야 하나, 이것 참 어색하지 않나요?"

우습지도 않은 농담을 던진 그녀가 입을 가렸다. 전에 없던 나긋한 말투부터가 이미 모든 계산을 마친 듯 보였다.

"6년 전 일로 아직도 마음이 상해 있다면 이해해요. 나야 어디까지나 딸

가진 엄마 입장이니 그런 결혼을 누가 그렇게 쉽게 받아들일 수 있겠어요?
조금 모질다 생각했겠지만……."

"개의치 않았습니다. 지금도 마찬가지고요."

"아……."

인우의 고저 없이 평이한 음색에 그녀가 주춤했다. 돈이 벼슬이라고, 약
간은 아니꼽기도 했지만 아쉬운 사람이 접고 들어갈 수밖에 없다.

"어쨌든 그때 나는 이런 사람이다 말을 하지 그랬어요. 그럼 괜한 오해
는 안 했을 텐데."

"저를 찾아오실 때마다 말씀드린 걸로 압니다. 생각하시는 그런 일 없다
고요."

"호호."

어쩔 수 없이 떠오르는 옛일에 그녀의 웃음이 조금은 민망해졌다. 몇 번
이고 인우를 찾아가 퍼부었던 악다구니들이 마냥 모른 척하기에는 거세긴
했다.

"솔직히 강 전무도 생각을 해봐요. 해인이가 만 열여덟 되자마자 애 결혼
한다고 동의서에 사인하라 그러더니만, 몇 달 후 애 아빠가 죽었으니 내가
어떻게 생각하겠어. 유산 보고 애 꼬드겼다 오해할 만하지 않겠어?"

돈을 빌리러 찾아가도 안 만나주던 전남편이, 어느 날 본인의 오랜 지인
서 변호사를 보냈다. 해인이가 결혼한다고, 아직 미성년자이니 부모 모두
의 동의가 모두 필요한지라 동의서에 사인해달라고, 그것만 해주면 얼마
쯤 돈을 융통해주겠다고.

돈 준단 소리에 이것저것 생각할 것 없이 신분증 사본이고 도장이고 다
내줬는데, 그 작자가 죽을 날 받아놓고 수작을 부린 걸 줄이야. 그렇게나
코빼기도 안 비치던 것도 아픈 걸 들킬까 수 쓴 거였다.

"저를 보고는 그러실 수 있겠죠. 하지만 해인이가 그런 오해를 살 만한

딸은 아니었을 텐데요."

"어, 어머. 내 말은 그런 뜻이 아니라."

뭐 이리 깐깐해. 그녀가 마른침을 삼키더니 아픈 듯한 웃음을 지었다. 억지로 감정을 억누르고 있다는 것이 선연한 여자의 표정에도 인우의 눈가는 서늘하기만 했다.

"그래서, 이번에는 해인이에게 또 뭐라고 하셨습니까?"

"말을 왜 그렇게 해요. 내가 애 엄만데, 무슨 해를 끼칠 것처럼. 그리고 어른이 먼저 나서서 서로 좋게좋게 지내보자는 건데 그렇게 날부터 세울 필요가 있나요?"

"……."

"그리고 말이 나와 말인데, 서로 연락하고 지내면 좋지. 남도 아니고 남동생이고 여동생인데."

드디어 본론에 들어선 그녀가 슬쩍 인우의 눈치를 보았다. 어색한 웃음 또한 짙어졌다.

"해인이 걔한테도 얘기는 했는데 애가 어릴 때부터 영 꽁해서 말이야. 그래도 동생이 저 하나 보자고 찾아갔는데, 어휴. 걔는 그 많은 복 다 가졌으면 마음을 좀 넓게 쓸 줄 알아야지. 안 그래요?"

"……."

"물론 아직 철이 없어 그런 걸 엄마인 내가 이해해야지, 어쩌겠어요? 내가 바라는 건 딴 거 없고 그냥 해인이가 제 동생이나 좀 챙겨줬으면 하는데. 물론 이왕이면 세준이 아빠 다시 일어서는 것도 좀 도와주면 좋겠지만…… 그런 건 뭐 차근차근 하나씩 풀어가면 될 일이고."

피식. 인우의 뜻 모를 웃음에 은근슬쩍 자신의 소망을 모두 꺼내놓은 그녀가 입을 가리며 따라 웃었다.

"하긴 다른 곳도 아니고 태원 그룹 전무님께는 우스운 일이죠. 그깟 거 뭐 대단하다고. 어쨌든 우리는 뭐 크게 바라는 거 없으니까."

"……해인이 어머님."

"아니, 그냥 일단은 세린이 대학 가는 것만 신경 써줬으면 해서. 알아보니까 기업 후원인가 특기생인가 그런 것도 있다고 하고. 애가 예체능이라 그런 쪽으로 조금만 밀어줘도 잘될 게 딱 보이거든요. 아직은 어려서 손이 좀 많이 가다 보니……."

"그 어린 나이에 해인이는 저와 결혼까지 했습니다."

툭. 팔걸이에 손을 얹은 인우가 선득한 눈을 들었다. 입가에는 웃음기의 여운이 어둡게 내리깔려 있다.

"조금만 밀어줘도 잘될 귀한 따님은 보이시는 분께서, 교복 입고 저와 결혼까지 해야 했던 해인이는 안 보이셨나 봅니다."

"어…… 그래서 내가 강 전무한텐 미안하단 얘기도 했고……."

"해인이 어머님, 아니, 한선영 씨."

"……."

타들어갈 듯한 검은 눈동자가 이제는 켜켜이 재만 남은 듯 버석거렸다.

"미안하다는 말은 제가 아니라 해인이한테 하셨어야지요."

"……."

"최소한 저와 대화라는 걸 하고 싶으셨다면, 이 사무실을 둘러볼 게 아니라 해인이가 어찌 지내는지라도 먼저 물어보셔야 하지 않겠습니까."

탓하는 투도 아니었다. 하지만 일말의 기대조차 섞이지 않은 낮디낮은 목소리가 더욱더 듣는 이를 진저리치게 했다.

"그, 그렇게 감정적으로 굴지 말고. 아니, 그래서 이게 명색이 장모 되는 사람한테 할 말이에요?"

결국 다급함을 이기지 못한 그녀가 버럭 내뱉으며 턱에 힘을 주었다. 그녀의 기준으로 생각하자면 일이 어그러져 곤란한 사람은 저뿐이 아니다.

"그래, 까놓고 말해서 강 전무도 옛날이야기 나와서 곤란하지 않겠어요?"

"그게 무슨 말씀이십니까."

"알 거 다 아는 사람들끼리 왜 이래요. 지금 위치 생각하면 구설수 나서 뭐가 좋다고. 그리고 그때 우리 해인이 아직 미성년자였는데, 요새 사람들 그런 문제 얼마나 예민해. 뭐든 조심하는 게 좋다는 거죠."

물론 가장 조심해야 할 사람이 누구인지 알려주는 것도 잊지 않았다. 저렇게 아무렇지 않은 척해봤자 어디 속까지 그러려고. 빤하다며 웃음 띤 그녀가 자리에서 일어나려는 인우에게 손사래를 쳤다.

"흥분하지 말고 잘 생각해보라고. 해인이가 이제라도 든든한 친정 생기면 좀 좋아요?"

"……정말 해인이를 생각해서 하시는 말씀이라는 겁니까?"

"그럼. 당연한 거 아니에요?"

이제야 말이 좀 통하네. 그녀는 젊은 사위에게 더없이 상냥해졌다. 비록 자신을 내려다보는 싸늘한 눈에 한기가 들긴 해도 이미 돈맛을 제대로 본 그가 제 뜻을 모를 리 없다.

"그러니 앉아봐요. 제대로 이야기 좀 해보게."

"이거 놓으라고! 내가 누군지 몰라?"

"……나가주십시오. 전무님 명이십니다."

"이보세요!"

쩌렁쩌렁한 그녀의 고성이 다시 입구를 울렸다. 도대체 자신에게 일어난 일을 믿을 수 없다는 듯 밤거리에서 허연 입김을 뿜어댔다.

"나 해인이 엄마라고. 그쪽은 해인이 누군지 몰라요?"

"이러지 마십시오. 이럴수록 사모님만 곤란해지십니다."

그녀를 막는 안 비서의 태도는 시종일관 단호했다. 강 회장과 인우만 아니라면 애초에 이 회사 어디서든 꿀릴 위치도 아니다.

"그래도 사모님의 혈연이시니 제가 나서서 모시는 겁니다. 원하신다면 차로 댁까지 모셔다드리겠습니다."

"누구 놀려요? 그딴 거 필요 없다구요!"

"그러시다면 조심히 가십시오. 그럼."

"……하!"

최대한 공손하게 선을 긋는 안 비서를 보며 해인의 엄마는 헛웃음을 터트렸다. 어떻게 하나같이 그 모양들인지. 조금 전 인우에게서 들었던 말을 생각하면 치가 떨려 절로 고개가 흔들렸다.

"……안타깝군요. 아직도 모르시겠습니까?"

"뭘 말인가요? 우리 해인이 생각해서라도…….."

"저와 대화라는 걸 하시려면 해인이 이름 함부로 팔지 마시라 말씀을 드렸을 텐데."

"……."

"차라리 처음부터 한 푼만 도와달라 매달렸으면 조금은 솔직해 보였을 겁니다."

말 한마디 제대로 꺼내기도 전에 인우의 기세에 짓눌렸고, 그러다 보니 등을 떠밀리는 중이었다. 그 눈빛이 얼마나 살벌한지 입이 딱 달라붙은 채로 있다 정신을 차렸는데 이미 밖까지 몰려나 있었다.

황당해 씩씩대던 그녀가 휴대전화를 꺼내 들었다.

"여보세요? 응. 나야!"

신경질적인 음성에 뒤늦은 분노와 서러움이 가득했다.

"말이 통하긴 뭐가 통해? 아주 하나도 변한 게 없더라니까? 어른 말을 들을 줄도 모르고 그저 혼자 잘나서는 날 내쫓더라니까."

수화기에 분을 풀듯 그녀가 입술을 짓씹었다. 안에서 억눌려 하지 못했던 말을 모조리 풀어내려는지 남편을 잡고 늘어졌다.

"당신 사업? 여태 내 말 뭘로 들었어? 정작 우리 세린이 이야기도 제대로 못 꺼냈는데 내가 그 말 할 새가 있었겠어? 정말 눈 하나 깜짝하지 않고 사람을…… 뭐, 뭐예요?"

흥분해 돌아서던 그녀가 불쑥 제 앞에 나타난 사람을 보고 놀라 뒷걸음질을 쳤다. 태원 본사 앞에서 전무를 욕했으니 걸리는 게 아주 없지도 않다. 본능적으로 몸을 사리며 휴대전화를 꼭 움켜쥐었다.

"아니. 누구길래 사람 전화하는데 그렇게 멋대로……."

"방금 안에서 나오셨지요?"

그녀가 화를 내건 말건 처음 보는 남자는 친절하기 그지없었다. 처음 이곳에 왔을 때 그녀가 인우에게 기대했던 비굴한 웃음이 정작 거기에 있었다.

"귀한 손님께서 어찌 그리 화가 나셨는지 듣고 싶어 하시는 분이 계셔서요."

발뒤꿈치를 들어 찻잔을 꺼낸 해인은 그 자리에서 멈칫했다. 예쁜 나비잔이 처음 볼 때처럼 화사했지만 어쩐지 그것만으로는 허전했다. 망설이던 그녀는 다시 발꿈치를 들어 남은 하나를 마저 꺼냈다.

"……."

짝을 이룬 찻잔은 더 부족할 것 없이 완벽해졌다. 더는 외로워 보이지도, 마음이 쓰이지도 않았다. 그런데도 그녀의 소리 없는 웃음은 어딘가 힘이 빠진 듯 희미했다.

"아……."

뒤에서 느껴지는 기척에 해인의 표정이 달라졌다. 언제 우울했냐는 듯 돌아보는 눈웃음이 상큼하게 밝았다.

"오빠, 오셨어요?"

발소리만 들어도 누군지 알았지만 직접 보니 더욱 반갑다. 현관으로 들어선 인우의 얼굴이 머플러에 가려 잘 비치질 않았다.

해인은 잔부터 제자리에 두기 위해 살짝 뒤꿈치를 들다 말고 숨을 흡 들이켰다.

"오, 오빠!"

"후우. 넌 어떻게."

뒤에서 허리를 껴안은 인우가 해인의 머리에다 뺨을 눌렀다. 눈을 감은 채 내뱉는 숨소리가 그리 평안하지는 않았다. 놀란 그녀가 돌아보려 했지만 그럴수록 허리를 감싼 팔만 더욱더 빈틈없이 조여들었다.

"왜 그러세요? 무슨 일 있으셨어요?"

"넌?"

"저요? 저는……."

해인은 제 머리 위에서 울리는 그의 음성이 낯설어 얼굴을 붉혔다. 어디도 거치지 않고 머릿속을 곧바로 들여다보는 듯한 인우의 낮은 목소리에 그녀는 몸을 비틀듯이 하며 돌아섰다. 손에 든 두 개의 잔이 뒤늦게 부끄러워서 중얼중얼 변명이 길어졌다.

"아, 이거요? 그냥 좀 구경하려고. 그러다 보면 오빠 올 수도 있으니까……."

해인의 신음이 인우의 입술로 전해졌다. 허리와 목덜미를 감싸듯 받친 채로 해인의 고개가 깊이 꺾였다. 이러지 않고는 견딜 수 없다는 듯 파고드는 그의 움직임이 꽤나 간절했다.

"……으응."

그와의 키스가 처음은 아니지만 익숙해진 건 더더욱 아니다. 오히려 그가 얼마나 뜨거운지 직접 겪은 후라 마음이 들뜨는 것도 금방이다. 특히나 부산에서의 첫 밤 이후 서운할 만큼 거리를 두어온 인우였으니 갑작스러운 키스가 당황스럽기만 했다.

"……오빠, 정말로 무슨 일 있으세요?"

"나 중국 가."

"……네?"

차분하게 그에게 이유를 물어보려던 해인의 눈이 큼지막해졌다. 갑작스러운 키스라면 또 몰라도 갑작스러운 소식이 반가울 리 없다. 그건 싫은데.

투명하다시피 솔직한 눈동자에 인우의 입술이 다가왔다.

"……같이 갈까?"

"네? 어, 얼마나요?"

"나흘, 길면 닷새."

"아…… 뭐예요."

난 또. 긴장이 끝까지 차올랐던 그녀가 가슴을 축 내리며 웃었다. 뺨에 파인 보조개가 얼마나 안도했는지, 또 그를 얼마나 깊이 마음에 두었는지 숨김없이 드러냈다.

"괜찮아요. 일하러 가는데 제가 따라가서 어떡해요."

"그래도……."

"아니에요. 저 학교 다니는 것도 얼마 안 남아서 할 일이 많아 그래요."

씩씩한 말과 달리 잔을 든 양손이 아직도 떨리고 있다. 그를 모를 리 없는 인우가 다시 꼭 해인을 끌어안았다. 제 방으로 향하는 걸음걸이가 워낙 자연스러워 해인으로서도 어딘가에 홀린 기분이었다. 난데없이 비명을 지를 수도, 앙탈을 부릴 수도 없다. 그냥 그러면 안 될 것 같은 기분이었다.

"오, 오빠. 제 방 저긴데."

"그럼 네 방에서 자?"

"……."

그나마 자연스럽던 시도도 지나치게 직설적인 인우로 인해 무산되었다. 아뇨. 그냥 오빠 방이 낫겠네요. 횡설수설하는 말이 인우의 품 안에서 하릴없이 흩어졌다. 그럼에도 인우의 침대에 등을 대자마자 그의 방을 둘러보는 눈에는 호기심이 가득했다.

"저 오빠 방 처음 보는 거 있죠? 제 책상은 하얀색인데 오빠 건……."

"그만. 넌 시간 많잖아."

이미 겉옷을 벗어 던진 인우가 입술로 해인의 귓불을 질근거렸다. 아앗. 안으로 삼키는 해인의 신음에 그녀를 안으려는 손길이 다급해졌다.

"넌 나중에 혼자 있을 때 얼마든지……."

"아뇨. 저도 시간 없어요."

벌써부터 벅찬 숨이 힘겨운 듯 눈을 감았던 해인이 고개를 흔들었다. 흩날리는 머리칼의 움직임에 인우의 눈길이 멎자 그녀가 천천히 그의 뺨을 감쌌다.

"저도 되게 바쁘단 말이에요. 저도 오빠 가기 전에 많이 봐두려면……."

"……널 진짜."

어쩌면 좋을까. 찡그린 미간에 마지막 인내도 동이 났다. 또박또박 비장해서 더욱 웃음이 넘치는 해인에게 쏟아진 숨결이 딱 그녀가 알던 만큼 뜨거워졌다. 아니, 그 이상일까. 항상 더는 없다 생각하던 그의 열정이 아낌없이 온몸으로 쏟아졌다.

언제고 익숙해질 날이 오기는 할까. 해인이 몽롱해진 정신을 붙잡으려 손을 내밀었지만 그마저도 인우의 한 손에 단단히 눌려버렸다.

아픈지 아닌지 그것조차 구분할 수 없었다. 저를 내려다보는 인우의 눈이 더욱 아픈 듯 붉게 번졌다. 그렇게 서로의 시리고 빈 곳을 찾아가며, 처음 같은 두 번째 밤이 시작되었다.

● ◆ ●

"······진짜 안 가?"

날이 밝자마자 처음 들은 그의 목소리에 해인은 그만 웃음을 터트렸다. 간밤을 생각하면 그런 웃음이 날 리가 없는데, 오히려 살아 있음을 감사해야 할 지경인데, 왜 반쯤 잠긴 인우의 음성이 불만스럽게 들리는지 모를 일이었다.

"농담 아니야. 진짜 안 갈 거냐고."

"오빠, 저 어린애 아니거든요?"

"······."

"출장 가는 데 따라가면 사람들이 욕할지도 몰라요. 안 그래도 우리 부산에서도 만났는걸요. 아는 사람은 알지도 모르는 건데."

먼저 몸을 일으킨 해인이 옷을 주워 몸을 가렸다. 이왕이면 조금 더 누웠다 천천히 일어나고 싶었지만 직감인지 본능인지, 제가 먼저 일어나지 않으면 인우가 언제 준비를 할지 모른다.

'나도 참, 이걸 이제야 알게 되다니.'

남자의 본능이란 것이 조금은 벅찼다. 이 남자에겐 해가 밝아야 밤이 끝나는 것이 아니라 제가 곁에 없어야 진짜 아침이 오는 듯했다.

"나흘, 아니, 사흘 안에 끝내볼게. 아니면 그때라도 네가……."

"……오빠, 정말 무슨 일 있으셨어요?"

최대한 옷부터 빨리 입으려던 해인이 살짝 인우의 곁에 걸터앉았다. 그의 감정처럼 날이 밝아야 제대로 보이는 것들도 있었다.

"왜 그렇게 생각하는데?"

"어제도 그렇고, 오빠가 좀…… 뭐랄까."

조금 불안해 보인다는 말을 하려던 해인은 고개를 저으며 웃었다. 오빠가 그럴 리가 없는데. 그 타오르는 어젯밤도 잘 버텨놓고 지금 와서 부끄럽고 싶지는 않았다.

"……아니에요. 얼른 준비하세요."

"해인아."

일어나려던 그녀의 손목을 인우가 잡아당겼다. 그 역시 따로 할 말이 있는 듯 목울대가 힘겹게 움찔거렸다.

왜요? 어색한 웃음을 짓는 해인의 입가에 한 팔로 받친 인우의 상반신이 꿈틀거렸다.

"나 다녀와서 너한테 할 말 있어."

"정말요?"

사르르 녹는 듯한 웃음에도 그새 몸을 일으킨 인우는 힘겨운 듯 이마를 받쳤다. 다른 이들처럼 그게 뭐냐 한마디 투정조차 없는 해인이 그로서는 늘 힘겨웠다. 그래서 두고 가는 이 마음의 보폭 역시 갈수록 넓어졌다.

여기서 더 깨질 착각이 남기는 했나. 그녀를 안고 나면 조금은 진정될 거라 생각했던 자신이 우스워졌다. 저도 모르는 제 마음이 해인을 볼 때마다 늘 울컥했다.

"……오빠?"

"갔다 와서 내가 무슨 말을 하든……."

의아하게 인우를 바라보던 해인이 천천히 고개를 끄덕였다. 무슨 말이든 귀담아들으려는 눈동자에도 타고난 배려가 가득했다.

"놀라지 말라구요? 그럼요. 저 막 놀라지 않아요."

"……음."

드디어 인우가 웃음을 머금었다. 도무지 웃지 않고는 배길 수 없는 것처럼 잔잔한 웃음을 흘리며 머리를 괴었다. 그의 알 수 없는 표정에 해인의 호기심만 더해졌다.

"그럼 깜짝 놀랄까요?"

"아니."

"……왜 자꾸 웃으세요? 그럼 저도 오빠가 다녀와서 무슨 말 하든 똑같이 웃어버릴 건데."

토라졌는데도 그녀답게 눌러 담는 표정이 그를 끝까지 웃게 했다. 약간은 약이 오른 듯 해인이 입술을 달싹거렸다.

"정말이에요. 이러다 제가 막 울거나 화내버리면 어쩌시려구요?"

"그럼 그렇게 해. 네가 원하는 대로."

"……."

"그러고 나선……."

지나치게 간결한 대답과 함께 어느새 인우가 몸을 일으켰다. 순식간에 일어난 일에 눈을 깜빡이는 그녀의 어깨로 인우의 속삭임이 이어졌다.

"……부탁인데, 알았다고 해줘."

- 사모님, 저희가 모셔다드리려고 했는데.

"아니에요. 저 원래도 혼자 잘 다녔어요."

오랜만에 버스를 탄 해인은 몇 번이고 안 비서를 안심시켰다. 이런 관심이 어색하다가도 인우가 떠나고 나서 저를 더 신경 쓴다는 것을 알아서인지 그저 고마운 마음이 컸다.

"정말로 걱정 안 하셔도 돼요. 요새 한창 채용설명회 나오는 기간이라 가서 알아볼 것들도 있구요."

― 그래도 전무님께서 안 계셔서…….

"일하러 간 건데요, 뭐. 오빠도 그렇게 일 열심히 하는데 저도 뭐라도 해야죠. 하나라도 더 알아보면 도움이 될 거 같아요."

말을 하면서도 어쩐지 조금 부끄러워졌다. 안 비서님이야말로 커리어 우먼인데. 취업준비생인 자신의 포부가 얼마나 우습게 들릴까 싶었지만 그렇다고 가만있을 수는 없는 노릇이다. 누군가를 만날 때 무조건 움츠리지 않는 것도 인우와 함께 지내며 생긴 그녀의 가장 큰 변화 중 하나였다.

― 그럼 어딜 가시거나 곤란한 일이 생기시면 꼭 연락 주셔야 해요.

"네, 걱정 마세요. 참, 그리고 저 배터리가 없어서 집에 가야 연락될 수도 있어요. 집에 가면 바로……."

몇 번이고 안심을 시키는데 배터리가 다 닳아 휴대전화가 꺼져버렸다. 이런 적 없었는데. 나름대로 평소처럼 지낸다고 했는데도 고작 인우가 떠난 지 하루 만에 빈틈이 생겨버렸다.

"……."

허탈한 와중에 들고 있는 휴대전화로 눈이 갔다. 아직도 따끈한 게 누군가의 목소리가 생각났지만 그 사람은 한창 바쁘게 보내고 있을 것이다.

'아니야. 이 정도는 참아야지.'

취업이라면 몰라도 고작 나흘인데, 눈 딱 감고 버텨야 한다. 혼자 살아온 시간이 다 일날라고, 이런 걸 결심까지 하는 스스로가 낯설기도 했다.

오랜만에 타는 버스가 모퉁이를 돌 때마다 텅 빈 가슴이 덜컹거렸다. 좌

석마다 휴대전화에 얼굴을 파묻은 이들을 보며 그녀는 아쉬운 한숨을 삼켰다. 굳이 배터리 문제가 아니더라도 제가 진짜 보고 싶고 듣고 싶은 소식이 이런 작은 기계 안에 있을 리 만무했다. 그러기에는 그 남자의 존재가 너무 크지 않나. 거기다 당장 학교에서 유진을 만날 생각을 하니 뭐든 눈에 들어올 리가 없다.

'어떡하지?'

주말 내내 전화를 해도 받지 않는 걸 보면 아직도 화가 풀리지 않은 모양이다. 하지만 인우는 유진의 화를 풀자고 그리 쉽게 입에 담을 만한 상대가 아니었다. 제게 인우는 여전히…….

"아."

멀리 학교가 보이자 해인은 얼른 가방을 들었다. 일단 가서 부딪쳐봐야지. 어디까지 이야기를 할 수 있을지는 모르겠지만 화가 난 유진을 모른 체할 수는 없었다. 유진이 이제껏 저를 모른 체한 적이 없었으니 저로서도 당연한 일이다.

"……아아, 죄송합니다."

"아니, 괜찮아요. 어?"

버스에서 내리며 부딪쳤던 여학생 하나가 자신을 물끄러미 바라보았다. 같은 학교 학생이겠지만 그런 것 치고는 꽤 유심히 자신을 살폈다. 민망해진 해인은 모른 척 마주 웃고는 단과대를 향해 바삐 걸음을 놓렸다.

'화를 내도 어쩔 수 없잖아. 풀릴 때까지 옆에서…….'

아무리 생각해도 제가 할 수 있는 일은 그것뿐이라 가슴이 더욱 답답해졌다. 처음부터 자신이 조심했어야 하는데, 정말이지 그 순간엔 참을 수가 없었다. 내가 그렇게 충동적이었을 줄이야.

그러나 다시 그날로 돌아간대도 그러지 않았으리라는 보장이 없다.

"휴우."

생각할수록 한숨이 나오는 결론에 해인은 억지로 입매를 정돈했다. 미리 처질 필요는 없잖아. 인우에게 보란 듯이 잘 지내겠다 약속했으니 지지 않고 고개를 들었다.

"……."

뭘까. 이곳까지 걸어오며 저를 보는 시선들이 많다 싶은 건 그냥 제 착각일 거라 생각했다. 워낙 마음이 심란하니 그렇게 느껴지는 거겠지. 그래. 그것 말고 뭐가 더 있으려고.

"……."

하지만 계단에서 저를 보자마자 대번에 귓속말로 수군수군하는 학생은 어찌 설명해야 할지 모르겠다. 심지어 한둘도 아니다. 서서히 전염되듯 저를 향해 주춤대는 시선들이 늘어났다. 억지로 어깨를 바로 세워봤지만 저를 스쳐가는 수군거림은 모른 척하기 힘들 만큼 커졌다.

"저 사람 맞지? 확실하지?"

"웬일이야. 우리 학교라더니 정말인가 봐."

구태여 뒤를 돌아보고 확인하지 않아도 제 뒤엔 다른 이가 없었다. 벌써부터 손에 고인 땀을 닦아낸 해인은 무조건 앞을 향했다. 쿵쿵. 무섭도록 거세게 뛰는 심장으론 달리 할 수 있는 것도 없다.

"죄송합니다. 잠시만요."

입구를 메우고 선 이들을 겨우 뚫고 지나치자 기다렸다는 듯 더욱더 거침없는 시선들이 따라붙었다. 숨기듯 흘끗 넘겨다보는 정도가 아니라 다들 경쟁적으로 고개를 쳐들었다.

"맞네. 진짜야! 사진이랑 똑같네!"

웅성거림에 귀가 먹먹해진 해인은 가방을 꼭 붙들고 복도를 걸어갔다. 이딜 얼마만큼 가야 하는지. 걸음걸음마다 심장이 내려앉았다. 겨우 익숙한 강의실에 도착하고 나서야 떨리는 손으로 문을 밀었지만 제게 달려드는 친구들을 보자마자 다리에 힘이 풀려버렸다.

"왜 전화를 안 받았어요. 우리가 얼마나…… 해인 언니!"

"……하아."

문틀에 기대선 해인의 가슴이 격하게 오르내렸다. 놀란 연주가 팔을 붙잡았지만 그녀조차도 말을 잇지 못하고 눈빛부터가 복잡했다.

"어, 언니. 이게 대체…….."

"야, 송해인."

해인은 제 앞까지 천천히 다가온 유진을 가만히 응시했다. 밖에 있는 사람들처럼 소란스럽지 않아도, 연주처럼 입술을 달싹거리지 않아도, 꽉 다문 입매에 거친 숨을 억누르는 유진이야말로 가장 제게 할 말이 많아 보였다.

"네가 왜 강인우 전무랑 한집에 사는 건데?"

● ◆ ●

"아……."

버스에서 내릴 때부터 멍하던 뒤죽박죽 뒤섞인 머릿속에 이제는 아무런 생각도 남아 있지 않았다. 해인이 연주의 손에 들린 휴대전화를 물끄러미 바라보자 그녀가 곤란한 듯 주춤거리며 내밀었다.

"해, 해인 언니, 이거 봐요. 보고 얼마나 놀랐는데."

연주가 떨리는 손으로 휴대전화를 내밀었지만 정작 제게는 놀랍지도 않은 풍경이었다. 대문 앞에서 인우의 머플러를 매어주고, 그는 찡그리듯 얼른 들어가라 손을 흔들고, 저는 한참을 그 자리에 남아 있었다.

그의 뒷모습을 바라보는 제가 이렇게 비쳤겠구나. 조금은 무심해 보이는 그의 모습도 낯설지가 않다. 일상이 되어 특별한 일이라 할 수도 없는 광경을 두고도 사람들의 호기심은 커져만 갔다.

"……."

또 한 번 깨달았다. 인우와 자신이 얼마나 다른 세상에 살고 있었는지.

"송해인, 내가 물었잖아! 너 강인우랑 무슨 사이야?"

"……유진아."

"너, 너 정말 이 사람이랑 결혼했어?"

차마 믿고 싶지 않다는 듯 유진의 말꼬리가 떨렸다. 얼마나 자세하게, 아니, 사실에 가깝게 쓰였을까. 흔들리는 눈동자에 차마 글까지는 들어오지 않았지만 유진의 표정만 보아도 어느 정도는 기사의 내용을 짐작할 수 있었다.

"……응."

"송해인, 너 정말!"

"……나 오빠랑, 강인우 전무랑 결혼했어. 정말이야."

투둑. 급기야 연주가 휴대전화를 떨어트렸지만 해인은 흐릿한 눈동자 외엔 무덤덤했다. 그래야만 버틸 수 있는 것처럼 목소리도 표정도, 모든 것이 고요해졌다.

"나한테 사정이 있어서 어쩔 수 없었다고, 오빠랑은 그냥 아무 일도 없던 것처럼 지나갈 사이라고, 그렇게 말하고 싶었는데……."

"……."

"이젠 그것도 사실이 아니게 되어버려서."

하아. 해인은 머리칼을 넘기다 말고 울컥한 웃음을 쏟아냈다.

잠시 당황하는 듯 다가서던 유진은 해인과 눈이 마주치자마자 쌩하니 고개를 돌려버렸다. 괜히 중간에 끼어 이쩔 줄 몰라 하는 연주에게 해인은 그럴 필요 없다며 손을 살짝 저었다.

"……너희한테는 말했어야 하는데, 미안해. 정말 미안해."

433

"언니, 미안하다고 할 때가 아니라, 일단 이 사태부터 어떻게."

"변명 같겠지만, 아니, 변명 맞는데."

"……."

"마, 말하고 싶었어. 자랑도 하고 싶고 보여주고 싶었어…… 마음은 정말로 그랬어."

해인이 반쯤 돌아선 유진을 바라보며 제 두 손을 꼭 움켜쥐었다. 눈물이 쏟아지지 않게 숨을 잘 들이마셨지만 금세 눈앞이 또 부예지는 걸 보면 그동안 연습했던 것도 다 소용이 없는 모양이다.

"송해인! 너 진짜! 너 진짜 어떻게 그래!"

"……사모님! 여기 계셨네요!"

유진이 그녀의 이름을 외치기가 무섭게 드르륵 뒷문이 열렸다. 순식간에 검은 양복을 입은 이들을 이끌고 들어선 안 비서가 곧장 해인의 주변을 막아섰다. 그 다급한 표정만 보아도 어떻게 알고 왔는지 묻는 자체가 무의미해 보였다.

"일단 저희와 돌아가셔야 합니다. 사태를 파악하고 분위기를 진정시킬 때까지는 홀로 계시지 않는 게 좋겠습니다."

"안 비서님."

그사이에 몰려든 사람들이 하나둘 안쪽으로 고개를 들이밀자 해인이 백지장처럼 창백해졌다. 보다 못한 안 비서가 다시금 그녀를 재촉했다.

"회장님께서 찾으십니다. 얼른 가세요."

"저를……."

"……해, 해인 언니! 정말 이대로 가는 거예요?"

"송해인, 너 진짜!"

안 비서가 해인의 어깨를 감싸며 돌아서자 유진과 연주가 당황해 따라왔다. 아직도 놀라 숨을 헐떡이는 연주와 달리 유진은 해인을 빤히 노려보기만 했다. 말로는 다 못 할 두 사람 사이의 기류에 안 비서조차 잠시간 물 러서야 했다.

"……너 내가 아는 송해인 맞아? 정말 대학 내내 붙어 다니던 내 친구 맞 냐고!"

"유진아."

가장 친근한 이에게서 받는 낯설기 짝이 없는 시선이 이리도 아플 줄은 몰랐다. 바르르 떨리는 입술과는 달리 유진의 눈은 원망 가득 서글펐다.

"나 정말 뭐가 뭔지 모르겠어. 이게 말이 돼? 무슨 꿈이라도 꾸는 것도 아 니고, 지금이라도 꿈 깨면 전부 거짓말일 것 같단 말이야!"

"……그래서 더 말 못 했어."

이만 가자며 저를 재촉하는 안 비서에게 떠밀리면서도, 해인은 마지막으 로 유진을 바라보았다. 담담한 눈망울로 웃는 코끝이 시큰해졌다.

"이런 꿈은 나 혼자만 꿔도 충분하니까."

"다들 입이 붙었어? 어찌 된 일인지 설명을 해보란 말이야!"

강 회장의 고성이 회장실 밖까지 새어나왔다. 수십 년간 산전수전 다 겪 고 급할 것도, 바랄 것도 없는 분이다. 그런 그가 이 정도로 감정을 표출했 다면 사안의 심각성이란 두말할 것도 없었다.

"왜 두 사람 사진이 이제 와 노출이 됐냐는 말이다! 도대체 홍보팀에선 뭘 하고 있었길래!"

"죄, 죄송합니다. 이미 해인 양에 대해선 모두 비밀을 엄수하라 언론과 말을 맞췄고 그에 따른 지원도 쏟아부었는데 SNS에서 먼저 터지는 바람 에……."

"그래서 누가 일을 꾸몄는지 모른다?"

"그게 너무 갑작스러운 일이라, 이제부터라도 조사해보면······."

홍보팀장이 진땀을 닦아내며 고개를 숙였다. 그 외에도 이번 일에 관련된 극소수의 최측근들 역시 너나없이 흙빛이다. 하나같이 입을 다물어버린 이들을 노려보던 강 회장이 코웃음을 쳤다.

"그래? 굳이 알아볼 것 있겠나? 그냥 이참에 푹 쉬면 그만일 테니."

"회, 회장님! 일이 이렇게 되어버려 화가 나신 것은 알지만······."

"내가 정말 그것 때문에 화가 났다고 생각하나?"

"······."

"없는 일도 아니니 어쩔 수 있겠냐만 아직까지 그 배후도 짐작하지 못하다니. 그 정도도 모르면서 태원의 기밀을 처리하는 자리에 앉을 자격이 있단 말인가?"

그의 냉소는 서슬이 퍼렜다. 차마 매달려볼 수도 없는 단호함이 과연 돈으로 이뤄진 제국의 정점에 앉은 자다웠다.

"그 정도는 듣자마자 알아야지. 진짜 여기 적힌 것처럼 오다가다 우연히 찍어 올렸다는 게 말이 된다 생각하나? 목숨이 여럿도 아니고 감히 태원의 일을 퍼트려? 신문사든 방송국이든 제정신 박혔으면 이런 거 못 내보내지. 암."

"그, 그러면 대체 어디서······."

"자네 생각엔 대한민국에서 내 돈 안 받아도 먹고살 만한 기업이 몇이나 된다 생각하나?"

"······."

"SG에서 대놓고 장난질을 좀 친 모양인데, 이유야 뻔하지."

허어. 강 회장이 헛웃음과 함께 두 팔을 팔걸이에 올렸다. 나이를 뛰어넘은 넘치는 기백에 다들 죄인처럼 고개를 들지 못했다. 숨 막히는 침묵이 계

속되는 가운데 강 회장이 마음에 들지 않는다는 얼굴로 밖을 향해 소리를
높였다.

"밖에서 뭐 해? 왔으면 들어오지 않고!"

"……회, 회장님."

"남의 이야기 한다던가? 구경할 거라면 안에서 하라고 해!"

"……."

사모님.

강 회장의 호통에 안 비서가 문 앞에 선 해인을 안쓰럽게 바라보았다. 얼
마나 놀랐는지 여기까지 오면서도 한마디를 제대로 못 한 분이었다. 인우
라도 함께 있으면 모를까, 그녀 홀로 어찌 감당할지 차마 눈길을 뗄 수가 없
었다.

"……저 괜찮아요, 안 비서님. 빨리 뵙는 게 차라리 나을 거 같아요."

"사모님, 하지만……."

"아니, 누가 잡아먹는다던가!"

'……그거 봐요.'

재촉하듯 날아드는 노성에 해인이 안 비서를 안심시키듯 가만히 웃어 보
였다. 창백한 안색은 여전했지만 손의 떨림은 거의 가라앉았다. 양손을 문
지르다 떼어낸 해인이 천천히 안으로 들어섰다.

"심려 끼쳐드렸습니다, 회장님."

"앉지."

속을 알 수 없는 눈이 해인을 훑자 그녀의 일거수일투족에 모든 시선이
따라붙었다. 그대로 쓰러지지나 않을까 싶은 가녀린 몸이 소파에 자리를
잡고서야 안 비서가 남모르게 가슴을 쓸어내렸다.

"들어서 알겠지만 일이 그렇게 간단하지가 않아. 단순히 얼굴이 노출된
게 아니라 인우 이야기까지 같이 나왔다고."

"……오빠가."

해인이 아프게 눈을 찡그렸다. 그의 이름을 듣는 것만으로도 힘든 얼굴이었지만 그렇다고 여기서 멈출 이야기도 아니었다.

"여태 두 사람 사이를 철저히 감춰왔던 것부터가 가짜 결혼이 아니겠냐고."

"하아."

"명색이 부부가 6년 만에 만났으니 그렇게 떠벌릴 만도 하지. 그 세월 동안 둘이 기껏해야 편지나 몇 번 주고받은 게 다니까. 안 그런가?"

"회장님."

강 회장이 추궁하듯 해인에게 캐묻자 안 비서가 두고 보기 힘든 듯 대신 나섰다. 이번 사태를 처음부터 지금까지 누구보다도 가까이서 지켜본 그녀였으니 할 말이 많을 법도 했다.

"두 분께서는 누구보다도 잘 지내고 계십니다. 회장님도 아시겠지만……."

"내가 안다고 세상이 알아준다던가!"

"……."

"지나간 이야기 할 것 없이 앞으로의 대책을 세워야지. 벌써 신부가 미성년자 때 결혼을 했니 마니, 돈을 보고 접근했니 어쩌니 신이 나서 떠들어댄단 말일세! 우리가 이야기를 꾸며대면 그쪽에서도 꾸며댈 수 있다는 걸 알아야 할 거 아니냐고!"

강 회장이 한심하다며 호통치자 곳곳에서 숨죽인 한숨이 이어졌다. 그의 말처럼 각본은 짜기 나름이었고 돈을 얼마나, 그것도 어떻게 쓰느냐에 따라 그 내용이 얼마나 널리 퍼져나가는지가 결정되는 것이 이쪽 세상의 공공연한 비밀이다.

"루머가 퍼질 만큼 퍼져 아예 없는 일로 만들기는 어렵습니다. 사진이 조금 어색해 보이는 건 하필 초반이라 그런 모양이고…… 가장 심각한 건 해인 양이 당시에 미성년자였다는 것과 전무님이 곧장 처가의 지원을 받아 유학을 가셨던 겁니다. 둘 중 어느 쪽을 걸고넘어지든 간에 문제가 되긴 할 겁니다."

"증거가 될 만한 건?"

"해인 양 아버지께선 이미 돌아가셨으니까요. 시간이 지난 일이라 아무래도 가족의 증언이 더 중요할 것 같습니다."

"갈수록 태산이군."

강 회장이 골치가 아픈 듯 이마를 눌렀다.

누구보다도 두 사람의 사이를 잘 아는 해인의 아버지는 세상을 떠난 지 오래다. 남은 두 사람이 무슨 이유를 대건 곧이곧대로 믿어줄 만큼 호락호락한 세상이 아니다. 태원의 후계자인 인우가 경제적 이득을 위해 미성년자와 결혼을 했다면 그 자체로 호사가들의 입에 오르내리기 충분했다.

"언론에서도 슬슬 저희 쪽 입장을 기다리고 있습니다. 이대로 입 다물고 넘어갈 이야기가 아니니 공식적으로 발표해달라고요."

"그게 다인가?"

"그리고…… 사내 경영진 측에서도 슬슬 압박이 들어오고 있습니다. 하나같이 부사장님을 따르던 분들이다 보니 빨리 마무리를 짓는 편이 좋지 않겠냐고……."

"……그쪽에서 뭘 하나 제대로 잡긴 잡은 모양인데."

안 봐도 빤한 이치에 강 회장의 쓴웃음이 짙어졌다. 아직은 제 눈치를 살펴야 마땅할 이들이 대놓고 부사장에게 들러붙었다면 확실히 믿는 구석이 있다는 뜻이다.

"내용도 제법 구체적이고, 인우가 당시에 어땠는지 이야기까지 나왔으니 그 사정을 모르면 못 할 이야기지. 해인 양 생각은 어떤가?"

"······회장님."

"해인 양 주변에 이 일을 꺼낼 만한 사람이 짐작 가지 않느냐는 말이다."

그의 노련한 시선에 듣고 있던 해인이 스커트 위로 양손을 꼭 움켜쥐었다. 짐작이 가는 데가 있는지 목덜미며 얼굴이 가여울 만큼 달아올랐다. 그녀를 향해 동정의 시선들이 쏟아지자 강 회장이 혀를 차며 측근들을 내쫓았다.

"안 비서만 남고 다들 나가봐. 따로 할 얘기가 있는 듯하니."

"회장님, 그럼 언론에는 어찌 대답을 할지."

"그거야 여기 있는 당사자가 제일 잘 알겠지."

강 회장의 무심한 눈길이 해인에게 내리꽂히자 더는 어찌할 수 없다는 것을 깨달은 이들이 우수수 물러났다. 안 비서가 남긴 했지만 그녀 역시 강 회장의 명이 없다면 말 한마디 먼저 꺼내기 힘든 위치였다.

강 회장이 눈만 깜빡이는 해인을 향해 양손을 깍지 꼈다.

"해인 양은 뭐 물어볼 거 없나? 궁금한 게 많은 눈치인데."

"회장님."

"이번 일에 대해 생각하는 것이 있거나 앞으로 어찌해야 할지 궁금한 것도 없냐는 말일세."

"······저는."

꿀꺽, 해인이 힘들게 마른침을 넘겼다. 웃으려 했지만 그것까지는 어찌되지 않는 모양이었다.

"인우 오빠가····· 지금 준비하는 일이 어려워질 수도 있을까요?"

겨우 꺼낸 말은 참고 참은 만큼 더욱 간절했다. 그 질문이 예상 밖이었는지 강 회장은 눈썹을 꿈틀거렸지만 그렇다고 없는 말로 안심시켜줄 만큼 다정한 성미가 아니다.

"그렇겠지, 아마도."

"……역시 그렇군요."

"중국 쪽에선 사생활에 더 엄격한 측면이 있으니 말을 바꾼대도 뭐 어쩔 수 있겠나. 부사장 측에서 무슨 카드를 들고 있는지는 모르겠지만 뭘 하든 태원이나 인우에게 타격이 가겠지."

"그럼 그 전에 마무리를 지어야겠네요."

드디어 조금이나마 미소를 되찾은 해인이 눈을 내리깔았다. 정말로 남의 일처럼 담담한 어조가 인상 깊은지 강 회장이 그녀를 뚫어져라 바라보았다.

"무슨 방법이나 있고?"

"……그건."

달싹거리던 해인의 입술이 맞물렸다. 뭐라 말을 해야 할지 모른다기보다는, 말을 하는 자체가 힘든 것 같은 얼굴이었다. 팔을 기대는 강 회장의 안색이 몹시 피곤해졌다.

"홍보팀에서 알아서 이야기를 짜보겠지만 어찌 될지는 모르지. 그냥 적당히 시간이 흐르면 알아서 묻히겠지만 그러기엔 인우에게 남은 시간이 별로 없으니까. 일이 잘못되면 그것도 그놈 운이 거기까지라 그런 거겠지. 그러기에 적당히 돈 좀 쥐여주고 말지, 뭐가 그리 울컥해 일을 여기까지 키워선!"

"회, 회장님. 그런 말씀은……."

직접적으로 해인의 어머니 일을 꺼내는 그에게 안 비서가 만류하듯 고개를 저었다. 곧바로 해인의 얼굴을 살폈지만 투명한 갈색 눈은 그저 말갛기만 했다.

"……저는 괜찮아요."

괜찮지 않으면 곤란했다. 그럼. 아무 데나 상처를 받으려 여태 버텨온 것이 아니니까. 제가 상처를 받으면 더욱 아파할 사람이 누구인지도 알고 있으니까.

"그러니…… 회장님께 하나만 더 여쭤봐도 될까요?"

●　◆　●

달칵, 문이 닫히고 나서야 해인은 눈을 길게 감았다 떴다. 어찌 시간이 지났는지, 아직도 제 옆에서 떠들던 소리들이 먹먹해 귀를 만져보았다. 그중에서도 강 회장이 한 말은 아무리 문질러도 흩어지지가 않았다.

"유학을 가는 것도 괜찮겠지. 어차피 곧 졸업이겠다, 여기서 지내는 것보다야 조용한 데 가서 몇 년 공부하고 오는 게 해인 양 미래에도 좋을 테고. 또 인우 그놈에게도……."

문에 기대선 해인은 힘겹게 침을 삼켰다. 하나도 틀린 이야기가 없는데, 모든 이야기가 딱 맞춰져 있다는데, 우습게도 거기엔 자신과 인우가 없었다. 세상 사람들이 다 좋은 이야기에 두 사람만이 없다는 것이 그녀의 눈을 시큰하게 했다.

그러나 이 집은 인우의 집이다. 온통 그의 체취가 가득해 누구도 함부로 손을 댈 수가 없다.

"하아."

그 사실 하나로 살 것 같았다.

해인은 뒤늦게 휴대전화를 켰다. 평소보다 몇 배로 많은 연락들이 아직도 낯설고 버거웠다. 차마 그것들을 모두 확인할 용기가 없어 본능적으로 가장 그리운 이를 찾아보았다.

"……."

같이 찍은 사진 한 장 없어 낯선 기사 속에서 확인해야 하는 사람. 해인의 엄지손가락이 천천히 인터넷 화면 속 인우의 사진을 스크롤해보았다. 아래에 이어진 댓글을 보던 그녀는 자신도 모르게 입을 틀어막았다.

[처음부터 여자 돈 보고 결혼했나 보네, 역시. 사생아라더니 기회 잡는 건 원래부터 선수급이네.]

[사진부터가 어색하더라니. 가짜로 결혼해놓고 저런 쇼 하는 거 보면 역시 재벌은 재벌인 듯.]

[혹시 모르지. 그 와중에 미성년자랑 뭘 했을지 누가 알아? 곧 태원에서 입장 발표한다는데 뭐라고 둘러댈지 기대 중.]

"……흐읍."

다 읽지도 못하고 해인은 화면을 꺼버렸다. 인우의 과거에 대해 추측하는 말들이 정도를 넘어섰다. 얼굴 한번 본 적 없는 사람들이 그를 짓찧고 시기하며 기다렸다는 듯 물어뜯었다. 정작 저에 대한 말들은 하나 들어오지도 않는데, 인우에 대한 말들은 비수처럼 가슴에 내리꽂혔다.

"아…… 여보세요?"

그래도 전화를 들어 받는 순간만큼은 물기 어린 음성도 가라앉았다. 마치 수화기 저편의 인물이 누구인지 아는 것처럼 입가가 먼저 올라갔다.

"오빠!"

- 송해인, 너!

"중국은 몇 시예요? 아직 일하느라 바쁘시죠?"

- …….

생각보다 밝은 그녀의 목소리에 인우는 한참이나 말이 없었다. 하지만 불만 가득한 기색까지는 숨길 수가 없어 해인이 그럴 줄 알았다는 듯 빙긋 웃었다.

"아직 아무것도 못 드셨어요?"

- 왜 전화 안 받았어.

"……."

- 나 저녁 비행기로 갈 거야. 딱 그때까지만,

"아, 아뇨. 오지 마세요!"

벌떡 일어난 해인이 보이지도 않을 고개까지 저어댔다. 인우 또한 그녀가 어찌 행동할지 아는 것처럼 잇새에 힘이 잔뜩 들어갔다.

- 누가 너한테 뭐래! 혹시 회장님이 또…….

"아니에요. 아무 말씀 안 하셨어요. 아니…… 하긴 하셨는데 오빠가 걱정하실 만큼은 아니에요."

- 후우우. 제발 좀.

들끓는 한숨에 당장은 어쩌지 못할 답답함만이 가득했다. 해인은 입안을 잘근잘근 깨물며 그의 숨이 멈추기만을 기다렸다.

"저 괜찮아요, 오빠. 정말이에요."

- 왜 그 말밖에 못 해! 네가 왜 괜찮아!

"……그럼 그러지 말까요?"

- ……

작은 웃음소리와 함께 해인이 휴대전화를 다른 손으로 바꾸어 들었다. 이런 순간에나마 웃을 수 있다는 것이 제게도 놀라운 일이었다.

"오빠, 제가 누군지 아시잖아요."

- ……

"저 열아홉에 결혼도 한 여자예요."

자신이 내세울 것은 여전히 그뿐이라는 것이 우스웠지만 이번만큼은 자부심이 넘쳤다. 오빠는 그 나이에 학생이었으면서. 이어지는 그녀의 농담

444

에도 인우는 해인의 이름조차 함부로 부르지 못했다.

"저 이런 걸로 안 울어요. 놀라지도 않을 거예요. 그러니 걱정 말고 일 천천히 다 하고 오세요."

- 안 들은 걸로 할게. 새벽에 봐.

"무슨 고문이 이래요? 회장님 말을 잘 들어야죠."

제 웃음소리가 어색했지만 쉽게 그치지도 않았다. 부끄러운 것을 따질 때가 아니다. 그에게 들려줄 수 있는 말이 이것뿐인지라 더욱 매달리는 걸지도 몰랐다.

"오빠가 일을 잘 마치고 와야 여기서 정말 원하는 걸 할 수 있는 힘이 생기는 거잖아요. 지금 오면 안 되는 거 알아요."

- 해인아.

"……그러니까 오빠가 꼭 그런 사람이 돼서 오면 좋겠어요."

기다릴게요. 마지막에 덧붙은 속삭임이 다시금 그의 숨을 가라앉혔다.

- 그게 정말 네가 바라는 거야?

"그럼요. 우리 고문이라면 당연히 그 정도는 돼야죠."

- 더 할 말은 없어?

"아…… 미안해요."

- 뭐가?

"……그건, 음."

연이은 질문에 반사적으로 대답하던 해인이 멋쩍게 웃기만 했다. 그의 불편한 심기는 여전했지만 다행히 억지로 대답을 채근하지도 않았다.

- 그래.

무뚝뚝한 목소리를 마지막으로 전화를 끊고서야 해인은 천천히 바닥으로 몸을 내렸다.

"하아……."

휴대전화를 잡은 손목이 떨리는 것을 다른 손으로 꼭 눌러 잡았다. 그래도 진동이 느껴지는 건 아마 온몸이 떨리기 때문일 것이다. 해인은 입술마저 떨리기 전에 조용히 그를 불러보았다.

"……미안해요. 전부 다."

● ◆ ●

"……."

휴대전화를 내려놓지 못하고 서 있는 인우의 뒤로 제이슨이 다가왔다. 늘 싱글싱글 웃던 이가 오늘만큼은 걱정스레 그를 살폈다.

"강인우, 너 어쩌려고?"

"짐 풀어. 내일 일정도 캔슬 없이 그대로 갈 테니 돌아가서 말해줘."

"정말? 공항으로 바로 간다더니?"

"……어쩔 수 없잖아. 회장님 명이신데."

틀린 말도 아니고. 훅 치미는 뜨거운 헛웃음이 쏟아진 앞머리를 흐트러트렸다. 제가 할 일이 생각난 듯 돌아선 인우의 움직임이 바빠졌다. 다시 서류를 꺼내 펼쳐놓고 기계적으로 읽어내리자 눈치를 보던 제이슨과 조 비서가 황당하다는 표정을 지었다.

"지금 그런 거 볼 때가…… 맞기야 맞지만 그래도."

"중국 측에선 뭐라고 해?"

"아…… 솔직히 좋지는 않지."

이것도 많이 순화한 표현인 듯 제이슨은 골치 아프다는 웃음을 지었다. 둘러말한다고 감춰질 일이라면 진작 제 선에서 끝냈다.

"네 일이 사실이냐고, 그런 쪽으로 문제가 있는 거라면 아무래도 어렵겠다는 반응도 나오는 터라."

"그래서?"

스륵, 인우가 다음 장을 넘기며 무심히 되물었다. 자신의 이야기를 한다는 자각이 있기는 있는 건지, 당연히 나와야 할 한숨마저 비치질 않아 더욱 무서웠다. 극도로 고요한 분위기를 견디다 못한 조 비서가 뒤늦게나마 나서보았다.

"벌써 인터넷에선 그룹에서 공식적인 입장 발표를 할 거라는 이야기가 돕니다. 아마도 부사장 쪽에서 손을 쓴 모양입니다."

"그러시겠지."

"그리 넘기실 일이 아닙니다! 소문으론 해인 양 친어머니가 직접 인터뷰까지 할 거라고……. 솔직히 친모를 증인으로 내세우면 누구든 믿을 수밖에 없지 않겠습니까. 다들 말이 입장 발표지 공식적인 사과를 해야 하는 거 아니겠냐고……."

"그러라고 해. 누구든 사과할 일이 있으면 해야지."

"……."

"그나저나, 며칠이라고?"

냉소를 거둔 그가 처음으로 질문다운 질문을 던졌다. 그나마 그런 관심마저 반가운 조 비서가 냉큼 나섰다.

"아, 부사장 측에서 토요일이라 말을 흘렸으니……."

"아니, 그쪽 말고."

내가 왜 그 인간 이야기를. 짜증스럽다는 기색이 상대를 짓눌렀다. 들어 올린 그의 시선이 조 비서를 지나쳐 제이슨에게로 향했다.

"너 말이야. 며칠 걸린댔지?"

chapter

14

한참이나 누군가의 사진을 들여다보던 해인이 천천히 손을 내밀었다. 도착을 하고도 거기에 다가서기까지는 꽤나 시간이 걸렸다.

'……나 왔어요, 아빠.'

한 달 만에 찾은 납골당에서 사진 속 아버지의 모습은 그때와 또 달랐다. 혼인신고를 하고 돌아온 날, 정작 인우와 저는 어색해 어쩔 줄을 모르는데도 홀로 카메라를 향해 웃던 분이다.

부끄럽지도 않은가 봐. 내가 결혼해버린 게 그리도 좋으신가. 아빠 대신 인우의 눈치를 보느라 저는 카메라를 제대로 보지도 못했다. 하지만 제가 아무리 뭘 모르는 십 대라 해도 아버지의 웃음이 얼마나 홀가분한지는 알 수밖에 없었다. 정말로 큰 짐을 덜어놓은 것처럼, 두 사람 사이에서 할 일을 다 했다는 듯 그렇게 웃으셨다. 늘 고통에 짓눌린 상태에서 제게 보여주기 위한 웃음을 지으시던 것과는 달리 얼굴에 온통 미소가 가득, 말 그대로 행복해 보이셨다.

"……."

그랬던 아빠의 웃음이 오늘은 그다지 행복해 보이지 않았다. 환한 입가와 달리 어딘가 서글픈 눈가가 오늘에야 눈에 들어왔다. 저를 바라볼 때에는 최대한 웃음으로 감추곤 했던 회한이 사진에서는 고스란히 드러났다.

'아빠, 혹시 그거 알았어?'

해인은 고개를 낮춰 아버지와 눈을 마주쳤다. 사랑하는 만큼 그 마음이 보였다. 제게는 이제야 아버지의 마음이 보이는데, 아버지의 눈에는 해인의 마음이 늘 비쳤을 것이다. 어느 순간이고 할 것 없이 늘 제 마음을 헤아리고 살피던 분이다. 아빠는 알고 있었지? 그때에도 내가 인우 오빠를……

"……"

입안을 깨문 해인은 뜨겁게 치미는 감정을 꿀꺽 삼켜냈다. 그때 물어볼걸. 뻔뻔하게 용기를 내볼걸.

"영국에 전화를 했는데 인우 오빠가 받으면 무슨 말을 해?"

"해인이 네가 하고 싶은 말을 해야지."

"나는 그냥……."

"……없어? 네 남편인데?"

그게 뭐야. 재미없다구. 웃기지도 않은 농담이라며 휠체어 뒤에서 매정하게 고개를 돌려버렸다. 그러고도 곧바로 미안해 아빠의 어깨를 주물렀지만 푹 숙인 뺨은 여전히 뜨겁기만 했다. 만약 그때 자신이 조금 더 솔직했었다면, 아빠는 뭐라고 대답을 하셨을까.

"……사모님, 괜찮으세요?"

"아, 네에."

조심스레 다가서는 안 비서의 기척에 해인은 들고 있던 사진을 내려놓았다. 지난번에 반으로 접어두었으니 그 뒤로 누구의 얼굴이 있는지 뻔히 알면서도, 그녀는 꾹 참고 유리장을 닫았다.

"마음이 안 좋으시겠어요. 아버님께서 사모님을 많이 아끼셨을 텐데."

"네. 저한텐 다 해주셨어요. 전부 다요."

"……그러셨겠네요. 이렇게 예쁜 따님에게 뭘 못 해주셨겠어요."

안 비서가 안쓰럽다는 눈길로 그녀를 훑었다. 이곳에 오고 싶다 할 때부터 그 마음이 오죽했겠냐만 지켜보는 눈이 아릴 정도다. 차라리 울고 소리를 치는 게 낫지, 이렇게 발간 눈가로 담담하게 웃는 것도 못 볼 일이었다. 안 비서는 분위기를 바꿔보려 고개를 기울였다.

"오래 서 계시던데, 아버님께는 무슨 말씀 하셨어요?"

"……미안하다고요."

"뭐가요?"

"제가 약속을 잘 못 지키게 돼서요."

못난 딸이 되어버렸다며 저만 아는 서글픈 웃음으로 해인이 돌아섰다. 그 가벼운 몸으로도 납골당 계단을 내려서는 걸음이 처연했다. 더 이상 묻기가 힘들어진 안 비서가 얼른 그녀를 수행하며 차문을 열어주었다.

"피곤하실 텐데 얼른 집으로 돌아가셔야죠."

"……집이요?"

거울에 언뜻 비치는 해인의 눈이 생소했다. 시선이 마주치자 살짝 웃었지만 다시금 창밖을 내다보는 연갈색 눈망울이 우습게도 다른 사람을 떠올리게 했다. 어린 사모님과는 정반대인, 그녀가 아는 사람 중에서 가장 비장하고 거칠 것 없는 남자를.

"왜 그러세요, 안 비서님?"

"아아, 아니에요."

안 비서는 얼른 핸들을 잡고 시동을 걸었다. 말도 안 되는 생각이지. 우습다는 듯 고개를 저으며 차를 크게 돌렸다. 이제 누구도 믿지 못하겠다는 회장님 명에 따라 기사까지 배제하고 해인의 모든 것을 자신이 직접 관리하는 중이다.

"집으로 가시는 게 좋겠어요. 인터넷에 도는 사진들은 어지간히 수습하긴 했지만 아직 사람들이 따라다닐지도 모르고요."

"그 전에 한 군데만 더 들러주셨으면 해요."

"어딜요?"

안 비서는 곧장 관심을 드러냈다. 회장님의 명이라면 해인을 되도록 조용하게 보호해야 할 테지만 제 마음 같아선 어디든 데려가고 싶었다. 인우도 없는 그 커다란 집에 혼자 남아 무슨 생각을 할지, 생각만 해도 마음이 다 서글펐다.

"말씀해보세요. 제가 어지간한 데는…… 네에? 어, 어디요?"

그러나 정작 목적지를 듣고 나서는 그 마음이 싹 사라졌다. 당황한 안 비서의 손안에서 핸들이 잠시 흔들리다 말고 중심을 잡자 해인이 걱정스레 고개를 내밀었다.

"알고 계시잖아요. 어디에 있는지."

"하, 하지만 거기 가셔서 좋을 게 뭐가 있다고요. 그리고 부사장님 쪽에서 이미 손을 썼으니 가보셨자 의미도 없을 거예요."

안 비서는 해인을 만류하며 대번에 눈을 찡그렸다. 사람이 사람이다 보니 티를 내지 않으려 했지만 질린 눈빛만큼은 감출 수가 없었다.

"그쪽에서도 공식발표 앞두고 부족할 거 없는 행복한 가정이라 말을 다 맞춰놨을 텐데. 그래야 언론에서 자기들 말을 더 믿어줄 테니까요. 가셔봤자 괜히 상처만 받으실 거예요. 솔직히 가신다 해도 만나줄지도 모르고요."

"만나줄 거예요."

아니, 그럴 수밖에 없을 거예요. 해인의 쓸쓸한 확신에 안 비서가 그녀를 돌아보다 말고 흠칫했다. 저 차분하고 무감한 눈동자에 다시 한 번 누군가의 모습이 선연하게 드러났다.

"완벽하게 행복한 가정이라면서요. 그럼 딸인 저도 있어야겠죠."

• ✦ •

“그래서, 얼마나 챙겨준대?”

“그거야 일 끝나봐야 알겠죠. 그래도 섭섭진 않을 거다 호언장담했으니까.”

“내로라하는 재벌가에서 어련하겠어?”

흥! 그녀는 남편의 말이 싫지 않은 듯 웃었다. 그냥 죽으라는 법은 없다더니. 그날 강인우를 생각하기만 해도 치솟던 분도 이제는 코웃음이 먼저 날 만큼 제법 여유가 생겼다.

“융통성이라고는 찾아볼 수도 없으니 적이 많을 수밖에 없겠죠. 부사장이란 사람이 아주 이를 갈고 있더라구요.”

“그 덕에 우리 같은 사람이 덕 좀 보는 거지. 그때 그 인간이 태원 후계자였다니, 아직도 안 믿기네. 무슨 그런 인간이…… 허.”

“그때에도 몇 살이나 됐다고 꽉 막혀서 들은 척도 안 하는 건 지금이랑 똑같지 뭐예요. 감히 누구 돈을 자기 돈처럼 움켜쥐고 우리한텐 한 푼도 못 준다고 버티던 거 생각하면…….”

탁! 그녀가 들고 있던 잔을 내려놓았다. 전남편이 해인을 결혼시킨 이유가 죽을 날을 받아놨기 때문이었단 걸 나중에야 알게 돼 뒤통수가 얼얼한 판에, 명색이 사위라는 인우는 말할 것도 없었다. 장례식장에도 엄마인 저를 접근조차 하지 못하게 막는 모습이 전남편보다 더하면 더했지 결코 덜하지 않았다. 대놓고 막말을 내뱉지 않았다 뿐이지 자신들을 경멸하던 눈초리는 두고두고 진저리쳐질 정도였다.

“그런데 우리는 정말 정해준 날 나가서 인터뷰만 하면 되는 거 맞지? 강인우 그놈이 송 교수 죽을병 걸린 거 알고 접근해서 어린애 꼬드겨 결혼까지 했다고?"

"네. 그러다 애 아빠 죽자마자 그 돈으로 유학까지 가버렸다고요. 만약 태원 후계자가 안 됐으면 끝까지 그 돈 다 꿀꺽했을 인간이라 밀어붙여야죠. 솔직히 사람들이 엄마인 내 말을 믿지 누구 말을 믿겠어요?"

"그나저나 우리 애들, 확실히 보호되는 거 맞아? 이런 데 엮이면 안 될 텐데."

"걱정 마요, 나도 제일 먼저 그 이야기부터 했으니까. 그리고 기업 후원으로 대학 문제도 확실히 손써준다고 했으니 얌전히 기다리기만 하면 된다잖아요."

일이 착착 풀린다 싶은 그녀의 칼질이 가뿐해졌다. 오랜만에 맛보는 스테이크가 얼마나 꿀맛인지, 보여주기 위한 연기라는 것도 잊어버릴 정도다.

"근데 이건 언제까지 해야 하는 거야? 밖에 아직 사진 찍는 사람 있어?"

"인터뷰 전까진 부사장이 하라는 대로 해야죠. 우리가 최대한 화목한 가정으로 보여야만 하는 말도 더 진실성 있게 들릴 거라구요. 우리가 돈이나 빌리는 형편인 거 알면 또 그걸로 돈에 팔렸니 뭐니 해댈 거라잖아요."

"하여튼 우리나라 사람들 말 많은 거 알아줘야지."

"지금 이 모습도 자료로 쓸지 모른다는데 당신도 얼굴 좀 펴요. 얼굴 가리고 나간다지만 이왕 할 거면 완벽하게…… 아아, 깜짝이야!"

"여기 계셨네요, 엄마."

자기들만의 이야기에 푹 빠져 누가 들어오는지도 모르던 그녀가 얼마나 놀랐는지 가슴을 먼저 부여잡았다. 지난번 보았을 때보다 창백하긴 했지만 저를 내려다보는 묵묵한 시선은 죽은 전남편을 빼다 박은 듯 똑같았다.

"해, 해인이 네가 웬일이야? 여기가 어디라고…… 설마 나 만나러 왔니?"

"그럼요. 엄마도 필요할 때마다 저 만나러 오셨잖아요."

"……."

"둘이 잠깐 이야기 좀 나눴으면 하는데, 괜찮을까요?"

해인이 남자에게 나가달라 부탁하자 그가 지레 얼굴을 찌푸렸다. 남편의 눈치가 보이는지 엄마는 가차 없이 해인을 냉대했다.

"여기까지 와서 무슨 이야기? 그리고 서로 얼굴 봐서 좋을 거 없다며. 무슨 이야기 할지 아는데, 가보는 게 좋겠구나."

"정말 제가 무슨 말을 할지 아신다고요?"

"……나 참."

얘가 왜 이래. 그녀는 기가 찬 듯 포크와 나이프를 양쪽으로 내려놓았다. 물러나기는커녕 먼저 맞은편에 앉은 딸이 낯설면서도 마음에 들지 않는다는 기색이 역력했다.

"송해인, 네가 다급한 건 알겠는데 넌 내가 괜히 이런다고 생각하니?"

"……."

"그러길래 처음부터 네가 잘했으면 오죽 좋아? 가족 간에 서로 돕자는 게 그리 아니꼬웠니? 하긴, 그걸 아는 애 같으면야 어린 나이에 결혼하겠다며 엄마한테 통보할 리도 없었겠지!"

"그게 많이 서운하셨어요?"

"……뭐?"

선영은 다소 어이가 없다는 얼굴로 자신의 남편과 눈을 마주쳤다. 뭐라 대답을 해야 할지 절로 한숨이 난다는 표정이다.

"너 그걸 말이라고 하니? 서운하냐고? 그럼 내 딸이 어디서 굴러먹었는지 알지도 못하는 남자한테 가진 재산 다 가져다 바친다는데 세상 누가 괜찮다고 하겠니?"

"……."

"아무리 어려서 모른다 쳐도 정도라는 게 있지, 이런 거 보면 제 아빠랑 아주 똑같아. 안 그런 척 맹하게 굴면서 독하기는 얼마나 독한지. 너는 일이 이렇게 된 거 보면 뭐 느끼는 거 없니?"

"……있어요."

있어야죠, 그럼. 해인이 자리에 앉고 나서 처음으로 제 엄마의 말에 동감했다. 흐릿한 웃음이었지만 눈빛은 그리 흐리지 않았다.

"아빠 기분이 어땠을지 알겠어요."

"뭐라고?"

"딸인 나한테 왜 그렇게까지 할 수밖에 없었는지. 그러면서도 엄마에 대해서는 한마디도 함부로 못 했던 아빠 마음이 얼마나 참담했을지 알겠다고요."

"……어머."

속을 꿰뚫을 듯 바라보는 해인의 투명한 눈빛에 엄마는 더듬대듯 물잔을 들었다. 찬물을 들이켜자 정신이 조금은 든 모양인지 해인을 노려보았다. 무슨 소릴 하든 내내 고개만 숙이고 있던 애가 무슨 바람이 불었는지 모른다. 아니, 알고 싶지도 않았다.

"송해인, 너 이게 부탁하러 온 태도니? 그나마 좋게좋게 넘어가달라 말이라도 꺼내려면 이래선 안 될 텐데?"

"그야 당연하지! 감히 딸이 돼서 어디 낳아준 엄마한테 버르장머리 없이!"

한 발 물러나 있던 남자까지 나서서 대놓고 혀를 끌끌 찼다.

"참 세상 편하구나. 혼자 호의호식하면서 다른 식구들이 눈에 보일 리 있겠냐만 그래도 제 엄마는 챙길 줄 알아야지!"

"그냥 놔둬요, 세준 아빠. 혹시 알아요? 이제라도 정신 차렸을지. 뭐가 그렇게 힘드셨냐, 가족끼리 좀 나누면서 살자 했으면 나도 좋은 게 좋은 거라고 그냥 이쯤에서……."

"아뇨. 저 엄마한테 드릴 돈 없어요."

반듯한 해인의 미소가 서글픈 듯 단호했다. 혹시나 하고 해인이 들고 온 핸드백을 물끄러미 바라보던 엄마가 황당하다는 듯 눈가를 찌푸렸다.

"……너, 너 뭐라고 했니?"

"엄마한테 돈 못 드려요. 여태 드린 걸로 충분하고요."

"하아, 겨우 몇 푼씩 찔끔찔끔 쥐여주던 거? 그걸 도와줬다고 하는 거야?"

어이가 없다는 듯 웃음을 억지로 눌러 담은 엄마의 입매가 우스꽝스러워졌다.

"너 아직도 상황을 제대로 파악 못 한 거야? 네가 이러면 네 남편만 더 곤란해져. 그래도 그새 정들어 가까이 지내는 모양인데 내 한마디에 태원그룹 후계자도 무너지는 거 금방이라구."

"그럼 그렇게 하세요."

"……뭐?"

해인이 괜한 배짱을 부리는 게 아님을 깨달은 엄마가 당혹스러운 웃음을 뱉어냈다. 제 딸이 그 정도 배포가 없다는 것을 아는 만큼 없는 말을 할 만한 성미도 못 된다는 걸 잘 알고 있는 듯했다. 두 팔로 테이블을 짚은 그녀가 상체를 쑥 내밀었다.

"너, 너 다시 말해봐. 뭐라고?"

"그렇게 하시라고요. 제가 하지 말라 부탁한다 해서 그렇게 해주실 분 아니잖아요."

"……"

"저도 왜 그렇게까지는 아닐 거라 억지로 믿어왔는지 모르겠네요. 엄마 눈만 제대로 마주쳐도 빤히 보이는 걸."

물론 엄마도 그래주신 적은 없지만. 해인의 자조적인 웃음이 눈을 감고 귀를 막아온 지난 세월만큼 길게 이어졌다. 보여주기 위해서가 아닌 제 자신에 대한 아쉬움이 그대로 드러나는 웃음에 그들 부부도 쉽게 말을 잇지 못했다.

"……진짜 제 가족이 생기고 나서야 그게 보이다니, 정말로 바보 같지 뭐예요."

"그럼 여긴 왜 왔어? 억지로 여기까지 찾아온 이유가 있을 거 아냐?"

"이거 보여드리려구요."

그제야 눈을 내린 해인이 들고 온 가방에서 무언가를 꺼냈다. 하얀 봉투가 보이자 그녀의 엄마가 그럴 줄 알았다는 듯 코웃음을 터트렸다.

"뭐야. 이제 와서 뭐 좀 안긴다고 내가 눈썹 하나 까딱할 것 같니? 이런 거 아무리 꺼내봤자 늦었다고."

"저도 늦었어요, 엄마."

"……."

봉투를 내밀며 빤히 건너다보는 해인의 눈에 그녀가 주춤, 저도 모르게 받아 들었다. 어딘가 불안한 듯하면서도 궁금한지 빠르게 봉투를 열던 그녀가 보지 말아야 할 것을 본 것처럼 기겁했다.

"너, 너 이게 뭐야!"

"엄마한테 하나뿐인 아들 고소장이요."

"……뭐, 뭐라고?"

"저한테 찾아오셔서 이거 보여주며 우셨잖아요. 세준이 학교폭력으로 고소당해서 합의금 필요하다고, 네 동생 한 번만 살려줄 수 없겠냐고."

"그, 그걸 여태 안 버리고 가지고 있었다고?"

"누구보다도 엄마를 믿고 싶으면서도, 믿어본 적이 없었으니까요."

조곤조곤한 그녀의 목소리엔 모든 것을 내려놓은 듯한 체념이 담겼다. 심상치 않다 싶은 분위기에 엄마가 덥석 해인의 팔을 부여잡았다.

"그래서, 이걸 가지고 뭘 하겠단 거야?"

"지금까지 엄마가 저한테 하셨던 거요."

"……."

"엄마도 하는데 저라고 왜 못 하나 싶더라고요. 그러니 엄마는 엄마 하고 싶은 대로 뭐든 하세요. 전 저대로 할 테니."

이를 악문 협박이 아니었다. 창백하면서도 허망한 웃음이 가시지 않은 얼굴로 해인은 엄마를 향해 천천히 고개를 저었다.

"가진 것 없는 오빠가 미성년자와 결혼한 이유에 대해 사람들이 궁금해할 거라 하셨죠? 그렇다면 학교폭력으로 고소까지 몇 번씩 당했던 애가 어떻게 멀쩡히 대학을 가려 하는지도 궁금해할 것 같지 않으세요?"

"이, 이게 감히!"

짜악! 지켜보고 있던 남자의 손에 기어이 해인의 고개가 돌아갔다. 붉게 남은 손자국 위로 가느다란 머리칼이 휘감겼다. 밖에서 지켜보다 놀란 안 비서가 그대로 달려와 남자를 막아섰지만 해인은 천천히 머리를 저었다.

"……."

한 발짝 더 가까이, 어느새 놀라 물러나 있던 엄마와 마주한 해인이 머리칼을 걷어내며 웃었다.

"괜찮으시겠어요? 사진 찍는 것 같던데."

"송해인 너!"

"사람들이 누구 말을 믿어줄 거 같냐 하셨죠? 엄마, 보통 사람들은 진짜를 믿어요."

가요. 할 말을 모두 마친 해인이 안 비서의 팔에 기대어 바라보며 그녀를 안심시켰다.

금방이라도 이가 부러질 듯 악물고 부들부들 떨던 엄마가 그 와중에도 밖을 의식하자 해인이 살짝 몸을 틀어 창문을 가려주었다. 마치 그것이 딸로서 해줄 수 있는 최대한의 배려라는 듯, 돌아선 얼굴이 고요해서 더욱 싸늘했다.

"제 남편이 어떤 사람인지 그리 알리고 싶으면 엄마 아들도 마찬가지예요. 저보다 더 잘 아시겠지만 저 돈 많아요. 그 돈 다 써서라도 피해자도 전부 찾아낼 거고 증거도 하나하나 모을 거예요. 제 말을 믿어줄 때까지, 원하는 걸 얻어낼 때까지 어디든 찾아다니고 매달릴 거예요. 엄마 소중한 아들이 어딜 어떻게 숨어도 평생을 쫓아다니며 세상 사람들 다 알게 만들 테니까."

"이 독한 것! 누굴 닮아서 저런!"

"아빠 딸이잖아요. 아빠가 저 지키려고 못 할 게 없었던 것처럼 저도 하나 남은 가족 지키려면 뭐든 해요."

"하아, 해인이 네가 정말 그럴 수 있다고?"

"……."

또각. 악에 받친 음성에 밖을 향하려던 해인의 구두가 멎었다. 더는 절 막아서지 않는 안 비서를 뒤로 세운 해인이 밖에 있는 사람들에게 보란 듯 상냥하게 미소 지었다.

"저 열아홉에 결혼도 한 여자예요. 엄마 덕분에요."

회의실에서 나오는 부사장의 얼굴에 모처럼 흐뭇한 웃음기가 감돌았다. 뒤따른 몇몇 중역들의 허리가 들어설 때보다 더욱 숙여졌다. 왜들 이러나. 말리는 척했지만 딱히 적극적이지는 않았다. 복도에서 마주치는 이들마다 인사를 해대니 그 기세가 사뭇 의기양양했다. 부사장실로 들어서고서야 저를 기다리던 준혁을 보며 너털웃음을 터뜨렸다.

"그래. 이렇게 될 걸, 괜히 마음만 졸였지 뭐냐."

"아버지, 이야기가 잘되셨나 봐요?"

"말해 뭐 해. 그런 파렴치한 놈이 태원의 후계자가 된다면 그룹 이미지부터가 돌이킬 수 없을 텐데."

모처럼 만족스러운 표정의 부사장이 제 아들을 마주했다.

"너도 지금이야 여기서 기다린다지만 곧 나하고 같이 회의실에 들어가야할 텐데, 미리미리 준비를 좀 해두지 그러냐."

"그래도 중국 쪽에서는 아직 긍정적이라면서요? 이제껏 그놈이 진행한일에도 문제가 없었고."

"그것도 아직 정확한 상황을 모르니 하는 말이지. 제놈이 아무리 아니라며 그 뻔뻔한 낯짝으로 버텨봤자 곧 그룹 차원으로 공식사과까지 하게 되면 돌이킬 수가 없단 말이다."

"토요일이랬죠? 그나저나 회장님께서는 그러라고 하세요? 그놈 그렇게싸고도시던 분이 쉽게 인정하실 리가 없으실 텐데."

"회장님처럼 칼 같은 분이 또 어딨다고. 강인우 그놈이 도움이 될 것 같으니 곁에 두시는 게지, 그룹에 해가 될 것 같으면 손자고 아들이고 가차 없는분이다."

암, 그렇고말고. 부사장이 안 봐도 뻔하다며 느긋하게 다리를 꼬았다. 깍지 낀 손가락의 움직임도 유달리 경쾌했다.

"준혁이 너도 한번 봤어야 하는데. 이쪽저쪽에서 공식발표를 해야 한다몰아치니 그 대단한 분이라도 어쩔 수가 있겠느냐?"

"화가 많이 나셨나 보네요?"

"대놓고 그럴 분은 아니지만 그 속이야 오죽할까. 아주 죽을 맛이겠지."

부사장은 회의실에서 무표정하게 손만 내젓던 강 회장을 떠올리며 이죽거렸다. 그 대단한 성미에 어쩔 수 없는 허락을 했을 때에는 얼마나 분이 치솟았을지 짐작이 가고도 남는다.

"따지고 보면 슬슬 물러나실 때도 되긴 했지. 이번 기회에 인우 그놈도 그 놈이지만 회장님 안목이 틀렸다는 것도 증명이 된 셈이니 일석이조란 말이다."

"그러게요. 그럼 아버지도 곧 본격적으로 절차 밟으시겠네요?"

"때가 되긴 했으니까. 그러니 준혁이 너도 이번 기회를 잘 노리란 말이다. 인우가 놓친 걸 네가 다시 이어 붙여야 제대로 눈도장을 찍지 않겠느냐? 수민이한테 이야기 잘해서 준비를 확실히 해둬야지."

"그래야겠네요. 안 그래도 SG에서 슬슬 몸이 단 모양이던데."

부전자전으로 꼭 닮은 비릿한 웃음이 준혁의 입가에도 퍼져나갔다. 당연히 제 것이라 여겼던 자리를 되찾는 것으로 모자라 그 건방진 강인우를 짓밟아줄 생각만 해도 십년체증이 다 내려가는 것 같다.

"그럼 전 말 나온 김에 수민이 데리러 가봐야겠네요."

"성북동으로 바로 가려고?"

부회장이 일어서는 제 아들을 바라보았다. 모든 것을 목전에 둔 준혁은 뭐가 그리 즐거운지 킬킬거렸다.

"아뇨. 더 재미있는 데 간 모양이더라고요."

"웬일이야. 학교 다시 나왔나 봐."

"설마 했는데, 진짜 아무나 재벌이랑 결혼하는 거 아닌가 봐. 나 같으면 절대 못 나올 것 같은데."

오직 앞만 보고 강의실로 향하는 해인의 발걸음이 조용했다. 저에 대한 수군거림도 전혀 듣지 못한 것처럼 묵묵한 얼굴이다. 일이 터진 후 며칠 만의 등교이니 이 정도는 각오했다.

"꼭 가셔야겠어요? 종강도 했으니 굳이 나갈 필요는 없으실 텐데요."
"아니요. 채용설명회 신청한 것도 있고 해서 가보려구요."
"하지만 아직은 다니기가 힘드실 텐데……."
"지금 안 나가면 앞으론 더 다니기 힘들어질지도 모르잖아요."
"……."
"그리고…… 꼭 보고 싶은 사람들도 있고요."

뒷모습만으로도 익숙한 유진과 연주를 발견했다. 안 비서가 그리 말렸는데도 학교에 온 것 역시 친구들 때문이다. 비록 저를 보고 어쩔 줄 몰라 하는 표정을 짓는다지만 제게는 유일하게 마음을 터놓았던 친구들이다.
"……."
저도 모르게 그들을 향하던 해인이 주춤하더니 다시 앞을 향했다. 여전히 굳어 있는 유진의 표정 때문만은 아니다. 제가 다가가는 것만으로도 시선이 쏟아지니 자칫 친구들에게까지 피해가 갈지도 모르기 때문이다. 저야 제가 선택한 길이라지만, 친구들은 아니니까.
"흐흠, 그럼 SG 그룹의 채용설명회를 시작하겠습니다. 먼저……."
구석 어딘가에 자리를 잡고도 몇 번이고 뒤를 돌아보고 싶더니 불이 꺼지고서야 마음을 추슬렀다.
원래는 셋이 나란히 앉던 자리였는데. 지금이라도 유진의 곁에 다가가 무슨 말이라도 해보고 싶지만 생각뿐이다. 제게로 따라붙는 시선이 또 어떤 식으로 퍼져나갈지, 아무리 단단히 마음을 먹었다 해도 이런 현실에 익숙해지진 않았다.
'……멋지다.'

나도 저런 곳에 다니고 싶었는데. 억지로 설명회에 집중하던 해인의 눈이 금세 아쉬움으로 가득해졌다. 저런 회사에 다니는 건 힘들어지겠지. 그동안 희망을 가지고 바라왔던 것들이 모두 꿈처럼 아련했다. 환한 얼굴로 자신만만하게 나선 이들이 부럽고 또 부러워 무슨 말을 하는지도 모르면서 눈을 못 뗐다.

"자, 그럼 이상으로 SG 채용설명회를 모두 마치고…….."

벌써 끝이 났구나. 불이 켜지고 웅성웅성 소리가 나자 해인은 무언지도 모르고 끼적거리던 수첩을 덮었다. 그래도 막 설명회가 끝이 나서인지 저에 대한 관심도 많이 희미해졌다. 여기저기서 우르르 빠져나가는 이들을 보며 조심스레 가방을 챙겼다.

'……아직 유진이는 남아 있을까.'

마른침을 삼키며 가방을 챙기는 손길이 주섬주섬 빨라졌다. 다른 이들의 시선엔 무덤덤해졌다 쳐도 가장 친한 친구에게만은 그럴 수가 없다. 용기를 낸다고 냈는데도 머뭇거리는 어깨가 떨렸다.

'그래도.'

오늘이 아니면 또 언제가 될지 모른다. 앞으로의 일들을 생각하면 학교에서 보는 것은 마지막일 가능성이 높다. 강의실에서 인기척이 사라져가는 기색에 해인은 황급히 뒤를 돌아보았다.

"저기, 유……."

"어머. 오랜만이에요, 해인 씨."

"……."

유진을 찾아보기도 전에 저를 막아선 수민에게 해인이 잠시 영문을 모르겠다는 듯 눈을 깜빡였다. 반갑지 않은 이라서가 아니라 왜 여기 있는지를 생각해보는 표정이다. 그 모습이 꽤나 우스웠는지 수민은 웃음을 감추지 않았다.

"생각보다 더 놀라셨나 보네. 여기 SG 채용설명회잖아요. 해인 씨도 볼 겸 해서 일부러 지원했는데 제가 여기 온 게 그렇게 놀랄 일인가 봐요."

"……수민 씨."

"물론 해인 씨 결혼보다 더 놀랍겠냐만."

역시 좋은 일일 거라 기대도 하지 않았지만 수민은 처음부터 거침없었다. 지난번 연회장에선 그래도 어느 정도는 조심하는 눈치였다면 오늘은 해인을 찾아온 목적이 노골적이었다.

"그래도 보면 그날도 느꼈지만 해인 씨도 참 대단한 분이긴 해요. SG가 저희 집안인 거 뻔히 알면서 여길 다 오시고. 누가 보면 재벌들만 골라서 노리는 줄 알겠어요."

"……그 말 하러 여기까지 오신 거예요?"

"설마요. 아직 하고 싶은 얘긴 제대로 꺼내지도 못했는데."

해인의 앞으로 손을 짚은 그녀가 붉은 입꼬리를 끌어올렸다. 언론에서 일이 터지자마자 오늘 같은 날이 오기를 얼마나 기다렸는지, 짜릿한 흥분이 가시질 않았다.

"난 또, 두 분이서 그리 사이가 좋더니 그런 인연이 있는 줄은 몰랐네요. 하마터면 연회장에서도 깜빡 속을 뻔했는데, 두 분 다 은근히 연기를 잘하시나 봐요."

"수민 씨."

"해인 씨가 본인 입으로 자기 운이 좋다길래 그렇구나 했는데 정말이었네요. 그나마 강 전무님이 태원에 들어왔으니 망정이지, 아니면 어쩔 뻔했어요? 재산 다 뺏기고 그대로 길거리에 나앉을 뻔한 거 아니에요?"

세상에, 어쩌면 좋아. 꼭 이래보고 싶었다는 양 수민의 눈빛이 안타까웠다. 한껏 올라간 입가까지 잘 수습했다면 더욱 완벽했겠지만 그럴 마음은 없는 것 같다.

"어쩐지 강 전무님이 볼 때마다 조금 독한 구석이 있어 보이던데, 눈 마주칠 때마다 섬뜩하더라고요. 그치만 해인 씨도 어떤 의미론 참 대단해요. 나 같으면 그런 남자랑 못 살 텐데."

"정말로 그렇게 못 사실 것 같긴 해요."

"……네?"

"인우 오빠는 원래 수민 씨 같은 사람 싫어하거든요."

다소 피곤한 안색의 해인이 물끄러미 그녀를 바라보다 고개를 저었다. 화를 내거나 흥분하기는커녕 비켜달라는 듯한 눈짓에 수민의 올라간 눈썹이 크게 꿈틀거렸다.

"이보세요. 그렇게 허세 부릴 때가 아닐 텐데?"

"허세는 SG 그룹 따님씩이나 되셔서 굳이 절 만나러 이런 설명회까지 따라오신 분께 해당하는 거 같아요."

"……하아."

"그리고 말한다고 해서 믿지도 않겠지만, 인우 오빠 그런 사람 아니에요. 저랑은 앞으로 엮일 일도 없을 거고요."

"어머, 웃겨!"

흥분한 수민의 귀에 해인이 뭐라든 제대로 들어올 리가 없다. 지난번에야 어쨌든 태원가의 며느리였으니 최소한의 예의를 지켰다지만 더는 그럴 필요가 없어졌다. 어차피 진짜 결혼도 아니었다니 해인의 이런 무덤덤한 태도 자체가 가소롭다 못해 건방지기만 했다.

"송해인 씨, 보기보다 연기 잘하시네요? 그런 분이 어떻게 그렇게 얌전한 척 굴었는지……."

"아니, 그럼 그쪽은 연기라도 잘해보든가요!"

해인이 비키기도 전에 잔뜩 흥분한 음성이 쩌렁쩌렁 울렸다. 이건 또 뭐야. 짜증이 가득해서 돌아서던 수민이 저를 둘러싼 두 여자의 무시무시한

465

표정에 흠칫했다.

"뭐, 뭐야, 이건 또!"

"보면 몰라요? 그 잘난 재벌가에선 딸 눈 하나 고쳐줄 마음이 없으신가 보죠?"

"지금 뭐라고 했어요?"

"내 친구한테서 떨어지라고! 이 여자야!"

"당장 비켜!"

두 눈을 이글거리는 유진이 수민의 앞을 단단히 가로막았다.

"언니, 그러지 마요."

말리는 척 옆에 선 연주 또한 눈이 빠져라 수민을 노려보는 것을 잊지 않았다. 더는 얼이 빠진 해인이 눈에 들어오지 않는지 두 친구가 제대로 팔을 걷어붙였다.

"우리 해인이가 연기를 해? 그럼 그쪽은 연기를 그렇게 잘하셔서 눈이랑 입이 따로 노나 보네? 위로를 하든가 배를 잡고 웃든가 둘 중 하나만 하지, 뭐가 그렇게 산만해서?"

"미, 미친 거 아냐?"

"미친 건 그쪽이겠지. 가진 게 많으면 그거나 누리고 살지, 애 하나 약 올려보겠다고 남의 생계가 걸린 채용설명회까지 쫓아와서 아득바득 구는 거 그 잘난 아버지께서 알긴 아시나?"

"이게 감히!"

수민의 목청에서 전에 없던 고성이 터져 나오자 열려 있던 문틈으로 힐끗거리던 시선들이 늘어났다. 혹시라도 해를 끼칠까 싶어서 해인이 친구들을 막으려 했지만 시도조차 못 하고 밀려났다.

"야, 넌 비켜."

오히려 며칠간 참고 참은 화가 제대로 터진 유진이 본격적으로 이를 질끈 악물었다. 그대로 수민을 쏘아보는 눈빛에 제대로 독이 올랐다.

"착각하지 마! 재벌? 그쪽 같은 인간이랑 엮이게 될 줄 알았으면 나부터가 그 결혼 하지 말라고 붙들고 늘어졌을 거라고!"

"나 참, 똑같은 것들끼리 웃기지도 않아!"

참지 않겠다는 듯 수민이 구두로 바닥을 쿵 내리찧었다.

"그리 잘나서 SG 채용설명회까지 따라와놓고는 취업할 마음은 없나 보네? 이래놓고 우리 회사에 지원을 하겠다고? 아무리 눈이 확 돌아가도 그렇지, 앞날에 대한 걱정 같은 건 안중에도 없나 보지?"

"응. 없어. 어차피 우리는 대기업 체질 아니거든."

"……"

맞잖아, 왜! 유진이 똑바로 눈을 뜨고선 해인을 바라보았다. 따지듯 쳐다보는 강한 눈길이 오히려 그녀들 사이에서는 더욱 애틋해졌다. 이번엔 연주가 기다렸다는 듯 팔을 걷어붙였다.

"그러니까요. 완전 웃겨! 사람들이 다 대기업 하면 벌벌 떨고 죽으라면 죽는 시늉이라도 할 줄 아세요? 그쪽만 대기업 딸인 줄 아나? 우리 해인 언니는 더 대기업 며느리거든요?"

"여, 연주야."

"언니도 꿀릴 게 뭐 있다고 그러고 있어요? 아, 이거 놔봐요! 말이나 좀 하게!"

연주는 기어이 자신을 잡는 해인의 팔도 뿌리쳤다. 보란 듯 치켜드는 손에 휴대전화까지 꼭 움켜쥐고서 수민에게 눈을 부라렸다.

"나 다 제보할 거야. 재벌 갑질도 정도껏이지, 남의 학교에 와서 행패예요? 그쪽 집에서도 이러는 거 아세요?"

"뭐, 뭐 하는 거야! 그거 안 치워? 나한테 이래놓고 무사할 거 같아?"

"여기까지 왔으면 이 정도는 각오한 거 아니에요? 지금 때가 어느 땐대! 까놓고 태원에는 쪽도 못 쓰는 SG가 별거야? 제발 와달라 빌어도 안 가!"

……솔직히 태원이면 몰라도. 그제야 살짝 해인을 의식한 연주가 소심하게 시선을 피했다. 어쨌든 수민은 제대로 이성을 잃었다.

"감히 나한테! 별것도 아닌 것들끼리 꼴에 친구라고!"

"그런 그쪽은 집에 가서 친구라도 하나 사달라고 빌어봐요. 전 재산을 다 털어도 사지겠냐만."

"아악!"

연주의 이죽대는 웃음에 수민이 발작하듯 알아듣지도 못할 소리를 질러대자 곧 SG 직원들이 부리나케 그녀를 에워쌌다. 해인에게 쏟아져야 할 관심도 반쯤 끌려 나가는 수민에게로 옮겨갔으니 뜻밖의 자유를 얻게 되었다.

"……흥."

"……."

다만 유진과는 아직 어색했다. 고성이 사라진 자리에서 해인과 유진이 서로를 바라보다 말고 머뭇거렸다. 해인이 고개를 푹 숙이자 유진 또한 아직은 어찌해야 할지 모르는 것처럼 입구로 발걸음을 돌렸다.

"……흐흠, 그럼 난 갈게. 너네는 알아서……."

"아니, 뭐예요? 유진 언니 진짜 가요?"

이게 뭐야! 보고 있던 연주가 어이가 없다는 듯 코웃음을 치자 유진이 최대한 심드렁한 듯 쭈뼛거렸다.

"……가야지, 그럼. 나 다음 설명회 하나 더 있단 말이야."

"언니 꿈도 크시네. 우리 이거 소문나면 어차피 어디든 대기업은 글렀거든요?"

물론 태원은 빼고. 그러는 유진에게 연주가 성큼 다가가선 어깨를 잡아 돌려 세웠다. 강제로 돌려놓았다기엔 손이 닿기도 전에 유진이 먼저 스르륵 돌아서긴 했다.

"……뭐야. 자꾸 왜 이래, 귀찮게."

"귀찮긴요? 언니 해인 언니 보려고 하루도 안 빼고 학교 나와서 몇 시간씩 강의실에만 붙어 있어놓고! 전화라도 올까 봐 면접 결과 기다리는 사람처럼 하루 종일 휴대전화만 붙들고 있어놓고!"

"아, 알았다고!"

들어가, 가면 되잖아! 강력한 내분의 기운에 연주를 노려보던 유진이 해인에게로 다가왔다. 이참에 얘기 좀 하라며 연주까지 문을 닫고 나가버리자 마른침을 꿀꺽 삼키는 소리가 빈 강의실에 더욱 크게 울렸다.

"……미, 미안해, 유진아."

"됐거든?"

"나 때문에 괜히 네가 저런 사람이랑 싸워서……."

"야! 너 진짜 나 화나게 하려고 작정했어?"

일부러 해인을 보지 않고 삐뚜름하게 서 있던 유진이 버럭 언성을 높이며 노려보았다. 아무리 아닌 척하려 해도 소중한 사람에게는 절대 감춰지지 않는 감정이란 것이 있다.

"그럼 내가 너 그렇게 당하는데 문 닫아주고 나갔어야 했어? 송해인 너라면 가만있었을 거 같아?"

"아, 아니! 안 그래!"

해인은 절대 그렇지 않다며 고개를 양껏 흔들어댔다.

"유진이 너한테 누가 그랬으면 나 가만히 안 있었을 거야! 나 막 욕도 하고 때렸을지도 몰라! 진짜야!"

"……흥."

퍽이나 그러시겠네. 팔짱을 낀 유진의 새초롬한 눈가에서 조금은 힘이 풀렸다. 하지만 그런 걸로 웃기에는 며칠간 애끓던 마음이 말로 다 못 할 정도였다. 사실 아직도 믿기지가 않아 속에서 뜨거운 게 울컥 올라왔다.

"네가 왜 말 못 했는지는 알겠는데, 아니, 솔직히 아직도 화가 나는데! 그게 뭐 그렇게 죽을죄라고 그런 여자한테 말도 못 해? 왜 네가 강인우랑 결혼했단 거 하나로 그런 소리를 들어야 해?"

"유진아."

"솔직히 네가 무슨 덕을 그렇게 봤는데? 나 너 그동안 어떻게 사는지 제일 가까이서 지켜봤다고. 너 그냥 나랑 학교 다니고 취업 준비하고 티 하나 안 내고 살았는데 왜 다들 너한테 난리야?"

"……흐윽."

"지들이 뭐라고 너한테…… 뭐야, 너 울어?"

분에 받쳐 열변을 토하던 유진이 느닷없는 울음소리에 당황했다. 곧장 해인에게 다가서서 달래주려 했지만 갑자기 그러는 것이 어색한지 허공에서 손을 휘저어댔다.

"왜, 왜 울어! 내가 뭐랬다고!"

"……네, 네가 뭐라고 해줘서, 그래서 그래."

흐윽. 며칠간 감추기만 했던 눈물이 유진의 앞에서야 터져 나왔다. 소리 내어 울지도 못하고 흐느끼는 어깨가 너무나 작아 유진도 더는 화를 낼 수 없었다.

"누가 또 너한테 뭐라고 그래? 저 여자 말고 또 그래? 강인우 그놈이 막 괴롭힌 거야? 자기는 재벌인데 너는 아니라고 무시하고 구박하고 그랬어?"

"아, 아니야! 인우 오빠 그런 사람 아니야!"

"……넌 내 앞에서 꼭 그 사람 편을 들어야겠냐."

어휴. 유진이 어쩔 수가 없다는 듯 심란해하며 해인의 어깨를 잡았다. 기다렸다는 듯 유진을 올려다본 해인의 눈은 아직도 눈물이 그렁그렁했다.

"미안해. 정말 미안해. 흐윽."

"……그, 그만 좀 해. 그래봤자 네가 나 그동안 내내 속인 건 변함없으니까!"

"……."

"송해인 진짜 약았어. 내가 이런 거 꼼짝도 못 하는 거 어떻게 알고."

버럭해놓고도 눈가가 시큰한 건 유진도 마찬가지였다. 며칠간 애를 태우고 태워 퀭한 눈으로 드디어 해인을 마주 보았다.

"말을 했어야지. 해줬으면 좋았잖아."

"그럼 너까지 괜히 힘들어질까 봐."

"그걸 왜 네가 결정하냐구! 넌 나 모르게 결혼까지 다 해놓고 난 그 정도 힘든 것도 안 돼?"

"……유진아."

"내가 너네 집 사정 뻔히 아는데…… 바보같이 그런 말도 못 하고 여태까지."

혼자 끙끙 앓았을 해인을 생각하자 유진의 코끝이 찡해졌다. 지난 시간들을 떠올려보면 해인은 늘 소리 없이 웃는 것이 전부였다. 힘든 일에도, 어려운 일에도 그냥 가지런히 웃기만 했던 친구 때문에 여전히 화가 나고 속상했다.

"어쩐지 소개팅 한번 안 하고 버틸 때부터 이상하다 했어. 그래도 결혼이라니……."

"……."

"고등학교 때였다며. 그때 그렇게 결혼하면…… 무, 무섭잖아."

"아니야. 안 무서웠어."

믿어달라는 듯 해인의 서글픈 웃음에 유진이 얼굴을 쓸어내렸다. 뭐라고 말해야 하나. 눈가를 덮은 손이 한참 후에나 떨어졌다.

"그, 그래도 강인우, 아니, 너네 사촌, 아니…… 너네 남편, 차가울 거 같단 말이야."

"……"

"잘 웃지도 않을 것 같고 쌀쌀맞을 것 같고. 너한테는 안 그래?"

"그래."

나한테도 그래. 놀란 유진에게 해인의 갈색 눈동자가 표가 날 듯 말 듯 아주 천천히 휘었다.

"그런데 딱 보이는 만큼만 차가워서, 그래서 무섭지가 않았어."

"……해인아."

"사람들이 다 따뜻해 보여도 막상 다가가보면 아니었는데, 인우 오빠는 차가워도 보이는 게 전부였어."

"……"

"억지로 웃으라고 하지 않아서, 억지로 괜찮은 척하라고도 하지 않아서, 그렇게 말해주는 사람이 처음이라서…… 나는 정말 안 무서웠어."

해인이 용기 내 손을 잡자 유진은 흠칫했지만 손을 빼진 않았다. 전부 이해가 가는 것은 아니지만 최소한 해인이 억지로, 마지못해 결혼하지 않았다는 것만은 분명했다. 찡그리듯 절 흘겨보는 유진에게 해인이 도리어 달래는 듯 고개를 저었다.

"정말이야. 더는 거짓말 안 할게. 그러니까 유진아, 너도 조금만 화를 풀면……"

"내가 화 안 내게 됐어? 그럼 그런 남자 꼭 붙들고 그냥 같이 살아야지 이제 와서 헤어지려는 이유가 뭔데?"

"……그, 그걸 어떻게."

유진의 손을 잡고 안도하던 해인이 완전히 당황해버렸다.

그럼 그렇지. 그녀가 숨을 쉬지 못하는 만큼 유진의 숨은 거칠어졌다.

"내가 널 보면 몰라? 너 항상 먼저 포기하고 남들한테 양보할 때 그렇게 웃잖아!"

"유진아."

"아까 그 여자한테도 상관없는 사람 될 거라며? 떠들썩하게 일 다 벌어졌는데 왜 너 혼자 물러날 생각을 해? 넌 억울하지도 않아? 아쉽지도 않냐고!"

"……."

"송해인, 넌 또 혼자 착한 척하느라 다 괜찮다 하겠지만……."

"아냐. 나 안 괜찮아. 인우 오빠 아깝고 아쉽고 그래."

"……."

"너도 알잖아. 나 대기업 꼭 들어가고 싶었고 하고 싶은 것도 많고, 돈도 많이 벌고 싶고 회장님도 계속 하고 싶고 다 그랬는데……."

재촉하듯 씩씩대는 유진에게 해인이 천천히 고개를 들었다. 곰곰이 생각하고 또 생각해본 사려 깊은 눈동자에 아쉬움보다는 안도가 가득했다.

"그런 게 하나도 생각 안 날 만큼 나도 오빠한테 해줄 수 있는 게 생겨서…… 다행이라고 생각해."

늦은 오후의 회장실은 적막하기 그지없었다. 말 한마디 쉽게 나오질 않아 마치 아무도 없는 것만 같지만, 무거운 공기의 흐름은 이곳의 주인이 누구인지 여실히 보여주었다.

"……안 비서, 자네도 내가 너무하다 생각하나?"

양쪽 팔꿈치를 책상에 나란히 올린 채 앉아 있던 강 회장이 처음으로 입을 열었다. 그가 다른 이의 의견을 묻는 것도 놀라운 일이었지만 안 비서의 반응 역시 놀랍기는 마찬가지였다.

"……죄송합니다, 회장님."

"흥."

입사 이래로 이렇게나 차가운 적 없던 안 비서의 대답에 강 회장이 코웃음을 쳤다. 그래도 딱히 무례를 야단치지 않는 걸 보면 그 역시 어느 정도 예상을 했다는 반증이다.

"그래, 나만 나쁜 사람인 거지. 처음도 아니고."

수십 년 전의 일을 떠올리는 그의 얼굴에 회한이 감돌았다. 하지만 그런 감정을 일일이 드러내기에는 짊어져야 할 무게감이 더욱 큰 자리였다. 그리고 떠나가버린 이들의 얼굴을 떠올리기에는, 조금 더 선명하게 떠오르는 얼굴이 있다.

"……하나만 더 여쭤봐도 될까요?"

그 상황까지 몰려서도, 여리디여린 손자며느리의 눈에는 두려움이 없었다. 나이를 먹을 만큼 먹은 자신이 다 당황스러울 정도로, 순진한 눈망울에 한 가지만 남아 있었다.

"회장님께서는 그러지 않으실 거죠?"

"……."

"말씀하신 것처럼 모두가 등을 돌리고 인우 오빠가 홀로 남아도, 회장님께선 곁에 계셔주시겠지요?"

"흥…… 보기보다 당돌하단 말이지."

알 수 없는 웃음을 지은 강 회장이 자리에서 일어났다. 원래대로라면 얼른 달려와 제 일거수일투족을 살펴야 할 안 비서가 지금은 모른 척 다른 일에 열중하고 있다. 참, 여러 사람 포섭했군. 강 회장이 영 언짢아 대놓고 불편한 심기를 드러냈지만 울적하기로는 안 비서도 마찬가지였다.

"……이런 말씀 외람된 줄 알지만 사모님께선……."

"알면 그만둬. 말한다고 달라질 것 있나?"

"……죄송합니다, 회장님. 제가 생각이 짧았습니다."

그제야 안 비서가 고개를 숙이며 강 회장에게 코트를 내밀었다. 조금은 기분이 풀린 듯 강 회장이 흘끗 노려보며 손을 뻗었다. 그러나 그의 관용에도 불구하고 코트를 내어놓는 안 비서의 손길에는 은근한 힘이 들어가 있었다.

"……뭐 하자는 건가?"

"죄송합니다, 회장님."

본인조차 화들짝 놀란 그녀가 고개를 푹 숙였다. 그럼에도 감춰지지 않는 원망 어린 눈초리에 강 회장이 혀를 찼다.

"내가 어지간히 잘못했나 보군. 자네가 이럴 정도면."

"회장님, 그게 아니라……."

"아니면 그 당돌한 손주며느님이 지나치게 마음에 들었든가."

대답은 들을 것도 없다며 그가 툭, 코트를 받아 들었다. 하지만 단추를 잠그는 손길이 뭐든 서슴없는 성격 치고는 느릿했다. 생각할 게 있는 것처럼 시간을 끌었지만 어쩌면 그 옷을 입고 달리 갈 만한 데도 없을지 모른다.

"……회장님."

그 쓸쓸함을 누구보다도 잘 아는 안 비서가 안타까움을 삼켰다. 긴 시간 회장님을 모시다 보면 남들의 눈에 보이지 않는 부분이 비치기도 했다. 안 비서는 뒤늦게 반성하며 강 회장을 수행했다.

"오늘은 다른 일정은 없으십니다. 일전의 일로 공식적인 약속이나 행사는 모두 취소했으니 편히 쉬십시오."

"쉬기는. 일이 커졌는데 마무리하려면 다시 나와봐야지."

"그래도 주말 동안이라도 어디든 다녀오시면 좋을 텐데요. 공식발표가 끝나면 또 한동안은 시끄러울 텐데 며칠이라도 휴식을 취하시는 게 건강에도……."

"누가 그걸 몰라서 못 가나?"

마지막 단추를 채운 강 회장이 허망한 웃음을 머금자 의아해진 안 비서가 고개를 들었다. 세상에 태원 회장님께서 못 하실 게 뭐가 있다고. 안 비서의 빤한 생각에 강 회장이 그저 못마땅한 듯 고개를 돌렸다.

"전용기가 여기 없는데 내가 무슨 수로 떠나겠나?"

chapter

15

택시에서 내린 해인은 눈앞의 건물을 물끄러미 올려다보았다. 한 달 만 인가. 터무니없이 높아 보이던 거대한 건물은 그대로인데, 변한 것은 저뿐이다. 해인은 계단에 발을 올리며 차디찬 공기를 가득 들이마셨다.

"그래서, 내 말대로 하겠느냐?"

꼭 인우와 닮은 눈으로 제게 말해서가 아니라, 처음부터 이래야 한다는 것을 알고 있었다. 계단 중턱에 선 해인은 들고 온 갈색 봉투를 만지작거리다 말고 두 손을 눌러 잡았다. 그래도 딱히 감각이 없는 걸 보니 한겨울의 추위가 무서운 건가 보다. 그도 아니면 마음이 얼어붙어버렸거나.

강인우, 송해인. 두 사람의 이름이 적힌 서류가 영 낯설기만 했다. 정작 결혼할 때에도 청첩장 한번 찍어본 적이 없는데, 이혼판결을 앞두고 날아온 서류에는 두 사람의 이름이 나란히 적혀 있었다. 처음 법원에서 온 서류를 받아 드는 순간부터 가슴이 내려앉아 아무것도 못 하면서도 막상 함께 있는 이름만은 좋았다. 제가 바보인 줄은 알았지만 그 정도인 줄은 몰랐다. 인우를 좋아하는 마음 역시 마찬가지다.

'······이러지 말아야지. 모르던 것도 아닌데.'

고작 한 달 전에 이혼서류를 제출하러 왔고, 마음은 그 전부터 준비를 해왔다. 인우가 돌아오면 원래 있던 곳으로 보내줘야 한다고. 그것만이 자신이 그를 위해 해줄 수 있는 전부인 줄 알았다.

"……자꾸 오빠 불러서 도와달라고만 하면 미안하잖아."
"그럼 해인이 너도 나중에 갚아주면 되지."
"내가?"

무슨 수로? 어떻게? 아무리 아빠가 하는 말이라지만 웃음부터 터져버렸다. 당장 제대로 서지도 못하는 아빠 대신 형광등 하나 가는 것까지 그의 도움을 청해야 하는데, 제가 언제 인우에게 도움이 될 수 있을까. 이리도 까마득한데, 보고만 있어도 엄두조차 나질 않는 사람인데.

"……."

왜 아빠 말은 틀린 게 없을까. 해인은 희미하게 웃으며 서류를 챙겼다. 이런 식으로 도움이 될 줄은 아빠도 미처 모르셨겠지.

겨울날의 해는 지독히도 짧아 제게 웃을 시간조차 주질 않았다. 벌써 뉘엿뉘엿 넘어가는 해를 놓치기라도 할까 걸음을 재촉했다.

"……하아, 하아."

오늘이 아니면 곧 주말이 되어버린다. 엄마를 만나 엄포를 놓았다지만 얼마나 갈지 모른다. 아무리 생각해봐도 인우를 완전히 놓아주려면 이 방법뿐이다.

"이혼할게요. 제가 법원에 출석해 이혼의사 다시 밝힐게요."
"어차피 이리된 거 성급하게 굴 필요 있겠느냐. 시간이 지나면 지금보단 덜 시끄러울 테고 적당히 마무리될 수도 있을 텐데."

"······시간이 흘러도 저희 엄마는 바뀌지 않을 테니까요."

회장님마저 별말씀이 없으셨던 걸 보면 차마 제 말을 부인하기는 힘드셨던 모양이다. 서운하지는 않았다. 그 정도 분이면 아마도 자신의 엄마가 어떤 사람인지 쭉 알고 계셨을 텐데, 여태 아무 소리 않아주신 것만으로도 감사했다. 제가 한 달간 인우와 보냈던 그 소중한 시간을 허락해준 자체로 원망은 생각할 수도 없다. 그러니 자신이 할 수 있는 건 모두 해두어야 한다. 엄마가 인우에게 손을 대지 못하게 하려면 이 수밖에는 없다. 인우에게 주고 싶은 것은 제가 느꼈던 안도와 행복이었지, 그런 지긋지긋한 인연으로 발목을 잡는 것이 아니다.

"오빠가 처음 한국에 왔을 때부터 우리는 이혼 준비해왔다고 말하면 될 거예요. 늦었지만 오빠는 아빠 부탁으로 저를 지켜주려던 거라고, 그렇게 사실대로 밝히려구요. 남들이 믿든 아니든 진실은 변하지 않으니까요."
"······그럼 해인이 너는? 너는 괜찮겠느냐?"
"저는······ 오빠가 괜찮아야 괜찮을 수 있어요."

아직은 괜찮지 않지만, 인우가 이것으로 괜찮아진다면 곧 자신도 괜찮아질 것이다. 그 믿음만큼은 한 번도 변해본 적이 없다.

마지막 계단에 발을 올린 해인은 비장하게 고개를 들었다. 힘들지만 제가 먼저 나서야만 인우에게 쏟아지는 비난을 막을 수 있다. 당장 유진만 해도 자신이 쫓겨나는 것이 아니냐며 분개하지 않았나. 인우가 나서서 이혼을 준비한다면 사람들 눈엔 또 얼마나 비정해 보일지 이젠 꼭 겪지 않아도 짐작할 수 있었다.

'······그건 안 돼.'

며칠간의 경험으로 질려버린 해인이 짧게 고개를 흔들었다. 돌아온 인우가 그런 눈총을 받게 할 수는 없다. 비록 양쪽이 함께 출석하지 않으면 정식으로 성립은 되지 않는다지만 이대로 손 놓고 있을 수는 없다. 저라도 나서서 제 결심을 보여야만 인우가 아닌 제 의사라는 것을 드러낼 수 있을 것이다.

"그래."

아는데, 충분히 알고 생각하고 연습까지 해왔는데. 막상 법원으로 들어서는 발이 갈수록 무거워졌다. 인우와 함께 오던 그 순간이 그저 떨리기만 했다면 지금은 살을 에는 듯 한겨울의 추위가 온몸으로 파고들었다. 아마 이곳을 나설 때에는 이런 감각마저 없어질지 모른다.

"……아."

들고 온 서류를 접수하려던 해인은 안에서 나오는 남자를 보고 걸음을 멈췄다. 나이가 지긋한, 일전에 보았던 조정위원이었다. 그 역시도 로비로 나오다 말고 그녀를 빤히 바라보았다.

"……."

눈살을 찌푸리다 말고 입을 벌리는 것으로 보아 저를 알아본 듯했다. 그때의 자신이 기억에 남아서인지, 최근의 떠들썩한 일 때문인지는 모르겠지만, 차마 반갑다고는 말 못 하는 해인이 얼굴을 붉혔다. 꾸벅 고개부터 숙이고는 그에게로 다가갔다.

"아, 안녕하세요."

"네에. 다시 오신 거 보니까, 음……."

그가 익히 짐작이 간다는 얼굴로 해인의 손에 들린 봉투를 내려다보았다. 표정이 살짝 어두워지는 것으로 보아 아무리 이런 일이 직업이라 해도 썩 마음에 들지는 않나 보다.

기가 푹 죽어버린 해인이 겨우 어설픈 미소를 지어 보였다.

"오, 오늘 꼭 출석해야 하는 거라고 해서요."

"절차가 그렇긴 하지만 설마하니 다시 오실 줄은 몰랐는데."

"……네? 그게 무슨 말씀이신지."

"아닙니다. 그냥 제 감이 다 됐나 봅니다."

남자가 쓸쓸한 얼굴로 안경을 치켜올렸다. 더 이상의 설명 없이 안타깝다는 얼굴로 서 있는 그의 앞에서 해인이 머리칼을 귀 뒤로 넘겼다.

"저어, 그럼 다음에 뵐게요. 저는 이거 접수하러……."

"그거 혼자 접수해서는 안 될 텐데요. 원래 중간 출두는 남편분과 함께 오셔야 하는 건데…… 아아, 함께 오셨군요."

"……네?"

조정위원이 쓸쓸한 표정으로 고개를 끄덕이자 해인도 그를 따라 고개를 돌렸다. 뭘 그렇게 보시는 걸까. 그래도 어디라도 바라볼 곳이 생겨 다행일지도…….

"아……."

로비 끝에서부터 천천히 다가오는 남자의 음영에 해인은 입을 가렸다. 이곳에 있어서는 안 되는, 그럼에도 못내 반가워지는 그의 등장에 말문이 막혀버렸다. 툭, 서류까지 떨어트리고도 주워 들 생각조차 못 한 채 가슴을 들썩였다.

표정이 어둡기로는 이곳의 그 누구도 이 남자를 따라갈 수 없었다. 법원이 아닌 전쟁터에 들어서는 사람처럼, 검은 코트 자락을 휘날리며 들어서는 인우의 모습이 사신인 양 어둑했다. 눈이 있다면 바라볼 수밖에 없는 그의 존재는 그 어느 곳에서보다 압도적이었다.

"이런 데서 다 보네, 송해인."

바닥에 떨어진 서류를 주워 들면서도, 해인에게서 눈을 떼지 않았다. 서류를 돌려주는 대신 손안에서 구겨버리는 것만 빼고는 모든 것이 자연스럽고 완벽했다.

"내가 그다지 반갑지 않은가 본데, 아니겠지?"

"오, 오빠."

"난 네가 미치도록 반가운데 말이야."

농담처럼 말을 건네는 인우의 목울대가 그녀의 시선을 가로막았다. 자칫 살벌하면서도 스스로를 억누르는 듯한 그의 기운이 한계선에서 아슬아슬하게 넘실거렸다.

흠흠. 앞에서 나는 조정위원의 헛기침에 그제야 인우는 몸을 돌렸다.

"다시 뵙습니다."

"아, 네에. 저야 안 보면 더 좋았겠지만요."

"동감입니다."

짧은 대답이었지만 절절한 동감과 함께 인우의 눈이 가라앉았다. 고요하게 들끓는 그의 눈에 조정위원이 언뜻 뒤에서 꼼짝도 못 하고 얼어버린 해인을 살폈다.

"저어, 그런데 부인께서는……."

"그러게요. 왜 여기에 있는지."

내가 물어봐야 할 것 같은데. 인우가 해인을 지그시 바라보았다. 그에 해인이 어깨를 움찔거렸다. 제게 거리를 두는 그러한 반응조차 마음에 들지 않아 인우는 천천히 입가를 끌어올렸다.

"기다린다더니, 넌 왜 여기에 있어?"

"오, 오빠."

이리도 시린 미소가 또 있을까. 해인이 저도 모르게 제 팔을 부여잡으며 주춤 고개를 저었다. 새하얗게 질린 얼굴이 보기에도 가여웠다. 그를 두고 볼 리 없는 인우가 해인의 어깨를 잡아 제게로 끌었다. 부드러운 손짓이었지만 조금의 틈도 허용하지 않았다.

"한마디 말도 없더니. 이런 데 와보고 싶었으면 말을 하지 그랬어."

"······흐흠, 저기."

보다 못한 조정위원이 넌지시 그를 불렀다. 꼭 무슨 말을 해야만 해서 그랬다기보다는 이 완벽해 보이는 남자에게 아른거리는 묘한 불안을 눈치챈 듯했다.

"아니. 일단 절차에 따라 통지서가 갔던 모양인데······."

"절차라니요?"

"그때 말씀드렸다시피 두 분 사이에 아이가 없는 경우에는 한 달간의 수습기간이······."

"그럼 더 해당사항이 없는 걸로 압니다만."

"······."

어딘가 여운이 확실한 대답이 모두를 침묵으로 잠재웠다.

흐흠. 조정위원이 황급히 시선을 돌리자 해인을 바라보는 인우의 눈길은 더욱 자유로워졌다.

"우리 그럴 자격 안 되지 않아?"

"······."

나직하면서도 속삭이는 듯한 음성이 그녀를 쿡 찔러댔다.

"해인아, 잘 한번 생각해봐."

진짜 우리가 그럴 가능성이 없는지.

"내가 알기론 우리 이미······."

"오빠아!"

뒤늦게 그의 말뜻을 알아들은 듯 해인의 목에서 비명 같은 소리가 터져나왔다. 인우가 등장할 때부터 백설로 빚은 인형처럼 굳어 있던 그녀였다. 그런 그녀가 이제야 살아 있는 사람처럼 달아오른 얼굴로 가슴을 헐떡였다. 왜 그래요! 그의 팔을 바짝 끌어당기는 힘도 강해져 인우가 처음으로 흡족함을 드러냈다.

"그러니까 이런 델 구경하고 싶었으면 처음부터 나한테 말을 했어야지."

"……"

"갈 데가 얼마나 많은데 하필이면 넌 왜 이런 데를."

들으라는 듯 결론을 지어버리는 인우의 기세에 조정위원이 알아서 물러났다. 인사도 못 하고 멍하니 서 있던 해인이 발소리에 다급히 고개를 돌렸지만 인우가 먼저였다. 길게 뻗은 손가락이 그녀의 턱을 제게로 돌려와 두 눈을 마주했다.

"……이런 데서 기다린다는 말 없었잖아."

"오빠."

"쉿, 아직 보는 사람 많아. 그런 게 싫어서 너 혼자 여기까지 왔을 텐데 괜찮겠어?"

상냥해서 더욱 차가웠다. 저를 챙기듯 세심한 목소리에 왈칵 눈물이 나버릴 것도 같았다. 그럼에도 조용조용, 온갖 감정으로 덧대고 덧대어 검어진 인우의 눈빛은 저를 도무지 놓아주지 않았다.

"……송해인, 너한텐 내가 그 정도였어?"

"아, 아니에요. 저한테 오빠는……"

"이렇게 버려두고 갈 수 있는 사람이었냐고."

그의 눈동자가 상처받아 흐릿해졌다. 더없이 강해 오히려 작은 상처에도 그 흠이 커다랗게 드러났다. 고개조차 마음대로 젓지 못하는 해인이 입술을 꼭 깨물자 인우의 엄지손가락이 그것조차 막았다. 마치 네 몸이 전부 너의 것이 아니라는 것을 일러두듯, 해인의 입술을 쓸었다.

"……오지 말라 안심시켜놓고, 넌 처음부터 이럴 생각이었어?"

"어, 엄마가 오빠한테 찾아갔다고 하길래…… 난 그냥 내 가족이 오빠한테 해를 끼치는 게 싫어서……"

"그거 실망이네."

흡. 눈물이 그렁한 해인이 마른침을 길게 삼켰다. 둘도 없이 다정하게 얼굴을 맞댄 두 사람을 향한 눈들이 점차 늘어났다. 인우가 지켜보는 이들의 기대에 부응하듯 그녀의 허리를 단단히 안으며 고개를 떼어냈다.

"……네 가족은 나인 줄 알았는데."

"일단 부사장님 쪽에서는 준비한 대로 일을 진행하려는가 봅니다."

"……그래."

그렇겠지. 인우는 무심히 중얼거리며 조 비서의 말을 흘려들었다. 누가 무슨 소릴 한다고 귀에 들어나 올까. 중국에서 죽자 사자 남은 일에 매달렸던 것에 비하면 그는 하루 새 다른 사람이 된 것만 같았다.

"중국 쪽에서는 일단 공식발표 확인하는 대로 바로 결정을 내리겠다고 합니다. 친구분께서도 오전에 연락을 주셨고…….'

"해인이는?"

"아…… 오늘은 아마 집에 계실 겁니다. 안 비서님께 연락을 드렸다고 하니까요."

"확실해?"

뭐든 심드렁하던 인우가 뒷좌석의 등받이에서 몸을 떼어냈다. 아무리 잊어보려 해도 심장을 짓누르는 이 거북한 감정이 도무지 다스려지지가 않았다.

"……제이슨에게는 그대로 진행하면 된다고만 말해. 그럼 알아들을 테니까."

"아아, 네. 그럼 회장님께는 뭐라고?"

"죄송하다고, 아니, 죄송할 거라고 전해."

"네. 네에?"

조 비서가 못 들을 소리라도 들은 것처럼 그를 돌아보았다. 차갑게 돌아보는 저 눈이 과연 진심일 리는 없고, 대체 무슨 심산인지 몰라 눈만 껌뻑거렸다.

"뭘 그렇게 놀라?"

"아, 아닙니다. 그냥 전무님께서 회장님께 그런 말씀을 하실 거라 생각 못 해서."

"전무니까."

한 기업의 전무로서 회장에서 사과할 일이 생긴다면, 그건 조손간의 차원을 벗어난 일이다. 그는 불안해하는 조 비서를 무시한 채 다리를 꼬았다.

"……."

어쩌면, 불안한 건 나일까. 고개를 숙인 인우는 해인의 버릇처럼 자신의 손등을 꾹 눌렀다. 제가 모르는 그녀가 존재할 수도 있다는 것이, 또 그녀에겐 제가 전부가 아닐 수도 있다는 생각이 하루 종일 그를 괴롭혀댔다.

태어나 그날처럼 놀라본 적이 또 있었을까. 회장 전용기에서 내린 지 하루가 지났는데도 귀가 여전히 먹먹했다. 해인이 홀로 이혼법정에 가 있다는 것을 안 순간부터 그랬지만, 막상 그곳에서 그녀의 작고 하얀 얼굴을 마주하자 숨이 막혀버렸다.

"후우우."

그러면 안 되는 거잖아. 그 어떤 이유에서든, 해인은 그래서는 안 됐다. 지난밤을 지새우고 일부러 해인의 얼굴을 보지 않고 나왔지만 그녀의 잔상은 숨결마다 그의 마음을 흐트러트렸다. 한 번도 놓아준 적 없지만 제게는 너무나 당연했던 일이 해인에겐 아닐 수 있다는 사실 자체가 가슴을 깊이 헤집었다. 저를 보고 놀라 어쩔 줄 모르던 그 얼굴을 다시 마주하면 제가 무슨 소리로 몰아댈지. 그러면 해인은 어떤 눈으로 저를 바라볼지.

"……."

인우는 머리칼을 넘기다 말고 거친 숨을 내쉬었다. 몸이 뜨거워질수록 생각나는 사람도 한 사람뿐이다. 오늘 밤도 도저히 버틸 여력이 없어 인우는 조 비서를 불렀다.

"차 돌려. 그냥 오늘은 회사에서 지낼 테니까."

"네? 벌써 집에 다 도착했는데. 그리고 회사엔 기자들이 와 있을지도 모릅니다."

"그쪽이 나아."

"하지만 저기 해인 양이 나와 기다리는데……."

컴컴한 세상을 외면하듯 눈을 감았던 인우가 곧장 창밖을 바라보았다. 스쳐봐도 모를 수가 없는 작은 그림자가 대문 앞에서 서성거리는 걸 본 순간, 그는 본능처럼 차문을 덜컥 열려 했다. 놀란 조 비서가 차를 세우고서야 밤거리의 해인을 마주할 수 있었다.

"……."

꼭 어제처럼 차디찬 겨울밤이었다.

자칫 해인에게 화를 내고 말까 싶어, 법원에서 돌아오는 순간부터 한마디도 하지 못한 채로 하루를 보냈다. 그녀가 저를 향해 입술을 달싹거리는 것도 냉정하게 모른 척했다.

"아, 오빠."

"……."

나한테만 겨울인 줄 알았는데, 너한테도 그랬구나. 겉옷 하나 제대로 챙겨 입지 못한 채 대문 앞에 서 있는 해인을 보자마자 이상하게도 그에게는 찬 바람이 비켜갔다. 눈에 담는 순간부터 따스하기 짝이 없는 그녀의 존재에 목부터 막혔다.

"······오빠, 오셨어요?"

"왜 나와 있었어? 나오지 말라고 했잖아. 내가 그만큼 조심하라고 했는데······."

"그, 그래도 오늘 집에만 있었어요. 오빠가 나가지 말라고 해서 어디 안 가고······."

"그럼, 또 나 없이 어딜 가려고 했어?"

그러나 입 밖으로 나오는 말은 마음처럼 그리 따스하지가 못했다. 대체 왜 울컥하고 마는 건지. 스스로가 낯설어진 인우는 욕설을 삼키며 제 이마를 쓸었다.

"도망갈 수 있을 때 갔어야지. 이 남자 안 되겠다 싶을 때 대차게 선을 그었어야지. 이제는 나도 돌이킬 수가 없는데 너무 잔인하다고 생각 안 해?"

"오빠."

"송해인 너 하나만 보고 너 하나만 생각했어. 그런데 왜 너한텐 나만 없는 건데?"

"······화나셨어요?"

눈물이 날 것 같아 눈을 깜빡거리던 해인이 입술을 맞물었다. 파랗게 질린 입가를 보니 얼마나 오랫동안 이곳에서 기다렸을지. 인우는 제 목에서 머플러를 풀어냈다.

"그래. 너한테 화났어."

"······."

"나한테는 더 그렇고."

어른스럽지 못한 스스로에게, 그녀의 작은 것 하나에도 지나치게 휘둘리고 마는 자신에게, 이런 애를 기어이 울려버리는 자신에 대한 경멸에 더해······ 그럼에도 절 기다려주는 해인에게 못내 기쁘고 마는, 그런 스스로가 한심하기 그지없었다.

"……오빠."

"이러면 내가 좋아할 것 같았어?"

인우가 해인의 목에 머플러를 감으며 드디어 그녀를 가까이에서 마주했다. 대문 앞에 서 있는 해인을 봤을 때부터 이러고 싶었다. 울먹이며 저를 올려다보는 그녀의 연갈색 눈을 마주하는 그 순간부터 보잘것없는 인내는 끝이 났다.

그리도 바라던 것이 무엇이었는지, 또 무엇이 그리 불안했는지. 모든 답을 쥔 한 사람에게 인우가 머플러를 더 단단히 감았다. 아직은 감정이 남아 있다 보니 다정한 손길이라고는 못 하겠지만, 최소한 놓아주지 않겠다는 의지만큼은 단단했다.

"네가 진짜 나를 가족으로 생각한다면……."

"……오빠……."

조이듯 당긴 머플러도 못 미더워 결국 코트까지 벗어냈다.

"제발, 너 하나만 생각해."

"……."

"얼른 들어가."

아무래도 그녀와 같은 집에 들어가는 것까진 무리가 있다. 해인이 어딜 가냐며 다급히 팔을 붙잡자 인우는 다시금 저를 짓누르듯 이를 갈았다. 이 순간 제게 가장 한숨이 나는 큰 이유가 바로 이것이었다.

"이대로 들어가면 나 너 책임 못 져."

괜찮겠어? 바로 그의 뜻을 알아들은 해인이 슬그머니 그의 팔을 놓았다. 다시 잡고 싶은 듯 움찔대는 손에 인우가 처음으로 미소를 지었다. 어제 그 살얼음이 일 것 같은 미소와는 다른 따스한 미소에 해인이 반갑게 고개를 들었지만 그 웃음은 겨울 눈처럼 닿자마자 사라져버렸다.

"……오빠."

"나랑 했던 약속 기억나지?"

해인이 천천히 고개를 끄덕였다. 알았다고, 그 한마디만 해달라고. 인우가 없는 동안 수없이 새기던 말이었으니 모르려야 모를 수도 없다. 봐도 봐도 짧은 단발에 뺨과 코끝이 빨개서는, 그럼에도 그를 향한 고갯짓은 충실했다.

인우는 그럴 줄 알았다는 듯 해인의 어깨 위에 놓인 제 코트 깃을 꼭 여며주었다.

"이번엔 약속 꼭 지켜. 나 더는 이렇게 못 돌아서니까."

동아리가 생긴 이래 이렇게까지 조용한 적이 없었다. 늘 하던 인터뷰 연습도 오늘은 시작조차 하지 않았다. 불안한 듯 손가락을 꼼지락거리던 연주를 보다 말고 유진이 입을 열었다.

"송해인, 너 괜찮아?"

"으응?"

멍하니 앞만 보던 해인이 정신을 차린 듯 미소를 되찾았다. 안 그래야지 하면서도 제가 또 걱정을 시킨 모양이라 금세 미안하다는 표정을 지었다.

"미안해. 우리 연습해야 하는데."

"너도 참. 지금 면접 연습이 문제야?"

"그래도 강의실 빌리는 마지막 날이잖아. 우리 졸업하면 안 빌려줄 텐데, 그러려면 하나라도 더 물어보고 준비해야 하는데……."

"야. 내가 이 상황에서 이런 말 하기 싫지만 우리 어차피 대기업 다 끝났거든? 전에 SG 상속년인가 뭔가 하는 년이랑 대판 싸운 거 소문 쫙 나서 너보다 우리가 더 유명인사 됐다고!"

"……흡."

해인은 벌어진 입을 어쩌지 못하고 숨만 들이켰다. 실제로 유진의 말처럼 셋이 다니면, 사람들은 저보다 두 사람을 더 많이 쳐다보았다. 얼굴은 죄 모자이크로 가렸다지만 SG 그룹 손녀의 무개념 영상이 퍼지며 스타 아닌 스타가 되어버렸다.

"유, 유진아. 내가 너무……."

"미안하다는 소리만 해봐! 나 안 참을 거거든?"

"……."

"아니, 뭐랬다고 얼굴은 또 빨개져?"

어휴. 제풀에 지쳐버린 유진이 다 그만두자며 책상에 걸터앉았다. 이런 때 끼어들어 분위기를 살려주던 연주마저도 오늘은 전전긍긍 무언가를 중얼거리는 것이 다였다.

"맞아. 맞는데…… 저, 저기. 해인 언니, 있잖아요."

"야, 김연주, 스톱! 너 무슨 말 할지 다 아니까 그만해."

"네? 유진 언니가 그걸 안다구요? 정말 제가 해인 언니한테 무슨 말 할 지……."

"너 해인이한테 우리 이 모양 이 꼴 됐으니 태원에 들어가게 해달라고 취업 청탁하려는 거잖아!"

"……이야, 어이없네."

"왜? 정곡을 찔리니까 숨을 막 못 쉬겠니?"

난 왜 취업 빼고 다 잘하는 거야. 본인의 족집게 실력에 감탄한 유진이 입을 벙긋벙긋하는 연주를 뒤로 끌어냈다. 아직도 정신을 못 차리는 해인 또한 끌어내려다 말고 한숨을 쉬며 두 손을 꼭 맞잡았다.

"너 오늘 태원에서 기자회견 한다는 거 걱정돼서 그러지?"

"……유진아."

"거기서 뭐라든 무슨 상관이야. 넌 태원 며느리고 강인우가 네 남편인데! 피도 눈물도 없고 부모형제도 없고 오로지 부인만 있는 강인우 전무!"

"……오, 오빠가 그렇게까지는."

"우와, 넌 그 와중에 왜 편을 들어? 그것도 내 앞에서?"

피식, 허망한 웃음이나마 되찾은 유진이 해인의 손을 더욱 꼭 잡았다. 간략하게나마 해인에게서 인우와 다시 만나 집으로 끌려왔다는 소리를 들은 순간부터 큰 걱정이 들지 않았다. 정작 해인은 제 남편 얼굴을 어찌 봐야 할지 모르겠다며 울상으로 초조해하는데도 가장 친한 친구인 저만은 어딘가 든든했다. 아마 다시는 제가 걱정할 일이 없을 거라는, 그런 본능적인 예감일지도 몰랐다.

"송해인, 내가 말했지? 넌 꼭 행복할 자격이 있다고."

"……."

"너 우리가 괜히 회장으로 뽑아준 거 아니잖아. 여자가 책임감이 있어야지, 오늘 네 남편 어떻게 되든 딴 맘 먹으면 그땐 나도 너 용서 안 해."

단단히 엄포를 놓는 유진 때문에 해인이 어쩔 수 없이 웃음을 터트렸다. 아마 무서운 사람들에게만 끌리는 것 역시 그녀의 본능일지도 몰랐다.

"웃긴. 농담 아니거든? 네가 나 모르게 결혼한 것도 내 복장이 터지는데 재혼하는 것까지 봐야 직성이 풀리겠냐?"

"아, 아니야! 재혼 안 해! 난 인우 오빠밖에 없어. 정말이야!"

"그래. 그 포부는 정말 좋은데……."

나만 씁쓸해지는 건 기분 탓이겠지. 유진이 더 이상은 안 되겠다며 해인을 밖으로 끌었다. 강의실에 있어봤자 심란하기만 할 테니 사람들의 시선에도 서서히 익숙해져야 했다. 너 뭐 해! 주춤주춤하는 연주에게 눈짓을 보내고는 해인을 앞세웠다.

"어차피 들을 소리 다 들었잖아. 만약이라도 오늘 또 안 좋은 소리 나오게 되면…….”

“응. 괜찮아. 정말이야.”

단과대의 계단을 내려서던 해인이 다짐하듯 가방을 꼭 움켜쥐었다. 그래도 안심이 안 되는지 유진이 입을 삐죽 내밀었다.

“으휴, 이게 정말 착하기만 해선.”

“아니야. 나 안 착해.”

“…….”

“나도 내가 그런 줄 알았는데 아닌가 봐. 법원에서 오빠가 나 데리러 온 거 볼 때부터, 오빠가 막 그렇게 무섭게 화를 내는데도…… 나는 막 안심이 돼서…….”

정말 이래도 되나 싶을 만큼 가슴이 꽉 차버렸다. 그래서 그날 이후 인우가 제게 제대로 된 눈길 한번 주지 않는다 해도, 시릴 만큼 찬바람을 휘날린다 해도, 서운하거나 무섭지 않았다. 인우가 저를 다시는 놓지 않을 거라는 그 믿음 하나에 바보처럼 행복했다.

“그러니까 나도…….”

“유진아! 해인아!”

“……아, 현우 오빠!”

해인이 계단 아래에서 손을 흔드는 현우를 보고 말을 멈추었다. 유진 또한 그가 올 것을 예상치 못했는지 빠른 걸음으로 내려가 그를 맞았다.

“오빠가 웬일이에요? 오늘은 회사 안 가셨어요?”

“명색이 동아리 고문인데 마지막 날은 함께해야 할 거 같아서.”

현우가 그답지 않은 넉살로 두 사람을 맞았다. 사정이야 몰라도 처음부터 넷이 함께 시작했으니 마지막도 함께한다면 더할 나위 없긴 했다.

“사실은 일 너무 많이 했다고 오늘은 쉬라고 하더라고.”

“정말요? 그 악착같은 태원에서 그렇게 해줬다구요? 대체 누가…….”

"글쎄."

"……."

힐끗. 현우가 해인을 바라보며 알 만하다는 웃음을 지었다. 곧 시작할 공식발표로 회사가 떠들썩한 와중에도 저를 직접 만나러 내려왔던 누군가를 생각하니 저절로 마음을 접을 수밖에 없었다.

"……저, 전무님께서 여기는 어떻게……."

"차기 고문 후보자로서, 전임 고문님께 마지막 인수인계를 부탁했으면 해서요."

이건 진짜다. 두 번 들을 말도 아니다. 이 정도면 못 알아들을 수가 없다. 고작 신입사원을 앞에 두고도 그 잘생긴 얼굴이 진지하기 짝이 없어 어설픈 질투조차 나질 않았다.

"마지막까지 회장님 잘 모시라고 하시길래."

"……현우 오빠."

"아니, 그건 그렇고 현우 오빠가 무슨 죄야? 얼굴 좀 봐!"

유진이 안타까워하며 고개를 절레절레 흔들었다. 머쓱해하는 현우를 가리키며 그녀가 해인을 몇 번이나 노려보았다.

"이거 솔직히 산재야, 말려 죽이는 산재! 태원에서 보상해줘야 한다고."

"유, 유진아."

"솔직히 강 전무님 그렇게 안 봤는데, 사람 정말……."

"아아! 맞아!"

"……김연주 넌 왜 소리를 질러! 놀랐잖아!"

가슴을 움켜쥔 유진이 아직도 계단 중턱에 홀로 남아 있는 연주에게 인상을 썼다. 말도 제일 많던 애가 오늘따라 이상하다 싶었는데 뜬금없는 비

명까지 질러댈 줄이야. 그러나 호통치기엔 연주는 지나치게 하얗게 질려 있
었다.

"······어, 언니. 저 있잖아요."

"있긴 뭐가 있어? 현우 오빠 온 거 안 보여? 빨리 내려와. 괜히 해인이한
테 붙어서 구질구질하게 취업 청탁할 생각이나 하지 말고."

"그게 아니구요! 그게 아니라, 아아······ 정말 그게 아닌데."

비틀비틀, 홀린 듯 내려서는 연주의 걸음에 유진도 드디어 심각성을 느낀
듯했다. 놀란 해인이 부축하듯 다가서자 연주가 덥석 그녀의 팔을 부여잡
았다.

"나, 나 기억났어요. 진짜 기억났다구요!"

"······연주야, 괜찮아? 팔을 왜 떨어?"

"지, 진짜였어. 계속 긴가민가했는데······ 정말이었다고."

"······뭐가?"

"전부 다 기억났다구요!"

연주가 횡설수설하더니 믿을 수 없다는 얼굴로 해인과 현우를 번갈아 바
라보았다. 정말이잖아. 어떡해. 이를 어째야 할지 모르겠다는 듯 울상이 된
그녀가 저를 둘러싼 이들에게 눈 딱 감고 목청을 높였다.

"나 언니 남편 본 적 있어요! 여기, 이 자리에서!"

"기자들은? 다 왔어?"

"네. 말이 공식해명이지 태원 그룹의 후계자가 비밀지도 모르는 상황 아
닙니까. 낭연히 모두 와야죠."

"그래, 그래야지."

비서의 보고에 기자회견장 건물로 들어서던 부사장이 흡족히 웃었다. 이 곳을 나서자마자 곧장 숙연한 표정을 지어야 할 테니 미리 전부 웃어둬야만 한다.

"강인우 그놈은? 출근은 했고?"

"네. 평소처럼 지내고 있답니다."

"흥. 저 때문에 회사가 어찌 돌아가는지도 모르고 끝까지 그리 태연한 척 굴다니. 참 어떤 의미로는 대단하다니까?"

잘난 얼굴이 구겨지는 광경을 꼭 보고야 말겠다며 부사장이 결의를 불태웠다. 그 고고한 강 회장마저도 제 뜻에 따라 공식발표를 허락했으니 거칠 것이 없다.

"준혁이는? 미리 연락했고?"

"네. SG 측과 얘기가 되었으니 이번 일이 어그러지는 대로 바로 중국 측에 이야기를 이어가실 겁니다. 며칠 전에 수민 양이 인터넷에서 조금 논란이 있긴 했지만 그 정도는 뭐…… 하하."

"경박하기는. 그새를 못 참고."

비서의 난감하다는 웃음에 부사장이 혀를 찼다. 좋은 일을 앞두고 초를 쳐야 하나 싶어 짜증이 났지만, 그럼에도 그 정도 며느릿감은 또 없다. 정확히는 제 아들의 뒤를 든든히 받쳐줄 재벌가의 딸이 흔하지가 않았다.

"그 정도야 준혁이 일 잘 풀리면 알아서 수그러들 테고, 기자들이야 뻔하지. 조금만 큰일 생기면 바로 눈치 보느라 설설 기는 것들인데."

"이를 말씀입니까. 오늘 해인 양 어머니가 인터뷰만 제대로 하면 미리 손써둔 기자들이 알아서 기사를 낼 겁니다. 기어이 미성년자에게 부모 등지게 만들어 돈까지 빼낸 패륜아로 만들면 더는 후계자로 거론되기는 힘들겠지요."

"후계자는 무슨, 아예 발도 못 붙이게 만들어야지!"

생각만 해도 얼굴에 화색이 도는 부사장이 회견장 앞에 서 흐흠, 목청을 가다듬으며 마지막으로 옷매무새를 손보았다. 오늘부터 이 거대한 제국의 패권을 쥘 예정이니 뭐 하나 부족해서는 곤란했다.

"그나저나 그 엄마라는 사람은 SG 쪽 신문사에 가 있겠지? 전에 연락 잘 안 되니 마니 하더니."

"그럴 겁니다. 처음부터 기다린 듯 달려들던 사람 아닙니까?"

"당연하겠지. 그 정도 돈을 내걸었으면 환장하는 게 당연하지. 하여튼 없는 것들이란."

노골적인 비웃음을 끝으로 드디어 문이 열렸다.

파앙, 팡! 쏟아지는 플래시 세례를 뚫고 자리에 들어서는 부회장의 얼굴이 침통하기 그지없었다. 추리고 추려 입장을 허가한 기자만 해도 홀이 꽉 찰 정도였으니 과연 태원 그룹에 대한 관심이 얼마나 큰지 짐작할 수 있었다.

"오늘 여기 송구스러운 사태로 먼 길 걸음하신 분들께 감사의 인사와 더불어 사과의 말씀을 전합니다."

연습해둔 말은 물 흐르듯 매끄러웠다. 부사장은 굳은 얼굴로 꽤나 난감한 듯 제 앞의 물잔을 들었다. 작은 동작 하나하나마저도 미리 계산해뒀으니, 제가 얼마나 비통해 보일지 충분히 머릿속에 그려볼 수 있었다.

"원래 이런 일에는 홍보팀에서 발표하는 게 맞겠지만 태원의 부사장인 제가 직접 나설 수밖에 없는 사정을 이해해주십시오. 워낙에 사안이 중대한 데다 한 가족의 일이다 보니 저도 어쩔 수 없이……."

뭐야, 저 버르장머리 없는 놈은. 부사장은 제 앞에서 휴대전화를 꺼내 드는 기자에게 저도 모르게 인상을 썼다. 감히 누가 말하는 중이라고! 어느 신문사의 누구인지 단단히 확인해두려 눈살을 찌푸렸지만 그가 눈여겨봐야 할 사람은 한둘이 아니었다.

웅성웅성, 여기저기서 휴대전화를 드는 이들이 늘어났다. 본능적으로 이상하다 싶은 부사장이 자신의 비서를 바라보았지만 그 역시도 휴대전화를 부여잡고 있었다. 하지만 허옇게 질려 사색이 되어버린 표정만은 다른 이들과 차이가 났다.

"흠흠, 존경하는 회장님을 대신해 이번 물의에 대해 사죄하는 마음으로……."

꿀꺽, 억지로 말을 이어보던 부사장은 들고만 있으려 했던 물을 한 모금 삼켰다. 시원하지도 뜨겁지도 않은 밍밍한 물이 오히려 갈증을 불러일으켰다.

"생사고락을 함께해야 하는 태원 그룹의 일원으로서 침통한 마음을 감출 수는 없지만 어디까지나 태원의 미래를 위해 잘못된 것은 도려내야 한다는 소신을 가지고…… 뭐야!"

버럭 질러댄 고성이 마이크를 타고 흘렀지만 이곳의 주인공은 이미 그가 아니었다. 저쪽에서 들어서는 인우의 걸음을 따라 절로 길이 만들어졌다. 늘 자근자근 짓밟아주고 싶던 건방진 눈동자가 저를 똑바로 향하자 부사장이 절로 쭈뼛했다.

"……."

저놈이 여기는 왜! 불쾌감이 온몸으로 퍼져나갔다. 그러나 여기서 주춤하기에는 곧 태원의 주인이 될 제 자존심이 용납하지 않았다. 보는 눈이 다 얼만데! 부사장은 이를 악물고 웃음을 흘렸다.

"……하하, 강 전무가 여기 직접 나올 줄이야. 그래도 마지막이나마 책임을 져보려는 자세만큼은 높이 살 만하니……."

"그건 제가 드릴 말씀 같군요."

어느덧 바로 앞까지 도달한 인우가 그를 묵묵히 내려다보았다.

숨 막히는 긴장. 어느 순간부터는 플래시가 터지는 소리마저도 나질 않았다. 저도 모르게 주춤했던 부사장이 결국 마이크를 옆으로 치운 채 벌건 눈을 치떴다.

"도대체 뭐야!"

"뭐긴 뭐겠습니까. 생사고락을 함께해야 할 태원의 후계자겠지요."

늘 그래왔듯 자신의 자리를 찾는 인우의 모든 행동이 지극히 자연스러웠다. 제 앞의 마이크를 가벼이 끌어당기며 고개를 숙이는 그의 표정이야말로 담담해서 더욱 침통했다.

"……그럼 지금부터 여기 계신 부사장님의 장남이자 저희 태원의 일원인 심준혁 씨의 마약 파문에 대해 공식적인 입장과 사과의 말씀을 전하겠습니다."

"현재 알려진 내용에 대해서는 부인할 생각이 없으며 태원 측에서도 사태 파악에 총력을 다하는 중입니다."

……저놈이 무슨 소리를 지껄이는 거야. 부사장이 보기 싫을 정도로 벌어진 입을 수습도 못 하고 옆자리의 인우를 뻔히 바라보았다. 대신 사과를 하러 나온 사람으로 보이지는 않을지언정, 자식이 마약에 빠져 절망하는 아버지의 모습으로 보이기엔 충분했다.

"유년 시절부터 영국에서 홀로 생활하며 그 무게감을 견디지 못한 사정에 대해서 널리 양해를 부탁드립니다."

"그리 쉽게 말씀하실 문제는 아닌 것 같습니다. 계속 뜨고 있는 사진들과 피해자들의 증언을 보면 그 양과 횟수가 어마어마한 듯한데요. 이에 대해서 태원 측에서는 어찌 생각하시는지."

지극히 재벌다운 사과문을 내놓던 인우가 제게 질문을 던진 기자를 응시했다. 그의 또렷한 시선에 주춤하면서도 한 손엔 휴대전화를 든 기자가 갈수록 의혹을 드러냈다. 물론 그럴수록 이 기자회견의 처음 목적 자체가 무엇인지 잊고 휩쓸리는 이들이 늘어났다.

"복용한 마약의 종류가 한둘이 아니라는데 사실이신지요?"

"지금 올라온 사진들은 한차례 검열이 된 것이라는데, 그럼 미공개본은 어떤 것들인지 말씀해주실 수 있으십니까?"

"사진에 함께하신 여성분들도 로열 클럽 소속이신지……."

"제가 드릴 수 있는 말씀은……."

인우가 살짝 고개를 낮춘 채로 눈을 내리깔았다. 웅성대며 쏟아지던 질문도 그가 입을 열 때만큼은 무서울 정도로 싹 사그라졌다.

"……이번 일의 당사자는 그 어떤 식으로든 모든 합당한 처벌을 받을 것이라는 사실입니다."

아무리 인우가 재벌 가문의 일원으로서 그에 걸맞은 사과를 내어놓는다 해도, '합당한 처벌'만큼은 결코 재벌스럽지 않을 것임을 시사했다. 그 이상이면 이상이지 결코 못하지 않을 거라는 엄중한 뜻을 알아들은 기자들이 알아서 마른침을 삼켰다.

"태원 역시 사회지도층으로서 악영향을 끼치는 사안에 대해 책임을 느끼며 절대로 이번 일의 사법 처리에 관여치 않을 것이라고……."

"이, 이게 뭐야아! 누가 이따위 짓을!"

기어이 폭발해버린 부사장의 터질 듯한 목청에 카메라가 기다린 듯 그쪽으로 쏠렸다. 이제야 사태가 파악됐는지 인우의 옷자락을 쥐어뜯기라도 할 것처럼 벌떡 일어났다.

"이, 이건 모함이야! 모함이라고!"

퍼엉! 플래시가 터질 때마다 부사장의 얼굴에 시퍼런 핏줄이 훤히 드러났다. 언제 쓰러져도 이상하지 않을 상태인 부사장이 인우를 잡아 죽일 듯이 노려보았다.

"네, 네놈이지! 네가 그런 거지! 네가 우리 준혁이한테 그런 오명을 씌운

걸 모를 줄 알아!"

"……진정하시지요, 부사장님."

"진정? 어디서 그런 말이 나와! 감히 너같이 천한 놈이 누굴 노려!"

"후우."

대놓고 모욕적인 말을 듣고서도 인우는 잠깐 피곤한 듯 한숨을 삼키는 것이 전부였다. 그 모습에 더욱 약이 오른 부사장이 주먹을 꾹 움켜쥐자 지켜보던 경호원들이 달려 나와 막아섰다.

"이거 놔! 안 놔? 내 아들이! 내 아들이 뭐가 부족해서 그런! 말도 안 된다고!"

"부, 부사장님, 여기를 보시면……."

"쥐봐! 대체 어떤 수작을 부렸는지 몰라도 어림도 없지!"

부사장의 비서가 부들부들 떨리는 손으로 자신의 휴대전화를 건넸다. 전화기를 거칠게 낚아챈 손이 부들부들 떨리더니 이내 숨소리마저 멈춰버렸다. 반쯤 눈이 풀려, 차마 설명하기도 힘든 난잡한 사진 속 인물이라면 누가 봐도 자신의 아들이었다.

"이, 이게 왜……."

"……."

"말도 안 돼! 조작이야! 우리 준혁이 아니라고!"

"부사장님."

의자를 밀고 일어난 인우가 부사장과 마주했다. 혈압이 끝까지 치솟아 벌건 얼굴에 온통 핏줄이 울퉁불퉁 돋았다. 잠깐 그가 든 휴대전화 속 화면을 확인한 인우의 표정이 묘해졌다.

"……정말 그리 생각하십니까?"

"네, 네놈이!"

"정말 이 화면 속 인물이 하나뿐인 아드님이 아니라 장담하시냐는 말입니다.”

“······.”

거친 욕설을 짓씹던 부사장이 아무 말도 하지 못하고 뒷목을 잡았다. 그것만 해도 충분한 답과 다름없었으니 인우는 그쯤에서 기자들에게 고개를 저었다. 다들 그만. 잠깐 하던 일을 접어두라는 듯한 무언의 강력한 명령이 홀 안을 일순간에 가라앉혔다. 한발 늦은 기자의 마지막 플래시 소리가 유별날 만큼 어색해졌다.

인우가 부사장의 코앞까지 다가서자 기다린 듯 조 비서와 경호원들이 알아서 기자들의 시선을 차단했다.

“부사장님, 드디어 누가 누군지 알아보신 모양입니다.”

모두가 모인 공간이라지만 실질적으로는 둘만 있는 것이나 다름없다. 돈이 그리 만들고 그가 가진 힘이 그리 만들었다.

인우의 흔들림 없는 고요한 눈동자에 부사장조차 고성을 내지르지 못했다.

“······과연 사태 파악이 빠르시군요.”

“건방진 놈!”

“목소리를 좀 더 낮추시는 게 좋겠습니다. 제가 언제까지 막을 수 있다 장담은 못 하다 보니.”

“······.”

“이 사진들은 빙산의 일각입니다. 남은 것들이 어찌 퍼질지 정 궁금하시다면 저도 더는 말리지 않겠습니다.”

짐승 같은 잔혹한 눈동자가 부사장을 서서히 짓눌렀다. 소름 끼치게 인우가 싫으면서도 그 말을 따라야 한다는 느낌이야말로 처절한 본능과도 다름없다.

“회장님이 어떤 분이신지는 부사장님께서 더 잘 알고 계시겠지요?”

"나, 날 협박하려는 거라면 번지수를⋯⋯."

"저나 되니 협박으로 끝나는 겁니다. 아시다시피 회장님께선 그저 그런 협박에서 멈추실 분이 아니니까요."

제발 말귀 좀 알아들으라는, 인우의 짜증스러운 듯한 당부에 처음으로 진심이 담겼다.

"지금이라도 충격받은 얼굴로 실려 나가신다면 몇 년 후 지방 계열사 임원 정도로는 복귀하실 수 있을 겁니다. 그게 태원의 후계자로서 제가 해드릴 수 있는 전부겠지요."

"⋯⋯."

"그래서, 어쩌시겠습니까?"

결정은 하셨는지. 흥미로운 재촉으로 압박하니, 상대의 흰자위까지 붉은 핏줄로 뒤덮였다. 서서히 그들이 무얼 하나 궁금해하는 기색까지 경호원들 틈으로 새어들자 부사장은 이마를 짚으며 쓰러졌다.

"부, 부사장님!"

그럼 그렇지. 인우는 조금은 안타까운 표정으로 경호원들에게 들려 나가는 부사장에게 길을 터주었다.

그렇게 그가 사라지자 어쩔 줄 모르고 혼란에 빠진 이들은 오로지 인우의 입술만을 바라보았다. 이 남자가 무슨 말을 하든 그 말이 곧 따라야 할 진리라는 것을 눈치 빠른 기자들이 모를 리 없다.

"잠시 불미스러운 일이 있었군요. 다시 한 번 사과드립니다."

"⋯⋯."

"동시에 태원의 격을 떨어트린 몇몇 발언에 대해서는 비통한 아버지의 마음을 고려해 이해해주실 거라, 그리 믿지요."

적당히 입 다물고 눈 가리라는, 부탁을 가장한 명령에 그 누구도 토를 달지 못했다. 여기 모인 이들 중 태원과 척을 지고 싶은 사람은 하나도 없다.

갈아탈 줄이 썩어든 것을 두 눈으로 목격한 이상 필요 이상의 과한 기사는 쓰지 않을 거라 장담해도 좋았다.

"그럼 이상으로 공식발표는 마무리하도록 하겠습니다, 혹시라도 궁금하신 것이 있으시다면……."

"저어, 그럼 최근 강인우 전무님을 둘러싼 여러 의혹들에 대해서는 어찌 생각하시는지요?"

눈치가 있는 건지 없는 건지, 어느 기자의 용감한 질문에 모두들 뒤늦게야 그 일이 떠오른 것처럼 일제히 인우를 응시했다. 자리에서 일어나려던 그가 인상을 쓰는 대신 고개를 끄덕였다.

"정확히 어떤 의혹을 말씀하시는 겁니까?"

"음…… 현재 부인분께서 미성년자 때 혼인신고를 하셨다고요. 결혼 목적에 대해서 의견이 분분한지라……."

"어떤 의견을 말하는지는 모르겠지만 사실과는 다릅니다."

"아, 하지만……."

찍어낸 듯한 그의 대답이 실망스러운지 질문을 던진 기자의 표정에 망설이는 기색이 서렸다. 기자의 본능으로 이때가 아니면 또 언제 이 이야기를 꺼낼 수 있을지 모른다는 것을 알고 있었다. 기어이 한마디 더 던져보려는 기자를 향해 인우의 입이 먼저 열렸다.

"당시에 저는 이미 제 아버지가 누구인지 알고 있었으니까요."

"……네?"

"어머니가 돌아가시면서 말씀해주셨습니다. 당시에 그 이야기를 함께 들었던 분들의 증언도 있을 테니 참고하셔도 좋겠군요. 어쨌든 저는 어머니의 일로 유감이 깊어 태원과는 전혀 인연을 맺을 생각이 없었습니다."

생각지도 못한 인우의 답변에 기자들은 혼란에 빠졌다. 그의 말처럼 당시에 그가 자신의 출생을 알고 있었다면 돈을 노리고 구태여 미성년자와 결혼을 할 필요는 없다. 대한민국 최고의 대재벌을 두고 왜, 하지만 그렇다고 해서 모든 의문이 풀리는 것은 아니었다.

"그러면 왜 이제야 태원에 들어오실 결심을 하신 건지⋯⋯."

"⋯⋯회장님께 품고 있던 해묵은 감정이 어느 정도 풀렸나 보지요."

처음으로 마땅찮다는 듯 대답을 머뭇거린 인우가 그를 마지막으로 자리에서 일어났다. 어리둥절해하는 기자들에겐 몰라도 조 비서에게만은 크나큰 충격을 안겨준 대답이었는지 그의 입이 쩍 벌어졌다. 그 모습이 못마땅한 인우가 더 지체하고 싶지 않은 듯 마무리를 지었다.

"그 어떤 불법적인 일이나 개인의 의사에 반할 만한 일은 없었으니 얼마든지 알아보셔도 좋습니다. 다만 사실과 다른 일로 저와 아내의 명예를 훼손한다면 그에 따른 합당한 대가는 염두에 두셔야 할 겁니다."

"그럼 그 말씀은 두 분께서는 정말로 보통의⋯⋯."

벌컥. 처음 말을 꺼낸 기자가 말을 꺼내는 중에 다시 한 번 문이 열렸다. 이번 역시 모두의 입을 다물게 할 만한 인물이었고, 심지어는 저 대단한 강인우 전무마저 목울대를 울렸다.

"⋯⋯송해인, 너."

"오빠."

아직도 헐떡거리는 가슴으로 해인이 그를 마주했다. 얼마나 급히 달려왔는지 늘 단정하던 단발도 흐트러져 있었다. 다만 붉은 뺨만은 숨이 차서라기보단 마주하는 남자 때문이라고 보는 것이 옳을 듯했다.

"⋯⋯학교에 있으랬더니."

들어설 때처럼 거침없는 인우의 걸음이 해인을 향했다. 마지막 질문을 던졌던 기자를 지나치자 그가 눈이 휘둥그레져서 돌아보았다. 아마도 제 질문에 대한 대답이라면, 함께 서 있는 두 사람 자체로 충분할 듯도 싶었다.

"⋯⋯저 약속 지키려고 했어요. 정말이에요."

"해인아."

"그치만 어디에서 기다릴 건진 말 안 했으니까."

어설픈 미소를 띤 채 종알종알 말을 건네는 여자의 입술과 그 모습을 지켜보는 남자의 눈빛, 감싸듯 내미는 팔과 자연스레 얹은 손, 두 사람의 오가는 모든 눈빛과 감정들이 확연한 대답이었다. 서로에 대한 지극한 사랑으로 결혼을 하지 않고서야 이러한 모습을 꾸며낼 수는 없을 테니까.

"……해인아."

"오빠도 저 찾아왔었잖아요. 저 보러 왔었잖아요."

"……."

"저는 왜 안 돼요?"

올려다보는 눈이 투명하게 반짝였다. 그렁그렁한 눈물이 아슬아슬하게 둑을 넘지 않고 버티자 놀란 인우가 그녀를 바라보았다. 알았구나. 당혹한 그가 깊어진 눈매를 기울였다.

"……누가 안 된대?"

"오늘 아침에도 그냥 나가시고, 제가 머플러도 안 맸는데……."

"미안. 미안해."

"……."

사람들의 관심은 불미스러운 결혼 의혹도, 초유의 마약 스캔들도 아닌 태원의 후계자가 쩔쩔매는 모습에 쏠렸다. 아닌 척 태연하게 굴지만 이미 해인의 팔을 잡은 손끝에서부터 어쩔 줄 몰라 하는 기색이 느껴졌다.

"……음."

인우는 어느새 저 뒤에 자리를 잡은 해인의 친구들을 눈에 담았다. 해인 못지않게 엉망이 되어버린 모습들이 여기까지 오느라 얼마나 많은 고초가 있었는지 충분히 알 만했다.

친구들의 무한한 지지를 받으며, 해인은 없는 머플러 대신 그의 타이를 가볍게 당겼다.

"어, 오빠한테 할 말 있어서요. 그래서 왔어요. 이건 꼭 말해줘야 하는 거라서."

"……중요한 일이겠네?"

인우의 부드러운 음성이 해인을 향했다. 무슨 그리 비장한 각오가 필요한 일이었는지 작게 고개를 끄덕인 그녀가 몇 번이고 가슴을 들썩였다.

"오빠 오늘 일이 잘못돼도, 사람들이 우리 말 안 믿어준다고 해도, 오빠는 정말 아무 걱정 안 하셔도 된다고."

"……어째서?"

"부인이 회장님인데 겨우 남편 하나 책임 못 지겠어요?"

기어이 반짝이는 눈물이 뺨을 타고 흘렀다. 반사적으로 인우의 엄지손가락이 그것을 닦아냈지만 그러고도 그녀의 얼굴에서 떨어지진 않았다. 처음부터 서로에게 닿을 수밖에 없던 사람처럼, 그렇게 벅찬 미소를 보이며 인우의 타이를 꼭 붙잡았다.

"영국도 아니고 이렇게 가까이 있는데, 오빠가 제 옆에 있는데, 제가 뭘 못 하겠어요?"

"송해인."

너 이러다 정말 취업하겠다. 드디어 웃음을 터트린 인우가 해인에게 얼굴을 가까이했다. 늘 새벽녘의 차디찬 공기와 함께 쏟아지던 숨결이 오늘은 더욱 뜨거웠다. 늘 하던 연습이 아닌 서로를 향한 진심이 그 어떤 사진이나 기사도 따라올 수가 없었다.

펑! 다시금 눈치 없이 터트린 플래시에 해인이 깜짝 놀라자 인우가 그들을 바라보았다. 상대가 바뀌자 서늘하기 없는 눈매에 기자들이 단체로 흠칫 놀랐다. 인우의 눈이 처음 제게 질문을 던졌던 기자를 빤히 응시하자 그가 멋쩍은 얼굴로 웃었다.

"저, 저기, 이것도 기사화하면 안 되는 거겠지요?"

"······글쎄요."

역시나 무뚝뚝한 대답과 눈길이 그들을 천천히 훑었다. 제 품에서 어쩔 줄 모르는 해인을 꼭 감싸 안은 채, 인우의 정중하고도 서늘한 대답이 모두를 기쁘게 했다.

"어찌 그것까지 막을 수가 있겠습니까."

"꼭 가야 해? 걔 한국에서 대학 잘 다닌다며."

"······."

"스무 살도 넘었는데 뭘 그렇게까지······."

"아직 애야."

교수님께서 늘 하시던 말씀을 제 입으로 하게 될 줄은 몰랐다. 그 느낌이 스스로도 이상한지라 인우는 저를 말리는 제이슨 앞에서도 한참이나 인상을 썼다. 하지만 애를 애라고 하지 뭐라고 불러. 조금은 석연찮은 납득과 함께 기어이 짐을 들었다.

"진짜 가게? 너 이 시기에 빠지면 손해가 얼만데! 겨우 학교 다니면서 파트타임 잡아놓고선 하필이면 왜······."

"······생일이거든."

해인의 생일이었다. 교수님이 돌아가시고 처음 맞는 생일이었으니 혼자 둘 수가 없었다. 정작 수화기 저편 해인은 늘 괜찮다고만 웃는데, 왜 제 마음이 그리 불안했는지는 모른다.

"우리 해인이 혼자 두지 말아다오."

처음 교수님의 옆자리에 이부자리를 폈을 때, 벌건 피를 토하면서도 밖에 들릴까 최대한 소리를 죽이려 했던 분이 기어이 속삭이듯 제 이름을 부르셨다.

"……그럼 제가 영국에 가는 걸……."
"아니. 네가 가야 한다는 건 안다. 가야지, 그럼. 그건 나도 바라는 거고, 그래야 네가 하고 싶은 일을 할 수 있을 테니까."
"……."
"그냥. 지금은 아니더라도 아주 나중이라도, 언젠가 그런 때가 온다면…… 네가 우리 해인이 옆에 있어준다면 좋겠구나."

당신께서도 정확히 무얼 바라는지 모르시는 듯하면서도, 그의 손을 꼭 붙잡으셨다. 손가락마저도 앙상해 평생 동요해본 적 없는 그의 가슴을 긁어댔다. 가늘고 따스한 교수님의 손을 한 번도 잊어본 적이 없다.

그리고 교수님이 돌아가시고서 1년이 지난 지금, 해인이 홀로 맞이하는 두 번째 생일에야 인우는 마음을 정했다.
"가야 돼. 그럴 만한 상황이 됐으니까."
"되긴 뭐가 돼? 하나 있는 방 빼느라 나가지 내쫓은 주제에. 너도 고학생이면서 누굴 책임진다고?"
"……밥은 안 굶겨."
우습지만 제가 자신 있게 내세울 수 있는 것은 그게 전부였다. 그거면 될 거라 생각했다. 해인은 많은 것을 바라는 아이가 아니니까.
그리하여 제이슨의 손을 뿌리치고 기어이 비행기에 몸을 실었다. 오는 데

만도 꼬박 2개월치의 급료를 모두 쏟아부었지만 아깝다는 생각은 들지 않았다. 처음부터 이래야 했던 것처럼, 그녀에게 향하는 모든 것이 자연스러웠다.

"……2학년 송해인 학생을 찾는 중인데 혹시 아시는지."

"아아, 해인 언니 찾아오셨어요?"

그녀를 아주 잘 아는 듯, 어린 음성이 반갑게 저를 맞았다. 딱히 해인을 놀래주려는 건 아니었지만 타고난 성격이 이런지라 언제 갈 거라는 말도 못 했다. 지난번처럼 기다리다 보면 어떻게든 만나겠지. 그러나 장미꽃 대신 그녀의 이름이 적힌 비행기표가 어쩐지 허전하기도 했다.

"……이, 이거 정말 저 주시는 거예요?"

지난 생일, 대문 앞에서 해인이 얼마나 환하게 웃었는지 기억하다 보니 더욱더 후회가 밀려왔다. 꽃이라도 사왔어야 했나. 하지만 돌아 나서기엔 이미 해인의 옆얼굴이 그의 눈앞에 있었다. 긴 갈색 머리를 넘기는 수줍은 손짓에 오래도록 시선이 멎었다.

"저기 해인 언니요. 보이시죠?"

"……."

"현우 오빠랑 같이 있었네. 어머, 웬일이야. 꽃다발까지."

옆에서 종알거리는 감탄이 이어질수록 입가에서 미소가 말라갔다. 웃어주고 싶었는데, 아무래도 그러기는 힘들 듯했다.

"저분이 그럼……."

"아아, 현우 오빠라고, 해인 언니 남자친구요. 아직은 아닌데 곧 될 거예요. 꽃다발까지 준 거 보니까 분명 고백할…… 저기요? 어디 가세요?"

말이 끝나기도 전에 돌아서버렸다. 제가 왜 그랬는지는 모른다. 인사를 하고 해인에게 직접 물어봐도 됐을 텐데 그런 생각을 할 여유가 없었다. 성큼성큼 옮기는 걸음이 바삐 캠퍼스를 벗어나서, 정신을 차리니 택시에 올라 있었다.

"......."

해인은 동생과도 다름없는 교수님의 소중한 딸이었고 그 생각이 바뀐 적은 없다. 거기다 이제는 연애를 할 만한 나이였고 누가 봐도 예뻤다.

......그래, 예뻤구나. 못 할 생각도 아닌데, 깨닫지 말아야 할 것을 깨달은 것처럼 미간이 구겨졌다. 머릿속으로는 모두 아는 사실인데 어째서 가슴은 아릿한지. 다른 무엇보다도 인우에겐 그런 자신이 가장 당혹스러웠다.

"미친놈."

스스로에게 거친 욕설을 쏟아냈다. 그래서 차릴 정신이라면 좋겠지만 혼란만 더해졌다. 처음부터 동생으로 데려오려던 것이 아니었나. 가족이라고는 오직 해인뿐이었으니 그녀는 자신의 구심점이나 다름이 없다. 성공의 이유고 그 책임마저 반가운 유일한 존재다. 그래서 곁에 두고 살펴주려던 것이었는데…… 나는 왜 이런 건지.

쉴 없이 욱신대는 가슴이 낯설고 불편했다. 제가 아닌 누군가를 상냥한 웃음으로 바라보는 해인을 떠올릴수록 택시 안 그의 고뇌는 더해졌다.

"......."

손안의 비행기표를 물끄러미 내려다보았다. 시간이 필요했다. 이 미친 생각을 내팽개치고 아무 일도 없었던 것처럼 해인의 말간 얼굴을 대하려면 시간이 필요했다. 얼마라곤 못 해도 시간이 해결하지 못하는 일은 없으니 그리 길지는 않을 것이다.

한 달, 두 달. 아니, 1년, 2년. 그리고 또…….

• ✦ •

"……으응, 오빠 뭐 하세요?"

"일어났어?"

인우가 막 잠에서 깨어나 눈을 뜨는 해인을 보며 웃었다. 제 어깨에 기댄 하얀 이마에 입을 맞추자 영원히 잠에 취해 있을 것 같던 몽롱한 눈이 화들짝 커졌다.

"왜, 왜 그러세요. 여기 우리 집인데."

"그래. 우리 집."

인우가 잘 안다며 해인의 몸 위로 이불을 끌어올렸다. 원하든 원하지 않든 다시 한동안 언론이 시끄러워지며 도피처가 필요해졌다. 길어야 하루 정도겠지만 그만큼 더 마음 편히 쉴 곳이어야 한다. 그리고 두 사람 모두에게 가장 따스하고 그리운 곳은 이곳, 두 사람이 처음 함께했던 그녀의 집뿐이다.

"오, 오빠, 이러시면 안 돼요. 여기 우리 아빠 서재인데……."

"뭐가 안 되는데?"

"아…… 그냥……."

"이런 거?"

한 손으로 괴고 있던 그의 고개가 해인의 얼굴로 내려왔다. 기자회견장에서는 참았다지만 막상 입술을 맞대자 참을 수가 없다. 처음부터 혀가 얽혀 다시는 놓아주지 않을 듯 그녀를 깊이 옭아맸다.

"으읏."

그의 입술 아래에서 해인의 숨이 가빠졌다. 잠시 눈을 붙이고 일어났을 뿐인데, 왜 이 남자가 뜨거워진 건지 영문을 몰랐다. 그럼에도 싫지가 않아 그의 목에 팔을 감아놓고는 막상 인우가 고개를 떼어내자 변명처럼 화들짝 그를 밀어냈다.

"……이, 이런 거 막 하면 안 된다구요. 혹시라도 아빠가 알면…….'

"좋아하셨을걸?"

"……네?"

"교수님 좋아하셨을 거라고."

"아…….'

말도 안 돼! 붉은 입술이 부끄러운 듯 벙긋거리자 인우는 설핏 웃으며 해인의 머리를 쓸어주었다. 처음 손을 대는 것만으로도 조심스럽던 머리칼이 이제는 제 손과 몸 위로도 거리낌 없이 쏟아졌다. 그 사실이 더할 나위 없이 만족스러운지라 입을 맞추지 않고는 견딜 수가 없어졌다.

"잠시만, 한 번만 더…….'

"전화 와요, 오빠!"

"됐어. 그런 데 신경 쓸 시간에…….'

"제, 제 것두요."

"…….'

휴우.

삐비비비비. 삐비비비비. 딩동딩동. 딩동딩동. 양쪽에서 요란하게 울려대는 휴대전화의 성화에 못 이겨 인우가 몸을 일으켰다. 둘 모두 발신인은 다르다지만 내용은 비슷했다. 쏟아지는 친구들의 메시지를 확인한 해인이 붉어진 얼굴을 가리려 이불 속으로 파고들자 인우가 뺨이 드러날 만큼만 이불을 젖혔다.

"난 다녀올게. 넌 좀 더 자고 있어."

"왜, 왜요? 회사에서 뭐라고 해요? 오늘 오빠보고 뭐라고 하는 거면…….'

"우리 회장님이 알아서 먹여살리겠지."

안 그래? 대답을 구하듯 다가온 입술이 뺨에 닿자마자 느릿하게 떨어졌다. 세상일이야 모두 등지고 둘만 살면 딱 좋겠지만 그게 쉽지 않다. 아직은 하고 싶은 것이 많은 해언에게 보다 넓은 세상을 보여주려면 제게도 준비해야 할 것들이 있다.

"……다녀올게."

괜한 미련으로 미적대다간 발걸음만 더 떼어내기 힘들어진다. 해언과 지내며 그가 유일하게 깨달은 교훈이다. 생살을 떼어내는 마음으로 겨우겨우 돌아서던 인우가 서재 책상에 놓인 사진을 물끄러미 바라보았다.

'교수님.'

시간이 지나도 변하지 않는 마음이 있듯, 그런 사람도 있다. 살가운 말 한 마디 건네지 못하는 제자에게도 교수님은 늘 따스하셨다. 수많은 기회와 함께 정처 없이 맴돌던 인생에 평생을 살아갈 이유까지 주시고는, 그래도 모자라 늘 저를 이런 눈길로 바라봐주신다.

"음, 오빠 가면 나는 혼자 뭐 하지? 심심할 것 같은데."

그럼에도 뜻대로 해드리지 못했다는, 한동안 짐처럼 스스로를 짓누르던 죄책감이 모두 말끔히 걷혔다. 그 어느 때보다도 뿌듯한 심정으로 교수님의 사진을 대하던 인우가 고민스레 입술을 내민 해언을 향해 웃음 지었다.

"그럼 우리 아버님이랑 얘기 좀 하고 있어."

side story

외전

　- 태원의 일원인 심준혁 씨의 마약·파문에 대해 공식적인 입장과 사과의 말씀을……．

　"흥, 저런 말이 무슨 소용이라고."

　TV 화면을 보고 있던 강 회장이 들으라는 듯 코웃음을 쳤다. 인우의 기자회견 장면이 방송을 타고서 하루가 지난 지금, 태원의 수장인 그는 여전히 회장실에서 벗어나지 못하고 있다. 공식적으로는 크나큰 책임을 느끼며 비통해하는 걸로 되어 있으니 최대한 모습을 감추는 편이 좋긴 했다.

　"사고는 혼자 다 쳐놓고 나만 왜! 이러려고 미안할 거라 그딴 소리를 했겠지. 처음부터 이럴 생각으로 준비해뒀을 거야, 꼴도 보기 싫은 놈!"

　"……회장님."

　그런 것 치고는 너무 한 장면만 돌려 보시는 것 아니신지. 안 비서가 찝찝한 얼굴로 강 회장의 찻잔을 채웠다. 리모컨을 든 강 회장이 불같이 버럭 언성을 높이다가도 특정 장면으로 되감아 돌아가는 것이 벌써 몇 번째인지 모른다.

　- ……회장님께 품고 있던 해묵은 감정이 어느 정도 풀렸나 보지요.

"흥, 나는 감정이 없단 말이냐? 제놈이 다 풀렸다면 나는 그저 굽실거리기만 해야 돼?"

"왜 그러세요. 좋으시면서."

쪼르륵. 안 비서가 차를 따르며 건네는 웃음에, 강 회장은 웬일인지 아무런 반박도 않았다. 원래 이 집안이 거짓말은 못하는 성격이긴 했다.

"뭐 저렇게까지 공개적으로 화해하자 애걸복걸하는데 명색이 할애비가 돼서 모른 척할 수는 없는 노릇이니까."

"……그렇게까지 말하지는 않았던 것 같은데요?"

"뭐 해? 물 좀 더 따르라니까?"

거기다 듣기 싫은 얘기는 알아서 건너뛰는 습성까지 있다. 이것마저도 손자와 영락없이 닮은지라 안 비서는 또 한 번 웃음을 삼켰다.

"어쨌든 전무님 이야기는 쏙 들어갔네요. 부사장님과 그 아드님 이야기가 여기저기 얽힌 데가 많아 그걸 파헤치는 데만도 시끌벅적한지라."

"그러길래 넌지시 경고했을 때 적당히 멈췄어야지."

"……회장님께서는 다 알고 계셨던 건가요?"

"내가 단순히 준혁이 그놈이 인우보다 못해 회사로 안 불러들였겠는가?"

TV에만 고정되어 있던 강 회장의 눈이 냉소로 번뜩였다. 새삼 이분이 어떠한 분인지 깨달은 안 비서가 급격히 공손해졌다.

"그래도 이제까지 말없이 계시길래……."

"약쟁이는 못 고쳐 써. 그럴 바에 이렇게라도 도움이 돼야지. 이제까지 제놈이 이 집안 핏줄로 받아다 쓴 게 다 얼만데."

회사 앞에선 피도 눈물도 없다는 명성이 아깝지 않을 만큼, 강 회장은 아무런 미련도 없어 보였다. 그러나 마냥 그를 매정하다 매도하기엔 핏줄에 대한 정이 남달랐다.

"여태 넘치게 퍼부었지 않나. 제 엄마 일찍 눈감고 세상에 있는 것 없는 것 그놈이 원하는 건 전부 쥐여줬는데, 기어이 그 버릇을 못 끊고."

"그럼 강 전무님께서는요?"

"그놈이야…… 그럴 기회조차 안 주는데 무슨."

그러니 해줄 만큼 해주지 못했던, 그럴 기회조차 없었던 핏줄에 대해서는 더욱 마음이 가기 마련이다. 강 회장의 회한 가득한 얼굴이 다시 화면을 향했다. 죽은 아들을 빼닮은 손자의 얼굴을 하염없이 바라보는데 똑똑, 노크 소리가 울렸다.

"……회장님, 전무님께서 오셨습니다."

웬일이냐는 듯 놀라는 안 비서와 달리 강 회장의 얼굴은 무섭도록 굳어 졌다. 지금껏 어떤 얼굴로 화면 속 인우를 보고 있었는지 생각해본다면 그 변화가 놀라울 정도였다.

"바쁜 강 전무님께서 여기까진 또 어쩐 일이신지?"

"……회장님, 잘 계셨습니까."

그의 앞으로 다가온 손자 역시 화면 속과는 참 많이도 달랐다. 안 비서는 서로를 향해서는 감정 하나 드러내면 안 된다 약속이라도 한 듯한 두 사람에게 질려 고개를 흔들었다.

'솔직하지 못하시긴.'

안 비서는 안타깝게 강 회장을 응시했지만, 원래부터가 저런 사람이다. 도리어 조금 전보다 더 삐딱하게 손자를 올려다보았다.

"왜 또 그리 보느냐? 사고는 다 쳐놓고는?"

"저는 최소한 없는 일을 만들어내지는 않았으니까요."

"그래, 아주 잘나셨구나. 그래서 기어이 태원에 그 망신을 줘야 했느 냐?"

"어차피 언젠가는 쓰려고 쥐고 계신 카드 아니었습니까? 모르셨다는 말씀은 못 하실 테고. 제가 먼저 꺼낸 데 대해서는 이미 사과를 드린 줄 압니다만."

"……이잇."

강 회장이 대뜸 인상을 썼다. 그러니 냉랭하게 기계적인 대화를 나눌 때보단 훨씬 더 보통 사람들 같아 보이긴 했다.

"나한테 시비를 걸려고 왔더냐? 내 대신 네 사촌 잘 써먹었다고? 그런 거라면 당장……."

"아뇨. 부탁드릴 것이 있어 왔습니다."

"……."

"나갈까요?"

상대의 속을 뻔히 알면서 짚어주며 여유로운 인우도 평소보다는 인간적이었다.

강 회장이 주춤해 이러지도 저러지도 못하고 안 비서를 바라보자 그녀는 무슨 일인지도 모르면서 격하게 고개를 끄덕였다.

"흐흠, 뭔지는 몰라도 혼자 잘났다고 전부 알아서 하는 놈인데 내가 해줄 게 있기는 하겠느냐?"

기어이 자존심을 못 꺾는 강 회장의 태도에 안 비서는 한숨이 나와 눈을 찡그렸다. 의외라면, 인우가 그 성격상 미련 없이 박차고 나가버릴 줄 알았는데 자리를 지켰다는 점이다. 이번엔 강 회장도 조금 놀란 모양이다.

"네놈이 알다시피 내가 할 줄 아는 일이야 그저 돈 가지고 사람 기죽이고 짓누르고 꼼짝도 못 하게 비열하게 구는 것밖에 없을 텐데. 안 그러냐?"

"그래서 회장님만이 해주실 수 있는 일입니다."

"……."

웃어야 할까, 울어야 할까. 인우의 지나치게 당당한 요구에 모두는 침묵을 지켰다. 하지만 손자의 거침없는 말에도 반쯤 얼굴을 가린 강 회장의 표정이 그리 나쁘지 않아 보이는 것은 왜인지.

"……뭐 그렇게까지 애걸복걸한다면야."

● ✦ ●

"여, 여기 맞아? 진짜 여기가 그……."

"가만 좀 있어요. 정신 사나우니까."

해인의 엄마가 옆에 앉아 주위를 두리번거리는 남편의 다리를 쿡 찔렀다. 며칠 잠을 못 이룬 듯 눈가가 까칠했지만 피곤한 기색 따위는 찾아볼 수 없었다. 그도 그럴 것이 자그마치 태원 그룹의 회장실에 불려왔으니 자다가도 벌떡 일어나야 하게 생겼다.

"당신 딸년이 패악을 부렸지만, 우리는 인터뷰 같은 건 하지도 않았는데 여긴 왜……."

"누가 알아요, 그 보상이라도 해줄지?"

"역시 그런 거면 모를까……."

그럼에도 늘 무엇 하나 꿀꺽할 것이 없나 호시탐탐 노리는 본능은 변하지가 않았다. 불안과 일말의 기대로 속닥거리던 부부의 눈앞에 드디어 방의 주인이 나타났다. 뉴스에서나 겨우 보던 사람을 직접 대면했으니 어안이 벙벙했다.

"회, 회장님!"

"이런, 일른 앉으시지요. 제가 귀한 손님을 모셔놓고 늦었군요."

일단 분위기가 그리 나쁘지 않자 부부는 약간의 안도와 함께 눈짓을 교환했다.

해인의 엄마는 강 회장의 뒤에 선 안 비서를 알아보고 살짝 눈 흘기는 것을 잊지 않았지만 어쨌든 조심해야 할 때다. 찻잔을 들까 말까 눈치를 살피던 그녀가 먼저 입을 뗐다.

"회, 회장님 같은 분이 어찌 저희를 부르셨는지…….."

"서운한 말씀을. 명색이 사돈지간 아닙니까?"

"네? 아…… 그, 그럼요!"

예상이 맞아떨어진다 싶었는지 그녀가 그런 듯 교양 있는 표정을 꾸며냈다. 친근한 미소로 부드럽게 남편을 부추겼다.

"귀한 손자분과 저희 해인이가 결혼했으니 당연히 사돈지간이지요. 안 그래요, 여보?"

"이를 말씀입니까. 저희가 이런 집안과 연이 닿게 될 줄이야. 하하."

슬그머니 끼어든 남자 역시 부끄러움도 모르고 웃었다. 지난번 해인이 보여준 건방진 태도를 생각하자면 당장이라도 그 뺨을 한 번 더 갈겨주고 싶지만 제 자식들의 미래를 위해 참을 수밖에 없다. 그런 참에 말이 통하는 최고 결정권자를 만났으니 뭐라도 하나 발을 걸칠 것이 없나 몸이 들썩거렸다.

"이럴 줄 알았으면 저희도 진작 회장님을 찾아뵐 걸 그랬지 뭡니까."

"그러시겠군요. 일전에 우리 인우를 만나셨다 들었는데, 그놈이 아직 뭘 모르는지라."

"하하, 회장님도 참."

강 회장이 제 손자를 은근히 낮추자, 사내의 웃음은 더욱 호탕해졌다. 생각보다 더 말이 잘 통할지 모른다 생각하니 쭈뼛대던 기색도 사라졌다.

"뭐 젊은 사람이니 그럴 수도 있지요. 어른으로서 이해해야지."

"넓은 아량에 감사드려야겠군요."

"아아, 아닙니다. 회장님께서 그러실 필요는…….. 하긴, 해인이가 큰딸이다 보니 기대가 크긴 했지요. 회장님 눈에는 부족하시겠지만……."

"직접 키운 적은 없다 들었는데?"

"……네?"

일순 달라진 듯한 공기의 흐름에 두 사람은 일제히 입을 다물었다. 보이지 않는 더듬이라도 기웃기웃 들이대는 듯한 부부의 기색에 강 회장이 느긋하게 찻잔을 들었다.

"뭐, 직접 못 키우는 사정도 있으니까요. 그 마음이 오죽하셨겠습니까?"

"아아, 그, 그렇지요. 물론입니다."

"저희도 해인이를 얼마나 데려오고 싶었는데요. 제 아빠 그리되기 전부터 함께 살자 했었는데 기어이 전무님과 결혼을 하겠다 고집부리는 바람에……. 하지만 그 정도 되는 분이니 안심할 수밖에요."

부부는 다행이다 싶어 누가 먼저랄 것도 없이 앞다퉈 말을 보탰다. 죽겠다 싶을 때 내려온 동아줄이야말로 더욱 반가운 법이다. 원하는 것을 얻어내기 위해서라면 못 할 말도 없다.

"상황이 그렇게 흘러가는 바람에 저희도 마음이 아픈지라……. 이럴 때 친정이라도 든든해 힘이 되었으면 그 어린것도 기댈 데가 있었을 텐데."

"음…… 확실히 그렇긴 했겠군요."

"회장님께서는 알아주실 줄 알았습니다. 뭐 사실 늦은 것도 아니지요. 지금이라도 저희가 해인이한테 힘이 될 수 있다면……."

"물론 경제적 지원 같은 거야 얼마든지 해드릴 수 있을 테니까요."

"……어머."

이렇게까지 말이 잘 통할 줄이야. 강 회장이 대놓고 가려운 곳을 긁어주자 그녀는 웃음을 감추지 못했다. 꼭 '그런 것은 아니다.' 예의상이라도 한마디 던져야 하는 타이밍을 놓칠 만큼 마음에 쏙 드는 제안 아닌가.

"그, 그래주신다면야……. 사실 태원 입장에선 우스울 정도겠지만요."

"그거야 그렇겠군요."

강 회장은, 언젠가 해인이 예쁘다 들여다보던 찻잔을 그러쥔 채 그들을 바라보았다.

　"사업체 하나 뚝딱 세우는 정도나 죽을 때까지 뒤를 봐드리는 정도는 일도 아니겠지요."

　"세, 세상에. 이런 감사할……."

　"물론 네 식구 정도 세상에 있는지 없는지 모르게 만드는 것도 가능하겠고."

　"……."

　그의 헛웃음이 찻잔 안에 잔잔한 파동을 일으켰다. 마주 앉은 상대들에게도 마찬가지인지라, 부부는 온몸이 굳어선 눈만 깜빡였다.

　"회, 회장님. 어찌 그런 말씀을……."

　"수십 년 한길을 걷다 보니 생각보다 제가 할 수 있는 일이 꽤 많지 않겠습니까. 특히나 돈으로 하는 것은 말입니다."

　"……."

　"하는 일마다 망하고 망해 길거리에 네 식구 나앉게 하는 것도…… 못 할거야 없지요. 직장이나 대학은 물론 아주 기본적인 삶도 보장이 안 되는. 글쎄요, 자랑은 아니지만 세상에 내 힘 안 닿는 데가 없으니 다 같이 입에 약털어 넣고 죽어가는 순간까지 일이 왜 이리됐는지 이유도 찾기 힘들긴 할 겁니다."

　이제 숨소리조차 함부로 날리지 않는 그들을 보며 강 회장은 찻잔을 가만히 내려놓았다. 역시 이런 건 어리고 상냥한 손주며느리에게나 어울리지, 자신과는 안 맞는다.

　"허허, 뭐 그리 심각하시긴."

　"……회, 회장님."

　"저야 그저 있는 그대로의 사실을 말했을 뿐인데, 누가 보면 제가 농담이라도 한 줄 알겠습니다."

"……."

"두 분 삶이야 알아서 선택하실 일이지요. 애초에 키워본 적 없는 딸 끝까지 안 키우며 관심 끊고 살아가실지, 일단 여기부터 무사히 나가고 생각해보실지."

그답지 않게 부드러이 권유하며 두 사람을 찬찬히 훑어보았다. 어떤 선택을 하든 감히 태원 그룹의 며느리에 대해서는 입 닫고 살라는 강력한 경고가 깔려 있었다. 달달 떨리는 손가락만으로도 대답은 들은 것과 다름없었으니, 강 회장이 인자한 미소로 안 비서를 올려다보았다.

"귀하신 손님 끝까지 잘 모시도록."

"네, 회장님."

"물론 더 있고 싶으시다면 얼마든지……."

그 말이 끝나기도 전에 벌떡 일어나는 두 사람에게로 안 비서가 따라붙었다. 복도에 나서서도 다리를 후들거리는 부부는 정처 없이 방황했다. 그러나 곧이곧대로 나가는 길을 알려주기엔 안 비서 역시 맺힌 것이 있다.

"아마 내일부터 저희 측에서 정정 보도가 나갈 겁니다. 전무님과 사모님 두 분의 첫 만남부터 기사가 날 테니 혹여 누가 묻거든 그렇다는 대답 정도만 해주시면 좋겠네요."

"회, 회장님께서 정말로 그렇게……. 거, 거짓말이죠? 그냥 겁주려고……."

"그래도 사돈지간이라고 전에 없이 예를 차리셔서 저도 깜짝 놀라긴 했습니다. 보통 경고 없이 바로 시작하시는 분이시라."

"……."

안 비서의 이보다 더 진심일 수 없는 정중한 응대에 남자의 목울대가 꿀꺽, 황급히 움직였다. 해인의 엄마도 정신을 차리지 못하다가 결국 제 남편의 팔을 붙잡고 허겁지겁 발을 옮겼다. 어디에 어떻게 홀렸는지는 몰라도 한시바삐 이곳을 빠져나가야만 할 것 같단 공포가 엄습했다.

"어, 얼른 가요! 얼른!"

"이거 놔! 안 그래도 가고 있는데 무슨……."

남편이 짜증을 내듯 그녀의 팔을 뿌리쳤다. 언제나 뒤늦게 치솟는 화가 문제였다. 벌겋게 달아오른 얼굴로 조용한 복도를 쿵쿵 지나가며 저 안에서는 못다 발산한 분노를 뿜어댔다.

"이것들이 사람을 뭘로 보고! 세상 무서운 줄도 모르고! 무섭다 무섭다 해도 어떻게 그따위 협박을…… 으윽, 이건 또 뭐야!"

흥분해 모퉁이를 돌던 그가 누군가와 어깨를 부딪쳤다. 그리 세게 충돌하지는 않았지만, 갑작스러운 일에 상대방도 그를 빤히 돌아보았다. 다만 그들 부부는 누군가와 부딪쳤을 때에는 얼굴을 보고 사과해야 한다는 가장 기본적인 예의를 지키지 않았다.

"이잇, 앞이나 제대로 보고 다니지 무슨 복도를 이따위로 만들어서!"

"……."

"뭘 봐? 나만 잘못한 것도 아닌데 어디서…… 크으윽!"

돌아서기 무섭게 대뜸 목부터 틀어막혔다. 쿵! 그대로 목을 붙잡힌 채 몸이 들려 벽에 밀쳐진 고통이 상당했다. 순식간에 두 다리가 허공에서 버둥거렸다.

"흐, 크흡!"

비명도 못 지르고 이를 덜덜거리는 남편의 옆에서 사색이 된 해인의 엄마가 그제야 상대방을 알아보고 탄식을 뱉어냈다.

"다, 당신!"

"……조심했어야지."

남자를 내려다보는 인우의 눈빛이 서늘하다 못해 시퍼렜다. 푸른 불꽃이 들끓는 듯 남자의 목을 더욱 단단히 틀어쥐고는 그의 가슴팍을 짓눌렀다.

"……감히 누구 얼굴에 손을 대."

"그, 그게 아니라. 크흑! 일단 좀 놓고! 으윽!"

"세준 아빠!"

바닥에 내팽개쳐진 채 뒹구는 남편에게로 해인의 엄마가 달려들었다. 어떻게 사람을 이런 꼴로! 경악하며 인우를 바라보았지만 그는 흐트러진 제 소매를 정리하느라 바빴다. 지켜보던 조 비서가 대신 나서서 그의 옷매무새를 손보아주자, 인우는 한결 여유롭게 그들을 내려다보았다.

"……앞으로는 두 눈 똑바로 뜨고 앞에 선 사람이 누구인지 잘 보고 다니실 거라 믿겠습니다."

● ◆ ●

"언니, 이것 봐요. 내가 읽어줄게요!"

"……."

"흐흠, 어린 시절부터 양가의 허락하에 좋은 감정을 키워온 두 사람은 신부 아버지가 위중해지자 마지막 뜻에 따라 조금 이른 혼인신고를 하게 되었다. 신부 어머니인 한 모 씨에 따르면 전남편은 평소 강인우 군을 사윗감으로 점찍은 만큼 몹시 흡족해했다고 한다. 이후 강 전무는 계획대로 유학을 떠나 후계자 양성을 위한…… 이게 뭐야! 그냥 평범한 정략결혼이 돼버렸잖아!"

재미없게 이게 뭐람. 신이 나 기사를 읽어내리던 연주가 입술을 삐죽거렸다. 마약 파문이 조금씩 가라앉자 그 와중에 두 사람의 결혼 기사가 하나둘씩 등장했다. 그러나 그 내용이 하나같이 고리타분하기 짝이 없는지라 뭔가 특별한 걸 기대했던 연주는 불만스레 해인의 팔을 흔들었다.

"해인 언니는 괜찮아요? 이건 너무 뻔한 정략결혼인데?"

"……응. 난 좋아."

차마 제가 확인할 자신은 없고, 연주가 읽어주는 내용을 듣고 있던 해인이 턱을 괴고 있던 손을 내리며 배시시 웃었다. 유진이 속도 좋다며 핀잔했지만 해인은 이보다 더 좋을 수가 없었다.

"오빠랑 나는 한 번도 평범한 거 못 해봤으니까. 결혼은 꼭 평범한 거 해보고 싶어."

남들에겐 이야깃거리조차 되지 못할 그런 평범한 결혼이, 그녀에겐 가장 바라던 것이었다. 누군가를 우연히 만나 사랑에 빠지고, 다시 그 사람과 가까워지고. 꼭 모두 그런 과정을 거치는 건 아니겠지만, 아쉽지는 않다.

"야아, 우리 회장님 봐라! 무슨 생각을 하길래 또 얼굴이 빨개져선."

"내, 내가 뭘. 나 아니야."

양손을 흔들어 부정해본들 제 마음을 감출 수가 없다. 매일 아침 인우를 볼 때마다 기사에는 빠진 모든 것들을 함께할 수 있으니까. 첫눈에 사랑에 빠져 가슴이 뛰고, 손을 잡고, 입을 맞추고. 남들보단 조금 빠른 과정을 반복했다. 그러니 기사야 어찌 나든 부족한 것이 있을 리 없다.

유진은 해인의 속이 빤히 들여다보이는지라 혀를 끌끌 찼다.

"어쨌든 나 네 남편 용서 안 해. 어떻게 너랑 결혼까지 해놓고 우리한테 인사도 안 할 수가 있어?"

"맞아요. 누가 봐도 언니가 아깝지! 내가 정말 우리 회장님 재벌가에 시집보내고 싶지 않았는데. 어쩌다가, 어휴."

연주가 한술 더 뜨는데도 해인은 가만히 웃기만 했다. 이런 순간에 무조건 제 편을 들어주는 친구들 역시 제가 생각하는 '가장 평범한 일상'에 속했으니까.

"오빠가 꼭 시간 내본다고 했어. 중국 일 끝나고 너무 바빠져서, 그래도 너네는 보겠다고……."

"우리는 됐다 치고. 너야말로 그 잘난 남편 보고 싶어 어쩌려고 그래?"

"응?"

"태원이 진짜 무섭긴 무섭다. 어떻게 두 사람 각본을 짜놓다 못해 그 먼 데로 연수까지 보내버리냐."

"그건……."

해인 또한 아쉬운 웃음만 삼켰다. 재벌가에 흔한 결혼 풍습에 따라 예비 신부인 자신은 석 달간 영국에 단기연수를 가야 한단다. 안 비서의 이야기를 듣고서 얼마나 놀랐는지, 제가 결혼한 남자가 어떤 세상에 속해 있는지 새삼 깨달을 수밖에 없었다.

"오빠는 안 서운하세요?"

"……거기 있는 동안은 네가 더 편해질 테니까."

담담한 목소리와는 달리 아침마다 제 어깨를 놓지 못하는 인우의 표정만 봐도 그 속내를 짐작할 수 있었다. 꼭 남들에게 보여줄 학위나 공부가 필요한 것이 아니다. 그저 시끄러운 곳에서 벗어나 오롯이 홀로 쉴 수 있는 시간을 주려 하는 그의 마음을 알아, 차마 가기 싫다고 할 수가 없었다.

"그래도 나만 가는 거 아니잖아."

"그건 그렇지만. 하아……, 진짜 우리까지 가도 되는 거야?"

아무래도 찝찝하다며 유진이 제 머리를 마구 흐트러뜨렸다. 제가 따라 가도 되나 고뇌하는 그녀에게, 연주가 경쾌한 해답을 내주었다.

"뭐 어때요? 공짜로 보내주는 것도 아니고 '21세기 태원 글로벌 미래 리더십 프로그램'에 우리 동아리가 선정돼서 다 같이 가는 건데."

"김연주, 너 솔직히 까놓고 그런 거 들어본 적이나 있어?"

"그건…… 아뇨."

숙연해진 둘은 나란히 고개를 푹 숙였다. 하지만 날아가는 풍선만 봐도 마음이 부풀 나이였다. 손가락이 먼저 들썩거린다. 서로의 눈치를 가만히 살피던 둘은 갑자기 일제히 비명을 질러댔다.

"웬일! 우리 런던 가!"

"런던! 빅벤! 신사의 나라! 손흥민!"

"……하하."

해인은 얼싸안고 방방 뛰는 친구들 사이에서 정신을 못 차리다 웃음을 터트렸다. 그렇다고 네 남편 용서한 건 아니야! 잊지 않고 손가락을 흔들어대는 유진의 손을 부여잡았다. 그리고 이내 글로벌 미래 인재 리더십 동아리의 회장답게 흥분한 회원들을 진정시키는 데 총력을 기울였다.

"쉬잇, 조용해. 우리 마지막 연습 해야지. 전에 못 해서 다시 하기로 해놓고 이러면 어떡해."

"뭐예요. 언닌 꼭 이런 날까지."

"조용히 해. 회장님 말 들어야지."

그렇지? 콧등을 찡그리며 웃는 유진에게 해인이 종이 너머로 눈웃음을 지었다. 인우와의 일도 그렇지만 유진과 함께할 수 있다는 자체도 그녀에겐 벅찬 기쁨이었다. 친구와 눈이 마주친 것만으로도 눈물이 날 것 같아서 해인은 부랴부랴 하얀 종이를 펼쳤다.

"자아, 마지막이니까 내가 먼저 질문할게. 최유진 씨는 어떻게 우리 회사에……."

"……응?"

드르륵. 문이 열린 순간, 세 사람의 고개가 한 번에 돌아갔다. 최근 워낙 놀랄 일이 많아서인지 이젠 인기척만 나도 불안이 엄습했다.

해인은 유진과 연주의 팔을 누르며, 조심스레 방문객을 맞이했다.

"……누, 누구세요?

- 회장님, 잘하고 있어?

"오빠."

휴대전화를 든 해인이 강의실 안쪽으로 몇 걸음을 옮겼다. 친구들에겐 인우의 존재를 감출 필요는 없어졌지만 지금은 그 반대의 상황이다. 인우에게 친구들의 모습을 감출 이유가 생겨버렸다.

- 강의실 아냐? 좀 시끄러운 거 같은데, 괜찮아?

"아아, 그게……."

해인은 한쪽에서 목청을 높이는 친구들을 보며 울상을 지었다. 누가 보면 시위라도 하는 줄 알겠지만 실제로는 그보다 더욱 격렬했다.

"아니, 이런 게 어딨어요? 우리 오늘까지 분명히 강의실 쓴다고 말씀드렸는데!"

"학생들이야말로 이러면 안 되지. 곧 졸업할 사람들이 무슨 동아리 활동이야. 그러지 말고 좀 양보해주면 서로 좋잖아."

"서로 좋다니요? 우리도 등록금 내고 다니는 거고 진짜 마지막인데, 나가라고 하시면……."

억울해하며 항변하는 친구들의 모습에 송화구를 막은 해인도 다급해졌다. 그러나 말 없는 그녀를 기다리고 있는 남자의 다급함도 못지않았다.

- 송해인, 너 괜찮아?

"아아, 네에. 네. 괜찮은데, 괜찮아야 하는데…… 아아, 별로 안 괜찮은 거 같아요!"

어떡하면 좋아. 해인은 휴대전화에 꼭 매달렸다. 어지간하면 울음을 꾹 참고 살았는데 지난번 눈물샘이 터지고 나서부턴 마음대로 조절이 안 된다. 어쩌면 상대가 인우이기에 제 감정에 솔직해지는 것일지도 모른다.

"우, 우리보고 나가래요. 우리는 정식 동아리 아니라고. 흐읍."

- ……뭐? 어떤 새, 사람이?

"조교인 거 같은데. 모, 모르겠어요. 그냥 나가래요. 그럼 저 가볼게요. 애들이 밀리나 봐요."

- 해인아, 송해인! 네가 간다고 딱히…….

뚝. 해인이 서둘러 전화를 끊고서, 자신들을 내쫓으려 드는 남자를 원망스레 바라보았다. 뭐 이리 끈질기냐 구시렁거리는 남자를 보며 찡한 코끝을 참아냈다. 회장인 제가 물러나 있을 수 없어 호기롭게 나섰지만, 벅찼다.

"뭐? 왜 그렇게 보는데?"

"저어…… 여기 저희가 미리 신청서 쓰고 빌린 곳이에요. 그런데 무작정 나가라고 하시면 안 되는 거잖아요."

"아니, 정식 동아리도 아니고 이게 무슨 소꿉놀이야? 그냥 좋게 말로 하는데 왜 고집을 피워?"

조교의 짜증 가득한 목소리에 해인이 풀 죽었다. 유진과 연주가 무슨 말을 그리하냐 나섰지만 해인이 다시 그녀들을 진정시켰다. 조교는 어이없다는 얼굴로 담배를 만지작거리더니 노골적으로 비웃었다.

"그냥 좀 나가주면 안 돼? 급하게 쓸 일이 있다잖아. 이러다 여기서 문제 생기면 학생이 다 책임질 거야?"

"저희는 여기서 시간 다 채울 거예요. 정당한 사유를 말씀해주시지 않는 이상은……."

"정당한 사유? 아니. 취업 못 하고 모여서 노닥거리는 거 다 아는데 무슨 면접이니 어쩌고……."

"그 말 책임지실 수 있으십니까?"

묵직한 음성이 그들을 갈라냈다. 무게감 있는 걸음걸이, 한쪽 팔에 코트를 걸친 채 이리로 다가오는 남자의 눈빛이 비범했다. 캠퍼스에 있기엔 존재감부터가 지나친 남자의 등장에 해인이 스르륵 입을 벌렸다.

"오, 오빠!"

"……오빠? 오빠까지 불러?"

기가 눌려 아무 말 못 하고 그를 살펴보던 조교가 한발 늦게 코웃음을 쳤다. 한눈으로 봐도, 뒤돌아서서 봐도 비범한 상대라는 건 알겠지만 일개 학생의 오빠라면 그래봤자였다.

"나 참, 이게 뭐라고 오빠를 부르고 말고, 유치하게 뭐 하는 거야?"

"유치한 건 정식으로 동아리 활동을 하고 있는 회원들을 막무가내로 내모는 분 같습니다만."

"……누, 누구시길래……."

"고문, 강인우입니다."

인우가 손가락 새로 자신의 명함을 건네자 모든 게 짜증스럽던 남자의 얼굴이 서서히 굳어갔다. 제 명함을 마저 읽어내릴 시간조차 주지 않은 인우가 자연스레 세 여자들의 앞을 막아섰다.

"……오빠."

쉬잇. 가슴을 들썩이는 해인에게 그가 보일 듯 말 듯 눈을 가늘였다. 인우가 등장한 순간부터 넋이 나간 연주와 유진 역시 그의 눈짓에 저절로 입을 다물었다. 이 갑작스러운 상황이 제일 이해가 가지 않는 조교가 무작정 한 손을 내저어보았다.

"저기 말입니다, 뭘 잘못 알고 오신 모양인데 이건 사소한……."

"엄연히 등록금을 내고 한국대에 소속된 학생들이며 교칙에 위배되는 목적이나 행위도 없었습니다. 사전 허가도 합법적으로 받았고 거기에 어떤 외부의 압력도 없는 줄로 압니다. 그러니 이번 무자비하고 불합리한 처사에 대해 한국대학교에 정식으로 항의하도록 하지요."

"네에? 그게 아니라…….."

"길게 얘기하지 않겠습니다. 자세한 사항은 저희 측 변호사가 곧 연락을 할 테니 준비해두시는 게 좋겠군요."

"……그, 그러지 마시고 말로."

인우의 한마디가 더해질 때마다 조교가 한 발짝씩 물러났다. 따로 비켜 달라고 할 필요가 없을 만큼 멀찍이 떨어져버린 조교의 모습에 그녀들이 침을 꼴깍 삼켰다. 저 완벽한 사법군단에 자신들이 끼어들 틈 따위는 없다.

해인의 곁을 지키던 유진이 다소 질린 목소리로 이 사태에 대한 평을 내어놓았다.

"……야, 나 네 남편 그냥 용서할래. 하고 싶어."

"……저, 저두요. 언니."

진심으로, 간절하게, 절대로 적으로 삼고 싶지 않다는 뜻을 온몸에 담아 두 사람이 해인의 양쪽 팔에 바짝 매달렸다.

"바, 받아만 주신다면요!"

● ◆ ●

꾸린 짐을 확인한 해인은 주변을 두리번거렸다. 유진과 연주는 그저 신이 나서 사진을 찍느라 바빴고 안 비서는 자신을 대신해 수속을 밟는 중이다. 자연히 그녀의 눈길이 향하는 사람은 따로 있었다.

"오빠, 뭐 하세요?"

"……그냥."

해인은 공항 기둥에 기대어 있던 인우에게 다가가 웃었다. 아직도 알아보는 사람들이 있을까 싶어 최대한 조심하자 싶으면서도 그의 곁을 떠날 수가 없었다. 곧 게이트에 들어가면 석 달간은 이 남자의 얼굴을 보지 못할 것이다.

"……왜 그래?"

"제 친구들이요, 오빠 멋지대요."

그래서인지 평소에는 못 하던 가벼운 말들이 자꾸만 입안에서 맴돌았다. 말만 하면 대뜸 인상을 쓰는 특유의 표정도 좋아 슬그머니 인우의 머플러 자락을 만지작거렸다.

"……."

다음에 매어줄 때는, 한 해가 지나 있겠지. 매일 아침 그에게 머플러를 감아줄 때마다 제 마음이 거기에 같이 묶였다. 안 되는 일이다, 이래선 안 된다 수없이 다짐하면서도 손길 하나하나가 들뜨던 나날이었다. 멀리서 누군가 자신들을 보고 있을지 몰라 시작한 일이지만, 그에게 남은 미련처럼 아쉽게 떨어지는 제 손가락으로 항상 끝이 나곤 했다.

"해인아."

"정말이에요. 유진이랑 연주가 오빠 되게 멋있대요. 막 어른 남자 같고 그렇다고."

황급히 주절대는 걸 보면 또 딴생각을 하고 있었던 것이 틀림없다. 어제부터 거의 말이 없던 인우가 그녀를 가늠하듯 내려다보았다.

"그럼 너는?"

"……제가 왜요?"

"……."

인우의 음성이 꼭 입술을 스칠 때처럼 의미심장했다. 아직도 머플러를 만지작대던 해인이 그를 올려다보자 말로는 다 못 할 서로에 대한 감정이 스쳤다.

"……항상 조심해야 해. 알았지?"

"네."

해인이 보란 듯 힘차게 턱을 당겼다. 그제야 그의 얼굴에 비치는 웃음이 반가워 인우를 바라보았지만, 그의 얼굴은 그새 무감해져 있다. 며칠 전부터 마치 겨울나무처럼, 간간이 시릴 듯한 미소 한두 번이 전부였다. 대신 그에게 부족한 만큼, 그녀가 더 많이 웃어보았다.

"그러고 보니 저는 오빠 친구한테 인사 제대로 못 했는데. 영국에서 같이 지내셨다는 분이요. 여기까지 와주셨는데……."

"그럴 거 없어."

"……."

"도움 안 돼."

그나마 확연하게 선을 그어버리는 것만은 예전의 강인우와 똑같았다. 그것도 좋다며 한참이나 웃던 해인이 안 비서의 손짓에 고개를 돌렸다.

"아, 오빠. 저 들어가봐야겠어요. 시간 걸릴 테니 오빠는 그만 가보셔도 돼요."

"……그러려고. 안 그래도 회사에 바로 들어가봐야 해서."

"네, 얼른 가세요. 저도 그게 편해요."

전혀 서운하지 않다며 기어이 인우를 밀어 보냈다. 돌아볼 듯 돌아보지 않는 고개에도, 해인은 끝까지 웃으며 두 손을 모두 흔들었다.

"……."

저 역시 돌아서야 할 때인데, 머플러를 매어주던 손길처럼 발걸음에도 미련이 남았다. 억지로 안 비서를 향해 걸음을 떼는 그녀의 뒤에서 둔탁한 구둣발 소리가 났다.

"인우 오빠……."

"미안, 찾던 오빠 아니라서요."

"……아아."

해인은 제이슨을 알아보고서 얼른 서운함을 지우며 고개를 숙였다. 인우의 가장 친한 친구였다 들어서인지 해인은 더욱 공손해졌다.

"죄송해요. 아까 꼭 인사드리고 싶었는데. 이번 일도 많이 도와주셨다고 들었고 오늘도……."

"아니에요. 어디 해인 씨가 못 했겠어요? 인우가 죽어라 막았겠죠."

"……."

친한 친구 맞구나. 인우를 지나치게 잘 아는 제이슨의 언사에 해인의 미소가 좀 더 밝아졌다. 제이슨 또한 장난스레 말을 꺼내놓고도 그녀의 맑은 웃음에 감탄하듯 혼잣말을 했다.

"아아, 이래서 그놈이 인사도 안 시켜줬나 보네요."

"……네?"

"부럽다고요."

알 수 없는 웃음과 함께 제이슨의 눈에 쾌활한 빛이 돌아왔다.

역시 사랑보단 우정이고 우정보단 생명이지. 인우가 알면 어찌 나올지 떠올려보던 제이슨이 치가 떨린다는 듯 고개를 젓자 해인이 의아한 얼굴을 했다.

"저어, 그런데 오빠 방금 나갔는데. 급한 일 있어서 바로 회사로 가봐야 한다구요."

"서운하겠네요."

"그건 그냥……."

말을 얼버무린 해인의 뺨에 아쉬운 보조개가 파였다. 정말 들어가봐야 해서 망설이는데 제이슨이 무언가를 획 내밀었다.

"이거, 생일 선물이요!"

"아…… 저 생일 아직 남았는데."

"언젠가는 돌아오겠죠."

싱글거리는 웃음이 의미심장했다.

"사실 내 선물이라긴 그렇고, 인우에게 돌려주려고 했는데 그놈이 뭔지 물어보지도 않고 싫다네요? 하여튼 매정한 놈. 그래도 대신 받아줄 해인 씨도 있겠다, 저도 딱히 매달릴 필요가 없으니까요."

"……이게 뭐길래."

"가서 풀어봐요. 여기선 쓸모없는 거니까."

해인이 검은색 상자를 든 채 망설이자 제이슨이 억지로 그녀를 떠밀었다. 어정쩡하게 돌아서던 그녀가 제이슨을 불러보았다.

"저어, 인우 오빠한테 아무 걱정 말라고 좀 전해주세요! 저 잘하고 올 거라고."

"인우 벌써 회사로 출발했다면서요?"

"음…… 어쩌면 오빠랑 마주칠 수 있을지도 모르잖아요."

"……."

"주, 주차장 가기 전에 파란색 공중전화 있는 곳인데. 작은 깃발이랑 벤치도 있고, 어, 어쩌면 그런 데서 볼 수 있을지도 모르니까…… 그러니까……."

해인은 더듬더듬 설명을 이어가다 부끄러운지 고개를 흔들었다. 말로는 다 표현하지 못할 아련한 미소가 투명한 눈웃음과 함께 흩어졌다.

"……비행기가 가장 잘 보이는 곳 말이에요."

● ✦ ●

"……."

벤치에 기대선 인우는 하늘로 떠오르는 비행기를 올려다보았다. 공허한 하늘처럼 푸른 눈빛에 처음으로 묻어둔 감정이 흘러나왔다.

……이런 기분이었을까. 제 머리 위로 지나가는 비행기를 보면서도 실감

이 나질 않는다. 누군가를 보낸다는 것이 아직은 남의 일처럼 먹먹했다. 떠오르는 건 그저 환한 웃음과 제게 흔들던 가느다란 손. 그리고…….

"오빠, 잘 다녀오세요. 잘하실 거 알지만, 그래도 더 잘하실 거예요."
"……송해인, 너 불안하면."
"아뇨. 저 괜찮아요…… 아아, 아빠가 기다리셔서 먼저 가봐야 할 거 같아요!"

언제라도 돌아보면 제게로 달려올 것 같은 누군가에 대한 그리움만이 가득했다. 허둥지둥, 그렇게라도 자리를 피하지 않으면 정말로 보내지 못할 것 같은 그때 그 마음을 이제야 깨달았다. 홀로 돌아가는 마음이 얼마나 텅 빈 듯 아팠을지, 남겨진 곳의 공기가 또 얼마나 더 차게 느껴졌을지도.
"……."
해인의 손이 닿았던 머플러를 만져보던 그의 손바닥 아래로 가슴이 깊이 울렸다. 아마 그녀가 탄 비행기겠지, 보지 않고도 직감했다.
귓가의 먹먹함마저 눈을 감고 오래도록 느껴보던 인우의 옆모습과 함께 그해, 한국에서의 겨울이 길고 긴 끝을 맞았다.

● ◆ ●

"본격적인 계약은 모두 마쳤으니 지금부터는 실무진을 통해 분기 일정을 조율하게 될 겁니다. 부지 확보와 관련 규제에 대한 부분들도 처리가 끝났으니 공사는 날이 풀리는 대로 시작할 예정입니다."
"……그래."
강 회장은 인우가 내민 보고서를 살피며 가볍게 고개를 끄덕였다. 보기엔 대충 눈으로만 읽어내리는 듯했지만 머릿속으로는 모든 계산이 끝나고도 남았다.

"이 정도면 괜찮지."

"아······."

몇 개월 밤을 지새운 것 치곤 박한 평이지만 오 팀장의 얼굴에는 환희가 가득했다. 장담컨대 만약 조금이라도 문제가 있었다면 대번에 고성을 터뜨리고도 남을 분이다.

"그런데 다들 꼴이 왜 이런가? 오 팀장도 그렇고 조 비서도 그렇고 또······."

"······왜 그러십니까?"

"아니다."

내 손자는 말할 것도 없고. 강 회장은 까칠하기 그지없는 인우의 얼굴을 못 본 척 서류를 추슬렀다. 밤에 잘못 보면 저승사자라도 온 줄 알았겠네. 하루가 다르게 어둑해지는 분위기가 더는 무시하기 힘든 수준까지 다다르 긴 했다.

"다들 나가보게. 포상은 조만간 말이 있을 테니 기대해도 좋다 전하고."

"네, 회장님!"

오 팀장은 싱글벙글 신이 나 깍듯이 허리를 굽히고 회장실을 빠져나갔다. 늘 마음 졸이며 두 분 상사를 모셔왔던 조 비서와 안 비서마저도 안도의 웃음을 감추지 않고 나섰으니 마지막은 인우만 남았다.

"······그럼 저도 이만."

"넌 아직도 그렇게 불만이냐?"

"······무슨 말씀이신지 모르겠습니다."

강 회장은 나가려던 손자를 기어이 불러들이며 못마땅하게 혀를 찼다. 좀 달라지려나 했더니 과한 기대였나 보다. 아무리 일이 바빴다지만 인우의 온몸에서 뿜어 나오는 범상치 않은 기운이 아슬아슬할 지경에 이르렀다.

"모르긴. 해인이 그렇게 보냈다고 나한테 이러는 거 아니냐. 뭐 원래부터도 싫어했겠지만."

"……."

대답 안 하는 것 좀 보라지. 강 회장은 반쯤 체념해 고개를 내저었다. 뚱한 인우의 얼굴이 잠깐 찡그려지는 듯했지만 대답은 짧기만 했다.

"해인이가 영국에 가 있는 건 저도 동의한 일이니까요. 여행다운 여행도 하지 못했고 소동이 확실히 가라앉을 때까지 남들 눈치 안 보며 지내게 하려면 그게 최선이었습니다."

"그거야 그렇지만, 흐음."

"물론 이렇게까지 길어질 줄은 전혀 생각하지 못했지만요."

그나마 제 감정을 확실하게 전달하는 것만은 변화라 봐도 좋았다. 겨우 그런 데 만족하는 스스로가 우스워 강 회장은 툭툭 책상을 쳤다.

"그래, 다 내 잘못이지. 내가 전부 잘못한 거니……."

"그리고 잘못하신 것 없습니다."

"……."

"처음 해인이 제 곁에 두실 때부터, 제가 원하는 대로 해주려 하신 것 알고 있습니다. 어디서부터 어디까지 계획하셨는지는 모르겠지만 최소한 제 진심을 따라주시려 한 것도요."

"……흐흠."

강 회장의 헛기침이 길어졌다. 세상천지 무서울 것 없던 그가 목을 다듬기까지 하는 걸 보면 꽤나 당황한 것이 분명했다.

"뭐…… 실수는 평생에 한 번으로 족하니까."

"……그럼 저도 나가보겠습니다. 남은 일정 정리해서……."

"그래서 말인데!"

이런 분위기에 체질적으로 거부감이 있는 인우가 돌아서다 주춤했다. 벌써부터 괜한 말을 했다 싶어 후회가 아른거렸지만 돌이킬 수는 없다. 그의 목소리가 필요 이상으로 침착해졌다.

"하실 말씀이 있으시면……."

"너 휴가다."

"……."

인우의 목이 눈에 띄게 울렁였다. 짧고도 간결한 명이니 못 들었을 리 없건만 재차 확인하려는 듯 한 걸음 다가섰다.

"열흘 정도면 충분하겠지. 네놈한텐 돈으로 줘봐야 좋은 소리 못 들을 거고, 필요한 거 말할 녀석도 아니고, 그쯤 휴가 줬으면 나로서는 최대한……."

"감사드립니다."

"……."

그가 어느 때보다 진심으로 고개를 숙였다. 내가 정말 제대로 듣기는 한 건가, 자신의 노화를 의심해보는 강 회장을 향해 인우가 재차 못을 박았다.

"……할아버님."

•◆•

런던의 밤은 한 번도 해인에게 있어 낯설지 않았다. 처음 와봤지만 제가 그려보았던 수많은 상상 속의 모습을 모두 갖추고 있었다. 별처럼 화려하기도, 서울처럼 바쁘기도, 혼자 남았던 그 집처럼 쓸쓸하기도 했다.

'……그대로잖아.'

모든 것이, 예전에 제가 생각했던 대로였다. 특히나 지금처럼 막 밤이 찾아온 공원에 서자 그 느낌이 더욱 생생해졌다. 떠들썩하던 웃음소리도 모두 그치고 차분해진 공기 속에서 해인은 고개를 들었다.

"해인아, 뭐 해? 안 들어가?"

"응?"

"아아, 너 오늘 어디 들른다고 했지? 같이 가줘?"

"아니. 괜찮아."

해인이 유진에게 고개를 저었다. 이 공원을 벗어나면 세 사람이 지내는 고급스러운 빌라가 나타날 것이다. 그리고 저기서 조금만, 아니, 조금 더 많이 가면……

"인우가 어떤 데서 살았는지 궁금하지 않아요?"

해인은 가방 속 무언가를 보며 제이슨이 한 말을 곱씹었다. 인우 오빠는 어떤 곳에서 지냈을까. 그마저도 창가에 기대어 수없이 상상해보았으니 뭐가 더 특별한 게 있을까 싶기도 했다. 보나 마나 오빠 같을 거야. 휑하고 쓸쓸해서, 멋모르고 들어선 사람이 멋쩍어질 만한 공간이겠지. 인우가 딱 그런 남자이니 그 이상은 떠오르지도 않았다.

"꼭 가야 해? 그래도 네 생일이니 같이 저녁 먹으면 좋을 텐데. 연주가 파스타 할 거라잖아."

"……응. 나 꼭 가봐야 해서."

"그래, 그럼."

제 친구가 더는 감정을 억지로 감추지 않는다는 것을 잘 아는 유진이 선선히 물러났다. 생일이니 아쉽긴 하지만 최근 해인은 멍하게 있는 나날이 많아졌다. 남편과 전화 통화를 할 땐 더없이 밝게 웃더니 꼭 밤만 되면 고민하듯 저렇게 망설였다.

그렇게 해가 바뀌어 생일을 맞았다. 남들은 한시바삐 열어보는 선물도 해인은 아끼고 아꼈다. 그게 뭐냐 물어보면 별것 아닌 양 굴면서도 정작 저는 무엇이 그리 아까운지 손 한번 제대로 대지 못했다. 다 같이 맥주를 한 캔씩 걸치고 정 못 참겠다 싶을 땐 한 번씩만 가방 안을 들여다보는 것이 전부였다.

"잘 갔다 와! 웃으면서 오라구!"

"그럼!"

차에 오르며 해인이 보인 환한 웃음에 유진은 미련 없이 돌아섰다. 가방에 든 것이 무엇인지는 모르겠지만 오늘 이후로 해인이 그렇게까지 쓸쓸하게 밤하늘을 바라볼 일은 없을 거라 장담할 수 있었다. 뭐랄까, 동아리 전원이 이번 봄에 보란 듯 취업에 성공할 거라는 것만큼이나 확실한 직감이었다.

걸음을 옮길 때마다 낡은 철제 계단에선 삐걱삐걱 쇳소리가 울렸다. 따라온 경호원이 불안한 듯 올려다보았지만 해인은 괜찮다며 고개를 저었다. 그녀에겐 이 좁고 불안한 계단이 평창동의 큼지막한 대리석 계단과 다를 바가 없다. 한 걸음 한 걸음 디딜 때마다 그 위에 그려지는 누군가가 동일했으니까.

"……."

해인은 힘겹게 마지막 계단에 다다라 하얀색 문 앞에 섰다. 꼭 아빠와 살던 집의 제 방문과 같은 색상에 그녀는 생긋 미소를 되찾았다.

'대문 색이야 거기서 거기일 텐데 나도 참.'

들뜨고 만 데 반성이라도 하는 것처럼 가방 속에서 제이슨이 준 상자를 찾아 드는 손길이 조심스러웠다.

"서울에서 강 회장님이 처음 거기로 인우 찾아오셨을 때 어찌나 어이없어 하시던지. 거기다 그 집 그대로 두는 조건으로 한국에 간 거거든요."

"……왜요?"

"음, 그건 직접 봐야만 알 거예요."

제이슨의 장난기 가득한 음성을 떠올리며 해인은 열쇠를 꺼냈다. 잠깐 들고 있었던 것만으로도 체온이 깃들어 따스했다. 아니면 원래부터 따스했을지도.

철컥. 왜인지는 모르지만 자연스럽다는 생각이 들었다. 꼭 인우를 떠올려서가 아니다. 제 손에 문이 열리고, 한 걸음을 들어서고, 어디에 있을지 아는 것처럼 벽을 더듬어 불을 켜는 모든 동작이 전부 자연스러웠다. 너무나 익숙해 손끝이 아릿했다.

"아……."

몇 번의 깜빡임 끝에 불이 켜지며 방 안이 보이자 해인은 결국 입을 가렸다. 아이보리색의 커튼과 은은한 보랏빛 벽지와 침구. 아빠의 집에 있는 제 방이다. 다른 부분을 찾는 것이 더 어려울 만큼 완벽한 제 방이었다.

"……흐윽."

손으로 다 가려지지도 않을 만큼 눈물이 터져버렸다. 뿌연 시야에 제 방이 들어찼다. 인우가 준비해두었을 자신의 방, 제가 지냈어야 할 제 방. 다른 얘기를 듣지 않아도 알 수밖에 없었다.

그를 떠나고부터 어딘가 허전하던 마음이 넘칠 만큼 찰랑거렸다. 견딜 수가 없어 발을 옮기던 해인이 작은 책상 앞에서 무언가를 발견하고 울음을 삼켰다.

"……아빠."

여기서 다 보네. 그런데 여기 어딘지 알아? 꾹 참은 숨결이 웃는 듯 우는 듯한 그녀의 뺨을 달구었다. 아빠의 납골당에도 있는 그 사진이 어디 하나 구겨진 곳 없이 세 사람 모두 나란했다. 투둑, 해인은 떨어진 눈물을 옷깃으로 닦아내다 사진을 가슴에 끌어안았다.

●　◆　●

"아빠, 아무리 생각해도 난 인우 오빠한테 별로 도움이 안 될 거 같아. 오빠 영국에서도 계속 장학금 받는다며. 그럼 내가 뭘 해주고 싶어도…… 아빠? 왜 그래?"

내가 너무 오빠 이야기만 했나.

뒤늦게 부끄러워져서 웃었다. 뭐든 말을 해보려고 하면 꼭 인우의 이야기로 흐르고 말았다.

"나는 그냥…… 그냥 인우 오빠가 우리랑 같이 있었고, 그러니까, 그래서……."

"해인아."

손을 잡은 아빠가 힘겹게 입가를 올렸다. 부끄러워 고개를 돌리는 대신 마주 웃어드렸으면 얼마나 좋았을지, 그 후로도 수없이 후회를 불러일으키던 순간이다.

"왜 그래? 할 말 있는 거야?"

"응. 우리 딸한테 꼭 부탁하고 싶은 거 있어서."

"아…… 알아. 아빠가 말했잖아. 씩씩하게 학교 잘 다니고 아무 데서나 울지 않고 오빠한테도 꼭 도움이 될 수 있는 그런 사람……."

"아니, 안 그래도 돼. 다시 생각해보니 안 그래도 될 거 같아서."

아빠는 밭은기침을 하면서도 끝까지 미소를 잃지 않았다. 꼭 잡은 손이 더없이 따스했던, 아빠와의 마지막 밤이었다.

"도움이 안 돼도 돼. 씩씩하지 않아도 되고, 울고 싶은 만큼 울어도 돼. 용기 내서 포기하지 않고, 해인이 네가 하고 싶은 거 모두 다 하면 좋겠어."

"……."

"……인우 옆에서."

• ✦ •

"흐으윽."

꼭 끌어안은 사진 속 아빠를 부르며 눈물이 발치를 적셨다. 아빠가 바라지 않는다던 다른 것은 전부 지키면서도 마지막 약속 하나만은 지키지를 못해 늘 마음이 아렸다.

저라고 왜 욕심이 없었을까. 그러나 돌아온 인우를 마주하자 차마 그 약속을 지킬 수가 없었다. 안 그래도 높다 싶던 사람이 닿을 수도 없이 드높아져 돌아왔으니 제가 할 수 있는 건 그에게 자그마한 도움이 되어주는 것이 전부라 여겼다.

"흐윽, 아빠."

"……넌 누가 혼자 울랬어."

이곳에 들어선 순간부터 모든 것이 자연스러웠으니, 문 앞에 선 인우의 존재도 그러했다. 언제 어떻게 여기까지 왔는지는 물어볼 마음도, 생각도 들지 않았다. 제가 여기에 있듯 그 역시 처음부터 여기에 있어야 했던 것처럼, 수년 전에 맞았어야 할 두 사람의 일상이 조금 늦어졌을 뿐이다.

"흐윽."

눈물로 가득 찬 그녀의 갈색 눈동자 속으로 인우가 성큼 들어섰다. 더 커질 수 없을 만큼 시야를 꽉 메운 그의 존재가 해인을 있는 힘껏 끌어안았다.

"후우, 제발 나 있을 때만 울라고 그만큼이나……."

"……할게요."

"……."

"할게요. 저 뭐든 다 할 거예요."

해인의 뺨을 쓸던 인우의 엄지손가락이 멈칫했다. 어차피 오늘만큼은 지워지지 않을 눈물이다. 이내 그녀의 말을 알아들은 듯 찌푸린 눈살을 펴고 서서히 미소를 되찾은 인우를 보며 해인이 마지막 약속을 위해 손을 뻗었다.

"……오빠만 함께해준다면."

- fin.

작가후기

안녕하세요. 최수현입니다.

올해가 가기 전에 새롭게 종이책을 내고 싶었는데 이렇게 인사드리게 되어 정말 기쁩니다. 다들 그동안 잘 지내셨죠?

저는 여전히 글을 쓰고, 또 쓰고, 그렇게 잘 지내고 있어요. 다행히 처음 글을 쓰고 5년이 지난 지금까지 글 쓰는 일이 힘들거나 지겨웠던 적이 한 번도 없어 그 자체로 감사하게 생각합니다.

'결혼할까요?'는 원치 않는 계약결혼으로 시작한 두 사람이 시간이 흐른 후 재회하며 이야기가 시작됩니다. 그동안 본인과 서로의 진심을 깨닫고 사랑하고 진정한 가족이 되기까지, 거슬러 올라가는 관계의 설렘에 대해 쓰고 싶었습니다. 꼭 연애와 사랑, 결혼 같은 순서로 처음부터 차근차근 밟아가지 않아도 이루어질 관계라면 어떻게든 행복해지리라 믿으니까요.^^ 그런 점에서 보면 '나 열아홉에 결혼한' 자부심 넘치는 해인이도, '덤덤한 듯 안 덤덤한' 인우도 처음부터 원치 않는 결혼은 아니었을 겁니다. 꽃다운 선남선녀인데, 다 마음이 있으니…….^^

참고로 '결혼할까요?'는 웹툰으로도 나올 예정인데 그때도 잊지 않고 함께해주세요.^^

2020년 여름은 시작도 전부터 뜨겁네요. 나라 안팎으로 어려운 일들이 많아 마음이 무겁지만 이 글 읽으시는 동안이라도 편안하고 즐거운 시간 되셨으면 합니다. 모두들 건강 조심하시고요. 언젠가 이 글을 읽다 코로나가 떠오른다면 '그땐 그랬지.' 하고 넘어갈 날이 하루빨리 오기를 바랍니다.

마지막으로 감사드릴 분들이 계세요. 늘 그래왔지만 긴 시간 함께해 이제는 파트너와 다름없는 도서출판 가하의 이승진 이사님, 그리고 기지영 차장님, 해경 씨와 다른 가하 식구분들. 매번 부족한 글 다듬어 예쁜 책 만들어주시느라 감사합니다. 또 아직도 제가 글을 쓰는지 모르는, 사랑하지만 눈치는 없는 우리 가족들, 그럼에도 제가 늘 글을 쓰고 싶게 만들어주시는 꾸준한 독자님들, 이 마음을 어찌 전해야 할지 모르겠네요.

언제나 그렇지만 다시 만나 인사드릴 날을 손꼽아 기다리겠습니다. 건강하세요!

2020년, 여름의 시작에서
최수현